dtv
premium

Dora Heldt

Wir sind die Guten

Kriminalroman

dtv

Originalausgabe 2017

Dieses Werk wurde vermittelt durch die literarische Agentur
Thomas Schlück GmbH, Garbsen
Umschlaggestaltung: dtv unter Verwendung
eines Bildes von Markus Roost
Das Gedicht: ›Was man so braucht …‹
auf den Seiten 235 und 436 stammt aus:
Mascha Kaléko: ›In meinen Träumen läutet es Sturm‹

Satz: pagina GmbH, Tübingen
Gesetzt aus der Sabon 10,5/13,5˙
Druck und Bindung: CPI – Ebner & Spiegel, Ulm
Gedruckt auf säurefreiem, chlorfrei gebleichtem Papier
Printed in Germany · ISBN 978-3-423-26149-4

Für meine Freundinnen aus der
Interessengemeinschaft D.,
die so viel Geduld mit mir haben.

Prolog

Die schöne Frau hat rotes Haar. Es leuchtet in der schummrigen Kneipe. Durch das Fenster hindurch leuchtet es, fast wie ein Heiligenschein. Ich trete näher und lege die Handflächen auf die kalten Fensterscheiben. Sie sind gefroren, an den Stellen, an denen meine Hände liegen, taut die Eisschicht und gibt die Sicht frei. Da sitzt sie. An einem Tisch, zusammen mit den Männern. Sie lacht und gestikuliert wild. An ihren Handgelenken blitzt üppiger Schmuck, Armreifen, ich kann das Geklimper bis hier draußen hören. Nur das Geklimper, nicht das, was sie sagt. Seltsam. Ihr Mund bewegt sich, ihre Hände bewegen sich, sie wirft ihre Haare zurück, die roten Haare, die aussehen, als hätte man sie gerade gebürstet. Schöne Haare, sehr lang, lockig und so rot. Die Männer starren sie an. Sie sagen nichts, aber ich weiß plötzlich, was sie denken, ich kann es hören. Ich presse meine Stirn an die Scheibe, ich will, dass sie mich ansieht, sie bemerkt mich nicht, sie lacht die Männer an und klimpert mit ihren Armreifen. Ich presse meine Hände auf die Ohren, ich kann dieses Geräusch nicht ertragen, ich will hören, was sie sagt, aber die Armreifen sind zu laut. Einer der Männer beugt sich über den Tisch und greift ihr in das rote Haar. Er wickelt eine Locke um den Finger und lächelt. Seine Augen lächeln nicht, nur der Mund. Sie merkt es nicht, sie lässt es zu, dass er ihr Haar anfasst, ich will an die Scheibe klopfen, um sie zu warnen, aber ich kann meine Hand nicht heben. Sie ist zu kalt. Jetzt lachen sie wieder. Musik setzt ein, laute Rockmusik, die Bässe wummern durch die Nacht, ich rufe laut, niemand hört mich. Am wenigsten die rothaarige Frau. Sie lacht.

»Du musst es verhindern.« Ich erkenne die leise Stimme und drehe mich um. Ich sehe in seine freundlichen blauen Augen und weiß nicht, was ich machen soll. Er wird mir nicht helfen, er dreht sich um und geht weg, ich kann ihm nicht folgen, ich stehe hier wie angewurzelt und sehe auf meine Füße. Sie sind nackt und so kalt. Deshalb kann ich nicht laufen. Ich stehe barfuß auf einem gefrorenen Weg, der voller kleiner Steinchen ist, aber ich spüre nichts. Ich kann mich nur nicht von der Stelle bewegen. Mir wird heiß, und ich sehe wieder durchs Fenster. Die rothaarige Frau ist aufgestanden, sie legt sich einen Schal um ihren schönen Hals. Ich kann den Schal jetzt ganz deutlich erkennen, er ist grün mit kleinen roten Rosen. Ein hübscher Schal, sie legt ihn doppelt und zieht ihn zusammen, er steht ihr gut, so einen hätte ich auch gern. Die Männer folgen ihr. Einer von ihnen zieht jetzt einen Autoschlüssel aus der Tasche, ich kenne diesen Schlüssel, ich kenne auch das Auto, jetzt kann ich etwas tun, jetzt muss ich etwas tun. Es wird alles gut, ich weiß es, ich mache einen Schritt, ich kann laufen, ich gehe um die Ecke zum Parkplatz, meine nackten Füße spüren keine Kälte, keine Steinchen. Die Gruppe kommt mir entgegen, die roten Haare leuchten von weitem, sie geht ein Stück hinter den Männern, sie ist schön und sie lacht. Ich laufe auf sie zu, es geht leicht, ich bin schnell, aber sie sehen mich nicht. Jetzt habe ich sie erreicht, ich stelle mich vor die Frau, breite meine Arme aus, sage: »Bleib stehen, geh nicht mit ihnen mit, du …«, aber sie geht einfach an mir vorbei. Ich bin unsichtbar.

Ich fasse sie am Arm, ich höre ihre Armbänder klimpern, laut, deutlich, sie schüttelt mich ab und steigt ins Auto. Und ich fange an zu schreien.

Schweißgebadet und mit rasendem Puls lag sie im Bett. Mühsam setzte sie sich auf, knipste die kleine Lampe an, sah sich um. Ihr Herz pochte wild, sie versuchte, ihren Atem zu beruhigen, stellte die Füße auf den kalten Boden und legte die Hände an die Schläfen. Sie zählte bis zwanzig, dann öffnete sie die Augen. Ihr Blick wanderte durchs Zimmer, der kleine Schreibtisch, ihre Kleidung vom Vortag, die über dem Stuhl hing. Die blaue Strickjacke, die bunte Bluse, die Jeans. Vertraute Einzelheiten. Sie war in Sicherheit. Alles war gut. Ihr konnte nichts mehr passieren. Sie stand auf und sah durchs Fenster in die Nacht. Die Äste der großen Linde vor dem Haus bewegten sich. Es ging ein leichter Wind, der auch um den Fahnenmast fuhr. Die Metallösen an den Bändern schlugen an den Mast, es hörte sich fast an wie klimpernde Armreifen.

Mittwoch, der 4. Mai,
leicht bewölkt, 16 Grad

Die meisten Unfälle passieren im Haushalt.« Inge blieb an der Tür stehen und schüttelte empört den Kopf. »Und genau deshalb habe ich diese teure Leiter gekauft. Sabine, die müssen Sie jetzt aber auch benutzen.«

»Bis ich die aufgestellt habe, ist das Fenster schon geputzt.« Lächelnd stieg Sabine Schäfer vom Stuhl und nahm den kleinen Eimer von der Fensterbank. »Schon fertig. Ohne Unfall.«

»Es ist mein Ernst.« Energisch ging Inge durch den Raum und schob den Stuhl zurück an den Tisch. »Dieser Stuhl ist erfunden worden, damit man sich drauf *setzt*, nicht *stellt*. Ich will nicht noch einmal sehen, dass Sie darauf balancierend die Fenster putzen. Sie sind doch hier nicht im Zirkus. So. Und jetzt kommen Sie, Kaffee ist fertig. Sie müssen unbedingt diese kleinen schwedischen Kuchen probieren. Rezept von Charlotte. Meine Schwägerin backt immer so besondere Sachen.«

Sabine folgte ihr langsam in die Küche, leerte den Eimer aus und wischte sich die Hände trocken, bevor sie sich setzte. »Frau Müller, Sie müssen sich doch nicht immer solche Mühe machen.« Ihr Blick wanderte über den gedeckten Tisch. »Ich bin ja kein Kaffeebesuch.«

»Na, zum Glück.« Inge goss Kaffee in die Tassen. »Wissen Sie, wie Charlotte und ich Sie nennen? Die Fee. Was ist dagegen ein langweiliger Kaffeebesucher?«

Sabine lächelte und nahm sich ein kleines Stück Kuchen vom Teller. Ein zufriedenes Lächeln huschte über Inges Gesicht. Sabine Schäfer war ja so ein Glücksgriff. Inge würde alles tun, um es ihr so schön wie möglich zu machen. Damit sie nur ja nie auf den Gedanken käme, ihre Tätigkeit im Hause Müller zu beenden, weil sie sich vielleicht in anderen Häusern wohler fühlte. Oder da weniger zu tun hatte. Inge hoffte inständig, dass so etwas nie passieren würde. »Und?«, fragte sie, während sie den Teller noch ein Stück näher zu Sabine schob. »Wie geht es Ihnen sonst so?«

»Danke.« Sabine hob den Blick und sah sie an. »Gut. Jetzt wird das Wetter ja auch noch schön, da hat man doch gleich bessere Laune.«

»Ja.« Inge nickte. »Für Mai ist es bis jetzt ja auch ganz schön kalt.« Sie machte eine Pause und wartete, bis Sabine in der nachfolgenden Stille das kleine Stück Kuchen aufgegessen und Kaffee getrunken hatte. »Haben Sie eigentlich für den Sommer irgendwelche Urlaubspläne?«

»Noch nicht.« Lächelnd schob Sabine ihren Teller von sich und sah Inge an. »Und wenn, dann sage ich Ihnen rechtzeitig Bescheid.«

»So war das gar nicht gemeint.« Inge hob die Hände. »Ich habe wirklich nur aus Interesse gefragt. Sie können natürlich jederzeit in den Urlaub fahren, Hauptsache, Sie kommen wieder.«

Sabine lachte. »Ich bin mit der Arbeit bei Ihnen sehr zufrieden, Frau Müller, Sie müssen sich nicht solche Gedanken machen. Aber jetzt muss ich mal auf die Uhr sehen. Ich habe nur noch eine Stunde und oben noch gar nicht angefangen. Danke für den Kaffee.« Sie stand schon und trug ihr Geschirr zur Spüle, bevor sie den Raum verließ.

»Die Leiter«, rief Inge ihr hinterher, dann nahm sie

sich selbst ein Stück Kuchen und sah nachdenklich aus dem geputzten Fenster. Immer wieder hatte sie sich einen kleinen Plausch mit Sabine Schäfer erhofft. Aber die zog ihre Kaffeepause genauso effizient durch wie ihre Arbeit. Still und schnell. Und ohne Spuren zu hinterlassen. Davon abgesehen war sie ein Hauptgewinn. Inges Haus war noch nie so sauber gewesen wie in den letzten Monaten, in denen Sabine sich darum gekümmert hatte. Genauso war es bei ihrer Schwägerin Charlotte. Alle vierzehn Tage schwebte abwechselnd bei beiden die Fee durch und anschließend blinkte und blitzte es. Es war wie im Märchen. Nur Klatsch und Tratsch war ihrer Fee fremd. Das war das Einzige, was Inge bedauerte. Sie selbst war ja sehr kommunikativ. Aber sie konnte nicht alles haben.

Eine Stunde später wartete sie, bis Sabine ihre Schuhe gewechselt hatte und in ihre Jacke geschlüpft war, dann drückte sie ihr die vereinbarten Geldscheine in die Hand.

»Vielen Dank, meine Liebe, und dann bis in zwei Wochen.«

Sabine schob das Geld sorgsam in ihr Portemonnaie. »Danke auch, Frau Müller. Einen schönen Tag wünsche ich Ihnen. Bis zum nächsten Mal.«

Inge sah ihr nach, wie sie mit langen Schritten zur Bushaltestelle lief. Der Bus kam genau in dem Moment, in dem Sabine die Haltestelle erreicht hatte. Ohne sich noch einmal umzusehen, stieg sie ein. Dann fuhr der Bus ab. Inge blieb stehen, bis er aus ihrem Sichtfeld verschwunden war. Sie wollte gerade die Haustür schließen, als sie das kleine rote Auto ihrer Schwägerin entdeckte. Charlotte fuhr langsam auf ihr Haus zu, blinkte vorschriftsmäßig und parkte neben der Auffahrt. Langsam stieg sie aus. »Hallo Inge, wartest du auf mich?«

»Nein.« Inge trat einen Schritt zurück und hielt die Tür

auf. »Ich habe immer noch keine telepathischen Fähigkeiten, obwohl ich manchmal glaube, ich sei ganz dicht dran. Ich habe Sabine und dem Bus hinterhergesehen. Du hättest sie fast noch getroffen.«

»Ach? Ist das schon so spät?« Charlotte sah sofort auf die Uhr. »Tatsächlich. Ich habe mich so vertrödelt, stell dir vor: Beim Einkaufen habe ich den halben Chor getroffen. Erst Gisela auf dem Parkplatz, dann Onno an der Kühltheke, Helga beim Gemüse, und im Waschmittelgang stand dann auch noch Elisabeth. Da kommst du nicht durch, mit oder ohne Einkaufszettel, ich habe fast eine Stunde gebraucht.«

»Gibt es was Neues?«

Inzwischen war Charlotte eingetreten und hatte ihre Jacke an die Garderobe gehängt. »Nö. Nichts Besonderes. Es riecht hier so gut. Herrlich. Ich freue mich schon auf nächste Woche, da bin ich dann dran.«

»Kaffee?«

»Gern.«

Die Thermoskanne stand immer noch auf dem Küchentisch, Inge holte eine frische Tasse aus dem Schrank und setzte sich Charlotte gegenüber. »Ich mache ja jedes Mal eine ganze Kanne Kaffee«, sagte sie, während sie einschenkte. »Aber Sabine trinkt immer nur eine Tasse, isst eine Kleinigkeit, weil sie zu höflich ist, um abzulehnen, und dann springt sie auf und macht weiter. Kannst du dich mit ihr richtig unterhalten?«

»Was heißt richtig?« Charlotte inspizierte die kleinen Törtchen. »Sind die nach meinem Rezept? Da musst du mehr Zimt drauf machen.«

Inge schob ihr die Milch zu. »Ich meine, dass man mal ein bisschen länger klönt. So über Gott und die Welt. Aber sie ist so arbeitsam.«

»Ja, Gott sei Dank.« Charlotte sah sie überrascht an. »Inge, wir haben sie als Putzfrau engagiert. Nicht als Gesellschafterin. Und sie muss in drei Stunden fertig werden, da kann sie sich doch wohl nicht gemütlich in deine Küche setzen und über das dänische Königshaus reden.«

»Wieso das dänische Königshaus?« Inge hob irritiert die Augenbrauen. »Was ist denn mit denen?«

»Nichts«, winkte Charlotte ab. »Die fielen mir nur gerade ein. Weil du dich doch für die Königshäuser interessierst.«

»Du doch auch.«

»Inge, das war doch nur ein Beispiel.« Charlotte probierte das Törtchen und nickte anerkennend. »Schmecken sonst gut. Aber wie gesagt, oben drauf mehr Zimt. Jedenfalls bin ich froh, dass sie so schnell und zügig arbeitet. Du, das ist immer noch mein Albtraum: Irgendwann kommen Heinz und Walter früher aus der Sauna zurück und treffen auf sie. Mit dem Staubsauger in der Hand, da können wir dann auch nicht mehr sagen, dass sie nur Kaffeebesuch ist. Stell dir das mal vor!«

»Bloß nicht.« Inge schüttelte sich. »Ich hoffe nur, dass uns was einfällt, wenn das wirklich mal passiert. Wird schon. Aber die Wahrscheinlichkeit, dass die Männer früher zurückkommen, geht gegen null. Sie ändern nie ihre Gewohnheiten. Und wenn, müsste richtig was passieren, dann wären sie im Krankenhaus. Und wir wären raus.«

Charlotte sah sie an. »Also Inge«, sie schüttelte den Kopf. »Manchmal bist du mir zu brutal. Krankenhaus. Du hast vielleicht Ideen.«

»Es sind keine Ideen.« Unbekümmert biss Inge in ein zweites Törtchen. »Ich habe manchmal Bilder im Kopf. Und das Bild von Walter und Heinz beim Zusammentreffen mit Sabine möchte ich dir gar nicht beschreiben. Haben Onno und Helga von ihrem Urlaub erzählt?«

»Nur ganz kurz.« Charlotte lächelte. »Dass sie ein sehr schönes Hotel hatten, von ihrem Zimmer aus auf die Ostsee sehen konnten und viel Fahrrad gefahren sind. Helga wird immer ein bisschen rot, wenn sie erzählt. Irgendwie niedlich.«

»Sie muss sich vielleicht noch daran gewöhnen, dass sie wieder verliebt ist. In ihrem Alter.« Seufzend stützte Inge ihr Kinn auf die Faust. »Es ist aber auch zu schön. Fast siebzig und Herzklopfen wie eine Siebzehnjährige. Und Onno sieht auch so glückselig aus. Oder?«

Ihre Schwägerin nickte. »Das stimmt.« Ihr Blick ging zum Fenster. »Oh. Und jetzt müssen wir auch glückselig aussehen, da kommen unsere Männer.«

Heinz und Walter brachten eine Wolke von Dusch- und Saunaduft in den Raum. »Hier kommen die Gesalbten.« Heinz blieb vor dem Tisch stehen und betrachtete interessiert die Törtchen. »Das sieht ja gut aus. Setz dich, Walter, wir haben uns so viele Kilos weggeschwitzt, da passen jetzt wieder Kaffee und Kuchen rein.«

»Vom Saunieren nimmt man nicht ab«, sagte Inge und sah ihren Bruder Heinz stirnrunzelnd an. »Und was sind die Gesalbten?«

»Männer im besten Alter, die sich nach drei Saunagängen und einigen Bahnen athletischen Schwimmens nach dem Duschen mit Nivea eingecremt haben.« Walter strich seiner Frau leicht über den Kopf. »Ingelein, wir haben eine Haut wie ein Kinderpopo.« Er setzte sich und sah sich suchend nach einer sauberen Tasse um.

»In der Küche.« Inge hatte seinen Blick verstanden, blieb aber sitzen. »Da müsstest du deinen Kinderpopo aber selbst hinbewegen. Ich habe den ganzen Morgen geputzt.«

»Ja.« Walter erhob sich sofort. »Natürlich. Ich habe das schon bemerkt. Es riecht so gut nach Zitrone. Heinz, willst du auch eine Tasse?«

»Ja.« Heinz hatte schon die Hand auf dem Kuchenteller. »Aber mach nicht gleich alles wieder schmutzig.« Er zog Charlottes Teller zu sich. »Du bist ja fertig mit dem Kuchen, oder?« Ohne die Antwort abzuwarten, legte er ein Törtchen drauf. »Wir haben Maren in der Sauna getroffen. Schöne Grüße.«

»Welche Maren?« Inge schob ein paar Krümel, die Heinz vom Teller gefallen waren, auf ein Häufchen. »Halte mal den Mund über den Teller, du krümelst alles voll.«

»Maren Thiele.« Beim Antworten flogen die nächsten Krümel über den Tisch. »Onnos Tochter.«

»Die hatte heute frei.« Walter war mit zwei Tassen in der Hand aus der Küche zurückgekehrt. »Hier passieren im Moment ja nicht so viele Verbrechen. Da kann die Polizei auch mal eine ruhige Kugel schieben und sich in die Sauna setzen.« Er nahm Platz, griff nach der Kaffeekanne und schenkte sich und seinem Schwager ein. »Sie hat erzählt, dass sie ihre Überstunden abbummelt, weil es gerade so ruhig ist. Ich glaube ja, dass es ihr hier auf Dauer zu langweilig wird. Immer nur Alkoholsünder, Raser und Urlauber ohne Benehmen. So ein junger Mensch will doch auch mal einen Serienmörder oder eine Politikerentführung oder eine Millionenerpressung. Aber in dieser Hinsicht ist auf Sylt ja nichts los.«

»Na, Gott sei Dank«, antwortete Charlotte und stand auf. »Ich brauche das auch nicht. Wobei ich dich daran erinnern muss, dass wir im letzten Jahr eine Erpressung und einen Todesfall hatten. Du bist ja nur immer noch beleidigt, dass ihr nichts davon mitbekommen habt. So, ich muss los, ich habe meine ganzen Einkäufe noch im Auto.

Heinz, kommst du gleich mit oder fährst du nachher mit dem Bus?«

»Ich komme mit.« Im Aufstehen trank er seinen Kaffee aus. »Der ist nicht mehr ganz heiß, Inge. Steht schon zu lange. Macht aber nichts. Ich trinke nach der Sauna sowieso lieber ein Bierchen.«

Charlotte stand schon an der Haustür und drehte sich ungeduldig um. »Jetzt komm. Und nimm deine Saunatasche mit, du bist gerade an ihr vorbeigelaufen.«

Heinz machte auf dem Absatz kehrt und schulterte die Tasche. »Ich dachte, du hast sie schon. Tschüss, Familie. Bis bald.«

Freitag, der 6. Mai,
blauer Himmel, 19 Grad

Sie liebte diesen Platz. Sie saß auf einem der hohen Stühle unter einem Schirm und hatte einen freien Blick auf den Trubel, der um sie herum herrschte. Familien mit Kindern, Fahrradfahrer, die ihre Tour hier unterbrachen, Touristengruppen, die mit Bussen über die Insel gefahren wurden und eine Stunde Aufenthalt hatten, um ein Fischbrötchen oder ein Eis zu essen, verliebte Paare, die auf Sylt ein paar Tage Zweisamkeit genossen, und Cliquen aus Hamburg, die das schöne Wetter für ein Partywochenende nutzten. Der Lister Hafen war ein Anziehungspunkt der Sylter Gäste, hier wurde gegessen, getrunken, eingekauft, hier buchte man Ausflugsfahrten oder saß einfach eine Zeitlang in der Sonne. Obwohl sie Menschenmengen hasste: hier gab es immer einen Platz in einer Ecke, an dem man ungestört einen Kaffee oder Wein trinken konnte, von wo aus man in aller Ruhe die Menschen beobachten, sich ihre Geschichten und Leben ausmalen konnte und Teil einer Leichtigkeit wurde, die einem einfach so geschenkt wurde. Sie kam nicht oft her, es wäre sonst nichts Besonderes, aber bei so schönem Wetter wie heute, bei diesem blauen Himmel, den wenigen Federwolken und dieser seltenen Windstille war das einer der besten Orte, die sie kannte. Sie hielt ihr Gesicht in die Sonne und schloss die Augen, es war herrlich. Sie liebte diese ersten Frühsommertage, sie fühlten sich so vielversprechend an, so zärtlich und optimistisch. Zur Feier dieses Sommertages hatte sie sich ein Glas Weißwein und ein paar Scampi bestellt, es schmeckte nach Urlaub und guter Laune. Am Nebentisch saßen zwei Frauen, die sich in einer Stimmlage unterhielten, die es unmöglich machte, dem Gespräch nicht zuzuhören. Manche Informationen brauchte man eigentlich nicht – an denen hier kam sie aber leider nicht vorbei. Eine der beiden hatte vor zwei Wochen unangemeldet ihre beste Freundin besucht und dabei ihren Mann getroffen. Wäre er vollständig angezogen gewesen, hätte er sich sicherlich mit der einen oder anderen notwendigen Reparatur herausreden können, so allerdings war die Sache eindeutig. Jetzt ging es nur noch um die Beruhigung aller Gemüter, was zu diesem Zeitpunkt aussichtslos schien. Hier war kein Platz mehr für Erklärungen oder Versöhnung, hier ging es um Geld, Rache und die allgemeingültige Ächtung der ehemals besten Freundin. Die Begleitung der Betrogenen war vermutlich vorher nur die zweitbeste Freundin gewesen, hatte sich aber sofort bereit erklärt, erste Hilfe auf Sylt zu leisten. So waren sie also zu zweit in ein schönes Hotel gefahren, schmiedeten nun Rache- und Zukunftspläne und tranken Sekt zwischen Verzweiflung, Wut und Zuversicht.

Sie legte ihre Gabel in das leere Scampischälchen und stand mit ihrem Glas Wein in der Hand auf, um sich einen anderen Platz zu suchen. Es war ihr entschieden zu viel Privates, was sie sich hier anhören musste. Sie wollte Leichtigkeit und keine Katastrophen. Ein ganzes Stück weiter stand gerade ein Mann mit einem halbwüchsigen Sohn auf. Alleinerziehend, mutmaßte sie. Oder ein getrennter Vater, der aus lauter schlechtem Gewissen Vater-Sohn-Wochenenden auf Sylt verbrachte. Die beiden mochten sich, das sah man, es war nicht ihr erster gemeinsamer Ausflug. Also doch kein schlechtes Gewissen, sondern väterliche Zuneigung. Sie schlenderte langsam auf den Tisch zu, die beiden lächelten sie an. »Wir gehen«, sagte der Sohn. »Falls Sie das gerade fragen wollten. Wir machen jetzt eine Fahrt zu den Seehundsbänken.«

»Viel Spaß«, antwortete sie und sah den beiden hinterher. Der Vater legte seinem Sohn beim Laufen den Arm um die Schultern. Hier war wieder Leichtigkeit im Leben. Sie setzte sich und trank einen Schluck Wein. Die Fähre aus Dänemark fuhr langsam an ihr vorbei zum Anleger. Sie folgte ihr mit den Blicken und nahm sich vor, demnächst mal wieder mitzufahren. Es war zwar keine große Reise, aber sie mochte Schiffe. Sie hatte es schon ab und zu mal gemacht, etwas über eine halbe Stunde hin, ein kleiner Spaziergang am Hafen, ein dänisches Hotdog auf die Hand und dann wieder zurück. Es war wie ein kleiner Urlaub, manchmal reichten auch ein paar Momente auf dem Meer, um sich lebendig zu fühlen. Die Fähre verschwand aus ihrem Blickfeld, und sie sah sich wieder um. Hinter ihr war eine Gruppe junger Leute, vielleicht Mitte zwanzig. Sie waren in Feierlaune, einer von ihnen hatte anscheinend großzügige Eltern, die ihnen ihr Ferienhaus für ein Wochenende zur Verfügung gestellt hatten. Der Sohn kannte sich aus, machte Vorschläge für die kommenden Tage, er hatte etwas leicht Gönnerhaftes. Zwei der jungen Mädchen wechselten einen Blick, anscheinend tat es ihnen schon leid, der Einladung des Knaben gefolgt zu sein. Sie hatten zwar Sylt umsonst, aber dafür einen Angeber mit langweiligen Vorschlägen an der Hacke.

Zwei Tische neben ihr saß ein altes Paar, beide in zweckmäßigen Regenjacken, ihre war rot, seine blau. Es war schon seltsam, dass manche Zuordnungen ein ganzes Leben lang hielten. Die beiden hatten jeweils ein Fischbrötchen in der Hand, Matjes mit Zwiebeln, dazu trank er ein Bier und sie einen Kaffee. Auch nicht ungewöhnlich. Ungewöhnlich war, dass sie die Köpfe zusammensteckten und sich so angeregt unterhielten. Er sagte etwas, das sie zum Lachen brachte, dann antwortete sie und er wollte sich fast ausschütten. Sie hatten Spaß zusammen, das war ganz deutlich zu sehen. Vielleicht kannten sie sich noch gar nicht so lange und entdeckten einander gerade erst. Dann hatten sie sich viel zu erzählen. Oder sie hatten einfach Glück: Da hatten sich womöglich die zwei Menschen getroffen, die einander ihr Leben lang genug zu sagen hatten. Sie wandte ihren Blick ab, bevor sie neidisch wurde. Manchmal fehlte ihr ein Seelengefährte, jemand, bei dem ein Blick genügte, um zu wissen, dass man dasselbe dachte, jemand, der zu einem gehörte und von dem das auch alle wussten. Sie sah über den Platz, an dem die Betrogene mit ihrer ehemals zweitbesten Freundin saß. Das war das Gegenprogramm. Das brauchte sie nicht mehr. Wirklich nicht. Hinter ihr machte sich die Gruppe der jungen Leute auf Geheiß des Angebers auf den Weg. Die Armen, dachte sie und griff wieder zu ihrem Weißwein. Sie trank langsam und auch immer nur ein einziges Glas. Sie mochte keine angetrunkenen Menschen, sie waren ihr zuwider. Als wenn sie laut gedacht hätte, tauchten zwei solcher Exemplare hinter ihr auf. Sie drehte sich gleich wieder um, die Männer sahen so aus, als würden sie sofort einen dämlichen Spruch raushauen, wenn sie beachtet wurden. Zwei Männer mittleren Alters, gut aussehend, wahrscheinlich erst spät zu Geld gekommen, das vermutete sie, weil beide so krampfhaft bemüht wirkten, die richtige Bekleidung zu tragen. Teure Massenware mit den entsprechenden Schriftzügen, dazu trugen sie passende Schirmmützen und teure Sonnenbrillen. Und sie redeten laut. Damit bloß niemand übersah, dass es sich hier um echte Kerle handelte, wohlhabend, selbstbewusst, unabhängig und wahnsinnig cool. Sie stellte sich vor, was die Jungs zu Hause für einen Alltag lebten. Wahrscheinlich hatten sie Frauen, die sich um Haus und Kinder kümmerten. Die Kinder wurden durch Tennisvereine und Musikschulen organisiert, die Frauen hatten ihre Freundinnen, ihre Friseure, ihre Shoppingnachmittage, während die Kinder in der Schule oder im Freizeitstress waren. Alles ging so lange gut, bis Papi die erste Affäre anfing. War die Neue jünger, schöner und umgänglicher, zog Papi aus, sah die Kinder nur noch alle zwei Wochen und ... An dieser Stelle rief sie sich selbst zur Ordnung. Sie neigte dazu, in ihrem Zynismus ein Klischee nach dem anderen zu sehen. Vielleicht handelte es sich einfach nur um zwei Freunde oder Arbeitskollegen, die sich hier mit ihren Frauen verabredet hatten.

»Guck dir mal die Blonde dahinten an.« Sie merkte der Stimme schon an, dass hier nicht der erste Wein bestellt wurde. »Mein lieber Mann, die würde ich auch nicht von der Bettkante schubsen. Heißes Gerät.«

Gemeint war eine junge Blondine, die allein an einem Tisch stand und offensichtlich auf jemanden wartete. Dieser Jemand kam auch in diesem Moment: groß, breitschultrig, tätowiert. Die blonde Frau hatte Glück, die Männer auch, der Begleiter hatte den dämlichen Spruch nicht gehört.

»Leg dich mit dem bloß nicht an.« Auch der zweite Mann hatte eindeutig schon einen sitzen. »Geh mal lieber noch einen Wein holen. Wir sind ja nicht zum Spaß hier.«

In das laute Gelächter fiel der erste wieder ein: »Ist meine Runde, ich gehe«, rief er großspurig.

Etwas an seiner Stimme zwang sie, sich umzudrehen. Er ging etwas unsicher zum Tresen, Jeans, Hemd mit Emblem, Pulli über die Schulter geworfen. Dieser Gang, diese Stimme … er fühlte sich tatsächlich unwiderstehlich. Jetzt drehte er sich um und sah in ihre Richtung. Ihre Blicke trafen sich. Sie sah sofort zur Seite, das fehlte noch, dass er glaubte, sie würde sich für diesen Idioten interessieren. Als sie einen Augenblick später wieder hochsah, stand er immer noch unverändert da und starrte sie an. Vermutlich würde er ihren erneuten Augenkontakt für Interesse halten und gleich auf sie zukommen. Abrupt stand sie auf, griff nach ihrer Tasche und machte sich mit langen Schritten auf den Weg zur Bushaltestelle. Sie drehte sich nicht mehr um, deshalb sah sie auch nicht, dass er immer noch wie versteinert auf der Stelle stand und ihren schnellen Abgang mit seinen Blicken verfolgte. Er sah aus, als hätte er einen Geist gesehen. Nur wenige Sekunden später setzte er sich in Bewegung.

Freitag, der 6. Mai,
immer noch wolkenloser Himmel

Papa?« Maren schob die offen stehende Haustür vorsichtig ein Stück auf. »Bist du da?« Sie ließ ihre Tasche auf den Boden fallen und trat ein. »Hallo? Papa?« Plötzlich spürte sie hinter sich eine Bewegung, dann drückte sich ein Gegenstand in ihren Rücken. »Hände hoch.«

Maren drehte sich um. Ihr Vater stand mit einer Gurke in der Hand hinter ihr und grinste sie an. »Du machst für eine Polizistin erstaunlich viele Fehler. Sei froh, dass es nur eine Gurke war. Sonst wärst du jetzt vielleicht tot.«

»Ja, ja.« Maren ließ ihm den Vortritt und folgte ihm in die Küche. »Und du lässt die Haustür offen stehen. Da kann doch jeder reinkommen.«

»Mein liebes Kind«, Onno legte die Gurke auf die Spüle und drehte sich zu ihr um. »Ich habe hier alles im Blick, da sei sicher. Ich war nur kurz im Gewächshaus. Hast du an die Krabben gedacht?«

Statt einer Antwort schwang Maren die Plastiktüte, die sie in der Hand hielt. »Ist deine Helga nicht da?«

»Sie ist beim Friseur. Lässt sich schön machen.« Er sah sie forschend an, sah aus, als würde er etwas sagen wollen, ließ es aber.

Maren ließ sich auf die Bank sinken. »Das ist sie doch schon.«

Onno nickte. »Finde ich auch. Möchtest du was trinken? Zu essen gibt es noch nichts. Ich mache nachher eine Krabbenquietsch.«

»Eine was?«

»Eine Quietsch«, wiederholte Onno etwas lauter. »Mit Krabben. Und asiatischem Gurkensalat.«

Maren verbiss sich ein Lachen. »Eine Quiche. Ach so.«

»Sag ich doch.« Onno lächelte. »Du hast es mit den Ohren, oder? Musst du mal durchpusten lassen. Also, willst du was trinken? Tee?«

Maren war es lieber, dass Onno das Essen kochen konnte, als dass er es richtig aussprach. Das war doch wirklich egal. Sie wartete, bis ihr Vater sich setzte. Er hatte einen Gesichtsausdruck, den Maren sehr gut kannte. Er wollte irgendetwas mit ihr besprechen und wusste nicht, wie er anfangen sollte. Stattdessen griff er zur Zuckerdose und fing an, sie zu drehen, eine Runde, eine zweite Runde, bei der dritten legte Maren ihre Hand auf seine.

»Sprich«, sagte sie sanft, »bevor die Dose kaputtgedreht ist. Die ist noch von Mama.«

»Genau«, Onno sah hoch und zog seine Hand weg. »Das ist das Stichwort. ›Mama‹.« Er machte eine Pause, schob die Zuckerdose ein Stück zur Seite und räusperte sich. »Ich wollte mal was mit dir bereden.« Und schwieg.

»Papa. Ich habe nicht den ganzen Tag Zeit. Was willst du mir sagen?«

»Ja.« Onno nickte. »Wie soll ich anfangen? Also, ich habe mir so meine Gedanken gemacht.«

Pause.

»Und was sind das so für Gedanken?«

»Ganz unterschiedliche. So über dieses und jenes.«

»Und?«

»Nichts und. Ich denke einfach über das Leben nach.

Und über alles andere auch. Wie man das so macht. Heute zum Beispiel. Und in anderen Zeiten.«

Maren schloss die Augen. Dieses Gespräch konnte sich noch über Stunden hinziehen. Ihr Vater hatte viele Talente – über seine Gefühle zu sprechen gehörte nicht dazu. Sie sah ihn an, seine Hand lag noch immer auf der Zuckerdose. »Papa, es wäre schön, wenn du mal auf den Punkt kämst. Was hat die Zuckerdose und was hat Mama mit deinen Gedanken zu tun?«

»Wieso die Zuckerdose?« Jetzt war Onno erstaunt. »Nur weil ich sie gedreht habe?«

»Nein, weil du gesagt hast, die Zuckerdose sei das Stichwort.«

»Mama«, korrigierte Onno freundlich. »Ich sagte ›Mama‹ sei das Stichwort.«

Maren musterte ihn. »Wenn diese Szene in einem amerikanischen Mafiafilm vorkäme, würde ich jetzt beginnen, dich zu foltern. Bis du endlich mal auspackst. Also, Onno Thiele, entweder sagst du jetzt, was du willst, oder ich verliere die Geduld.«

»Folter ist verboten.« Onno fuhr sich mit beiden Händen durchs Haar, bis es in alle Richtungen abstand, dann glättete er seine Frisur wieder und atmete tief ein und aus. »Also, ich wollte dich fragen, ob deine Entscheidung, diese ganzen Weiterbildungen auf dem Festland zu machen, mit Helga zu tun haben. Und du bist ja auch am Wochenende viel aushäusig.«

»Was?« Erstaunt sah Maren ihren Vater an. »Wie meinst du das?«

»Ich habe mir überlegt, dass du das vielleicht nicht so gut findest, dass Helga hier einzieht, und du deswegen immer wegwillst. Ist das so?«

»Nein.« Maren schüttelte entschieden den Kopf. »Papa,

was denkst du? Ich finde Helga zauberhaft, und ich freue mich, dass ihr zusammengefunden habt. Wirklich. Mama ist seit vier Jahren tot, ich bin doch froh, dass du nicht mehr allein sein musst.«

»Im Ernst?« Noch etwas skeptisch fragte Onno nach: »Und das stört dich wirklich nicht? Also gerade, weil du erst im letzten Sommer zurückgekommen bist. Vielleicht möchtest du ja doch mehr Dinge mit mir zusammen machen. Oder mich für dich haben. So ganz allein.«

Maren überlegte, was sie dazu sagen konnte. Natürlich hatte ihr verwitweter Vater etwas damit zu tun gehabt, dass sie sich von Münster zurück auf die Insel hatte versetzen lassen. Aber schon nach wenigen Tagen war ihr klar geworden, dass ihr Vater keinesfalls Hilfe brauchte, schon gar nicht ihre. Er hatte sich schon auf seine Art über ihre Rückkehr gefreut, aber gleich mitgeteilt, dass er überhaupt keine Absicht hegte, in irgendeiner Form sein Leben zu ändern, in dem er sich eigentlich ganz gut eingerichtet hatte. Das hatte erst Helga Simon geschafft. Und Maren freute sich darüber.

»Papa«, sagte sie jetzt langsam. »Du musst dir wirklich überhaupt keine Gedanken machen. Zum Ersten muss ich mich doch gar nicht mit Helga arrangieren, sie zieht ja nicht in meine Einliegerwohnung, sondern zu dir. Zum Zweiten hast du auch vor Helga deine Abende nicht mit mir, sondern eher im Kochclub, im Chor oder mit Karl verbracht. Und zum Dritten hatte ich mich schon lange für die Weiterbildung beworben, das hat überhaupt nichts mit dir und Helga zu tun. Ich bin eher überrascht, dass du mich so einschätzt. Und solche Dinge denkst.«

»Ich habe mir das ja nicht selbst ausgedacht«, räumte Onno ein. »Karl hat das gesagt.«

»Was!?«

»Dass du unglücklich aussiehst. Und dass es für Töchter nicht einfach ist, wenn der Vater plötzlich eine neue Partnerin anschleppt. Und ich mir darüber Gedanken machen muss.«

Maren verschluckte sich fast. »Karl? Das glaube ich jetzt nicht. Soll ich dir was sagen? *Er* ist eifersüchtig. Weil du nicht mehr ständig verfügbar bist und er hier nicht mehr stundenlang in der Küche hocken und dich ungestört vollsabbeln kann.«

»Maren.« Vorwurfsvoll unterbrach Onno sie. »Er ist dein Patenonkel. Und so oft saß er ja gar nicht in der Küche.«

»Doch. Dauernd. Seit er pensioniert und kein Polizeichef mehr ist, hat er Langeweile, und du weißt, dass Karl Revierverbot hat. Gerda kann ihn auch nicht immer um sich haben und schickt ihn so oft wie möglich wegen irgendwelcher Besorgungen los. Die dann immer hier enden. Er will dir nur ein schlechtes Gewissen machen.«

»Meinst du?« Onno schüttelte den Kopf. »Das kann ich mir gar nicht vorstellen.«

Eine scheppernde Fahrradklingel unterbrach das Gespräch. Maren deutete nach draußen. »Wenn man vom Teufel spricht. Du kannst ihn gleich selber fragen. Auch wenn er es nie zugeben würde. ›Für die Töchter ist es nicht einfach, wenn der Vater plötzlich eine neue Partnerin anschleppt.‹ Der spinnt doch.«

»Kind, bitte!« Onno stand auf. »Nicht, dass er dich hört.«

»Wer darf was nicht hören?« Karl war schon in der Küche angekommen. »Na, Maren? Keinen Dienst heute? Wird die Insel wieder dem Verbrechen überlassen? Oder macht dein Chef Runge die gesamte Aufklärungsarbeit allein? Du rollst mit den Augen, Maren, ich sehe das, auch wenn du aus dem Fenster siehst.«

»Meine Augen rollen automatisch, wenn ich dich den Namen Runge aussprechen höre«, Maren drehte sich zu ihm. »Hör doch mal auf zu provozieren.«

Karl hob seine Hände und sah sie erstaunt an. »Ich provoziere doch nicht. Du bist so empfindlich. Aber das kennt man aus der Psychologie. Wenn man einen Partner oder ein Kind immer verteidigen muss, weil dauernd was schiefläuft und niemand ihn mag, dann ist man bei der kleinsten Kritik schon auf Zinne. So wie du. Mit deinem Chef. Den musst du auch dauernd verteidigen, weil er so dämlich ist.« Sehr zufrieden mit seiner Ausführung lächelte Karl Maren an, bevor er sich an den Tisch setzte. »Ich nehme es dir nicht übel. Du hast es ja auch nicht gerade leicht.«

Nach einem sehr langen Blick auf ihn stand Maren langsam auf. »Karl, manchmal gehst du mir echt auf die Nerven. Kann es sein, dass du ein böser, nachtragender, alter Mann wirst?« Sie wartete die Antwort gar nicht erst ab, sondern ging zur Tür. »Bis später, Papa, ich komme nachher noch mal rein.«

Die Tür fiel hinter ihr ins Schloss. Karl wartete einen Moment ab, dann wandte er sich an Onno. »Sie ist ja so empfindlich geworden«, sagte er mitleidig. »Es ist auch zu viel. Erst dieser cholerische Chef, dann der Freund, der so kurz nach Beginn der Liebesgeschichte wieder von der Insel flieht, und dann noch eine fremde Frau, die den Platz ihrer Mutter einnehmen will. Mann, Mann, wir müssen auf sie aufpassen. Warum stehst du eigentlich die ganze Zeit? Setz dich doch mal hin.«

Onno war dem kurzen Gespräch an die Spüle gelehnt gefolgt. Er hielt ein Geschirrtuch in der Hand, das er langsam zu einer Rolle gedreht hatte. Karl heftete seinen Blick darauf und sagte: »Was hast du mit der Geschirrtuchwurst vor?«

Mit einem Ruck löste sich Onno von der Spüle und ging auf Karl zu. »Vielleicht sollte ich sie nass machen und dich damit verprügeln«, antwortete er, schüttelte das Tuch dann aber aus. »Ich neige dazu, meiner Tochter recht zu geben, Karl. Du wirst ein böser, nachtragender, alter Mann. Wir müssen uns mal unterhalten.«

»Wir? Worüber denn?« Erstaunt sah Karl ihn an. »Nur weil Maren komisch ist, hat sie doch noch lange nicht recht. Und ich nehme ihr das nicht übel, ich habe schon so viele Menschen unter Stress erlebt, das macht mir nichts aus.«

Onno ließ sich auf den Stuhl sinken und faltete die Hände auf dem Tisch. »Es geht jetzt mal nicht darum, was *dir* etwas ausmacht, Karl. Ich will, dass du *mir* mal zuhörst und …«

»Mir macht es ja eben *nichts* aus.«

»… und mich ausreden lässt. Halt doch mal für einen Moment die Klappe.«

Karl schloss sofort verblüfft den Mund, diesen rüden Ton hatte er von seinem freundlichen Onno noch nie gehört. Der fuhr mit ruhiger Stimme fort:

»Sieh mal, es ist für alle Menschen eine große Veränderung, wenn sie aus dem Berufsleben ausscheiden. Man muss sich neue Aufgaben oder Hobbys suchen, das fällt manch einem schwerer als anderen. Aber wir sollten das mit Würde und Anstand tun. Bei dir …«

»Ich habe Würde und …«

»Karl, unterbrich mich nicht, sonst breche ich das Gespräch sofort ab und mache das Handtuch nass.« Onno hatte tatsächlich seine Stimme erhoben. Karl war zu fassungslos, um etwas zu entgegnen.

»Bei dir ist von Anstand nichts zu merken. Du warst nicht einverstanden mit der Wahl Peter Runges als Nachfolger. Das ist dein gutes Recht. Aber du bist raus, Karl. Du bist pensioniert, und es geht dich einfach nichts mehr an, wer der Chef der Polizei auf der Insel ist und ob er seinen Job gut oder schlecht macht. Du bist raus, du bist Pensionär, du hast mit der Polizeistation nichts mehr zu tun. Geht das denn nicht in deinen Kopf?«

»Darf ich antworten?«

»Bitte.« Onno ignorierte Karls beleidigten Ton. »Aber kurz. Ich bin noch nicht fertig.«

Nach einem tiefen Atemzug hob Karl den Kopf und sah Onno fast resigniert an. »Wie lange sind wir schon befreundet? Nein, lass mich antworten, ich habe es nämlich im Kopf: seit fünfundvierzig Jahren. Was haben wir in dieser Zeit alles erlebt? Auch das sage ich dir: zwei Hochzeiten, mehrere Beerdigungen, drei Kinder, viele Segeltörns, genauso viele Geburtstagsfeiern, Silvesterpartys, Ostereiersuchen, Sommerurlaube, viele …«

»Karl, komm auf den Punkt.«

»Man kann es mit einem Satz auf den Punkt bringen. Wir sind wie ein altes Ehepaar. Und das hat ab und zu mal Krisen. Mal sind die dem Geld geschuldet, mal der Kindererziehung, mal den unterschiedlichen Auffassungen über den Haushalt. All das betrifft uns nicht, aber der schlimmste Grund, der hat uns nun ereilt. Eine andere Frau.«

»Hä?« Verblüfft sah Onno ihn an. »Was meinst du denn damit?«

»Helga.« Mit einem nachdrücklichen Nicken verschränkte Karl seine Arme vor der Brust. »Versteh mich nicht falsch, sie ist mir sehr sympathisch, und ich gönne dir ja auch deinen späten zweiten Frühling, aber Herrgott, da muss man doch nicht gleich zusammenziehen. Das ist doch nicht mehr altersgemäß. Was sollen die Leute sagen?«

Fassungslos schüttelte Onno den Kopf. »Karl. Ich glaube, du wirst tatsächlich langsam seltsam. Was hat denn Helga mit deiner Fehde mit Runge zu tun? Und dass du dich nicht daran gewöhnen kannst, im Ruhestand zu sein? *Das* war unser Thema, was hast du denn daran nicht verstanden?«

»Du musst immer das Große und Ganze sehen. Ich muss mich gerade mit zwei schwerwiegenden Änderungen in meinem Leben auseinandersetzen, dem Ruhestand und dem Verlust meines besten Freundes. Das muss ich auch erst mal verarbeiten, ich bin sensibler, als du glaubst. Und nur fürs Protokoll, ich habe keine Fehde mit Runge, ich kann ihn nur nicht leiden. Und er hat damit angefangen.« Karl sah sich um. »Kann ich vielleicht ein Glas Wasser haben, ich bin so furchtbar durstig.«

»Wasser?« Stirnrunzelnd sah Onno ihn an. »Ich denke, das trinkst du nur, um Tabletten runterzuspülen.«

»Ich wollte dir keine Mühe machen.« Entwaffnend lächelte Karl ihn an. »Aber was anderes wäre mir natürlich lieber. Falls es wirklich keine Mühe macht.«

Onno verzog keine Miene. »Kaffee?«

»Um Himmels willen, es ist nach fünf, dann kann ich nicht schlafen. Nach Tee übrigens auch nicht. Bier ginge.« Er lächelte seinen ältesten Freund an, als der ihm eine Flasche Bier auf den Tisch stellte. »Danke. Du nicht?«

»Nein.« Onno setzte sich an den Tisch. »Ich möchte nichts. Aber zurück zum Thema, ich ...«

»Onno«, Karl unterbrach ihn, indem er seine Hand auf Onnos Arm legte. »Lass uns an diesem schönen Tag nicht streiten. Habe ich dir schon erzählt, dass ich mir einen neuen Vertikutierer gekauft habe? Den alten hatte ich jetzt über dreißig Jahre, der war kaputt. Und jetzt habe ich den Mercedes unter den Vertikutierern, sagenhaftes Gerät, nur Gerda war wegen des Preises verschnupft. Sie hat gesagt, ich wäre über hundert, bis der kaputtgeht, das würde sich ja gar nicht mehr lohnen. So was sagt man doch nicht zu seinem Ehemann.«

Bevor Onno antworten konnte, klingelte es an der Haustür. »Entschuldige«, sagte er mit einem kleinen Lächeln und stand auf. »Helga benutzt nie ihren Schlüssel, wenn ich da bin.«

Missmutig sah Karl ihm hinterher. Im letzten Jahr hatte Onno dauernd über Rückenschmerzen geklagt, und kaum war eine Frau im Spiel, schwebte er geradezu durchs Haus. Unwirsch leerte er sein Bier und stand auf. Hier wurde er im Moment nicht mehr gebraucht.

Freitag, der 6. Mai,
nach Einsetzen der Dämmerung, 14 Grad

Hey, Rike, ich bin's«, Maren legte ihre Füße auf den Tisch und griff zu ihrem Teebecher. »Hast du Zeit für einen kleinen Plausch?«

»In fünf Minuten«, war die Antwort am anderen Ende. »Ich muss noch eine Sache zu Ende machen, danach kann ich stundenlang mit dir telefonieren, ich bin sowieso allein. Bis gleich.«

Maren legte das Telefon neben sich und sah auf die Uhr. Wenn Rike fünf Minuten sagte, dann meinte sie auch fünf Minuten, sie war da sehr zuverlässig. Immer schon. Sie kannten sich seit der Grundschule, ihre Freundschaft hatte Bestand gehabt, auch wenn sie sich zeitweise nur selten gesehen hatten. Das hatte aber immer nur an der jeweiligen Entfernung ihrer Wohnorte gelegen. Im letzten Jahr war Maren zurück auf die Insel gekommen, sehr zu Rikes Freude. Allerdings hatte diese Freude nicht lange gewährt. Rike hatte sich kurz nach Marens Rückkehr auf die Insel in einen Hamburger Architekten verliebt – und war prompt Anfang des Jahres zu ihm gezogen. Ende der Freude. Auch wenn Andreas eine Wohnung auf Sylt hatte und die beiden oft übers Wochenende herkamen, war die schöne Zweisamkeit schneller vorbei gewesen, als sie angefangen hatte. Seufzend blickte Maren auf die Uhr. In diesem Moment waren die fünf Minuten vorbei und das Telefon klingelte.

»So«, Rike hatte ein Lächeln in der Stimme. »Alles erledigt, jetzt höre ich dir nur noch zu. Wie geht es dir?«

»Ganz gut«, Maren überlegte einen Moment, bevor sie weitersprach. »Na ja, eigentlich nur mittelgut. Irgendwie ist mein Leben im Augenblick entweder langweilig oder anstrengend, ich hätte gern mal was dazwischen.«

»Wie, langweilig? Hast du Karl und Onno entsorgt?« Rike lachte über ihren eigenen Witz, Maren fand das überhaupt nicht komisch.

»Das Thema fällt unter die Rubrik ›Anstrengend‹«, antwortete sie langsam. »Aber der Rest ist so langweilig, der Job, die Insel, ich selbst, Rike, ich kann mich gerade überhaupt nicht leiden.«

»Hey«, Rike spürte sofort, dass da noch was anderes war. »Jetzt sag schon, was ist los? Hängt es mit ... der Liebe zusammen? Ist die vielleicht auch ein bisschen anstrengend?«

»Das ...«, Maren zögerte mit ihrer Antwort. »Das ist gerade ein ganz schlechtes Thema. Sehr dünnes Eis. Ich glaube, da will ich besser gar nicht drüber reden.«

»Oh.« Am anderen Ende entstand eine kleine Pause. Dann fragte Rike vorsichtig: »Habt ihr euch gestritten?«

Maren hob den Kopf und betrachtete das Foto, das im Glaseinsatz des alten Schranks klemmte. Ein Schnappschuss, der sie in der Umarmung von Robert zeigte. Sie standen im Abendlicht auf dem Roten Kliff, trugen weiße T-Shirts, waren braungebrannt und sahen tatsächlich aus, als wäre das Foto aus einer Werbebroschüre über Glück am Meer geschnitten. Rike hatte es fotografiert, im letzten Sommer, als sie alle gerade frisch verliebt waren. Zwei schöne Menschen in der Abendsonne, auf diesem Foto konnte man nicht sehen, dass Maren glatt zehn Jahre älter war. Maren wandte ihren Blick wieder ab und holte Luft.

»Noch nicht mal das«, sagte sie. »Robert möchte es schön haben, wenn wir uns sehen, er hat immer gute Laune. Das ist es nicht. Obwohl er findet, dass wir uns zu selten sehen, aber Westerland und Hamburg liegen ja nicht nebeneinander, und durch die Dienstzeiten ist es sowieso schwierig. Ach, Rike, es liegt an mir. Ich werde nächstes Jahr vierzig, wohne mit meinem Vater in einem Haus, auch wenn ich da eine eigene Wohnung habe, bin unverheiratet und kinderlos und habe eine Fernbeziehung mit einem zehn Jahre jüngeren Freund. Außerdem ...«

»Bin ich spießig und frustriert«, beendete Rike den Satz. »Du hast echt ein schweres Leben, das ist furchtbar. Aber jetzt im Ernst, was ist wirklich dein Problem?«

Maren schwang die Füße vom Tisch. »Es ist alles zusammen«, antwortete sie, und Rike glaubte so etwas wie Selbstmitleid in der Stimme ihrer Freundin zu hören. »Ich habe echt eine Lebenskrise.«

»Du bist nicht ausgelastet«, berichtigte Rike sie. »Du hast zu viel Zeit, dir das Leben schlechtzureden. Du hast eine tolle Wohnung, bist Polizistin auf einer schönen Insel, du hast nette Kollegen, das Meer vor der Haustür, in wenigen Wochen ist Sommeranfang, Robert ist witzig, attraktiv, jung und himmelt dich an, was zur Hölle ist dein Problem?«

»Zum Beispiel, dass meine beste Freundin mich nicht versteht.« Maren gab Rike innerlich recht, wollte aber schon auch ein bisschen Mitleid. »Auf dem Revier langweilst du dich zu Tode, jeden Tag Fahrraddiebstähle, besoffene, grölende Urlauber in der Friedrichsstraße, Blechschäden, weil die Leute die Landschaft angucken, statt auf die Straße zu sehen, und anschließend schreibst du Berichte, bei denen dir vor Langeweile der Kopf auf die Tischplatte knallt. Jeden Tag. Und dann kommst du genervt nach Hause, und da sitzt Onno Hand in Hand mit seiner Liebsten und grinst dich an. Wenn du da keine schlechte Laune bekommst …«

»Aha.« Rikes Stimme klang triumphierend. »Das ist also dein Problem. Du brauchst mal wieder einen Mord, und Onno soll nicht mit Helga Händchen halten, sondern ausschließlich dein Papa sein. Das ist egozentrisch, meine Süße, das weißt du hoffentlich selbst.«

So, wie Rike das Dilemma zusammengefasst hatte, klang es tatsächlich so. Aber es war auch nicht einfach. Fand Maren. Na ja, wenn sie mal länger darüber nachdachte: ganz unrecht hatte Rike vielleicht nicht. »Ich freue mich ja für meinen Vater«, versuchte sie den entstandenen Eindruck jetzt gleich wieder ein bisschen zurückzunehmen. Auch vor sich selbst? Und wie um das Ganze noch zu bekräftigen, sagte sie: »Meine Mutter ist fast vier Jahre tot, er hat lange genug um sie getrauert, und Helga Simon ist wirklich eine tolle Frau. Sie passen auch gut zusammen. Aber jetzt nur unter uns, ich finde das irgendwie komisch, wenn sie in der Küche steht und Kartoffeln schält. Sie macht es wie meine Mutter …«

»Ich glaube nicht, dass die Bandbreite bei der Technik des Kartoffelschälens sonderlich groß ist«, sagte Rike. »Ich sehe dabei von hinten wahrscheinlich auch aus wie deine Mutter.«

»Ja, ja«, Maren merkte selbst, dass das alles irgendwie schief klang. »Ich kann's auch gar nicht gut erklären. Ich will das ja alles gar nicht denken, aber viele dieser Gedanken kommen einfach irgendwie hoch. Ich schäme mich richtig dafür. Rike, ich glaube, ich bin kein guter Mensch.«

»Hm.« Rike machte eine bedeutungsvolle Pause, und Maren rechnete fest damit, dass Rike ihr jetzt so richtig den Kopf waschen würde. Stattdessen sagte ihre Freundin: »Greta fehlt dir immer noch, oder?« Rikes Stimme klang ganz weich. So weich, dass Maren sofort die Tränen kamen. »Und du hast das so verdrängt, dass jetzt, seit Helga Dinge im Haus macht, die früher deine Mutter gemacht hat, alles bei dir wieder hochkommt. Ist das so?«

Marens Stimme war in den Tränen erstickt, sie brachte nur noch unzusammenhängende Schluchzer heraus. Rike wartete kurz, sprach dann aber eindringlich weiter: »Maren, das ist doch ganz normal. Das würde mir ganz genauso gehen. Greta ist gestorben, als du noch in Münster warst, das heißt, du kanntest dein Elternhaus gar nicht ohne deine Mutter. Und als du letztes Jahr zurückgekommen bist, musstest du dich ja erst wieder an deinen Vater gewöhnen. Du hast noch nicht mal gewusst, dass er kochen kann. Und dass er sein Leben eigentlich ganz gut im Griff hat. Und dann kam der Stress in deinem Job wegen dieser Einbruchsserie und dem Tod von Jutta Holler, da hast du doch auch nur gearbeitet. Bis auf die Zeit, in der du überlegen musstest, ob du in Robert verliebt bist oder nicht. Du hattest überhaupt keine Zeit, an irgendetwas zu denken, geschweige denn Greta in eurem Haus zu vermissen. Und jetzt ist alles vorbei, du bist hier in deinem neuen Leben angekommen, hast dich hier eingewöhnt. Und du siehst Helga mit deinem Vater und merkst, dass du mit deinem Abschied von Greta noch gar nicht fertig bist. Liege ich ganz falsch?«

»Nein, Rike.« Inzwischen hatte Maren sich die Tränen abgewischt, die Nase geputzt und ihre Stimme wiedergefunden. »Nein, das ist schon so. Aber ich will nicht, dass es mir so schwerfällt und ich will es doch vor allem Onno nicht versauen. Wie gesagt, ich gönne es ihm ja, aber es ... es macht mich irgendwie so einsam.« Schon wieder kamen die Tränen. Ungeduldig wischte sie sich über die Augen und räusperte sich. »Rike, du musst nichts sagen, ich weiß, wie alt ich bin, und glaube mir, ich finde mich doch selbst total kindisch. Lass uns das Thema wechseln. Wann bist du das nächste Mal hier?«

»Wann soll ich denn kommen?« In Rikes Stimme lag ein Lächeln. »Nächstes Wochenende? Kann ich machen, Andreas ist sowieso nicht da. Oder willst du mal nach Hamburg kommen und dich auf andere Gedanken bringen?«

Maren warf einen kurzen Blick auf ihren Kalender. »Ich habe Dienst. Aber Frühschicht, das heißt, nachmittags frei. Es wäre schön, wenn du kämst. Aber nur, wenn du es erträgst, dass ich im Moment so blöde bin. Ich kann nur mit niemand anderem darüber reden.«

»Kein Problem. Ich habe von dir in all den Jahren schon so viel Schwachsinn gehört, da kommt es auf den einen oder anderen Quatsch auch nicht mehr an.«

Sie lachte und nahm dem letzten Satz damit sofort alles Schwere. »Pass auf. Ich muss Freitag bis fünfzehn Uhr arbeiten, dann bin ich am frühen Abend da. Bestell doch schon mal um acht einen Tisch, du lädst mich ein, dafür hast du dann zwei Stunden kindisches Gebrabbel gut. Kopf hoch, Maren, das wird alles.«

»Danke«, Maren fühlte sich sehr erleichtert. »Dann bis Freitag, ich freue mich.«

Sie blieb noch einen Moment mit einem kleinen Lächeln auf dem Sofa sitzen, das Telefon in der Hand. Dann stand sie langsam auf und ging zum Fenster, genau in dem Augenblick, als Helga Simon mit dem Fahrrad aufs Haus zufuhr. An der Pforte stieg sie ab und schob das Rad langsam zum Schuppen. Das Fahrrad sah sehr neu aus, der blaue Rahmen glänzte in der Abendsonne. Gretas

Fahrrad war rot und stand im Schuppen. Niemand fuhr mehr damit. Und nun hatte Helga sich anscheinend ein neues gekauft. Gedankenverloren biss sich Maren auf ihre Unterlippe. In diesem Moment sah Helga in ihre Richtung und entdeckte sie am Fenster. Mit einem schüchternen Lächeln hob sie die Hand und winkte. Maren schluckte und winkte zurück. Sie sollte zu ihr gehen und ihr sagen, dass sie eine tolle Frau war und ein echter Glücksgriff für ihren Vater. Helga konnte ja nichts dafür, dass Maren gerade mit ihrem eigenen Liebesleben haderte. Entschlossen ging sie zur Tür und öffnete. »Hallo Helga, magst du einen Tee?«

Samstag, der 7. Mai,
leicht bewölkt, 17 Grad

Der schlaksige Junge stand vor dem CD-Regal in der Buchhandlung und schaute sich etwas hektisch erst nach rechts, dann nach links um. Seine Hände hatte er in die Taschen seiner Jeans geschoben, jetzt zog er die eine langsam heraus und zuckte zusammen, als sich eine schwere Hand auf seine Schulter legte. »Du solltest nicht mal daran denken«, sagte eine dunkle Stimme, sehr dicht an seinem Ohr. »Nicht mal im Ansatz.«

Der Junge fuhr herum und sah zu dem älteren Mann auf, dessen blaue Augen sich in sein Gesicht bohrten. »Herr Sönnigsen«, begann er lahm. »Ich habe doch gar nichts ...«

»Dann ist ja gut«, Karl klopfte ihm jovial auf die Schulter. »Mach so weiter. Schönen Tag noch, Fabian.«

Er sah dem Jungen hinterher, bis dieser den Laden verlassen hatte. Fabian Schröder. Der jüngste von fünf Brüdern, alle mit kriminellem Talent. Karl hatte sie in seiner Laufbahn als Polizist und Revierleiter einen nach dem anderen vor seinem Schreibtisch sitzen gehabt, manche nicht nur einmal. Ladendiebstähle, Fahren ohne Führerschein oder »geliehene« Mofas, es war alles dabei. Und sie waren alle gleich. Einer machte immer Blödsinn. Wenigstens nahm keiner von ihnen Drogen, sie rauchten noch nicht einmal. Aber auf die Finger sollte man ihnen sehen. Schon zu ihrem eigenen Schutz. Nicht, dass sie noch richtige Kriminelle wurden.

Mit seiner Zeitung unter dem Arm ging Karl zur Kasse. Der Chef selbst stand dahinter. Seinen Namen wusste Karl mal, er hatte ihn aber vergessen. Irgendetwas mit Wurst, das war die Eselsbrücke gewesen. Ihm fiel nur nicht mehr ein, wo die hinführen sollte.

»Moin, Herr Sönnigsen«, begrüßte der Wurstdings ihn und tippte gleichzeitig den Preis der Zeitung in die Kasse. »Was macht das Rentnerleben?«

Irritiert sah Karl hoch. Das ging den doch gar nichts an. Der konnte froh sein, dass Karl gerade einen Ladendiebstahl verhindert hatte. »Ich bekomme Pension, keine Rente«, korrigierte er ihn. »Und, danke, gut. Obwohl ein Polizist nie ganz in den Ruhestand geht.«

»Aha.« Klang da beim Wurstmann so etwas wie Ironie heraus? »Da fühle ich mich ja dann sicher. Immer ein Auge auf das Verbrechen, sehr gut, wirklich sehr gut. Wollen Sie auch gleich die Handarbeitszeitschrift für Ihre Frau mitnehmen? Die hat sie sich zurücklegen lassen. Man braucht auch Aufgaben im Ruhestand, nicht wahr? Dann sind es zusammen elf Euro.«

Mit zusammengepressten Lippen legte Karl das Geld passend auf die Schale. Handarbeitszeitschrift. Aufgaben. Eine Unverschämtheit. Er wollte gerade etwas sagen, als das Telefon klingelte. Der Mann griff grinsend zum Hörer und schob dabei die Zeitschriften zu Karl. »Buch und Presse, Speckmann am Apparat.«

Karl schob die Handarbeitszeitschrift in die Zeitung und klemmte sich alles unter den Arm. Beim nächsten Mal würde er für Fabian Schmiere stehen. So.

»Einen guten Tag, Herr Speckmann«, sagte er laut und ging mit erhobenem Haupt aus dem Laden.

Draußen blieb er einen Moment stehen und sah sich unschlüssig um. Im Revier hätte er sich jetzt einen Kaffee geholt oder besser bringen lassen, hätte dazu sein belegtes Brötchen gegessen und einen Blick in die Zeitung geworfen. Natürlich nur, wenn nichts anderes anlag. Ansonsten hätte er gerade Anzeigen aufgenommen, Menschen beruhigt, anderen ins Gewissen geredet, sich um Kollegen gekümmert, Verbrechen bekämpft, die Insel zu einem sichereren Ort gemacht. Aber jetzt stand er hier rum und hatte keinen Plan. Seine Frau war mit ihrer Nachbarin aufs Festland gefahren, um sich irgendwo eine Gartenausstellung anzusehen. Gerda hatte ihn zwar gefragt, ob er nicht mitkommen wollte, aber Karl hatte sofort abgelehnt. Garten hatte er zu Hause, dafür musste er nicht durch die Gegend fahren. Er hätte genug anderes zu tun. Nur was eigentlich?

Langsam ging Karl die Friedrichsstraße in Richtung Promenade. Er könnte sich doch einfach in ein Café setzen, einen Cappuccino bestellen, seine Zeitung lesen und ein bisschen Menschen beobachten. Das machten Millionen anderer jeden Tag. Warum eigentlich nicht? Sofort wurde sein Gang beschwingt, er fühlte sich plötzlich wie ein Lebemann, der mit den neuesten Zeitungen in ein Café ging. Als wenn er das jeden Tag machen würde.

Im Café seiner Wahl wurde tatsächlich gerade der beste Tisch frei. Sonnenbeschienen, mit einer fabelhaften Aussicht auf die flanierenden Leute, perfekt. Zufrieden nahm er Platz, legte die zusammengeklappten Zeitungen neben sich und sah sich um. Eine gute Entscheidung. Bei der hübschen Bedienung bestellte er nicht nur den Cappuccino, sondern gleich auch noch ein Eibrötchen, dann legte er den Arm über die Stuhllehne neben sich und betrachtete seine Umgebung. Eigentlich war sein Leben doch in Ordnung. Er wohnte auf der schönsten Insel der Welt, hatte eine nette Frau, gesunde und zum Glück erwachsene Kinder, die nicht mehr zu Hause wohnten, er sang im Chor, ging angeln, spielte regelmäßig Karten, hatte gute Freunde, ja, trotz Onno, der leider gerade ein Komplettausfall war. Karl hatte sich in seinem ersten Jahr des Ruhestandes so daran gewöhnt, regelmäßig auf einen Kaffee oder ein Bier bei seinem verwitweten ältesten Freund vorbeizuschauen. Onno war immer freundlich, hatte immer Getränke im Haus und war zu einem richtig guten Koch geworden. Stundenlang hatten sie in der Küche oder im Garten gesessen und über Gott und die Welt geredet, herrlich war das gewesen. Und als dann Onnos Tochter, die auch noch Karls Patentochter war, zurück auf die Insel gezogen war, schien Karls Glück perfekt. Maren arbeitete nun in Karls alter Wirkungsstätte, so kam er endlich wieder an alle Informationen über den Alltag auf dem Revier, skurrile Fälle oder die Neuigkeiten von ehemaligen Kollegen. Wobei Maren leider nicht ganz so viel erzählte, wie Karl es sich gewünscht hätte, das musste er an dieser Stelle einräumen. Sie fragte ihn auch nie um Rat, was Karl insgeheim fahrlässig fand. Dabei war er der langjährigste Revierleiter der Polizei Westerland gewesen, er hatte so ungeheuer viel Erfahrung, von der Maren doch so gut profitieren könnte. Aber, wie die jungen Leute nun mal so waren, sie nahm es nicht an. Leider. Wobei es gar nicht unbedingt an ihr lag, Karl vermutete den Grund ganz woanders. Es lag an ihrem Chef. Karls Nachfolger. Der neue Revierleiter trat natürlich in große Fußstapfen, zu große, wenn man mal ehrlich war. Und er versuchte mit allen Mitteln, die Erinnerungen an Karl Sönnigsen auszuradieren. Das hatte Karl im Gefühl. Das hätte er an Runges Stelle vielleicht genauso gemacht. Wer will schon mit einem Helden konkurrieren? Niemand. Und: wer kann das schon?

Die Bedienung brachte Cappuccino und Eibrötchen. Erfreut betrachtete Karl seinen Teller. Das musste er Gerda sagen. Auf Eibrötchen gehörten rotes Pulver, Petersilie und drei Salzstangen. Das wertete so ein halbes Brötchen doch sofort auf. Sah sehr gut aus. Bei dem roten Pulver musste Karl wieder an Onno denken. Der wüsste bestimmt, was das war. Onno hatte richtig Ahnung von Gewürzen, im Gegensatz zu ihm. Karl hätte seinem alten Freund nie zugetraut, dass der das alles nach dem Tod der wunderbaren Greta still und heimlich gelernt hatte. Onno machte seinen Haushalt allein, er kochte, bügelte, mähte Rasen, putzte Fenster, er konnte einfach alles. Er hatte sich zu einem perfekten, unabhängigen Hausmann entwickelt. Und genau deshalb verstand Karl überhaupt nicht, warum sein bester Freund jetzt nur noch mit dieser Frau zusammen war. Er war doch so gut allein klargekommen. Wozu brauchte er denn jetzt plötzlich Helga Simon? Obwohl sie ja sehr nett war, keine Frage, aber es reichte doch wohl, dass man sich mal zum Kino verabredete oder zum Essen. Man musste doch nicht gleich zusammenziehen. In ihrem Alter. Onno hatte seither kaum noch Zeit für Karl. Und das setzte so vielem ein Ende: dem schönen Essen, den Gesprächen unter Männern – und nicht zuletzt auch den möglichen Informationen aus dem Polizeirevier Westerland durch seine Patentochter Maren …

Karl tupfte mit dem angefeuchteten Zeigefinger auf das rote Pulver und probierte. Es war scharf. Aber er hatte noch immer keine Ahnung, was das war. Egal. Er steckte sich die Eischeibe mit dem meisten Pulver in den Mund. Es gab Wichtigeres in seinem Leben als rotes Pulver oder Onnos Liebesleben. Er musste einen Weg finden, den Kontakt mit seinen ehemaligen Kollegen nicht zu verlieren.

Jetzt, wo Onno sich gerade entfreundete, brauchte Karl andere soziale Kontakte. Entfreunden, dachte er, das war das richtige Wort. Und deshalb musste er sich anderweitig umsehen. Zumindest so lange, bis Onno wieder zu Verstand kam.

Er fing gleich an, sich umzusehen. Die Friedrichsstraße war voll, anscheinend war die ganze Inselbevölkerung einkaufen. Und das trotz des guten Wetters. Statt einen Strandspaziergang zu machen, schlenderten die Urlauber durch Geschäfte, die es bestimmt auch bei ihnen zu Hause gab. Karl hatte das noch nie verstanden. Vergeblich suchte er in der Menge der Vorbeieilenden ein bekanntes Gesicht. Er würde sich so gern ein bisschen unterhalten. Über nichts Bestimmtes, nur über dieses und jenes, über Gott und die Welt, wie er es sonst immer mit Onno machte.

»Hallo, Herr Sönnigsen«, eine Frau winkte ihm im Vorbeigehen zu. »Genießen Sie die Sonne?«

Er hob die Hand und nickte lächelnd. Wer immer das war, er hatte keine Ahnung. Sobald sie aus dem Blickfeld war, ließ er die Hand sinken. Er betrachtete die nachfolgenden Passanten. Lauter Fremde. Man sah es auch an ihrer Freizeitkleidung. Die Menschen sahen sich im Urlaub alle ein bisschen ähnlich. Er atmete tief aus und griff nach seiner Tasse. Auf dem Milchschaum war ein Herz aus Kakaopulver. Hübsch. Er würde jetzt öfter mal Kaffeetrinken gehen. Damit er wieder auf dem Laufenden war, was so gastronomisch in Mode kam. Schließlich wollte er mitreden können. Beim Abstellen der Tasse sah er hoch und entdeckte, obwohl die Sonne ihn blendete, eine bekannte Gestalt, die offensichtlich einen Platz suchte. Wie aus einem Reflex heraus hob er die Hand, und der Mann sah ihn an. Erst neugierig, dann verblüfft. Er kam ein paar Schritte auf ihn zu, trat aus der Sonne, und Karl bekam fast Schnappatmung, als er das Gesicht erkannte. Peter Runge. Sein Erzfeind. Karl hatte sich vergrüßt. Und dieser Trottel kam trotzdem an den Tisch. Eine Frechheit. In Sekundenschnelle überlegte Karl sich den nächsten Schritt. Wenn er sagen würde, dass der Gruß ein Irrtum war, würde Runge denken, dass Karl womöglich senil wäre oder zumindest seine Augen nicht mehr das waren, was sie mal waren. Würde er ihm sagen, dass er sofort weitergehen sollte, gäbe es bloß wieder Streit. Und das auch noch an einem öffentlichen Platz. Also fasste Karl blitzartig einen genialen Entschluss. »Polizeihauptkommissar Runge«, seine Stimme klang wie nach drei Kilo Kreide. »Falls Sie einen Platz suchen, an diesem Tisch wäre noch etwas frei.«

Runge fiel vor Erstaunen die Kinnlade runter, und Karl fiel ein, wie die Frau von gerade eben hieß: Martinek. Richtig, Frau Martinek. Und sie arbeitete in der Apotheke. Man musste nur an etwas anderes denken, dann gab das Gehirn gespeicherte Informationen frei.

»Herr Sönnigsen«, Runge zögerte und hatte sich vermutlich immer noch nicht von der unerwarteten Charmeoffensive erholt. »Sie sind schon am Gehen?«

Mit dem freundlichsten Gesichtsausdruck, den Karl in der Kürze der Zeit hinbekam, deutete er auf das mittlerweile halb versunkene Kakaopulverherz. »Einen kleinen Moment noch. Nur noch zwei Bissen Eibrötchen und eine halbe Tasse Kaffee. Aber Sie können gern schon Platz nehmen.«

Ohne Karl aus den Augen zu lassen und immer noch skeptisch, ließ Runge sich auf den Stuhl sinken. »Ja … dann. Also danke, das passt gut, ich habe mich hier verabredet und nicht gedacht, dass es um diese Zeit so voll ist.«

Karl nickte verständnisvoll. »Ja, ja, die Insel ist beliebt. Es kommen immer mehr Gäste. Das birgt Freude und Gefahren. Es sind ja nicht nur die Guten, die da kommen.«

Eine steile Falte erschien über Runges Nase, seine Wangen röteten sich. Er war so negativ, fand Karl, er regte sich schon im Vorfeld über etwas auf, was Karl noch gar nicht gesagt hatte. Mimose. An der Ostsee aufgewachsen: was konnte man auch erwarten? Als würde er, Karl, diesem Typen einen Vortrag über die Kriminalität auf dieser Insel halten wollen. Wenn der das jetzt, nach über einem Jahr Revierleitung, noch nicht begriffen hatte, dann würde das nie was. Wovon Karl sowieso ausging. Aber heute würde er ihm keinen Grund zum Sich-Aufregen geben, gar keinen. Im Moment machte es ihm fast Spaß. Er beugte sich ein Stück vor und sagte: »Wissen Sie, werter Kollege, wir sollten unser Kriegsbeil endlich begraben. Die Sonne scheint, der Sommer naht, da sollte man doch keine Energien mit dunklen Gedanken verschwenden.«

»Kriegsbeil?« Runge wiederholte das Wort mit einer seltsamen Betonung, während er sich nach einer Bedienung umsah. »Sehen Sie das so?«

Was für eine blöde Frage, dachte Karl, verbot sich aber eine passende Antwort. Stattdessen lächelte er unverdrossen weiter und sagte: »Man kann das natürlich auch anders nennen, ich will da gar nicht darauf bestehen. Aber sagen wir mal so: ich blicke auf eine erfolgreiche Karriere bei der Polizei zurück und Sie ...«

Runge hob eine Augenbraue, Karl merkte selbst, dass dieser Anfang unsinnig war. Der bekloppte Runge hatte gar keine Aussicht auf Erfolg und Karriere. Nicht so, wie der Mann arbeitete. Geschenkt. Er fing noch mal an. »Oder, sagen wir es anders, tatsächlich kenne ich auf dieser Insel jeden Stein und jedes schwarze Schaf. Gerade eben zum Beispiel habe ich einen Ladendiebstahl verhindert. So ganz nebenbei, ohne jegliche Anstrengung. Immer zur richtigen Zeit am richtigen Ort, das war stets meine Devise. Verstehen Sie mich richtig, ich will dafür kein Lob, das sehe ich als meine Pflicht, Pensionär hin oder her. Aber Sie könnten davon profitieren. Ich weiß doch, welche Aufgaben heute als Revierleiter wichtig sind. Es wird ja alles immer bürokratischer. Sie sind letztlich an Ihren Schreibtisch gekettet. Da müsste es Ihnen sicher eine gewisse Erleichterung verschaffen, wenn Sie sich darauf verlassen können, dass Ihr erfahrener Vorgänger hier und da mal einen Blick riskiert. Und an der einen oder anderen Stellschraube dreht.«

Runge hatte jetzt beide Augenbrauen gehoben, sein Gesicht sah aus wie ein Fragezeichen. »Stellschraube?«

Karl seufzte leise. Was war der Kerl begriffsstutzig. »Wenn Sie immer nur die Begriffe wiederholen, kommen wir auch nicht weiter.« Wenigstens ließ der Trottel ihn heute ausreden, sonst fing er ja immer sofort an zu pöbeln. Das sollte er ausnutzen. »Also, jetzt ein ganz einfaches Beispiel. Sehen Sie diese junge Frau? Vor dem Teeladen? Die so unauffällig guckt? Mit der komischen Frisur?«

Runge nickte. Karl fuhr fort. »Sehen Sie, wie die sich umschaut? Ich glaube, sie hat was vor. Ich vermute, die ist zum ersten Mal auf der Insel. Sie sieht dauernd die Straße hoch und runter, entweder wartet sie auf Komplizen oder sie braucht die Bestätigung, dass keiner sie beachtet. Sie wird gleich einen Ladendiebstahl begehen oder einem vorbeieilenden Urlauber das Geld aus der Tasche ziehen.«

»Und woher wollen Sie das wissen?«

Selbstsicher tippte Karl sich an die Schläfe. »Erfahrung,

Instinkt, Verstand. Sie hat so einen Blick, den ich kenne. So heimtückisch, diesen Blick habe ich schon oft gesehen.« Er machte eine kleine Pause, dann beugte er sich ein Stück näher zu Runge. »Kollege, lassen Sie sich von mir helfen. Ich habe den Eindruck, dass Sie von meinem lokalen Wissen sehr profitieren können.«

Runge beobachtete unverwandt die junge Frau vor dem Teeladen. Karl hoffte, dass sie im nächsten Augenblick jemandem die Tasche von der Schulter riss, er flehte sie in Gedanken an. Aber sie zog nur ein Telefon aus der Jacke. Enttäuscht lehnte er sich zurück und hörte Runges Telefon klingeln.

Seinen Blick auf Karl gerichtet, sagte er: »Ich sitze gegenüber auf der Terrasse, rechts neben dem Eingang. Ich sehe dich schon.« Er hob die Hand und winkte. Karl drehte sich, um zu sehen, auf wen Runge wartete. Es war nicht zu fassen, statt eine Tasche zu klauen, kam die junge Frau mit der komischen Frisur winkend auf sie zu.

»Meine Tochter«, erklärte Runge, während er das Handy wegsteckte. »Sie sind fertig, nicht wahr? Ich kann Ihnen übrigens die Adresse eines Vereins geben, der sich ehrenamtlich um benachteiligte Kinder auf der Insel kümmert. Bevor Sie ganz durchdrehen. Da könnten Sie etwas Sinnvolles machen. Schönen Tag noch, ich übernehme Ihre Rechnung, damit Sie nicht warten müssen.« Er schob die Zeitschriften so schnell zur Seite, dass Gerdas Magazin herausrutschte. »Und vergessen Sie Ihre Häkelanleitungen nicht.«

Langsam erhob Karl sich. Er nickte der Tochter zu, die in diesem Moment den Tisch erreicht hatte, kramte einen Zwanzigeuroschein aus der Hosentasche und legte ihn auf den Tisch. »Laden Sie Ihre Tochter mal ein. Nicht, dass sie auch noch zu den benachteiligten Kindern gehört.«

Unter dem irritierten Blick der Tochter schritt er von dannen. Er hatte es immer schon geahnt, es war völliger Schwachsinn, dem Ostsee-Kamel Runge die Hand zu reichen. Sollte er doch sehen, wie weit er kam. Ohne Karl und seine Hilfe. Er würde sich auch bei der nächsten Ermittlung die Zähne ausbeißen. Das war so sicher wie das Amen in der Kirche.

Sonntag, der 8. Mai,
in einem kleinen Ort in Holstein

Na, endlich«, Kai Kruse hielt die Haustür weit auf und sah seinem Besucher ungeduldig entgegen. »Wir warten schon seit Stunden.«

Alexander van der Heyde kam neugierig die drei Stufen hoch. »Was ist denn los? Dirk klang am Telefon, als wäre sonst was passiert.«

Kai drehte sich kommentarlos um und ging ins Haus, Alexander ließ die Tür zufallen und schüttelte den Kopf.

Im Wohnzimmer stand Dr. Dirk Novak mit dem Rücken zur offenen Terrassentür. »Das wird auch langsam Zeit«, sagte er und wechselte einen schnellen Blick mit Kai. »Wir hatten dich gebeten, sofort zu kommen.«

»Leute, ich habe gestern die neue Kühlanlage bekommen. Wir haben die halbe Nacht durchgearbeitet und heute Morgen war ich auch schon um sieben im Laden.« Er zog sein zerknittertes Leinenjackett aus und warf es auf einen der Ledersessel. Während er sich die Hemdsärmel hochkrempelte, sah er sich um.

Die Sonne schien in das Zimmer, es war hell, großzügig und geschmackvoll eingerichtet. Das teure Ledersofa, die passenden Sessel neben einem modernen Glastisch, helle Regale, an der Wand ein großer Flachbildschirm, gegenüber Schwarz-Weiß-Fotografien, deren Signaturen erahnen ließen, was Kai dafür bezahlt hatte. Das galt auch für die offene Küche, die mit der neuesten Technik ausgestattet war, obwohl der Junggeselle Kai hier so gut wie nie kochte. Vielleicht taten es die Frauen, die er ständig in sein Haus mitbrachte, um sie zu beeindrucken. Kurz bevor er sie dann wieder abschoss. Kai Kruse war kein netter Mann, aber er hatte etwas, das Frauen anzog. Vielleicht war es seine Unverbindlichkeit gepaart mit diesem Luxusleben. Manchmal war Alexander neidisch auf ihn, er, der Besitzer des Supermarktes, verheiratet, Kassenwart des Tennisclubs, Mitglied im Gemeinderat, Vorsitzender der Werbegemeinschaft, aber alles in allem mit einem spießigen Alltag. Bei Kai war entschieden mehr los, das lag nicht nur an dem vielen Geld, das er mit seinen Apotheken verdiente, sondern auch an seinem wilden Privatleben. Andererseits war Alexanders Leben insgesamt angenehm, es gab keinen Grund, daran etwas zu ändern.

Er wandte sich an Kai, der jetzt am Küchentresen stand. »Hast du ein Bier für mich?«

Statt einer Antwort goss Kai Whiskey in drei Gläser und balancierte sie an ihm vorbei auf die Terrasse. »Komm«, sagte er über die Schulter. »Du brauchst gleich was Stärkeres.«

Kopfschüttelnd folgte Alexander ihm und nahm auf einem der Holzstühle Platz. »Ihr macht es vielleicht spannend. Hast du einen neuen Grill?« Er deutete mit dem Kopf in die Ecke der mit Holzbohlen ausgelegten Terrasse. »Nur vom Feinsten, was?«

»Wir haben deine Frau gesehen.« Dirk sagte das in einem Ton, der Alexander etwas irritierte. »Das passiert mir auch ab und zu«, versuchte er einen Scherz, dann wandte er sich gleich wieder an Kai: »Ist das eigentlich so ein 800-Grad-Teil? Was hat der denn gekostet? Hast du ihn schon ausprobiert?«

Kai musterte ihn lange, bevor er antwortete. »Hast du

gehört, was Dirk gerade gesagt hat? Wir haben deine Frau gesehen. Freitagabend. Auf Sylt. Deshalb wollten wir mit dir reden. Es geht hier nicht um diesen Scheißgrill.«

Alexander verstand nur Bahnhof. »Auf Sylt. Klar. Dann war die Frau, mit der ich am Freitagabend essen war, wohl eine Doppelgängerin von Tanja. Oder sie kann sich neuerdings teilen.« Er grinste. »Ich gehe mal davon aus, dass ihr ganz schön einen im Kahn hattet.« Er beugte sich vor und griff nach seinem Whiskeyglas, das er schwenkte, bevor er daran roch. »Gutes Zeug. Vermutlich nicht so gut wie das, was euch auf Sylt Halluzinationen verursacht hat, aber okay. Prost.« Er hob das Glas und wollte den beiden zuprosten, doch ihre Blicke ließen ihn innehalten. Achselzuckend stellte er den Whiskey wieder ab. »Mein Gott, jetzt spuckt es schon aus. Was ist denn eigentlich los?«

Dirk schlug seine langen Beine übereinander, bevor er antwortete: »Noch mal für Begriffsstutzige: wir haben deine Frau gesehen. Am Freitagabend. Auf Sylt. Und wir reden hier nicht von Tanja.«

Verständnislos starrte Alexander von Kai zu Dirk. »Tanja ist meine Frau«, er lehnte sich langsam zurück und verschränkte die Arme vor der Brust. »Was soll der Blödsinn? Ihr …«

»Sie ist deine zweite Frau«, korrigierte ihn Kai. »Deine erste Frau ist Corinna. Die schöne, wenn auch etwas schüchterne Corinna. Die übrigens immer noch schön ist. Aber das hast du damals ja schon nicht begriffen.«

Alexander fixierte ihn sekundenlang, bevor er mechanisch nach seinem Glas griff und einen großen Schluck nahm. »Sagt mal: was habt ihr eigentlich eingeworfen? Nur vom Alkohol kann das ja nicht kommen.«

»Ich finde es bemerkenswert, dass du so ruhig bleibst«,

Kai schüttelte gespielt verwundert den Kopf. »Glaubst du ernsthaft, dass wir dich hierher beordern, weil uns im Suff irgendeine Frau bekannt vorkommt? Für wie blöd hältst du uns? Wir haben sie gesehen, wir sind ihr gefolgt, sie war es. Punkt. Und jetzt hast du ein Problem.«

Dirk hatte die beiden beobachtet. Alexander war inzwischen ganz blass, während Kai das Gespräch zu genießen schien. »Dirk hat sie zuerst entdeckt, ich habe sie aber auch sofort erkannt. Sie ist älter geworden, trägt die Haare kürzer, hat aber immer noch eine geile Figur. Wenn du mich fragst, wesentlich heißer als deine Tanja, die hat ja inzwischen eine richtige Büffelhüfte. Aber das nur nebenbei. Wir hätten sie auch angesprochen, wenn nicht dieser Jeep neben ihr gehalten hätte. In den sie auch eingestiegen ist. Ansonsten ...«

In dem Moment war Alexander aufgesprungen und stieß Kai vor die Brust. »Erzähl doch nicht so einen Scheiß, Kruse, Corinna ist seit über zehn Jahren tot. Es ist vorbei, es ist ewig her, was soll dieser Schwachsinn, du ...«

Dirk ging sofort dazwischen und schob Alexander mit eisernem Griff auf Distanz. »Setz dich. Sofort.«

Erhitzt ließ Alexander sich wieder auf den Stuhl fallen, seine Gesichtsfarbe hatte von Weiß zu Dunkelrot gewechselt. Kai richtete sein Hemd und lächelte zynisch. »Im Mittelalter hat man den Übermittlern schlechter Nachrichten die Köpfe abgeschlagen, ich dachte, damit wären wir durch. Zeig ihm das Handyfoto, Dirk, sonst glaubt unser Gemüseverkäufer es nicht.«

Dirk zog sein Handy aus der Tasche, wischte ein paarmal über das Display und hielt es Alexander hin. Wortlos nahm der das Gerät, starrte drauf, zuckte zusammen, vergrößerte das Foto und sah hoch. »Das soll ...? Es ist vielleicht eine zufällige Ähnlichkeit. Wenn überhaupt.« Er reichte das Handy an Dirk zurück und trank den Rest in seinem Glas auf ex. »Sie ist tot. Ich weiß nicht, was euch da geritten hat. Was soll denn das Ganze, es ist doch total idiotisch. Sie ist tot!« Er presste die Lippen zusammen und schüttelte entschlossen den Kopf. Er wollte das nicht. Er wollte das hier auf gar keinen Fall.

Kai zog eine Augenbraue hoch. »*Du* hast sie für tot erklären lassen. Es gab keine Leiche, es gab keine Anklage, es gab keinen Prozess, sie war einfach weg. Keiner weiß, was mit ihr passiert ist. Und ob überhaupt etwas passiert ist. Und jetzt haben wir sie gesehen und wissen, dass sie nicht tot ist. Also? Zeit, sich zu freuen, oder?«

Alexander starrte ihn wütend an. Mit gepresster Stimme sagte er: »So ein Schwachsinn. Das kann irgendjemand sein, der ihr ähnlich sieht, das muss doch nicht Corinna sein.«

Langsam wandte Kai sich an Dirk. »Herr Dr. Novak. Vielleicht glaubt unser Witwer ja seinem Hausarzt. Erklär du es ihm.«

Dirk nickte. »Sie war es, Alexander. Ich habe sie sofort erkannt. Der Gang, die Bewegungen, sie hat sich gar nicht so sehr verändert. Das Handybild ist vielleicht nicht besonders gut, aber ich bin mir sicher. Und Kai auch. Wir haben keine Ahnung, wo sie plötzlich herkommt, aber die Frau, der wir am Freitag nachgegangen sind, war Corinna. Und deshalb hast du jetzt ein Problem. Und das müssen wir lösen.«

Alexander sah ihn lange an, dann vergrub er sein Gesicht in den Händen. Nach einer Weile hob er den Kopf und sah die beiden an. Er war inzwischen wieder leichenblass. »Und nun? Fahren wir jetzt nach Sylt und kämmen alle Ecken durch, um die Phantomfrau zu finden? Oder wollt ihr dieses schlechte Handybild rumzeigen und jemanden suchen, der sie wiedererkennt? Und wo wollt ihr anfangen? Das ist die beknackteste Idee, die ich je gehört habe.«

»Die stammt ja auch nicht von uns«, antwortete Kai und erhob sich lässig. »Ich habe einen anderen Plan. Du musst lediglich am nächsten Wochenende mit nach Sylt und uns vertrauen. Wir holen dich am Freitag um achtzehn Uhr ab, fahren rüber, den Rest kannst du uns überlassen. Du solltest nur die Schnauze halten und deiner Holden nichts erzählen. Und auch niemand anderem, kriegst du das hin?«

Alexander stand auf und fuhr sich durch die Haare. »Du bist ein arrogantes Arschloch, Kai. Und ich glaube nach wie vor nicht, dass an dieser Geschichte was dran ist. Eine zufällige Ähnlichkeit, mehr nicht. Idiotisch.«

Im nächsten Augenblick stand Kai dicht vor ihm und packte ihn am Nacken. »Wenn an dieser Geschichte was dran ist, mein Lieber, dann wird es stressig. Und das kannst du nicht wollen. Sei froh, dass du uns hast.« Er ließ ihn so abrupt los, dass Alexander leicht nach hinten taumelte. »Und jetzt reiß dich zusammen.«

Alexander verharrte einen Moment auf der Stelle, dann riss er sein Jackett vom Sofa und zog es ungeduldig über. »Als wenn es allein mein Problem wäre .... Ihr habt sogar ein noch größeres. Auch wenn ihr jetzt so tut, als würde es euch nichts angehen. Wir sind noch nicht fertig miteinander.«

Ohne sie anzusehen, ging er zur Haustür, die hinter ihm krachend ins Schloss fiel.

Kai zuckte mit den Achseln und ließ sich auf das dunkle Ledersofa fallen. »Er ging mir immer schon auf den Sack. Aber du wolltest mir ja nicht glauben.« Er legte seinen Arm über die Lehne und sah nach draußen. »Ich sage es dir gleich. Wenn Alex hysterisch wird, kriegt er eine aufs Maul. Ich habe überhaupt keinen Bock, mein Leben wegen uralter Geschichten durcheinanderbringen zu lassen.«

Dirk stand an der Küchenzeile und schenkte Whiskey nach, bevor er langsam auf ihn zuging. Er reichte ihm ein Glas, bevor er sich neben ihn setzte. »Salute«, sagte Kai mit einem zynischen Lächeln. »Auf dass Alexander van der Heyde Eier hat. Sonst müssen wir uns nämlich um alles kümmern.«

Nachdenklich ließ Dirk die Eiswürfel kreisen. »Du bist dir auch hundertprozentig sicher, dass es Corinna war, oder? Dass es keine zufällige Ähnlichkeit ist?«

Kai zog spöttisch die Augenbrauen hoch. »Sie ist es. Todsicher. Das Gesicht, die Bewegungen, der Gang. Ich habe sie sofort erkannt. Ist Alex jetzt eigentlich Bigamist? Ist auch egal, das ist vermutlich sein kleinstes Problem. Komm, lass uns das Thema wechseln. Ich habe Hunger. Sollen wir was essen gehen?«

Nach einem Blick auf die Uhr nickte Dirk, trank seinen Whiskey in einem Zug aus und stellte das Glas hart ab. »Gut. Lass uns fahren. Zum Thai?«

»Ja, gut.« Kai stand langsam auf. »Du kannst deinen Wagen hier stehen lassen. Ich fahre.«

Nebeneinander verließen sie das Haus und gingen zu Kais Porsche. Der Himmel war blau, die Vögel zwitscherten, ihre Schritte knirschten auf dem Kies der langgezogenen Auffahrt. Sie gehörten dazu, zu den Schönen, Wichtigen und Erfolgreichen. Sie hatten es geschafft. Der Arzt und sein bester Freund, der Apotheker. Sie waren ganz oben. In diesem Moment fühlte Dirk sich unbesiegbar.

Mittwoch, der 11. Mai,
leichter Nieselregen, 16 Grad

Inge tippte mit dem Finger auf die Zeitung, bis Walter sie sinken ließ und seine Frau fragend ansah. »Ja, was?«

»Ich habe dich gefragt, ob du die Uhr im Blick hast. Heute ist euer Saunatag.«

»Du willst doch nur die Zeitung haben.« Das Blatt hob sich wieder und verdeckte sein Gesicht. »Ich bin gleich mit dem Artikel fertig, du kannst ja schon meine Tasche packen.«

»Sicher«, Inge stand auf und fing an, das Frühstücksgeschirr abzuräumen. »Ich kann auch anfangen, einen Brunnen zu bohren. Und den Auspuff am Auto zu reparieren. Und wenn ich das alles fertig habe, dann packe ich deine Tasche. Ich mache nämlich nur noch Sachen, die du nicht kannst. Deine Tasche für die Sauna packen! Ich glaube, es geht los.«

»Der Zoll hat eine Razzia auf der Baustelle in Hörnum gemacht«, teilte Walter ihr unbeeindruckt mit. »Stell dir das mal vor, die haben zwanzig Schwarzarbeiter rausgezogen. Eine Sauerei ist das. Bauen da ein teures Hotel und beuten die Arbeiter aus, ganz zu schweigen davon, dass sie den Staat betrügen. Die sollten richtig bluten, diese Verbrecher.«

»Wer genau soll bluten?« Inge kippte die Eierschale auf einen Teller. »Die Schwarzarbeiter?«

»Nein«. Walter sah kurz über die Zeitung. »Die Ausbeuter. Das sind Verbrecher, ich sag es dir. Wie spät ist es denn?«

»Halb zehn«, Inge warf einen Blick auf die Uhr. »Fährst du heute oder Heinz?«

»Heinz.« Langsam faltete Walter die Zeitung zusammen und legte sie auf den Tisch. »Ich war letzte Woche dran. Na, dann gehe ich mal hoch und suche meine Saunasachen zusammen.«

»Die brauchst du nicht zusammenzusuchen, die liegen schon auf dem Bett«, antwortete Inge. »Ich habe sie … Meine Güte, muss der aufs Klo?«

Es klingelte Sturm und Inge beeilte sich, an die Tür zu kommen. Walter folgte ihr in aller Ruhe. »Wir haben Viertel vor gesagt, nicht halb, Heinz kommt auch immer früher und dann hetzt er mich.«

Aber es war nicht der zu frühe Heinz, der den Finger erst vom Klingelknopf nahm, als Inge die Tür geöffnet hatte.

»Karl?« Erstaunt sah sie erst ihn, dann seine große Sporttasche an. »Was hast du denn vor?«

»Guten Morgen, ihr zwei.« Karl ließ die Tasche fallen und ging an Inge vorbei in den Flur. »Ich wollte etwas mit Walter besprechen. Morgen, Walter.«

Die beiden gaben sich förmlich die Hand. »Morgen, Karl. Ich habe nur gar keine Zeit. Heute ist Mittwoch und Heinz holt mich in …«, er blickte zur Uhr, »in zwölf Minuten zur Sauna ab.«

»Ich weiß«, Karl nickte wissend. »Darum geht es auch. Ich würde mich euch gern anschließen. Ich habe bereits alle wichtigen Utensilien mit. Wäre das in Ordnung?«

»Du willst mit in die Sauna?« Inge lehnte sich mit verschränkten Armen an die Tür. »Hast du nicht letztes Jahr noch gesagt, dass du es weibisch findest, wenn man schwitzt, ohne dafür etwas getan zu haben? Und dass man bei der Arbeit oder beim Sport schwitzen kann, aber nicht in einem eigens dafür gebauten Holzkasten?«

»Das habe ich nie gesagt«, widersprach Karl. »Ich …«

»Doch«, unterbrach ihn Inge. »Das hast du genau so gesagt. Und was hat dich nun bewogen, deine Meinung zu ändern?«

»Meine Gesundheit.« Karl sah sie herausfordernd an. »Ich habe in der Apothekenzeitschrift gelesen, dass Saunieren gesund ist. Und ich kann mir vorstellen, dass es mir gut bekommt. Ich …«

Das erneute Klingeln unterbrach seine Ausführungen. Inge drehte sich um und öffnete ihrem Bruder, der erstaunt an der Tür stehen blieb. »Ach, Versammlung? Ist was passiert? Guten Morgen.«

»Karl will mit in die Sauna.« Walter machte sich auf den Weg nach oben. »Ich packe meine Tasche, du bist zu früh.«

Er verschwand um die Ecke, während Heinz auf die Uhr sah. »Sechs Minuten. Walter wird immer pingeliger. Ja, Karl, dann komm mal mit. Du müsstest dann beim nächsten Mal fahren, wir wechseln uns immer ab. Wir können dann schon mal zum Auto gehen. Tschüss, Inge.«

Regungslos sah sie den beiden nach. Einen Moment später kam Walter mit seiner Tasche die Treppe runter und blieb kurz neben ihr stehen. »Weißt du, warum er mit will?«

Inge hob die Schultern. »Vielleicht ist er wieder irgendeinem Verbrechen auf der Spur und will euch ausfragen.«

Mit skeptischer Miene schüttelte Walter den Kopf. »Das glaube ich nicht, er ist doch nun wirklich im Ruhestand. Wobei …«, sein Blick erhellte sich plötzlich. »Diese Razzia in Hörnum. Vielleicht regt ihn das genauso auf wie mich, und er überlegt, dem Zoll ein wenig zur Hand zu gehen. Dieser Runge will seine Hilfe ja nicht. Und bei Steuerdelikten kann ich ihm natürlich zur Seite stehen. Mit meiner Erfahrung. Von mir bekommt er die Informationen quasi aus erster Hand. Na, wie auch immer, tschüss, Inge, bis später.« Beschwingt eilte er zum Auto, in dem Heinz und Karl schon saßen.

Inge schloss langsam die Tür und ging zum Telefon. »Hallo Charlotte, sie sind jetzt weg.«

»Gut«, lächelte ihre Schwägerin. »Sabine muss auch jeden Moment kommen. Gibt es sonst noch was?«

»Karl ist mit in die Sauna gefahren. Er stand hier unangemeldet mit einer großen Sporttasche und hat sich den beiden angeschlossen.«

»Karl?« Charlottes Erstaunen war echt. »Der findet Sauna doch weibisch?«

»Ich weiß, ich war dabei, als er das gesagt hat.« Inge setzte sich an den Esstisch, auf dem noch der Rest des Frühstücks stand. »Er hat energisch bestritten, das gesagt zu haben, und erklärt, dass er es jetzt aus gesundheitlichen Gründen machen will. Hast du eine Ahnung, was da los ist?«

»Nein.« Charlotte überlegte fieberhaft. »Er kann doch wohl keinen neuen Fall haben, oder? Dann hätte er uns das doch erzählt und nicht den Männern. Was meinst du?«

Inge antwortete langsam. »Also, in der Zeitung von heute stand, dass der Zoll bei einer Razzia in Hörnum Schwarzarbeiter gefasst hat. Walter hatte gerade die Theorie, dass Karl vielleicht dem Zoll helfen will und deshalb Walters Erfahrungen als ehemaliger Finanzbeamter braucht. Kannst du dir das vorstellen?«

»Schwarzarbeiter? Großer Gott! Das glaube ich nicht.

Was hat Karl denn mit dem Zoll zu tun? Kennt er da überhaupt jemanden? Ich wüsste nicht. Und sein Ehrgeiz besteht doch darin, seinen ehemaligen Kollegen und vor allem seinem Nachfolger zu zeigen, was er alles noch kann und herausfindet, obwohl sie ihn nicht mehr lassen. Nein, Inge, ich glaube, du liegst da falsch. Aber was will er von Heinz und Walter? Was meinst du, soll ich Onno mal anrufen? Der weiß doch immer, was Karl gerade vorhat. Vielleicht hat er was gehört.«

»Ja, mach das mal«, stimmte Inge sofort zu. »Du musst ja nicht gleich mit der Tür ins Haus fallen. Frag doch einfach, ob Onno glaubt, dass Karl sich über einen Gutschein für eine Saunatageskarte freuen würde, er hat ja bald Geburtstag. Und dann bist du schon beim Thema. Und ruf mich an, wenn du irgendetwas rausgefunden hast. Bis dann.«

»Ja, bis dann.« Charlotte ließ den Hörer sinken und blieb noch einen Moment am Fenster stehen. Von Sabine war noch nichts zu sehen, es war aber auch noch ein bisschen früh. Sie war sehr zuverlässig und klingelte immer genau um zehn Uhr fünfzehn. Jetzt war es ja erst zehn. Karl und der Zoll? Charlotte wurde warm. Aber Karl hatte nie Kontakte zum Zoll gehabt, das hätte er doch bestimmt mal erzählt. Und warum sollte Karl sich um Schwarzarbeit kümmern? Das war doch gar nicht sein Thema. Zumal er sich auch die Hecken im Garten von einem alten Bekannten schneiden ließ, der bei einem Gärtner arbeitete. Und zwar ohne Rechnung. Das hatte Gerda ihr mal unter dem Siegel der Verschwiegenheit gesteckt. Also bitte. Somit würde Karl sich doch ins eigene Fleisch schneiden.

Sabines Ankunft riss Charlotte aus ihren Gedanken.

Sie würde eine schnelle Tasse Kaffee mit ihr trinken und danach Onno anrufen. Karls überraschende Saunabegeisterung würde sicher einen ganz einfachen Grund haben.

Zwei Stunden später war Charlotte klüger. Sie hatte Onno nicht erreicht, er war mit Helga zu einer Gärtnerei gefahren, um Pflanzen zu kaufen. Das hatte Maren ihr erzählt, die nur an Onnos Telefon gegangen war, weil Charlotte fünfmal nacheinander angerufen hatte.

»Charlotte«, hatte Maren erleichtert gesagt. »Ich dachte schon, es wäre eine Katastrophe passiert, weil hier dauernd jemand anruft. Papa ist nicht da, kann ich dir irgendwie helfen?«

»Ja, vielleicht.« Charlotte hatte zunächst gezögert, dann aber beschlossen, dass Maren ohnehin die geeignetere Gesprächspartnerin sei. »Du, wir machen uns ein wenig Sorgen um Karl. Er wirkt ... anders als sonst. Hast du ihn kürzlich mal gesehen?«

»Karl?« Maren schnaubte, ohne dabei böse zu klingen. »Natürlich. Ich sehe ihn dauernd. Du weißt doch, dass wir auf seiner täglichen ›Ich guck mal, wo ich einen Kaffee kriege‹-Strecke liegen. Und seit mein Chef ihm verboten hat, jeden zweiten Tag im Revier reinzuschneien, um zu fragen, ob es was Neues gibt, muss er seinen Tagesablauf irgendwie anders in den Griff kriegen. Wieso fragst du? Sitzt er jetzt auch bei dir ständig in der Küche?«

Charlotte lachte bemüht. »Nein, nein, ich habe ihn neulich zufällig bei Inge getroffen. Weißt du, ob er jemanden beim Zoll kennt?«

»Beim Zoll?« Maren war verblüfft. »Keine Ahnung, lass mich überlegen. Er wird den einen oder anderen der Kollegen kennen, wir haben ja ab und zu mit ihnen zu tun, aber sonst? Keine Ahnung. Was wollte er denn bei Inge?«

»Er wollte Walter fragen, ob die Männer ihn mit in die Sauna nehmen. Auf die Antwort kam es ihm gar nicht an, er hatte seine Sachen schon dabei.«

»Karl wollte in die Sauna? Das findet er doch weibisch.«

»Ja, ich weiß.« Charlotte seufzte. »Er wollte aber trotzdem – und irgendwas mit Walter bereden. Er macht nie was nur so. Ich frage mich, was er vorhat.«

Am anderen Ende entstand eine kurze Pause, dann sagte Maren langsam: »Ach so, deswegen fragst du nach dem Zoll. Die Razzia in Hörnum. Und Walter war beim Finanzamt. Und jetzt denkst du, dass Karl auf eigene Faust Steuerverbrechen aufklärt und deshalb Walter ins Boot holt. Stimmt's?«

Charlotte war beeindruckt. Was für eine Kombinationsleistung. Maren war wirklich goldrichtig bei der Polizei, so fix im Kopf und so sicher in ihren Vermutungen.

»Ja«, sagte sie deshalb. »Das war unsere Befürchtung. Glaubst du, da ist was dran?«

»Nein«, antwortete Maren. »Das glaube ich nicht. Erstens wird der Zoll das verhindern, genauso wie Peter Runge, und zweitens hat Karl überhaupt kein Interesse an Steuerdelikten. Außerdem lässt er seine Hecken ja auch schwarz schneiden, das findet er völlig in Ordnung.«

So viel zu Gerdas Siegel der Verschwiegenheit, Charlotte konnte es kaum fassen. »Das lass mal nicht Walter hören«, sagte sie dann. »Er ist so ein hundertprozentiger Finanzbeamter, immer noch, der würde sich Karl sofort zur Brust nehmen. Aber vielleicht hast du recht und Karl hat wirklich nur ein plötzliches Interesse an Wellness.«

Jetzt fing Maren an zu lachen. »Im Leben nicht! Karl hat ein ganz anderes Problem: Er ist eifersüchtig auf Helga und fühlt sich von Papa vernachlässigt. Und deshalb sucht er sich jetzt demonstrativ neue Freunde. Ich wette, dass

Karl heute Abend unter irgendeinem Vorwand hier vorbeikommt und von seiner Saunaclique erzählt. Was sie für einen Spaß hatten und wie schön der Tag war. Viel schöner als der von Onno und Helga, die ja nur beim Gärtner waren. Karl ist da wie ein kleines Kind in der Beziehung. Ich wette um eine Flasche Rotwein, dass das passiert. Ich kann dich ja anrufen, wenn ich recht behalte.«

Diese Möglichkeit fand Charlotte gar nicht so dumm. »Das könnte tatsächlich stimmen«, meinte sie. »Na ja. Dann warten wir mal ab. Ich danke dir jedenfalls für dieses Gespräch. Machen wir uns erst mal keine Sorgen um unseren privaten Polizeichef. Also, Maren, schönen Tag, vielleicht hören wir uns ja am Abend noch mal.«

Beruhigt lehnte sie sich zurück. Dann wollte sie hoffen, dass Karl, Walter und Heinz kein neues Ermittlungsteam bildeten. Diese drei wären zusammen wie eine Brandbombe.

Mein Tagebuch

3. Mai 1999

Heute vor genau einem Jahr habe ich geheiratet. Ich habe heute also meinen ersten Hochzeitstag. Ich weiß, eigentlich müsste es heißen, heute vor einem Jahr haben *wir* geheiratet und *wir* haben heute *unseren* ersten Hochzeitstag. Aber in Wirklichkeit sitze ich allein vor einem schön gedeckten Tisch, vor einer mittlerweile kalt gewordenen Lachslasagne, vor einer halbleeren Flasche Weißwein, neben der nur ein benutztes Glas steht, und vor einem noch immer eingepackten Geschenk, in dem sich ein dunkelblauer Kaschmirschal befindet. Dunkelblau, so wie die Augenfarbe von meinem Mann, wenn er genervt ist. Sonst hat er hellblaue Augen, so ein Blau wie der Himmel im Mai. Dieses Blau mochte ich mal, sehr gern sogar, aber dann ist mir aufgefallen, dass diese Augen nur ganz selten so maihimmelblau sind. Nur, wenn er gute Laune hat und mich dann ansieht oder wenn er mir schmeichelt. Dann sind sie so. Aber in der letzten Zeit ist das Blau dunkel. Mehr wie der Himmel am Abend. Oder wie der Himmel, kurz bevor ein Gewitter losbricht. Ich habe ihm das neulich mal gesagt. Einfach so. Danach waren die Augen sehr dunkel. Ich würde zu viele komische Bücher lesen, hat er gesagt, und ich wäre kindisch. Das ginge ihm auf die Nerven. Er brauche eine erwachsene Frau, nicht so eine wie mich, die immer noch auf Problemen herumkaue, die schon lange vorbei sind. Die sich in irgendwelche albernen Gefühlswelten hineinsteigert und dabei nicht begreift, dass das Leben ganz anders ist. Das hat er zu mir gesagt. Mein Mann. Den ich vor genau einem Jahr geheiratet habe. Da war er noch anders. Fand ich. Wobei es auch sein kann, dass ich das nur finden wollte. Aber ich hätte nie gedacht, dass ich einmal hier so sitzen würde. Vor diesem einsamen, traurigen und schön gedeckten Tisch. Allein. Weil mein Ehemann mit seinen Kumpels eine Fahrradtour macht. Und sie dabei so viel Bier trinken, dass sie sich entschlossen haben, unterwegs in einer kleinen Pension zu übernachten. Er hat natürlich angerufen, damit ich keinen Suchtrupp losschicke. Und damit ich das Garagentor zuschließe, das er offen gelassen hat. Für sich und sein Fahrrad. Und nun kommt er erst morgen, deshalb muss das Tor über Nacht verschlossen sein, morgen früh, bevor ich zur Arbeit gehe, soll ich es wieder öffnen. In *der* Beziehung ist er sehr umsichtig, in anderen nicht.

Vorhin habe ich mein Hochzeitsalbum aus dem Schrank geholt und das erste Mal nach einem Jahr darin geblättert. Das kann man mal machen, am ersten Hochzeitstag, auch wenn mein Ehemann das bestimmt wieder kitschig und albern fände. Aber das war mir egal, er war ja nicht gekommen.

Wir haben ganz groß gefeiert, das gehört sich so, wenn man aus einem kleinen Dorf kommt, wo jeder jeden kennt. Und in dem die Eltern den größten Gartenbaubetrieb des Landkreises haben. Alle kaufen da, jeder, der einen Garten oder Balkon hat, jeder, der Gemüse will. Deshalb hat sich auch immer alles um den Betrieb gedreht. Wir hatten nie eine Wahl, jeder musste mitarbeiten. In allen Ferien standen wir in den Gewächshäusern und im Sommer auf den Freilandbeeten. An den Sonntagen haben wir Sträuße gebunden und verkauft, an zwei Tagen in der Woche auf dem Wochenmarkt geholfen. Wenn die anderen Kinder nach der Schule ins Freibad gingen, radelten Gregor und ich in den Betrieb. Gregor fand das nicht schlimm, und weil er mein großer Bruder war und ich ihn anhimmelte, fand ich es auch nicht schlimm. Das war ganz einfach so.

Auf den Hochzeitsbildern ist Gregor nicht mehr drauf. Er fehlt auf jedem Bild. Er fehlt überall. Mir besonders. Wahrscheinlich sehen die Menschen auf den Bildern deshalb auch nicht so richtig nach Hochzeit, Liebe, Blumen, Sekt und Tanz aus. Es sind nicht viele schöne Bilder, auf manchen erkenne ich kaum Leute. Aber das war mir damals egal, sie waren einfach da, weil meine Mutter sie eingeladen hat. Sie sind nicht meinetwegen gekommen, sondern wegen des Betriebs. Mein Vater fehlte auch. Er war ein Jahr vorher weggegangen. Weil er zu traurig war. Und meine Mutter nicht mehr ertragen konnte. Ich habe ihn verstanden. Am liebsten wäre ich mitgegangen. Aber das wollte er nicht, von wegen Neuanfang und so, und dann wollte ich auch nicht mehr, weil ich die Erinnerungen an Gregor nicht auch noch verlieren wollte. Die waren nämlich noch hier. In den Gewächshäusern, auf den Feldern, in seinem ehemaligen Zimmer, in der Küche, im Fahrradschuppen. Gregor war nicht mehr da. Den hat ein besoffener Autofahrer auf der langen Bundesstraße übersehen. Gregors Licht am Roller brannte nicht, das hatte ich ihm gesagt, er wollte es am nächsten Tag reparieren, das hat er aber nicht mehr geschafft. Das ist jetzt genau drei Jahre, einen Monat und sechs Tage her.

Meine Mutter hat mal gesagt, ohne seinen besten Freund wäre sie auch gestorben. Oder einfach abgehauen, so wie mein trauriger Vater. Aber Gregors bester Freund hat sie gerettet. Er war früher schon oft bei uns. Und als

Gregor weg war, kam sein Freund jeden Tag. Um meine Mutter zu trösten und im Betrieb zu helfen. Mein Vater konnte nicht mehr arbeiten. Er saß zu Haus und starrte auf seine Hände. Und meine Mutter wurde wütend. Dann fing sie an zu streiten, und er saß da und schwieg. Jeden Tag. So lange, bis Gregors Ersatz kam. Dann bekam sie gute Laune und ging mit ihm raus. Und mein Vater blieb am Tisch sitzen und starrte weiter auf seine Hände. Mich haben sie dabei nie bemerkt.

Letzte Nacht habe ich wieder von Gregor geträumt. Das mache ich oft, deswegen vergesse ich auch manchmal, dass er gar nicht mehr da ist. Wenn es mir wieder einfällt, geht es mir sofort schlecht. Aber das nur nebenbei. Jedenfalls hat Gregor heute Nacht im Traum gesagt, dass ich seinen besten Freund doch gar nicht hätte heiraten müssen. Das hätte er gar nicht gewollt. Das hat mich ganz durcheinandergebracht. Ich habe es doch nur seinetwegen getan. Weil er sein bester Freund war. Und ich mir gedacht habe, dass das doch eine große Gemeinsamkeit ist. Die Trauer um Gregor. Größer als alles andere. Ich glaube, ich habe mich geirrt.

Freitag, der 13. Mai,
leichter Ostwind bei blauem Himmel, 19 Grad

Charlotte klappte das Buch zu und nahm ihre Brille ab, als Heinz die Beifahrertür öffnete. »Und?«

Ihr Mann schnallte sich umständlich an und nickte. »1-a-Werte. Wie ein junger Gott. So, wir können fahren.«

»Ich könnte ein Eis essen«, sagte Charlotte sehnsüchtig. »Wie ist es mit dir?«

Heinz sah sie an. »Wie kommst du jetzt darauf? Essen die in deinem Buch gerade Eis?«

»Ja«, Charlotte drehte sich um und legte das Buch auf die Rückbank. »Das tun sie. Und ich will das jetzt auch.«

»Ja, dann fahr los«, Heinz nickte. »Keine schlechte Idee.«

Er wartete, bis Charlotte auf die Hauptstraße in Richtung Westerland gebogen war, bis er sagte: »Der Doktor hat gefragt, warum du nie mit reinkommst. Er hat gesehen, dass du im Auto sitzen geblieben bist. Und er hat gefragt, was du gegen sein Wartezimmer einzuwenden hast.«

»Nichts.« Charlotte ließ den Wagen vor einer roten Ampel ausrollen. »Gegen das Zimmer habe ich nichts einzuwenden. Nur gegen die Leute, die da drinsitzen und dauernd über ihre Krankheiten reden. Beim letzten Mal musste ich mir den Ausschlag von Frau Kühl angucken, und das Mal davor hat mir Werner Manske seine Stelle unterm Fuß gezeigt. Das brauche ich nicht. Und es ist immer jemand da, den ich kenne. Ich setze mich da nur rein, wenn ich einen Termin habe, aber wenn ich dich abhole, bleibe ich im Auto. Fertig.«

»Kannst du ja. Ich hätte aber auch selbst fahren können.«

»Natürlich.« Charlotte lächelte ihn an. »Dann hättest du die Wäsche aus der Reinigung abholen müssen. Das hast du die letzten Male aber immer vergessen. Ich habe das in der Zwischenzeit schon erledigt. Und jetzt bekomme ich ein Eis. Ist doch alles gut.«

»Was hatte Werner Manske denn unterm Fuß?«

»Ach, Heinz, so eine Stelle, was weiß ich, ich habe auch nicht richtig hingesehen. Das war ja widerlich. Anderes Thema, sonst mag ich gleich kein Eis mehr.«

Er nickte. »Wusstest du, dass in Deutschland jährlich ein Schaden von 795 Millionen Euro durch Schwarzarbeit entsteht?«

Abrupt trat Charlotte auf die Bremse, Heinz schnellte nach vorn. »Was machst du denn?«

»Entschuldige, ich dachte, dieser Trottel da schert aus.«

Heinz sah sich nach dem mutmaßlichen Trottel um, konnte ihn aber nicht entdecken. »Du musst doch keine Vollbremsung machen, nur weil jemand vielleicht ausschert.«

»Ist ja gut.« Charlotte sah kurz in den Rückspiegel und dann ihren Mann an. »Wie kommst du auf 700 Millionen?«

»Guck nach vorn, ich will kein Schleudertrauma erleiden. Es sind 795 Millionen. Das ist die Jahresbilanz des Zolls. Es gab im letzten Jahr über hunderttausend Ermittlungsverfahren. Stell dir das mal vor. Wenn Walter das hört, dreht er durch.«

Ruhig atmen, dachte Charlotte. »Hat Karl dir das erzählt? Oder woher weißt du das?«

»Stand in einer Zeitschrift, die im Wartezimmer lag.« Heinz sah entspannt aus dem Fenster. »Es ist im Moment anscheinend überall Thema. Da ist schon wieder ein neues Geschäft. Hast du gesehen? Schon wieder Mode. Dabei bräuchten wir hier dringend mal wieder einen anständigen Getränkemarkt. Na, wie auch immer, ich bin durch unser Saunagespräch sowieso für das Thema Schwarzarbeit sensibilisiert. Walter hat sich ja fürchterlich aufgeregt. Weil man doch tatsächlich hier auf der Insel eine Razzia machen muss, um den Schwarzarbeitern das Handwerk zu legen. Im wahrsten Sinne des Wortes. Wenn es um Steuerhinterziehung geht, dann tut Walter ja immer so, als ginge es gegen ihn. Und damit hat er Karl dann auch angesteckt. Ich meine, der war ja auch Staatsdiener, dann kann er doch nicht so tun, als würde ihn ein kriminelles Verhalten nicht interessieren.«

»Du hast ja noch gar nicht so richtig erzählt, wie es in der Sauna war«, begann Charlotte vorsichtig. »Was wollte Karl denn eigentlich von euch?«

»Wann hätte ich es dir denn erzählen sollen?« Heinz sah sie tadelnd an. »Mittwoch hockte Inge noch ewig bei uns rum …«

»Sie ist deine Schwester«, erinnerte ihn Charlotte. »Sie stört doch nicht.«

»Die einen sagen so, die anderen sagen so. Jedenfalls blieb sie lange hocken. Und am Donnerstag hattest du erst Friseur und dann Chor. Wann also hätten wir uns unterhalten sollen? Du bist ja dauernd unterwegs.«

»Ja, ja.« Charlotte fand einen Parkplatz in Sichtweite des Eiscafés. »Du kannst es mir ja gleich erzählen. Beim Erdbeerbecher.«

Zwei Stunden später hatte Charlotte ihren Mann am Lister Hafen abgesetzt. Er wollte noch einen Spaziergang machen. »Meine guten Werte kommen ja nicht von ungefähr«, hatte er gesagt. »Bewegung, Bewegung, Bewegung. Ich laufe dann nach Hause.«

»Hast du einen Schlüssel? Ich muss noch einkaufen.«

Er klopfte zur Bestätigung auf seine Jackentasche, also hob Charlotte die Hand und fuhr auf direktem Weg zu Onno. Sie musste ganz dringend mit ihm sprechen.

Onno saß im Blaumann auf der Gartenbank neben der Haustür und sah ihr überrascht entgegen. »Charlotte«, rief er ihr im Aufstehen zu. »Waren wir verabredet?«

Sie kam langsam auf ihn zu, umrundete den Rasenmäher und den Auffangkorb mitten auf dem Weg und blieb vor ihm stehen. »Ich muss mit dir reden«, sagte sie. »Es geht um deinen Freund Karl, meinen Mann und meinen Schwager. Weißt du, was die aushecken?«

Onno wischte seine Hände an einem Putzlappen ab und holte einen Gartenstuhl für Charlotte. »Setz dich«, er deutete auf den Stuhl. »Möchtest du was trinken? Eistee, Apfelschorle?«

Sie schüttelte den Kopf. »Nein, danke, wir waren gerade Eis essen. Heinz hat mir dabei Dinge erzählt, die ich nicht glauben will. Du musst mal mit Karl reden. Oder wir beide. Aber auf dich hört er vielleicht mehr.« Sie ließ sich auf den Stuhl sinken und sah ihn an. »Ist Karl wieder einem Verbrechen auf der Spur? Und jetzt ohne uns? Hast du was gehört? Ich habe vorgestern schon mit Maren telefoniert, die meinte, dass Karl dir nur eins auswischen will, wenn er mit Heinz und Walter in die Sauna geht, aber wenn er aus dem Grund jetzt so tut, als müsste er gemeinsam mit den beiden den Kampf gegen die Schwarzarbeit auf der Insel aufnehmen, dann geht mir das zu weit.«

Onno hatte ihr aufmerksam zugehört, jetzt hob er die Hände. »Einen Moment bitte, das geht mir jetzt zu schnell. Wieso kämpft Karl plötzlich gegen Schwarzarbeit, der lässt doch seine Hecken auch ohne Rechnung schneiden. Und das ist doch sowieso Sache des Zolls und keine Polizeiarbeit.«

Charlotte würde Gerda mal bei Gelegenheit fragen, warum sie auf dem Siegel der Verschwiegenheit bestanden hatte und ob sie die Auskunftsfreude ihres Mannes kannte. »Ich weiß«, sagte sie jetzt. »Aber Karl war ja mit Heinz und Walter vorgestern zum ersten Mal in der Sauna. Das wollen sie jetzt offenbar jeden Mittwoch zusammen machen. Und dabei hat er die beiden Männer, wie Heinz sagt, sensibilisiert. Sie haben über die Razzia in Hörnum gesprochen, und jetzt haben Heinz und Walter sich anscheinend vorgenommen, sich in dieses Thema einzuarbeiten. Heinz hat mir gerade einen langen Vortrag gehalten. Wusstest du, dass Schwarzarbeit in schweren Fällen nicht nur mit Bußgeld, sondern auch mit bis zu fünf Jahren Haft bestraft werden kann?« Charlotte drückte eine Hand auf ihren Magen, ihr war übel. »Ich mache mir jetzt Sorgen, dass Walter …, also dass die Männer sich in Dinge einmischen, die sie gar nichts angehen, und dann Sachen herausbekommen, die sie …« Sie stockte, diesen Gedanken durfte sie gar nicht zu Ende denken.

Onno sah sie entspannt an. »Ich glaube nicht, dass du dir Sorgen machen musst. Karl ist im Moment einfach unzufrieden. Das liegt auch ein bisschen daran, dass ich nicht mehr dauernd Zeit für ihn habe. Und deshalb sucht er sich Dinge, die ihm die Zeit vertreiben. Die Sauna überrascht mich allerdings, ich dachte, er fände das langweilig.«

»Weibisch«, korrigierte Charlotte. »Das dachte ich auch. Deshalb glaube ich ja, dass etwas anderes dahintersteckt. Und jetzt kommt Heinz mit dieser Schwarzarbeiterjagd. Er und Walter haben aber keine kriminalistische Erfahrung, die blamieren sich doch. Du musst mit Karl reden, Onno, er muss die da raushalten. Tu mir den Gefallen, sonst geht das gehörig in die Hose.«

»Ich gebe mein Bestes«, Onno streckte ihr die Hand entgegen. »Aber ich glaube, du siehst das zu schwarz. Blöder Kalauer, ich weiß«, grinste er. »Karl hat wenig Interesse an solchen Fällen. Das hat er ihnen bestimmt nur erzählt, um sich wichtig zu machen. Der braucht ein neues Hobby oder irgendwas anderes. Ich werde am Wochenende mal mit ihm angeln gehen. Nur Karl und ich, ganz allein, dann wird er sich schon wieder einkriegen.«

Noch immer etwas skeptisch stand Charlotte auf. »Na gut«, sagte sie langsam. »Vielleicht bin ich tatsächlich schon hysterisch. Aber die Aussicht, dass die drei sich zusammentun, macht mir, ehrlich gesagt, etwas Angst. Danke fürs Zuhören, ich muss jetzt los. Dann grüß Helga und Maren. Wir sehen uns.«

Onno brachte sie noch zur Gartenpforte und winkte ihr nach. Als Charlotte in den Rückspiegel schaute, stand er immer noch da. Seufzend schaltete sie in den nächsten Gang. Sie sollte mal mit Inge sprechen, ob es nicht besser wäre, für ein paar Wochen auf die wunderbare Sabine zu verzichten. Man wusste bei Heinz und Walter nie genau, wie sehr sie sich in ein neues Feld einarbeiten würden. Und das auch noch unter der Anfeuerung von Karl.

Freitagabend, der 13. Mai,
blauer Himmel, 18 Grad

Dirk zog die Handbremse an und stellte den Motor aus. Sofort verstummte die ohrenbetäubende Opernarie. Langsam drehte er sich zu Alexander um. »Alles klar?«

Alexander erwiderte seinen Blick, ohne zu antworten. Er sah aus, als hätte er die letzten Nächte durchgemacht, seine Gesichtsfarbe war fahl, die dunklen Augenringe tiefer als sonst. Er wischte sich über die Stirn und sagte gepresst: »Lass doch mal Luft rein, es ist so heiß.«

Kai drückte auf den Fensterheber und ließ die Beifahrerscheibe runter. »Hast du in den letzten Tagen was unternommen oder nur Eier und Wurst verkauft?«

»Was hätte ich denn bitte unternehmen sollen?« Alexanders Stimme bebte vor Wut. »Sollte ich nach siebzehn Jahren bei der Polizei anrufen und fragen, ob sie nicht noch mal gründlicher nach meiner vermissten Frau suchen sollen, zwei Freunde von mir würden sich nämlich einbilden, sie lebendig gesehen zu haben?«

Dirk verstellte den Rückspiegel ein Stück weiter nach unten, um Alexander sehen zu können. »Hör mal, wir wollen dir hier den Arsch retten, da könntest du ein bisschen kooperativer sein. Und mal mitdenken.«

Alexander schüttelte nur den Kopf, Kai grinste spöttisch. »Das wäre nicht schlecht«, sagte er. »Wäre auch schade um deinen Edelsupermarkt. Da steckt die Kohle von der Lebensversicherung drin, oder?«

»Was soll das?« Alexander beugte sich nach vorn. »Was genau ist überhaupt passiert: Ihr habt im vermutlich besoffenen Kopf eine Frau gesehen, die Corinna ähnelt. Ihr habt sie verfolgt und konntet sie nicht ansprechen, weil plötzlich ein Jeep neben ihr gehalten hat, aus dem ein Mann ausgestiegen ist, den sie kannte. Ihr habt ein verschwommenes Handyfoto, auf dem ich, ehrlich gesagt, Corinna nicht erkannt hätte. Und jetzt macht ihr hier die Panik. Und was, bitte, soll ich mir deswegen ausdenken?«

Abrupt drehte Dirk sich um. »Sag mal, bist du so naiv? Sie *war* es. Es kann sein, dass das Foto nicht besonders gut ist, aber wir haben sie gesehen, verstehst du? Gesehen. Falls das in deinen Kopf reingeht. Wir sind ihr nachgegangen, wir haben alles wiedererkannt: wie sie sich bewegt, wie sie redet, wie sie gestikuliert.«

»Dirk, reg dich nicht auf.« Kai schob sich mit einer lässigen Handbewegung die Sonnenbrille auf die Stirn. »Er wird es schon begreifen, es ist nämlich in erster Linie sein Problem. Und das, mein Lieber«, er sprach jetzt in Alexanders Richtung, ohne ihn anzusehen, »wird an diesem Wochenende auch in deinen Schädel gehen. Du solltest dir nur jetzt schon mal überlegen, wie du aus diesem Dilemma rauskommst. Oder willst du deinen Ruf verlieren? Der fleißige und erfolgreiche Supermarktbesitzer, Kassenwart des Tennisclubs, Gründungsmitglied des Golfvereins, Gemeinderatsmitglied: das willst du doch alles bleiben? Dann musst du auch daran arbeiten, dass deine schmutzige Vergangenheit dir da keinen Strich durch die Rechnung macht.«

»Du bist so ein Arschloch.« Mit gepresster Stimme ballte Alexander die Fäuste. »Ihr seid doch genauso dran.«

»Da irrst du dich«, Kai grinste spöttisch. »Deine Frau,

deine Lebensversicherung, deine Existenz. Wir sind in der Geschichte nie aufgetaucht. Und was soll da heute schon noch zu beweisen sein? Dein Ding, mein Lieber, du kannst nur froh sein, dass wir dir helfen. Aber dazu sind ja Freunde da.«

Dirk wartete gespannt auf Alexanders Antwort. Doch der schwieg. Alexander hatte sich stumm zurückgelehnt und sah aus dem Fenster. Der Zug fuhr in diesem Moment los. Nach einer langen Pause räusperte Alexander sich endlich und fragte: »Und wie sieht euer toller Plan aus? Fahren wir jetzt zwei Tage über die Insel und versuchen, die Frau zu finden? Das wird bestimmt ein Kinderspiel, es sind ja kaum Leute da. Und vielleicht war sie auch nur ein Tagesgast und sitzt im Moment in Recklinghausen oder Kaiserslautern. Aber wir finden sie bestimmt ganz schnell. Mit diesem tollen Handyfoto. Oder zwanzig Leute, die sie sofort erkennen und uns die Adresse geben. Damit wir feststellen, dass es sich natürlich um eine völlig fremde Frau handelt, die uns für bescheuert halten wird.«

»Deshalb sollte man sich vorher Gedanken machen«, antwortete Kai. »Das haben wir auch getan, im Gegensatz zu dir. Und deshalb gibt es selbstverständlich einen Plan.«

»Und der lautet wie?«

»Wir haben zunächst einen Termin bei einem gewissen Bertram. Er ist der Inhaber einer Verwaltungsgesellschaft für Ferienwohnungen. Ich wollte ja schon lange mein Haus in die Vermietung geben. Und dafür brauche ich fähiges Personal.«

Er drehte sich zu Alexander um, der ihn fragend ansah. »Er ist der Besitzer des Jeeps. Auf dem Wagen stand das Firmenlogo. Wir werden uns mal mit diesem Bertram unterhalten. Und ich bin sehr gespannt, ob das Gespräch mit Corinna beruflich oder privat war. Wer weiß: vielleicht ist sie ja bei ihm beschäftigt? Das lässt sich sicherlich herausfinden. Und dann sehen wir weiter.«

Alexander starrte ihn kurz an, dann schloss er die Augen. Es war wie ein schlechter Traum. Einer, den er schon mal geträumt hatte und der nun plötzlich in Dauerschleife gesendet wurde. Seit Sonntag hatte er alle Bilder wieder im Kopf. Den Kommissar aus Lübeck, der ihn wieder und wieder verhört hatte. Corinnas Fahrrad, das völlig verdreckt aus einem Graben gezogen wurde. Die Lichter der Suchtrupps, die die Umgebung durchkämmten, das Bellen der Hunde, das Gesicht seiner Schwiegermutter, die ständig vorbeikam und über die Anwesenheit der Polizei schimpfte, die mitleidigen und neugierigen Blicke der Nachbarn, die ersten misstrauischen Fragen, das Getuschel hinter seinem Rücken, das er trotzdem mitbekam. Er konnte die Stadt nicht verlassen, nicht mit Kai und Dirk den verabredeten Segeltörn vor der Küste Mallorcas machen, zu dem die beiden dann allein aufgebrochen waren. Es war die grauenhafteste Zeit seines Lebens gewesen, er hatte wirklich gedacht, er hätte diese Geschichte hinter sich gelassen. Doch jetzt kam plötzlich alles wieder hoch. Nur weil die beiden vor ihm in was für einem Zustand auch immer Corinna gesehen haben wollten. Er glaubte es nicht, auch wenn es eine gewisse Ähnlichkeit auf dem Foto gab, er glaubte es trotzdem nicht. Weil er es nicht glauben konnte. Und auch nicht wollte. Es war vorbei. Es musste vorbei sein.

Samstag, der 14. Mai,
leichte Bewölkung, 19 Grad

»Da ist sie«, Inge stand sofort auf und winkte Sabine Schäfer zu, die suchend am Eingang des kleinen Cafés stehen geblieben war. »Hallo, Sabine, hier, in der Ecke.«

Sabine Schäfer hatte sich umgesehen und Inge und Charlotte an ihrem Ecktisch entdeckt. Lächelnd kam sie auf die beiden zu. »Hallo, guten Tag.«

Sie gab beiden die Hand, bevor sie sich setzte und ihre Tasche über den Stuhl hängte. »So ein schönes Wetter heute, jetzt wird es Sommer. Da bekommt doch jeder sofort gute Laune.«

Etwas betreten wechselten Charlotte und Inge einen Blick, den Sabine mitbekam. Besorgt musterte sie beide. »Ist etwas passiert?«

»Nein, nein«, beeilte sich Inge zu antworten. »Alles in Ordnung. Was möchten Sie denn trinken? Kaffee oder Tee oder Schokolade? Ich nehme einen Milchkaffee, und dann suche ich mir gleich ein Stück Kuchen aus. Und du, Charlotte? Weißt du schon?« Sie war nervös, weil sie keine Ahnung hatte, wie sie das Gespräch mit Sabine anfangen sollte. Es war so unangenehm, sie fühlte sich ganz schlecht. »Ich gehe mal zur Kuchentheke«, sagte sie schnell und stand schon. »Möchtet ihr selbst schauen oder soll ich was mitbestellen?«

Ohne den Blick von der Getränkekarte zu nehmen, griff

Charlotte nach Inges Handgelenk und zog sie wieder auf den Stuhl. »Mach hier keine Hektik, Inge, setz dich hin, wir bestellen erst mal was zu trinken.«

Sie bemerkte Sabines verwunderten Blick und klappte die Karte zu. »Liebe Sabine, meine Schwägerin ist so nervös, weil wir etwas mit Ihnen bereden müssen. Es ist nichts Schlimmes, und wir wollten Sie sowieso mal als kleines Dankeschön einladen. Suchen Sie sich also ganz in Ruhe etwas Schönes aus, und dann reden wir.«

»Okay«, die Antwort von Sabine kam zögernd, bevor sie die Karte entgegennahm. »Da bin ich gespannt.«

Sie las die Karte ohne Brille, was Charlotte auf den Gedanken brachte, wie alt Sabine eigentlich sei. Sie müsste jünger sein als Charlottes Tochter Christine, die las nämlich schon seit fünf Jahren nur noch mit Brille, was natürlich auch einfach etwas mit schlechten Augen zu tun haben konnte. Aber Sabine hatte kaum Falten um die Augen, das war bei Christine anders. Charlotte schätzte sie demnach auf Ende dreißig, Anfang vierzig. Wobei sie noch jünger aussehen könnte, wenn sie etwas mehr aus sich machen würde. Sabine war offensichtlich unabhängig von der Kosmetikindustrie, ein weiterer Unterschied zu Christine, die mit ungeschminkten Augen noch nicht mal zum Bäcker ging. An Sabine hatte Charlotte noch nie nur einen Krümel Mascara oder Make-up entdeckt, ganz zu schweigen von Lippenstift oder Nagellack. Auch ihre Frisur sah nicht so aus, als würde sie alle sechs Wochen viel Geld dafür ausgeben. Eine praktische Kurzhaarfrisur, die von vereinzelten grauen Haaren durchzogen war. Sabine Schäfer wirkte wie eine graue Maus, dabei hatte sie ein sehr schönes Gesicht und eine Figur, um die sie auch Christine beneiden würde. An ihr sahen selbst die einfachsten Jeans und das schlichteste T-Shirt gut aus.

»Habe ich etwas im Gesicht?«

Sabines freundliche Frage unterbrach Charlottes Gedankengänge, ertappt lehnte sie sich zurück und lächelte verlegen. »Ich habe Sie angestarrt, oder? Entschuldigung, ich war in Gedanken, ich habe überlegt, wie alt Sie eigentlich sind. Sie haben so schöne Haut.«

Etwas irritiert antwortete Sabine: »Ich werde dieses Jahr vierzig. Im Oktober. Und danke für das Kompliment.«

»Wollen wir uns jetzt Kuchen aussuchen?« Inge startete einen zweiten Versuch. »Gehen wir zusammen an den Tresen?«

»Wann denn im Oktober?«, fragte Charlotte neugierig. »Meine Tochter hat auch im Oktober Geburtstag.«

»Am sechsundzwanzigsten.«, antwortete Sabine, während sie sich erhob. »Ja, ich komme gern mit.«

Als die Kuchenteller und die Getränke gebracht wurden, rutschte Inge unruhig auf ihrem Stuhl herum. »Sie wollen bestimmt wissen ...«, begann sie, bevor Charlottes Hand sich auf ihren Arm legte.

»Wir wollten Ihnen sagen, wie zufrieden wir mit Ihrer Arbeit bei uns sind«, führte Charlotte Inges Satzbeginn zu Ende. »Sie können sich gar nicht vorstellen, wie wir es genießen, nach diesen ganzen Jahrzehnten Putzerei nach Hause zu kommen und zu sehen, dass alles so schön und aufgeräumt und sauber ist. Das ist für uns purer Luxus. Wir haben das gar nicht oft genug gesagt.«

Sabine ließ die Gabel sinken und lächelte. »Doch, das haben Sie, Frau Schmidt. Ich arbeite wirklich sehr gern bei Ihnen, obwohl es gar nicht so viel zu tun gibt. Es ist ja immer alles aufgeräumt.«

Natürlich, dachte Inge, das machten sie immer vorher.

Sie wollten nicht, dass ihre Putzfrau Chaos beseitigen müsste. Wie würde das denn wirken? Sie räusperte sich, bevor sie fragte: »In wie vielen Haushalten arbeiten Sie eigentlich?«

Sabine hob eine Augenbraue. »Warum?«

»Nur so«, Inge suchte eine elegante Formulierung. »Ich weiß gar nicht, wie viel Geld eine Haushaltshilfe verdient. So im Schnitt …«

Jetzt ging auch die zweite Augenbraue in die Höhe. »Ich arbeite nicht nur für Sie. Hauptsächlich bin ich in der Ferienwohnungsbetreuung tätig. Das habe ich Ihnen doch schon mal erzählt.« Sie überlegte einen Moment, dann legte sie die Gabel langsam auf den Teller und sah wieder hoch. »Was genau möchten Sie mir denn sagen? Möchten Sie mir kündigen?«

»Aber nein!« Die Antwort kam sofort im Chor, vier Hände hoben sich beschwichtigend. Charlotte schüttelte den Kopf. »Sabine, wir sind so zufrieden und glücklich mit Ihnen, darum geht es gar nicht. Wir haben nur ein kurzzeitiges Problem. Ein hoffentlich kurzzeitiges und vermutlich auch schnell lösbares. Wie soll ich anfangen …?«

Sie schob sich ein Stück Torte in den Mund, um Zeit zu gewinnen, Inge sah ihr dabei zu und mischte sich ein. »Also, als Eva Geschke uns von Ihnen erzählte, waren wir zuerst sehr skeptisch.«

Charlotte hatte geschluckt und wandte sich ungeduldig zu Inge. »Jetzt fang doch nicht bei Adam und Eva an, Inge. Du erzählst immer so umständlich.«

Beleidigt schwieg ihre Schwägerin, damit war Charlotte wieder am Zug. »Also, mein Mann Heinz mischt sich gern in Dinge ein, die ihn gar nichts angehen. Das meint er nie böse, manchmal macht er das auch einfach zum Zeitvertreib. Im Gegensatz zu meinem Schwager Walter, also Inges Mann. Der war Beamter, Staatsdiener, und irgendwie wittert er ab und zu Verschwörungen, denen er dann nachgehen muss.«

»Und das ist jetzt nicht Adam und Eva?« Inge war wirklich beleidigt. »Das ist sogar noch vor der Schlange.«

Sabine sah beide mit großen Augen an und versuchte, den Sinn der Ausführungen zu erfassen. »Was genau meinen Sie denn?«

»Mein Mann Walter war beim Finanzamt.« Jetzt war es raus, dachte Inge und wartete ängstlich auf Sabines Reaktion. Die schien diese Aussage in ihrer ganzen Dimension aber nicht zu begreifen. »Ja?«

»Also, nein Inge, jetzt lass mich mal wieder.« Charlotte schien die richtige Eingebung zu haben. »Ich erzähle es jetzt so, wie es ist. Unsere Männer ahnen nicht, dass wir eine Haushaltshilfe haben. Nicht, weil sie es nicht verstehen können, das wäre vielleicht gar nicht das Problem, sondern weil es uns, verstehen Sie es bitte richtig, ein bisschen peinlich war, dass wir jetzt eine Hilfe haben, obwohl wir natürlich noch alles selbst machen könnten. Für Frauen unserer Generation gehörte sich das nicht, dass jemand anderes für sie aufräumt und putzt. Das ließen nur die schlechten Hausfrauen machen, die selbst zu fein dafür waren. Als wir letztes Jahr Eva Geschke kennengelernt haben und die uns erzählte, dass sie auch jemanden hat, die bei ihr saubermacht, da waren wir beeindruckt.«

An dieser Stelle ließ Charlotte aus, dass sie Frau Geschke im Rahmen eines kleinen kriminalistischen Ausflugs getroffen hatten. Sie war Opfer einer Einbruchsserie gewesen, die Karl mit Hilfe von Charlotte, Inge und Onno kurzerhand selbst aufgeklärt hatte, sein Nachfolger im Polizeirevier hatte sich selten dämlich angestellt. Eva Geschke war ein Dragoner und hatte ihr Haus verkauft, obwohl die Einbrüche aufgeklärt waren. Sie hatte Inge aber damals von Sabine Schäfer erzählt, die bei ihr ohne Steuerkarte geputzt hatte und so diskret war.

Es war eine spannende Zeit gewesen, dachte Charlotte wehmütig, und eine sehr sinnvolle Aufgabe, die sie auch nur so gut gemeistert hatten, weil Heinz und Walter zu der Zeit verreist gewesen waren. Sie konnten so herrlich in Ruhe ermitteln. Sie seufzte angesichts der schönen Erinnerung und fuhr fort: »Frau Geschke hat die Insel ja verlassen und Sie empfohlen. Und dafür werden wir ihr auf ewig dankbar sein.«

Sie machte eine kleine Pause und lächelte Sabine an. Die wartete gespannt, inzwischen aber mit einer Spur Ungeduld, dass Charlotte zum Thema kam. »Wie auch immer, da unsere Männer damals aushäusig waren, haben sie unser Kennenlernen nicht mitbekommen. Und sie wissen auch nicht, dass Sie jetzt seit fast einem Jahr zu uns kommen, weil sie ja immer mittwochs in die Sauna gehen. Sie haben von Ihnen noch nie etwas gehört.« Charlotte musste etwas trinken, ihr Hals war schon ganz trocken.

Inge nutzte die Gelegenheit. »Und jetzt ist ein kleines Problem aufgetreten. Mein Mann Walter hat nämlich gehört, dass auf der Insel eine Razzia gegen Schwarzarbeit stattgefunden hat. Und das ärgert ihn. Also, nicht die Razzia, sondern die Schwarzarbeit. Er ist im Grunde seines Herzens immer noch Finanzbeamter. Und weil er letzte Woche mit meinem Bruder und unserem Freund Karl in der Sauna war, kann es sein, dass die drei eine Ermittlungskommission gründen, das macht unser Freund Karl nämlich gern.«

Sabines Augenbrauen waren wieder oben. »Ermittlungskommission? Wie?«

»Das führt jetzt zu weit«, winkte Charlotte ab. »Karl

war Chef der Polizei und hat als Rentner Langeweile. Aber es geht ja um diese Razzia und unsere Männer. Wir möchten nicht, dass Sie Ärger bekommen, Sabine, deshalb haben wir uns überlegt, Sie erst mal aus der Schusslinie zu nehmen …«, Charlotte merkte, dass sie schon wie Karl dachte. »Also, ich meine, wir müssen einfach darauf achten, dass nicht herauskommt, dass Sie bei uns schwa… ohne Anmeldung arbeiten. Wir können Sie natürlich auch ordentlich anstellen. Das wollten Sie aber nicht gern, oder?«

Der Vorschlag hatte nicht sehr überzeugend geklungen, Charlotte hatte ihn aus Pflichtgefühl und Anstand gesagt.

»Nein«, Sabine schien überhaupt nicht geschockt oder verärgert zu sein. Sie schüttelte nur leicht den Kopf. »Sie müssen sich keine Gedanken machen. Ich bin ja bei der Appartementverwaltung angestellt, das bei Ihnen war ja nur nebenbei. Und wenn Sie diese Befürchtungen haben, dann setzen wir einfach ein paar Wochen aus, das ist doch nicht schlimm. Der Kuchen ist übrigens sehr gut.«

Wie zur Bekräftigung schob sie sich das letzte Stück in den Mund und sah Charlotte und Inge zufrieden kauend an.

»Aber bitte, Sabine, betrachten Sie das nicht als eine Kündigung«, sagte Inge und beugte sich vor. »Sobald mein Mann ein anderes Thema verfolgt und seine Aufmerksamkeit verlagert, kommen Sie bitte wieder. Nur jetzt im Moment haben wir so ein ungutes Gefühl.«

Sabine schob den leeren Teller zur Seite und nickte. »Es ist alles gut, ich kann Sie verstehen und nehme das auch nicht persönlich. Sie melden sich einfach, wenn sich alles beruhigt hat, und dann sehen wir weiter.«

»Sabine, das ist wunderbar«, Charlotte kramte in ihrer Tasche. »Ich muss mir nur Ihre Adresse und Telefonnummer aufschreiben, die habe ich gar nicht. Nur Ihre Handynummer.«

Mit einem Blick auf die Uhr antwortete Sabine: »Die reicht auch, Frau Schmidt, ich bin ja viel unterwegs. Ich muss leider los, in einer halben Stunde habe ich Dienstbeginn. Vielen Dank für die Einladung, und dann bis bald mal.«

Sie gab beiden nacheinander die Hand und ging zum Ausgang. An der Tür drehte sie sich um und winkte, Charlotte und Inge hoben automatisch den Arm, dann sagte Charlotte leise: »Hoffentlich war das kein Fehler. So eine perfekte Haushaltshilfe kriegen wir nie wieder.«

»Stimmt«, pflichtete Inge ihr bei. »Ich hoffe, dass bald irgendein Verbrechen passiert. Dann ist Karl abgelenkt und Walter und Heinz geben ihre Schwarzarbeiterjagd auf. Die haben allein doch keine Ahnung vom Ermitteln.«

»Dann drück uns mal die Daumen, Inge.« Charlotte sah sie unglücklich an. »Ich habe nämlich überhaupt keine Lust mehr, Fenster zu putzen.«

Eine halbe Stunde später fuhr Sabine auf dem Fahrrad die Bäderstraße entlang. Als sie das parkende schwarze Auto entdeckte, verlangsamte sie ihre Fahrt und überlegte kurz. Dann wendete sie entschlossen, fuhr wenige Meter zurück, hielt an und schob das Rad am Auto vorbei zum Eingang. Noch während sie das Fahrrad an den Zaun schloss, öffnete sich die Tür.

»Hey«, der große, blonde Mann hielt überrascht inne. »Wolltest du zu mir? Ich bin gerade auf dem Sprung.«

»Es dauert nicht lang«, Sabine richtete sich auf und lächelte ihn an. »Ich wollte kurz was mit dir besprechen. Hast du einen Moment?«

Er nickte. »Für dich doch immer. Komm rein.«

Sabine folgte ihm in ein Büro, wo er an der Tür stehen geblieben war und diese sofort hinter ihr schloss. Erst dann setzte er sich auf die Schreibtischkante und deutete auf den Stuhl, der dicht vor ihm stand. »Bitte.«

Sie war am Fenster stehen geblieben, hatte erst hinausgesehen und sich dann umgedreht, um ihn zu mustern. Wolf trug eine verwaschene Jeans, die über beiden Knien quer eingerissen war, das war natürlich nicht bei irgendwelchen Gartenarbeiten passiert, sondern sie war aus modischen Gründen kaputt. Sein Poloshirt war neongelb, was seine Bräune und seine halblangen hellblonden Haare betonte. Alles war hip und jugendlich, nur Wolf selber nicht. Sabine dachte, dass Männer um die sechzig sich nicht mehr anziehen sollten, als würden sie im nächsten Moment auf ein Surfbrett springen. Es wirkte ein bisschen albern. Aber so war er. Cool. Sportlich. Ewig jung. Zumindest war er selbst dieser Meinung.

Sabine hatte Wolf vor zwei Jahren kennengelernt. Eine flüchtige Bekannte von ihr arbeitete bei ihm, schwärmte in den höchsten Tönen von ihrem flexiblen Chef und erzählte Sabine, dass er dringend Saisonkräfte für die Appartementreinigung suchte. Die Bezahlung erfolgte nicht ganz legal, was für Sabine kein Problem war, also fuhr sie bei ihm vorbei und stellte sich vor. Irgendwann ergab sich eine kleine Affäre, nur ab und zu, immer diskret und nur in freien Appartements. Wolf wollte nicht von seiner Frau erwischt werden, und Sabine hatte ohnehin keine Lust auf eine feste Beziehung. Und schon gar nicht mit ihrem berufsjugendlichen Chef. So blieb alles unverbindlich und undramatisch. Nach der Saison konnte Sabine weiter für ihn arbeiten, bekam mehr Geld als die anderen und konnte sich ihre Jobs selbst einteilen. Es war für beide ein gutes Geschäft.

»Jetzt setz dich doch«, forderte er sie auf. »Was wolltest du mit mir besprechen?«

Sabine ging langsam auf ihn zu, blieb aber stehen, statt sich zu setzen. »Hast du was über die Razzia in Hörnum gehört?«

Wolf streckte den Arm nach ihr aus, sie schob ihn kopfschüttelnd weg und trat einen Schritt nach hinten. »Zurzeit wird auf der Insel offenbar nach Schwarzarbeitern gefahndet. Bekommst du da nicht auch ein Problem?«

»Ich?« Gespielt ahnungslos hob er die Hände. »Bine, Bine, was glaubst du denn? Wo hast du das denn gehört? Ich halte das für ein Gerücht.«

Sabine setzte sich neben ihn auf die Schreibtischkante. »Das hat eine Bekannte erzählt. Ihr Mann war beim Finanzamt, und sie schien das sehr ernst zu nehmen. Ich habe jedenfalls keine Lust, in irgendeine Kontrolle zu geraten. Ich wollte dir das nur sagen.«

Wolf fuhr sich durch die hellblonde Mähne und warf ihr einen belustigten Blick zu. »Du kennst mich doch, meine Schöne. Ich habe viel Phantasie, schon vergessen? Aber ich glaube nicht, dass da was dran ist. Ich habe einen Kumpel bei der Stadt, den kann ich ja mal fragen. Wenn da wirklich was im Busch ist, dann bekomme ich das raus. Und du musst dir sowieso keine Sorgen machen, dein Name taucht hier nirgendwo auf. Du bist eine gute Freundin und siehst doch nur ab und zu mal in den Wohnungen nach dem Rechten.«

»Ich mache mir keine Sorgen um mich«, antwortete Sabine leichthin. »Ich glaube, du hast das größere Problem, wenn das hier mal richtig durchleuchtet wird. Ich wollte dich nur warnen. Als deine gute Freundin. Also, dann pass gut auf dich auf. Ich muss los.«

Er hielt sie am Handgelenk fest. »Wir haben uns lange nicht mehr getroffen. Sollen wir mal wieder …?«

»Ich ruf dich an.« Geschickt löste Sabine ihr Handgelenk aus der Umklammerung, küsste ihn beiläufig auf die Wange und ging zur Tür. »Bis dann. Schönes Wochenende.«

Draußen schloss sie ihr Fahrrad auf, warf die Tasche in den Korb und schob das Rad langsam zur Straße. Als sie zu den Bürofenstern hochsah, stand dort Wolf, das Telefon am Ohr, der sie entdeckte und sofort die Hand hob. Sabine winkte zurück und stieg aufs Rad. Sie hatte ein komisches Gefühl, Wolf vermutlich auch. Warum sonst sollte er sofort telefonieren? Und das mit diesem nervösen Gesichtsausdruck.

Sonntagmorgen, der 15. Mai,
Regen, 16 Grad

»Und wo genau haben Sie das Fahrrad angeschlossen?« Maren behielt die Hände über der Tastatur und musterte ihr Gegenüber. Der Mann schlug die Beine übereinander und antwortete: »Wie es sich gehört. Am Fahrradständer vor der Kneipe.«

»Aha.« Sie legte die Hände übereinander. »Vor der Kneipe steht aber kein Fahrradständer. Es stand da auch nie einer. Also, noch mal: war das Fahrrad überhaupt abgeschlossen?«

»Natürlich.« Er hatte die Stimme erhoben. »Ich bin doch nicht blöd.«

Maren nickte. »Herr Schlüter. Sie haben sich viermal nacheinander ein Fahrrad klauen lassen. Immer vor derselben Kneipe. Was machen Sie eigentlich mit den ganzen Rädern?«

»Nix.« Schlüter legte den Kopf schief. »Die sind ja weg.«

»Also gut, dann ...«

Die Tür zur Wache wurde mit Schwung aufgerissen, eine laute Stimme unterbrach ihren Satz. »Moin, Maren, hast du gerade zu tun?«

Sie drehte sich sehr langsam um und gab den Blick auf Herrn Schlüter frei. »Nein, Karl. Ich falte bunte Papierschiffchen, deswegen passt es jetzt nicht.«

Karl ignorierte ihre Antwort und kam strahlend zu

ihrem Tisch. »Schlüter, sag mal, wir haben uns ja lange nicht gesehen. Und? Läuft das Geschäft?« Seine nasse Jacke hinterließ Tropfen auf dem Schreibtisch.

Schlüters bislang gleichgültige Miene war einem ertappten Gesichtsausdruck gewichen, was Maren erstaunt zur Kenntnis nahm. Dass er hier auf Karl traf, schien ihn völlig zu überraschen, er fing sofort an zu stammeln. »Ja … ich …«

»Schlüter, Schlüter«, Karl tätschelte ihm die Schulter. »Du wirst auch nicht klug. Versuch es doch mal mit anständiger Arbeit. Tischler Heinzen sucht jemanden, das hast du doch mal gelernt.« Er bemerkte Marens fragenden Blick. »Was denn? Ich kenne Herrn Schlüter schon seit Jahren, er war einer meiner besten Kunden, nicht wahr? Um was geht es denn dieses Mal? Auffahrunfall?«

Schlüter schüttelte stumm den Kopf. Maren sah resigniert zwischen beiden hin und her und zuckte schließlich mit den Achseln. »Fahrraddiebstahl«, sagte sie, stand plötzlich auf und griff Karl am Arm. »Komm mit. Benni kann hier weitermachen. Ich bekomme sonst noch Schnappatmung. Benni?«, rief sie in Richtung Flur. Sofort kam ihr Kollege um die Ecke. »Übernimmst du das bitte? Ich muss kurz mit Karl reden.«

Benni streckte Karl seine Hand hin, warf einen kurzen Blick auf den immer noch ertappt wirkenden Schlüter und sagte: »Hallo, Karl, du warst ja lange nicht mehr hier, alles gut? Um was geht es hier?«

»Herr Schlüter wollte eine Anzeige machen zu einem wiederholten Fahrraddiebstahl …«, begann Maren, wurde aber sofort von Karl unterbrochen. »Benni, wir haben eine Akte, unter S wie Schlüter. Früher hat er Auffahrunfälle mit seinem Bruder provoziert und danach immer schön über die Versicherung abgerechnet. Und jetzt? Fahrraddiebstähle? Wer hat denn bei euch einen Verleih?«

»Mein Schwager«, antwortete Schlüter, während er auf den Boden sah. »War sein Vorschlag.«

»Komm, Karl.« Energisch hakte Maren ihn unter und schob ihn Richtung Ausgang. »Hast du einen Schirm dabei? Wir gehen einen Kaffee trinken. Am Bahnhof. Nicht im Revier.«

Etwas später saß Karl immer noch mit einem zufriedenen Lächeln Maren gegenüber und rührte in einer Tasse. »Ich will ja gar nicht darauf rumreiten, meine Liebe, aber jetzt mal ehrlich: wie oft schaffst du so eine schnelle Aufklärung? Na?«

»Karl.« Maren lächelte nicht. »Ich wäre auch selbst drauf gekommen. Ich kann Akten lesen. Herr Schlüter war ja erst zehn Minuten da. Ich hatte gerade mal die Personalien aufgenommen. Es gab noch gar keinen Fall.«

»Dann war es ja noch schneller, als ich dachte.« Karl tippte mit dem Zeigefinger auf ihre Hand. »Du hast den Fall schon gelöst, bevor du überhaupt wusstest, dass es einen gibt. Siehst du, so schlecht ist ein wandelndes Gedächtnis namens Sönnigsen nämlich nicht. Wenn man es nutzt. Aber du musst dich jetzt nicht umfassend bedanken, wenn du den Kaffee bezahlst, ist es in Ordnung.«

Maren sah Karl lange an, bevor sie seufzte und ihr Kinn auf die Hand stützte. »Was wolltest du eigentlich? Du hast übrigens Glück, Runge hat sein dienstfreies Wochenende.«

»Ich weiß«, Karl nickte. »Ich bin bei ihm vorbeigefahren, er stand unter seinem Carport, hat in den Regen gestarrt und seinen Rasenmäher geputzt. Sein Rasen muss aber auch dringend gemäht werden. Das hätte er mal vor diesem Regen machen sollen.«

»Was du wolltest«, wiederholte Maren. »Geht es um die Razzia? Bist du jetzt auf der Suche nach Schwarzarbeitern und wolltest bei uns schnüffeln, was wir darüber wissen?«

»Maren, also bitte!« Entrüstet hob er die Hände. »Was interessieren mich Schwarzarbeiter? Wie kommst du überhaupt darauf?«

»Du, ich habe da was gehört.« Sie lächelte harmlos. »Das hätte mich zwar gewundert, weil du doch deine Hecken auch ohne Rechnung schneiden lässt, aber bei dir weiß man ja nie so genau, ob du nicht vielleicht gerade wieder eine Ermittlung am Laufen hast.«

»Nö«, Karl schüttelte nach kurzer Überlegung den Kopf. »Das macht doch der Zoll, bei denen kenne ich gar keinen mehr. Wer erzählt denn so was?«

»Charlotte. Sie hatte die Befürchtung, dass du mit Heinz und Walter eine neue Detektivrunde aufmachst.«

»Detektivrunde«, beleidigt sah Karl sie an. »Wie du das sagst! Ihr hättet ohne uns bei diesen Einbrüchen ganz schön alt ausgesehen. Wer ist denn zuerst auf den Täter gekommen?«

»Ach, Karl.«

Er streckte schon wieder den Zeigefinger aus. »Wer ist zuerst drauf gekommen? Sag nicht: ›Ach Karl!‹ Du weißt genau, wer zuerst drauf gekommen ist. Durch saubere Ermittlungsarbeit übrigens. Wir!«

Maren bemühte sich, nicht mit den Augen zu rollen. Auch, wenn ihr sehr danach war. Stattdessen sagte sie lächelnd: »Und was hast du jetzt mit Heinz und Walter vor?«

»Wie?« Jetzt war Karl irritiert. »Was soll ich mit ihnen vorhaben?«

»Du warst doch mit ihnen in der Sauna, was du ja immer weibisch gefunden hast. Und hast mit ihnen über die Razzia geredet. Weil Walter beim Finanzamt war? Oder warum?«

Karl verstand anscheinend immer noch nicht, wovon sie sprach. »Ich war einmal mit in der Sauna, aus gesundheitlichen Gründen. Die Finnen sollen ja sehr alt werden, und die sitzen dauernd in der Sauna. Habe ich neulich irgendwo gelesen. Da dachte ich mir, ich könnte das mal probieren. Und von dieser Razzia habe gar nicht ich angefangen: das war Walter. Und der hatte das aus der Zeitung. Er konnte sich überhaupt nicht beruhigen, er tut ja immer so, als wäre Schwarzarbeit nur möglich, weil er nicht mehr beim Finanzamt ist. Zu seiner Zeit wäre das nicht passiert, hat er gesagt. Irgendwie ist er doch ein Spinner.« Nachdenklich betrachtete er seine verschränkten Finger, dann hob er den Kopf und sah Maren an. »Buttert sie ihn eigentlich unter?«

»Was?« Sie runzelte die Stirn. »Wer? Wen?«

»Na, Helga«, mit leichter Verzweiflung knetete Karl seine Finger und suchte nach den richtigen Worten. »Hast du nicht auch den Eindruck, dass Helga deinen Vater unterbuttert?«

Erstaunt holte Maren Luft. »Wie kommst du denn darauf? Und was genau meinst du damit?«

»Dass er nichts mehr allein macht. Entweder ist sie da oder sie kommt gleich oder er muss zu ihr. Ich kriege Onno gar nicht mehr allein zu fassen, es ist, als hätte er einen Sputnik. Der ihn immer umkreist. Oder besser, die. Das ist doch nicht gesund, oder? Da hat sie seine Einsamkeit ausgenutzt. Und macht sich jetzt unentbehrlich.

Und wir alle bleiben auf der Strecke. Aber man braucht in unserem Alter doch Freunde. Die darf man nicht einfach aufgeben, das bekommt man nicht wieder.«

Er blickte sie so traurig an, dass Maren einen Moment vergaß, wie oft er ihr auf die Nerven ging. Sie legte ihre Hand auf seine und verbiss sich ein Lächeln. »Karl, das siehst du ein bisschen zu dramatisch. Papa gibt niemanden auf. Und er war auch nicht einsam. Er war traurig nach Mamas Tod, und ich glaube, sie fehlt ihm immer noch, aber dass er Helga getroffen hat, das halte ich für ein großes Glück. Und Helga ist viel zu sanft und zu freundlich, um ihn unterzubuttern. Wobei er sich das sowieso nicht gefallen lassen würde, dazu ist er viel zu selbstständig. Er ist nur einfach gern mit ihr zusammen. Und sie haben viele Gemeinsamkeiten. Das ist alles.«

»Onno und ich haben auch Gemeinsamkeiten. Seit Jahrzehnten. Und was hatten wir für schöne Zeiten. Aber das zählt plötzlich alles nichts mehr. Das ist doch nicht richtig. Das musst du ihm mal sagen. Dass man alte Freunde nicht so vernachlässigen darf. Sonst ist man im Alter ganz allein. Wer weiß, ob das mit ihm und Helga gut geht. Und wenn die wieder auseinander sind, dann sitzt Onno allein rum. Und kocht nur noch für sich. Statt für nette Gäste. Das ist doch nichts.«

Maren zog ihre Hand zurück. »Karl, du bist albern. Du bist doch auch mit Gerda verheiratet und nicht allein. Was genau ist denn dein Problem?«

Er zuckte tatsächlich ratlos mit den Achseln. »Gerda ist doch dauernd unterwegs, Brötchen schmieren beim Blutspenden, Literaturkreis, Gymnastik, und wenn sie mal keine Termine hat, will sie Ausflüge machen. Da habe ich doch keine Lust zu. Freiluftmuseum, ich bitte dich. Oder irgendwelche fremden Gärten angucken. Ich sitze lieber in meinem eigenen, oder in eurem, trinke ein Bierchen und unterhalte mich. Aber mit wem, bitte schön, soll ich das jetzt tun? Ich habe wirklich nicht gedacht, dass dieses Rentnerdasein so einsam ist.« Er sah aus, als würde er gleich in Tränen ausbrechen. Maren wartete stumm ab. Karl war ein Schauspieler, langsam ahnte sie, worauf er hinauswollte. Er saß noch eine Zeitlang mit gesenktem Blick und verzweifeltem Ausdruck vor ihr, schließlich sah er hoch. »Ich bin dein Patenonkel.« Sein Ton und seine blitzenden Augen ließen Maren plötzlich ahnen, warum er hier war. An einem Sonntag, an dem Peter Runge dienstfrei hatte. Tief ausatmend lehnte sie sich zurück.

»Okay, *Onkel* Karl. Ich habe jetzt zwei Möglichkeiten. Erstens, ich bringe meinen Vater dazu, dass er weniger Zeit mit Helga verbringt und stattdessen wieder mit dir im Garten sitzt und dich bekocht und bespaßt. Möglichkeit zwei, ich kriege das nicht hin und gebe dir als Trost ab und zu ein paar Akten der Fälle, die wir bearbeiten, damit du uns als Hilfssheriff aus dem Off bei der Arbeit zur Hand gehst. Ist es das?«

Karl nickte. »Genau. Ich kann doch wenigstens mal drübersehen.«

Mit Schwung schob Maren ihren Stuhl zurück und stand auf. »Das wird nichts, mein Lieber. Und das weißt du auch. Du bist Zivilist und fertig. Peter Runge kann dich nicht leiden und ist hier der Chef. Gib es einfach auf. Versuch doch lieber, etwas Ehrenamtliches zu machen. Prävention bei gefährdeten Jugendlichen oder so was, du hast doch sonst Ideen. Ich muss jetzt weitermachen, ich habe nämlich Dienst. Und Karl, hör auf, mich zu manipulieren, ich kann dir nicht helfen. Du bist in Pension, finde dich endlich damit ab.«

Langsam erhob sich auch Karl. »Erstens: ich manipuliere nicht, zweitens: ich habe mich abgefunden, drittens: dein Ton ist nicht nett. Und ich will dir nicht drohen, aber beim nächsten Mal werde ich meine Informationen nicht so ohne weiteres mit dir teilen. Dann kannst du dir an so einem Fahrraddiebstahl wie vorhin die Zähne ausbeißen. Schönen Sonntag noch.«

Er ging zum Ausgang, ohne sich noch einmal umzusehen. Seufzend nahm Maren ihre Jacke von der Stuhllehne. Jetzt war er wieder beleidigt. Blieb abzuwarten, wie lange es dieses Mal dauern würde.

Sonntag, der 15. Mai,
ein kurzer Sonnenmoment
zwischen Regenschauern, 21 Grad

Schäfer.«

»Sabine, na endlich, wieso gehst du nie an dein Handy?«

»Ich bin doch dran.« Sabine wunderte sich über Wolfs Anruf. Normalerweise war Sonntag sein Familientag, daran hatte er sich sogar in den leidenschaftlichen Anfängen ihrer Affäre gehalten. »Ich war am Strand spazieren, da habe ich kein Netz. Was gibt es denn so Wichtiges? An einem Sonntag?«

»Wo bist du gerade?« Er ging gar nicht auf ihre Frage ein. »Können wir uns treffen?«

Sabine zögerte. Er klang nervös, was sie seltsam fand, es war gar nicht seine Art. Es war wohl wichtig. Vermutlich war doch was an den Gerüchten, dass der Zoll nach Schwarzarbeitern suchte, und jetzt musste Wolf sich von seinen illegalen Mitarbeitern trennen. So schnell und unkompliziert wie es ging. Sie holte Luft und sagte: »Falls du mich bitten willst, nicht mehr bei dir zu arbeiten, weil etwas an der Schwarzarbeitersuche dran ist, kannst du mir das auch gleich sagen. Dazu müssen wir uns nicht treffen. Ich bin in Hörnum, bis ich mit dem Bus in Westerland bin, dauert es einen Moment. Das können wir auch so beschließen.«

»Es geht nicht um die Schwarzarbeit«, unterbrach Wolf

sie. »Ich hatte gestern seltsamen Besuch, darüber wollte ich mit dir reden. Ich kann auch nach Hörnum kommen. Geh doch in dieses Café auf der Promenade, dieses neue, ich bin in einer halben Stunde da. Bis gleich.« Er beendete das Gespräch, bevor sie etwas entgegnen konnte. Irritiert starrte sie auf ihr Display. Er hatte tatsächlich aufgelegt. Kopfschüttelnd machte sie sich auf den Weg zum vereinbarten Treffpunkt.

Als Sabine an dem Strandcafé ankam, fiel ihr Blick auf ein Paar unter einem großen Schirm, das gerade bezahlte. In höflichem Abstand blieb sie stehen und wartete, bis die beiden aufstanden. »Tja, junge Frau«, der Mann blickte sie an, schob sein Portemonnaie in die Hosentasche und wies mit großer Geste auf den Strandkorb. »Überdacht, es fängt bestimmt gleich wieder an zu regnen. Und die Plätze schon mal angewärmt. Das ist wohl Ihr Glückstag heute.«

»Scheint so«, antwortete Sabine und lächelte die beiden an. »Vielen Dank und einen schönen Tag.«

Mit einem letzten Nicken machte sich das Paar auf den Weg, Sabine ließ sich in den Strandkorb sinken. Ein Glückstag. Trotz des schlechten Wetters. Das wollte sie hoffen. Vielleicht hatte Wolf nur eine sommerliche Hormonausschüttung und eine aushäusige Ehefrau. Warum sollte sie sich nicht drauf einlassen? Das letzte Mal war über drei Monate her. Es wurde auch mal wieder Zeit. Und man konnte alles auf die Frühlingsgefühle schieben. Sie bestellte gegen ihre Gewohnheiten eine Weißweinschorle, obwohl es noch früh am Tag war. Aber vielleicht war es heute tatsächlich ein Glückstag.

Sie hatte das Glas noch nicht an die Lippen gesetzt, als Wolf schon vor ihr stand. »Meine Güte«, sie warf einen beeindruckten Blick auf die Uhr, »bist du geflogen?«

Er grinste sie schief an. »Ich hoffe, es stand kein Blitzer an der Strecke, dann wird's eng.« Er sah sich kurz um und gab der Bedienung ein Zeichen: »Ein Bier bitte.« Dann setzte er sich neben sie in den Strandkorb. »Ich habe seit gestern Nachmittag versucht, dich zu erreichen. Wieso springt denn deine Mailbox nicht an?«

»Ich habe sie ausgestellt«, antwortete Sabine, bevor sie zu ihrem Glas griff. »Ich hasse es, irgendwelche langen Mitteilungen abzuhören. Wenn es wichtig ist, kann man es später versuchen, das hat jetzt doch auch geklappt. Und um Leben und Tod kann es ja nicht gehen, dazu siehst du zu entspannt aus. Also? Was ist los?«

Sein Bier wurde gebracht und Wolf stieß mit ihr an. Mit Schaum auf der Oberlippe wandte er sich ihr zu. »Ich hatte gestern Besuch von drei seltsamen Männern. Der eine ist Apotheker, hat ein Haus in Kampen und sucht eine Haushaltshilfe. Er hat mir ein Handyfoto von dir gezeigt und gesagt, dass du ihm empfohlen wurdest.«

»Du hast Schaum auf der Lippe.« Sabine tippte auf ihren Mundwinkel.

Wolf wischte sich mit dem Handrücken über den Mund, bevor er fortfuhr. »Das Seltsame ist, dass es tatsächlich ein Foto von dir war, ziemlich unscharf zwar, aber eindeutig, dass dieser Typ aber nach einer Corinna gefragt hat, der Frau auf dem Foto.«

Sabine sah ihn abwartend an. »Und weiter?«

Wolf zuckte mit den Achseln. »Wieso hat er ein Handyfoto von dir? Und warum fragt er nach einer Corinna?«

»Keine Ahnung«, Sabine stellte ihr Glas wieder ab. »Vielleicht hat er mich verwechselt. Was hast du ihm denn gesagt?«

»Nichts, natürlich. Ich kenne keine Corinna, bei mir arbeitet auch niemand mit diesem Vornamen, und ich wüsste nicht, wie ich ihnen helfen könnte. Dann sind sie gegangen. Kennst du einen Kai Kruse?«

»Kai Kruse«, langsam wiederholte Sabine den Namen. Dann schüttelte sie den Kopf. »Nie gehört.«

Wolf starrte auf den Tisch vor sich. »Aber wieso haben die dich mit dem Handy fotografiert? Und wieso kommen sie dann auf mich zu?«

»Was haben die anderen beiden gesagt? Wie hießen die denn?«

»Habe ich nicht gefragt.« Wolf schüttelte den Kopf. »Sie haben auch gar nichts gesagt, standen nur so dabei. Geredet hat nur der Apotheker, der hat ja das Haus und sucht jemanden.«

»Hm.« Sabine überlegte kurz. »Und was denkst du jetzt? Was wollten die?«

»Im ersten Moment habe ich gedacht, dass das Kontrolleure sind. Weil du mir doch gerade diese Nummer mit der Razzia erzählt hast. Dann habe ich vermutet, dass du mit diesem Typen vielleicht mal was hattest und dem erzählt hast, dass du bei mir arbeitest und er dich jetzt finden will.«

Sabine verdrehte innerlich die Augen. Der Klügste war Wolf wirklich nicht. »Und weiter?«

Er sah sie ernst an. »Ich weiß es nicht. Ich habe keine richtige Erklärung. Du?«

Sabine trank, bevor sie antwortete. »Ich habe auch keine. Vermutlich gibt es eine ganz banale. Die haben mich irgendwo gesehen, den Namen falsch verstanden, was weiß ich. Aber zu dem Bild hast du nichts gesagt?«

Wolf schüttelte sofort den Kopf. »Nein. Bist du verrückt? Ich habe gesagt, ich kenne die Frau auf dem Foto nicht. Es hätten auch Steuerfahnder oder Privatdetektive sein können. Vielleicht hat meine Frau die ja auch beauftragt.«

»Ich glaube, du siehst zu viele schlechte Krimis.« Sabine trank aus und stellte ihr Glas hart auf den Tisch. »Wenn sie wieder auftauchen, kannst du mir ja Bescheid sagen. Das wird sich schon alles aufklären. War das alles? Ich müsste nämlich langsam los.«

Wolf legte seine Hand auf ihren Oberschenkel. »Jetzt schon? Wir könnten auch was mit diesem angefangenen Sonntag machen. Es fängt sowieso gleich wieder an zu regnen. Dahinten ist es schon ganz dunkel.«

Lächelnd schob sie seine Hand weg. »Du, ich habe noch so viel auf dem Zettel. Einen anderen Sonntag gern. Zahlst du meine Schorle? Danke.« Sie küsste ihn flüchtig auf die Wange und wollte aufstehen. Er hielt sie fest.

»Einer der beiden anderen hieß Dirk«, fiel ihm noch ein. »Und beim Rausgehen hat dieser Kruse noch gesagt, dass er bei dem Namen noch mal nachfragen wird. Aber er will unbedingt die Frau auf dem Foto einstellen, die soll so toll sein. Womit er ja recht hat.« Er lächelte etwas schmierig, fand Sabine, sie ging aber nicht darauf ein. »Dann warten wir mal ab, ob sich das aufklärt«, sagte sie nur kurz. »Wir sehen uns, bis dann.«

Er sah ihr nach, wie sie mit langen Schritten entschwand. Sie hatte wirklich eine sagenhafte Figur. Es war zu schade, dass sie so distanziert und unverbindlich war. Anstatt froh zu sein, dass er sich anbot, ihr ein paar schöne Stunden zu bereiten! Schließlich ließ er sich nie lumpen, Champagner und gutes Essen gehörten immer dazu. Aber jetzt machte sie schon wieder so einen auf vernünftig. Dabei war er sich sicher, dass unter dieser Disziplin etwas brodelte, sie wollte es nur nicht rauslassen. Aber irgendwie würde er ihren Widerstand schon knacken, vielleicht war es doch nur ihre Moral, die sie abhielt, ihren Gefühlen nachzugeben. Und er war nun mal verheiratet.

Seine erste Reaktion auf die drei Männer war tatsächlich der Gedanke, dass dieser Apotheker mal was mit ihr hatte und sie jetzt auf diesem Wege suchte. Warum sonst sollte er ein Handyfoto von ihr haben? Oder er hatte sie irgendwo gesehen, beim Arbeiten oder bei einer Sylt-Reise, und sich so in sie verknallt, dass er sie jetzt unbedingt kennenlernen wollte. Auf der anderen Seite hatte der Typ auch nicht so richtig leidenschaftlich oder emotional gewirkt, eher glatt und geschäftsmäßig. Es war eine seltsame Kiste, aber vermutlich hatte Sabine recht und es handelte sich lediglich um eine Verwechslung. Sie schien sich ja nicht sehr aufzuregen.

Wolf hob den Arm, um der Bedienung zu signalisieren, dass er bezahlen wollte. Dann würde er eben noch mal ins Büro fahren und seine Buchführung in Ordnung bringen. Auch wenn er nicht daran glaubte, dass er in näherer Zukunft Ärger mit der Steuer bekommen würde. Dafür war er zu clever.

Sonntag, der 15. Mai,
immer noch Regen, 17 Grad

Die starken Windböen peitschten den Regen mit einer solchen Wucht in Dirks Richtung, dass er Mühe hatte, seine Kapuze festzuhalten. Er stemmte sich dagegen und stapfte die letzten Meter aufs Haus zu, wo er stehen blieb und sich umdrehte. Der Regen lief ihm in den Nacken und von da aus in die Jacke, er kniff die Augen zusammen und sah in diesem Moment den tropfnassen Kai kommen, der mit gesenktem Kopf auf ihn zulief.

»Und?« Dirk musste schreien, um sich verständlich zu machen.

»Nichts«, Kai wischte sich den Regen aus dem Gesicht. »Ich war in sämtlichen Kneipen im Ort, er sitzt nirgendwo, keiner hat ihn gesehen, ich habe keine Ahnung, wo ich noch suchen soll. Er kann ja auch mit dem Taxi nach Westerland gefahren sein, was weiß ich?«

Wütend schob er den Schlüssel ins Schloss und öffnete die Tür. »Und du? Vermutlich auch nichts, oder?«

»Nein. Gar nichts. Dafür bin ich nass bis auf die Unterwäsche.« Dirk folgte Kai ins Haus und blieb in der Diele stehen. Das Wasser tropfte auf die Fliesen. »Bei diesem Dreckswetter rennt man hier durch die Gegend. Der sitzt wahrscheinlich stockbesoffen in irgendeiner Kneipe und weiß nicht mehr, wie er heißt.«

»Und wenn ihm doch was passiert ist?« Kai hatte sich

schon aus seiner Jacke und den nassen Schuhen gequält und sah an sich runter. »Alles nass.«

»Dem ist nichts passiert.« Dirk war zu wütend, um besorgt zu sein. »Was soll ihm passiert sein? Nein, das ist derselbe Scheiß wie auf dem letzten Segeltörn auf Mallorca. Alexander ist beleidigt oder genervt oder hat ein Problem, und was macht er? Er geht in die nächste Kneipe und säuft sich zu. Weißt du nicht mehr? Wir wollten los und mussten ihn drei Stunden suchen, bis uns dieser Holländer gesagt hat, wo Alex ist. Und dann lag er doch in dieser abgewrackten Bar hinterm Tresen. Voll wie eine Axt. Der hat uns ja kaum noch erkannt. Da hätten wir ihn am besten schon zurücklassen sollen.«

Mittlerweile hatte er sich aus seinen nassen Sachen geschält, er warf alles auf einen Haufen und ging zur Treppe. »Ich muss duschen. Du kannst ja noch mal versuchen, ihn anzurufen. Vielleicht hat er doch irgendwann mal die Güte, sein Handy wieder anzustellen.«

»Das mache ich im Zehn-Minuten-Takt«, antwortete Kai und zog wie zum Beweis sein Telefon aus der nassen Jeans, drückte die Wahlwiederholung und hielt Dirk das Gerät entgegen, aus dem eine metallische Frauenstimme ihnen erklärte, dass der Teilnehmer im Moment nicht zu erreichen sei. »Sollen wir Tanja anrufen?«

»Und was willst du ihr sagen?« Dirk sah spöttisch vom Treppenansatz zu ihm runter. »Dass wir ihren Mann verloren haben?«

»Wenn ihm was passiert ist, dann hat man sie benachrichtigt.« Kai hielt das Telefon weiterhin in der Hand. »Ich rufe sie jetzt an.« Er tippte die Nummer ein und wartete. Nach vier Freizeichen sprang der Anrufbeantworter an: »Hallo, Sie sprechen mit dem Anrufbeantworter von Tanja und Alexander van der Heyde. Wir sind im Moment nicht zu erreichen, hinterlassen Sie uns eine Nachricht nach dem Piepton.« Kai beendete das Gespräch.

»Das war ja erfolgreich«, Dirk wandte sich um und stieg die Treppe hoch. »Ich dusche erst mal, dann überlegen wir weiter.«

Eine halbe Stunde später saßen sie sich gegenüber, Dirk ungeduldig, Kai unentschlossen. Dirk stand abrupt auf und stellte sich ans Fenster. »Es ist mir egal«, sagte er. »Ich muss morgen früh um acht Uhr meine Praxis aufmachen, ich muss heute zurück. Ich kann nicht warten, bis er sich besinnt und hier wieder auftaucht, irgendwann ist der letzte Autozug weg.«

Kai sah ihn nachdenklich an. »Okay«, meinte er schließlich. »Was machen wir jetzt? Sein Handy ist aus, seine Frau ist auch nicht zu erreichen. Wir könnten noch im Krankenhaus anrufen, ob da ein Unfallopfer oder eine Alkoholleiche eingeliefert wurde.«

Dirk stand eine Weile da, den Blick unverändert nach draußen gerichtet, jetzt drehte er sich um und hob die Augenbrauen. »Ich sage es dir, er liegt irgendwo unterm Tresen.« Trotzdem zog er sein Handy aus der Tasche und wählte die Nummer der Nordseeklinik. »Guten Abend, mein Name ist Novak, Praxis Dr. Dirk Novak. Ich habe einen Anruf bekommen, dass ein Patient von mir bei Ihnen eingeliefert sein soll. Würden Sie die Freundlichkeit haben, mal nachzusehen, auf welcher Station er liegt. Der Name ist van der Heyde, Alexander van der Heyde. Ja danke, ich warte.«

Er hob den Kopf und sah Kai an. Unbewegt. Abwartend. Bis die Antwort kam. »Kein Patient diesen Namens? Nein, heute. Nein? Dann muss das ein Missverständnis sein. Herzlichen Dank. Wiederhören.«

Er steckte das Handy weg. »Na bitte, kein Unfall. Es ist mir jetzt auch egal, ich will los. Ich packe nur noch mein Zeug zusammen.«

»Mir fällt gerade was ein.« Kai sprang auf und ging in den Flur. Als er zurückkam, fragte er: »Hast du den Ersatzschlüssel mitgenommen, der am Haken neben der Tür hing?«

Erstaunt drehte Dirk sich um. »Nein. Warum sollte ich?«

»Weil er weg ist.« Kai nickte zufrieden. »Dann hat Alex ihn. Also kommt er auch ins Haus, wenn er mit seinen Eskapaden fertig ist. Und muss nicht am Strand schlafen.«

»Gut.« Dirk setzte den Weg nach oben zum Packen fort. »Dann fahren wir ab. Alex ist alt genug, dann soll er sehen, wie er nach Hause kommt. Mir reicht es echt.«

Dienstag, der 17. Mai,
Dauerregen, Windstärke 7, 13 Grad

Der Regen peitschte ihr ins Gesicht. Und gleichzeitig lief er in den Kragen der trendigen Regenjacke, die bestimmt trendy, aber nicht wasserfest war. Die Nässe kam von allen Seiten, von links, von rechts, von vorn, von hinten, von unten und von oben. Ihre teuren Stiefel würde sie wegschmeißen können. Sie hasste Sylt und schüttelte sich, als das nächste Rinnsal eiskalt in ihren Nacken lief.

»Ulli, jetzt warte doch mal. Mann!« Ihre Stimme war trotz des Windes so schrill, dass Mann vor ihr sofort stehen blieb und sich umdrehte.

Was sie noch wütender machte. Sie stapfte durch den schweren, nassen Sand auf ihn zu und wurde immer wütender, weil er sie so verständnislos ansah.

»Was ist denn?«

»Was ist?« Sie schnappte vor lauter Wut nach Luft. »Es regnet. Es ist arschkalt. Und ich bin total durchnässt. Meine Stiefel sind im Eimer. Und du rennst wie ein Idiot vorweg. Reicht das vielleicht? Kira, bei Fuß!«

Letzteres galt dem Golden Retriever, der die Gunst der Stunde nutzte und sich in Richtung Meer abgesetzt hatte. Selbst der Hund spürte, dass die schrille Stimme keinen Verhandlungsspielraum zuließ, und kehrte auf der Stelle um.

»Wenn sie auch noch ins Wasser geht, sieht sie aus wie

Schwein. Wieso rennst du denn so? Und überhaupt, es ist so eine schwachsinnige Idee, bei diesem Dreckswetter einen Strandspaziergang zu machen.«

»Eva, es ist dein Hund. Und der muss pinkeln, ich nicht. Wir können auch wieder umdrehen. Du hättest dir aber auch vernünftige Schuhe und eine Wetterjacke anziehen können. Dass diese Wildlederteile nicht für den Strand taugen, hätte ich dir gleich sagen können.«

»Hättest du«, höhnisch funkelte sie ihn an, »hast du aber nicht. Was ist das überhaupt für eine Schnapsidee gewesen, bei diesem Wetter nach Sylt zu fahren? Seit Samstag nur Regen, Regen, Regen. Und dieser Scheißwind. Und diese Kälte. Bianca und Martin sind nach Mallorca geflogen. Die haben wenigstens nachgedacht. Die sitzen jetzt in der Sonne und trinken Weißwein, und ich soll vernünftige Schuhe und eine Wetterjacke anziehen. Das ist doch das Letzte.«

»Eva, jetzt reg dich nicht so auf, wir drehen um und trinken irgendwo im Warmen einen Tee, okay? Komm mal runter.«

Er ging langsam, den Hund fest am Halsband, in die andere Richtung. Eva griff hektisch nach seinem Arm. »Renn doch nicht gleich wieder los. Ich gehe doch so nicht in ein Café, ich bin total verdreckt, die ganze Hose ist voller Sand. Ich weiß überhaupt nicht, was du an dieser gottverdammten Insel so toll findest. Du machst dir überhaupt keine Gedanken, wo es mir gefallen könnte, Hauptsache du findest es gut. Und jetzt hängen wir hier rum, bei diesem Wetter. Ich will nach Hause, ich habe keine Lust, bis Samstag hierzubleiben.«

»Meine Güte!« Genervt drehte Ulli sich zu ihr um und ließ dabei die Arme kraftlos sinken. »Müssen wir das jetzt hier austragen? Du willst doch nur Streit. Kira, hier. Bei

Fuß!« Der Retriever hatte die Situation genutzt und sich davongemacht.

Den Befehl ignorierte er und raste plötzlich los, schnurstracks in Richtung der Dünen.

»Kira!« Evas Stimme war noch höher, nützte aber auch nichts. »Wieso hast du sie denn losgelassen? Jetzt jagt sie wieder diese widerlichen Möwen. Kira, kommst du hierher, Kira! Jetzt pfeif doch mal, Ulli, oder hol sie da weg.«

Froh, seiner Frau zu entkommen, packte Ulli energisch die Leine und marschierte durch den Sand zu der Ansammlung von Strandkörben, die am Fuß des Roten Kliffs zusammengeschoben waren. Irgendwo dahinter war der Hund verschwunden. Die Idee war gar nicht schlecht gewesen. Ulli beneidete ihn.

Als er sich den Strandkörben näherte, hörte er Kira aufgeregt bellen, erst kurz, dann immer heftiger. Ulli pfiff auf zwei Fingern, er hatte nicht die geringste Lust, durch den schweren Sand auf die nassen Strandkörbe zuzustapfen. »Kira, bei Fuß. Kira!«

Tatsächlich tauchte der Hund jetzt auf, sprang bellend auf Ulli zu, drehte aber sofort wieder ab, um erneut hinter den Strandkörben zu verschwinden. Das helle Fell war jetzt schon völlig verdreckt. Irgendetwas Dunkles war an der Schnauze, hoffentlich hatte er nicht schon wieder eine verweste Möwe erwischt.

»Kira!« Hinter Ulli legte seine genervte Frau ihren ganzen Frust in diesen Hundenamen. An Kiras Stelle hätte Ulli darauf auch nicht reagiert. Er hatte die Strandkörbe fast erreicht, drehte sich um und sah seine aufgebrachte Frau auf sich zukommen. Wütend, mit langen, schweren Schritten und ihre Hände in die Taschen der völlig durchnässten Jacke gestemmt. Dieses Mal wartete er auf sie, ließ sich sogar von ihr überholen, die Wut gab ihr eine ungeheure Energie, er folgte ihr langsam und resigniert, spielte mit der Hundeleine in der Hand, bis sie am ersten Strandkorb abrupt stehen blieb. Ihr Körper erstarrte und ihre entsetzte Stimme brachte gerade noch ein krächzendes »Kira?« raus, bevor sie sich langsam zu ihm umdrehte. Die Wut war aus ihrem aschfahlen Gesicht verschwunden. Stattdessen flüsterte sie mit zitternder Stimme: »Ulli? Da …, da ist …«, bevor sie sich zusammenkrümmte und neben dem nächsten Strandkorb übergab.

»Frau Neumann? Mögen Sie vielleicht einen Kaffee?« Die mitfühlende Stimme der freundlichen Polizistin riss Eva aus ihrer Lethargie. Sie saß jetzt schon fast eine halbe Stunde in diesem Polizeiwagen, hier war es zwar trocken, aber sie war völlig durchgefroren, ihr war übel und sie wollte nur noch nach Hause, heiß duschen, einen Schnaps trinken und die Bilder von diesem entsetzlichen Fund aus dem Kopf kriegen. Überall liefen Polizisten herum, das Licht der aufgestellten Scheinwerfer machte sie ganz kribbelig. Ulli war mitsamt Kira verschwunden und spielte sich vermutlich vor den Beamten auf. Typisch Studienrat.

Der Duft des Kaffees stieg ihr in die Nase, sie nahm den Pappbecher mit kurzem Nicken entgegen und trank. Natürlich schmeckte der Kaffee furchtbar, er war aber wenigstens heiß. »Wo ist mein Mann, Frau …?«

»Thiele.« Die Polizistin lächelte sie aufmunternd an. »Maren Thiele. Ihr Mann gibt meinem Kollegen noch die restlichen Personalien, falls wir noch Fragen haben, und dann können Sie erst mal gehen. Soll Sie jemand nach Hause fahren? Es regnet ja immer noch.«

Mit einem Polizeiwagen vors Hotel gefahren zu werden, das hatte Eva gerade noch gefehlt. »Nein, vielen Dank«, sagte sie. »Ich glaube, ich brauche frische Luft.

Auch wenn es regnet. Nass bin ich ja ohnehin schon. Und meine Sachen kann ich sowieso gleich entsorgen. Mein Gott, war dieser Anblick grässlich. War das eigentlich ein Mann?«

Maren Thiele nickte. »Ich weiß, dass das ein großer Schock für Sie war. Wir können Sie auch in die Klinik fahren, vielleicht ist es besser, wenn man Ihnen etwas zur Beruhigung gibt. Es ist völlig normal, wenn man durch so ein Erlebnis durcheinanderkommt.«

»Ich bin nicht durcheinander.« Eva zog ihre feuchte Jacke enger um sich. »Ich will hier nur weg. Der hatte ja gar kein richtiges Gesicht mehr. Mein Gott, war das ekelhaft. Diese Scheißinsel, es war die Idee meines Mannes, hierherzufahren, ich war von Anfang an dagegen. Und dann auch noch so was. Wie lange dauert es denn noch?«

»Ich frage nach.« Maren stieß sich vom Wagen ab und ging zurück zur Absperrung, an der Benni immer noch mit Ulli Neumann und dessen ziemlich verwirrtem Hund stand. Der ja nicht hatte ahnen können, was er mit seinem Fund auslösen würde. Um kurz vor halb acht morgens und bei Dauerregen. Sie waren fertig mit der Aufnahme der Personalien und der Zeugenaussage. Ulli Neumann war wesentlich betroffener und auch deutlich freundlicher als seine Frau. »Es ist schrecklich«, sagte er gerade. »Was für ein furchtbares Unglück. Der arme Mann. Und die armen Angehörigen. Kann man ihn denn identifizieren?«

»Hallo, Maren.« Benni machte Platz, damit Maren auch noch unter die aufgespannte Plane passte. »Ich habe jetzt alles, wie ist es bei dir?«

»Wir sind auch fertig.« Maren sah Ulli Neumann an. »Soll Sie nicht doch jemand ins Hotel fahren? Ihre Frau will zu Fuß zurück.«

»Das wäre sehr nett.« Erleichtert strich er seinem Hund über den nassen Kopf. »Meine Frau braucht dringend ein heißes Bad.«

Benni gab einem der Kollegen ein Zeichen, dann sagte er: »Gut, erst mal vielen Dank, und falls noch was ist, melden wir uns. Der Kollege Schwarz fährt Sie zurück.«

Sie sahen ihm nach, wie er mit dem Kollegen durch den Regen zum Auto rannte, dann meinte Benni: »Die Spurensicherung ist jetzt schon genervt, bei diesem Dreckswetter ist das echt ein Scheißjob. Hast du Runge erreicht?«

»Nein.« Maren schüttelte den Kopf. »Sein Handy ist aus, und zu Hause ist er nicht. Ich glaube, er ist segeln. Irgend so was hat er gesagt. Er hat ja auch dienstfrei.«

»Aber jetzt passiert mal was, und er ist nicht da.« Benni grinste. »Der flippt aus. Na, die Kollegen von der Kripo werden es richten. So, es ist alles abgesperrt. Und bei dem Wetter gibt es zum Glück auch keine Schaulustigen. Da können doch alle in Ruhe arbeiten. Und ich brauche jetzt auch mal einen Kaffee. Bis gleich.«

»Ach, Benni?« Maren hielt ihn noch am Ärmel fest. »Weißt du, wen die Staatsanwaltschaft aus Flensburg schickt?«

»Ja«, er nickte. »Anna Petersen ist schon verständigt. Sie ist gegen Mittag hier. Hoffentlich trifft Karl sie nicht zufällig am Bahnhof, seine alte Ziehtochter. Dann haben wir ihn zehn Minuten später hinter der Absperrung.«

Maren sah ihn an. »Und wenn ich ihn auf seiner Gartenbank anbinde. Das passiert dieses Mal nicht.«

Mittwoch, der 18. Mai,
Sonne und Wolken im Wechsel, 18 Grad

Helga Simon legte das Seidenpapier auf den Karton, bevor sie das Telefon abnahm. »Simon.«

»Helga?« Die Stimme kam ihr bekannt vor, sie konnte sie im ersten Moment nur nicht zuordnen. »Hier ist Wilma. Wilma Konrad.«

»Wilma«, überrascht ließ Helga sich auf die Armlehne eines Sessels sinken, »wir haben uns ja lange nicht gehört. Wie geht es dir?«

Die Antwort kam zögernd. »Eigentlich ganz gut. Bis auf das eine oder andere Zipperlein. Aber das kennt ja jeder. Und bei dir? Ich hörte, du ziehst aus deinem Haus aus? Hast du verkauft?«

»Nein, nein«, Helga sah sich um, bevor sie fortfuhr. »Das Haus wird nicht verkauft. Hein und ich haben es zusammen gebaut, und die Kinder haben da ja auch mitzureden. Ich will es demnächst umbauen, oben eine Ferienwohnung und unten wird ein Dauermieter gesucht. Ich ... wie soll ich sagen, ich habe mich sozusagen privat verändert.« Es machte sie nach wie vor verlegen, darüber zu sprechen. In ihrem Alter noch eine Liebesgeschichte, das hätte sie vor einem Jahr auch nicht geglaubt. Und sie hatte immer noch nicht die richtigen Worte gefunden, dieses Glück zu beschreiben. Sie würde sie jetzt langsam finden müssen.

»Das habe ich schon gehört«, war Wilmas Antwort.

»Du hast dich mit Onno Thiele zusammengetan, nicht wahr? Du, warum nicht, man will ja im Alter nicht allein dahocken.«

Das waren nicht die richtigen Worte, fand Helga, ging aber nicht näher darauf ein. Wilma Konrad war nur eine sehr flüchtige Bekannte. Sie hatten vor Jahren gemeinsam in einem Hotel gearbeitet, Helga an der Rezeption und Wilma in der Küche. Aber das war schon lange her, ihr Kontakt hatte sich auf zufällige Treffen beim Einkaufen und gelegentliche Einladungen beschränkt. Die letzte Einladung war allerdings schon Jahre her, damals hatte Wilma einen runden Geburtstag gehabt und in größerer Runde bei sich zu Hause zum Frühstück eingeladen. Seitdem hatte Helga gar nichts mehr von ihr gehört.

»Genau«, sagte sie jetzt, trotz der falschen Worte. »Ich ziehe zu Onno Thiele. Und packe seit Wochen hier ein. Es ist schon unglaublich, was sich im Laufe eines Lebens alles an Zeug ansammelt. Ich habe schon so viel aussortiert und weggeworfen, aber es wird und wird nicht weniger. Na ja, ich hoffe, meine Tochter kommt demnächst zum Helfen, die Kinder können sich ja auch noch das eine oder andere mitnehmen. Aber ich träume schon von Kartons und Seidenpapier.«

»Ja.« Wilma wirkte einigermaßen uninteressiert, so dass Helga sich fragte, was genau der Sinn dieses Telefonats war.

»Wilma? Bist du noch dran?«

»Ähm, ja, ich dachte, du wolltest noch weiter von deinem Umzug sprechen.«

»Nein.« Helga war wirklich geduldig. »Aber zu dir: gibt es einen Grund für deinen Anruf? Kann ich dir irgendwie helfen?«

»Ja.« Als ob Wilma auf dieses Stichwort gewartet hatte,

wurde ihre Stimme sofort lebhafter. »Ja, ich hoffe, du kannst mir helfen. Ich habe ein Problem, eines, das ich nicht allein lösen kann. Und vielleicht kannst du etwas für mich tun.«

»Schieß los.« Helga setzte sich etwas bequemer hin. »Ich höre.«

»Tja, wie soll ich anfangen?« Wilma machte es wirklich spannend. »Also, du kennst doch mein Haus. Es ist ja nicht so groß wie deines, aber ich habe ja noch zwei Räume mit Bad im Keller. Für Gäste und so. Die meiste Zeit standen die Zimmer leer, so viel Besuch bekomme ich ja nicht. Und weil meine Rente hinten und vorn nicht reicht, habe ich vor gut drei Jahren beschlossen, die Wohnung zu vermieten. Da wohnt jetzt eine nette junge Frau drin, sehr ruhig und ordentlich, die merkt man gar nicht.«

»Aha«, sagte Helga, um die entstandene Pause zu füllen. »Und die sucht jetzt eine neue Wohnung?«

»Wie?« Wilma kam ganz aus dem Konzept. »Wie kommst du denn darauf?«

»Weil du gefragt hast, was ich mit dem Haus machen werde. Ich dachte, deswegen hast du angerufen.«

»Nein, nein.« Am anderen Ende suchte Wilma nach der richtigen Formulierung. »Nein, sie ist weg. Also, meine Mieterin. Sie ist seit ein paar Tagen verschwunden, ich dachte erst, sie wäre vielleicht übers Wochenende verreist, aber heute ist ja schon Donnerstag, und sie ist immer noch nicht da. Ich habe ein ganz blödes Gefühl und weiß überhaupt nicht, was ich tun soll. Sie hätte mir doch bestimmt gesagt, wenn sie in Urlaub gefahren wäre. Sie hat aber noch nie Urlaub gemacht. Und weil mir das komisch vorkam, bin ich heute mal mit meinem Schlüssel zu ihr reingegangen. Es ist alles aufgeräumt, aber im Bad stehen ihre ganzen Kosmetika und ihr Waschzeug, es sieht nicht so aus, als hätte sie irgendetwas eingepackt, um wegzufahren. Ich habe ein bisschen Angst, dass etwas passiert ist. Sie war die letzten Tage auch so still und blass. Wenn ich …«

»Warte mal«, unterbrach Helga jetzt den Redeschwall. »Seit wann ist deine Mieterin denn verschwunden?«

»Seit Sonntagmorgen.« Jetzt klang Wilmas Stimme fast panisch. »Ich habe sie an dem Tag noch gehört, sie hat morgens das Haus verlassen und seitdem habe ich sie nicht mehr gesehen. Das ist völlig untypisch, sie ist fast jeden Abend zu Hause, eine Einzelgängerin, die viel arbeitet und abends ihre Ruhe haben will. Und jetzt ist sie weg.«

»Wilma, jetzt beruhige dich mal. Vielleicht gibt es eine ganz einfache Erklärung. Man erzählt seiner Vermieterin doch nicht sein Privatleben. Vielleicht hat sie einen Freund und ist doch nicht bei dem und hat dabei die Zeit vergessen. Und taucht nachher putzmunter wieder auf. Wir waren doch auch mal jung und haben über die Stränge geschlagen. Junge Leute machen manchmal Blödsinn, da muss doch nicht gleich was passiert sein.«

»Sie ist kein unbedarftes junges Ding, sie ist Ende dreißig. Und sie hat alles zurückgelassen, nicht mal ihr Handy hat sie dabei. Es liegt auf ihrem Wohnzimmertisch. Niemand geht heute ohne Handy aus dem Haus, schon gar nicht für mehrere Tage.«

Das klang wirklich seltsam. Helga überlegte einen Moment, dann sagte sie: »Vielleicht solltest du die Polizei anrufen. Es kann ja sein, dass sie einen Unfall hatte und man keine Papiere bei ihr gefunden hat. Das muss die Polizei doch wissen. Onnos Tochter ist Polizistin, soll ich Maren mal fragen, was man da machen kann?«

»Nein.« Mit aller Entschiedenheit lehnte Wilma ab.

»Das wusste ich nicht, also dass seine Tochter Polizistin ist. Du darfst auf keinen Fall mit ihr sprechen, Helga, auf keinen Fall. Ich kann nicht zur Polizei gehen. Ich hatte gehofft, dass du, oder besser, ihr mir helfen könntet. Ist Onno nicht mit Karl Sönnigsen befreundet? Der kennt sich doch aus und ist nicht mehr im Dienst. Kann der mir nicht vielleicht helfen?«

»Karl?« Erstaunt fragte Helga nach. »Aber der kann doch keine Vermisstenmeldung aufnehmen. Damit musst du zur Polizei gehen, was soll Karl denn da machen?«

»Helga.« Jetzt kämpfte Wilma offenkundig mit den Tränen. »Ich kann nicht mit der Polizei reden. Ich darf die Wohnung gar nicht vermieten, es sind doch nur Kellerräume. Und wir haben auch keinen richtigen Mietvertrag, meine Mieterin ist hier gar nicht gemeldet. Das wollte sie so.«

»Ja, aber ...« Helga versuchte, es zu verstehen. »Aber das ist doch verboten. Und sie muss doch Miete bezahlen. Und angemeldet sein. Wieso ...«

»Sie gibt mir die Miete jeden Monat schwarz. Ich frage nicht und sie sagt nichts. Das war ein gutes Miteinander. Aber jetzt ist sie verschwunden, und ich habe Angst, dass etwas Schlimmes passiert ist. Kannst du bitte mit Onno und Karl Sönnigsen reden. Mir fällt niemand anderes ein.«

Zögernd antwortete Helga: »Ich kann es versuchen. Aber ich weiß nicht, ob Karl das macht. Es ist nicht in Ordnung, was du da getan hast. Kellerräume vermieten. Und das auch noch schwarz. Aber ich rede mit den beiden. Und melde mich bei dir. Aber wenn sie wieder auftaucht, rufst du mich bitte sofort an.«

Die Erleichterung war nicht zu überhören. »Ja, danke, Helga, vielen Dank. Bis bald.«

Seufzend legte Helga den Hörer wieder auf die Station. Das war wirklich eine unangenehme Situation. Es gefiel ihr überhaupt nicht, dass Wilma die problematische Wohnsituation auf der Insel ausnutzte, auf der es zu wenige Wohnungen für die Leute gab. Aber deshalb konnte man doch kein dunkles Kellerloch vermieten, das gehörte sich einfach nicht. Und dann noch an eine Mieterin, die darauf verzichtete, sich hier ordnungsgemäß anzumelden. Irgendwie klang das alles seltsam. Sie würde das erst mal dem bedächtigen, freundlichen und klugen Onno erzählen. Und der würde wissen, was in dieser Situation das Beste wäre. Helga musste solche Dinge in ihrem Leben nicht mehr allein entscheiden. Das war ein großes Glück.

Mittwoch, der 18. Mai,
kleine Schleierwölkchen, 20 Grad

Auf der Insel kommt ja nicht so einfach was weg.« Karl hatte einen so blasierten Gesichtsausdruck, dass Helga schon bereute, Onno überredet zu haben, schnell mal bei ihm vorbeizufahren, um Wilmas Problem zu schildern. Sie warf Onno einen Blick zu, der sah Karl geduldig an.

»Es ist ja nicht *was*, sondern eine Frau«, sagte er freundlich. »Wir haben gedacht, dass du der richtige Ansprechpartner in einem solchen Fall wärst.«

»Das habt *ihr* gedacht«, wiederholte Karl ironisch. »Aber da muss ich *euch* enttäuschen, ich bin im Ruhestand und kann deshalb keine Vermisstenanzeigen mehr aufnehmen. Da könntet *ihr* aber Maren drum bitten, die ist ja bei der Polizei aktiv.«

»Karl, du musst die Pronomen gar nicht so betonen, ich glaube, es ist nicht der richtige Zeitpunkt für deine Sticheleien.« Onno blieb immer noch freundlich, Helga bewunderte seine Gelassenheit. »Aber wenn du diesen Standpunkt hast, dann müssen wir uns eben selbst drum kümmern.«

»Wie wollt ihr euch denn kümmern? Wollt ihr die Frau in den Dünen suchen?«

Helga fühlte sich sehr unwohl. Sie wollte keinen Streit zwischen Karl und Onno auslösen, sie spürte, dass Karls Sturheit mit ihr zusammenhing, obwohl sie das nicht verstand, aber sie hatte auch das Gefühl, dass sie Wilma helfen musste.

»Entschuldige, Karl«, fing sie vorsichtig an. »Es war ja meine Idee, dich zu fragen, das heißt, eigentlich war es Wilmas Idee. Aber wenn du das albern findest, dann muss ich das Wilma sagen, und sie muss sich etwas anderes überlegen. Dann verzeih die Störung, aber ich bitte dich, nicht mit Onno zu streiten, er hat dir nämlich gar nichts getan. Ich gehe dann mal, Onno, du kannst ruhig noch bleiben, ich würde lieber ein paar Schritte laufen.«

Natürlich stand Onno sofort auf, Helga flüsterte ihm leise zu, er möge es bitte noch mal versuchen, vielleicht ginge es ohne sie am Tisch besser. Dann nahm sie ihre Jacke über den Arm und gab Karl die Hand. »Nichts für ungut und herzliche Grüße an Gerda. Tschüss.«

Sie war schon an der Haustür, bevor Karl etwas sagen konnte. Onno und er sahen sich an, dann setzten sie sich langsam wieder.

»Tja.« Karl kratzte sich am Kopf. »Sie ist ein bisschen empfindlich, oder?«

»Sie ist nicht empfindlich, du bist ein ungehobelter, unfreundlicher Klotz geworden.« Onno beugte sich vor und sah ihn streng an. »Karl, wenn wir nicht schon so lange befreundet und ich nicht so geduldig wäre, ich schwöre es dir, ich hätte dieses Haus auch gerade verlassen, und das wär es dann gewesen. Jetzt reiß dich mal zusammen, das ist ja unerträglich mit dir.«

Karl machte den Mund auf und sofort wieder zu, so, wie Onno aussah, war es nicht der richtige Moment, eine Diskussion anzufangen. Also stand er auf und fragte: »Möchtest du auch ein Bier trinken?«

Onno überlegte, dann antwortete er schließlich. »Na gut. Aber nur, wenn du dir Gedanken machst, wie man

Wilma helfen kann. Und wenn du dein Verhalten Helga gegenüber änderst. Und dich bei ihr entschuldigst.«

Karl schluckte und wippte einen Moment auf seinen Zehenspitzen, während Onno ihn unbewegt ansah. »Es ist deine letzte Chance, Karl«, sagte er schließlich leise. »Du hast die Wahl.«

Sie verharrten im sturen Blickkontakt, bis schließlich Bewegung in Karl kam. »Ja, ja«, stieß er aus und fuhr sich schnell durch die Haare. »Ich denke nach. Und den Rest kann ich auch machen.«

Helga war noch keine zehn Minuten gelaufen, als sie das Auto von Charlotte erkannte, das ihr entgegenkam. Sie blieb am Straßenrand stehen und winkte, Charlotte hielt sofort an und ließ die Scheibe runter. »Helga«, sagte sie erfreut. »Was machst du denn hier?«

»Ich …«, Helga deutete vage in die Richtung, aus der sie gekommen war. »Ich war mit Onno bei Karl, das war aber nicht so schön. Deshalb bin ich schon mal gegangen. Vielleicht kann Onno allein mehr ausrichten.«

Mit einem erstaunten Blick beugte Charlotte sich zur Seite. »Komm, steig ein. Was ist denn los?«

Sie wartete, bis Helga im Auto saß und die Tür zugezogen hatte. »Also?«

Helga winkte resigniert ab. »Du, ich verstehe das auch nicht. Das mit Onno und mir geht jetzt schon über ein Jahr, aber Karl gewöhnt sich einfach nicht dran. Oder er will sich nicht gewöhnen. Er ist so eifersüchtig, ich begreife das nicht. Ich nehme ihm doch gar nichts weg. Am Anfang hatte ich das Gefühl, dass er mich auch ganz nett fand, weißt du noch, letztes Jahr? Da hat er mich doch gleich in eure Ermittlungsrunde einbezogen, da war noch alles gut. Aber jetzt? Ich bin ganz ratlos.«

»Wolltet ihr mit ihm *darüber* reden?« Charlotte sah sie skeptisch an. »Oder warum wart ihr bei ihm?«

»Nein«, Helga hob die Hand. »Um Gottes willen, das würde doch gar nichts bringen. Nein, ich wollte ihn um einen Gefallen bitten. Eine Bekannte von mir vermisst ihre Untermieterin und kann nicht …« Sie sah Charlotte an. »Ach, eine komplizierte Geschichte, ich will dich gar nicht damit behelligen. Jedenfalls habe ich die beiden allein gelassen, vielleicht sprechen sie sich mal aus. Ich möchte doch keinesfalls eine so lange Männerfreundschaft zerstören.«

Sie sah so unglücklich aus, dass es Charlotte ans Herz ging. Gleichzeitig bekam sie eine Wut auf Karl, der das verursacht hatte. Sie atmete tief ein und aus, dann sagte sie sanft: »Das wird sich alles klären, Helga, warte in Ruhe ab. Soll ich dich nach Hause fahren?«

»Nein, danke.« Helga lächelte dankbar, legte aber die Hand auf den Türöffner. »Ich möchte gern ein bisschen spazieren gehen. Wir telefonieren, ja? Und danke fürs Zuhören.« Sie stieg wieder aus, winkte noch mal und ging langsam weiter. Charlotte sah ihr einen Moment hinterher. Helga war so eine freundliche und sympathische Person, und sie tat Onno gut. Es war Zeit, das endlich auch diesem Karl Sönnigsen klarzumachen. Und wenn Onno das nicht konnte, dann musste sie sich eben drum kümmern.

Entschlossen startete sie den Motor und legte den Gang ein. »So, Karl«, sagte sie laut. »Jetzt ist Schluss mit diesen Albernheiten!«

Keine zehn Minuten später klingelte sie Sturm. Als Karl erstaunt die Tür aufriss, ging sie nach einem kurzen, eindringlichen Blick vorbei an ihm ins Haus. »Wir müssen reden«, sagte sie knapp. »Sofort. Und Onno kann das gerne hören.«

Onno hob den Kopf, als sie ins Wohnzimmer stürmte. »Charlotte«, fragte er freundlich. »Ist was passiert?«

Sie saß schon am Tisch, als Karl endlich hinterherkam. »Ich habe Helga gerade getroffen«, fing sie sofort an. »Karl, du bist nicht besonders nett zu ihr. Ich habe …« Ihr Blick war jetzt auf einen Briefbogen gefallen, der vor ihr auf dem Tisch lag. Zwei Worte waren ihr sofort ins Auge gesprungen. »Was … macht ihr hier?«

»Onno … und Helga haben mich um eine Gefälligkeit gebeten«, antwortete Karl mit sehr sanfter Stimme. »Weil ich ja doch Erfahrungen im Auffinden vermisster Personen habe.«

Den Blick immer noch auf die Notizen geheftet, sagte Charlotte unkonzentriert: »Du warst aber unfreundlich zu Helga.«

»Das haben wir geklärt.« Onno schob das Blatt ein Stück zur Seite, bis Charlotte wieder hochsah. »Karl hat eingesehen, dass sein Verhalten nicht angemessen war. Und er wird sich auch noch bei Helga entschuldigen. Nicht wahr, Karl? Wir haben das ein für alle Mal geklärt.«

»Ja.« Karl nickte.

Charlotte warf ihm einen skeptischen Blick zu: »So, so. Und was genau ist das für eine Gefälligkeit?«

»Eine Bekannte von Helga vermisst ihre Mieterin.«

»Dann muss sie doch zur Polizei gehen.« Charlotte wandte sich nervös an Karl. »Oder?«

»Ja, wenn alles rechtens wäre, dann schon.« Karl verschränkte die Arme vor der Brust und nickte wichtig. »Ist es aber nicht.«

»Was ist denn nicht rechtens?« Charlotte wedelte sich ungeduldig mit der Hand Luft zu. Warm war das hier drin. »Muss man euch denn alles aus der Nase ziehen? Jetzt sagt schon, was los ist!«

Onno hob überrascht die Augenbrauen. »Wieso bist du denn so aufgeregt? Wahrscheinlich klärt sich die Sache sowieso von allein auf. Du weißt ...«

»Was bedeutet dieser Name?« Charlottes Beherrschung war dahin. Ungeduldig tippte sie mit dem Zeigefinger auf das Blatt Papier. »Woher habt ihr den?«

Jetzt beugte sich auch Karl irritiert vor. »Charlotte, jetzt bleib mal ruhig. Das ist der Name der Mieterin. Was ist denn?«

Mit aufgerissenen Augen starrte sie ihn an. »Das ist der Name der Mieterin? Und die ist verschwunden?«

Mit wenigen schnellen Schritten ging sie zum Telefon, riss es von der Station und tippte eine Nummer ein. Unter den verständnislosen Blicken von Onno und Karl sagte sie: »Inge? Ich bin's. Hör zu, ich bin gerade bei Karl, Onno ist auch hier, sie sollen einer Bekannten von Helga einen Gefallen tun, weil die jemanden vermisst, und jetzt halte dich fest, der Name der Vermissten ist Sabine Schäfer. Du musst sofort kommen.«

Sie wartete gerade noch die sehr kurze Antwort ab, dann legte sie auf, setzte sich wieder auf ihren Platz, sah abwechselnd von Onno zu Karl, atmete tief aus und sagte entschieden: »Karl, du musst der Bekannten von Helga diesen Gefallen tun. Nicht nur ihr, sondern auch uns. Inge ist in zehn Minuten hier, dann erklären wir euch auch gleich, warum.«

Mein Tagebuch

23. Juni 1999

Es regnet. Nicht nur heute und gestern und letzte Woche und vorletzte Woche, sondern die ganze Zeit. Ich habe das Gefühl, dass es ununterbrochen geregnet hat, dass es nur noch grau und windig ist und dass der Sommer in diesem Jahr überhaupt nicht mehr kommt. Alle Leute haben schlechte Laune und schimpfen über das Wetter, dabei nützt es gar nichts, sie werden dadurch nur noch schlechter gelaunt. Gregor hat immer gesagt, dass Regen im Frühling der Vorbote für einen tollen Sommer ist, dass sich die Pflanzen freuen und wir uns deshalb auch und dass alles vergessen ist, wenn wir am ersten warmen Sommerabend auf dem Steg sitzen, die Füße ins Wasser tauchen und unsere Mückenstiche auf den Beinen zählen. In diesem Jahr war ich erst einmal am Steg und kam nur auf einen Mückenstich. Gregor und ich haben unsere immer zusammengezählt. Unser Rekord waren einundfünfzig. Nur auf den Beinen. Das schafft man allein gar nicht.

In der Firma sind alle schlecht gelaunt. Meine Mutter allen voran, gleich danach mein Mann. Aber das ist ja auch kein Wunder. Kaum jemand geht bei diesem Wetter in den Garten, deshalb stehen bei uns alle Gewächshäuser voller schöner Pflanzen, die niemand will. Ich habe meine Mutter neulich sagen hören, dass die Umsätze sich fast halbiert hätten, es sei eine einzige Katastrophe. Ich habe ihr vorsichtig vorgeschlagen, es wieder wie früher zu machen. Da sind Gregor und ich immer zu den Messen gefahren und haben hübsche Dinge für den Laden gekauft, Töpfe, Figuren, Rosenkugeln, kleine Möbel, lauter schöne Sachen. Allerdings fand mein Mann diesen ganzen Deko-Kitsch, wie er es nannte, albern und hat es abgeschafft, als meine Mutter ihn zum offiziellen Geschäftsführer machte. Als ich ihr diesen Vorschlag nun gemacht habe, hat sie abgewunken und gemeint, dass nur Gregor dafür ein Händchen hatte, ohne ihn würde das nicht gehen. Ich habe nichts gesagt, obwohl mein Bruder und ich immer alles gemeinsam ausgesucht haben. Das will meine Mutter aber nicht hören. Und ihr vergötterter Schwiegersohn auch nicht. Ich hätte einfach keine Ahnung vom Geschäft. So ist das.

Vorhin war ich auf dem Friedhof und habe mit Gregor eine Zigarette geraucht. Ich rauche gar nicht, aber Gregor hat es so gern gemacht. Ich zünde dann eine Zigarette an, ziehe einmal und stecke sie vor seinem Foto in die Erde. Und dann erzähle ich ihm, was hier so passiert. Dass wir jetzt in der Gärtnerei Getränke verkaufen, weil mein Ehemann das für eine tolle Idee hält. Aber dass ganz wenige Leute bereit sind, sie bei uns zu kaufen, weil sie bei uns viel teurer sind als im Supermarkt. Ich glaube, Gregor hat gekichert.

Die ganz blöden Sachen erzähle ich ihm natürlich nicht. Irgendwie bin ich mir sicher, dass er mich hören kann, und ich will nicht, dass er sich Sorgen macht. Dass ich kaum noch in der Firma arbeite, weil meine Mutter das nicht will. Sie mauschelt immer nur mit ihrem liebsten Schwiegersohn rum, die Mitarbeiter haben mich schon angesprochen, dass das alles seltsam ist. Ich fahre aber noch zusammen mit Hans auf die Wochenmärkte, das ist schön. Wir kommen manchmal mit dem Binden kaum nach, so viele Blumensträuße wollen die Leute haben. Weil es draußen immer regnet. Hans hat neulich gesagt, dass er den Umsatzrückgang gar nicht verstehen kann, so viel wie wir auf den Märkten einnehmen. Das habe ich dann abends meinen Mann gefragt, er wurde total sauer und hat mir eine geklebt. Das erste Mal in meinem Leben hat mich jemand geschlagen. Das kann ich doch Gregor nicht erzählen. Mein Göttergatte war außerdem ein bisschen angetrunken und hat geschrien, dass er meine blöden Fragen nicht ertragen könnte, ich würde immer so gucken, als würde ich alles wissen, nur weil ich so ein paar Blumen auf dem Wochenmarkt verkaufe. Ich wäre dumm wie eine Tulpe, hat er gesagt. Dabei sind Tulpen meine und Gregors Lieblingsblumen. Weil sie so zäh sind und auch schon mal dem Winter trotzen. Na ja, er kennt sich eben bei Pflanzen nicht aus.

Aber das merkt keiner, er kann so tun, als wüsste er alles. Nur mir fällt immer mehr von früher ein. Gregor hat mal gesagt, dass sein bester Freund ein Angeber wäre. Er hat ein anderes Wort benutzt: Gernegroß. Gregor mochte Wörter, die kaum jemand gebraucht. Jedenfalls wäre er ein Gernegroß. Er würde sich immer nur Freunde suchen, die reiche Eltern hätten. Und dann so tun, als gehöre er dazu. Ja, mein Gregor, wenn du wüsstest, wie recht du damit hattest. Fast alle Kunden, die dich nicht mehr kannten, denken, dass dieser Gernegroß der Sohn von unserer Mutter ist und ich die angeheiratete Schwiegertochter. Neulich hat eine Kundin, die vor kurzem erst hierhergezogen ist, auf dem Markt zu mir gesagt, sie kenne das, ihre Schwiegermutter wäre auch so ein Drachen. Ich solle es nicht persönlich nehmen.

Aber er hat es ja nun geschafft. Sogar seine beiden besten Kumpels sehen zu ihm auf, weil er schon Geschäftsführer ist und die beiden noch Studenten sind. Aber sie haben ja reiche Väter, die alles bezahlen, und dass beide größere Autos als mein Mann fahren, das regt ihn ziemlich auf. Er fährt jetzt Papas Mercedes, der ist ja erst sechs Jahre alt und top gepflegt. Dafür habe ich Gregors alten Golf bekommen. Ich lasse niemand anderen damit fahren, und er sieht aus wie neu. Und riecht immer noch nach Gregor. Auch wenn ich mir das vielleicht einbilde.

Jedenfalls ist der Göttergatte im Moment dauernd mit den beiden Studenten zusammen, vorbeugend natürlich, der eine wird einmal drei Apotheken und der andere die Arztpraxis im Ort übernehmen. Irgendwann mal werden die drei die wichtigsten Männer im Dorf sein, das hat er neulich tatsächlich zu Hans gesagt. Der hat es mir sofort erzählt und mir geraten, mir einen eigenen Job zu suchen. Falls ich nicht schwanger werden will. Ich habe nur gelächelt, als er das sagte. Darüber kann ich wirklich nicht mit dem netten Hans reden.

Ich wollte immer Kinder haben, am liebsten einen Jungen und danach ein Mädchen. Aber das hat bisher nicht geklappt. Jeden Monat dachte ich, es hat, aber dann war es doch nichts. Das ganze letzte Jahr habe ich darauf gewartet. Im Moment ist die Wahrscheinlichkeit allerdings sehr gering, mein Mann ist so gestresst und genervt, dass er mich seit einiger Zeit überhaupt nicht mehr anfasst. Das finde ich einerseits auch nicht wirklich schlimm, anderseits wird das so auch nichts mit dem Schwangerwerden. Aber das kann ich schlecht mit Hans besprechen. Vielleicht wird es ja auch mal wieder anders. Wenn es aufhört zu regnen und die Sonne kommt.

Donnerstag, der 19. Mai,
strahlendblauer Himmel, 19 Grad

Onno saß mit einem Kaffeebecher in der Hand auf der kleinen Bank neben der Haustür und hielt sein Gesicht in die Morgensonne. Nach diesen Regengüssen der letzten Tage kam doch endlich der Frühsommer. Erst als ein Schatten auf Onno fiel, öffnete er die Augen. »Maren. Guten Morgen.«

Sie sah auf ihn hinab und lächelte. »Ich dachte, du wärst eingeschlafen. Alles gut?«

»Ja«, er stellte den Becher auf den Boden und deutete auf den Platz neben sich. »Setz dich doch, ich hole dir einen Kaffee. Es ist zu schön hier in der Sonne. Das wurde auch mal Zeit. Und so friedlich.«

Bedauernd hob Maren die Schulter. »Friedlich ist das richtige Stichwort. Das ist es nur hier. Ich muss zum Dienst, wir haben einen Fall.«

»Ach?« Onno setzte sich sofort gerade hin. »Ist was passiert?«

»Ja. Leider. Ein unbekannter Toter am Roten Kliff. Den haben Spaziergänger am Dienstagmorgen gefunden. Vielmehr ihr Hund. Hast du gar nichts mitbekommen? Die Gerüchteküche unter Karl funktioniert doch sonst immer.«

»Karl hat nichts erzählt.« Onno sah sie an. »Hast du gerade *Toter* gesagt oder *Tote*?«

»Wie?«

»Ob das ein Mann oder eine Frau ist? Wollte ich wissen.«

»Ein Mann.« Maren sah ihren Vater an und wunderte sich, dass der sich wieder bequemer zurücklehnte – fast, als hätte die Antwort ihn erleichtert.

»Ein Mann.« Onno nickte. »Gut.«

»Gut?« Maren sah ihren Vater erstaunt an. »Was ist denn daran gut?«

»Ach, das war nur so eine Phrase«, winkte Onno ab. »Ist natürlich schrecklich. Und wer ist der Tote?«

»Das wissen wir noch nicht«, antwortete Maren. »Vielleicht gibt es inzwischen Ergebnisse. Aber hör mal, das bleibt unter uns. Nicht, dass du gleich Karl anrufst und der dann sofort im Revier auftaucht. Dieses Mal mischt ihr euch nicht ein.«

»Nein, nein.« Onno lächelte sie beruhigend an. »Karl hat so viel um die Ohren, der hat gar keine Zeit, sich um Dinge zu kümmern, die ihn nichts angehen. Ja, Kind, dann viel Erfolg. Und bis später.«

Er drehte sein Gesicht wieder in die Morgensonne und schloss die Augen. Erst als er hörte, dass Maren ihr Auto startete, öffnete er sie wieder und sah seiner Tochter hinterher. Der Tote kam ja genau zum richtigen Zeitpunkt. Wie bestellt. So hatte die Polizei erst mal zu tun, und Karl konnte sich in aller Ruhe um die verschwundene Mieterin von Wilma kümmern.

Natürlich war das kein schöner Gedanke, aber Onno war irgendwie angetan von der Aussicht, mit seinem alten Freund Karl wieder ein gemeinsames Projekt zu haben. Nicht nur mit Karl, sondern auch mit Helga, Inge und Charlotte. Es war wie im letzten Jahr, als sie sich gemeinsam um die Aufklärung dieser schrecklichen Einbruchsserie auf der Insel gekümmert hatten. Dabei hatte es keine Zeit für Streit, Eifersüchteleien und andere Probleme gegeben. Sie hatten alle ein gemeinsames Ziel gehabt und zusammengehalten. Das war schön gewesen und viel besser als das, was gerade passierte. Der beleidigte Karl, die gestresste Charlotte, Inge, die nie Zeit hatte, und Helga und er, die von den anderen neidisch angesehen wurden. Aber jetzt würde sich das vielleicht alles einrenken, das wäre doch gut.

Er lächelte zufrieden und verbot es sich sofort wieder, als er an den bedauernswerten Toten dachte. Das gehörte sich nicht. Wie zur Bestätigung klingelte in diesem Moment das Telefon. »Helga, wie schön!«

»Guten Morgen, mein Lieber. Du kannst dir nicht vorstellen, was gerade passiert ist.«

»Guten Morgen. Das stimmt.«

»Was stimmt?«

»Ich kann mir nicht vorstellen, was passiert ist.«

Helga stutzte einen Moment, dann lachte sie. »Ich sage es dir. Karl hat mich gerade angerufen. Er hat erst ganz unverbindlich übers Wetter gesprochen, dann über seine großen Erfolge bei der Suche nach vermissten Dingen – von Hunden über Fahrräder bis hin zu abtrünnigen Ehemännern –, und dann hat er sich doch tatsächlich bei mir für sein ungehobeltes Verhalten entschuldigt. Das hat er tatsächlich so ausgedrückt! Und danach hat er vorgeschlagen, dass wir uns um halb zwölf bei Wilma vor der Haustür treffen. Was sagst du dazu?«

Onno dachte einen Moment nach. »Wieso vor der Haustür? Wir können uns doch bei einem von uns treffen und zusammen fahren.«

»Ja, ja, das können wir auch. Aber was sagst du dazu, dass er sich bei mir entschuldigt hat?«

»Das sollte er ja auch. Hat er mir versprochen. Soll ich

dich abholen? Ich weiß ja gar nicht, wo Wilma wohnt. Weiß Karl das?«

»Die Adresse habe ich ihm gesagt. Ich habe mich jedenfalls über seine Entschuldigung gefreut. Vielleicht wird jetzt alles gut. Oder? Was meinst du?«

»Bestimmt. Wäre doch schön.« Onno lächelte. »Also, ich hole dich ab. Kurz vor elf. Bis nachher.«

Keine halbe Stunde später kündigte eine Fahrradklingel Karls Ankunft an. Onno sah ihm von der Tür aus entgegen. »Ich denke, wir treffen uns um halb zwölf bei Wilma?«

»Ich weiß doch gar nicht, wo die wohnt«, antwortete Karl und lehnte sein Fahrrad behutsam an die Gartenbank. »Es ist besser, wir fahren zusammen und besprechen vorher kurz unsere Vorgehensweise. Hast du noch einen Kaffee?«

»Vorgehensweise?« Onno wartete, bis Karl ins Haus getreten war, und folgte ihm in die Küche. »Was ist denn mit Inge und Charlotte? Und Helga hat dir die Adresse von Wilma Konrad doch gesagt.«

»Ach, was sollen wir da alle einzeln angezuckelt kommen«, antwortete Karl. »Und Inge und Charlotte sind nervös. Sozusagen in heller Aufregung. Kein Vergleich mit ihrer Abgeklärtheit im letzten Fall. Man sieht es immer wieder, sobald die Menschen persönlich betroffen sind, haben sie keine Nerven mehr. Ich habe ihnen vorgeschlagen, mich das allein regeln zu lassen. Sie bekommen dann den Bericht. Mal sehen, wie sie damit umgehen.«

»In heller Aufregung?«, fragte Onno skeptisch nach. »Charlotte hat doch Nerven wie Drahtseile. Die ist doch nie aufgeregt.«

Mittlerweile hatten sie sich an den Küchentisch gesetzt.

»Na ja«, Karl sah sich suchend um. »Sie haben sich natürlich in eine sehr prekäre Situation geritten. Hast du jetzt noch Kaffee?«

»Was für eine prekäre Situation?« Onno stand auf, um Tassen aus dem Schrank zu holen. »Heb mal die Thermoskanne neben dir hoch, ob da noch was drin ist.«

Karl ließ die Kanne in der Luft kreisen und nickte. »Reicht. Die Situation, dass man eine illegale Reinigungskraft beschäftigt, obwohl der Ehemann, beziehungsweise der Schwager, ein hohes Tier beim Finanzamt war. Wie anders als ›prekär‹ willst du das beschreiben?«

»Frau Schäfer ist ja nun nicht illegal«, wandte Onno ein und setzte sich wieder. »Sie war nur nicht offiziell eingestellt. Das machen die meisten so. Sie kam alle vierzehn Tage für zwei Stunden. Das ist doch kein Verbrechen.«

»Ich weiß nicht, ob der gute Walter das als Kavaliersdelikt bezeichnen würde. Du hättest den neulich in der Sauna hören müssen. Wenn man ihn ließe, würde er sofort die Insel nach nicht angemeldeten Arbeitskräften durchkämmen, das nimmt er richtig persönlich. Und jetzt passiert das in seinem eigenen Haushalt! Ich sag's dir, der Mann wird durchdrehen, wenn er das mitbekommt. Darüber kann sogar seine Ehe auseinanderbrechen.«

»Karl, jetzt übertreib mal nicht.« Kopfschüttelnd schenkte Onno Kaffee in die Tassen. »Er trennt sich doch nicht von Inge, bloß weil die sich zweimal im Monat im Haushalt helfen lässt.«

Karls Zeigefinger schnellte in Onnos Richtung. »Schwarz. Sie lässt sich schwarz helfen. Ich traue Walter sogar zu, dass er seine eigene Ehefrau anzeigt. Ihm geht es ums Prinzip, das hat er immer wieder nachdrücklich betont. Im Ruheraum. Wir sind fast rausgeflogen, weil er sich so ereifert hat. Die anderen Saunagäste haben sich beim Bademeister beschwert.«

»Echt?« Onno sah ihn erstaunt an. »Und dann?«

»Dann hat Walter den Bademeister gefragt, wie viele Stunden er eigentlich arbeitet und ob er einen ordentlichen Tarifvertrag hat. Ich bin schwimmen gegangen, das war mir dann doch zu peinlich.«

Er schüttelte den Kopf. »Der ist wirklich irre, wenn es um Steuern geht. Aber es braucht halt jeder eine Leidenschaft.«

»Dann pass bloß auf, dass Sören nicht bei dir im Garten arbeitet, wenn Walter mal zufällig vorbeikommt«, Onno grinste. »Sonst kannst du im Knast mit Inge eure Jugendliebe wieder aufnehmen.«

»Jugendliebe«, widersprach Karl sofort. »Das ist verjährt. Ich war vierzehn und Inge siebzehn, das war so was von harmlos. Und Sören ist ein alter Freund. Dessen große Leidenschaft das Heckeschneiden ist. Und das darf er bei mir ab und zu ausleben. Das ist ja was ganz anderes.«

»Ist es nicht«, Onno stand auf und nahm die Tassen vom Tisch. »Du kennst ihn erst seit zwei Jahren und bezahlst ihn fürs Heckeschneiden. Das ist Schwarzarbeit. Aber wir müssen jetzt los, wir sollen noch Helga abholen.«

Er wartete, bis auch Karl sich erhob. Dann sagte er ernst: »Aber die Schwarzarbeit ist ja ein Nebenkriegsschauplatz. Ich hoffe nur, dass der Frau nichts passiert ist. Es ist doch ungewöhnlich, dass jemand einfach nicht nach Hause kommt.«

»Ach, warte mal ab«, Karl ging langsam zur Tür. »Ich habe nur ganz kurz mit dieser Wilma telefoniert, die macht so einen unsympathischen Eindruck, der würde ich auch nichts erzählen, wenn die meine Vermieterin wäre. Es geht sie auch nichts an. Frau Schäfer ist bestimmt ein paar Tage in den Urlaub gefahren und taucht nächste Woche wieder auf. Und ist dann stinksauer, weil diese komische Wilma in ihren Sachen rumgeschnüffelt hat. Ich fahre da jetzt nur Inge und Charlotte zuliebe hin, damit die sich beruhigen. Das wird sich alles von selbst aufklären.«

»Die nächste Straße rechts«, wies Helga Onno an. »Und dann ist es das kleine gelbe Haus auf der linken Seite.«

Onno bog langsam in die Straße ein und sah das Haus sofort. Zumal Charlotte davorstand und aufgeregt winkte.

»Da ist ja Charlotte«, bemerkte Karl von hinten. »Sollen wir da jetzt mit vier Mann reinmarschieren? Halte ich für übertrieben.«

»Warte ab«, antwortete Onno und lenkte den Wagen in eine Parklücke, auf die Charlotte gezeigt hatte. »So hat Wilma Konrad das Gefühl, dass wir uns kümmern.«

»Ich weiß ja nicht«, ächzend stieg Karl aus und streckte sich. »Hat dein Wagen eigentlich Stoßdämpfer? Man wird ja kreuzlahm in dem Ding.«

»Auf dem Rückweg kannst du vorn sitzen«, sagte Helga und lächelte ihn an. »Das ist nicht ganz so unbequem.«

»Vorschlag angenommen«, Karl drückte seine Hände in den Rücken und nickte. »Dann wollen wir uns mal des Problems annehmen. Hallo, Charlotte, ich dachte, ihr wolltet euch diesmal raushalten?«

»Da seid ihr ja endlich«, ignorierte Charlotte seine Frage. »Es ist gleich zwanzig vor. Wir wollten uns um halb hier treffen.«

»Inge und du, ihr wolltet gar nicht mit«, erinnerte Karl sie. »Habt ihr zumindest gestern gesagt.«

»Wir haben eine Verantwortung«, erklärte Charlotte entschlossen. »Das ist nicht von der Hand zu weisen. Wir haben Sabine schließlich gebeten, eine Zeitlang auszusetzen, und jetzt ist sie weg. Das kann Zufall sein, es kann aber auch andere Gründe haben, und wir stellen uns der Situation.«

»Was für andere Gründe?« Karl sah sie skeptisch an. »Die hat sich doch nicht aufgehängt, bloß weil sie eure Fenster nicht mehr putzen darf.«

»Karl, bitte.« Helga und Onno rügten ihn im Chor und sahen sich an. Dann fuhr Helga fort: »Es wird schon nichts Schlimmes passiert sein. Hallo, Charlotte, kommt Inge auch noch?«

»Nein.« Charlotte schüttelte nach einem bösen Blick auf Karl den Kopf. »Walter und Heinz probieren den neuen Vertikutierer bei Inge und Walter aus, da wollte sie nicht weg. Und ich bin offiziell einkaufen. Sollen wir klingeln?«

Helga nickte, und die vier gingen langsam und nacheinander den Weg zur Haustür.

Wilma Konrad musste unmittelbar hinter der Haustür gewartet haben, Sekunden nach dem Klingeln öffnete sich schon schwungvoll die Tür. »Guten Tag, Herr Sönnigsen ... oh, hallo Helga ... Herr ...? ... Frau ...?«

»Hallo Wilma«, Helga machte sich sofort an die Vorstellung. »Da sind wir. Darf ich vorstellen, Onno Thiele, Karl Sönnigsen und eine gute Freundin, Charlotte Schmidt, Wilma Konrad.«

»Ja, guten Tag«, immer noch etwas verwirrt ob des Massenbesuchs sah Wilma Konrad unsicher von einem zum anderen. »Ich dachte, dass nur ... also, Herr Sönnigsen und Helga kommen wollten?«

»Wir sind eine eingespielte Gruppe.« Karl schob sich

zwischen Onno und Helga durch und gab Wilma die Hand. »Sönnigsen, wir haben telefoniert.«

»Tag.« Wilma sah ihn ehrfürchtig an. »Es ist sehr nett, dass Sie mir helfen wollen.« Sie trat einen Schritt zurück und überlegte, ob sie tatsächlich alle hereinbitten sollte.

Charlotte lächelte sie an. »Frau Konrad, ich weiß, wir überfallen Sie hier, aber ich habe ein persönliches Interesse an Frau Schäfer und mache mir genauso große Sorgen wie Sie.«

»Wollen wir uns dann mal mit der Lage vertraut machen?« Karl spähte bereits ungeduldig in den Flur, als Wilma schließlich den Weg freigab.

»Kommen Sie doch bitte mit durch.« Sie wies auf eine Tür am Ende des Flures. »Hier ins Wohnzimmer.« Sie schloss seufzend die Haustür und folgte der Gästeschar.

Das Wohnzimmer war genauso dunkel wie der Eingang. Die niedrigen Decken waren getäfelt, der große Eichenschrank erschlug den Raum, um einen massiven Tisch standen zwei Sofas und ein großer Sessel, gegenüber ein Fernseher, dazu jede Menge Porzellantiere, Platzdeckchen, künstliche Blumen und alte Fotos. Charlotte bekam kaum Luft. Sie hatte sich neben Helga auf ein Sofa gesetzt, Onno und Karl gegenüber, während sich Wilma Konrad seitlich an ihren Beinen vorbeischob, um zu dem Sessel zu gelangen, eine Sardinenbüchse war nichts dagegen. Charlotte wechselte einen Blick mit Helga, die anscheinend dasselbe dachte. Es war eines der schlimmsten Wohnzimmer, die sie je gesehen hatten.

»Tja«, begann Wilma Konrad zögernd, ohne ihnen etwas angeboten zu haben. »Es ist eine blöde Situation für mich. Ich kenne Frau Schäfer kaum, sie ist eine ganz Stille, und man macht sich ja auch Sorgen um seine Mieter. Aber ich weiß jetzt, ehrlich gesagt, gar nicht, was ich unternehmen soll.«

»Beginnen wir mal am Anfang«, Karl zückte ein kleines Notizbuch und einen Stift. »Seit wann wohnt Frau Schäfer denn bei Ihnen?«

»Seit drei Jahren«, antwortete Wilma, ohne zu zögern. »Also knapp, im August sind es drei Jahre.«

»August«, wiederholte Karl und kritzelte etwas in sein Buch. »Und sie ist seit Sonntag verschwunden?«

Wilma nickte, warf aber Charlotte und Onno einen misstrauischen Blick zu. »Müssen Sie das auch alles wissen? Ich wollte das eigentlich nicht so an die große Glocke hängen.«

Karl fuhr unbeirrt fort: »Wo arbeitet Frau Schäfer denn?«

Unsicher sah Wilma wieder Karl an. »Ich weiß es nicht genau, in einem Hotel, glaube ich. Aber in welchem …?«

»Sie haben seit drei Jahren eine Wohnung an eine Frau vermietet, von der Sie noch nicht einmal den Arbeitgeber wissen?« Karl schüttelte den Kopf. »Kennen Sie denn Bekannte oder Verwandte von ihr? Hat sie einen Freund? Oder mal Besuch? Macht sie irgendeinen Sport?«

Wilma hob hilflos die Schultern. »Ich … ich weiß nicht …«

»Hm«, mit unergründlichem Gesichtsausdruck schlug Karl das Notizbuch zu und steckte es wieder ein. »Ich würde mir gern die Wohnung ansehen, vielleicht finden sich da erste Hinweise. Und ich schlage vor, dass du mitkommst, Charlotte, schließlich weißt du mehr über Frau Schäfer als ihre Vermieterin, und vier Augen sehen mehr als zwei.«

Sofort erhob sich Charlotte und quetschte sich an Helga und Wilma vorbei. »Sehr gern«, sagte sie. »Frau Konrad, ich kenne Sabine nämlich ganz gut und weiß, wonach ich suchen muss.«

Sie hatte zwar keine Ahnung, wonach genau sie suchen sollte, aber das musste diese unsympathische Vermieterin ja nicht wissen.

»Natürlich«, Wilma stand auf und griff nach einem Schlüssel, der in einer Schale auf dem Tisch gelegen hatte. »Ich komme mit.«

»Das ist nicht nötig«, sagte Karl und streckte ihr seine Hand hin. »Vielleicht trinken Sie mit Onno und Helga eine schöne Tasse Kaffee und überlegen noch mal. Es kann ja sein, dass Ihnen doch was einfällt.«

Unschlüssig hielt Wilma den Schlüssel in der Hand, bis Karl sich aus dem Sofa wuchtete und die Hand erneut ausstreckte. Erst dann reichte sie den Schlüssel über den Tisch. »Die Treppe an der Haustür runter und dann die erste Tür links.«

»Verbindlichsten Dank.« Karls Faust schloss sich um den Schlüssel, bevor er Charlotte nach unten folgte.

Die Tür schabte über das Linoleum, als Karl sie öffnete. »Die müsste man auch mal unten abschleifen«, meinte er und betrat vor Charlotte den Raum. »Gott, ist das düster, wo ist denn hier der Lichtschalter?«

Als Charlotte ihn gefunden hatte, flutete helles Deckenlicht den Raum. »Oh«, sagte sie und schloss die Tür hinter sich. Dann stellte sie sich neben Karl und sah sich um. Zwei kleine Kellerfenster ließen nur wenig Tageslicht herein. An der rechten Wand stand ein Sofa, dessen bunter Überwurf wohl vom Alter dieses Möbelstücks ablenken sollte. Ein kleiner Tisch, auf dem ein Handy lag, und ein Sessel vervollständigten die Sitzgruppe. Der Fernseher stand auf einer Kiste, davor Zeitschriften und ein Korb mit Handarbeiten. An der linken Wand hatte man eine Küchenzeile eingebaut, ein Herd mit zwei Platten, Kühlschrank, Geschirrschränke, eine Kaffeemaschine. Das war alles. Langsam ging Charlotte an der Zeile vorbei, dahinter kam ein Durchgang, der in einen zweiten Raum führte. Hier standen ein Bett, ein Stuhl und ein Kleiderschrank. Unter einem weiteren Kellerfenster sah man eine Kommode mit mehreren Schubladen, darauf einen Parfümflakon und Bücher. Die Tür neben der Kommode führte in ein winziges Badezimmer mit einer Toilette, einem Waschbecken und einer kleinen Dusche. Als Charlotte ihren Kopf hineinsteckte, sah sie, dass es hier gar kein Fenster gab. Alles war sehr sauber, aber sehr dunkel. Langsam drehte sich Charlotte zu Karl um. »Es ist ein Kellerloch«, sagte sie leise. »Eindeutig. Wie kann man denn hier drei Jahre wohnen?«

Karl war neben ihr stehen geblieben und zog jetzt Plastikhandschuhe aus seiner Jackentasche, von denen er ihr feierlich ein Paar überreichte.

»Was ist das?« Erstaunt sah sie ihn an. Karl hob die Augenbrauen.

»Charlotte, wir sind doch keine Amateure. Zieh die Handschuhe an.« Er zwängte seine Hände in die sehr engen Latexdinger und begann sofort mit der Inspektion der Küchenschränke. »Geschirr«, sagte er. »Nur Geschirr.«

»Meinst du, dass es in Ordnung ist, wenn wir hier alles durchwühlen?« Charlotte ging langsam durch den Raum. »Das gehört sich doch nicht.«

»Wir durchwühlen nichts, meine Liebe, wir suchen nach Hinweisen.« Inzwischen musterte Karl den Inhalt der Schubladen. »Und außerdem tragen wir Handschuhe. Hier ist nur Besteck und so ein Zeug, ich fasse ja nichts an, ich schaue lediglich drauf.«

»Hm.« Irgendetwas an dieser Wohnung war seltsam, ganz abgesehen davon, dass es leicht muffig roch. Charlotte strich mit der Hand über die Sofalehne, es war wenigstens nicht klamm. Aber vielleicht merkte man das nur durch die Handschuhe nicht. Ihr Blick wanderte durch den dunklen Raum. »Komisch«, sagte sie nachdenklich. »Hier hängen keine Bilder, keine Kalender, außer diesem Strickzeug und den paar Büchern gibt es überhaupt nichts Persönliches. Man besitzt doch mehr Dinge als das, was hier steht.«

»Och«, Karl sah sich um. »Das reicht doch. Ich verstehe sowieso nicht, warum man so viel Zeug in Wohnungen stellt. Gerda, zum Beispiel, hat vier Kaffeeservices. Ich frage mich, wozu wir achtundvierzig Tassen, Untertassen und Kuchenteller brauchen, wir richten doch keine Hochzeiten aus. Steht doch alles nur rum. Warum braucht jemand so viel Geschirr?«

Charlotte wanderte wieder durch die Wohnung und blieb vor der Kommode stehen. Sie nahm den Parfümflakon in die Hand und roch daran. Dann stellte sie ihn zurück und nickte. »Das ist der Duft von Sabine. Den erkenne ich wieder. Soll ich mal den Kleiderschrank öffnen?«

»Ja, natürlich.« Karl hatte seine Inspektion der Küchenzeile beendet. »Du hast ja keinen Röntgenblick.«

Sabine besaß nicht viel Kleidung, alles lag sortiert und ordentlich gestapelt im Schrank. Charlotte erkannte die blaue Strickjacke, ein paar T-Shirts, ihre gestreifte Hose. Es gab weder Kleider noch Glitzer noch Spitze, es war der Schrank einer praktischen und unauffälligen Frau. Charlotte berührte nichts und zog auch keine Fächer auf, in denen sie Wäsche vermutete, das war dann doch zu privat.

»Und?« Karl stand neben ihr und musterte den Schrankinhalt. »Hilft auch nicht weiter, oder?« Er beugte sich nach vorn und wollte ein Fach aufziehen. Charlotte drängte ihn zur Seite. »Nein, Karl. Da ist bestimmt Wäsche drin, da gehen wir nicht dran. Ich würde auch nicht wollen, dass ein Fremder meine Büstenhalter in der Hand hat.«

»Charlotte.« Karl bekam rote Ohren. »Was denkst du denn? Ich hätte die doch nicht rausgeholt.«

»Trotzdem.« Sie schloss die Schranktüren mit Nachdruck. »Ich fühle mich ganz schlecht. Wir können doch nicht das gesamte Privatleben von Sabine Schäfer durchwühlen, das ist mir unangenehm.«

Karl betrachtete sie kopfschüttelnd. »Charlotte, wir wollen doch rausfinden, wo eure Sabine Schäfer sein kann. Wie sollen wir das denn machen, wenn wir nirgendwo randürfen?«

»Das ist mir egal.« Charlotte verschränkte ihre Arme vor der Brust und blieb auf der Stelle stehen. »Ich glaube, es ist eine Schnapsidee. Ich gehe jetzt wieder hoch und rede mit Frau Konrad. Die soll zur Polizei gehen.«

Entsetzt sah Karl sie an. »Das ist ja wohl nicht dein Ernst. Dann überleg dir mal, wie du deine Bekanntschaft mit Frau Schäfer erklären willst. Du bist nämlich eine Zeugin, und die Polizei wird dich in die Mangel nehmen, bis dir schwindelig wird. Du kannst das vielleicht aushalten, aber Inge wird im Verhör zusammenbrechen. Und dann kommt Walter ins Spiel. Und jetzt stell dir vor, wie er reagieren wird, wenn er erfährt, dass sein Haus, sein privates Wohnhaus, ein Hort der Schwarzarbeit war. Schönen Dank. Da möchte ich nicht dabei sein.«

Er machte eine Pause und sah befriedigt, dass Charlotte blass geworden war. Er ließ sich doch diesen Fall nicht nehmen, bloß weil sie ein Problem damit hatte, fremde Unterwäsche anzufassen. Deshalb nickte er jetzt und setzte nach: »Es ist deine Entscheidung. Geh wieder hoch und ruf die Polizei an. Du weißt aber wohl noch, wie cholerisch Runge sein kann. Bitte mich dann nicht um Hilfe. Ich will mit diesem Mann und seinen Ermittlungsmethoden nichts zu tun haben.«

Er wartete ab, ob er noch nachsetzen musste. Es schien jedoch gereicht zu haben. Charlotte ließ ihre Arme hängen und seufzte. »Na gut«, sagte sie schließlich leise. »Aber ich will hier nicht suchen. Ich gehe wieder hoch und warte da, bis du fertig bist.«

Karl nickte zufrieden und wartete, bis sich die Tür hinter ihr geschlossen hatte. Dann öffnete er den Kleiderschrank und ging in die Knie. Er hatte da etwas gesehen. Und das hatte nichts mit Unterwäsche zu tun.

Helga sah erstaunt hoch, als Charlotte wieder ins Wohnzimmer kam. »Das ging ja schnell«, sagte sie, bevor ihr Blick auf Charlottes Hände fiel. »Was hast du da an den Händen?«

»Wie?« Charlotte folgte ihrem Blick und befreite sich sofort von den Handschuhen. »Ach so. Weil wir schließlich keine Amateure sind. Wo ist denn Frau Konrad?«

Onno legte den Finger auf den Mund. »Sie kocht jetzt doch endlich einen Kaffee«, flüsterte er. »So eine unmögliche Person. Bietet nichts an und redet nur davon, wie teuer das Leben auf Sylt ist.«

»Habt ihr denn etwas gefunden?« Auch Helga wisperte. Charlotte schüttelte den Kopf. »Ich kann nicht in fremden Sachen wühlen«, sagte sie leise. »Karl macht das jetzt allein. Und hinterher liefert er einen Bericht.«

»Das war ja auch sein Job.« Onno lächelte sie tröstend

an. »Darin ist er sogar ausgebildet. Und er kennt diese Sabine Schäfer gar nicht. Da musst du dir keine Gedanken machen, dass dir das schwerfällt, das kann ich gut verstehen. Mit Handschuhen oder ohne.«

Dankbar sah Charlotte ihn an und ließ sich neben Helga auf das Sofa sinken, genau in dem Moment, als Wilma Konrad mit einem Tablett und drei Tassen Kaffee zurückkam.

»Ach, Sie sind schon fertig«, stellte sie mehr fest, als dass sie fragte. »Jetzt habe ich nur drei Tassen gekocht. Und? Haben Sie was gefunden, was uns weiterhelfen kann?«

»Uns?« Charlotte musterte sie fassungslos. »Ich überlege mir gerade, ob ich wirklich wissen will, was Sie Frau Schäfer für dieses Kellerloch abgeknöpft haben. Konnten Sie die ganzen Jahre hier oben gut schlafen?«

»Sie haben doch keine Ahnung.« Wilma Konrad knallte das Tablett mit Schwung auf den Tisch, der Kaffee in den Tassen schwappte über. »Mit meiner kleinen Rente hier auf der Insel, da muss man Ideen haben, wie man überlebt.«

Charlotte schüttelte den Kopf und stand auf. »Wie auch immer, Helga, Onno, sagt Karl schöne Grüße, ich fahre nach Hause. Wir sehen uns später.«

Ohne ein weiteres Wort verschwand sie. Sie musste ganz schnell raus, sonst wäre sie geplatzt.

Freitag, der 20. Mai,
blauer Himmel, leichter Wind, 20 Grad

Ich fasse mal zusammen.« Anna Petersen stand auf und ging langsam ans Kopfende des großen Tisches. »Das Opfer ist männlich, circa vierzig bis fünfundvierzig Jahre alt und weist keine besonderen körperlichen Merkmale auf. Es wurden keinerlei Papiere, kein Handy, kein Schlüssel oder Ähnliches in seiner Nähe gefunden, was Aufschluss über seine Identität geben könnte. Der Todeszeitpunkt liegt vermutlich am Samstagabend zwischen zwanzig Uhr und Mitternacht, Todesursache ist ein Genickbruch, vermutlich durch den Sturz vom Roten Kliff. Gefunden wurde die Leiche erst am Dienstagmorgen, von einem Ehepaar, das mit seinem Hund trotz des Wetters am Strand gelaufen ist. Durch den Dauerregen gibt es keinerlei verwertbare Spuren, weder auf der Kliffkante noch am Strand. So steht es zumindest in den ersten Berichten der Spurensicherung. Habe ich was vergessen?«

»Im Bericht der Pathologie steht noch, dass der Alkoholwert im Blut zum Todeszeitpunkt mindestens zwei Promille betragen hat.« Der junge Kollege der Sylter Kripo hielt wie zum Beweis den Bericht hoch. Anna nickte. »Richtig.«

Sie ließ ihren Blick über die versammelten Kollegen am Tisch schweifen. Die meisten kannte sie von den Ermittlungen im Fall der Einbruchsserie im vergangenen Jahr, bei der es einen Todesfall gegeben hatte. Bei einem

Gewaltverbrechen war die Staatsanwaltschaft Flensburg zuständig, deshalb hatte Anna die Leitung in diesem Fall übernommen. Ihr Blick fiel auf Benni und Maren, die nebeneinandersaßen. »Habt ihr was erreichen können?«

Maren schüttelte den Kopf. »Bis jetzt noch nicht. Es gibt keine aktuelle Vermisstenanzeige, die auf unser Opfer passt. Wir haben alle Hotels und Pensionen angerufen, niemand vermisst einen Gast. Wir haben eine Liste der Hotelgäste, die am Sonntag ausgecheckt haben, geprüft, alle Abgereisten sind wohlauf. Es besteht natürlich auch die Möglichkeit, dass es sich um einen Tagesgast oder einen privaten Übernachtungsbesucher handelt, dann wird es schwierig.«

Anna sah nachdenklich in die Runde. »Er kann doch nicht vom Himmel gefallen sein. Seine Kleidung war hochwertig, es handelt sich vermutlich nicht um einen Obdachlosen oder Rucksacktouristen. Heute ist Freitag, er ist seit Samstag tot, warum sucht ihn denn niemand?«

Peter Runge hob die Hand, als wäre er in der Schule, wartete aber nicht, bis Anna ihn drannahm. »Die Presse«, sagte er laut. »Wir müssen ein Foto abdrucken, das Übliche, also mit: *Wer kennt diesen Mann?* Dann werden sich schon Zeugen melden.«

»Und was für ein Foto sollen wir dafür nehmen?« Annas Ton war süffisant, sie konnte Peter Runge nicht leiden. »Er hatte ja keinen Ausweis dabei.«

»Aber wir haben doch die Leiche. Die Spurensicherung hat doch bestimmt Fotos gemacht. Muss ja keine Superqualität sein.«

»Das ist auch keine Superqualität«, sagte Benni leise.

Runge hörte es trotzdem und sah ihn sofort wütend an. »Darum geht es doch gar nicht. Ich frage mich, warum das Foto noch nicht in der Zeitung erschienen ist. Dann wüssten wir garantiert, um wen es sich handelt.«

»Chef«, antwortete Benni, als würde er einem kleinen Kind erklären, dass man nicht bei Rot über die Straße gehen dürfte, »anhand des Fotos hätte ihn definitiv niemand erkannt. Ein Mann, der dreißig Meter kopfüber ein Kliff runterstürzt und dann von Möwen entdeckt wird, sieht sich nicht mehr sehr ähnlich.«

»Wie?« Runge schloss sofort wieder den Mund, anscheinend hatte er es jetzt kapiert und sah Anna fragend an. Die nickte.

»Das ist das Problem. Die Bilder kann man nicht veröffentlichen. Wir können es mit der Kleidung versuchen, das sind zwar teure Marken, die aber auch viel getragen werden. Gerade hier auf der Insel, wo man gern zeigt, was man hat. Also ...«, sie dachte einen Moment nach, »... ich schlage vor, ihr gleicht immer mal wieder die Vermisstenmeldungen ab, bundesweit, aber das wisst ihr selbst, und sobald der Abschlussbericht der Pathologie da ist, versucht ihr den Abgleich über die Zahnärzte. Ich möchte, dass ihr noch mal nach Kampen fahrt und euch in den Lokalen umhört, ob da am Wochenende ein Gast aufgefallen ist, männlich, zwischen vierzig und fünfundvierzig in einer hellbraunen Lederjacke, der sehr betrunken gewesen sein muss. Vielleicht habt ihr Glück. Okay, die nächste Besprechung ist morgen früh um halb acht, viel Erfolg.«

Sie war an ihren Platz zurückgegangen, schob jetzt in der Unruhe des allgemeinen Aufbruchs ihre Unterlagen zusammen und hob den Kopf, als Maren an ihr vorbeikam. »Ach, warte mal, Maren, ich wollte kurz mit dir reden.«

»Ja?« Maren blieb stehen. »Jetzt sofort?«

»Ja.« Anna sah auf die Uhr. »Ich muss sowieso auf den abschließenden Laborbericht warten, der Doc will ihn mir gegen siebzehn Uhr mailen. Lass uns schnell einen Kaffee trinken gehen, ich bin um fünf Uhr aufgestanden, ich falle gleich um.«

Kurz darauf saßen sie im Entree, dem Café am Bahnhof, das den Vorteil hatte, dass es gegenüber vom Revier war und der Kaffee dort schmeckte.

Anna hatte sich einen doppelten Espresso und eine Cola bestellt. Maren sah Anna zu, wie sie erst die Cola austrank und dann drei Löffel Zucker in die Tasse rührte. »Meine Güte«, sie hob die Augenbrauen, »wenn du gleich Herzrasen bekommst, darfst du dich nicht wundern.«

»Kriege ich nicht.« Anna trank auch den Espresso aus und bestellte sich noch einen Milchkaffee hinterher. »So, jetzt geht es mir besser. Mir fielen gerade schon fast die Augen zu. Erzähl mal, was gibt es hier Neues? Wir hatten noch gar keine Zeit zum Reden.«

Sie hatten sich während Annas Ermittlungen auf Sylt im letzten Jahr kennengelernt und dabei angefreundet. »Was meinst du genau? Das Revier, die Insel, das Wetter?«

Anna grinste. »Komm, du weißt schon. Was macht mein alter Freund Karl Sönnigsen? Hat er sich mittlerweile an den Ruhestand gewöhnt, oder schlägt er immer noch auf dem Revier auf, um die Kollegen zu beraten? Und wie läuft es mit Peter Runge?«

»Karl –«, Maren stutzte und überlegte, wie sie dieses Thema in zwei Sätze packen sollte. Das ging wohl kaum. »Sagen wir mal so, er hat sich nicht verändert. Er kommt immer noch bei uns vorbei, vergewissert sich aber vorher, ob die Luft rein ist, sprich, ob Runge freihat. Wir warten alle immer auf den Showdown, also, dass Karl geht, während Runge kommt, aber bisher ging es gut.« Sie knöchelte dreimal auf den Holztisch. »Da will nämlich niemand von uns dabei sein. Ansonsten gefällt es ihm nicht, dass mein Vater, der ja nun mal sein bester Freund ist, eine neue Lebensgefährtin hat, und deshalb torpediert er die Beziehung. Weil es ihm nicht in den Kram passt. Du siehst, alles unverändert.«

Anna lachte. »Komm, er hat ein gutes Herz. Er kann es nur manchmal nicht so zeigen. Und dein Vater? Der hat sich in seinem Alter echt noch mal verliebt? Das ist ja schön! Birgt doch Hoffnung für mittelalte Singles wie mich. Dass da vielleicht doch noch mal was kommt. Nur so nebenbei.« Sie sah auf ihre Uhr. »Seltsam, ich bin schon seit Dienstag auf der Insel, und Karl war immer noch nicht da. Weiß er überhaupt, dass es diesen Fall gibt?«

»Nein.« Maren schüttelte sofort den Kopf. »Der Strand am Tatort war doch menschenleer. Wir waren bei der Aufnahme die ganze Zeit allein, wir hätten gar nicht absperren müssen. Bei diesem Schietwetter ist keiner am Strand unterwegs. Also hat auch niemand etwas gesehen, der es in Umlauf hätte bringen können. Und eine Pressemeldung hat es ja noch nicht gegeben.«

»Dieser Regen«, Anna seufzte. »Die Spurensicherung hat auch rein gar nichts gefunden, weder oben an der Kliffkante noch am Strand. Wirklich, als wenn der Tote vom Himmel gefallen wäre.«

»Kein Mensch fällt vom Himmel«, widersprach Maren. »Irgendwann haben wir eine Vermisstenmeldung, und dann sehen wir weiter. Willst du Karl besuchen? Dann solltest du dir einen Grund ausdenken, warum du auf der Insel bist. Sonst machst du womöglich ein Fass auf.«

»Nein, nein«, Anna kramte ihr Geld aus der Tasche. »Ich fahre erst bei ihm vorbei, wenn der Fall geklärt ist. Vielleicht war es ja auch ein Unfall, bislang deutete nichts auf Fremdverschulden hin. Ich bekomme aber gleich den Obduktionsbericht. Wollen wir heute oder morgen Abend essen gehen? Ich habe ja noch gar nichts über dein Privatleben erfahren. Wie geht es Robert denn?«

»Ganz gut«, Maren lächelte. »Wobei wir uns nur selten sehen. Er macht jetzt doch die Weiterbildung und hat wenig Zeit. Aber das können wir beim Essen besprechen. Ich begebe mich jetzt erst mal wieder auf die Suche nach vermissten Personen.«

Freitag, der 20. Mai,
bei einsetzender Dämmerung
unter rotem Abendhimmel

Da kommt er.« Inge ließ die Gardine wieder zurückfallen und sah über ihre Schulter zu den anderen. »Ich bin ja so gespannt. Obwohl es auch albern ist, dass wir vorher nicht darüber reden sollten. Nur weil Karl auf einer einheitlichen Berichterstattung besteht.«

Sie wollte zur Tür gehen, als Onno sagte: »Du kannst dich setzen, der Schlüssel steckt in der Haustür, Karl kommt allein rein.«

»Gut.« Inge nahm Platz und legte ihre verschränkten Hände auf den Tisch. »Und wie fandet ihr Wilma Konrad?«

»Eine furchtbare Frau«, antwortete Charlotte und blickte sofort erschrocken zu Helga. »Ach, entschuldige, sie ist ja eine Bekannte von dir, ich wollte nicht schlecht über sie sprechen, aber sie war so ...«

»Ich weiß«, Helga nickte. »Ich bin nicht mit ihr befreundet, wir kennen uns nur oberflächlich von früher. Sie hat im selben Hotel gearbeitet, wir hatten privat aber kaum etwas miteinander zu tun. Du kannst ruhig offen deine Meinung sagen, ich fand sie heute auch sehr unsympathisch.«

Die Haustür fiel schwungvoll ins Schloss, sie hörten erst die lauten Schritte im Flur und dann Karls »Guten Abend«, bevor er in der Küche auftauchte, im Arm einen riesigen Blumenstrauß, den er mit großer Geste Helga überreichte.

»Danke für die Einladung – und überhaupt«. Er sah Beifall heischend zu Onno, bevor er sich neben Inge setzte. »Dann wollen wir mal. Herrlich. Die erste Sitzung, es ist ja wie im letzten Jahr.«

»Ähm«, Helgas Gesicht war hinter der Blumenpracht nicht mehr zu sehen, nur ihre Stimme drang durch die Blüten. »Vielen Dank. Der ist ja sehr groß.«

Charlotte, Inge und Onno starrten stumm auf das sprechende Blumenmeer, bis Onno endlich aufstand und meinte: »Ich hole mal einen Eimer, so eine große Vase habe ich nicht.«

»Hätte ich auch nicht.« Inge sah Karl verblüfft an. »Was ist denn mit dir los?«

»Blumen erhalten Freundschaften.« Unbekümmert legte Karl ein Notizbuch und mehrere Stifte auf den Tisch. »Und sie bringen Freude ins Haus.«

Mittlerweile hatte Onno Helga von den Blumen befreit. Immer noch verwundert lächelte sie Karl an. »Wirklich schön. So viele Blumen. Aber das wäre nicht nötig gewesen.«

»Ich weiß«, Karl lächelte zurück. »Aber das sag Onno mal. So, genug der Plauderei. Wir müssen über die verschwundene Sabine Schäfer reden. Nachdem Charlotte sich bei der Untersuchung heute als Totalausfall erwiesen hat, musste ich ja dann doch alles allein machen.«

»Wieso Totalausfall?« Inge sah ihre Schwägerin fragend an. »Was meint er damit?«

»Ich fand es ...«, begann Charlotte zögernd, wurde aber sofort von Karl unterbrochen. »Sie hatte Skrupel, etwas anzufassen, was ihr nicht gehört. Sie stand nur rum und fand alles ungehörig. Wenn ich auch so gearbeitet hätte, wäre kein einziger Fall in meinem Berufsleben aufgeklärt worden. Da hast du dich als Ermittlerin nicht mit Ruhm bekleckert, meine Liebe, du musst dir schon im Klaren darüber sein, dass Informationen nicht vom Himmel fallen, die muss man sich erarbeiten.«

»Ja, doch«, Charlotte hatte die Schultern zusammengezogen, ihr war das sichtlich unangenehm. »Aber es war so eine gruselige Atmosphäre, fand ich. Ich hatte mir Sabines Wohnung ganz anders vorgestellt.«

Inzwischen hatte Onno den Blumenstrauß auf zwei Eimer verteilt und einen davon auf den Tisch gestellt. Mit gerunzelter Stirn schob Inge ihn zur Seite, damit sie Charlotte wieder sehen konnte. »Was meinst du mit ›gruseliger Atmosphäre‹?«

»Na ja«, setzte Charlotte zu einer Beschreibung an. »Zum einen ist das echt ein dunkles Kellerloch. Ich finde es unmöglich, dass die Konrad das überhaupt vermietet. Und dann ist da ... wie soll man das erklären? Es gibt überhaupt nichts Persönliches. Wenn man reingeht und raten soll, was für ein Mensch da wohnt, kommt man auf keine Idee. Keine Bilder, keine Erinnerungen, kein Schnickschnack, keine Kerzen oder irgendetwas Hübsches. Nichts. Alles zweckmäßig und unpersönlich. Es sah ein bisschen traurig aus, so als ob es keine Seele hat, ich kann das gar nicht richtig ausdrücken, es war ... kein Zuhause. Als wenn da in Wirklichkeit niemand wohnt. Und dann noch so dunkel. Gruselig eben.«

»Das klingt ja schlimm.« Inge wirkte aufrichtig betroffen. »Wenn wir gewusst hätten, dass sie so lebt ...«

»Was dann?« Karl sah sie an. »Hättest du ihr dann Kerzen oder was Hübsches geschenkt? Siehst du. Aber darum geht es jetzt ja auch gar nicht. Wir müssen über Fakten reden, nicht über Wohnungseinrichtungen. Ich habe mir schon mal ein paar Notizen gemacht. Also erstens: Wie kann man eigentlich jemanden einstellen, von dem man nichts, aber auch gar nichts weiß? Das hat mich am meisten umgetrieben. Eure Sabine Schäfer könnte ja auch eine Gewaltverbrecherin sein. Sie hätte eure Häuser ausspionieren und die dann ausrauben lassen können. Oder euch gleich umgebracht. Mann, Mann, Mann, ich muss schon sagen ...«

»Also, Karl«, protestierte Inge empört. »Erstens war sie eine Empfehlung von Eva Geschke, die du ja auch kennst und die sich nichts gefallen oder einreden lässt, und zweitens verfügen wir schließlich über eine sehr gute Menschenkenntnis. Das kannst du glauben. Außerdem waren wir immer da, wenn sie bei uns gearbeitet hat. Und haben nett mit ihr Kaffee getrunken und geplaudert.«

»Und?« Karls Blick war lauernd. »Was hat sie denn so erzählt?«

Nach einem kurzen Moment hob Inge kleinlaut die Schultern. »Eigentlich habe ich die ganze Zeit geredet. Sie hat gar nichts erzählt. War das bei dir anders, Charlotte?«

Die schüttelte den Kopf. »Nein. Sabine hat immer nur freundlich gelächelt, Kaffee getrunken und dann weitergearbeitet. Erzählt hat sie nie was. Sie ist ja so eine freundliche, stille Person. Aber so angenehm in ihrer Art.«

»Das meine ich.« Karl hob seine Stimme. »Ihr seid wirklich zu gutgläubig. Das geht doch nicht. Die Welt ist schlecht, wer weiß das besser als ich? Wie kann man nur so leichtsinnig sein! Also, Augen auf, wenn ihr mal wieder jemanden schwarz beschäftigt! Sonst wird das noch böse enden.«

Onno und Helga hatten dem bisherigen Gespräch gebannt zugehört, Helgas Gesichtsausdruck wechselte von neugierig zu besorgt, dann fragte sie leise: »Ja, hast du denn etwas Schlimmes herausgefunden? Also, handelt es sich bei Sabine Schäfer tatsächlich um eine Kriminelle?«

Karl lehnte sich entspannt zurück. »Glaube ich nicht«, antwortete er leichthin. »Aber es hätte ja sein können. Man guckt ja nicht in die Menschen hinein.«

»Aber du hast uns doch gerade vorgeworfen, wir wären zu gutgläubig gewesen und wir hätten uns geradezu in Gefahr gebracht«, hakte Inge sofort nach. »Was meinst du denn jetzt genau damit?«

»Das war mehr so allgemein.« Karl zog sein Notizbuch ein Stück nach vorn. »Nur als Warnung. Zum Merken.«

»Du machst es aber auch spannend.« Onno, der langsam die Geduld verlor, war aufgestanden. »Wer möchte etwas trinken?«

»Du, so ein Gläschen Eierlikör würde ich nehmen.« Inge sah fragend in die Runde. »Sozusagen als traditionelles Ermittlungsgetränk. Oder?«

»Fünf?« Onno hatte die Flasche bereits in der Hand und wartete auf das einstimmige Nicken, das auch nicht lange auf sich warten ließ. »Aber Karl, jetzt mal Butter bei die Fische. Im Auto hast du uns auf den Bericht vertröstet. Jetzt fang mal damit an. Hast du irgendwas in diesem Kellerloch gefunden? Du hast noch gar nichts erzählt.«

Karl liebte es, wenn ihm die geballte Aufmerksamkeit sicher war. Das war sein Moment, niemand hatte mehr einen Blick für Onno, der gerade sorgfältig den Eierlikör einschenkte, alle Augen waren auf Karl gerichtet. »Ja«, sagte er deshalb zufrieden. »Butter bei die Fische. Also, zunächst sollte man diese Frau Konrad bei der Gemeinde anzeigen. Sie vermietet ihre Kellerräume für vierhundertfünfzig Euro im Monat, das ist wirklich eine Frechheit. Und übrigens auch verboten. Vielleicht sollten wir Walter und Heinz darauf ansetzen, das ist Schwarzgeld vom Feinsten.«

Inge wurde blass und schnappte nach Luft, Karl machte eine beruhigende Geste. »Das war ein Scherz. Darüber denken wir nach, wenn Sabine Schäfer wieder aufgetaucht ist.«

»Du meinst also, es ist ihr nichts passiert und alles wird wieder gut?«

Die Hoffnung in Charlottes Stimme war nicht zu überhören, selbst Karl brachte es in diesem Moment nicht übers Herz, sie durch irgendwelche Spekulationen zu zerstören. Er dachte einen Moment nach, bevor er weitersprach. »Ich denke nicht, dass ihr etwas passiert ist. Also zumindest gab es in dieser Wohnung dafür keine Hinweise. Es kann gut sein, dass sie einfach ein paar Tage verreist ist und keine Lust hatte, ihre privaten Dinge mit dieser Wilma Konrad zu besprechen.«

»Aber ihre Handtasche und ihr Handy waren doch noch da.« Helga hakte leider nach. »Man nimmt doch beides mit, wenn man verreist.«

»Schon«, Karl nickte bedächtig, »aber in der Handtasche waren gar keine Papiere. Die meisten Frauen haben doch mehrere Handtaschen. Gerda allein hat ja schon vier Stück. Wozu auch immer.«

»Stimmt«, Charlotte nickte erleichtert. »Sie hat eine andere mitgenommen. Das ist die Erklärung.«

»Und das Handy?« Helga entwickelte sich noch zur echten Ermittlerin, das musste Karl zugeben. Sie ließ nicht locker. Anerkennend nickte er ihr zu. »Das Handy. Stimmt. Auch da gibt es mehrere Möglichkeiten. Entweder ist es alt und kaputt und sie hat ein neues oder sie ist irgendwohin gefahren, wo man keines braucht, oder sie ist wie ich und kann Handys nicht leiden, weil man von ihnen den ganzen Tag belästigt und verstrahlt wird. Ich werde das Handy noch genauer untersuchen lassen, ich glaube aber, es war gar nicht mehr im Gebrauch, und halte das für ein nur schwaches Indiz.«

»Und was machen wir jetzt?« Wieder Helga. Sie wollte es nun ganz genau wissen. Während Inge und Charlotte sich mit den wenigen Fakten zufriedengaben, nur weil so die Hoffnung blieb. Karl überlegte genau, was er jetzt sagen sollte. Er entschied sich gegen die komplette Version.

»Ich habe ein paar Unterlagen und Hinweise gefunden, denen ich mal nachgehen will. Es ist alles nichts Besonderes, vielleicht kommt was dabei raus, vielleicht auch nicht. Wenn ich was Neues höre, treffen wir uns wieder. Falls Frau Schäfer bis dahin nicht schon wieder aufgetaucht ist. Was ich vermute.«

Er kreuzte die Finger unterm Tisch und wich Helgas Blick aus. Es war diese grüne Blechkassette, die er im Kleiderschrank gefunden hatte, die ihm Kopfzerbrechen bereitete. Sie enthielt einige interessante Dinge. Aber das wollte er nicht heute und nicht in diesem Kreis besprechen. Das wollte er zunächst mal in Ruhe selbst enträtseln. Und erst dann sein Ermittlerteam einweihen.

Er hob sein Glas und prostete in die Runde. »Auf dass diese Runde wieder eine erfolgreiche Ermittlung hinlegt. Aber davon gehe ich aus. Prost!«

Inge und Charlotte lächelten ihm erleichtert zu, nur Helga sah ihn nachdenklich an. Sie war eine kluge Frau. Mit Gespür. Das musste an dieser Stelle mal gedacht werden. Er sollte sie vielleicht in seine Überlegungen einbeziehen. Charlotte und Inge waren befangen, das lag ja auf der Hand. Aber Helga schien einen kühlen Kopf zu bewahren. Vielleicht hatten Frauen manchmal einfach den besseren Instinkt. Er würde in Ruhe darüber nachdenken.

Samstag, der 21. Mai,
kurz nach Sonnenaufgang

Die Kaffeedose war leer. Maren schraubte den Verschluss enttäuscht wieder zu und beschloss, an diesem Morgen eine Ausnahme zu machen und den Schlüssel ihres Vaters zu benutzen. Zum Klingeln war es zu früh und ohne Kaffee zum Dienst zu gehen unmöglich. Sie holte den Schlüssel aus der Schublade und lief, noch im Schlafhemd und in Flipflops, durch den Garten, um sehr leise und vorsichtig die Haustür aufzuschließen. Sofort hatte sie den Duft von frisch gekochtem Kaffee in der Nase und eine Stimme im Ohr: »Hast du was vergessen?«

Die Stimme kam aus der Küche, und Sekunden später stand Helga vor Maren, die einen Schritt zurücktrat und entschuldigend die Hand hob. »Guten Morgen, ich wusste nicht, dass du schon hier bist, sonst hätte ich den Schlüssel ...«

Helga lächelte und Maren fragte sich, wie man um diese Uhrzeit schon so fit und gut gelaunt und vor allen Dingen fertig angezogen und frisiert sein konnte.

»Du musst dich doch nicht entschuldigen. Möchtest du einen Kaffee? Gerade fertig.« Helga drehte sich auf dem Absatz um und ging, ohne die Antwort abzuwarten, zurück in die Küche. Maren folgte ihr unsicher. So früh hatte sie Helga hier nicht erwartet. »Ich wollte mir eigentlich nur ein bisschen Kaffee leihen«, sagte sie und blieb an der Tür stehen. »Und auf keinen Fall jemanden wecken. Oh, was ist denn hier passiert? Habe ich was vergessen?«

Sie starrte entgeistert auf zwei Plastikeimer voller Blumen. »Wollt ihr die Kirche schmücken?«

»Was?« Helga folgte ihrem Blick. »Ach, die Blumen. Ja, die habe ich geschenkt bekommen. Möchtest du dir welche mit nach drüben nehmen?« Helga drückte ihr einen dampfenden Becher in die Hand und setzte sich mit ihrer Tasse an den Tisch, von wo aus sie Maren ansah. »Die kann man gut teilen, dann passen sie auch in Vasen. Dein Vater ist mit Karl in aller Herrgottsfrühe angeln gegangen, und ich bin gestern Abend hiergeblieben, weil wir ein bisschen viel Eierlikör getrunken haben und ich nicht mehr Auto fahren wollte.«

»Angeln?« Maren stieß sich vom Türrahmen ab und ging zum Tisch. »Ist das die Versöhnungsoffensive?«

»Die war …«, im letzten Moment biss Helga sich auf die Zunge. Sie durfte ja nicht sagen, dass die Versöhnung bereits im Vorfeld des neuen Falls erfolgt war und die Angeltour zwar auf Onnos Boot, aber ohne Angel stattfand. Karl hatte vorgeschlagen, einen Plan zum weiteren Vorgehen zu besprechen, und dafür mussten sie ungestört sein. Vor allen Dingen von Maren, die wieder nichts wissen durfte. Das fiel Helga schon schwer. Sie wollte Onnos Kind nicht anschwindeln, hatte es Onno und Karl aber schwören müssen. Also zwang sie sich zu sagen: »Die war so geplant. Onno und Karl müssen dringend mal alleine reden.« Letzteres war wenigstens nicht gelogen.

Maren hatte sich ihr gegenüber gesetzt und rührte kalte Milch in ihren Becher. »Na, dann kommt Karl hoffentlich zur Besinnung. Seine Eifersüchteleien sind ja kaum zu ertragen.« Sie hob den Kopf und sah Helga nachdenklich an. »Ich hoffe, du empfindest das bei mir nicht so. Wenn es irgendwann mal komisch war, dann entschuldige ich mich dafür.«

Helga schluckte. »Ach, Maren, das ist sehr nett, dass du das sagst. Aber du gibst dir wirklich sehr viel Mühe. Das ist ja auch eine besondere Situation. Meine Tochter hat erheblich mehr Probleme damit.« Ihr Blick fiel auf die Uhr und auf Maren. »Musst du gleich los? Oder möchtest du noch etwas frühstücken?«

»Ich …«, Maren überlegte kurz, dann sagte sie: »Ich muss leider zum Dienst. Vielleicht können wir das Thema ein anderes Mal vertiefen. Und wenn es hilft, dann könntest du deine Kinder ja auch mal einladen, dann lernen wir uns kennen. Oder?«

Helga sah sie an und nickte langsam. »Ja«, sagte sie schließlich, »das ist eine schöne Idee. Warum nicht?«

»Gut.« Maren stand auf, trug ihren Becher zur Spüle und ging zur Tür. »Danke für den Kaffee. Und die Blumen hole ich mir heute Abend, bis später dann.« Sie hob die Hand und lächelte, bevor sie im Flur verschwand.

Helga stützte ihr Kinn auf die Faust und sah Maren durchs Fenster durch den Garten laufen. Ihre Tochter Franziska hatte sich gestern am Telefon nicht so zugewandt gezeigt. Sie fand es unmöglich, dass ihre Mutter in ihrem Alter eine neue Beziehung einging. Sie hatte tatsächlich gefragt, ob sie früher schon mal was mit Onno gehabt hätte, weil es so schnell gegangen war. Und ihr Sohn Tobias hatte gemeint, es wäre doch irgendwie peinlich. Er wüsste überhaupt nicht, was er dazu sagen sollte. Er hatte dann trotzdem einiges gesagt. Und zwar ziemlich viel Blödsinn.

Seufzend stand Helga auf und streckte sich, dabei fiel ihr Blick auf die Blumen. Wenigstens schien das Problem mit Karl gelöst zu sein. Vorerst zumindest. Aber jetzt hatten sie wieder ein gemeinsames Projekt. Und das bedeutete, dass alle anderen Dinge zunächst in den Hintergrund rücken konnten. Das war beruhigend. Manche Dinge erledigten sich auch mit der Zeit. Das hoffte Helga wenigstens. Und deshalb würde sie den Männern jetzt ein paar Schnittchen aufs Boot bringen und mal hören, ob der Einsatzplan schon fertig war. Momentan hatte sie nämlich viel mehr Lust, die verschwundene Sabine Schäfer zu suchen, als sich einen Kopf um die Befindlichkeiten ihrer erwachsenen Kinder zu machen. Darum würde sie sich später kümmern. Wenn es mal wieder besser passte.

»Wir haben eine Vermisstenmeldung, die zu unserem Toten passt«, teilte Benni Maren sofort mit, als sie das Revier betrat. »Heute Morgen eingegangen, sie kam von den Kollegen aus Bad Oldesloe.« Er wedelte mit Ausdrucken und schob sie sofort in Richtung des Besprechungsraumes. »Anna ist schon da, dann muss ich nicht alles doppelt erzählen.«

Maren folgte ihm gespannt in den Raum, in dem außer Anna schon die Kollegen der Frühschicht saßen.

»Guten Morgen.« Sie winkte kurz in die Runde, bevor sie sich setzte und erwartungsvoll auf Anna sah, die mit gerunzelter Stirn die ausgedruckten Seiten überflog. Dann nickte sie und stand auf. »Also«, begann sie. »Es sieht so aus, als hätten wir eine Spur. Gestern Abend wurde bei den Kollegen in Bad Oldesloe ein Mann als vermisst gemeldet. Es handelt sich um Alexander van der Heyde, zweiundvierzig Jahre alt, wohnhaft in Dedensen in der Kleinen Dammstraße 22. Seine Frau Tanja van der Heyde hat ihn am letzten Freitag zuletzt gesehen, das war der 13. Mai. Er wollte abends nach Hamburg zu einem Geschäftspartner fahren, aus irgendeinem Grunde gab es wohl einen Streit deswegen. Am Samstagmorgen ist Frau van der Heyde dann mit einer Freundin an die Ostsee in ein Wellnesshotel gefahren, sie hat ihren Mann am Morgen der Abfahrt nicht mehr gesehen. Und weil sie sauer auf ihn war, hat sie ihn auch bis Mittwoch nicht angerufen. Donnerstag und Freitag hat sie es mehrfach versucht, sie hat ihn weder mobil noch bei der Arbeit erreicht. Gestern ist sie dann zur Polizei gegangen.« Anna überlegte kurz, dann sagte sie: »Ich rufe jetzt in Flensburg an und gebe die Daten durch. Es könnte ein Anhaltspunkt sein.«

»Haben die Kollegen ihr von unserem Fall erzählt?« Die Frage kam von der jungen Polizeianwärterin, die noch an der Tür stand. Anna sah sie freundlich an. »Natürlich nicht«, antwortete sie geduldig. »Es ist auch nicht gesagt, dass es sich bei dem Toten um Alexander van der Heyde handelt. Der im Übrigen auch in Hamburg gewesen sein soll und nicht auf Sylt. Aber das lässt sich ja mit Hilfe einer Zahn- und DNA-Analyse herausfinden. Also danke und bis später.«

Kurz vor der Mittagspause trommelte Anna wieder alle zusammen. An den Tisch gelehnt wartete sie, bis sich alle gesetzt hatten, dann räusperte sie sich und sagte laut: »Die Flensburger haben gerade angerufen. Bei dem Toten handelt es sich tatsächlich um Alexander van der Heyde. Der Abgleich mit seinen Zahnarztunterlagen und alle anderen Ergebnisse sind eindeutig. Es gibt keinen Zweifel.« Sie sah in die Runde und dann auf die Uhr. »Wir fahren jetzt gleich nach Dedensen zu seiner Frau, der nächste Autozug geht in zwanzig Minuten. Maren, du kommst mit. Wir treffen uns in zehn Minuten am Wagen, ich hole nur meine Sachen.«

Sie verließ mit langen Schritten den Raum, seufzend erhob Maren sich. Wenn sie eines an ihrem Job hasste, dann war es das Überbringen einer Todesnachricht. Und genau das mussten sie jetzt tun. Aber sie wusste, dass es Anna genauso ging. Unter Bennis mitleidigem Blick machte sie sich auf den Weg.

Mein Tagebuch

18. Oktober 1999

Der Doktor hat mich komisch angesehen. Er ist schon ganz lange unser Hausarzt, schon seit ich Kind bin, seine Tochter war sogar früher meine beste Freundin. So lange, bis sie vor acht Jahren weggezogen ist, zum Studieren nach Münster. Seitdem haben wir gar keinen Kontakt mehr, obwohl ich sie immer grüßen lasse, wenn ich bei ihrem Vater, dem Doktor, bin. Aber so oft ist das auch nicht, wenigstens war es sonst nicht so oft. Heute allerdings schon das dritte Mal in diesem Quartal. Das hat er mir gesagt. Mit diesem komischen Blick. Ich wäre auch gar nicht hingegangen, wenn ich nicht auch noch diese blöde Erkältung bekommen hätte. Aber so hat mir beim Husten die ganze Seite wehgetan und ich hatte gedacht, er könnte mir einfach was gegen diese Schmerzen geben. Das wollte er aber nicht, stattdessen fragte er mich, was ich denn hätte, und bestand darauf, dass ich den Pulli auszog. Und dann ging die Fragerei los. Meine ganze linke Seite ist nämlich grün und blau, er hat festgestellt, dass eine Rippe gebrochen und mehrere geprellt sind. Es sei kein Wunder, dass ich Schmerzen hätte, wieso ich nicht früher gekommen wäre, das sei doch schon vor einigen Tagen passiert. Ich habe ihm gesagt, dass ich im Laden ausgerutscht und auf die Kiste mit den Geschenkbändern gefallen sei, was Besseres fiel mir so schnell nicht ein. Und dass es gar nicht so sehr wehgetan hätte, erst seit der Erkältung sei es so und seit ich diesen Husten hätte. Er hat mich weiterhin so komisch angesehen. Dann hat er gefragt, ob ich Probleme habe und darüber sprechen möchte. Er würde mir nämlich weder den Fahrradunfall vom letzten Monat noch das Zersplittern des Kellerfensters davor glauben. Er stünde ja unter Schweigepflicht und alles bliebe unter uns. Ich habe ihn nur angelächelt und gesagt, dass alles gut sei, man könne doch mal ausrutschen und das einzige Problem sei, dass die Kiste aus Metall war. Dann bin ich aufgestanden und wollte gehen. Er hat mich am Handgelenk festgehalten und plötzlich den Ärmel hochgeschoben. Die blauen Flecken sind immer noch da und der Doktor hielt die Luft an. Ich wollte aber nicht warten und schon gar nichts hören, sondern habe nur gesagt, dass ich schnell blaue Flecken bekomme und diese hier beim Abladen der Blumenerde vom Hänger passiert sind. Und dann habe ich mich beeilt, aus der Praxis zu kommen, ich hatte ja keine Lust auf ein Verhör.

Jetzt sitze ich wieder in unserer Küche, bemühe mich, wenig zu husten, und habe die Schmerztabletten genommen, die er mir dann doch mitgegeben hat. Nicht ohne noch mal eindringlich zu sagen, dass ich jederzeit zu ihm kommen könnte, wenn ich mich doch mal entschließen wollte, mit ihm zu reden. Alles bliebe unter uns. Als ob ich so dumm wäre, das zu glauben. Ich kann mich noch gut an Heike erinnern, sie war Lehrling bei uns und kam eines Morgens mit einem blauen Auge zur Arbeit. Meine Mutter wollte sie so nicht im Laden arbeiten lassen, also hat sie sie wieder nach Hause geschickt. Zwei Tage später kam sie wieder, diesmal heulend und mit gebrochener Nase. Gregor hat sie zum Arzt gefahren. Und nachdem der gehört hatte, was passiert war, hat er die Polizei angerufen. Und die hat ihren Stiefvater wegen Körperverletzung abgeholt. Man kann sich vorstellen, was danach in unserem Kaff los war. Alle haben sich die Mäuler zerrissen, auch diejenigen, die Heike und ihre Mutter gar nicht kannten. Aber das war egal, alle haben geredet. Bis Heikes Mutter weggezogen ist. Ohne Heike, die musste ja ihre Lehre zu Ende machen und hat dann im Nachbarort bei ihrer Oma gewohnt. Nach ihrer Prüfung wollte meine Mutter sie aber nicht behalten, weil die Kunden immer noch über die Geschichte geredet und Heike von der Seite angestarrt haben. Wo das arme Mädchen heute ist, weiß ich nicht, wir haben nie wieder was von ihr gehört. So viel zur Schweigepflicht.

Ich muss mit dem Schreiben aufhören, es ist jemand an der Tür.

Das war gerade noch rechtzeitig. Es war meine Mutter, die nie klingelt, wenn sie zu uns kommt, sondern immer ihren Schlüssel benutzt, das geht sogar meinem Mann auf die Nerven. Aber Mama ist der Meinung, dass sie dieses Haus schließlich mit Papa zusammen gebaut hat, und wenn sie es uns schon so großzügig überlässt, dann könnten wir doch nicht ernsthaft von ihr verlangen, dass sie wie eine Fremde an der Tür klingelt. Mir ist es egal, ich kann sowieso nicht mit ihr über so was reden.

Jetzt war sie aber sauer, dass ich hier rumsitze, obwohl heute die Lieferung mit den Weihnachtsgirlanden gekommen ist, die sie jetzt auspacken musste. Ich habe ganz freundlich gesagt, dass ich wegen der Erkältung krankgeschrieben wäre und es mir auch nicht so besonders gut ginge. Da hatte ich ja was gesagt. Das hätte sie schon von meinem Mann gehört, und was ich mich eigentlich anstellen würde, *sie* würde nie im Leben auf die Idee kommen, wegen eines Schnupfens zu Hause zu bleiben. Und was sie überhaupt nicht verstehen würde: warum mein Mann das auch noch unterstützte. Dann hat sie plötzlich ganz schmale Augen bekommen und gefragt, ob ich wirklich nur eine Erkältung hätte. Sie kommt immer wieder auf das Thema. Und weil mir auch beim Sprechen die Seite wehtut, habe ich nur kurz gesagt, dass ich nicht schwanger, sondern wirklich nur erkältet sei, und morgen wolle ich wieder zum Wochenmarkt gehen und dafür die Krankschreibung zerreißen. Da war sie erst mal ruhig. Aber nur kurz. Bis sie sagte, dass sie nicht verstehe, dass ich es nicht schaffe, schwanger zu werden. Und dass ich mich doch mal untersuchen lassen sollte. Es gäbe in Lübeck eine Klinik, da sollte ich mal hin. Sie wäre die Letzte aus ihrer Landfrauengruppe, die noch keine Enkelkinder hätte. Und sie würde darunter leiden, gerade nachdem ihr Gregor nicht mehr da ist. Danach fing sie an zu heulen, das macht sie immer, wenn wir an der Stelle sind, und dann rief sie ihren geliebten Schwiegersohn an. Wenn sie mit meinem Mann redet, bekommt sie immer eine ganz andere Stimme.

Ich bin die ganze Zeit sitzen geblieben, damit sie nicht merkt, dass ich mich so schlecht bewegen kann. Das hat sie dann auch aufgeregt. Ich würde so bräsig herumsitzen, außerdem hätte ich gerade eine unmögliche Frisur, ich sollte aufpassen, dass ich nicht irgendwann durch eine hübschere und besser gelaunte Frau ersetzt würde, sie würde sowieso nicht sehen, dass ich mein Leben lang mit diesem tollen Mann verheiratet bliebe, den hätte ich gar nicht verdient, so wie ich mich meistens gehen ließe. Danach ging sie, sie war sauer, dass ich nicht zurückgeschrien habe. Aber ich habe das alles schon so oft gehört, und manchmal macht mich das einfach nur müde. Und vielleicht hat sie ja mit dem einen oder anderen auch recht. Wer weiß.

Samstag, der 21. Mai
Sonne über gelben Rapsfeldern, 22 Grad

»Es ist nicht fair, dass man an einem so schönen Tag so eine traurige Nachricht überbringen muss«, sagte Maren und warf einen Blick auf die gelben Felder, an denen sie vorbeifuhren. »Der Mann war zweiundvierzig, das ist doch scheiße.«

»Ja.« Anna sah sie an. »Und dann müssen wir seiner Frau auch noch Fragen stellen. Wieso stürzt er in Kampen vom Roten Kliff, wenn er eigentlich bei Geschäftsfreunden in Hamburg ist?«

»Das ist ja kein Weg«, antwortete Maren, ohne den Blick von der Straße zu nehmen. »Vielleicht kann man am Meer besser über Geschäfte sprechen und sie haben einen spontanen Kurztrip gemacht.«

»Bei dem Wetter der letzten Woche?« Anna hatte Zweifel. »Das hat doch nur geschüttet. Da, sieh mal, da links geht's ja schon nach Dedensen.«

Maren setzte den Blinker und bog in eine Allee ein. Es war idyllisch hier, alles sah so sicher und heimelig aus, und gleich würde für eine noch ahnungslose Frau die Welt stillstehen.

Vor einem weißen Haus, gleich hinter dem Ortsschild von Dedensen, teilte ihnen das Navi mit, dass sie ihr Ziel erreicht hatten. Anna schnallte sich ab und atmete tief durch. »Okay«, sagte sie entschlossen. »Bringen wir es hinter uns.«

Die Frau, die ihnen kurz nach dem Klingeln öffnete, war Mitte dreißig, nicht ganz schlank, nicht sehr groß, die blonden Haare zu einem Pferdeschwanz gebunden, und trug Jeans und Pulli. Überrascht sah sie beide an. »Ja?«

Anna zog langsam ihren Ausweis aus der Jackentasche und hielt ihn ihr hin. »Frau van der Heyde? Tanja van der Heyde?«

Sie nickte langsam, ihr Gesichtsausdruck wurde ängstlich. »Ja, um was ...«

»Mein Name ist Anna Petersen, Kripo Flensburg, das ist meine Kollegin Thiele. Wir müssen Ihnen leider eine traurige Mitteilung machen.«

Tanja van der Heyde knickten die Beine weg, Maren hielt sie im letzten Moment fest. »Kommen Sie, wir gehen ins ...«

»Es geht schon.« Tanja van der Heyde riss sich zusammen und stützte sich an der Tür ab. »Was ist mit meinem Mann? Hatte er einen Unfall?«

»Wollen wir vielleicht doch reingehen?« Anna trat einen Schritt auf sie zu, Tanja van der Heyde ließ die Schultern sinken und wandte sich um. Sie folgten ihr in ein helles Wohnzimmer, wo sie mitten im Raum stehen blieben.

»Wollen Sie sich nicht lieber setzen?« Anna wies auf das überdimensionale Sofa, auf dem sie beide gegenüber Platz nahmen. Maren war vor der offenen Küche stehen geblieben.

»Frau van der Heyde«, Anna zögerte einen Moment, bevor sie fortfuhr. »Wir haben Ihnen eine traurige Mitteilung zu machen. Ihr Mann wurde auf Sylt tot aufgefunden. Er trug keine Papiere bei sich, deshalb konnten wir ihn erst im Zusammenhang mit Ihrer Vermisstenmeldung identifizieren. Es tut uns sehr leid.«

Tanja van der Heyde starrte sie an. »Was ... was ist denn passiert?«, fragte sie mit heiserer Stimme.

»Spaziergänger haben Ihren Mann am vergangenen Dienstag, dem 17. Mai, am Strand von Kampen gefunden. Er muss dort aber bereits am Samstagabend ums Leben gekommen sein.«

»Kampen? Auf Sylt?«

Anna nickte. Über Tanja van der Heydes Gesicht glitt eine Spur der Erleichterung. »Dann kann das nicht mein Mann sein. Der war ja gar nicht auf Sylt. Er war am Wochenende in Hamburg. Bei einem Geschäftspartner. Das hat er mir erzählt. Der Geschäftspartner heißt Sven Anders, er baut Kühlgeräte für Lebensmittel.« Sie stand auf und ging zu einem Schränkchen, kramte dort in einer Schublade und kam mit einer Visitenkarte in der Hand zurück. »Hier, bitte, Sven Anders, die Adresse steht drauf, mit ihm hatte mein Mann einen Termin. Er war nicht auf Sylt, das muss ein Missverständnis sein, eine Verwechslung. Dieser Tote hat mit ihm nichts zu tun. Ein Missverständnis.« Sie nickte bestätigend und setzte sich wieder.

Anna beobachtete sie und sah dann zu Maren. Die ging zur Küchenzeile, auf der eine Flasche Wasser und mehrere Gläser standen. Sie füllte eines und stellte es vorsichtig vor Tanja van der Heyde auf den Tisch. Die sah Maren erstaunt an und sagte: »Ich muss nichts trinken. Es geht ja gar nicht um meinen Mann. Wie gesagt, ein Missverständnis.«

Anna beugte sich ein Stück vor. »Es tut mir wirklich sehr leid, Frau van der Heyde, aber anhand der Ergebnisse der forensischen Untersuchungen konnte Ihr Mann eindeutig identifiziert werden: DNA-Analyse und Abgleich des Zahnstatus lassen keinen Zweifel zu.«

»Nein«, Tanja van der Heyde sprang auf und schüttelte den Kopf. »Ich glaube das nicht. Ich will ihn sehen.«

Maren und Anna wechselten einen Blick. Schließlich zog Anna Fotos aus ihrer Tasche und schob sie vorsichtig auf den Tisch. Tanja van der Heyde griff sofort danach und setzte sich wieder. Ungläubig starrte sie auf die Bilder. »Das ist eine Rolex, ich kenne tausende Leute, die so eine Uhr tragen. Diese Jacke ist schmutzig.« Sie presste die Lippen zusammen, bevor sie weitersprach, ihre Stimme wurde leiser, verzweifelter. »Solche Jacken gibt es oft.« Sie schob das Bild nach hinten, das nächste ebenso. »Wieso haben Sie kein Foto von ihm? Warum sind das nur Sachen?« Sehr behutsam legte sie die Fotos zurück auf den Tisch und hob den Kopf. Das Entsetzen stand in ihren Augen, sie ahnte mehr, als sie wissen wollte, sie konnte diese Informationen nur noch nicht fassen. »Sagen Sie bitte, dass er das nicht ist. Er war nicht auf Sylt! Er war doch in Hamburg!«

Anna stand auf. »Können wir irgendjemanden anrufen, der bei Ihnen bleibt? Eine Freundin? Jemanden aus der Familie?«

Maren beobachtete, wie Tanja van der Heyde noch einmal nach den Fotos griff. Die Kleidungsstücke waren trotz ihres ramponierten Zustands klar zu erkennen. Langsam begann sie, das Ausmaß der Nachricht zu begreifen. Ihre Hände zitterten, die Fotos fielen zu Boden. Dann brach sie schluchzend zusammen.

Anna und Maren hatten gewartet, bis die Schwester von Tanja van der Heyde eingetroffen war. Sie wohnte um die Ecke, keine zehn Minuten später klingelte sie bereits an der Tür. Sie war ebenfalls blond, aber etwas älter als Tanja und hatte sich ihnen mit einem kräftigen Händedruck und einem schnellen »Meike König, das ist ja eine grauenhafte Nachricht« vorgestellt und sofort das Regiment übernommen. Erleichtert war Maren Anna zum Auto gefolgt.

Eine knappe Stunde später waren sie schon fast bei Sven Anders angekommen. Anna hatte ihn von unterwegs angerufen und ihren Besuch angekündigt, einen Grund hatte sie am Telefon nicht genannt, sich nur bestätigen lassen, dass er zu Hause war.

»Ich bin gespannt, ob er irgendetwas mit dem Sylt-Ausflug zu tun hat«, überlegte Anna jetzt laut. »Vielleicht war er ja auch nur ein Alibi-Geber und Alexander von der Heyde hat eine Affäre, mit der er ein flottes Wochenende verbracht hat. Apropos, flottes Wochenende«, sie sah Maren von der Seite an. »Hast du morgen eigentlich Dienst?«

»Nein.« Maren blickte zurück. »Also zumindest keinen regulären. Aber vielleicht werden die dienstfreien Tage wegen der laufenden Ermittlungen ja auch gestrichen. Wieso fragst du?«

»Weil wir in Hamburg sind, dein Liebster hier lebt und ich auch allein zurückfahren kann. Zumal ich dann ohnehin heute Abend nach Flensburg fahre und erst morgen auf die Insel zurückkomme. Dann hättest du einen netten Abend.«

»Ja, ich ...«, Maren fühlte sich fast ein bisschen überrumpelt. »Wie kommst du denn jetzt darauf?«

»Ganz einfach: Robert wohnt im selben Stadtteil wie dieser Sven Anders. Du wärst in einer halben Stunde da und heute ist Samstag. Und dann kommst du morgen Abend irgendwann mit der Bahn zurück und bist Montag wieder beim Dienst. Also, wenn ich verliebt wäre, würde ich das jedenfalls so machen.«

»Ich habe gar keine Klamotten zum Wechseln dabei. Geschweige denn eine Zahnbürste.«

Anna lachte. »Meine Güte, an eine Zahnbürste wird wohl noch ranzukommen sein. Und ich weiß von keinem Fall, bei dem jemand umgekommen wäre, der zwei Tage dieselben Klamotten getragen hat. Oder bist du nicht mehr verliebt?«

Maren sah sie kurz an, dann konzentrierte sie sich wieder auf den Verkehr. »Muss ich hier schon rein? Ja.« Sie wechselte die Spur und hielt vor der roten Ampel. »Ich warte mal ab, was uns der Anders erzählt, und danach entscheide ich das. Okay?«

Anna hob die Augenbrauen. »Wenn er uns nicht gleich als Geiseln nimmt, kann ich mir nicht vorstellen, dass der Sachverhalt danach ein anderer ist.«

Sven Anders öffnete sofort nach dem Klingeln die Tür und sah sie neugierig an. »Frau Petersen? Kommen Sie rein. Jetzt bin ich aber mal sehr gespannt.« Er war groß, über zwei Meter, hatte breite Schultern und sah mehr nach Profisportler als nach Kühlanlagenbauer aus.

Anna stellte Maren kurz vor, dann folgten sie ihm in ein großes Büro. Sie saßen kaum, als Sven Anders wieder fragte: »Also? Worum geht es?«

»Um Alexander van der Heyde«, Anna hielt ihren Blick unverwandt auf ihn gerichtet, um seine Reaktion zu sehen. Die fiel eher neutral aus.

»Alexander? Was ist mit ihm?«

»Sie waren am 14. Mai mit ihm verabredet. Um was ging es da?«

»Vermutlich um seine Kühlanlage.« Sven Anders war aufgestanden und zu seinem Schreibtisch gegangen, auf dem sein Smartphone lag. Mit gerunzelter Stirn wischte er über das Display, tippte einige Male und sah dann hoch. »Der 14. Mai war ein Samstag. Da waren wir nicht verabredet. Wir haben uns in der Woche davor getroffen, am Mittwoch, da war ich in Dedensen, weil er mit der Anlage nicht klarkam. Er hatte dauernd Fehlermeldungen, das lag aber meiner Meinung nach an ihm und nicht an der Technik. Er ist ja immer etwas ungeduldig, wenn er an der Technik scheitert.«

Er legte das Smartphone zurück auf den Tisch und setzte sich wieder. »Aber es geht bei Ihrem Besuch ja wohl kaum um die Kühlanlage, oder?«

»Sie haben recht.« Anna zog einen Kugelschreiber aus der Tasche. »Wir ermitteln in einem Todesfall. Alexander van der Heyde ist am Samstag, dem 14. Mai, auf Sylt verstorben. Laut seiner Frau war er zu der Zeit bei Ihnen.«

Aus Sven Anders' Gesicht wich alle Farbe. Er sah von Anna zu Maren, sein Blick wirkte erst erschrocken, dann verständnislos: »Tot? Alexander? Das gibt's doch nicht!« Er schüttelte den Kopf. »Was ist passiert?«

Anna blätterte in ihrem Notizbuch. »Wir ermitteln noch. Haben Sie eine Idee, warum Frau van der Heyde annahm, dass Sie mit ihrem Mann in Hamburg verabredet sind?«

Sven Anders hob ratlos die Schultern. »Ich habe keine Ahnung. Vielleicht hat sie sich im Datum vertan. Unser Termin war ja bereits in der Woche davor. Da hat sie sicher was verwechselt.«

»Und wo waren Sie an dem Wochenende?«

»Ich habe ein Tennisturnier in Kiel gehabt. Das erste Spiel war Samstagvormittag, das letzte Doppel am Sonntagnachmittag, und dazwischen haben wir in Kiel im Hotel übernachtet. Mit der ganzen Mannschaft. Zu der Alexander van der Heyde übrigens nicht gehört. Ich habe keine Ahnung, wie seine Frau darauf kommt, dass er mit mir einen Termin hatte. Das muss sie falsch verstanden haben.«

Anna nickte langsam und notierte sich etwas. »Wie gut kannten Sie sich denn?«

Schulterzuckend antwortete Sven Anders: »Wir waren Geschäftspartner. Ich habe ihm alle Kühlgeräte für seinen Supermarkt verkauft, und wir warten die auch. Er hat den Laden seit ungefähr zehn Jahren, seitdem kennen wir uns. Wir gehen ... wir sind ab und zu essen gegangen, ich habe seine Frau auch mal kennengelernt, aber ansonsten ist das eine reine Geschäftsbeziehung gewesen.« Er hielt kurz inne, dann fragte er: »Wie geht es denn seiner Frau?«

»Wie soll es ihr nach so einer Nachricht gehen?« Anna sah ihn lange an. »Was für einen Eindruck haben Sie von ihr?«

»Ganz nett.« Sven Anders suchte nach der richtigen Beschreibung. »Vielleicht etwas zurückhaltend. Sie hat mit dem Geschäft nichts zu tun, ich weiß gar nicht, ob sie überhaupt arbeitet. Früher war sie wohl Kindergärtnerin, das hat sie mal erzählt, aber damit hat sie aufgehört. Ob sie jetzt was anderes macht, weiß ich nicht. Wie gesagt, sie war ein- oder zweimal beim Abendessen dabei, hat aber nie viel geredet. Das hat immer ihr Mann übernommen.«

»Und wie läuft das Geschäft?«

»Gut, denke ich.« Sven Anders nickte. »Als er den Markt damals eröffnet hat, dachte ich erst, dass alles eine Nummer zu groß für so einen kleinen Ort ist, aber anscheinend funktioniert es. Er probiert dauernd irgendetwas aus, der neueste Trend ist natürlich Bio und Vegan, dafür hat er auch die Kühltheken erweitert, deswegen war ich am Mittwoch da. Er ist immer auf der Suche nach neuen Geschäftsmodellen. Sehr umtriebig.«

»Haben Sie denn eine Idee, was er auf Sylt gemacht haben könnte?«

»Nein.« Sven Anders überlegte. »Oder warten Sie mal, er hat irgendeinen Kumpel, der ein Haus auf Sylt hat. Davon hat er mal gesprochen. Er hat ... ach egal, man soll nicht schlecht über Tote reden.«

»Wenn die Todesursache nicht geklärt ist, schon«, berichtigte ihn Anna. »Wir müssen alles wissen, es bleibt ohnehin unter uns. Also, was hat er?«

Sven Anders atmete tief aus. »Alexander ist, wie soll man das sagen? Er ist ein ... entschuldigen Sie, dass ich das so direkt sage, aber Sie haben gefragt, er ist ein Angeber. Ich habe manchmal gedacht, dass er vielleicht Minderwertigkeitskomplexe hat, weil er ständig betonen muss, wie gut alles bei ihm läuft. Tolles Haus, toller Laden, tolles Auto, tolle Freunde. Auf der anderen Seite wird er schnell sauer, wenn irgendetwas nicht so funktioniert. Meine Mitarbeiter kriegen schon schlechte Laune, wenn sie zu van der Heyde müssen, weil eine Anlage ausgefallen ist. Meistens hat Alexander nur etwas verstellt, das lässt er sich aber nicht sagen. Na ja, er flippt dann schnell mal aus. Danach bemüht er sich allerdings, es wieder gutzumachen. Ich wollte letztes Jahr eigentlich Pfingsten mit meiner Freundin nach Sylt, wir haben aber keine Unterkunft gefunden, die Insel war völlig ausgebucht. Meine Freundin war ziemlich stinkig, weil ich mich zu spät gekümmert hatte, und als ich in Dedensen war, um mit Alexander die neue Kühlanlage zu planen, rief sie mich auf dem Handy an. Das hat er mitbekommen. Und dann hat er mir angeboten, das Haus seines Kumpels in Kampen zu nutzen. Ein tolles Haus, alles da, totaler Luxus, und ich bräuchte nichts dafür zu bezahlen. Er wollte seinen Kumpel sofort anrufen und das klarmachen.«

Anna machte sich Notizen. »Wie heißt dieser Kumpel?« Sie sah ihn gespannt an.

Sven Anders hob die Hände. »Keine Ahnung. Ich habe das Angebot abgelehnt. Das sah so nach Bestechung aus, wir haben über eine Kühlanlage im sechsstelligen Bereich verhandelt, da kann ich doch keine Geschenke annehmen. Danach war er beleidigt. Er hat dann natürlich auch keinen Namen genannt.«

»Schade.« Anna klappte ihr Notizbuch zusammen, steckte es weg und stand auf. »Aber danke für die Auskünfte.« Sie streckte ihm die Hand hin, um sich zu verabschieden. »Falls uns noch etwas einfällt, melden wir uns noch mal. Umgekehrt gilt das natürlich auch. Hier ist meine Karte.«

Er schaute kurz darauf, brachte sie dann zur Tür und gab auch Maren die Hand. »Schönes Wochenende trotzdem.«

»Danke.« Sie nickte ihm zu und folgte Anna, die sich dieses Mal auf die Fahrerseite setzte und wartete, bis Maren um den Wagen gegangen und eingestiegen war.

»Willst du jetzt fahren?«, fragte sie und schnallte sich an.

»Ja.« Anna startete den Wagen. »Er hat dir ein schönes Wochenende gewünscht. Hast du es dir überlegt?«

»Du sollst dich auf die Ermittlungen konzentrieren«, entgegnete Maren und schüttelte den Kopf. »Was machen wir jetzt?«

»Das kann ich dir sagen.« Anna setzte den Blinker und ordnete sich links ein. »Ich fahre dich jetzt zu Robert, du hast also genau eine halbe Stunde Zeit, um ihn über deine Ankunft zu informieren, und dann fahre ich zurück nach Dedensen, um Tanja van der Heyde zu fragen, wer von ihren Freunden ein Luxushaus auf Sylt besitzt. Du hast erst Montag wieder Dienst, bis dahin solltest du machen, was dir guttut.«

»Aber ich …«

»Das ist eine dienstliche Anweisung.« Anna warf ihr einen kurzen Blick zu. »Du wirkst so angestrengt und ein bisschen traurig. Vielleicht kann dein Robert was daran ändern. Die gut gelaunte und verliebte Maren im letzten Sommer hat mir besser gefallen. Ruf ihn an.«

Maren starrte einen Moment nach vorn, dann angelte sie sich ihre Tasche von der Rückbank und holte ihr Handy raus. Unter Annas scharfer Beobachtung tippte sie die Nummer ein und wartete, dass am anderen Ende jemand abhob.

»Hey, ich bin es. Was machst du gerade?«

Samstag, der 21. Mai,
sommerliche Temperaturen
trotz der frühen Abendstunden

Finger weg«, befahl Karl. Sofort zog Inge ihre Hand zurück.

»Ich wollte nur mal gucken«, maulte sie. »Hol das doch mal raus.«

Vier vorgebeugte Köpfe zuckten zurück und sahen in Karls Richtung, der am Kopfende von Onnos Küchentisch saß. »Ich habe schon alles vorsortiert«, erklärte er freundlich. »Wenn jetzt jeder was rauszieht, ist mein System im Eimer.«

»Ja, dann zeig mal«, Onno verschränkte seine Finger auf dem Tisch und wartete gespannt. Karl rückte die grüne Metallkassette gerade und strich kurz darüber. »Also«, begann er, als ihm plötzlich etwas einfiel. »Sag mal, Onno, wie hat Maren denn Dienst? Nicht, dass sie hier gleich reinschneit und unbequeme Fragen stellt. Das passt jetzt nämlich gar nicht.«

»Sie kommt nicht«, war Onnos Antwort. »Sie schläft aushäusig.«

»Ach?« Charlotte sah neugierig von Onno zu Helga. »Bei wem denn?«

»In Hamburg. Bei Robert.« Onnos Stimme war sehr sanft. »Das ist ihr Freund. Du erinnerst dich?«

»Natürlich«, Charlotte machte einen spitzen Mund. »Aber sie fährt doch sonst auch nicht für einen Abend hin. Und sie hat ja nur morgen dienstfrei, ich habe sie nämlich Freitag getroffen, und da hat sie das erwähnt. Also, dass sie nur Sonntag freihat, nicht, dass sie für einen Abend hinfährt.«

»Charlotte. Wo ist denn dein Problem? Maren ist alt genug, und sie ist hier aus den Füßen.« Onno legte den Kopf schief und lächelte. »Also ganz ruhig, hier ist alles im Lack.«

»So, wenn wir die pädagogischen Grundsätze geklärt haben, können wir uns dann wieder auf unsere Arbeit konzentrieren?« Karl hob vorsichtig wieder den Deckel der Kassette. »Es ist nämlich egal, warum Maren nicht kommt, wichtig ist nur, dass sie nicht kommt. So. Die Kassette.«

Er machte eine wirkungsvolle Pause, bis er sich sicher war, dass ihm die ungeteilte Aufmerksamkeit gehörte. Bei dieser Gelegenheit fiel ihm auf, dass Onno so aussah, als wüsste er etwas, das die anderen noch nicht wussten. Er sah ihn scharf an. »Onno, wolltest du etwas sagen?«

»Nein«, kam es zu prompt, und Onno wurde rot. Karl war sich sicher, dass er das richtige Gefühl hatte. Da war was. »Wirklich nicht?«

»Sag ich doch, nein«, Onno schüttelte den Kopf. »Fang schon an und mach es nicht so spannend.«

Nach einem letzten skeptischen Blick wandte Karl sich an die anderen. Das, was Onno gerade dachte, würde er schon herauskriegen. Dann eben später.

»Also«, begann er. »Ich habe zunächst den Inhalt der Kassette nach verschiedenen Kategorien geordnet. Schreibt eigentlich jemand mit?«

»Ich kann das machen.« Helga stand auf, um einen Stift und einen Block zu holen. Karl wartete, bis sie wieder am Tisch saß, dann fuhr er fort. »Die Kategorien lauten Privat, Öffentlich und Ohne Bedeutung.«

»Aha.« Inge starrte auf die drei Häuflein, die Karl, während er sprach, sorgfältig aufgetürmt hatte. »Sind das gepresste Blumen dazwischen? Fallen die in die Kategorie Öffentlich oder Privat?«

»Die fallen in die Kategorie Ohne Bedeutung.« Karl schob die trockenen Blüten ein kleines bisschen zur Seite, sie bröselten auf den Tisch und wurden von Karl weggepustet.

»Ist das kein Beweismaterial?« Inge strich vorsichtig über eine gepresste Lobelie. »Sonst bist du doch so penibel.«

»Sag mal, willst du Streit?« Karl funkelte sie jetzt verärgert an, er verstand gar nicht, warum sie nicht einfach zuhörte. Sofort hob sie die Hände.

»Nein, um Himmels willen, mach weiter. Ich entschuldige mich für die Zwischenrufe.«

»Inge, Karl, jetzt lasst uns mal in der Reihenfolge fortfahren, die Karl sich überlegt hat. Es ist schließlich eine wichtige Sache, die wir hier besprechen«, Helgas Stimme war freundlich, aber bestimmt.

Karl lächelte sie an. Sein Gefühl hatte ihn nicht getrogen, sie brachte tatsächlich von allen die größte Professionalität mit. »Danke, Helga.«

Er schob einen Stapel Briefumschläge, um die achtlos ein grünes Schleifenband gewickelt war, ein Stück zur Seite und fischte einen der Briefe heraus. »Also, wir fangen mit der Kategorie Privat an. Ich gehe davon aus, dass es sich insgesamt bei dem Inhalt der Kassette um ein eher zufälliges Sammelsurium eines jungen Mädchens handelt.«

»So jung ist Sabine aber gar nicht mehr«, stellte Inge

fest, bevor sie eine Handvoll Nüsse aus der Schale nahm und sie sich in den Mund warf. Dann fragte sie undeutlich: »Oder?«

Mehrere Nussbrocken landeten auf Charlottes Ärmel, die Inge strafend ansah, während Onno einen Lappen holte.

»Ich habe ja auch nicht gesagt, dass es sich bei den gefundenen Objekten um das Sammelsurium von Sabine Schäfer handelt«, entgegnete Karl und sah angewidert zu, wie Charlotte die Nusskrümel von ihrer Bluse wischte. »Es deutet alles auf eine Person hin, für die eure Sabine die Sachen aufgehoben hat. Vielleicht ihre Schwester oder eine Freundin oder sonst jemand, der auf den Namen Cosima oder Cordelia oder Carmina oder so ähnlich hört. Es ist nicht immer genau lesbar. Jedenfalls habe ich diese Briefe gefunden, die an das junge Mädchen gerichtet sind.« Er knotete das verdrehte grüne Band, das die Briefe zusammenhielt, ungeduldig auf.

»Hast du die alle gelesen?« Entsetzt sah Charlotte ihn an. »Trotz Briefgeheimnis?«

»Charlotte, bitte. Was soll ich denn sonst damit tun?« Langsam ging Karl ihre Diskretion auf die Nerven. »Wir suchen jemanden. Hier hast du Indizien, Spuren, Hinweise, wie sollen wir die denn auswerten, wenn wir sie nicht lesen? Was genau stellst du dir denn unter Ermittlungsarbeit vor, meine Liebe? Wir sind doch nicht die Telefonseelsorge.«

»Ist ja schon gut.« Charlotte war zusammengezuckt. »Du hast ja recht. Steht denn etwas drin, das uns helfen könnte?«

Karl beruhigte sich sofort und senkte wieder seine Stimme. »Nichts. Nada. Niente. Es sei denn, dass die Beschreibung einer Katzengeburt, die Weite des Ballwurfs bei den

Bundesjugendspielen, die Ergebnisse diverser Mathe- und Deutscharbeiten oder die Begründung des Wunsches für einen Hamster in Wirklichkeit einen Code darstellen und wir ihn nur noch enträtseln müssen.«

»Lass mal sehen«, Helga griff nach den zerknitterten Briefumschlägen, setzte ihre Brille auf und überflog sie. »Corinna«, sagte sie bestimmt. »Eindeutig. Corinna Tiedemann. Nix Cosima. Oder Carmina. Sie heißt Corinna. Und die Absenderin Veronika. Veronika Herwig. Die hier sind von einem Greg. Ohne Nachnamen. Und ohne Adresse. Das kann man doch ganz gut lesen.«

Sie hob den Kopf und sah Karl herausfordernd an. »Das ist doch eine ordentliche Kinderhandschrift. Konntest du die Inhalte denn entziffern?«

»Ja, ja«, unwirsch nahm Karl ihr die Briefe wieder aus der Hand. »Aber wie gesagt, es sind nur langweilige Schilderungen von langweiligen Kindererlebnissen. Nicht sehr ergiebig.«

»Darf ich mal?« Mit einem vertraulichen Lächeln streckte Helga die Hand aus. Zögernd reichte Karl ihr den Stapel zurück, Helga nahm den ersten Brief aus dem Umschlag, glättete ihn und las vor:

Liebe Corinna,
hier auf Amrum ist es total schön. Ich habe zwar nur ein winzig kleines Zimmer und muß mir das auch noch mit meinem Bruder teilen, aber das geht. Wir sind jeden Tag am Strand und bauen gerade eine Burg. Die wird riesig, deswegen bauen wir auch schon drei Tage. Ich habe einen Sonnenbrand auf den Beinen gehabt, das pellt sich alles. Sieht doof aus. Bis bald und viele Grüße. Deine Veronika

Helga sah kurz in die gespannt lauschende Runde, dann entfaltete sie den nächsten Brief.

Hallo Corinna,
hast Du gewußt, daß Margret in Deinen Bruder verknallt ist? Das hat mir Petra gestern erzählt. Wir sind ja auf Klassenfahrt in Braunschweig, und ich bin mit Petra in einem Etagenbett. Echt. Margret. Diese blöde Kuh. Du mußt Deinen Bruder warnen, nicht daß er zu nett zu ihr ist. Viele Grüße und am Mittwoch kommen wir wieder. Deine Veronika

»Und die anderen vierzehn Briefe sind alle ähnlich.« Karl dauerte es zu lange. »Wie gesagt, es geht dann später noch um Hamster und Katzen und auch einmal um ein Pferd, aber das war es dann auch.«

»Ach?« Charlotte war enttäuscht. »Mehr nicht? Keine Hinweise auf Sabine?«

»Nein. Noch nicht mal ihr Name taucht auf.« Umständlich und mit leichter Gewalt wickelte Karl das grüne Schleifenband wieder um die Briefe, Helga nahm es ihm wieder aus der Hand und fing an, das Band zu entwirren und es ordentlich um die Umschläge zu binden.

Karl sah ihr dabei einen Moment zu, dann sagte er: »Dass man den Gören in der Schule keine ordentliche Handschrift beibringen kann, ist ein echtes Armutszeugnis. Wie sollen die durchs Leben kommen, wenn niemand ihre Schrift lesen kann?«

»Deshalb sind die Computer erfunden worden«, warf Onno ein. »Und jetzt strengt sich gar keiner mehr an. Ich kann noch nicht mal Marens Einkaufszettel entziffern. Die schreibt doch kaum noch mit der Hand.«

»Genau das meine ich.« Karl deutete mit dem Zeigefinger auf Onno. »Ich halte das für eine kulturelle Katastrophe.«

»Wie auch immer«, jetzt wurde Inge langsam ungeduldig. Sie tippte auf den dritten Stapel. »Wenn die Briefe nicht weiterhelfen, was ist denn mit diesem Stapel? Kategorie Öffentlich. Sind das Zeitungsartikel?«

»Ja«, Karl zog sie von Inge weg und näher zu sich. »Und da sind zumindest einige konkrete Anhaltspunkte dabei. Sabine Schäfer taucht zwar auch hier nirgends auf, aber wir haben Hinweise auf das Mädchen, an das die Briefe gerichtet waren. Seht mal hier.«

Er faltete einen zusammengelegten Zeitungsartikel auf. Das Papier war schon vergilbt, aber das handgeschriebene Datum belegte, dass der Artikel knapp dreißig Jahre alt war. Karl räusperte sich und las langsam und etwas seltsam betont vor:

> Jubiläum in der Gärtnerei Tiedemann
> Zum 25. Jubiläum der Gärtnerei Tiedemann veranstaltet die Familie Tiedemann am kommenden Sonntag ein großes Hoffest. Gartenpflanzen zum Sonderpreis, Bratwurst, Bier, Kaffee und Kuchen, der Spielmannszug aus Altmannshausen tritt auf. Beginn 11 Uhr, der Eintritt ist frei.

Er ließ das Papier wieder sinken und sah die anderen an. »Seht mal hier, das Foto. Das sind Herr und Frau Tiedemann mit ihren Kinder. Und das Mädchen hier heißt C. Tiedemann, ich habe mir extra eine Lupe geholt, um die Bildunterschrift zu lesen. Das muss die Freundin sein. Übrigens haben alle Zettel, Anzeigen, Rechnungen und Artikel, die in der Kassette waren, irgendetwas mit dieser

Gärtnerei oder der Familie Tiedemann zu tun. Das hatte für Sabine Schäfer eine Bedeutung. Und deshalb habe ich mal genauer recherchiert und herausgefunden, dass es diese Firma immer noch gibt. In Altmannshausen, das ist in Holstein, in der Nähe von Bad Oldesloe. Dahin sollten wir mal einen Ausflug machen.«

»Wie?«, fragte Charlotte erstaunt. »Du willst da hinfahren? Warum?«

»Ich habe da so ein Gefühl.« Karl wedelte nachdenklich mit dem Zeitungsartikel. »Warum haben wir nichts in Sabine Schäfers Wohnung gefunden, was irgendeinen Hinweis auf sie gibt, aber stattdessen eine ganze Kassette mit Erinnerungen an eine Freundin oder Ähnliches. Inge, hast du auch so viele Erinnerungen an Charlotte gesammelt?«

»Was?« Inge war nicht bei der Sache und sah ihn stirnrunzelnd an. »Charlotte? Die sehe ich doch dauernd. Da brauche ich ja keine Erinnerungen.«

»Eben.« Karl nickte. »Irgendetwas ist mit diesem jungen Mädchen. Vielleicht ist das der Schlüssel. Vielleicht ist sie eine Freundin oder Cousine oder Schwester, irgendetwas von Bedeutung. Und vielleicht ist Sabine sogar da. In dieser Gärtnerei, in Altmannshausen.«

»Wir können doch auch einfach da anrufen und fragen«, schlug Inge vor. »Warum sollen wir da denn hinfahren?«

»Und was genau willst du fragen?« Karl sah sie listig an, trotzdem antwortete Inge sofort. »Wir fragen, ob sie Sabine Schäfer kennen und vielleicht auch, wo wir sie finden. Weil wir sie nicht erreichen können.«

»Aha,« Karl verschränkte die Arme und hob das Kinn, »und was antwortest du, wenn sie wissen wollen, wie wir auf die Gärtnerei Tiedemann gekommen sind?«

»Dass Sabine das mal erwähnt hat?« Inge war unsicher geworden. »Kann doch sein.«

»Hat sie aber nicht«, stellte Charlotte fest. »Sie hat nie irgendetwas Privates erzählt. Das wäre gelogen. Was sollen wir denn sagen?«

»Nichts.« Karl deutete mit dem Zeigefinger auf die Kassette. »Weil wir nämlich wahrheitsgemäß sagen müssten, woher wir diese Briefe haben. Dass wir nämlich unerlaubterweise in Sabines Wohnung eingedrungen sind und da diese Kassette gefunden haben. Versteht ihr das jetzt? Warum wir da selbst hinmüssen?«

»Und wir fragen auch gar nicht sofort nach, sondern sehen und hören uns ganz unauffällig um?« Helga schien tatsächlich die Einzige in dieser Runde zu sein, die richtig mitarbeitete. Erleichtert breitete Karl seine Arme aus.

»Helga, ganz genau richtig. Du willst hier doch den Garten mal auf Vordermann bringen und Inge und Charlotte kaufen doch auch gern Blumen. Deswegen übernehmt ihr den einen Teil und Onno und ich den anderen.«

»Welchen genau?« Onno sah ihn interessiert an.

»Das besprechen wir vor Ort.« Karl lehnte sich zufrieden zurück. »Da lassen wir uns von unserem Instinkt leiten, das hat im letzten Jahr bei den Einbruchsermittlungen auch geklappt. Wir sollten den Ausflug jetzt planen. Ich schlage vor, dass wir Dienstag hinfahren, dann können wir morgen schon mal ein Schleswig-Holstein-Ticket bei der Bahn kaufen und alles Weitere vorbereiten.«

»Und was sagen wir unseren Männern?« Charlotte wirkte skeptisch. »Heinz will bestimmt mit. Und Gerda? Wenn die hört, dass wir eine Gärtnerei besuchen, ist sie doch auch nicht mehr zu halten.«

»Das sage ich ihr natürlich nicht«, antwortete Karl sofort. »Wir sagen, dass wir am großen Herbsttreffen der

Chöre in Bad Oldesloe teilnehmen und jetzt schon mal die Hotels und das Freizeitangebot sondieren. Dieses Treffen gibt es tatsächlich, ich habe schon in weiser Voraussicht recherchiert. Gerda hat kein Interesse am Chor, da besteht keine Gefahr, dass sie mitwill.«

»Und die Männer?« Inge wechselte einen Blick mit Charlotte, bevor sie Karl ansah. »Die haben an allem Interesse.«

»Das Schleswig-Holstein-Ticket gilt nur für fünf Personen, du glaubst doch nicht, dass sich dein sparsamer Walter ein eigenes kauft, wenn sie nur zu zweit sind. Im Leben nicht. Und sonst greift Plan B, ich habe ihnen eine Liste von Unternehmen auf der Insel geschrieben, von denen ich glaube, dass sie Mitarbeiter schwarz beschäftigen. Da haben sie den ganzen Tag zu tun.«

»Du lässt sie auf Schwarzarbeiter los?« Inge war fassungslos. »Das kannst du nicht machen. Du kennst sie doch. Das gibt das reine Chaos.«

Beruhigend tätschelte Karl ihre Hand. »Diese Firmen, meine Liebe, sind alle seriös. Aber Walter ist seit diesem Zeitungsartikel so entschlossen, dem Finanzamt beizustehen, dass er unbedingt was tun will. Und wenn er auf der Pirsch ist, dann kümmert er sich nicht um unser Vorhaben.«

»Schwarzarbeit«, Inge blies die Backen auf. »Da wäre mir fast lieber, sie kümmerten sich um diesen anderen Fall.«

»Welchen anderen Fall?« Karl war sofort alarmiert, auch weil er Onnos warnenden Blick an Inge gesehen hatte. »Was meinst du damit?«

»Och nichts«, beeilte sie sich zu sagen, bemüht, Onno nicht anzusehen. »Ich wollte sagen, *einen* a… anderen F… Fall.«

Immer wenn Inge log, fing sie an zu stottern. Karl fixierte erst sie, dann Onno.

»Welchen anderen Fall?«

Onno zierte sich einen Moment, dann atmete er tief aus und fragte: »Hast du die Zeitung nicht gelesen?«

»Nein.« Karl zuckte mit den Achseln. »Tommi, unser Zeitungsjunge, hatte einen Fahrradunfall, Arm gebrochen. Vor drei Tagen. Gerda hat gesagt, das ginge auch mal ohne Zeitung, sie wollte die nicht per Post. Warum?«

»Bei uns trägt auch Tommi aus«, Charlotte wusste ebenso wenig, was Onno und Inge meinten. »Was stand denn drin?«

»Es wurde ein toter Mann am Strand in Kampen gefunden. Am Dienstag. Sie wissen noch nicht, wer er ist. Die Polizei ermittelt.«

Karl wurde ganz blass. »Ein Toter?« Seine Stimme klang fast ehrfürchtig. »Ein unbekannter Toter? Und sie ermitteln?« Er schluckte, dann überlegte er. »Stand dabei, ob Flensburg einbezogen wird? Oder machen die Sylter Kollegen mit Runge das allein? Dann kriegen die ja nie raus, wer da liegt.«

»Er wird da wohl kaum noch am Strand liegen«, meinte Onno. »Aber von Flensburg stand nichts in der Zeitung. Ob Anna wieder ermittelt?«

»Dann hätte die sich bestimmt bei mir gemeldet.« Karl inkte ab. »Das würde sie nicht tun, also auf der Insel arbeiten und nicht bei mir vorbeikommen. Das glaube ich nicht. Aber das heißt, die pfuschen da allein rum, das wird doch nie was.«

»Meine Tochter ist auch dabei«, Onno war jetzt etwas beleidigt. »Die pfuscht nicht.«

»Ach nein?« Karl lächelte süffisant. »Aber sie fährt mitten in den Ermittlungen zu ihrem Freund und übernachtet auf dem Festland? Das hätte ich nie gemacht. Ich hätte Tag und Nacht ermittelt, damit es eine schnelle, zeitnahe Lösung gibt. Aber gut. Andere Zeiten.« Er stützte sein Kinn auf die Faust und schloss kurz und theatralisch die Augen. Als er sie wieder öffnete, sah er die anderen entschieden an. »Okay. Wenn die Flensburger nicht hinzugezogen wurden, dann handelt es sich vermutlich nur um einen Unfall, nicht um ein Kapitalverbrechen. Und die Klärung eines Unfalls will ich Runges Truppe mal zutrauen. Außerdem ist der Mann zwar unbekannt, aber tot. Dem können wir nicht mehr helfen. Sabine Schäfer hingegen ist immer noch verschwunden, daraus ergibt sich eine gewisse Priorität. Also halten wir am Plan A, Ortsbegehung Gärtnerei Tiedemann in Altmannshausen, fest. Wie besprochen. Wir fahren Dienstag. Onno kümmert sich um die Fahrkarte, Inge um den Proviant, ich mache den Rest.«

»Welchen Rest?«, fragte Charlotte freundlich. Karl ging nicht auf die Frage ein.

»Vielleicht ist das Auffinden des Toten zu diesem Zeitpunkt eine gute Fügung. So ist das ganze Revier mit diesem Fall beschäftigt und wir können in aller Ruhe in unserer Sache ermitteln. Eigentlich ist das sogar sehr gut. Ich arbeite lieber ungestört und im Verborgenen. Also, Truppe, haben wir alles besprochen?«

Ein vierköpfiges Nicken war die Antwort. Karl lächelte und stand auf. »Dann also bis Dienstag. SOKO Gartenbau. Wir treffen uns frisch, ausgeruht und entschlossen um kurz vor neun am Bahnhof.«

Sonntag, der 22. Mai,
leichter Nieselregen in Hamburg

Auf Sylt ist das Wetter schöner«, Robert kam mit zwei Kaffeebechern zurück ins Schlafzimmer. »Hat gerade der NDR vermeldet.«

»Sag ich doch.« Maren sah ihm vom Bett aus mit verwuschelten Haaren entgegen. »Du hättest kommen sollen. Dann wärst du um diese Zeit schon am Strand und nicht mehr im Bett.«

»Ach, das weiß ich nicht«, Robert beugte sich vor und küsste sie, bevor er die Becher auf den kleinen Tisch neben dem Bett stellte und es sich neben ihr bequem machte. »Wir würden nur in einem anderen Bett liegen.«

Sie sahen aus dem Fenster, grauer Himmel, leichter Nieselregen. Unten auf der Straße hupte ein Auto, etwas weiter entfernt hörte man die S-Bahn, jemand rollte einen Koffer über den Bürgersteig, wieder hupte ein Auto.

»Dieser Lärm«, Maren schüttelte den Kopf und griff nach ihrem Kaffee, »gegen die stille Insel. Aber manchmal fehlen mir auch die Großstadtgeräusche. Das darf ich auf Sylt natürlich niemandem sagen.«

»Dann komm halt öfter«, Robert hatte es zwar leichthin gesagt, aber Maren beschloss, nicht darauf einzugehen. Gestern Abend hatten sie mit diesem Thema geendet, und nur, weil sie sich so selten sahen, war es nicht in einen Streit gemündet. Jetzt, nur wenige Stunden vor ihrer Abfahrt, wollte Maren ihn nicht doch noch provozieren.

Robert zog das Kissen ein Stück hoch und setzte sich bequemer hin. Er warf ihr einen entschuldigenden Blick zu, dann griff er nach seinem Handy, das auf dem kleinen Tisch neben dem Bett gelegen hatte. »Ich muss noch einem Kollegen zum Geburtstag gratulieren, ich mach das mal eben, sonst vergesse ich es.«

Maren nickte und betrachtete ihn. Robert war ohne sein Handy kaum denkbar. Maren hatte ihn mal als Nachrichtenjunkie bezeichnet, er begann keinen Tag, ohne sich nicht vorher über die neuesten Ereignisse in der Welt informiert zu haben. War er damit fertig, scrollte er sich durch die sozialen Netzwerke, erst danach war er bereit für die echte Welt. Am Anfang ihrer Beziehung war Maren beeindruckt, mittlerweile ging es ihr auf die Nerven. Sie hielt die Gratulation an den Kollegen für einen Vorwand, er wollte einfach sein Handy in die Hand nehmen.

Sie rutschte ein Stück zur Seite, was er gar nicht bemerkte, um ihn besser betrachten zu können. Sehr konzentriert hatte er seinen Blick aufs Display gerichtet, von der Welt um ihn herum nahm er im Moment keine Notiz.

Maren wollte nicht immer alles auf die zehn Jahre Altersunterschied zwischen ihnen schieben, aber diese Abhängigkeit von seinem Smartphone konnte sie überhaupt nicht nachvollziehen. Und wenn sie ganz ehrlich war, auch nicht mehr das verrückte Verliebtsein, das sie noch im letzten Sommer für ihn empfunden hatte. Mittlerweile war es einer vertrauten Zuneigung gewichen, die durch gegenseitige Besuche, wenn beide frei hatten, guten Sex, kurzweilige Abende in Kneipen oder Clubs und das eine oder andere Gespräch über Gott und die Welt aufrechterhalten wurde. Aber Maren empfand keine Sehnsucht mehr, wenn sie sich länger nicht sehen konnten, sie besprach längst wieder mehr Dinge mit Rike am Telefon als mit Robert, sie fühlte sich immer mehr verpflichtet, ihn zu sehen, als dass sie sich darauf freute. Andererseits war sie sich auch nicht sicher, ob sie nicht mehr von einer Beziehung erwartete als das, was sie mit Robert hatte. Trotzdem stimmte etwas nicht. Unauffällig sah sie auf die Uhr und spürte ihre Erleichterung, als sie die fortgeschrittene Zeit sah. In vier Stunden saß sie im Zug, sie musste jetzt nichts mehr klären.

Robert legte das Handy weg und sah sie an. »Was überlegst du?«

»Nichts weiter«, antwortete sie sofort. »Es war ein schöner Abend, gestern. Es hat mich gefreut, dass wir Rike und Andreas getroffen haben. Ich sehe sie so selten, und das, obwohl sie meine beste Freundin ist. Sie wollte neulich übers Wochenende kommen und musste vormittags absagen, weil ihr doch der Trottel ins Auto gefahren ist.«

Robert nickte. »Ja, das war ärgerlich.« Er strich ihr langsam über den Rücken. »Ich sehe die beiden ja öfter als du. Und seit Rike zu Andreas gezogen ist, sogar regelmäßig.«

»Ich weiß«, Maren seufzte. »Aber du musst da nicht wieder einsteigen. Ich habe gar keine Lust, anstrengende Themen zu diskutieren. Ich will das nicht, in ein paar Stunden fährt mein Zug, lass es uns doch bis dahin schön haben.«

Nach einem langen, tiefen Blick drehte Robert sich auf die Seite und stützte seinen Kopf auf den Arm. »Ich will auch gar nicht streiten, aber wir sehen uns so selten, und dann sollen wir nicht reden. Am Telefon willst du das Thema auch nicht besprechen, aber irgendwann müssen wir das doch mal klären. Was schlägst du denn vor?«

Maren stellte ihren Becher ab und rutschte wieder ganz unter die Bettdecke. »Beim nächsten Mal«, sagte sie leise. »Wenn's sein muss. Aber man kann auch alles zerreden.« Sie zog seinen Kopf zu sich und küsste ihn. Für den Moment schob sie alle Bedenken zur Seite. Manches an ihrer Beziehung war ja auch noch schön. Und wenn man den Kopf ausschaltete, konnte man den Rest für ein paar Stunden verdrängen.

Auf der Fahrt zum Bahnhof Altona ließ Maren ihre Hand auf seinem Bein liegen. An jeder roten Ampel nahm Robert sie auf und küsste sie. Es gab eine Menge roter Ampeln. Sie sah ihn von der Seite an. Für ihn war alles in Ordnung. Zumindest im Moment. Sie hatten die schwierigen Themen erfolgreich ausgeklammert, deshalb war es ein gelungener Abend, eine schöne Nacht und ein fast ungetrübter Vormittag gewesen. Robert war wie immer: witzig, zuvorkommend, höflich, zärtlich, klug, eigentlich war doch alles super. Eigentlich. Aber ihr fehlte etwas. Sie konnte es nicht benennen, so sehr sie auch danach suchte. Aber nach jedem Treffen fuhr sie mit diesem Gefühl nach Hause. Sie hatte keine Ahnung, was sie wollte, und sie ärgerte sich deswegen mehr und mehr über sich selbst. Im Moment wollte Maren nicht ohne ihn, aber gleichzeitig konnte sie auch nicht mit ihm. Jedenfalls nicht zu seinen Bedingungen. Ein Dilemma, das sich mit jedem Treffen nur noch verfestigte, deshalb hielt sie die Tage, an denen sie sich sahen, auch überschaubar. Sie hatte noch keine Lösung. Kunststück: Sie wusste ja nicht einmal genau, worin ihr Problem bestand. Auch dieses Mal war sie nicht darauf gekommen.

»Was denkst du gerade?« Seine Stimme holte sie aus ihren Überlegungen. Sie drehte sich sofort zu ihm.

»Das ist eine Mädchenfrage. Das fragt ein Mann nie.«

»Doch«, lachte er. »Du stöhnst nämlich beim Denken. Dann kann ich doch wissen wollen, was dich gerade hier in meinem Auto verzweifeln lässt.«

»Ich verzweifele nicht«, kurz vor der Abfahrt waren Notlügen erlaubt. »Ich dachte nur gerade an unseren Fall.«

»Der Tote vom Kliff?« Robert war bei der Kripo, manches, nicht alles, besprach sie schon mit ihm. Jetzt nickte sie. Sie hatten gestern kurz über den Fall gesprochen, denn sie war ja eigentlich vor allem wegen des Zeugen nach Hamburg gekommen.

»Ja. Ich bin gespannt, ob Anna noch irgendetwas aus seiner Frau rausbekommen hat. Die war fix und fertig. Bin gespannt, was wir morgen früh in der Besprechung zusammentragen können.«

»Sag mal ...« Robert sah in den Rückspiegel, bevor er ruckartig die Spur wechselte. Maren hielt sich am Türgriff fest. Er war ein so grausam schlechter Autofahrer, das wurde ihr gerade wieder bewusst. »Wieso ermittelt Anna eigentlich? Die Flensburger kommen doch sonst nur bei wirklich großen Fällen.«

»Dieser ganze Fall ist seltsam.« Maren hielt den Griff weiterhin umklammert, Robert musste ja gleich noch mal abbiegen. »Es gibt keine Spuren, wegen des Regens, wir wussten fünf Tage lang gar nichts über seine Identität, es gibt keine Hinweise auf Fremdeinwirken, Zeugen, nichts. Na gut, er hatte laut Gerichtsmedizin zwei Promille im Blut. Aber fällt man deshalb gleich vom Kliff?«

»So besoffen schon«, berichtigte Robert. »Aber läuft man betrunken da hoch, auf den rutschigen Holzstegen und dann weiter auf dem Schotter und Sand? Bis du da oben bist, bist du ja fast schon wieder nüchtern. Und das bei diesem Dauerregen und Wind. Ich kann es mir schwer vorstellen.«

Robert zuckte die Achseln und fuhr über eine rote Ampel, Maren hielt die Luft an. »Die war rot.«

»Echt?« Robert sah in den Rückspiegel. »Habe ich gar nicht gesehen. Was sagt Karl eigentlich zu euren Ermittlungen? Der mischt doch bestimmt wieder mit.«

Maren hob sofort die Hand von seinem Bein. »Beschreie es nicht. Ich habe zwar keine Ahnung, warum er sich dieses Mal so zurückhält, aber er war seit dem Fund weder im Revier noch bei uns zu Hause, noch hat er mich angerufen oder abgepasst – ich bin nur dankbar, dass es so ist. Das erspart mir eine Menge Stress mit Runge.«

»Wird er altersmilde? Oder hat er sich langsam mit seinem Ruhestand abgefunden?«

»Das glaube ich nicht.« Tatsächlich überlegte sie gerade das erste Mal, was wohl hinter Karls ungewöhnlicher Zurückhaltung stecken könnte. Sie versuchte eine Erklärung: »Er hat ziemliche Probleme mit der Tatsache, dass Onno jetzt so viel Zeit mit Helga verbringt. Er ist richtig eifersüchtig. Vielleicht hat er damit genug zu tun.«

Robert warf ihr einen skeptischen Blick zu. »Oder er hat einen anderen Fall. Einen eigenen. Das halte ich für wahrscheinlicher. Vermutlich hat er nur keine Zeit für euren Toten, weil er einer größeren Sache auf der Spur ist.« Er lachte leise. »Das würde passen.«

»Unsinn«, energisch schüttelte Maren den Kopf, »das wüsste ich. Allerdings hat Charlotte mir neulich was erzählt … warte mal, da war doch was. Ach ja, er soll sich angeblich für Schwarzarbeit auf der Insel interessieren. Weil Walter, also Inges Mann, der ja Finanzbeamter war, sich so darüber aufregt. Aber das hat er schon abgestritten. Von wegen, er lässt seine Hecken auch … na, egal. Aber vielleicht ist er da trotzdem hinterher und wollte nur nicht, dass ich das weiß. Wie auch immer.« Sie legte wieder ihre Hand auf sein Bein. »Hauptsache, er hält sich dieses Mal zurück. Ich will gar nicht so genau wissen, was er macht.«

Der Bahnhofsvorplatz tauchte vor ihnen auf, Robert fuhr schwungvoll auf den Parkplatz und fand sofort zwei freie Lücken, in deren Mitte er zum Stehen kam. Maren sah sich um und schaute ihm eindringlich in die Augen. »Robert, bei allen Eigenschaften, die ich an dir schätze, bist du der schlechteste Autofahrer, den ich kenne. Geh doch mal auf einen Verkehrsübungsplatz, du kannst doch so nicht im Dienst fahren. Das ist grausam.«

Unbekümmert gab er den Blick zurück. »Findest du? Ich komme doch überall an. Wir sind sogar fast eine halbe Stunde zu früh. Das reicht noch für einen Kaffee.«

Maren stöhnte leise, bevor sie ausstieg. Über manche Dinge konnte man einfach mit ihm nicht diskutieren.

Der Zug nach Westerland stand schon auf dem Gleis. Robert deutete mit einer Kopfbewegung auf die Uhr. »Bitte, die Abfahrt ist erst in zwanzig Minuten. Lass uns noch einen Kaffee trinken, ich hab heute Nacht nicht so viel geschlafen. Du etwa?« Er grinste.

Maren musste sich zusammenreißen, um ihn nicht einfach stehen zu lassen. Irgendetwas trieb sie weg. Aus Hamburg, von Robert. Doch sie pfiff sich zurück: »Du weißt doch, dass ich Abschiede hasse. Pass auf, ich setze mich einfach schon rein, dann kannst du auch wieder fahren, ok?«

»Willst du mich loswerden?«

Maren sah ihn an. Hätte er bei seiner Frage nicht gelächelt, hätte sie ernsthaft antworten müssen. So schüttelte sie nur den Kopf. »Unsinn. Ich bin einfach schon im Abflugmodus. Fahr ruhig nach Hause.«

Er zögerte, dann trat er näher, um sie zu umarmen. »Gut. Wir können ja später telefonieren.«

»Ja.« Sie küssten sich zum Abschied.

Als sie einen Platz gefunden hatte und aus dem Fenster sah, hob er lächelnd die Hand, bevor er sich umdrehte und ging. Maren sah ihm nach. Robert war wirklich ein toller Mann. Und trotzdem war sie erleichtert, dass sie jetzt im Zug nach Sylt saß. Wohin war das Gefühl vom letzten Sommer verschwunden? Und wie stellte man es an, dass es zurückkam?

Als der Zug über den Hindenburgdamm rollte, klappte Maren ihr Buch zu und sah aus dem Fenster. Sie liebte diese Stelle. Das Festland lag hinter ihr, die Insel war schon zu sehen und um sie herum war nichts als Wasser. Als sie noch in Münster gelebt hatte und nur auf die Insel kam, um ihre Eltern zu besuchen, war dieses Stück immer wie eine Schleuse gewesen. Noch ein kurzer Gedanke an die Probleme, die man auf dem Festland zurückließ, der hier sofort abgelöst wurde von der Vorfreude auf die kommenden Ferien. Jetzt lebte sie wieder auf der Insel, trotzdem lagen ihre privaten Probleme immer noch auf dem Festland.

Sie lehnte den Kopf an und schloss die Augen. Ihre beste Freundin Rike hatte ihr vorgeworfen, dass sie es sich selbst schwermachte. Sie solle doch froh sein, dass sie Robert getroffen hätte, er sei so nett und lustig und so in sie verliebt. Anstatt sich darüber zu freuen, machte sie sich nur einen Kopf, weil er jünger war, weil er in Hamburg die Weiterbildung machte, weil er so selten auf die Insel kam. Dabei hatte sie noch weniger Lust, öfter nach Hamburg zu fahren. Das war das Fatale. Rike dachte, dass Maren nur ein Problem mit einer verbindlichen Beziehung habe. Aber das stimmte nicht. Da war Maren sich ganz sicher. Sie hatte keine Probleme mit Verbindlichkeit! Sie wollte nur, dass es sich anders anfühlte. Natürlich konnte sie weiterhin den Altersunterschied und die Distanz zwischen ihren Wohnorten als Grund für ihre Unsicherheit benennen. Das würde sich auch nicht ändern, weder das Alter noch die Wohnorte – die noch eher. Aber beides würde keine Rolle spielen, wenn ihr Gefühl nur anders wäre.

Maren hob den Kopf und sah hinaus. Der Zug fuhr jetzt schon über die Insel, die Nordsee hatten sie überquert. Sie atmete auf, sie war zu Hause. Zwischen ihr und Robert lag das Meer, und ihre Gedanken würden schon irgendwann in die richtigen Bahnen gelenkt werden. Und irgendwann würde sie morgens aufwachen und die Lösung haben.

Sie richtete sich auf und beschloss, an etwas anderes zu denken, als der Zug in Keitum einfuhr. Am Bahnsteig stand ihre Kollegin Katja Lehmann, genau vor dem Fenster, hinter dem Maren saß. Sie hob sofort die Hand. Katja winkte zurück, stieg ein und ließ sich kurz darauf auf den Sitz neben sie fallen. »Hey, kommst du von einem romantischen Wochenende in Hamburg?«

Das war das Ärgerliche an Liebesgeschichten, die sich im Job anbahnten. Es bekamen zu viele Kollegen mit, die dann alle mitquakten.

»Wir waren gestern in Hamburg bei dem Geschäftspartner von van der Heyde, mit dem er zum Zeitpunkt seines Todes angeblich zusammen war. Und nach dem Gespräch ist Anna noch mal zu der Ehefrau gefahren. Sie wollte anschließend nach Flensburg und kommt auch erst heute Abend zurück.«

»Danach habe ich gar nicht gefragt.« Katja grinste blöde. »Du kommst doch jetzt von Robert, oder?«

»Steht das auf meiner Stirn?«

»Nicht direkt.« Katja beugte sich plötzlich vor und schob Marens Pony zur Seite. »Nein, aber du hast so einen beseelten Gesichtsausdruck. So weich und hingebungsvoll, so romantisch und entrückt.«

»Was?« Irritiert wich Maren zurück und sah sie an. »Spinnst du jetzt?«

»Nein.« Katja lehnte sich wieder an. »Aber ich habe gestern deinen Vater angerufen, weil ich dich nicht erreichen konnte und fragen wollte, ob du nächstes Wochenende mit mir den Dienst tauschen könntest. Du warst nicht da und Onno hat mir gesagt, dass du bei Robert bist.« Sie lachte leise. »Du wirkst aber trotzdem beseelt.«

»Ich? Beseelt?« Maren schüttelte den Kopf. »So ein Blödsinn.«

Katja sah sie forschend an, verzichtete aber auf einen Kommentar. Sie stand anscheinend gerade auf ganz dünnem Eis, da wollte sie nicht riskieren, einzubrechen. »Könntest du denn mit mir tauschen?«, fragte sie stattdessen. »Ich habe nämlich von meiner Schwester Konzertkarten geschenkt bekommen. Und ich würde so gerne hinfahren.«

»Kein Problem«, war Marens Antwort. »Ich habe nichts vor. Wir können das so machen.«

Katja strahlte sie an. Und Maren hakte wieder ein Wochenende ab, an dem sie sich keinen Grund ausdenken musste, warum sie Robert nicht sehen konnte. Warum war die Liebe bloß so kompliziert?

Mein Tagebuch

31. Dezember 1999

In einer halben Stunde beginnt das neue Jahr. Sogar das neue Jahrtausend. Millennium. Ich werde mich dann oben ans Schafzimmerfenster stellen, von da kann ich das Feuerwerk am besten sehen. Es wird bestimmt ein langes, großes Feuerwerk, ich habe neulich gehört, dass in diesem Jahr mehr Geld als sonst für Raketen und Böller ausgegeben wird. Das ist aber nicht in Ordnung. Es gibt so viele arme Leute und so viel Hunger auf der Welt, und dann ballern alle Millionen in den Himmel. Mein Mann hat über 500 Mark für so was ausgegeben, ich habe ihm vorgerechnet, was man dafür alles machen könnte. Er hat mich ganz komisch angeguckt und nur gesagt, dass ich ja nicht mitmachen müsste, stattdessen könnte ich ja die ganze Nacht die Welt retten. Ich hätte an der Stelle natürlich aufhören müssen, mit ihm zu diskutieren, ich weiß ja, wie er das hasst, aber ich hatte am Dienstag so ein langes Gespräch mit dem Pastor. Wir kamen von einem Thema zum nächsten und landeten schließlich bei diesem Plakat. Brot statt Böller. Und da hat er mir erzählt, wie das entstanden ist, und warum. Überhaupt kann man so gut mit ihm reden. Er ist im Oktober neu hierhergezogen, nachdem der alte Pastor in Pension gegangen ist. Ich habe ihn kennengelernt, weil er bei mir auf dem Markt einen Blumenstrauß gekauft hat. Ich frage ja immer, für welchen Anlass und für wen, und da hat er gesagt, er wäre gerade erst hergezogen und der Strauß sei für ihn und seine neue Wohnung, er hat es gern schön. Da war ich aber platt. Ein Mann, der sich selbst Blumen kauft, das habe ich noch nie gehabt. Gregor hat sich oft Blumen mit nach Hause genommen und in sein Zimmer gestellt, aber das war ja was anderes. Gregor war ja sowieso ganz anders. Und nun dieser Pastor. Er sieht noch ganz jung aus, gar nicht wie die Pastoren, die ich sonst kenne. Er ist noch nicht verheiratet, nur verlobt, deswegen ist er alleine hierhergezogen. Seine Verlobte wird nämlich Ärztin und ist noch nicht ganz fertig mit ihrer Ausbildung. Sie kommt erst im Frühling nach. Er hat mir ein Foto von ihr gezeigt, sie sieht sehr nett aus, und ich habe angefangen, mich zu freuen. Ich hätte so gern wieder eine Freundin, vielleicht könnte sie ja eine werden. Seitdem kommt der Pastor zu jedem Markttag und kauft sich Blumen. Jedes Mal reden wir eine Weile, das ist immer schön. Er hat mich gefragt, ob ich nicht Lust hätte, den Blumenschmuck in der Kirche zu machen. Das hat bisher immer die Schwester vom alten Pastor gemacht, aber die will jetzt aus Altersgründen aufhören. Ich habe ein bisschen rumgedruckst und gesagt, dass ich seit meiner Hochzeit gar nicht mehr in der Kirche war und dass ich nicht so richtig weiß, ob ich das kann. Da hat er gelacht und gesagt, dass er nur meine Blumensträuße ansehen muss, um sicher zu sein, dass ich das sogar sehr gut können werde. Und über die Kirchenbesuche solle ich mir mal keine Gedanken machen, der liebe Gott sei nicht nachtragend. Das finde ich beruhigend.

Blöd war nur, dass meine Mutter plötzlich am Marktstand auftauchte. Das hat sie seit Jahren nicht mehr gemacht, sie hasst den Markt und findet die anderen Markthändler alle furchtbar, aber an dem Tag brauchte sie ganz dringend den Lieferwagen, und den hatten Hans und ich ja mit. Hans sollte etwas ausliefern, deshalb kam sie, schickte Hans sofort mit dem Wagen los und blieb, bis er wieder da war. Der Pastor hatte gerade seine Blumen gekauft und uns Kaffee in Pappbechern mitgebracht. Wir saßen unterm Heizstrahler auf zwei umgedrehten Kisten und haben Kaffee getrunken, als meine Mutter kam. Die war sofort stinksauer. Ob ich nichts zu tun hätte, wieso Hans allein verkauft, wer der Mann denn sei, was ich mir einbilde usw., usw. Ich kenne diese Tiraden ja schon, aber der Pastor war total verdutzt. Er hat sich erst mal vorgestellt, meine Mutter hat seine ausgestreckte Hand aber ignoriert. Er hat gesagt, wir würden hier nur fünf Minuten lang sitzen und auch nur, weil gerade wenig Kunden da wären, sie hat ihn aber unterbrochen und gesagt, das ginge ihn nichts an, er solle mich nicht von der Arbeit abhalten, jetzt seine Blumen nehmen und zurück in seine Kirche gehen. Da könne er die Leute genug nerven, sie brauche es hier nicht. In dem Moment kam zum Glück eine Kundin, deshalb stellte meine Mutter sich sofort in den Stand. Von da aus guckte sie so lange giftig, bis der Pastor flüsterte, er ginge jetzt besser, vielleicht könnten wir uns mal in Ruhe unterhalten, ich solle doch mal im Gemeindehaus vorbeikommen, wir müssten ohnehin noch über den Kirchenblumenschmuck sprechen.

Mein Mann war auf irgendeiner Messe, er kam erst ein paar Tage später zurück. Er hat seinen Koffer in den Flur gestellt und gesagt, er sei total fertig und müsse jetzt erst mal zum Runterkommen mit seinen Kumpels ein Bier zischen. Auf dem Weg zur Kneipe hat er meine Mutter getroffen, die ihm wer weiß was erzählt hat. Danach musste er wohl ziemlich viele Bier zum Runterkommen zischen, jedenfalls ist er sehr spät und sehr betrunken nach Hause gekommen, hat mich geweckt, und dann konnte ich mir einiges anhören. Dass ich jetzt auch noch einen auf fromme Betschwester mache, wie lächerlich das sei, dass ich vermutlich mit diesem komischen Heiligen sowieso nur in die Kiste springe, er könne mich nicht mehr ertragen, meine Mutter sei von meinem Verhalten auch genervt, ich sei geschäftsschädigend, und dann kamen noch ein paar andere Sachen, die ich hier gar nicht aufschreiben möchte.

Am nächsten Morgen ist er verkatert in den Betrieb gegangen, er hat weder den Pastor noch den nächtlichen Streit erwähnt, manchmal denke ich, dass er sich hinterher schon schämt. Aber das sagt er nicht. Wir hatten aber ein paar Wochen Ruhe, bis zu dem Gespräch über die 500 Mark für Böller. Das lief dann wieder aus dem Ruder. Deswegen bin ich heute Abend, trotz Silvester, zu Hause geblieben, wir waren eigentlich zusammen bei seinem Kumpel zum Raclette eingeladen, aber erstens mag ich keinen Käse, und zweitens sieht man die Stelle auch unter Puder, das habe ich schon versucht. Mein Mann sagt jetzt einfach, ich hätte einen Magen-Darm-Virus und wolle niemanden sehen. Da fragen sie bestimmt auch nicht nach. Und ich bin ganz froh, hier allein zu sein. Ich habe ein bisschen gebügelt, ein bisschen Musik gehört, an Gregor gedacht, ab und zu ein bisschen geweint und nachgedacht. Der Pastor ist leider bei seiner Verlobten, sonst hätte ich ihn angerufen und ihm einen guten Rutsch gewünscht, aber so werde ich ihm nächste Woche ein gesundes und glückliches neues Jahr wünschen. Dann sage ich ihm auch, dass ich nun doch die Blumendekoration in seiner Kirche übernehmen werde. Hans hat nämlich mit meinem Mann gesprochen und ihm erklärt, dass wir es uns nicht leisten können, ein solches Angebot abzulehnen. Und die Umsätze in der Gärtnerei sind so schlecht, dass ihm nichts anderes übrig geblieben ist, als zuzustimmen. Jetzt mache ich es doch. Darauf freue ich mich sehr. Und auf die Verlobte. Sie heißt Sabine. Das sind schon zwei schöne Dinge, die im neuen Jahr passieren. Und deshalb öffne ich mir jetzt einen Pikkolo, stelle das Radio an, setze mich oben auf die Fensterbank und wünsche mir selbst ein friedliches neues Jahr. Vielleicht wird es ja tatsächlich besser.

Sonntag, der 22. Mai,
abends, leichter Sprühregen

Ich denke, du willst abnehmen.« Inge ließ ihre Handarbeit sinken und sah Walter strafend an. »Und jetzt stopfst du dir eine Praline nach der anderen rein.«

»Das kommt nur, weil hier dauernd was rumsteht«, Walter ließ schuldbewusst die Praline, die er gerade zwischen Daumen und Zeigefinger hielt, wieder in die Schale fallen.

»Sag mal«, entrüstet legte Inge ihr Stickzeug zur Seite. »Die hast du doch schon angefasst, jetzt iss sie auch.«

»Siehste.« Walter kaute schon. »Ich kann gar nichts dafür.«

Er wandte seine Aufmerksamkeit wieder dem Fernseher zu. Sein Lieblingsverein führte gegen den Lieblingsverein seines Schwagers. Ein hervorragendes Spiel. Und so in seinem Sinne. Ohne den Blick vom Spielgeschehen zu lösen, tastete er mit einer Hand auf dem Tisch nach der Pralinenschale. Ergebnislos. Als er hochsah, lächelte ihn Inge, mit der Schale auf dem Schoß, strahlend an. »Suchst du was?«

»Ich wollte gar keine mehr«, sagte Walter hoheitsvoll. »Das war ein Reflex. Die kannst du alle selber essen.«

»Apropos essen«, den ganzen Abend hatte Inge auf die Gelegenheit gewartet, das Thema anzuschneiden, das ihr so unter den Nägeln brannte. Jetzt war sie gekommen. »Soll ich eigentlich für Dienstag vorkochen oder gehst du mit Heinz eine Kleinigkeit essen?«

Den Blick nach wie vor auf den Fernseher gerichtet fragte Walter: »Wieso soll ich mit Heinz essen gehen? Gibt es einen Grund dafür? Geburtstag ist doch noch nicht.«

Er stöhnte laut, weil sein Lieblingsspieler den Ball verlor. »Mensch, du Weihnachtsmann, pass doch auf, du kriegst so viel Geld, und dann bist du zu blöde, diese Lusche auszuspielen! Mann, Mann, Mann!«

Inge wartete aus taktischen Gründen, bis sein Verein wieder in Ballbesitz war. »Ich kann auch vorkochen. Dann musst du nur sagen, was du essen willst.«

Walter ließ sich nicht ablenken. »Inge, ich weiß doch heute noch nicht, was ich Dienstag essen will. Guck dir mal diesen Brasilianer an. Wie eine Gazelle am Ball, sagenhaft. Die spielen Heinz' Gurkentruppe in Grund und Boden, ich habe es gesagt, Inge, ich habe es gesagt.«

»Wann ist das Spiel denn zu Ende? Damit du mal antworten kannst. Ich muss dann nämlich morgen vorkochen, Dienstag ist ja schon übermorgen.«

»Ach, Inge, bitte.« Jetzt wandte er tatsächlich den Blick ab, um sie genervt anzusehen. »Was hast du denn immer mit Dienstag? Das Spiel ist in einer halben Stunde zu Ende.«

»So lange brauchst du ja wohl nicht, um zu überlegen, was du Dienstag essen willst.«

Der Kommentator überschlug sich fast vor Aufregung, weil es einen Elfmeter für Walters Mannschaft gab, der nicht berechtigt war. Walter schüttelte den Kopf. »Diese parteiischen Kommentatoren kann ich auch nicht leiden. Der ist doch befangen, der muss doch weg. Man sollte mal einen Brief an die Sendeanstalt schreiben. Ein Unding ist das.«

»Kartoffelsalat mit Würstchen?«

»Was?«

»Magst du Kartoffelsalat mit Würstchen?«

»Ja, ja.«

»Gut.« Inge lächelte. »Dann haben wir das ja schon mal geklärt.«

Als Walter ins Schlafzimmer kam, ließ Inge ihr Buch sinken und nahm die Brille ab. »Und? Wie ist es ausgegangen?«

»Vier zu eins für uns«, strahlte Walter. »Ganz klare Geschichte. Da kommt dein Bruder Heinz aber heute schlecht in den Schlaf. Das hat man davon, wenn man sich den falschen Verein aussucht.« Er stieg ins Bett und stopfte sich das Kopfkissen in den Rücken. »Ich rufe ihn morgen früh an. Heute Abend wollte ich es nicht mehr machen, der soll erst mal seine Wunden lecken.«

»Dann kannst du ihm gleich sagen, dass er am Dienstag zum Mittagessen kommen kann. Charlotte muss ja nicht auch noch vorkochen.« Inge setzte ihre Brille wieder auf und hob das Buch. Walter sah sie verständnislos an.

»Was ist denn am Dienstag?«

»Ach, Walter«, Inge klappte ihr Buch zu. »Das habe ich dir doch erzählt. Du hörst auch nie zu.«

Schuldbewusst sah Walter sie an, Inge hatte fast ein schlechtes Gewissen. Andererseits hatten sie in den langen Jahren ihrer Ehe diese Art von Gespräch schon millionenfach geführt, da konnte sie auch eines einschmuggeln, für das Walter wirklich nichts konnte. Mit sanfter Stimme fuhr sie fort: »Unser Chor ist doch eingeladen. Im Herbst zum großen Fest der Chöre nach Bad Oldesloe. Und Charlotte, Onno, Karl, Helga und ich bilden das Organisationskomitee. Am Dienstag müssen wir hinfahren, um alles vorzubereiten, also Hotels und Essen und so.«

»Wieso müsst ihr das alles machen? Wenn ihr doch eingeladen seid?«

Manchmal dachte Walter mit, Inge musste jetzt die Ruhe bewahren. »Weil ... weil wir das Organisationskomitee sind. Um die Einzelheiten muss sich jeder Chor selbst kümmern. Wir fahren mit diesem Schleswig-Holstein-Ticket, das gilt für fünf Personen, das kommt ja genau hin.«

»Aha.« Walter überlegte, das sah man ihm an. »Und das hast du mir schon erzählt?«

Inge nickte.

»Aber du hast mich nicht gefragt, ob ich vielleicht auch Interesse hätte, mitzufahren?«

»Was willst du denn in Bad Oldesloe? Das ist doch langweilig, wenn man nicht im Chor singt. Und ich dachte, du hättest zu viel zu tun, um einen ganzen Tag auf dem Festland zu verplempern.«

»Habe ich auch.« Walter setzte sich zurecht und strich die Bettdecke über seinen Beinen glatt. »Deswegen hatte ich euren Ausflug auch gar nicht mehr im Kopf. Falls du mir das tatsächlich erzählt hast.«

»Habe ich.«

»Wie auch immer«, er machte ein wichtiges Gesicht, »habt ihr eigentlich mal mit Karl über diesen Toten aus Kampen gesprochen?«

Jetzt nahm das Gespräch eine unerwartete Wendung. Inge sah ihren Mann wachsam an. »Nur kurz. Also, dass man ihn gefunden hat. Wieso?«

Walter beobachtete ihre Reaktion aufmerksam. »Ich hatte gerade kurz die Eingebung, dass ihr da wieder irgendwas ermittelt. Ich hoffe, ich täusche mich.«

»Walter!« Mit gespieltem Entsetzen riss sie die Augen auf. »Wir ermitteln doch nicht im Fall dieses Toten. Sag mal. Das ist doch Sache der Polizei. Das hätte ich dir sofort erzählt, wenn wir uns um diesen bedauernswerten toten Mann kümmern würden. Nein, nein, da mach dir mal keine Gedanken, damit haben wir nichts zu tun.«

»Dann ist es ja gut.« Walter faltete gut gelaunt die Hände über dem Bauch. »Dann werden wir mal mit Karl sprechen. Heinz und ich haben uns nämlich ein paar Gedanken gemacht. Die diesen Fall betreffen.«

»Aha.« Inge tat beeindruckt. »Und welche?«

»Das kann man schlecht in zwei, drei Sätzen sagen. Aber während ihr euch um irgendwelche Chortreffen und Volksbelustigungen gekümmert habt, waren Heinz und ich durch diesen Artikel über die Schwarzarbeit auf der Insel doch sehr aufgeschreckt. Wir haben uns in den letzten Tagen intensiv mit diesem Thema auseinandergesetzt und sind einigen bemerkenswerten Vorgängen auf der Spur. Das würde jetzt zu weit führen, das alles im Detail zu erzählen, ich will dich auch nicht beunruhigen, aber ich stehe bereits im Kontakt mit einigen Steuerprüfungskollegen. Wir bereiten das sehr gründlich vor.«

»Was?«

Walter warf ihr einen gütigen Blick zu. »Wie gesagt, es würde zu weit führen, und ich möchte dich auch nicht ins Schussfeld bringen.«

Inge schluckte und unterdrückte einen Seufzer. Walter war in Form.

»Was diesen Toten in Kampen betrifft, das sieht mir zu sehr nach Zufall aus. Verstehst du, da rollt auf Sylt eine Ermittlungswelle im Bereich der Schwarzarbeit zu, und mittendrin fällt ein Unbekannter vom Kliff? Das ist doch komisch, oder?«

»Also, ich sehe da keinen Zusammenhang.« Obwohl Inge Walters krude Denkweise schon oft erlebt hatte, war sie jedes Mal aufs Neue beeindruckt. »Was soll denn der Mann mit euren Schwarzarbeitern zu tun haben?«

»Das, meine Liebe, werden wir herausfinden.«

Inge überkam eine große Erleichterung. Natürlich war es grausam, dass dieser Mann ums Leben gekommen war, aber er war zum absolut richtigen Zeitpunkt das Kliff runtergefallen. Dadurch waren mit einem Schlag ihre zwei härtesten Gegner beschäftigt: die Polizei und Heinz und Walter. Und sie konnten sich mit aller Konzentration und ungestört der Suche nach Sabine Schäfer widmen. Was für eine Fügung.

»Dann passt aber gut auf euch auf, Schatz«, sagte Inge. »Nicht, dass ihr Ärger bekommt, wenn ihr plötzlich die Arbeit der Polizei übernehmt.«

»Mach dir keine Sorgen um uns, Ingelein.« Walter rutschte unter die Bettdecke und knipste die Nachttischlampe aus. »Wir wissen, was wir tun. Wir sind die Guten.«

Sonntag, der 22. Mai,
bei Abendrot und kühlen 15 Grad

Das Freizeichen tönte sechs Mal, bis sich endlich am anderen Ende eine Frauenstimme meldete. »Ja?«

»Tanja?« Dr. Dirk Novak erkannte die Stimme kaum. »Oh, sorry, hast du schon geschlafen?« Er warf einen Blick auf die Uhr, es war halb acht, anscheinend störte er gerade. Aber es war noch früh und außerdem wichtig.

»Nein.« Ihre Stimme klang gepresst. Entweder war sie beleidigt, erkältet oder schlecht gelaunt, er hatte keine Lust, genauer nachzufragen. »Du, tut mir leid, dass ich am heiligen Sonntag bei euch anrufe, aber ich muss dringend mit Alexander sprechen. Ich habe es schon ein paarmal versucht, er braucht anscheinend ein neues Handy. Ist er da?«

Statt seine Frage zu beantworten, brach Tanja in ein hysterisches Weinen aus, stammelte nur Wortfetzen, deren Bedeutung sich Dirk zunächst nicht erschloss. Er hielt den Hörer vom Ohr weg und wartete, bis sich die Hysterie am anderen Ende gelegt hatte. »Tanja, jetzt mal ganz ruhig, ich habe kein Wort verstanden. Was ist los?«

»Alexander ist …«, wieder tränenerstickte Satzfetzen. »… gestern … wo warst du denn?«

Dirks Blutdruck ging hoch, eine unangenehme Vorahnung breitete sich in ihm aus.

»Ich war von Dienstag bis heute auf einem Ärztekongress. Und ich habe immer noch nicht verstanden, was passiert ist.«

Am anderen Ende hörte man erst lautes Naseputzen, dann ein Husten, schließlich Tanjas raue Stimme. »Alexander ist tot. Er wurde Dienstag auf Sylt gefunden. Ohne Papiere. Deshalb wissen sie erst seit gestern, dass er das ist. Die Polizei war hier. Dirk, was hat er auf Sylt gemacht? Er wollte doch nach Hamburg. Zu Sven Anders. Aber da war er gar nicht. War er bei Kai auf Sylt?«

»Nein, nicht dass ich wüsste.« Dirk hatte wie im Reflex geantwortet, er bekam gerade kaum Luft. »Ich war mit Kai unterwegs, wir haben Alexander nicht gesehen. Brauchst du Hilfe?«

»Nein.« Sie weinte wieder heftiger. »Oder doch. Ich weiß nicht.«

Dirk versuchte es mit seiner beruhigenden Hausarztstimme. »Pass auf, du nimmst jetzt zwei Schlaftabletten und gehst ins Bett. Ich komme morgen Mittag bei dir vorbei und dann sehen wir weiter. Okay?«

Sie schluchzte etwas leiser. »Okay. Bis morgen.« Dann legte sie auf. Dirk ging ins Gästebad und übergab sich.

Zwei Gin-Tonics später hatte er sich wieder soweit im Griff, dass er Kai anrufen konnte. Er ging sofort dran. »Na, Meister, wieder ordentlich Weiterbildungspunkte gesammelt?«

»Alexander ist tot.«

»Wie bitte?« Kai schnappte am anderen Ende nach Luft. »Das ist ein blöder Witz, oder?«

»Nein«, Dirk schluckte. »Ich dachte, du hättest ihn wenigstens erreicht. Wieso hast du dich nicht gemeldet?«

»Ich habe dasselbe von dir gedacht.« Kai stöhnte. »Und ich war auch die ganze Woche unterwegs. Ich komme gerade zur Tür rein. Scheiße, was ist denn da passiert? Woher weißt du das?«

»Ich habe Tanja gerade angerufen. Wollte Alexander sprechen. Ganz toll. Sie hat natürlich ununterbrochen geheult. Sie haben ihn Dienstag auf Sylt gefunden. Ohne Papiere, deshalb hat man erst nicht gewusst, wer er ist. Und gestern war die Polizei bei Tanja.«

»Und wieso sind die auf ihn gekommen?« Kais Frage war naheliegend, Dirk konnte sie trotzdem nicht beantworten. »Keine Ahnung. Das habe ich Tanja gar nicht gefragt. Mich hat das eben komplett umgehauen.«

Kai hatte anscheinend genau das gleiche Problem, sein stoßweiser Atem war durchs Telefon zu hören. »Scheiße. Aber was hätten wir machen sollen? Wir haben ihn überall gesucht. Dieser Idiot. Und jetzt?«

Dirk überlegte fieberhaft. Dann sagte er: »Ich habe Tanja gesagt, dass wir beide am Wochenende zusammen waren. Ohne Alexander. Wir sollten dabei bleiben.«

»Das ist gut.« Kai atmete wieder normal. »Das hätte ich dir auch vorgeschlagen. Wo sind wir gewesen?«

»Auf dem Boot meines Bruders.« Dirks Antwort kam spontan, während er es sagte, fand er die Idee perfekt. »Ich habe keinen Bock auf endlose Befragungen der Polizei. Und das käme im Ort auch nicht so besonders gut an.«

»Okay.« Kai war die Erleichterung anzuhören. »So machen wir es. Und um den Rest kümmern wir uns später.«

Montag, der 23. Mai,
Morgendämmerung bei frischen 14 Grad

Wilma Konrad schreckte mit Herzrasen hoch. Schlaftrunken sah sie sich um, knipste die kleine Lampe am Bett an und atmete tief durch. Was für ein furchtbarer Traum. Sie hatte als Geisel in einem Keller gesessen, Arme und Beine gefesselt, vor sich einen Teller mit Gurkensalat, an den sie nicht herankam. Die Bekannten von Helga hatten lächelnd durch den Glaseinsatz der Tür gewinkt, während Karl Sönnigsen und dieser Onno sie anfeuerten, sich aus den Fesseln zu befreien. Und plötzlich hatte Karl Sönnigsen eine Waffe gezogen und auf den Gurkensalat geschossen. Von dem Schuss war sie wach geworden.

Sie setzte sich auf und lauschte. Es waren Geräusche im Haus. Sie war nicht von Karls Schuss wach geworden, irgendetwas im Haus hatte geknallt. Sie spürte ihren Puls bis hinauf in den Hals, langsam schwang sie ihre Beine aus dem Bett, setzte sich auf und wartete. Das Klappen einer Tür, dann leise Schritte. Einbrecher, dachte sie, die Panik kroch ihr in den ganzen Körper. Was sollte sie machen? Runtergehen? Schreien? Das Telefon war unten, sie konnte keine Hilfe bekommen. Sie war allein. Allein mit einem Einbrecher. Oder mehreren. Ihr war übel, sie musste zur Toilette, das ging jetzt alles nicht. Sie musste fliehen, aber wie sollte sie aus dem ersten Stock nach draußen gelangen? Unten fiel etwas zu Boden, es klang wie Glas.

Zerschlugen sie die Fenster? Kamen noch mehr? Zitternd stand Wilma auf und schlich sich langsam und vorsichtig auf Zehenspitzen zur angelehnten Tür. Mit angehaltenem Atem drückte sie sie zu und drehte den Schlüssel um. Erst dann atmete sie aus, lehnte sich an und presste ihr Ohr an die Tür. Im Moment war es still, sie wartete, starr vor Angst und kurz vor einem Tränenausbruch. Ihr wurde abwechselnd kalt und heiß, ihr Puls ging rasend schnell, es rauschte in ihren Ohren. Sie sah hektisch im Zimmer umher, ihr fiel nichts ein, nichts, was sie tun könnte, sie entdeckte keinen Gegenstand, den sie als Waffe benutzen könnte, was sowieso Unsinn war, weil sie sich überhaupt nicht aus diesem Zimmer traute. Aber was sollte sie machen, wenn die Einbrecher hier reinkämen? Sie würden sie umbringen, weil sie eine Zeugin war, weil sie sie gestört hatte. Wilma war es plötzlich speiübel. Sie zwang sich, ruhig ein- und wieder auszuatmen. Sie durfte nicht ohnmächtig werden, sie musste wachbleiben. »Lieber Gott«, flüsterte sie, der Hysterie nahe, »lieber Gott, mach, dass alles gut geht, dass die Einbrecher verschwinden, dass sie mich verschonen.« Jetzt sammelten sich die Tränen in ihren Augen, ihr fiel ein, dass es im letzten Jahr schon einen Einbruch auf der Insel gegeben hatte, bei dem eine Frau die Treppe hinuntergestürzt war. Sie hatte sich das Genick gebrochen und war gestorben. Wilma stöhnte in ihrer Panik auf und presste sich sofort die Hand auf den Mund. »Lieber Gott, lieber Gott ...«, sie lehnte ihre Stirn an die Tür und schloss die Augen. Sie hatte kein Gefühl dafür, wie lange sie so dastand, es kam ihr vor wie eine Ewigkeit. Irgendwann war sie völlig durchgefroren, sie schlief bei offenem Fenster und stand jetzt schon sehr lange in diesem dünnen Nachthemd und nackten Füßen auf den kalten Fliesen. Sie wartete und lauschte. Plötzlich hörte sie, wie die Haustür zuschlug, dann waren da Schritte, die sich draußen schnell entfernten, danach war es still. Wilma löste sich aus ihrer Starre, wartete, zählte bis zwanzig und drehte vorsichtig den Schlüssel im Schloss. Sie zog die Tür langsam auf, trat aus dem Schlafzimmer und beugte sich übers Treppengelände. Es war nichts zu hören, sie atmete ein paarmal durch die Nase ein und durch den Mund wieder aus, so lange, bis sich ihr Herzschlag ein wenig beruhigt hatte und sie sich traute, langsam und vorsichtig die Treppe hinunter zu steigen. Im Flur durchfuhr sie ein scharfer Schmerz. Sie unterdrückte einen Schrei und sog die Luft ein. Ihr Blick ging auf den Boden, die Wasserflasche, die sie auf die Treppe gestellt und vergessen hatte, mit nach oben zu nehmen, war zerbrochen, Wilma war in eine der Scherben getreten. Sie ließ sich auf die letzte Stufe fallen, betrachtete die Scherben und dann ihren blutenden Fuß. In dem Moment liefen die Tränen. Als sie den Kopf wieder hob, fiel ihr Blick auf die Treppe, die zur Eingangstür von Sabine Schäfer führte. Die Tür war nur angelehnt. Schwerfällig kam Wilma hoch und humpelte die Treppe runter. Sie war sich sicher, dass die Tür geschlossen gewesen war. Jetzt war sie offen. Vorsichtig drückte Wilma die Tür auf, knipste den Lichtschalter an, und betrat zögernd die Kellerwohnung. Auf den ersten Blick sah alles aus wie immer. Auf den zweiten Blick entdeckte sie die offene Kühlschranktür und das offene Gefrierfach. Das war vorher nicht so gewesen. Wilma Konrad hätte nie derartig viel Energie verschleudert. Sie sah ins Gefrierfach, das leer war, schloss erst die Klappe und dann die Kühlschranktür. Hier war jemand eingedrungen, das stand außer Frage. Während sie oben schlief, hatten sich hier unten irgendwelche finsteren Subjekte zu schaffen gemacht. Sie war in Gefahr gewesen, sie hätten sie im Bett entdecken können, es war nicht auszudenken, was dann passiert wäre. Eine heftige Schwindelattacke nahm von ihr Besitz. Wilma schaffte es gerade noch zum Sessel, danach wurde alles schwarz.

Montag, der 23. Mai,
Sonnenschein, bei frühsommerlichen 21 Grad

Karl, was machst du denn hier?« Maren brüllte ihn laut genug an, um Anna zu warnen. Die war gerade auf dem Weg zu Maren, verharrte sofort an der Tür und beeilte sich, den Rückzug anzutreten.

»Wieso schreist du mich so an?« Karl war vor Schreck zurückgewichen. »Ich bin doch nicht taub.« Er sah sie irritiert an und hob ein in Alufolie gewickeltes Päckchen hoch. »Gerda hat Rhabarberkuchen gebacken. Ich mag dieses saure Zeug aber nicht. Und hier wird doch alles gegessen, oder?«

Maren überzeugte sich mit einem Blick über seine Schulter, dass Anna nicht mehr zu sehen war, bevor sie Karl erleichtert anlächelte. »Ja, danke, der kommt hier weg. Wolltest du noch was?« Sie deutete mit den Händen auf ihren Schreibtisch. »Ich habe nämlich ziemlich viel ...«

»Meine Güte«, jetzt war Karl ungehalten. »Ich bin noch nicht mal ganz drin. Und habe euch schönen Kuchen mitgebracht. Runge hat heute frei, das hat mir Benni gerade erzählt, es gibt also überhaupt keinen Grund, mich hier so abzubügeln.«

»Ich habe dich nicht abgebügelt.« Maren deutete als Friedensangebot auf einen Stuhl vor ihrem Schreibtisch. »Dann setz dich eben einen Moment. Ich habe wirklich den ganzen Schreibtisch voll, wir sind gerade ziemlich knapp besetzt.«

Karl blieb vor ihr stehen und sah auf sie hinunter. »Früher hat man mir hier eine Tasse Kaffee angeboten. Und wenn ihr so knapp besetzt seid, dann ist das ein Ergebnis von Unfähigkeit in der Personalplanung. Man muss eben Dienstpläne schreiben können, das ist eine hohe Kunst, und die ist eben nicht jedem gegeben.« Er schob mit dem Finger eine Akte auf Marens Stapel zur Seite und legte den Kopf schief, um besser sehen zu können. »Was gibt es Neues?«

»Nichts«, sie legte eine Zeitung auf den Stapel. »Zumindest nichts, um das du dich kümmern müsstest.«

»Was ist eigentlich mit dem Toten aus Kampen? War das ein Unfall? Oder geht man von Fremdeinwirkung aus?« Er warf Maren einen kurzen Blick zu. »Oder wisst ihr das immer noch nicht?«

»Die Ermittlungen laufen noch.« Maren hielt seinem Blick stand. »Und du? Ich habe gehört, du bist jetzt Schwarzarbeitern auf der Spur?«

»Ich?« Karl schüttelte amüsiert den Kopf. »Das fehlt mir noch. Nein, nein, da kümmern sich schon die richtigen Leute drum, das interessiert mich nicht. Ich gebe vielleicht den einen oder anderen Rat. Mehr nicht. Wo kommt der Mann denn her?«

»Welcher Mann?«

»Maren, bitte! Der Tote. War das ein Einheimischer? Ein Gast? In der Zeitung stand ja nichts. Macht ihr keine anständigen Pressekonferenzen? Die Polizei muss doch die Öffentlichkeit informieren. Sonst schürt man schnell eine Panik. Könnte ja auch ein Serienmörder sein. Und – zack! – hast du hier massenhaft besorgte Bürger. Die die Telefonleitungen lahmlegen.«

Maren stand auf. »Kaffee?«

Karl lächelte sie an. »Sehr gern. Ich habe auch noch

nicht gefrühstückt. Wenn du den einen oder anderen Keks in der Teeküche findest, kannst du ihn gern mitbringen.« Er wartete, bis sie an der Tür war, dann ging er wie selbstverständlich um den Schreibtisch und setzte sich auf Marens Stuhl.

»Karl?«

Er hob den Kopf. »Ja?«

»Lass die Finger von den Akten. Sonst kannst du den Kaffee vergessen.«

»Natürlich.« Sofort hob er die Hände. »Mit Milch und Zucker bitte.«

Kopfschüttelnd ging Maren über den Flur. In der Küche stand Anna an den Türrahmen gelehnt und sah ihr entgegen. »Und?«, flüsterte sie. »Hat er was mitgekriegt?«

Maren zog die Kaffeekanne von der Wärmeplatte. »Er hat vermutlich den Artikel in der Zeitung gelesen. Mich hat sowieso gewundert, dass er nicht sofort danach aufgetaucht ist. Er bekommt jetzt einen Kaffee, damit er nicht misstrauisch wird, und dann wimmle ich ihn ab. Drück mir die Daumen.«

Anna grinste und hielt eine Akte hoch. »Van der Heyde. Karl findet nichts.«

»Sei dir nie sicher.« Mit einem Becher in der Hand ging Maren an ihr vorbei. An der Tür klopfte sie dreimal aufs Holz. »Spätestens in einer Viertelstunde ist er weg.«

Die Melodie von ›Spiel mir das Lied vom Tod‹ dudelte im Raum, als Maren ihn betrat. Vertieft in eine der Akten, zog Karl ein Handy aus seiner Jackentasche und bellte ein knappes »Ja?« hinein. Der Anruf musste wichtig sein, verblüfft beobachtete Maren, dass Karl die Akte zurück auf den Stapel warf und sofort aufstand. »Wann? ... Aha ... Wo? ... Das sehe ich mir lieber selbst an. Ja, bis gleich.«

Umständlich drückte er auf dem Gerät herum, dann schob er es zurück in die Jacke und zuckte zusammen, als Maren plötzlich vor ihm stand.

»Seit wann hast du denn ein Handy?«, fragte sie ihn erstaunt und stellte den Kaffeebecher auf den Schreibtisch. »Du warst doch immer so dagegen. Ist was passiert?«

»Ja, äh, nein«, Karl sah sie unkonzentriert an. »Ich habe ein Heizungsproblem. Der Techniker ist gerade da, ich muss sofort los. Bis bald mal.«

Er wandte sich zum Ausgang, irritiert rief Maren ihm nach: »Karl? Was ist mit dem Kaffee?«

An der Tür blieb er stehen. »Zu viel Kaffee ist gar nicht gesund. Und übrigens, diese Anzeige von diesem Wagner, das kannst du vergessen, der verklagt seit Jahren immer mal wieder seine Nachbarn, das ist ein alter Stinkstiefel. Und man kann gar nicht von seiner Terrasse aus die Haustür sehen, das habe ich mir mal angeguckt. Der denkt sich das aus. Der Mann ist verrückt.«

»Die Akten gehen dich nichts mehr an. Du sollst die Finger davon lassen.«

»Ein einfaches Danke genügt«, fröhlich hob Karl die Hand zum Abschied. »Frohes Schaffen.«

Maren sah ihm kopfschüttelnd nach.

»Ist er weg?« Anna sah vorsichtig um die Ecke, bevor sie zu Maren kam. »Hast du ihn rausgeschmissen?«

»Nein.« Immer noch verwirrt schüttelte Maren den Kopf. »Er bekam einen Anruf und musste dann sofort los. Irgendwas mit der Heizung. Na ja, aber Zeit genug, in den Akten zu schnüffeln, hatte er trotzdem noch.« Sie beugte sich über den Tisch, schlug die oberste Akte auf und überflog den Text. Dann riss sie einen Zettel vom Notizblock, griff nach einem Kuli und kritzelte die Worte »Wagner, Terrasse« darauf. Anna sah ihr über die Schulter, während

Maren murmelte: »Ich muss da mal was nachprüfen.« Dann richtete sie sich wieder auf. »So. Und nun?«

»Ich denke die ganze Zeit an Käsebrötchen, ich habe noch nicht gefrühstückt. Kommst du mit ins Entree? Dann erzähle ich dir auch, wie es am Samstag noch bei Tanja van der Heyde war und höre, was bei dir die Liebe macht.«

»Hattest du denn einen schönen Samstagabend?« Anna hatte die Frage schon gestellt, bevor sie in ihr Käsebrötchen biss. »Ich habe noch gar kein ›Danke, Anna, das war eine Superidee‹ gehört.«

»Danke, Anna, das war eine Superidee.« Maren rührte ihren Kaffee um. »Doch, es war schön, ich soll dich grüßen. Und bei dir? Wie war es bei Frau van der Heyde?«

Sofort wurde Anna wieder ernst. »Schon schwierig. Sie stand natürlich völlig neben sich, zum Glück war ihre Schwester noch da und hat sich um sie gekümmert. Tanja van der Heyde wirkte ziemlich konfus. Aber sie wusste zumindest, welcher Freund ihres Mannes das Haus auf Sylt hat. Es ist der Apotheker aus dem Ort, Kai Kruse, laut van der Heyde ein arrogantes Arschloch. Ich hatte das Gefühl, dass die Arme entweder was eingenommen oder zu viel getrunken hat. Mit der Schwester konnte ich schon mehr anfangen. Sie kennt Kruse auch, hat erzählt, dass er mit ihrem Schwager schon seit Jugendzeiten befreundet ist und schon lange das Haus in Kampen besitzt. Auch, dass sie schon öfter zusammen da waren. Da gehört auch noch ein Dritter dazu, der heißt ...« Sie kramte ein Notizbuch aus der Tasche und blätterte. »Der heißt Dirk Novak. Der Arzt aus Dedensen. Da haben die Jungs doch alle Karriere gemacht. Jedenfalls hat sie mir die Nummern und Adressen rausgesucht, bei beiden war aber niemand zu Hause. Ich habe dann die Handynummern raussuchen lassen und beiden auf die Mailbox gesprochen. Und Kruse hat mich tatsächlich sofort zurückgerufen.«

»Und?« Gespannt warf Maren ihr einen kurzen Blick zu. »Was hat er gesagt?«

»Er war total geschockt. Konnte das gar nicht fassen. Allerdings hat er Alexander van der Heyde das letzte Mal vor drei Wochen gesehen, er war an dem besagten Wochenende gar nicht auf Sylt.«

»Sagt er.« Maren war skeptisch. »Würde ich an seiner Stelle auch machen.«

»Er klang eigentlich ganz glaubwürdig.« Anna sah aus dem Fenster und deutete nach vorn. »An dem besagten Wochenende war er segeln. Auf der Ostsee. Mit diesem anderen Freund. Dr. Dirk Novak. Aber ohne Alexander van der Heyde.«

»Hast du auch mit Novak gesprochen?«

Anna nickte. »Der war bis Sonntag auf einem Ärztekongress. Das hatte mir die Schwester von Frau van der Heyde erzählt. Deswegen hat sie keinen Termin in der Praxis bekommen. Er hat aber heute Morgen zurückgerufen und bestätigt, dass er mit Kruse segeln war. Das Boot liegt in Neustadt. Und er konnte sich ebenfalls nicht erklären, warum van der Heyde auf Sylt war. Sie hätten sich aber auch länger nicht gesprochen.«

Sie biss jetzt endlich in ihr Brötchen und kaute nachdenklich. »Es ist wirklich seltsam. Warum läuft jemand betrunken auf dem Kliff entlang ohne Papiere, Geld, Schlüssel und Handy? Warum braucht man fast eine Woche, bis man ihn identifiziert hat? Warum weiß niemand, dass er auf der Insel war? Wo hat er überhaupt gewohnt? So wie es aussieht, gab es keine Fremdeinwirkung, vermutlich war es tatsächlich ein Unfall, unter Umständen unter Alkoholeinfluss, aber irgendwas kommt mir trotzdem komisch vor.«

»Was machen wir jetzt?« Maren hatte ihr konzentriert zugehört. »Wie machen wir weiter?«

»Benni und Katja überprüfen gerade noch einmal alle Hotels, Restaurants und Kneipen. Tanja van der Heyde hat mir ein aktuelles Foto überlassen, vielleicht erkennt ihn doch jemand wieder. Wobei er irgendwo privat übernachtet haben muss, wir haben ja schon alle offiziellen Gästeanmeldungen durchgesehen, da gibt es niemanden, der vermisst wurde. Und van der Heydes Sachen müssten ja auch noch irgendwo herumstehen. Das hätte ein Hotel oder eine Pension ja schon bei der ersten Anfrage gemerkt.«

»Und kann er nicht trotzdem im Haus von seinem Freund übernachtet haben? Auch, wenn der nicht da war? Vielleicht hatte er ja eine kleine Affäre und war deshalb heimlich hier?«

Anna hob die Augenbrauen. »Das habe ich auch schon überlegt. Und auch Kruse gefragt. Er hat gesagt, dass Alexander van der Heyde sich ja dann den Schlüssel geholt haben müsste. Hat er aber nicht. Und außer ihm und einer Nachbarin in Kampen hat niemand einen Hausschlüssel.«

»Vielleicht hat van der Heyde den Schlüssel von der Nachbarin bekommen. Habt ihr sie schon gefragt?«

»Laut Kai Kruse würde sie den Schlüssel nie rausrücken, ohne mit ihm gesprochen zu haben. Ich habe sie trotzdem angerufen, aber niemanden erreicht. Sie hat keinen Anrufbeantworter.« Anna zog einen Zettel aus der Tasche, kritzelte etwas darauf und schob ihn Maren hin. »Da könntest du nachher bitte vorbeifahren. Es liegt auf deinem Heimweg, falls sie nicht da ist, weiß vielleicht ein anderer Nachbar, wo wir sie erreichen können. Und ansonsten klappern wir einfach noch mal van der Heydes privates und geschäftliches Umfeld ab und hoffen, dass es irgendwo einen Anhaltspunkt gibt.« Sie schob sich den Rest ihres Brötchens in den Mund und den Teller zur Seite. »Wir müssen wieder rüber. Dabei wollte ich eigentlich noch ein bisschen von deinem Wochenende hören. Wenn ich schon kein eigenes Liebesleben mehr habe. Sollen wir morgen Abend mal wieder essen gehen? Ich könnte einen Frauenabend gut gebrauchen.«

Maren nickte. »Gern. Ich kann auch was kochen.«

»Nein, nein«, Anna hob abwehrend die Hände. »Bei unserem Glück kommen Onno und Karl zu dir, um zu gucken, wer zu Besuch ist. Das schaffe ich noch nicht. Solange die Gefahr besteht, dass Karl sich mit seiner Truppe wieder einmischt, operieren wir lieber im Geheimen. Und kochen musst du auch nicht extra. Und, Maren: du hältst die beiden bitte außen vor, oder?«

»Natürlich«, Maren sah sie erstaunt an. »Glaubst du ernsthaft, ich erzähle zu Hause irgendetwas von meiner Arbeit? So weit solltest du mich inzwischen kennen. Karl ist auch nur noch selten bei meinem Vater. Er ist eifersüchtig, weil Helga jetzt bei ihm wohnt.«

»Ach«, Anna stand langsam auf, um dem Kellner zu signalisieren, dass sie bezahlen wollte. »Ist sie schon eingezogen? Und wie findest du das? Ist das nicht komisch?«

Der Kellner kam, und Maren wartete, bis er wieder weg war. »Was meinst du mit ›komisch‹?«

Anna steckte ihr Portemonnaie zurück in die Jacke und lächelte Maren an. »Na ja, wenn ich mir vorstelle, dass mein Vater eine andere Frau als meine Mutter plötzlich bei sich hätte, wäre ich irgendwie ... beleidigt? Keine Ahnung, wie ich das ausdrücken soll, aber ich fände das seltsam. Ich bin aber auch, das gebe ich zu, Papakind und eine ziemliche Egozentrikerin. Aber das können wir ja morgen Abend auch ausführlicher bereden.«

Oder auch nicht, dachte Maren, sagte aber nichts. Papakind war sie auch, aber Egozentrik wies sie mit aller Entschiedenheit von sich. Zumindest bis jetzt. Es konnte aber auch gut sein, dass sie gerade im Begriff war, sich zu verändern.

Mein Tagebuch

Ostersonntag, 11. April 2000

Das Schönste an dieser Zeit sind die Tulpen. Ich glaube, ich habe schon mal gesagt, dass es unsere Lieblingsblumen sind, sowohl meine als auch Gregors. Es sind diese wilden Farben, diese unterschiedlichen Größen, Gregor hat immer gesagt, die Tulpen schießen aus der Erde und schreien: »Frühling!« Daran denke ich jedes Mal. Und habe mich immer darüber gefreut. Von den Tulpen abgesehen ist hier alles sehr trist. Hans hat sich den Fuß gebrochen und ist für sechs Wochen ausgefallen. Deshalb musste ich mit der neuen Floristin auf den Markt. Sie ist eigentlich ganz freundlich, aber etwas dumm. Hans nennt sie immer nur »die Püppi«, weil sie so blond ist und so eine große Oberweite hat. Sie trägt deshalb auch immer sehr weite Ausschnitte, weil man es sehen soll. Hans hat gemeint, wenn sie weniger Aufmerksamkeit auf meinen Mann und dafür mehr auf die Blumen richten würde, könnte man ihre Sträuße auch verkaufen, so müssen wir sie aber immer nacharbeiten. Das nervt schon, auch weil Hans jetzt ja ausgefallen ist und ich die ganze Arbeit machen muss. Und dann noch die Fehler von dieser Püppi ausbügeln, das geht mir so auf die Nerven. Aber ich kann nichts sagen, weil mein Mann die Püppi ganz toll findet, sie ihn anscheinend auch, deshalb kommt er jetzt dauernd auf dem Markt vorbei und starrt ihr in den Ausschnitt. Ich sage gar nichts mehr dazu, ich sehe einfach weg. Hans hat sich ja bei meiner Mutter beschwert, die hat dann mit meinem Mann gesprochen, und wer war schuld? Richtig. Ich. Wer sonst. Und mein Mann hat mir eindrücklich gezeigt, dass ich mich bei seinen Personalentscheidungen raushalten soll. So hat er es genannt: Personalentscheidungen. Aber ich will mir gar keine Gedanken mehr zu diesem Thema machen. Ich kann es ja doch nicht ändern. Genauso wenig wie das Wetter. Ich hatte mich auf Ostern gefreut, aber jetzt regnet es schon den ganzen Tag. Man kann überhaupt nicht vor die Tür. Dabei wäre ich zu gern zum Osterbasar gegangen, der im Gemeindehaus stattfindet. Der Pastor hat meine Mutter gefragt, ob wir nicht auch mitmachen wollen. Mit kleinen Vasen, kleinen Sträußen und Ostergestecken. Da hatte er was gesagt. Meine Mutter ging sofort auf ihn los, das wäre ja wohl das Letzte, die Kirche wäre für sie gestorben, mit ihrem Sohn, sie glaubt diesen ganzen Quatsch nicht mehr. Es war ziemlich peinlich, das Gespräch hatte in der Gärtnerei stattgefunden, und an diesem Tag war es ausnahmsweise sehr voll. Ich bin rausgegangen, als es niemand bemerkte, und habe schnell ein paar Tulpen zu Gregor gebracht und ihm gesagt, dass ich mich nachher für dieses unmögliche Benehmen entschuldigen werde. Es war ihm bestimmt auch peinlich.

Mein Mann hat nichts davon mitbekommen, er ist schon seit Karfreitag unterwegs, ich habe keine Ahnung, wo er ist, aber da die Püppi eine Krankmeldung mit der Post geschickt hat, kann ich mir wenigstens denken, wer ihn begleitet. Mir soll es recht sein, so habe ich wenigstens nach Feierabend meine Ruhe.

Eine schöne Sache ist aber doch noch passiert. Ich habe eine Einladung bekommen zur Hochzeit des Pastors. Er heiratet im Mai seine Verlobte, und mein Mann und ich sind tatsächlich eingeladen. Das habe ich ihm noch gar nicht gesagt, da muss ich erst eine günstige Gelegenheit abpassen, wenn er mal wieder ein schlechtes Gewissen hat. Ich hoffe, dass es klappt. Die Verlobte war jetzt ein paarmal hier. Sie ist sehr sympathisch. Und hübsch: sie hat Grübchen, wenn sie lächelt. Und sie lächelt oft. Als ich letzte Woche die Blumen in die Kirche gebracht habe, hat sie mich angesprochen. Erst hat sie über die Gestecke geredet und dass der Pastor in den höchsten Tönen von mir schwärmt, und dann hat sie plötzlich ihre Stimme gesenkt und gemeint, dass ich gern mal mit ihr reden könnte, wenn ich ein Problem hätte. Ich wüsste vielleicht, dass sie im Sommer bei unserem Doktor in der Praxis einsteigt, und sie würde sich freuen, wenn ich ihre Patientin werden würde. Mir wurde sofort schlecht, weil ich nicht genau wusste, was sie meinte. Und ob der Doktor irgendwas erzählt hat. Von wegen Schweigepflicht. Obwohl er natürlich nichts von mir weiß, aber vielleicht reimt er sich was zusammen. Jedenfalls habe ich sofort gesagt, dass ich kein Problem hätte, aber wenn eines käme, dann würde ich selbstverständlich zuerst mit ihr darüber reden. Ich wollte das gar nicht so sagen, aber ich war plötzlich so wütend. Sie hat es gar nicht übel genommen. Sie hat mich nur lange angesehen und mit ihren Grübchen gelächelt. Und dann ist sie schnell zum Auto gelaufen und hat ein Buch geholt, das sie mir geschenkt hat. Sie meinte, es würde vielleicht einiges passen und ich solle nicht auf den Gedanken kommen, dieses Geschenk abzulehnen. Da konnte ich nicht viel machen.

Ich habe es mir am Abend erst angesehen, als ich nach dem Duschen mit einem Tee zu Hause saß. Eigentlich habe ich nie viel gelesen, Gregor war immer ein Bücherwurm, aber seit er mir nicht mehr vorlesen kann, ist der Zauber von Büchern weg. Dieses hier war etwas Besonderes: Gedichte. Von einer sehr schönen Frau, die ein bisschen so aussieht wie die Verlobte. Aber die Schriftstellerin ist leider schon tot. Und heißt nicht Sabine, sondern Mascha. Mascha Kaléko. Ich habe schon alle Gedichte gelesen. Und eines ist das Schönste. Ich muss es gar nicht mehr aus dem Buch abschreiben, ich habe es schon im Kopf.

> Man braucht nur eine Insel.
> Allein im weiten Meer.
> Man braucht nur einen Menschen,
> den aber braucht man sehr.

Vielleicht sollte ich eine Insel suchen, jetzt wo Gregor nicht mehr da ist. Und vielleicht hat es eine Bedeutung, dass Sabine mir dieses Buch geschenkt hat.

Montag, der 23. Mai,
blauer Himmel, schon 23 Grad

Karl hielt die Klingel gedrückt, bis Onno die Tür aufriss. »Sag mal, bist du bekloppt? Ich war auf dem Boden, ich muss ja wohl erst mal die Treppe runterkommen.«

»Notfall«, entgegnete Karl knapp und ging an Onno vorbei. »Wieso hast du die Tür überhaupt geschlossen, die stand jahrelang offen, wenn man hierherkam.«

»Meine Tochter ist Polizistin«, erklärte Onno energisch. »Sie hat mir genügend Vorträge über offen stehende Haustüren gehalten.«

»Deine Tochter ist schon lange Polizistin, aber Helga ist neu«, bemerkte Karl bissig, während Onno leise seufzend die Tür wieder schloss. Karl stand immer noch im Flur. »Aber es geht jetzt nicht um die Haustür. Man hat bei Wilma eingebrochen. Also nicht bei Wilma, sondern bei Sabine Schäfer. Da hat jemand etwas gesucht. Inge ist nicht zu Hause, Charlotte auch nicht, hast du eine Idee, wo sie sein könnten?«

»Im Garten.« Onno deutete auf die Hintertür. »Sie haben eine Fahrradtour gemacht und sind hier vorbeigekommen.«

»Ach?« Misstrauisch sah Karl ihn an. »Besprecht ihr schon irgendwas? Wegen morgen?«

»Ja, sicher. Wir haben gerade darüber geredet, dass man ja ein paar Gemüsepflanzen kaufen könnte, wenn wir schon in diese Gärtnerei fahren. Da muss man sich ja vorher im Klaren darüber sein, was man so braucht. Nicht, dass wir dastehen wie die Deppen und aus lauter Unsicherheit irgendwelche Zierkirschen kaufen, für die hier überhaupt kein Platz ist.«

»Hm.« Karl hatte zwar keine Ahnung, was Onno meinte, aber sie hatten ohnehin ein ganz anderes Problem. »Dann werde ich die neue Sachlage mal mit den Damen im Garten besprechen.«

Erstaunt sahen Inge und Charlotte hoch, als Karl plötzlich im Garten auftauchte. »Karl«, begrüßte ihn Charlotte freundlich. »Das ist ja ein Zufall! Wir wollten gar nicht unbedingt zu Onno, aber Inge musste so nötig, und zu Onnos Toilette war es der kürzeste Weg. Inge geht ja nicht auf öffentliche.«

»So genau will Karl es bestimmt nicht wissen«, unterbrach sie Inge. »Hallo Karl.«

Karl starrte sie an, die gerade gelieferten Informationen gingen ihm noch durch den Kopf, ohne dass er wusste, was er damit anfangen sollte. »Ja, hallo«, sagte er nur knapp, um sofort zum Thema zu kommen. »Wilma Konrad hat mich gerade auf meinem Handy angerufen, um mir zu sagen …«

»Du hast ein Handy?«, fragte Onno entgeistert. »Von wem hast du das denn?«

»Das habe ich mir gekauft«, Karl zog das Gerät stolz aus der Tasche und zeigte es herum. »Ohne ein solches Mobilgerät ist man heute ja aufgeschmissen.«

»Du hast doch immer über Strahlungen und diese schreckliche Erreichbarkeit geredet. Du wolltest nie eins haben.« Onno schüttelte immer noch den Kopf. »Ich habe deine Tiraden noch im Ohr.«

»Das ist schon lange her. Und man kann hiermit auch

hervorragende Fotos machen.« Unwirsch steckte Karl das Telefon wieder zurück. »So.«

»Das hast du erst letzten Freitag gesagt«, Onno ließ nicht locker. »Das ist noch nicht lange her. Nachdem wir bei Wilma waren.«

Karl sah ihn böse an. »Jetzt hack nicht so lange auf Dingen herum, die ich mal so in Gedanken gesagt habe, ich habe jetzt diese technische Errungenschaft und bin sehr froh darüber. Und apropos Wilma, sie hat bei uns zu Hause angerufen und war furchtbar aufgeregt. Und da ist ja auf Gerda Verlass, sie hat sofort geschaltet und Wilma meine neue Mobilnummer gegeben. Allein deshalb hat sich die Anschaffung schon gelohnt. Weil Wilma mich sofort informieren konnte, dass jemand bei Sabine Schäfer in der Wohnung war.«

»Was?« Inge und Charlotte fuhren sofort hoch. »Wann? Wer?«

»Das weiß ich nicht«, Karl zuckte mit den Schultern. »Sie war zu aufgeregt, als dass ich Details erfahren konnte.« Nach einem Seitenblick auf Onno fuhr er fort: »Aber ich finde sie so ... seltsam, und jetzt ist sie auch noch hysterisch, ich habe keine Lust, da allein hinzufahren. Wer von euch kommt also mit?«

»Ich.« Charlotte stand schon. Onno ebenfalls. »Ich auch.«

Nur Inge sah an sich herunter und meinte: »So, wie wir sind? In den Fahrradklamotten? Was soll sie denn von uns denken?«

»Das ist doch wirklich total egal.« Charlotte musterte sie. »Hast du die Bluse gesehen, die sie neulich anhatte? Mit so einer wäre ich noch nicht mal Fahrrad gefahren. Jetzt komm. Lass uns sofort los, ich will auch nicht so spät nach Hause.«

»Du, ich auch nicht«, mit einem Rest Unsicherheit erhob sich jetzt auch Inge. »Ich muss auch noch Kartoffelsalat machen. Kann ich echt so mit?«

»Diese Hose ist sehr hübsch, Inge«, Onno lächelte sie an, wie immer charmant, und Inge dachte ein weiteres Mal, was Helga doch für ein Glück mit ihm hatte.

»Gut, dann lass uns mal los.«

»Ich habe es natürlich sofort wieder geschlossen«, Wilma stand mit aufgerissenen Augen vor dem Kühlschrank in Sabine Schäfers Kellerwohnung und wandte sich von Karl zu Charlotte. »Das frisst ja so viel Strom, wenn der Kühlschrank offen steht und dann auch noch das Gefrierfach. Es ist auch schon angetaut gewesen. Ich bin wirklich fix und fertig, ich war sogar ohnmächtig von dem Schock, ich weiß nicht, wie lange ich bewusstlos war, aber das war alles nicht ohne. Andere hätten einen Herzinfarkt bekommen, ich hätte auch unglücklich fallen können oder der Einbrecher hätte mich noch angetroffen und mir eine …«

»Ja, das hätte passieren können.« Ungeduldig schob Karl sie ein Stück zur Seite. »Jetzt gehen Sie doch bitte mal hier weg, ich kann ja gar nichts sehen.«

Sie machte einen hektischen Satz, während Karl sich Plastikhandschuhe überzog und vorsichtig erst den Kühlschrank und dann das Gefrierfach öffnete. Es war leer. Charlotte, Inge und Onno, die Karl gemeinsam über die Schulter gesehen hatten, zogen ihre Köpfe zurück.

»Leer«, sagte Inge zu Karl. »Was war denn vorher da drin? Es klaut doch keiner Petersilie oder Toastbrot.«

»Ich weiß es nicht«, Karl starrte weiterhin in das leere Fach, als würde die Antwort aus der Kälte kommen.

»Wieso weißt du das nicht?« Charlotte stellte sich auf

die Zehenspitzen, um besser sehen zu können. »Du hast doch Freitag reingeguckt.«

»Nein«, Karl sprach leise und in den Kühlschrank.

Inge sah ihn fragend an. »Was heißt: nein?«

Langsam drehte Karl sich um. Er schloss die Augen, atmete tief durch, öffnete sie wieder und antwortete: »Das heißt, ich habe nicht reingeguckt. Ich habe den Kühlschrank vergessen. Völlig ignoriert. Mitsamt dem Gefrierschrank. Ich habe beides nicht untersucht. Ich habe einen Fehler gemacht.«

»Na, na«, Onno schob den blassen Karl weg und beugte sich selbst in den Kühlschrank. »Da wäre ich auch nicht drauf gekommen. In einem Kühlschrank zu suchen. Inge, gib mir mal deine Brille, ich habe meine vergessen.«

»Dass du nicht drauf gekommen wärst, ist schon klar«, Karl konnte sich gar nicht beruhigen. »Aber ich bin Profi. Und dann so etwas. Natürlich ist der Kühlschrank wichtig, ob es das Verfallsdatum von Lebensmitteln oder die Vorräte insgesamt oder ...«

»Sagt mal, was klebt denn hier?« Onno kratzte mit seinem Fingernagel auf dem vereisten Boden. »Da klebt doch was.«

»Lass mal sehen«, sofort schob sich Karl zwischen Onno und Inge und knibbelte ebenfalls mit dem Finger an einem angefrorenen Papierstückchen. »Ich brauche eine Pinzette. Und ein kleines Messer.«

Nichts passierte. Bis Karl sich umdrehte und sagte: »Pinzette und kleines Messer. Frau Konrad?«

»Ja, ja, sofort.« Während Wilma nach oben eilte, betrachtete Charlotte die Schnipsel konzentriert. »Das sieht aus wie der Fetzen einer Gefriertüte«, mutmaßte sie. »Mit Papier drin.«

»Hast du so gute Augen?« Bewundernd sah Karl sie an. Sie nickte. »Neue Linse. Augen wie ein Luchs. Ich brauche noch nicht mal eine Brille zum Kochen. Nur manchmal beim Lesen von ganz kleiner Schrift. Aber das da, das erkenne ich so. Gefrierbeutel. Mit Papier.«

Wilma kam mit Pinzette und Messer zurück und reichte beides Karl. Ohne den Blick von dem eventuellen Beweismittel abzuwenden, ließ er sich beides in die Hand legen und begann, den Plastikfetzen mit Hilfe des Messers vorsichtig abzulösen. Mit der Pinzette zog er es schließlich hervor. »Tatsächlich«, sagte er erstaunt. »Es sieht aus wie ein Teil eines Plastikbeutels, in dem Papier war.«

»Sag ich doch«, Charlotte nickte. »Da hat sie wohl mal Papiere eingefroren. Oder Banknoten.«

»Banknoten?« Onno legte den Kopf schief. »Friert man die ein?«

»Hab ich mal in einem Film gesehen«, Charlotte überlegte, »ich weiß aber nicht mehr, wie der hieß. Da lag das eingefrorene Geld unter Fisch. Oder waren das Drogen? Keine Ahnung. Auf jeden Fall ist das ein gutes Versteck. So tiefgekühlt. Kommt kein Mensch drauf. Nicht mal Karl.«

»Ja, ja.« Karl ließ den Fund vorsichtig von der Pinzette in ein Plastiktütchen fallen. Zum Glück hatte er noch genügend davon gehortet. »Ich habe mich schon für meinen Ermittlungsfehler entschuldigt«, sagte er leise.

»Hast du nicht«, widersprach Inge. »Also nur der Vollständigkeit halber. Aber musst du auch nicht. Sonst bist du ja immer professionell. Dann können wir nur hoffen, dass es nur ein Aussetzer war, eine kleine Schlamperei und keine Alterskrise.«

»Inge, bitte«, Onno war schließlich Karls bester Freund, und hier musste er ihn verteidigen. »Das hätte jedem passieren können. Ein harmloser Kühlschrank. Was soll man da auch vermuten.«

»Ich hätte ja …«

»Inge«, unterband Charlotte die Antwort. »Wir müssen los. Du musst noch Kartoffelsalat machen. Um den Rest kümmern sich Karl und Onno. Bis morgen um kurz vor neun am Bahnhof.«

Sie zog Inge am Handgelenk mit sich und beschloss, mit ihrer Schwägerin ernsthaft zu sprechen. Inge rebellierte immer öfter gegen Karl. Das durfte sie nicht machen. Sie hatten Sabine noch nicht gefunden.

»Karl war richtig geknickt«, Onno nickte zur Bekräftigung. »Er tat mir schon leid.«

Helga hatte ihm aufmerksam zugehört, während er den Verlauf des Nachmittags beschrieb. Sie ärgerte sich, dass sie nicht da gewesen war, aber sie hatte ja nicht ahnen können, welche bahnbrechenden Ereignisse passierten, während sie sich beim Physiotherapeuten ihre Nackenverspannungen wegmassieren ließ. »Das ist ja ein Ding«, sagte sie jetzt. »Habt ihr denn eine Idee, wer das gewesen sein könnte?«

»Wer in der Wohnung war?« Onno legte den Kopf schräg und sah sie an. »Nein, woher sollen wir das wissen?«

Helga überlegte einen Moment, dann stand sie auf, ging zum Schrank und holte eine Eierlikörflasche und zwei Gläser heraus. »Wir müssen nachdenken«, meinte sie, stellte die Gläser auf den Tisch und schenkte ein. »Prost.«

In Gedanken versunken hielt sie das leere Glas danach in der Hand und starrte vor sich hin. »Wer könnte was warum gesucht haben?«, fragte sie leise, stellte das Glas ab und wandte sich Onno zu. »Es ist wirklich zu ärgerlich, dass Karl nicht an den Kühlschrank gedacht hat. Es muss etwas in diesem Gefrierfach gewesen sein, was für irgendjemanden wichtig ist. Wenn wir nur einen Anhaltspunkt hätten.« Sie biss sich auf die Lippe und blickte wieder vor sich hin. »Entweder Geld oder Papiere«, sie dachte jetzt laut. »An Drogen glaube ich nicht. Inge und Charlotte hätten sie niemals eingestellt, wenn sie irgendetwas mit Drogen zu tun hätte. Das merkt man doch. Oder? Ich glaube schon, dass man das merkt. Was hat derjenige, der da eingebrochen hat, gesucht? Und warum hat er in den Kühlschrank geguckt? Das muss er doch gewusst haben, dass da was liegt. Das ist ja nicht naheliegend, sonst wäre Karl ja auch darauf gekommen. Und wenn es Sabine selbst war? Aber warum? Oder ein Unbekannter, der etwas über sie weiß, was wir nicht wissen? Vielleicht hat sie jemanden erpresst? Oder es war doch Geld, das sie jetzt braucht. Aber wieso friert man das ein? Wofür braucht man in der eigenen Wohnung so ein Versteck? Vielleicht hat sie es auch vor Wilma versteckt, bei der kann ich mir nämlich sehr gut vorstellen, dass sie auch in den Schubladen ihrer Mieter herumschnüffelt. Sie hat was Verschlagenes, findest du nicht auch? Sie ist eigentlich eine sehr unangenehme Person. Oder?« Sie stutzte und sah ihn an. Sein Blick war auf sie gerichtet, er lächelte sie liebevoll an, ohne etwas zu sagen. Sanft stupste sie ihn an. »Hallo? Hast du mir zugehört? Was ist denn?«

Andächtig griff Onno nach ihrer Hand und küsste sie. »Weißt du was, Helga Simon? Ich bin so froh, dass wir uns wiedergetroffen haben. Ich bin immer ganz leicht im Kopf, wenn ich dir zuhöre. Du hast so eine schöne Stimme.«

Helga sah ihn an. »Du hast aber schon mitbekommen, *was* ich gesagt habe?«

Onno lächelte. »So ungefähr«, sagte er. »Nicht alles, ich habe dich mehr angesehen. Aber wir müssen uns ja auch nicht andauernd um die Welt sorgen. Wir können auch mal einen Abend so tun, als gäbe es nur uns. Keine eifersüchtigen Freunde, keine verschwundenen Menschen, keine komplizierten Kinder, keine Schwierigkeiten – nur uns beide. Weil es so ein großes Glück ist, in unserem Alter noch so eine Liebe zu finden. Oder?«

Sie nickte ernst, hob ihre Hand und strich ihm zärtlich über die Wange. »Das stimmt, mein Onno. Und ich vergesse das an keinem einzigen Tag.«

Dienstag, der 24. Mai,
leichter Nebel, frühmorgendliche 14 Grad

Hast du deinen Schlüssel dabei?« Gerda Sönnigsen stand neben der offenen Fahrertür und sah ihrem Mann zu, wie er sich umständlich die leichte Jacke anzog. »Ich habe heute Abend Gymnastik, und wir gehen anschließend noch zu Manne Pahl essen. Nicht, dass du mich mittendrin rausholst, weil du nicht reinkommst.«

»Habe ich«, Karl klopfte auf die Jackentasche. »Keine Sorge, ich bin autark. Ach, da sind ja auch die Frauen.«

Walter war gerade auf den Nebenparkplatz gefahren. Heinz saß neben ihm, Inge und Charlotte hinten. »Guten Morgen, zusammen«, Walter stieg langsam aus dem Wagen, öffnete die hintere Tür und rief mit verstellter Stimme: »Sie haben Ihr Ziel erreicht.« Erst danach drehte er sich zu Karl und Gerda, um sie zu begrüßen. »Na, Gerda, bringst du deinen Chorknaben auch zum Zug? Morgen, Karl!«

»Guten Morgen, alles gut bei euch?«

»Bestens«, Walter nickte und wippte auf den Zehenspitzen. »Wir haben heute einiges vor, darüber können wir uns demnächst mal in Ruhe unterhalten. Nicht wahr, Heinz, der Tag ist durchgetaktet.«

Heinz hatte Handtaschen und Jacken aus dem Kofferraum geholt, die er jetzt den Frauen reichte. »So, hier, habt ihr jetzt alles? Was zu trinken, was zu essen?«

»Das bringt Onno mit«, antwortete Charlotte und sah sich um. »Er ist der Kochclub-Champion. Wo sind die denn? Sonst kommen die doch immer früher als wir.«

»Vielleicht nimmt sich das junge Glück morgens ein bisschen mehr Zeit«, meinte Gerda und wirkte etwas neidisch. »Die haben sich bestimmt noch so viel zu erzählen.«

»Das können sie doch auch gleich im Zug.« Karl sah auf seine Uhr und dann auf den Bahnsteig. »Der Zug steht übrigens schon am Gleis. Ich habe das Ticket, wenn Onno und Helga nicht kommen, fahren wir trotzdem los.«

»Er fährt erst in zwanzig Minuten«, Gerda legte kurz ihre Hand auf Karls Schulter. »Bleib ruhig. Aber falls die beiden wirklich nicht kommen, dann könnten doch Heinz und Walter mitfahren. Das Ticket gilt ja für fünf. Ich habe keine Zeit, aber ihr könntet doch.«

»Ja, ich ... wir ...«, Heinz zögerte und sah Walter an. »Wir haben ja eigentlich ..., ach, ich gehe noch schnell was besorgen.« Er drehte sich auf dem Absatz um und eilte ins Bahnhofsgebäude. Charlotte beugte sich zu Inge und flüsterte: »Ich bringe Gerda um. Onno kommt doch bestimmt. Was macht Heinz denn jetzt?«

»Ich weiß es nicht.« Inge kniff die Augen zusammen. »Ist das Maren?«

Es war Maren. Sie ging aufs Bahnhofsgebäude zu, entdeckte die zusammenstehende Gruppe und änderte sofort ihre Richtung. »Hallo«, rief sie ihnen entgegen, verlangsamte ihr Tempo und blieb vor ihnen stehen. »Guten Morgen. Was habt ihr denn vor?«

»Ist was mit Onno?« Inge ging sofort auf sie zu. »Ist er krank?«

»Was?« Maren runzelte die Stirn und sah in die Runde. »Nein, nicht dass ich wüsste. Warum?«

»Maren«, Karl warf einen warnenden Blick auf Inge und breitete seine Arme aus. »Na, Kind, hast du frei, oder bist du hier, um Kriminelle zu fangen.«

»Muss ich?« Forschend sah sie ihn an. »Habe ich was verpasst?«

Bevor Karl antworten konnte, tauchten unvermittelt Onno und Helga auf.

»Na, endlich«, Charlotte sah die beiden erleichtert an. »Der Zug steht längst da, wir dachten schon, ihr kommt nicht.«

»Papa«, Maren sah von Onno zu Helga, dann auf die Kühltasche zwischen ihnen, »wird das ein Ausflug?«

»Ja.« Onno lächelte in die Runde. »Der Wagen sprang nicht an. Wir sind mit dem Taxi gekommen. Gehen wir?«

»Ja, ich wünsche euch dann gutes Gelingen, ich muss jetzt nämlich los.« Gerda klimperte mit dem Schlüssel, während sie Karl über die Wange strich. »Benimm dich. Viel Spaß. Tschüss, Maren, du kannst auch ruhig mal wieder auf einen Kaffee vorbeikommen. Schönen Tag allerseits.« Sie stieg ins Auto und startete den Motor, während Karl sie mit wilden Gesten aus der Parklücke lotste.

»Wo wollt ihr denn hin?« Maren stand immer noch neben Helga. »Papa hat gar nichts erzählt.«

»Wir fahren nach Bad Oldesloe, um ein Chortreffen zu organisieren«, antwortete Helga, den Blickkontakt vermeidend. »Heute Abend sind wir wieder da.«

»Aha.« Maren sah von einem zum anderen. Ihr Vater, Karl, Inge, Charlotte und Helga, das war die Ermittlertruppe, die sie im letzten Jahr fast in den Wahnsinn getrieben hatte. Und genau die standen jetzt mit Kühltasche und scheinbar unbeteiligten Gesichtern vorm Bahnhof. Maren bekam plötzlich ein komisches Gefühl.

»Der Zug steht schon da«, Onno trieb die anderen jetzt

zur Eile. »Maren, mach's gut, einen schönen Tag, wir bringen dir auch was mit. Und jetzt kommt.«

»Ja, aber Heinz ist doch noch nicht da.« Walter stellte sich auf die Zehenspitzen. »Der will sich doch bestimmt auch noch verabschieden. Ach, da kommt er.«

Während die Gruppe sich langsam in Bewegung setzte, kam Heinz schon, beladen mit Zeitschriften und mehreren Schokoriegeln. »Ich habe euch noch was zu lesen und ein bisschen was Süßes besorgt«, rief er und nickte Onno freundlich zu. »Daran habt ihr doch bestimmt nicht gedacht.«

»Hallo Heinz«, Onno lächelte zurück. »Nein, Schokolade habe ich nicht eingepackt. Aber wir müssten trotzdem jetzt mal einsteigen.«

»Ja, dann mal los«, Walter zeigte auf die Uhr. »Der Zug wartet nicht.«

»Hier, Charlotte, alle deine Lieblingsillustrierten, die ich kriegen konnte. Da hast du genug zu lesen für die Fahrt.«

Gerührt warf Charlotte einen Blick auf den Zeitschriftenstapel, den Heinz ihr feierlich überreichte. »Vielen Dank. Das ist wirklich lieb von dir.«

»Ja, aber wenn du die beiden obersten wieder mitbringen könntest, die will ich auch noch lesen. Also, viel Spaß.«

»Tschüss, Maren«, sie drehten sich alle um, um ihr zu winken, dann setzte sich die Karawane in Bewegung. Maren blieb mit skeptischem Gesichtsausdruck zwischen Heinz und Walter stehen, die mit solcher Inbrunst winkten, als verabschiedeten sie ein Auswandererschiff. Erst, als der Zug langsam aus dem Bahnhof rollte, ließen sie ihre Arme sinken.

»So«, sagte Walter. »Da fahren sie hin.«

»Chortreffen?« Maren sah Heinz an. »In Bad Oldesloe?«

»Ja«, er zuckte mit den Achseln. »Ist wohl so. Und du? Willst du auch irgendwo hinfahren? Oder bist du nur so hier?«

»Ich wollte eigentlich nur in den Bahnhofskiosk.« Maren sah über seine Schulter dem wegfahrenden Zug nach. »Ich muss dann auch los. Also, schönen Tag euch.«

»Dir auch«, Walter lächelte sie an. »Und einen schlechten für alle Bösen. Bis bald mal. Komm Heinz, wir Guten haben viel zu tun.«

Nach einem abschließenden Nicken machten die beiden sich auf den Weg. Kopfschüttelnd sah Maren ihnen hinterher, bevor sie sich langsam auf den Weg zum Kiosk machte. Chortreffen in Bad Oldesloe klang irgendwie komisch.

»So.« Walter startete den Wagen und sah seinen Schwager aufmunternd an. »Dann wollen wir mal auf Arbeit gehen. Ich habe das Gefühl, dass heute ein guter Tag wird.«

Heinz schnallte sich umständlich an. »Aber diese Firma stand nicht auf Karls Liste. Das weißt du, oder? Ich habe extra noch mal nachgesehen.«

»Das stimmt.« Vor der roten Ampel hielt Walter und trommelte mit den Fingern aufs Lenkrad. »Ich verstehe überhaupt nicht, warum es hier diese langen Rotphasen gibt. Doch nur, damit die Porsches schneller in die Stadt kommen. Da müsste man sich auch mal drum kümmern. In Kampen vermute ich dasselbe, da ist die Ampelschaltung auch so abgestimmt, dass niemand, der aus der Whiskeymeile kommt, zu lange warten muss. Dafür stehst du auf der Hauptstraße ständig an der roten Ampel. Ist doch alles manipuliert.«

»Jetzt haben wir ja erst mal ein anderes Projekt.« Heinz deutete nach vorn. »Und im Übrigen ist grün. Wartest du auf eine andere Farbe?«

Der Hintermann hupte bereits, als Walter den Gang einlegte. »Was sind die alle eilig, ich denke, die haben Urlaub.« Er bog nach rechts ab und deutete aufs Handschuhfach. »Ich habe da einen Flyer von diesem Unternehmen reingesteckt. Sieh doch noch mal auf die Adresse, ich habe mir die Hausnummer nicht gemerkt.«

Heinz ruckelte am Schloss des Handschuhfachs herum, bis die Klappe aufsprang. Zwischen Straßenkarten, Tempotaschentüchern, Pfefferminzbonbons und mehreren Brillen, von denen zwei in den Fußraum fielen, fand Heinz den Flyer, von dem Walter gesprochen hatte.

»Man kann das auch so umsichtig öffnen, dass nichts rausfällt«, bemerkte Walter. »Aber anscheinend bin ich der Einzige, der dazu in der Lage ist.«

»Bestimmt.« Heinz hatte den Flyer aufgeklappt und überflog ihn. »Happy Island«, las er laut vor. »Ihre Immobilie in unseren treuen Händen. Housekeeping und Vermietung, jederzeit erreichbar, zuverlässig, erfahren, fair. Bertrams Team.« Er sah seinen Schwager an und sagte: »Das klingt doch alles seriös. Wie bist du auf den gekommen?«

»Nennen wir es den Steuerfahnder-Instinkt.« Walter hupte, um einen Radfahrer zum Ausweichen zu zwingen. »Da, schon wieder so ein Urlauber, der das ganze Jahr kein Fahrrad fährt, sich dann hier eins leiht und ungeübt wie er ist, durch die Stadt eiert und den Verkehr aufhält. Da wirst du verrückt.«

Der Radfahrer verlangsamte seine Fahrt, bevor er mit einem Bein auf dem Bürgersteig stoppte und dabei fast stürzte. Walter beschleunigte und fuhr eng an ihm vorbei.

Die unflätigen Worte waren ohne Ton zu verstehen, die wütende Geste auch. Heinz nickte ihm zu, als sie auf einer Höhe waren. »Der ist sauer«, meinte er knapp. »So, weiter. Wie bist du auf diese Firma gekommen?«

»Das war sozusagen Glück«, Walter sah in den Rückspiegel. »Was kostet das Zeigen des Mittelfingers eigentlich? Lohnt da eine Anzeige?«

»Fahr weiter. Was heißt Glück?«

»Ach, ich war gestern beim Optiker, weil mir das Glas aus meiner Lesebrille rausgefallen ist. Einfach so, ich habe gar nichts gemacht. Ich musste zu diesem Optiker in der Friedrichstraße. Und weil man da nie einen Parkplatz bekommt, stelle ich mein Auto immer auf den Hotelparkplatz daneben.«

»Der ist doch nur für Gäste. Da darfst du gar nicht stehen.«

»Das merkt doch keiner. In diesen Hotels herrscht immer ein Kommen und Gehen, die haben doch gar keine Zeit, den Parkplatz zu kontrollieren. Ich stehe da ja nicht stundenlang. Nur so einen Moment. Jedenfalls kam ich zurück und habe etwas sehr Interessantes gesehen.« Er machte eine wirkungsvolle Pause, um die Spannung zu steigern.

»Was denn?« Sein Schwager hatte einfach keine Geduld. »Komm auf den Punkt, du erzählst manchmal schon genauso umständlich wie Inge.«

»Ich habe einen Jeep gesehen. Er hatte die Beschriftung dieser Firma, er hielt auf dem Parkplatz, vor dem Hintereingang des Hotels, es stiegen zwei dunkelhäutige Frauen aus, sie sprachen mit Akzent, sie verschwanden im Hotel, und das Auto fuhr weiter. Jetzt kommst du.«

Verständnislos sah Heinz seinen Schwager an. »Und was ist jetzt das Interessante daran?«

Walter stöhnte auf. »Heinz, du brauchst wirklich ein bisschen Phantasie. Es war die Situation, die bei mir ein Alarmzeichen gesetzt hat. Neulich lief ein Krimi im Fernsehen, in dem eine organisierte Schlepperbande illegale Arbeiter mit Bussen in die Städte gefahren hat, um sie zu ihren Arbeitsstellen zu bringen. Jede Menge und jeden Tag mehrere Male.«

»Aber es waren hier doch nur zwei Frauen.« Heinz bezweifelte Walters Theorie gründlich. »Haben denn organisierte Schlepperbanden Flyer? Wo hast du den überhaupt her?«

»Das war Kommissar Zufall.« Walter lächelte zufrieden. »Ich habe mir ja sofort die Firmenbeschriftung vom Jeep aufgeschrieben, um mal Nachforschungen zu betreiben. Und zufällig musste ich nachmittags zur Gemeinde, die haben doch da diese Gratishefte, in denen das Fernsehprogramm drin ist. Und was sehe ich am Eingang? In diesem Ständer mit Prospekten? Genau. Diese Flyer von der Firma mit dem Jeep. Haben die da reingesteckt. Ich habe die sofort rausgenommen.«

»Alle?«

»Ja.« Walter nickte mit Nachdruck. »Die sehe ich mir erst mal an. Die liegen bei uns in der Küchenschublade, ich habe nur den einen für dich mitgenommen. Wenn die sauber sind, dann stecke ich die Flyer selbstverständlich zurück. Aber ich habe da so ein Gefühl …«

Der von Walter beschriebene Jeep stand vor einem weißen Bürogebäude. Langsam ließ Walter den Wagen auf dem Parkplatz daneben ausrollen und hielt ihn schließlich an. »Da ist er«, er deutete hin, obwohl Heinz ihn sofort erkannt hatte. »Dann gehen wir mal rein.«

»Was willst du denn sagen?« Heinz löste seinen Sicherheitsgurt und sah skeptisch auf das Gebäude.

»Das wirst du schon sehen.« Walter zog den Schlüssel ab und öffnete die Fahrertür. »Überlass das einfach mir, ich habe da mehr Erfahrungen. Aber sieh dich aufmerksam um und merke dir alles.«

Die junge Frau, die an einem Schreibtisch am Eingang des Gebäudes saß, sah freundlich hoch, als Walter und Heinz das Büro betraten. »Guten Morgen, was kann ich für Sie tun?«

»Morgen«, Walter wedelte mit dem Flyer. »Ich habe großes Interesse an Ihren treuen Händen und würde gern Ihren Chef sprechen.«

Sie lächelte. »Wenn es um einen Auftrag geht, dann können wir das auch ausmachen. Mein Name ist Roth, ich bin dafür zuständig.« Sie stand auf und reichte Walter die Hand, die er freundlich schüttelte. »Das glaube ich gern, Frau Roth, und das geht auch nicht gegen Sie, aber die Situation ist etwas komplizierter, und deswegen würde ich wirklich gern mit Ihrem Chef sprechen.«

Sie wurde etwas schmallippig. »Oh, ich werde durchaus auch mit komplizierten Situationen fertig. Aber ich kann gern versuchen, Ihnen einen Termin mit Herrn Bertram zu machen, einen kleinen Moment bitte.« Sie setzte sich wieder und drückte auf eine Taste des Telefons. Am anderen Ende erklang ein Freizeichen, sonst nichts. »Er ist nicht in seinem Büro«, sagte sie schließlich und legte wieder auf. »Vielleicht versuchen Sie es ... Ach, Wolf, hier ist Besuch für dich.«

Der hochgewachsene Mann, der plötzlich hereinkam und in Richtung Ausgang wollte, blieb sofort stehen und sah Heinz und Walter überrascht an. »Ich bin eigentlich auf dem Sprung, ich habe gleich einen Termin. Worum geht es denn?«

»Müller«, Walter streckte die Hand aus. »Das würde ich gern in Ruhe mit Ihnen besprechen. Wann haben Sie Zeit?«

Unruhig sah Wolf Bertram auf seine Uhr. »Ja, also im Moment nicht. Ich bin um halb drei wieder hier. Wollen Sie wiederkommen?«

»Sehr gern«, Walter lächelte ihn an. »Dann bis nachher. Wiedersehen.«

Sie ließen ihm den Vortritt und sahen noch zu, wie er in den Jeep stieg und vom Hof fuhr, erst dann stiegen sie ins Auto.

»Der sieht aus wie ein alter Surfer«, bemerkte Heinz. »Nur ein bisschen verlebter. Und dann so ein Auto als Firmenwagen. Er ist doch kein Bergdoktor.«

Walter nickte. »Unmöglich, finde ich auch. Ein Mann in seinem Alter mit so bunter Kleidung und diesen langen Haaren, ich weiß nicht. Muss das sein? So sieht doch kein seriöser Geschäftsmann aus.«

»Aber man soll Menschen nicht nach ihrem Äußeren beurteilen«, sagte Heinz. »Vielleicht ist er ein hervorragender Kaufmann und du hast dich durch diesen Krimi in etwas verstiegen. Das Büro und diese Frau, das macht doch alles einen ordentlichen Eindruck. Was willst du denn eigentlich mit ihm besprechen? Um halb drei? Und was machen wir bis dahin?«

Walter startete den Motor. »Wonach soll ich Menschen denn sonst beurteilen? Wenn nicht danach, wie sie aussehen? Ich kann ja nicht in sie reingucken. Und glaube mir, irgendetwas ist hier nicht in Ordnung.« Er tippte sich an die Nase. »Das habe ich im Gefühl. Und ich kriege das raus. Vertraue mir.«

Dienstag, der 24. Mai,
mitten in der Nacht

Sie klappte das Buch zu, schaltete die kleine Leselampe aus und rieb sich über die Augen. Sie war müde. So müde, dass ihr die Augen brannten, ihr verspannter Nacken immer mehr schmerzte und in ihrem Kopf die Bilder durcheinanderwirbelten. Sie wollte schlafen, am liebsten stunden-, tage-, wochenlang. Bis alles vorbei war. Aber es würde nie vorbeigehen, nicht von selbst. Es lag an ihr. Sie war die Einzige, die etwas ändern konnte. Aber dafür hatte sie nicht die Kraft. Dafür war sie viel zu müde. Zumindest im Moment. Vielleicht war es morgen besser. Vielleicht hatte sie morgen eine Idee, einen Plan, wenigstens einen Gedanken. Vielleicht. Vielleicht auch nicht. Heute war es ihr egal. Heute musste gar nichts mehr passieren. Sie stand mühsam aus dem weichen Sessel auf, dehnte ihren schmerzenden Rücken, ihre steifen Knie, rieb ihren Nacken. Sie brauchte dringend Bewegung, sie fühlte sich wie eine alte Frau. Das war sie aber nicht. Noch nicht. Langsam ging sie durch den dunklen Raum bis zum kleinen Fenster und sah hinaus. Es war sinnlos, es war lediglich ein Kellerschacht, sie starrte auf die weiße Mauer hinter der Scheibe. Sie kippte das Fenster vorsichtig, kühle Luft wehte ihr entgegen. Sie sog sie mit geschlossenen Augen ein und verspürte eine große Sehnsucht, am Wasser zu laufen. Erst langsam, dann immer schneller, bis das Atmen wehtat. Im Dunklen. Jetzt. Sie drehte sich um und ging zurück, auf dem kleinen Tisch neben dem Sessel lag ihr Handy. Nach einem Tastendruck sah sie die Uhrzeit, es war kurz vor zwei. Warum sollte sie das nicht tun? Es würde ja niemand merken. Kein Mensch lief um diese Zeit am Strand entlang. Die Insel war noch nicht voll und die Nacht war noch zu kühl, um die ersten Liebespaare oder wilde Camper ans Meer zu locken. Sie ließ sich wieder auf den Sessel sinken, aber die Sehnsucht wurde immer stärker. Sie war seit drei Tagen nicht mehr an der Luft gewesen, sie musste raus, sonst würde sie durchdrehen. Entschlossen sprang sie auf, griff nach ihrem Parka, dem Tuch und einer Mütze, die über einem Stuhl hingen, zog sich an, während sie die Treppe hocheilte, und öffnete die Haustür. Stille. Es war totenstill. In keinem der Nachbarhäuser brannte Licht, nichts war zu hören, nur das leise Rauschen des Windes, der durch das Dünengras hinter dem Haus wehte. Sie legte den Kopf zurück und sah in den Himmel. Sternenklar. Millionen von Sternen, ganz klar. Sie lächelte, knöpfte den Parka zu und schloss leise die Tür hinter sich, bevor sie im dunklen Garten verschwand.

Das Fahrrad stand vor dem Schuppen, es war nicht angeschlossen. Sie öffnete vorsichtig die Gartenpforte, hielt den Atem an, als sie das Quietschen hörte, wartete einen Moment, schob die kleine Tür nur so weit auf, dass sie gerade eben mit dem Rad durchpasste.

Wenig später fuhr sie langsam die schmale Straße entlang, vorbei an Reetdachhäusern, die sich nur durch ihre Gartenzäune oder Außenlampen voneinander unterschieden. Es war alles gleich, überall dieselben Gartenbauunternehmer, ein Anwesen wie das andere. Hier wohnten keine Insulaner mehr, alles war in der Hand von Eigentümern, die verstreut in der Republik lebten und arbeiteten, falls sie nicht geerbt hatten. Hier trafen sie sich alle, an Ostern, in den Sommerferien und an Silvester, dann waren die Fenster beleuchtet, in den Gärten wurde gefeiert und vor den Häusern standen große Autos, in deren Kennzeichen angeberisch die Buchstaben SY oder NF vorkamen. Jetzt, mitten in der Woche, in der Zeit zwischen Ostern und Pfingsten, sorgten nur die Zeitschaltuhren für Beleuchtung, jetzt standen all diese schönen Häuser leer.

Sie bog um die Kurve und beschleunigte das Tempo. Niemand kam ihr entgegen, niemand überholte sie, auf der Straße zum Strand war sie ganz allein. Das einzige Geräusch, das durch den sanften Wind drang, war das Surren des Dynamos und das Quietschen der Pedale, die dringend mal geölt werden mussten. Aber das war jetzt egal, jetzt ging es nur um die Anstrengung, Tempo zu machen, das Ziehen in den Oberschenkeln, der immer schneller werdende Atem, die angespannten Schultern. Ihre Augen tränten vom Fahrtwind, sie fühlte sich immer besser, sie lächelte. Das Fahrrad holperte über die Teernähte der alten Straße, jede Erschütterung ging sofort in den Rücken. In der Höhe des ersten Parkplatzes verlangsamte sie, sah sich um, nichts, sie war mutterseelenallein. Sie fuhr auf den Parkplatz, der Kies knirschte unter den Rädern. Am Beginn des Holzstegs stieg sie ab und stellte das Fahrrad an einen Mülleimer. Der Vollmond tauchte die Welt in ein silbernes Licht, sie legte den Kopf in den Nacken, sah in den Himmel und rief plötzlich: »Ja!« Ihre Stimme war rau, als sie über den Holzsteg durchs Dünental bis zum Wasser lief. Das letzte Stück bis zum Flutsaum rannte sie, wild mit den Armen rudernd, den Mund geöffnet, die Augen voller Tränen. Erst, als sie mit den Füßen das Wasser berührte, blieb sie stehen. Das Meer glitzerte im Mondschein, die Wellen rauschten, es war nicht viel

Brandung, es war sanft, silbrig – und alles nur für sie. Mit geschlossenen Augen lauschte sie den Geräuschen, dann wandte sie sich gen Norden und lief mit langen Schritten los, immer weiter, am Wasser entlang.

Sie hatte jegliches Zeitgefühl verloren, sie lief und lief einfach immer weiter, erst, als die Seitenstiche stärker wurden und ihr der Schweiß übers Gesicht rann, blieb sie stehen, stützte ihre Hände auf die Oberschenkel und zwang sich, durch die Nase ein- und durch den Mund auszuatmen, bis sie wieder Luft bekam. Sie richtete sich auf und sah zurück. Sie hatte keine Ahnung, wie weit sie gelaufen war, langsam drehte sie um und machte sich auf den Rückweg. Sie durfte nichts riskieren, egal, wie gut es ihr gerade getan hatte. Aber sie musste zurück sein, bevor es hell wurde, sie durfte nicht leichtsinnig werden.

Die einzigen Spuren, die sie im Mondlicht im Sand sah, waren ihre eigenen, die ihr entgegenkamen. Sie lächelte, als ihr die einzigen Sommerferien einfielen, die sie als Kind gemacht hatte. Sie war elf gewesen, als die ganze Familie für zwei Wochen nach Amrum gefahren war. Sie konnte sich nicht mehr daran erinnern, warum es Amrum gewesen war und weshalb sie überhaupt diesen Urlaub machen konnten, aber sie erinnerte sich, dass sie an diesem breiten Strand immer versucht hatte, keine eigenen Spuren zu hinterlassen, sondern nur in den vorhandenen Abdrücken zu laufen. Es hatte die ganze Zeit geklappt, man musste nur als Letzte in der Reihe gehen und lange Schritte machen. Auch jetzt setzte sie ihre Füße genau auf die Spur. Ganz konzentriert. Eigentlich war es ein Sinnbild für ihr ganzes Leben. Sie hatte nie eigene Spuren hinterlassen. Bis heute nicht. Sie ging immer in den Fußabdrücken der anderen. Die gaben die Richtung an, die sie einschlug. Ein einziges Mal in ihrem Leben war sie versucht gewesen, einer eigenen Richtung zu folgen. Damals, als sie sich so sehr in Matthias verliebt hatte. Matthias, mit seinen freundlichen Augen und der schönen Stimme. Mit diesen schlanken Händen, diesem langen, schlaksigen Körper, den blonden Locken und dem Lächeln. Das immer bis in die Augen ging. Er war der freundlichste und charmanteste Mann, den sie je gekannt hatte. Und er konnte ihr in die Seele schauen. Was sie ihm nie gesagt hatte. Als sie ihn das erste Mal gesehen hatte, war ganz tief in ihr alles plötzlich hell geworden. Damals hatte sie gedacht, dass sie jetzt eigentlich Musik hören müsste, wie im Film, ein Orchester, das losspielte, ganz viele Geigen und Klavier. Sie wusste noch, dass sie es damals seltsam fand, dass die Welt einfach so weitermachte, weil sie selbst sich doch plötzlich ganz anders fühlte. Drei Wochen lang war sie damals geschwebt, so hell und so leicht und so voller Freude. Sie hatte keine Ahnung mehr, was sonst noch alles in der Zeit passiert war, es war so unwichtig gewesen, so klein, neben all ihrem Gefühl und ihrer Helligkeit. Und dann kam Matthias' Verlobte und alles war vorbei. Es gehörte sich nicht, so ein Gefühl zu haben, das war ihr dann auch ganz schnell klar. Und deshalb hinterließ sie auch keine eigenen Abdrücke mehr und freundete sich stattdessen mit der Verlobten an. Das war sicherer. Aber sie war nie wieder so hell und so voller Freude gewesen. Zum Glück hatte sie es ihm nie gesagt, das mit ihrer Helligkeit und dem Gefühl. Das war ihr Geheimnis. Bis heute. Sie fragte sich manchmal, ob das damals richtig gewesen war. Es wäre vielleicht alles anders gekommen, wenn sie den Mut gehabt hätte, Matthias einfach mal zu küssen. Und dann abzuwarten, was passiert wäre. Aber heute war es müßig, darüber nachzudenken. Es war so lange her. Aber ein Restgefühl war immer noch in ihr. Und würde bleiben. Sie blieb stehen und versuchte sich zu orientieren. Ein paar hundert Meter weiter erkannte sie den Strandaufgang, über den sie gekommen war. Sie hielt inne, sah noch mal in den Sternenhimmel und hatte plötzlich Matthias' Gesicht vor sich. Er lächelte sie an und nickte. Und deshalb setzte sie ihre Füße jetzt einen Meter neben die Abdrücke im Sand. Einfach so. In Schlangenlinien rannte sie weiter und hinterließ dabei jede Menge Spuren. Als sie sich umdrehte und es sah, fing sie an zu lachen. Eigentlich war es so einfach.

Dienstag, der 24. Mai,
Regionalzug auf dem Hindenburgdamm

Möchte jemand ein Sandwich mit Eiersalat?« Helga hatte die Plastikbox kurz inspiziert und danach in die Runde gereicht. »Ist ganz lecker, neues Rezept, das Onno ausprobiert hat.«

»Was soll man denn an Eiersalat neu machen?« Karl griff zu und beäugte das in Frischhaltefolie eingewickelte Sandwich kritisch. »Ich halte das übliche Rezept für absolut durchgesetzt, ich finde es ganz schrecklich, wenn man alte Dinge dauernd verändert. Gerda macht neuerdings auch so einen Zirkus mit ihren Bratensaucen. Finde ich nicht gut.«

»Probier doch erst mal«, beschwichtigte ihn Onno. »So anders schmeckt der auch nicht. Inge?«

»Ich habe vor noch nicht einmal einer Stunde gefrühstückt.« Kopfschüttelnd deutete sie nach draußen. »Wir sind noch nicht mal von der Insel runter und ihr fangt schon an zu essen.«

»Erstens macht Reisen mich immer so hungrig«, erklärte Karl ihr kauend, »schmeckt übrigens nicht schlecht, Onno. Und zweitens ist diese Kühltasche so sackschwer, dass sie uns beim Umsteigen belasten könnte. Und wir müssen zweimal umsteigen, erst in Elmshorn und dann noch mal in Neumünster. Ihr werdet froh sein, dass wir bis dahin nur noch leichtes Gepäck mitführen.«

»Aber einen Kaffee trinkst du doch, Inge, oder?« Helga

hatte jetzt eine Thermoskanne in der Hand und suchte nach den Pappbechern. »Wo sind denn die Becher?«

»Die hat Charlotte eingepackt.« Onno zog eine kleine Flasche Milch aus seiner Jackentasche. »Warte mal, Zuckertütchen habe ich auch noch irgendwo.«

Während Charlotte die Pappbecher aus ihrer Handtasche zog, warf Inge einen Blick auf den jungen Mann, der neben ihr saß, und interessiert die Vorbereitungen beobachtete. Das war eben das Blöde an dieser Fahrkarte, fünf Reisende passten nicht auf vier gegenüberliegende Plätze, also musste einer danebensitzen. Karl hatte auf einem Losverfahren bestanden, Inge hatte das kürzeste Streichholz gezogen. Deshalb musste sie jetzt neben einem sehr jungen Mann sitzen, der zudem auch noch einen Ring an der Nase, einen Knopf im Ohr und Piercings an der Augenbraue trug. Inge bekam schon vom Hinsehen Schmerzen. Also vermied sie den Blick auf ihn und wandte sich wieder ihrer Reisegruppe zu. »Ich würde gern einen Kaffee haben«, sagte sie und wartete, bis Charlotte den Becher gefüllt und ihr gereicht hatte. »Und gern Milch. Onno? Gib die doch mal rüber.«

»Ach du Schande«, bekümmert betrachtete Onno die kleine Flasche. »Die hat ja einen Kronkorken. Ich dachte, der wäre zum Drehen. Hat jemand einen Flaschenöffner dabei?«

Die anderen schüttelten den Kopf. Inge auch. »An alles gedacht, und dann so was. Dann trinke ich eben schwarz.«

Bevor ihre Hand nach dem Becher greifen konnte, war der junge Mann aufgesprungen und hatte Onno die Flasche aus der Hand genommen. Mit offenem Mund sah Inge zu, wie er den Kronkorken mit einem Feuerzeug aufhebelte und Inge dann sowohl den Becher als auch die

Milch reichte. »Bitte schön.« Er setzte sich wieder und sah aus dem Fenster.

»Danke schön.« Unverhohlen starrte Inge ihn an. Das musste doch wehtun. Gerade unter der Nase. Sie kippte Milch in den Kaffeebecher und schwenkte ihn. Der junge Mann sah sie an. Sie sah zurück. »Vielen Dank fürs Öffnen.«

Er lächelte. »Bitte.«

»Kann ich Sie was fragen?«

»Natürlich.«

Karl, Helga, Onno und Charlotte beugten sich vor, um das Gespräch besser verfolgen zu können. Inge sah kurz rüber, bevor sie sich wieder dem jungen Mann zuwandte. »Tut das ...«

»Inge, ich will das auch sehen.« Karl stand schon im Gang. Irritiert sah Inge ihn an. »Was?«

»Ja, wie er das gemacht hat. Das wolltest du ihn doch fragen. Er soll es mir auch zeigen.« Karl tippte dem jungen Mann begeistert auf die Schulter und streckte ihm eine Flasche alkoholfreies Bier entgegen. »Mit dem Feuerzeug. Das wollte ich schon immer können. Lass uns mal die Plätze tauschen, Inge, du brauchst das ja nicht so oft.«

Inge stand auf, um sich neben Charlotte zu setzen, während Karl sich auf den frei gewordenen Platz fallen ließ und seine Brille zurechtrückte. »Aber langsam zeigen, bitte. Können wir Ihnen vielleicht was anbieten? Eiersalatsandwich, Kaffee, Marmorkuchen?«

Während der junge Mann sich für Kaffee und Marmorkuchen entschied, den Helga sorgsam aus der Kühltasche holte, beugte Charlotte sich zu Inge und flüsterte: »Ob das wehtut? Sich so einen Ring durch die Nase ziehen zu lassen? Ich kann gar nicht hinsehen.«

Als der Zug in Elmshorn einlief, wusste man, dass der junge Mann Dennis hieß, dass Piercing nur was für Tapfere ist, und Dennis seine Großmutter in Westerland besucht hatte. Bei seinem nächsten Besuch wollte er bei Karl vorbeischauen, der mittlerweile Flaschen mit dem Feuerzeug öffnen konnte, Dennis ausführlich vor einer kriminellen Karriere gewarnt hatte, aber inzwischen beruhigt war, weil sein neuer Freund sich im zweiten Ausbildungsjahr zum Erzieher befand und schon einen festen Job in einem Kindergarten in Norderstedt in Aussicht hatte. Inge und Charlotte hatten ein Nickerchen gemacht, Onno und Helga sich die ganze Zeit leise unterhalten, jetzt ließen sich alle noch von Dennis zum Anschlusszug bringen, winkten ihm einträchtig hinterher und sanken dann etwas matt auf ihre Plätze. Diesmal saß Karl allein, freiwillig, weil er sich noch in Ruhe den Ablaufplan des heutigen Tages ansehen wollte.

»Wir sind schließlich nicht auf einem bunten Nachmittag«, sagte er, während er sein Notizbuch aus der Tasche zog. »Wir haben schon den ersten Teil der Reise mit einer neuen Bekanntschaft vertrödelt, jetzt sollten wir uns langsam mal wieder auf unser Vorhaben konzentrieren.«

»Karl, du hast ihn doch angequatscht«, widersprach Charlotte energisch. »Tu nicht immer so, als würden wir die Sache nicht ernst nehmen. Ich habe die ganze Nacht nicht geschlafen, weil ich mir immer und immer wieder ausgemalt habe, wie wir das richtig angehen. Ich habe solche Angst, etwas zu übersehen oder einen Fehler zu machen und deshalb Sabine nicht zu finden.«

»Ich gehe nicht davon aus, dass sie uns in dieser Gärtnerei entgegenspringt«, antwortete Karl mit sanfter Stimme, um wieder einzulenken. »Wir verfolgen lediglich eine Spur. Das ist in der Kriminalistik das A und O, du glaubst gar nicht, wie viele Spuren ich in meinem Leben schon verfolgt habe, die im Nichts geendet sind. Da darf man nicht enttäuscht sein, wenn die erste Ermittlung ins Leere läuft. Aber, meine Liebe, ich verspreche dir, wir bleiben dran.«

Charlotte nickte, zwar skeptisch und ohne etwas zu sagen. Helga beugte sich zu ihr und legte ihr die Hand aufs Knie. »Charlotte, es wird sich sicherlich aufklären. Auf Sylt verschwinden keine Menschen spurlos. Es wird einen simplen Grund geben, pass auf, wenn wir den erfahren, wird es uns peinlich sein, dass wir überhaupt solche Anstrengungen unternommen haben. Und dann sitzen wir in ein paar Tagen alle vor einem Glas Eierlikör und lachen.«

»Hm.« Charlotte schien nicht restlos überzeugt. Sie stand auf und schaute sich kurz um. »Ich suche mal die Toilette. Wie viele Stationen sind es noch?«

Karl sah auf die Uhr. »Keine Ahnung. Noch eine Viertelstunde. Das schaffst du.«

Als sie weg war, musterte er Helga kritisch. »Du glaubst also, dass wir in ein paar Tagen darüber lachen?«

Sie sah ihn ernst an. »Nein. Aber Charlotte wirkt so besorgt, dass ich sie beruhigen wollte. Es hilft doch nicht, wenn man bei den Nachforschungen so aufgeregt und nervös ist. Dann entgeht einem vielleicht etwas Wichtiges.«

Beeindruckt nickte Karl ihr zu. »Guter Gedanke«, sagte er. »Ein wirklich guter Gedanke. Wir werden die Nuss schon knacken. Ich bin da sehr zuversichtlich. Wir sind erfahren und aufmerksam genug. Und das ist nicht das erste Mal, dass wir in dieser Kombination funktionieren. Apropos, haben wir Eierlikör dabei?«

»Selbstverständlich.« Inge lächelte und zog zwei silberne Flachmänner aus der großen Handtasche. »Helga, greif mal in Charlottes Jackentasche. Da hat sie so kleine Plastikschnapsbecher drin.«

Inge hatte gerade die fünf Becher gefüllt, als Charlotte zurückkam und erschrocken auf den kleinen Tisch sah. »Oh, Gott, ist Alkohol in Zügen nicht verboten? Wenn das der Schaffner sieht, fliegen wir raus.«

Karl reichte ihr den Eierlikör und nickte beruhigend. »Trink aus. Das läuft nicht unter Alkohol, das nennt sich Zaubertrank. Wie bei Asterix. Das waren auch immer die Guten.«

Als der Zug in Neumünster ankam, war die Kühltasche so gut wie leer, Karl schwenkte sie fröhlich, als sie den nächsten Zug bestiegen, der sie zum Ziel bringen sollte. »Es ist auf den Punkt gegessen worden. Hier haben wir die kürzere Umsteigezeit und sind ballastfrei. Es läuft.«

Er registrierte zwar, dass Inge und Charlotte nicht darauf reagierten, sondern nur besorgt guckten, aber dafür bekam er von Helga ein Lächeln. Auf sie war hier Verlass. Und er hoffte nur, dass die beiden anderen Frauen gleich am Ziel ihrer Ermittlungen ihre Sorgen zugunsten der Indiziensuche ganz weit wegschoben.

Das Erste, was sie von der Gärtnerei sahen, war das heruntergekommene Gewächshaus am Anfang des Grundstücks. Hier wurde anscheinend nichts mehr gepflanzt oder gezogen, mehrere Scheiben waren kaputt, die anderen blind, Müll türmte sich vor den Glaswänden, alte Säcke mit Erde und leere, meistens kaputte Blumentöpfe lagen vor dem Eingang. Unkraut wucherte an allen Seiten, Kieshaufen und Schotter umsäumten die Auffahrt.

»Nur Kraut, keine Rüben«, meinte Karl und kickte einen kleinen Plastiktopf mitten auf dem Weg beiseite. »Soll das die Gärtnerei sein? Hier ist doch gar nichts mehr.«

Sie blieben stehen, Karl sah sich unschlüssig um. »Das ist ja gespenstisch. Alles runtergekommen.«

Das ganze Grundstück war verwahrlost. Sie gingen langsam den gepflasterten Weg entlang, auf dem aus jeder Fuge Unkraut wucherte, wenn es zwischen den bemoosten Flächen überhaupt Platz fand. Das zweite Gewächshaus, an dem sie entlangliefen, war in einem ähnlichen Zustand, auch hier waren die Scheiben blind oder zerbrochen, auch dieses stand leer und wurde nicht mehr genutzt.

»Ich denke, du hast die Gärtnerei im Internet gefunden«, sagte Charlotte und sah sich zweifelnd um. »Hier ist doch gar nichts mehr. Unter was hast du denn gesucht?«

»Gärtnerei Tiedemann«, antwortete Karl nun auch zweifelnd. »Das stand da. Blumenverkauf und so. Das gibt es doch gar nicht. Ich dachte, man kann sich auf dieses Internet verlassen.«

»Seht doch mal«, Inge zeigte nach vorn. »Vor der Kurve, da steht ein Schild, ich kann es nur von hier nicht lesen. Lass uns mal weitergehen.«

Als sie an die Abzweigung kamen, sahen sie nicht nur das Schild, dessen rote Schrift verwittert, aber noch zu erkennen war, sondern auch die Einfahrt. »›Blumen Tiedemann‹«, las Inge laut. »Na, bitte. Aber das muss man wissen, dass es hier weitergeht.«

Am Ende der Kurve stand ein Holzhaus, dessen Türen weit geöffnet waren. Vor dem Haus standen bunte Blumenkübel, eine blaue Bank mit einem Tisch davor, darauf kleine Töpfe mit Rosen und Ranunkeln, daneben jede Menge Pflanzen in allen Farben, in Gruppen dekoriert und mit Preisschildern versehen.

»Das ist tatsächlich eine Gärtnerei«, stellte Charlotte erleichtert fest. »Aber ich habe mir die viel größer vorgestellt. Nach den Zeitungsausschnitten.«

»Das war sie wohl auch.« Karl sah sich um. »Die hat ihre besten Zeiten eindeutig hinter sich. Ja, dann wollen wir mal.« Er setzte sich in Bewegung.

Inge hielt ihn am Ärmel fest. »Wie gehen wir denn vor? Wenn wir alle in dieses Haus reingehen, ist es voll. Wir sollten uns doch verteilen.«

Karl überlegte kurz, dann sah er die anderen an. »Du gehst mit Charlotte in den Laden, und da seht ihr euch Blumen an. Und Onno und ich gehen zu dem kleinen Gewächshaus da vorn und gucken, ob wir was Interessantes finden. Und Helga kann vielleicht nach einer Toilette fragen. Da müsste ich übrigens auch mal hin.«

»Gut.« Helga nickte und machte sich ohne Diskussion auf den Weg. Charlotte und Inge folgten ihr in einigem Abstand, während Onno und Karl auf dem Parkplatz stehen blieben.

»Was genau willst du finden?«, fragte Onno und wartete geduldig auf Karls Antwort. Der ließ sich einen Moment Zeit, bevor er sagte: »Das müssen wir sehen. Ich weiß es auch noch nicht genau. Aber wenn ich es sehe, dann weiß ich, dass ich es gefunden habe.«

Sie schlugen den Weg zum dritten Gewächshaus ein, das von weitem so aussah, als würde es noch genutzt, während die Frauen den Blumenladen betraten. Inge und Charlotte blieben überrascht an der Eingangstür stehen und sahen sich um. So lieblos das bislang Gesehene gewirkt hatte, so bunt war dieser Laden. Ein Meer von Blumen, wunderschön arrangiert, jede Menge bunter Pflanzen in schönen Töpfen, alles war akribisch sortiert, aufgeräumt und sauber. Die junge Frau, die hinter einem

Holztisch einen Strauß band, sah ihnen freundlich entgegen. »Guten Tag, kann ich Ihnen helfen?«

»Ja«, Helga stand bereits vor ihr. »Wir wollten uns eigentlich erst mal umsehen, aber ich … könnte ich bitte kurz Ihre Toilette benutzen?«

»Natürlich.« Die Frau behielt den halbfertigen Strauß in einer Hand und griff mit der anderen nach einem Schlüssel, der am Haken hinter ihr hing. »Wenn Sie hier rausgehen und dann nach rechts, im Gebäude vor dem kleinen Gewächshaus, da ist die Toilette.«

»Vielen Dank.« Helga ging mit dem Schlüssel zurück zum Eingang und sagte leise: »Was sagt ihr dazu? So ein hübsches Geschäft. Ich bin gleich zurück. Oder muss eine von euch auch?«

»Ich komme mit.« Inge folgte ihr, und Charlotte blieb mit der jungen Frau allein zurück. Sie ging langsam durch den Laden und blieb vor einem Tisch stehen, auf dem bunte Steinguttöpfe verschiedener Größe standen, zum Teil bepflanzt, zum Teil ineinandergeschoben, auf schönste Weise dekoriert. »Was sind das für schöne Töpfe«, sagte Charlotte laut. »Wie ärgerlich, dass wir mit dem Zug gekommen sind. Wir können ja gar keine schweren Teile mitnehmen.«

Die junge Frau hatte ihren Strauß fertig und stellte ihn in ein mit Wasser gefülltes Gefäß. »Wir liefern auch nach Hause«, sagte sie und sah hoch. »Das ist überhaupt kein Problem. Wo kommen Sie denn her?«

»Von Sylt«, antwortete Charlotte und strich mit dem Zeigefinger über eine kleine Rose. »Und diese Rosen sind ja entzückend.«

»Sylt?« Erstaunt kam die junge Frau um den Tisch herum und auf Charlotte zu. »Und da kommen Sie zu uns? Warum denn das?«

Charlotte musste aufpassen, dass sie in ihrer Begeisterung jetzt nicht unachtsam wurde, und sich besser auf den Grund ihres Besuches konzentrieren. »Wir …«, begann sie und fand zum Glück sofort einen Faden. »Also, meine Freunde und ich singen im Chor und organisieren einen Ausflug im Herbst. Hier in die Gegend. Und eine Bekannte hat mir von Ihrer schönen Gärtnerei erzählt. Und weil wir alle so begeisterte Gärtner sind, wollten wir uns hier mal umsehen.«

»Ach ja?« Der Blick der jungen Frau war fast ungläubig. »Ja, dann sehen Sie sich gern um. Und, wie gesagt, wir können auch liefern.«

»Wir sind wieder da!« Helga und Inge standen schon neben ihnen. Inge reichte der Verkäuferin den Schlüssel zurück und sagte: »Es hat etwas länger gedauert, unser Bekannter hat auch gleich die Gelegenheit genutzt.« Sie sah sich begeistert um und sagte: »Das ist ja alles so hübsch dekoriert, da weiß man ja gar nicht, wo man zuerst hinsehen soll.«

Sie blickte fragend zu Charlotte, die sich beeilte zu erklären: »Ich habe der jungen Frau gerade erzählt, dass wir Sylter sind und unsere Chorfahrt hierher organisieren und den Tipp für diese Gärtnerei von … Eva Geschke bekommen haben. War das nicht Eva? Oder wer hat uns von hier erzählt?«

»Eva Geschke?« Inge stand im Moment auf der Leitung, zum Glück dachte Helga mit. »Nein, nein«, sagte sie. »Das war nicht Eva Geschke. Sabine Schäfer war so begeistert. Und hat gesagt, wenn wir hier schon in der Gegend sind, dann sollten wir uns unbedingt die Gärtnerei ansehen.«

Alle drei sahen die junge Frau gebannt an. Die behielt ihren neutralen Gesichtsausdruck und nickte nur kurz.

»Kennen Sie vielleicht Sabine Schäfer?«, hakte Charlotte nach. »Das muss ja eine Stammkundin sein. Oder?«

Langsam schüttelte die Frau den Kopf. »Der Name sagt mir leider gar nichts. Aber ich bin noch nicht so lange hier und auch nicht jeden Tag.«

Das Telefon klingelte, sie wandte sich kurz um, dann sagte sie: »Sie sehen sich noch ein bisschen um, nicht wahr? Ich muss da mal ran.«

»Natürlich.« Trotz des Lächelns sah man Charlotte die Enttäuschung an.

»Mach dir nichts draus«, flüsterte Helga ihr zu. »Das wäre auch zu einfach gewesen.«

In der Zwischenzeit hatten Karl und Onno das kleine Gewächshaus umrundet, das in einem wesentlich besseren Zustand war als die beiden großen am Anfang des Grundstücks. Hier wurde tatsächlich noch gesät und gezogen, die in exakten Reihen gepflanzten Blumen leuchteten in allen Farben durch die Scheiben. An der Seite stand eine Tür offen, Onno und Karl blieben stehen und sahen hinein, im selben Moment hörten sie ein Stöhnen und das Scheppern von Scherben auf hartem Boden. Alarmiert gingen sie hinein und sahen sofort den alten Mann, der in gebückter Haltung an einem Regal lehnte und sich die blutende Hand hielt.

»Ach, herrje«, Karl hockte sich sofort neben ihn. »Was ist passiert? Lassen Sie mal sehen. Onno, hol mal Charlotte, die hilft doch immer im Krankenhaus.«

Während Onno Hilfe holte, sah der Mann Karl erstaunt an. »Es ist nicht so schlimm, ich konnte den schweren Kübel nicht halten, man verliert im Alter einfach die Kraft.«

»Aber das blutet doch.« Karl zog sein Taschentuch aus der Hosentasche und drückte es auf die Wunde, der Mann stöhnte vor Schmerz und zog die Hand weg. »Danke, ich mache es lieber selbst. Es geht schon.«

»Wer ist hier verletzt?« Charlotte kam in Begleitung der jungen Frau aus dem Laden, die sich sofort besorgt über den verletzten Mann beugte und fragte: »Hans? Was hast du denn gemacht?«

»Lassen Sie mich mal sehen«, energisch schob Charlotte die anderen beiseite und nahm vorsichtig die Hand in Augenschein. »Das ist nicht so tief. Blutet aber ordentlich. Haben Sie einen Verbandskasten? Dann mache ich das ein bisschen sauber und verbinde das ordentlich. Es sieht nicht aus, als müsste es genäht werden. Ist Ihnen schlecht? Schwindelig?«

Inzwischen waren auch Helga und Inge angekommen und hatten sich neben Karl und Onno gestellt.

Verblüfft sah Hans von einem zum anderen, bevor er langsam den Kopf schüttelte. »Nein. Wie gesagt, es ist nicht so schlimm. Wer sind Sie denn eigentlich alle?«

»Das ist ein Chor von Sylt«, erklärte die junge Frau knapp. »Sie waren gerade drüben im Laden und haben sich umgeschaut. Möchtest du dich hinlegen?«

»Svenja, jetzt ist es gut.« Unwillig schob Hans die Hand, die Svenja ihm auf die Schulter gelegt hatte, weg. »Mach nicht so ein Theater, es ist nur ein kleiner Schnitt. Hol mal bitte den Verbandskasten aus dem Schränkchen an der Tür, ich saue sonst alles ein. Wenn die Dame so freundlich ist, mir die Wunde zu verbinden, wäre das wirklich nett.«

»Aber natürlich«, Charlotte lächelte ihn an. »Am besten, Sie setzen sich hier auf den Stuhl und die anderen können bitte mal rausgehen. Onno und Karl, lasst euch von Inge die tollen Rosenstöcke im Laden zeigen und sagt mir, wie viele davon ihr tragen könnt. Ich würde nämlich gern welche für meinen Garten kaufen.«

Als sie mit Hans allein war, beugte sie sich über seine Hand, säuberte den Schnitt, verband die Wunde vorsichtig und sah sich anschließend zufrieden das Ergebnis an. »Das sieht doch gut aus«, meinte sie. »Tut es noch weh?«

»Es pocht ein bisschen«, Hans sah sie neugierig an. »Sind Sie Ärztin oder Krankenschwester? Sie sind so geschickt.«

»Nein.« Charlotte lachte. »Und wenn, wäre ich schon seit einigen Jahren in Rente. Aber ich mache regelmäßig Erste-Hilfe-Kurse, arbeite ehrenamtlich im Krankenhaus und beim Blutspenden, habe drei Kinder großgezogen und bin mit einem Mann verheiratet, der, sagen wir es mal vorsichtig, sich immer etwas anstellt. Eigentlich ist er Hypochonder. Und kann kein Blut sehen, ohne zu denken, dass er stirbt.« Sie trat einen Schritt zurück und betrachtete das erste Mal in Ruhe ihren Patienten. Dann streckte sie ihm die Hand entgegen, die er mit seiner linken, unverbundenen ergriff und schüttelte. »Charlotte Schmidt«, stellte sie sich vor.

»Hans Hellmann«, antwortete er und stand etwas mühsam auf. »Und vielen Dank. Kann ich Sie zu einer Tasse Kaffee einladen? Als Dankeschön?«

»Das ist sehr nett, vielen Dank, aber wir sind ja zu fünft hier. Das macht zu viele Umstände.«

»Nein, nein.« Hans Hellmann deutete auf die Tür. »Ich bekomme nicht viel Besuch, ich freue mich darüber. Mein Haus ist gleich hier um die Ecke. Wollen Sie Ihren Bekannten schon mal Bescheid sagen? Dann setze ich den Kaffee auf.« Er ging vor, blieb draußen stehen und zeigte auf das kleine Häuschen, das direkt neben dem Gewächshaus stand. »Der Eingang ist an der Seite. Die blaue Tür. Bis gleich.«

Trotz seines Alters hatte er noch einen federnden Gang. Charlotte sah ihm nach. Sie schätzte ihn um einiges älter als sich selbst, aber er war wirklich noch fit. Langsam ging sie zurück zum Laden, in dem Inge und Helga sich immer noch umsahen, während Onno und Karl auf der Bank davor in der Sonne saßen und sich mit geschlossenen Augen von ihr wärmen ließen. Als Charlotte vor ihnen stand, fiel ihr Schatten auf Karls Gesicht, der öffnete sofort die Augen und sah zu ihr hoch. »Und? Florence Nightingale? Hast du die Schlacht geschlagen?«

»Ist das hier die neue Art zu ermitteln?« Charlotte hatte leise gefragt und dabei einen Blick in den Laden geworfen. »Oder habt ihr schon was rausgefunden?«

»Die junge Frau da drin ist erst seit kurzem hier und erzählt nicht viel vom Geschäft.« Karl deutete mit dem Daumen hinter sich. »Entweder weiß sie wirklich nichts oder sie haben hier Geheimnisse. Das Einzige, was wir herausgefunden haben, ist, dass dein Patient der Gärtner dieser Blumenbutze ist. Eine richtige Gärtnerei gibt es hier nämlich nicht mehr.«

»Er arbeitet noch?« Charlotte sah die beiden erstaunt an. »Der ist bestimmt über achtzig. Er wohnt in diesem kleinen Haus und hat uns zum Kaffee eingeladen. Ich soll euch holen.«

»Na, das ist doch mal eine Ansage«, Karl war sofort auf den Beinen. »Vielleicht kriegen wir dabei was raus. Ich habe nicht gedacht, dass die Veranstaltung hier so zäh wird. Komm Onno, bist du eingeschlafen?«

Onno war tatsächlich in der Sonne eingenickt. Verlegen sprang er auf und musste sich an Karl festhalten, weil ihm schwindelig wurde. »Das war so schön friedlich hier«, sagte er. »Ich hole mal die Damen.«

»Geh langsam«, rief Karl ihm hinterher. »Charlotte kann nicht den ganzen Tag alte Männer versorgen.«

»Karl«, tadelnd schüttelte Charlotte den Kopf. »Sei nicht immer so brutal. Er ist nur zu schnell aufgestanden.«

»Was schläft er auch mitten am Tag ein?« Karl sah sie an. »Das kommt von seinem aufreibenden Privatleben. Ich sag es dir. Er ist zu alt dafür. In unserem Alter noch so eine Liebesgeschichte. Da soll man wohl müde werden.«

»Jetzt ist es gut.« Charlotte griff nach seinem Arm und dirigierte ihn auf das kleine Haus zu. »Halte dich da raus und kümmere dich um die Dinge, derentwegen wir hier sind.«

Hans Hellmann stand an der Tür und sah ihnen entgegen. »Kommen Sie rein«, sagte er und wies auf eine Tür am Ende des Flures. »Der Kaffee ist gleich fertig.«

Er hatte in seinem Wohnzimmer einen Tisch gedeckt, Tassen, Teller und eine kleine Schale mit Keksen. Als alle Platz genommen hatten, war das Zimmer voll. Hans Hellmann holte den Kaffee aus einer winzigen Küche und kam verlegen lächelnd zurück. »Es ist vielleicht ein bisschen eng, ich hoffe, Sie haben genug Platz.«

»Das ist doch gemütlich«, warf Inge ein, während sie versuchte, ihr Bein auszustrecken, ohne Karl zu treten. Es war nicht möglich, Karl sah sie erschrocken an. »Aua.«

»Stell dein Bein doch mal zur Seite.« Inge guckte unter den Tisch. »Du musst doch nicht so breitbeinig sitzen.«

»Vielen Dank für die Einladung, Herr Hellmann«, sagte Onno mit einem tadelnden Blick auf Karl und Inge. »Das ist ja eigentlich peinlich, dass wir hier zu fünft einfallen, nur weil Charlotte Ihnen die Hand verbunden hat. Tut es noch weh?«

Hans besah sich den Verband und schüttelte den Kopf. »Es pocht ein bisschen, aber nicht mehr schlimm. Ja, das ist das Blöde am Altwerden, es passieren einem dauernd solche Sachen, früher war das anders. Da habe ich die Säcke mit Blumenerde und alle Kübel noch locker von rechts nach links und wieder zurück geschleppt. Und dann ist eines Tages die Kraft weg.«

Ungelenk versuchte er mit der unverletzten Hand die Thermoskanne aufzuschrauben, Charlotte kam ihm zu Hilfe. »Darf ich?« Sie wartete die Antwort gar nicht ab, sondern begann einzuschenken. »Ich finde es ja sowieso bemerkenswert, dass Sie immer noch in der Gärtnerei arbeiten. Ich meine das nicht uncharmant, aber mir fällt manchmal schon die Arbeit in meinem kleinen Garten schwer. Und hier ist ja sicherlich viel mehr zu tun. Gehört Ihnen die Firma?«

»Nein, nein.« Etwas verlegen lächelte Hans sie an, während er ihr die Tasse hinhielt. »Ich war hier immer nur angestellt. Und jetzt versuche ich weiterzumachen, so gut es geht. Die Arbeit hält mich lebendig. Ich habe ja sonst nichts mehr zu tun. Außerdem bin ich hier der letzte Mohikaner, wenn ich aufhöre, gibt es keinen Gärtner mehr.«

»Und was ist mit der netten jungen Frau im Laden?«, fragte Inge. »Ist sie die Chefin?«

»Svenja?« Hans schüttelte den Kopf. »Nein, sie kommt hier aus der Gegend, ich kenne ihre Eltern gut, und sie verdient sich ein bisschen was zum Studium dazu. Sie studiert Gartenbauarchitektur, so ein kleiner Laden würde sie erstens unterfordern und zweitens gar nicht ernähren können.«

»Und wem gehört der Laden?« Karl beugte sich neugierig nach vorn. »Es muss ja hier alles früher sehr viel größer gewesen sein. Wir haben die leeren Gewächshäuser gesehen.«

Hans sah ihn an, bevor er zögernd antwortete. »Es war immer ein Familienunternehmen. Familie Tiedemann.«

Karl nickte verständnisvoll. »Ah ja. Und die lassen Sie trotz Ihres Alters immer noch für sie arbeiten? Das gehört sich doch nicht, oder?«

»Ach wissen Sie, ich bin jetzt achtzig, ich habe mein Leben lang mit Pflanzen verbracht, das brauche ich einfach. Ich bekomme Rente, ich mache das nur noch zum Zeitvertreib und um fit zu bleiben. Was soll ich sonst machen? Den ganzen Tag vor dem Fernseher sitzen? Da verblödet man doch. Ich muss arbeiten, sonst werde ich krank.«

»Das kenne ich«, bestätigte Karl sofort. »Das geht mir ganz genauso. Ich fühle mich weder als Rentner noch alt, ich muss was um die Ohren haben, sonst drehe ich durch.«

»Und was machen Sie?« Hans Hellmann sah ihn interessiert an, während Inge ihr Bein in Karls Richtung ausfuhr. Karl zuckte zusammen und hustete.

»Karl macht alles Mögliche«, antwortete Charlotte und schlug ihm auf den Rücken. »Alles bis auf Garten. Dafür ist seine Frau zuständig. Und was sind die Inhaber hier für Menschen? Wenn Sie hier so lange schon arbeiten, ist das ja fast schon Familie, oder?«

»Ach, nein.« Hans Hellmann betrachtete gedankenverloren seine Hand. »Das ist eine lange Geschichte.« Nach einer Pause hob er den Kopf und wechselte das Thema. »Svenja sagte, Sie kämen von Sylt? Was machen Sie denn in dieser Gegend?«

Charlotte wechselte einen Blick mit Karl, bevor sie antwortete: »Och, wir wollen mit unserem Chor einen Ausflug machen und sehen uns hier die Umgebung an. Ihre Gärtnerei wurde uns zufällig empfohlen, eine Bekannte von mir hat hier immer ihre Pflanzen gekauft und so geschwärmt. Und als sie hörte, dass wir in die Gegend kommen, hat sie uns empfohlen, unbedingt einen Abstecher zu machen. Wir sind ja alle solche Gartenfreunde.« Sie hob ihre Tasse, um Zeit zu gewinnen, niemand von den anderen sprang ihr zur Seite, also setzte sie die Tasse wieder ab und sagte: »Sabine Schäfer heißt meine Bekannte. Sie muss eine Stammkundin gewesen sein. Kennen Sie sie?«

Fünf Augenpaare sahen Hans Hellmann gespannt an, der das nicht zu bemerken schien. Stattdessen runzelte er die Stirn und schüttelte dann langsam den Kopf. »Das sagt mir im Moment nichts. Vielleicht hat sie die Gärtnerei verwechselt.«

»Oder es war vor Ihrer Zeit«, warf Helga ein. »Sabine hat vor Jahren hier gewohnt. Vielleicht waren Sie noch gar nicht hier.«

Ein trauriges Lächeln war die Antwort. »Ich war immer hier. Seit ich sechzehn bin. Fast mein ganzes Leben.«

Wieder entstand eine Pause, in der Karl begann, auf seinem Stuhl hin und her zu rutschen. Es dauerte ihm hier eindeutig zu lange. Und er hielt es jetzt auch nicht mehr aus. »Aber die Firma hieß immer Tiedemann?« Er ignorierte den Blick von Charlotte. »Oder?«

Hans Hellmann sah ihn lange an, bevor er nickte. »Ich habe damals bei Ernst Tiedemann angefangen«, sagte er leise. »Als Lehrling. Als Ernst starb, übernahm sein Sohn Reinhard die Gärtnerei. Mitsamt aller Angestellten. Zusammen mit seiner Frau Gundula. Wir waren damals über fünfzig Mitarbeiter, wir waren die größte Gärtnerei in der Region. Das waren schöne Zeiten.« Er nickte wieder und lächelte traurig. »Ja, dann ging Reinhard weg und Gundula war mit … na ja, es war dann irgendwann vorbei.«

Bevor Karl was sagen konnte, fragte Helga sanft: »Möchten Sie darüber reden?«

Hans Hellmann sah sie an. »Nein«, sagte er und stand plötzlich auf. »Möchte noch jemand Kaffee? Oder etwas anderes?«

»Wenn Sie ein Wasser hätten …«, Karl hatte sofort geantwortet. Inge wartete, bis Hans aus dem Zimmer gegangen war, dann flüsterte sie: »Ich habe das Gefühl, dass ihm unser Besuch reicht. Lasst uns mal gehen.«

»Erstens hat er gefragt, ob wir noch was trinken wollen«, Karl verschränkte die Hände auf dem Tisch. »Und zweitens haben wir bisher nichts, aber auch gar nichts rausbekommen. Also, ich frage ihn jedenfalls gleich mal nach Corinna Tiedemann.«

»Aber nicht so direkt«, flüsterte Charlotte und sah ihn alarmiert an. »Wir müssen das geschickt machen.«

»Ja, ja«, Karl winkte ab und machte eine Geste zur Tür, in der Hans Hellmann gerade wieder auftauchte. »Das ist schön, ich habe einen solchen Durst. Vielen Dank. Lassen Sie, schonen Sie die Hand, ich schraube die Flasche selbst auf. Gläser?«

Charlotte riss die Augen auf und starrte ihn fassungslos an, während Hellmann sechs Gläser aus einem Schrank nahm und sie auf den Tisch stellte. »Bitte schön«, sagte er und setzte sich.

»Danke schön«, antwortete Karl und nahm sich ein Glas. »Wer und wo ist denn Corinna Tiedemann?«

Das vierfache Luftanhalten am Tisch lenkte nicht davon ab, dass Hans Hellmann sehr blass wurde. Er starrte Karl entgeistert an, ohne die Frage zu beantworten. Ungerührt goss Karl Wasser in sein Glas und sah hoch. »Was ist denn?«

»Karl, du ...« Inge konnte ihren Satz nicht beenden, weil Hans Hellmann zögernd antwortete. »Corinna. Sie ist ... war die Tochter von Reinhard und Gundula. Woher kennen Sie ihren Namen? Was wollen Sie eigentlich hier? Warum stellen Sie solche Fragen?«

Er war noch blasser geworden, auf seiner Stirn standen plötzlich Schweißperlen, sein Atem kam stoßweise. Sofort stand Charlotte auf, drängte sich durch die Enge zu ihm und riss Karls Wasserglas vom Tisch. »Herr Hellmann, ist alles in Ordnung? Trinken Sie das, sollen wir ... Onno, mach doch mal das Fenster auf, hier ist es auch so warm.« Sie hatte sich besorgt über ihn gebeugt, ihre Hand lag beruhigend auf seiner Schulter. Ihr Gastgeber hatte das Wasser getrunken, wischte sich jetzt mit einem Taschentuch den Schweiß von der Stirn und atmete tief durch. Langsam bekam er wieder Farbe. Er sah Charlotte an und fragte: »Was ist hier eigentlich los?«

Dienstag, der 24. Mai,
kleine Quellwölkchen, 16 Grad

So.« Walter tippte demonstrativ auf seine Armbanduhr. »Es ist Punkt halb drei. Lass uns reingehen.«

Heinz und er stiegen aus und gingen langsam auf die Eingangstür zu. »Und hast du dir jetzt überlegt, was du sagen willst?« Heinz sah seinen Schwager neugierig an. »Du musst dir doch einen Gesprächseinstieg ausgedacht haben.«

»Das wirst du gleich sehen.« Walter nickte und zog seine Hose hoch. »Und staunen.«

Er drückte die Eingangstür auf und ließ seinem Schwager den Vortritt, was Heinz erstaunt zur Kenntnis nahm, bevor ihm klar wurde, dass er jetzt die Begrüßung übernehmen musste. Die nicht mehr ganz so freundliche Frau Roth sah ihnen entgegen. Heinz lächelte trotzdem. »Da sind wir wieder«, sagte er übertrieben fröhlich. »Es ist …«

»Wir haben einen Termin.« Walter schob sich vor ihn. »Um halb drei. Mit Ihrem Chef. Es ist halb drei.«

Ohne zu antworten, griff die Empfangsdame mit hochgezogenen Augenbrauen zum Telefon. »Wolf, hier sind zwei Herren für dich … nein, die Herren von vorhin … das weiß ich nicht, es ist ja Chefsache. … Ja, danke.«

Sie legte auf und warf ihnen einen kurzen Blick zu. »Er kommt.«

»Verbindlichsten Dank.« Walter wippte auf den Zehenspitzen und sah sich um. An den Wänden hingen Fotos der Insel, dazwischen Autogrammkarten berühmter und weniger berühmter Menschen, die anscheinend irgendwann mal Urlaub in den von Wolf Bertram betreuten Wohnungen gemacht hatten oder ihre eigenen Ferienhäuser von ihm betreuen ließen. Walter zeigte auf das Foto eines Mannes in einem silbernen Paillettenanzug. »Massimo Borgas«, sagte er in verschwörerischem Ton zu Heinz. »Bekannter Schlagersänger. Anscheinend auch Kunde.«

»So kann man doch nicht heißen.« Heinz ging näher ran. »Das ist doch bestimmt kein richtiger Name.«

»Doch.« Walter nickte. »Italiener.«

»Massimo Borgas kommt aus Herne«, erklang die schnippische Stimme von Frau Roth. »Gebürtig. Und er heißt in Wirklichkeit Michael Braunsmüller. Hallo Wolf, die beiden Herren warten auf dich.«

Wolf Bertram trat gerade ein. »Guten Tag«, sagte er und kam mit ausgestreckter Hand auf sie zu. »Ich hoffe, Sie haben nicht zu lange gewartet.«

»Fünfeinhalb Minuten«, antwortete Walter und schüttelte ihm die Hand. Dann warf er Frau Roth einen giftigen Blick zu. »Und ich dachte, ich hätte irgendetwas von Diskretion auf Ihren Flyern gelesen. Ich weiß nicht, was Herr Borgas zu einer solchen Äußerung sagen würde.« Sie reagierte nicht, also stellte Walter erst sich und dann seinen Schwager vor, bevor sie Wolf Bertram in sein Büro folgten.

»Nehmen Sie Platz«, sagte er und wies auf eine Sitzgruppe aus Leder. »Kann ich Ihnen etwas zu trinken anbieten? Kaffee? Tee? Wasser?«

»Ja, ich …«, begann Heinz, bevor er von Walter unterbrochen wurde.

»Danke, nein.«

»Okay.« Wolf Bertram sah irritiert von einem zum anderen. »Also, keiner von Ihnen etwas?«

Heinz schüttelte schnell den Kopf.

»Gut, dann kommen wir doch gleich zum Thema. Um was geht es denn?«

Walter schlug lässig die Beine übereinander und sah sich um. Das Büro war elegant eingerichtet, die Sitzmöbel teuer, die Regale anscheinend maßgefertigt, die Ölbilder Originale. »Ein feines Büro«, sagte er anerkennend. »Anscheinend lohnt sich das Putzen von Ferienwohnungen.«

Ein feines Lächeln umspielte Wolf Bertrams Mund. »Oh, wir machen nicht nur das Housekeeping, wir verwalten auch private Immobilien, kümmern uns um die Vermietung und Abrechnung von Wohnungen, sind die Anlaufstelle für die Feriengäste. Nur mit, wie haben Sie es genannt, dem ›Putzen von Ferienwohnungen‹ kann man sich hier auf dieser Insel nicht halten.«

»Das glaube ich gern.« Walter setzte seinen Steuerprüferblick auf und fixierte sein Gegenüber. »Da bleibt ja auch nicht viel hängen.«

»Die einen sagen so, die anderen sagen so«, war die lässige Antwort. »Die Reinigung von Mietimmobilien ist schließlich wichtig und wird in der Regel auch nicht schlecht bezahlt.« Er hielt seinen Blick auf Walter gerichtet, was den erstaunte. Üblicherweise wichen die Menschen seinem Blick aus. Wolf Bertram tat das nicht. Stattdessen fragte er freundlich: »Was kann ich denn jetzt für Sie tun?«

»Ja, wie soll ich anfangen?« Walter klaubte ein unsichtbares Haar von seinem Jackett. »Sagen wir mal so: Sie sind mir von einem Geschäftspartner empfohlen worden.

Sie wären sehr diskret in Abwicklung und Rechnungsstellung und man könnte mit Ihnen hervorragend verhandeln.«

»Aha«, Wolf Bertram verzog keine Miene. »Worüber wollen Sie denn mit mir verhandeln?«

Walter ließ seine Blicke über den Glasschreibtisch, den schweren Chefsessel und die mit Ordnern gefüllten Regale und wieder zurück zu Bertram wandern. »Nehmen wir mal an, ich besäße in Kampen ein vierhundert Quadratmeter großes Anwesen, das ich zwar mit meiner Hände Arbeit, aber ohne, nennen wir es, Nebenkosten erstanden hätte. Oder besser, mit geringeren Kosten als den üblichen. Und ich würde jetzt gern dieses Schmuckstück auch anderen Menschen zugänglich machen. Aber so, dass es unter Umständen nicht alle mitbekommen. Man kennt ja hier die Geier, die dann gleich mitverdienen wollen. Das kann man vielleicht umgehen.«

Heinz hatte Walter mit offenem Mund zugehört und verstand kein Wort. Wo wollte Walter denn hin? Wolf Bertram ahnte wenigstens etwas.

»Sie haben eine Immobilie, die Sie schwarz vermieten wollen?«, fragte er und lächelte ironisch. »Das können Sie vergessen. Sie können es natürlich Ihren Freunden und Geschäftspartnern überlassen, aber sobald das über eine Agentur läuft, wird kontrolliert. Da kann ich Ihnen leider nicht behilflich sein, ich mache nur offizielle und legale Vermittlungen. Da muss ich Sie enttäuschen.«

»Was denken Sie denn?« Entrüstet hob Walter die Hände. »Ich will das Haus doch nicht in die Vermietung geben, nein, nein. Da lebe ich nach dem Prinzip, wer hat, muss teilen. Ich stelle es natürlich meinen Gästen kostenfrei zur Verfügung. Aber wissen Sie, es muss ja sauber sein. Nur, soll ich dafür eine Reinigungskraft anstellen?

Sie haben doch auch günstigere Damen im Angebot. Also, Damen ohne feste Anstellung?«

»Wie kommen Sie denn darauf?« Wolf Bertram heuchelte Erstaunen, aber um das zu glauben, war Walter zu lange im Geschäft. Er beugte sich nach vorn und lächelte verschwörerisch. »Herr Bertram. Ich habe mich über Ihre Firma erkundigt und auch einige Beobachtungen angestellt. Ich will jetzt nicht alles erzählen, aber so ein kleines Beispiel ist die Tatsache, dass Sie ja zwei Ihrer Mitarbeiterinnen regelmäßig zu ihrem Dienst ins Hotel ›Seeschwalbe‹ fahren. Das habe ich schon mehrere Male gesehen. Wissen Sie, diese beiden außergewöhnlichen dunklen Schönheiten. Die fallen ja auch auf, die merkt man sich. Vermutlich bringen Sie sie deshalb auch zum Hintereingang.«

»Und weil die Damen eine dunkle Hautfarbe haben, arbeiten die schwarz?« Wolf Bertrams Stimme troff vor Ironie. »Werter Herr … Müller, richtig? Ich werde davon absehen, Sie wegen rassistischer Bemerkungen anzuzeigen, obwohl ich das gern machen würde. Ich sehe davon ab, wenn Sie auf der Stelle mein Büro verlassen. Das ist ja wirklich das Letzte.« Er stand auf, ging zur Tür und öffnete sie. »Bitte.«

»Nichts liegt mir ferner, als rassistische Bemerkungen zu machen«, protestierte Walter, der merkte, dass ihm dieses Gespräch aus dem Ruder gelaufen war. »Das war überhaupt nicht so gemeint.«

Wolf Bertram stand unbeweglich an der Tür. Erst als die beiden an ihm vorbeigingen, sagte er leise: »Nur zur Information. Bei diesen beiden schönen Damen handelt es sich um zwei Schwestern aus Nürnberg. Sie sprechen übrigens fränkischen Dialekt, weil sie da geboren sind. Und sie arbeiten nach ihrem bestandenen Abitur ein paar

Wochen für mich, weil sie die Patentöchter meiner Frau sind. Deren Schwester mit dem amerikanischen Vater der beiden verheiratet ist. Und sie wohnen bei uns, deshalb nehme ich sie auf dem Weg ins Büro immer mit. Und wenn Sie es noch einmal wagen, mich mit Ihren komischen Anfragen zu belästigen, bekommen Sie tatsächlich Ärger. Einen schönen Tag.«

Er schloss hinter ihnen die Tür. Walter und Heinz sahen sich kurz an, dann schüttelte Walter den Kopf und murmelte: »Du hättest auch mal was sagen können.« Er ging schnurstracks zum Ausgang, Heinz hatte Mühe, ihm zu folgen. An der Tür blieb Walter plötzlich stehen. »Ich muss noch mal zur Toilette.«

Er drehte um und ging an der erstaunten Frau Roth vorbei. »Toilette?«

Mit hochgezogenen Augenbrauen zeigte sie auf einen Durchgang, der in einen Gang führte. »Dritte Tür links. Eigentlich nur für Mitarbeiter.«

Erst als sie im Auto saßen, konnte Walter wieder sprechen. »Ich sag dir was«, meinte er und klopfte mit dem Zeigefinger auf die Konsole. »Irgendetwas ist mit dem faul. Ich habe das im Gefühl.«

»Das denkt er vermutlich auch von dir«, antwortete Heinz, ohne seinen Schwager aus den Augen zu lassen. »Du Rassist.«

»Ich bin kein Rassist«, Walter schlug mit der flachen Hand auf die Konsole. »War ich auch noch nie. Was bildet der sich eigentlich ein? Sieht aus, als würde er sein Geld mit Drogen verdienen, und erzählt mir was von angemeldeten Vermietungen. Ha! Das ist doch lachhaft. Ich nehme ihm die Bude auseinander, das verspreche ich dir. Der rechnet im Leben nicht alles ab. Ich kenne meine

Pappenheimer, ich sehe das an der Körperhaltung, das ist ein Erfahrungswert. Und an diesem Bertram ist was nicht in Ordnung, ganz und gar nicht in Ordnung.«

Heinz zuckte die Achseln und verkniff sich ein Grinsen. »Im Moment bist du jedenfalls an die Wand gerannt. Ich glaube nicht, dass wir hier auf Schwarzarbeit treffen. Und der Bertram wird auch nie wieder mit dir reden. Das kannst du wohl vergessen.«

»Das sehen wir noch.« Walter schnallte sich an und reckte das Kinn. »Jetzt tritt erst mal Plan B in Kraft. Dann machen wir es eben hintenrum.«

»Hä?« Heinz runzelte die Stirn. »Wie soll das gehen?«

»Mach mal das Handschuhfach auf.« Walter deutete mit dem Kopf in die Richtung, während er den Motor startete. »Ich habe da etwas vorbereitet, und das verteilen wir jetzt.«

Heinz öffnete die Klappe und entnahm einen braunen Umschlag. Als er ihn öffnete, rutschten weiße Zettel heraus, die aussahen, als hätten sie Fransen. »Was ist das?«

Walter lächelte zufrieden. »Lesen hilft. Lies laut.«

»Welche charmante Dame möchte sich in einem aufgeräumten Haushalt um einen sauberen, gepflegten Herrn und seine Haushaltsführung kümmern und etwas Geld dazu verdienen? Anruf 0160...«

Heinz strich irritiert über die eingeschnittenen Zettel. »Warum steht da zehnmal die Handynummer? Und wessen ist das?«

»Meine Güte, du denkst überhaupt nicht nach.« Walter sah seinen Schwager ungehalten an. »Dieser Aufruf kommt an Pinnwände in Supermärkten, Ampeln und Bäume, man liest das, und wenn man daran interessiert ist, reißt man sich so ein Fähnchen mit der Telefonnummer ab. Hast du so was noch nie gesehen? Manche suchen sogar Wohnungen auf diese Weise. Du musst mal mit offenen Augen durch die Welt laufen.«

»Und wer ist der gepflegte Herr? Bist du das? Also, ist das deine Handynummer?«

»Na, sicher«, Walter wandte den Blick wieder auf die Straße. »Und ich wette, ich bekomme in der nächsten Zeit jede Menge Anrufe von Damen. Und ich bin sehr gespannt, wie viele von ihnen eine feste Anstellung suchen. Und wie viele andere das nur als lohnenden Nebenverdienst sehen. Illegal und kriminell.«

Dienstag, der 24. Mai,
abends auf dem Parkplatz der Sturmhaube

Annas Auto stand schon auf dem Parkplatz, als Maren einbog. Sie fuhr auf den Platz gegenüber und stieg aus. Anna saß noch telefonierend im Wagen und zuckte erschrocken zusammen, als Maren gegen die Scheibe klopfte. Trotzdem öffnete sie die Tür, während sie zum Ende ihres Gesprächs kam. »Gut, Frau Hansen, dann bedanke ich mich für Ihre ausführlichen Auskünfte. Wenn ich noch eine Frage haben sollte, melde ich mich bei Ihnen. Einen schönen Tag noch.«

Sie schüttelte den Kopf, während sie das Handy in ihre Jackentasche schob und ausstieg. »Das war die Nachbarin von Kai Kruse«, teilte sie Maren mit. »Erzähle ich dir alles gleich. Laufen wir ein Stück?«

Maren nickte, wartete, bis Anna ihre Jacke zugeknöpft und das Auto abgeschlossen hatte, dann gingen sie zum Strandübergang. Der Mann, der in dem kleinen Häuschen saß und die Kurkarten kontrollierte, hob die Hand, als er Maren erkannte. »Hey, Maren, ihr habt beide Kurkarten, oder?«

»Aber sicher«, Maren winkte zurück, »ganz unten in der Tasche.« Er winkte sie durch.

»Ich habe keine dabei«, sagte Anna leise. »Schlechtes Beispiel. Und jetzt gehe ich ohne zu bezahlen an den Strand.«

»Wir ermitteln«, entgegnete Maren. »Wir dürfen das.

So, und jetzt erzähl. Was sagt die Nachbarin von Kai Kruse?«

»Sieh es dir an«, beim Anblick des Strandes war Anna stehen geblieben und breitete die Arme aus. Links von ihnen war das Rote Kliff, rechts ging es nach Norden. Soweit der Blick reichte, sah man nur den weißen Strand, das blaue Meer, den leicht bewölkten Himmel, die Dünen und den Horizont. Ein paar Strandspaziergänger waren unterwegs, wenige Punkte, die sich in der Weite verloren. Die einzigen Geräusche waren die Schreie der Möwen und das Brechen der Wellen.

»Du weißt gar nicht, wie ich dich um deinen Wohnort beneide«, sagte Anna und sah sich beglückt um. »Es ist wirklich einer der schönsten Plätze der Welt. Rechts oder links?«

»Rechts«, entschied Maren. »Wir laufen zur Buhne 16 und trinken da was. Die gehört auch zu den schönsten Plätzen.«

»Eine Buhne?«

»Es ist ein Lokal. Eigentlich ein Kiosk. Oder was Ähnliches. Aber schön.«

Sie liefen dicht am Wasser, nebeneinander, die Hände in den Jackentaschen, die Gesichter in der Sonne. Nach einigen Minuten friedlicher Stille erinnerte sich Anna schließlich, dass sie nicht nur wegen Wellen und Sand hier waren.

»Die Nachbarin von Kai Kruse hat heute erst mitbekommen, dass sie sich bei uns melden sollte. Und dann hörte sie gar nicht auf zu sabbeln. Und jetzt haben wir mehr Details, als ich wissen wollte.«

»Wieso?« Maren hatte sich nach einer Muschel gebückt, die sie nun vom Sand befreite und in ihre Tasche steckte. Das war eine Marotte von ihr, sie suchte immer nach der perfekten Muschel. Irgendwann würde sie sie finden. »Was hat sie denn erzählt?«

»Das willst du nicht wissen. Sie hat sich erst lang und breit über die reichen Leute aus Kampen ausgelassen, dabei natürlich Kruse ausgespart, das sei ein ganz anständiger Mensch, sonst hätte sie seinen Schlüssel auch nie angenommen, und danach ihre gesamte Krankengeschichte erzählt. Angefangen bei den ersten Beschwerden und aufgehört bei der Reha. Das einzig Wichtige war, dass sie niemandem den Schlüssel gegeben hat, aber in der betreffenden Zeit gar nicht auf der Insel war, weil, wie gesagt, die Reha da stattgefunden hat.«

»Also nichts, was uns weiterbringt«, meinte Maren. »Hast du den Hafenmeister aus Neustadt denn erreicht?«

Anna war stehen geblieben und deutete mit dem Fuß auf eine weiße Herzmuschel. »Da ist auch eine schöne. Willst du die nicht?«

Maren griff sofort danach. »Doch«, sie pustete den Sand weg und wischte mit dem Finger nach. »Fast perfekt. Du bekommst den richtigen Blick. Was hat der Hafenmeister gesagt?«

Sie setzten den Weg langsam fort, den Blick abwechselnd auf den Sand und aufs Meer gerichtet.

»Der hat bestätigt, dass Kai Kruse und Dirk Novak an dem Wochenende von Neustadt aus gesegelt sind. Mit der Yacht, die Novaks Bruder gehört. Und dazu hat er mir auch noch die Yacht beschrieben, von den Segelkünsten der beiden geschwärmt und alles Interessante über den Neustädter Hafen erzählt.«

Maren sah sie an. »Dann sind sie raus. Und Alexander van der Heyde muss irgendwo anders gewohnt haben. Vielleicht sollten wir doch noch mal über eine mögliche Affäre nachdenken.«

»Oder auch nicht.« Anna suchte in der Jackentasche das Etui mit ihrer Sonnenbrille, fand es und setzte die Brille auf. »Gibt es in der Buhne 16 was zu essen? Und Bier?«

»Ja.«

Anna nickte. »Das freut mich.« Sie beschleunigte ihren Gang, Maren sah sie erstaunt an. »Warte, was heißt das?«

»Was?«

»Dein: ›Oder auch nicht‹? Was meinst du damit?«

Anna blieb wieder stehen, blickte aufs Meer, auf die Dünen und dann zu Maren. Sie atmete tief durch und antwortete: »Ich fahre morgen oder übermorgen nach Flensburg zurück. Die Staatsanwältin hält unseren Fall für einen Unfall mit Todesfolge. Es gibt laut Abschlussbericht tatsächlich keinen Hinweis auf Fremdeinwirkung. Der Wirbelbruch sowie die Hämatome können beim Sturz entstanden sein, sie haben keinerlei Spuren am Körper und an der Kleidung finden können, die auf ein Gewaltverbrechen deuten würden. Die Spurensicherung war ja von Anfang an skeptisch, dass es nach einigen Tagen Dauerregen noch irgendetwas Verwertbares gibt. Es besteht kein Grund, dass ich hier noch weiter ermittle.«

»Was?« Maren sah sie verblüfft an. »Ist das dein Ernst? Du hast doch gesagt, dass du ein seltsames Gefühl bei der ganzen Geschichte hast. Die Akte kann nicht einfach geschlossen werden. Wir müssen wissen, was van der Heyde hier gemacht hat und was an diesem Samstag passiert ist. Es fällt doch niemand einfach so vom Kliff. Und dazu noch jemand, der eigentlich gar nicht hier war. Wir können die Ermittlungen wirklich nicht einfach einstellen!«

Anna hob die Schultern. »Was soll ich machen? Es gibt überhaupt keinen Ansatz. Keine Zeugen, keine Hinweise, nichts. Wir wissen nicht, was er hier gemacht hat, ob er allein oder in Begleitung unterwegs war, ob es Streit gab, ob er sich das Leben nehmen wollte, ob er bedroht wurde, wir haben für nichts irgendeinen konkreten Hinweis. Ich kann im Moment nichts mehr machen.«

»Na, toll«, Maren war fassungslos. »Du findest das ganz normal, dass jemand wie van der Heyde ohne Papiere auf dem Kliff spazieren geht, einfach abstürzt und niemand bekommt was mit?« Sie drehte sich um und deutete mit der Hand in die Richtung, aus der sie gekommen waren. »Sieh dir das Kliff doch an. Wir standen gerade davor. Wieso läuft man da bei Regen nachts herum? Es ergibt doch keinen Sinn. Ich glaube nicht an einen Unfall. Van der Heyde war ein Geschäftsmann, kein wild gewordener Jugendlicher, der sich hier zuknallt und nicht weiß, was alles passieren kann.«

Sie wartete, bis sie sich etwas beruhigt hatte, dann wandte sie sich wieder an Anna. »Ich bin im Moment tatsächlich versucht, Karl einzuweihen, ehrlich. Ich will wissen, was da passiert ist. Allein schon, damit Tanja van der Heyde es weiß. Man kann doch nicht damit umgehen, dass ein Mensch einfach verschwindet und eine Woche später tot irgendwo auftaucht. Das geht doch nicht. Und die Erklärung, dass das ein läppischer Unfall war: daran glaube ich nicht.«

Anna zuckte die Schultern. »Ich weiß, Maren, ich finde das auch furchtbar. Aber wir sind erst wieder zuständig, wenn sich ein neuer, konkreter Hinweis ergibt. Und den sehe ich im Moment nicht.« Sie schob sich die Brille auf den Kopf und hakte Maren unter. »Das mit Karl ist eine Schnapsidee, das weißt du hoffentlich selbst. Aber es kann ja auch sein, dass sich doch noch ein Zeuge findet, der van der Heyde irgendwo mit irgendjemandem gesehen hat. Dann haben wir vielleicht einen neuen Ansatz. Nur jetzt, im Moment, deutet wirklich alles auf einen Unfall hin. Und der Staatsanwaltschaft ist es egal, warum van der Heyde betrunken auf dem Kliff war, wo er gewohnt hat und was er hier wollte. Solange es keinen Verdacht auf Fremdeinwirkung gibt, ist die Mordkommission raus. Vielleicht findet ihr was, vielleicht kommt auch nie heraus, was passiert ist. Es macht einen fertig, aber manchmal kann man es auch nicht ändern.«

»Es gibt Tage, da hasse ich meinen Job.« Maren setzte sich langsam wieder in Bewegung. »Heute ist so ein Tag.«

»Ich weiß.« Anna drückte Marens Arm. »Wir gehen jetzt zur Buhne 16 und trinken ein Bier. Vielleicht fällt uns noch irgendetwas ein, was nicht mit Karl und der Staatsanwaltschaft zu tun hat.«

Mein Tagebuch

25. Juli 2000

Es muss irgendetwas Schlimmes passiert sein. Ich habe keine Ahnung, was genau es ist, aber ich bin mir sicher, dass meinem Mann etwas Furchtbares passiert ist. Ich weiß natürlich nichts Genaues, es ist nur so eine Ahnung, aber etwas ist anders. Er schreit im Schlaf, ich bin ein paarmal davon wach geworden, obwohl wir nicht mehr in einem Bett schlafen. Er ist ins Gästezimmer gezogen, schon vor einiger Zeit, ganz genau an dem Tag, an dem meine Mutter diese Püppi gefeuert hat. Ich habe es gar nicht mitbekommen, weil meine Mutter ja kaum noch mit mir redet, seit ich so oft beim Pastor und seiner Frau bin. Ich habe mich mit Sabine angefreundet oder besser, sie sich mit mir. Ich weiß gar nicht genau, warum, aber seit der blöden Geschichte auf ihrer Hochzeit will sie mich wohl beschützen. Von dieser Geschichte habe ich noch gar nichts geschrieben, ich konnte nicht, weil es so furchtbar peinlich war. Die Hochzeit war so schön, mein Mann und ich waren auch eingeladen, ich hatte mich so gefreut und mir sogar ein neues Kleid gekauft. Meine Mutter hat sich darüber aufgeregt, über das Kleid und dass wir überhaupt hingegangen sind. Sie hat meinem Mann gesagt, dass er absagen soll, weil sie diesen scheinheiligen Pastor nicht leiden kann. Das wollte er erst auch, aber dann hat meine Mutter diese Püppi gefeuert, und deshalb ist mein Mann doch mitgegangen, um ihr eins auszuwischen. Ich fand das total albern, aber ich wollte so gern hin, deshalb war mir der Grund egal. Hauptsache, mein Mann kam mit, allein hätte ich ja nicht hingekonnt. Den Ärger hätte ich nicht riskiert. Meine Mutter hat gesagt, dass die Püppi in die Kasse gegriffen hätte und deshalb fristlos gefeuert wurde. Hans hat mir erzählt, dass das gar nicht stimmt, meine Mutter hat meinen Mann und die Püppi im Aufenthaltsraum erwischt. Sie haben nicht nur zusammen gefrühstückt. Ich habe zu Hans gesagt, dass mir das egal ist, dass meine Mutter sie nicht deswegen hätte feuern müssen. Aber Hans meinte, es ginge doch gar nicht um mich, sondern um meine Mutter. Sie hätte nur Angst, dass nach Gregor auch mein Mann aus ihrem Leben verschwindet. Und das wollte sie nicht. Schon gar nicht wegen dieser Püppi. Na ja, wenn Hans das so meint. Zurück zur Hochzeit, ich merke schon, dass ich alles durcheinander erzähle, aber ich habe im Moment einfach so sehr viel im Kopf. Mein Mann hat beim Empfang schon drei Gläser Sekt auf ex getrunken, er hatte sehr schlechte Laune, vermutlich wegen der Kündigung, und er hasst Hochzeiten sowieso. Am Tisch hat er dann die ganze Zeit weitergetrunken, erst Wein, dann Schnaps, und ganz wenig gegessen. Und deshalb war er schon vor Beginn des Tanzes betrunken. Sehr betrunken. Er hat eine junge Frau an unserem Tisch aufgefordert, sie wollte aber nicht mit ihm tanzen, weil er so betrunken war. Und dann hat irgendjemand was zu ihm gesagt und er ist ausgerastet. Das ist schon öfters passiert, wenn er getrunken hat, aber noch nie vor anderen Leuten. Es war furchtbar, sie haben sich auf der Tanzfläche geprügelt, der Pastor musste die Polizei rufen. Ich habe mich so wahnsinnig geschämt, auch weil Sabines Mutter zu mir gesagt hat, ich solle jetzt endlich meinen besoffenen Mann nach Hause bringen, wir hätten die Feier doch nun genug ruiniert. Ich war dann schon um halb zehn zu Hause, mein Mann hat im Badezimmer geschlafen und ich habe danach versucht, die Blutflecke aus meinem neuen Kleid zu waschen.

Am nächsten Tag habe ich das Haus nicht verlassen, in den Laden hätte ich sowieso nicht gekonnt, weil meine Nase die ganze Zeit geblutet hat. Das hörte überhaupt nicht auf. Mein Mann ist mit seinen Kumpels zum Angeln gefahren, er hat gemeint, wenn er mich und meine bekloppte Mutter sehen würde, hätte er nur schlechte Laune. Sie wollten ein paar Tage bleiben, vermutlich, bis sich das Gerede im Dorf gelegt hätte. Aber dafür kam am nächsten Tag Sabine. Ich habe die Tür gar nicht aufgemacht, weil ich mich so geschämt und gedacht habe, dass sie mich jetzt wüst beschimpfen würde, immerhin haben wir ihr die Hochzeit versaut. Sie ist aber nicht weggefahren, sondern ums Haus gegangen und einfach durch die offene Terrassentür hereingekommen. Ich hatte ganz vergessen, dass die offen stand. Als sie plötzlich im Zimmer stand und mich sah, ist sie zusammengezuckt und sofort wieder raus. Um kurz danach mit ihrer Arzttasche wiederzukommen. Sie hat meine Nase behandelt und gemurmelt, dass es jetzt ja wohl reichte. Ich solle zur Polizei gehen, die würden mir dort helfen, aus diesem Leben rauszukommen. Ich musste die ganze Zeit weinen, ich weiß auch nicht, warum, aber ich wollte das alles nicht. Ich kann doch hier nicht weg, wie soll ich das machen? Sie hat immer wieder davon angefangen, bis ich sie angeschrien habe, dass sie mich in Ruhe lassen solle, sie würde doch nichts verstehen. Sabine hat mich ganz ernst angesehen und nur gesagt, dass ich jederzeit zum Pastor und zu ihr kommen könne, sie seien für mich da. Und sie würde mich ab jetzt nicht mehr aus den Augen lassen.

Als sie wieder weg war, habe ich lange überlegt, was ich tun soll. Wenn ich nicht hingehe, werden sie ständig hier vorbeikommen. Das habe ich so im Gefühl, ich glaube, Sabine hat so ein Helfersyndrom. Und dann bekomme ich echt Probleme. Also habe ich angefangen, sie zu besuchen. Nie lange, das will ich nicht, aber lange genug, dass sie sehen, dass bei mir alles in Ordnung ist. Deshalb ist meine Mutter sauer, sie hat gesagt, dass sie meine neue Frömmigkeit lächerlich findet, ich soll ihr bloß aus den Augen bleiben. Dabei bin ich gar nicht fromm, sondern nur vorsichtig. Und einsam vielleicht. Aber das begreift sie nicht, sie ist nur wütend, weil mein Mann andauernd mit seinen Kumpels rumhängt, anstatt bei ihr nach Feierabend noch ein Bier zu trinken.

Jetzt muss aber irgendetwas passiert sein. Mein Mann war die ganze Nacht unterwegs, ob allein oder mit seinen Jungs oder irgendeiner neuen Freundin, das weiß ich nicht. Er kam erst am frühen Morgen zurück, es muss nach fünf gewesen sein, weil ich um die Zeit schon mit Hans zum Blumenmarkt gefahren bin, und da war er noch nicht da. Als ich um elf wiederkam und nach ihm sah, lag er im Bett, es roch alles ganz komisch, obwohl er noch geduscht hatte. Das hat er noch nie gemacht. Ich weiß es auch nur, weil das ganze Badezimmer unter Wasser stand und ich es erst mal putzen musste. Überall war Dreck, es sah aus, als wäre er im besoffenen Kopf irgendwo reingefallen. Und jetzt schreit er im Schlaf. Ich weiß nicht, was passiert ist, aber es muss was Schlimmes gewesen sein. Ich will es gar nicht wissen. Er soll nur aufhören zu schreien.

Mittwoch, der 25. Mai,
sommerliche Temperaturen bei sehr blauem Himmel

Karl blieb winkend an der Haustür stehen, bis die Rücklichter seines Autos mitsamt Gerda um die Ecke gebogen waren. Danach schloss er sofort die Tür und ging zum Telefon. Er fingerte einen Zettel aus seiner Brusttasche und tippte die Nummer ein. Während er dem Klingeln lauschte, setzte er sich an den Tisch und wippte ungeduldig mit dem Fuß, bis am anderen Ende jemand den Hörer abnahm. »Kramer.«

»Hermann«, Karl lehnte sich erleichtert an, »Hermann, hier ist Karl. Karl Sönnigsen. Mensch, das ist ja schön, dich mal wieder zu hören, du hast ja immer noch eine ganz junge Stimme am Telefon.«

»Ähm«, der Gesprächspartner machte eine erstaunte Pause, bevor er weitersprach. »Hier ist nicht Hermann, hier ist Philipp Kramer, wer ist da bitte? Ich habe Ihren Namen so schnell nicht verstanden.«

»Philipp?« Karl musste nur kurz nachdenken, dann fiel es ihm wieder ein. »Ach, Philipp, du bist doch der Sohn, nicht wahr? Wir haben uns auch schon mal gesehen.« Sofort hatte Karl das Bild vor Augen: ein reizender kleiner Junge mit hellblonden Haaren, der sehr gut Fußball spielte. »Hier ist Karl Sönnigsen. Die Polizei von Sylt, erinnerst du dich? Was macht das Kicken? Sag mal, kannst du mir mal Papi geben?«

Wieder entstand eine Pause. Dann sagte Philipp Kramer

zögernd: »Ich kicke schon seit zwanzig Jahren nicht mehr. Und ... Papi ist nicht da. Um was geht es denn?«

»Wie?« Karl war verwirrt. »Zwanzig Jahre? So alt bist du doch noch gar nicht.«

»Ich bin vierzig.« Die Antwort kam mit einem Lächeln. »Seit zwei Monaten.«

»Oh.« Karl war wieder mal erstaunt, wie die Zeit raste. »Und dann wohnst du noch zu Hause?«

»Nein«, jetzt fing Philipp Kramer an zu lachen, »ich wohne nicht mehr zu Hause. Aber meine Eltern mussten zur Beerdigung meines Onkels und ich hüte hier die beiden Katzen. Samstag sind sie wieder da.« Er machte eine kleine Pause, dann sagte er plötzlich: »Ach, jetzt weiß ich auch wieder, wer Sie sind. Der alte Kollege, den mein Vater ab und zu auf Sylt besucht hat. Sind Sie denn noch im Dienst?«

»Das ist ja ganz schlecht.« Karl dachte mehr laut, als dass er sprach, und hatte Philipps Frage komplett ignoriert. »Ich hätte deinen Vater ganz dringend sprechen müssen. Ärgerlich. Am Samstag? Nicht früher? Samstag? Oder kann ich ihn irgendwie mobil erreichen?«

»Mein Vater hat kein Handy, leider. Er hasst die ständige Erreichbarkeit und meint, er würde verstrahlt. Da kann man nicht mit ihm reden. Sie müssen wohl abwarten. Oder kann ich Ihnen irgendwie helfen?«

»Ich weiß nicht«, auf seiner Unterlippe kauend dachte Karl nach. »Sag mal«, begann er deshalb vorsichtig. »Kann das sein, dass dein Vater während seiner aktiven Dienstzeit mal mit einem Fall in Altmannshausen zu tun hatte? Die Kripo in Lübeck müsste da doch zuständig gewesen sein. Oder hat er nie über seine Arbeit gesprochen?«

»Altmannshausen?« Philipp Kramer zögerte. »Wie kommen Sie denn jetzt darauf?«

»Och, das lief mir gerade so über den Weg. Sagen wir mal, ich tue einer Bekannten einen Gefallen. Ich bin ja auch mittlerweile mehr oder weniger pensioniert, da will man sich doch mal mit alten Kollegen austauschen.«

»Altmannshausen«, Philipp Kramer wiederholte das Wort nachdenklich. »Doch, da war was. Das sollten Sie aber tatsächlich selbst mit meinem Vater besprechen. Ich sage ihm Bescheid, dass er Sie anrufen soll. Sobald er sich meldet.«

»Danke sehr.« Karl war einerseits zufrieden, dass es einen Funken Hoffnung gab, andererseits ungeduldig, dass er trotzdem bis Samstag warten musste. Das war doch zu ärgerlich. »Dann schöne Grüße und bis bald.«

Er legte auf und dachte einen Moment nach. Schließlich stand er auf, ging zum Schrank und zog die Schublade auf. Wenigstens konnte er die verbleibende Zeit nutzen, um ein Gedächtnisprotokoll anzufertigen. Nur ein vorbereiteter Ermittler war ein guter Ermittler, das war schon immer seine Devise gewesen. Und er hatte zwar noch ein hervorragendes Gedächtnis, aber die schriftliche Zusammenfassung des gestrigen Gesprächs war schon mal der Anfang für die daraus resultierenden Ermittlungen. Er nahm ein leeres Notizbuch aus der Schublade, in der mindestens zwanzig gestapelt lagen. Da die Suche nach Sabine Schäfer von einer Bagatelle zu einem vermutlich richtigen Fall geführt hatte, konnte er dafür auch ein neues Notizbuch beginnen.

Gedächtnisprotokoll des Gesprächs vom 24. Mai.
Ergebnisse
Anwesende: Hans Hellmann, Inge Müller, Charlotte Schmidt, Onno Thiele, Helga Simon, Karl Sönnigsen

Protokollant: Karl Sönnigsen
Leitung: Karl Sönnigsen
Ort: Gärtnerei Tiedemann, Altmannshausen

Bei den Ermittlungen im Fall der verschwundenen Sabine Schäfer traf das oben genannte Ermittlerteam auf den Zeugen Hans Hellmann, mit dem sich das im Folgenden skizzierte Gespräch ergab. Die Gesprächsparteien werden als HH (Hans Hellmann) und TS (Team Sönnigsen, besteht aus Sönnigsen, Schmidt, Müller, Thiele, Simon, nicht im Einzelnen wichtig) abgekürzt.
TS: Wer und wo ist denn Corinna Tiedemann?
HH (bestürzt): Corinna. Sie ist ... war die Tochter von Reinhard und Gundula. Woher kennen Sie ihren Namen? Was wollen Sie eigentlich hier? Warum stellen Sie solche Fragen?
TS kümmert sich während eines Schwächeanfalls um HH.
HH: Was ist hier eigentlich los?
TS: Wir sind auf der Suche nach einer verschwundenen Person. Sie heißt Sabine Schäfer.
HH sieht verständnislos aus.
TS: Frau Schäfer ist seit einigen Tagen spurlos verschwunden. Bei der Suche nach ihr ist uns eine Kassette zugespielt worden, in der wir Hinweise auf eine Freundin gefunden haben. Oder eine nahe Verwandte. Die Spur führt zu dieser Gärtnerei.
Ein Mitglied von TS zieht einen Artikel in Folie aus ihrer Handtasche und zeigt ihn HH. Es handelt sich um den Zeitungsbericht zum Jubiläum der Gärtnerei.

HH liest sich alles langsam durch, dann gibt er das Beweisstück zurück. Zeuge wirkt angegriffen.
HH: Das ist die Familie. Das war die Familie. Da war noch alles in Ordnung. Reinhard, Gundula, Gregor und Corinna. Da waren alle noch da.
Zeuge wirkt verwirrt und angeschlagen.
TS: Und wo sind sie jetzt?
HH schweigt.
Das Gespräch wird unterbrochen durch lautes Klopfen an der Tür. HH steht langsam auf und öffnet. Er kommt nach kurzer Zeit in Begleitung einer Frau zurück. Alter etwa siebzig. Sehr schlechte Laune. Wird im Folgenden mit F (Frau) abgekürzt.
F: Was wollen Sie denn alle hier? Wer sind Sie überhaupt? Hans, wer sind die alle?
HH: Das ist ein Chor von Sylt. Sie haben sich hier umgesehen.
F: Wieso umgesehen? Wir sind doch hier nicht bei der Bundesgartenschau.
TS: Wir haben hier auch Rosen gekauft. So ist es ja nicht.
F sieht den Zeitungsartikel, der noch auf dem Tisch liegt, und wird blass. Tippt mit dem Finger auf das Foto und fragt, was das soll.
TS: Kennen Sie jemanden auf dem Bild?
F: Ja, natürlich. Das bin ich. Mit meinem Mann. Und den Kindern. Woher haben Sie das?
TS: Dann sind Sie Frau Tiedemann? Und das sind dann Ihre Kinder?
F: Mein Sohn ist tot.
Sie sieht Hans wütend an.

F: Darüber reden wir später. Sieh zu, dass die gehen.
Anschließend verlässt sie das Haus und knallt die Tür laut zu.
TS: Was war das denn?
HH: Das war Gundula Tiedemann. Sie war nicht immer so böse. Erst nach Gregors Unfall ist sie so geworden. Sie hat seinen Tod nie verkraftet. Danach wurde sie so böse.
TS: Und was sagt ihr Mann dazu?
HH: Reinhard ist ein Jahr später weggegangen. Wir haben nie wieder etwas von ihm gehört. Ich weiß noch nicht mal, ob er überhaupt noch lebt.
TS: Und die Tochter?
HH: Corinna. Die hatte es schwer. Erst der Bruder gestorben, dann der Vater gegangen, und ihre Mutter mochte sie nicht. Und Corinnas Mann …
TS: Ja? Was war mit dem Mann?
HH: Er war schlecht. Richtig böse. Das hat erst niemand gemerkt. Nur ich. Und dann wurde es immer schlimmer. Er hat erst die Firma ruiniert und dann Corinna. Ich konnte ihr nicht helfen. Das verzeihe ich mir nie.
TS: Wo ist Corinna denn jetzt?
HH: Auch tot.
TS: Was ist passiert?
HH: Sie war plötzlich weg. Sie ist nie gefunden worden. Einfach weg. Nach zehn Jahren haben sie sie für tot erklären lassen. Damit ihr Mann wieder heiraten konnte. Und Gundula wollte nichts mehr damit zu tun haben. Ich hätte das nicht gemacht. Ich hätte sie gesucht.

Zeuge fängt an zu weinen. Gespräch muss abgebrochen werden.

Karl las sich alles noch mal in Ruhe durch und nickte. Das war im Großen und Ganzen das Wichtigste gewesen. Sicherheitshalber beschloss er, bei Onno vorbeizufahren. Gerda würde heute sowieso später kommen, sie war mit einer Freundin zum Essen verabredet und hatte irgendwas wie »Aufschnitt ist im Kühlschrank« gesagt. Da konnte er doch lieber bei Onno was Warmes essen und dabei das Protokoll durchgehen. Falls er doch etwas überhört hatte.

Etwas später saß Karl schon in Onnos Küche, vor sich einen Teller mit dampfender Kartoffelsuppe, die er mit einem zufriedenen Lächeln in sich hineinlöffelte, während Onno ihm gegenübersaß und mit gerunzelter Stirn das Protokoll las.

»Hervorragende Suppe«, sagte Karl und hob endlich den Kopf. »Wenn du einen Nachschlag hättest, würde ich nicht nein sagen.«

»Da ist noch was im Topf«, antwortete sein Freund, ohne den Blick vom Notizbuch zu nehmen. »Wieso schreibst du immer nur TS? Da weiß man doch gar nicht mehr, wer die Fragen genau gestellt hat.«

»Sind wir ein Team oder sind wir ein Team?« Karl stand schon mit seinem Teller am Herd und füllte nach. »Es kommt doch nicht darauf an, wer was fragt, sondern welche Informationen wir aus dem Gespräch filtern.«

»Aber es fehlt doch einiges. Helga hat zum Beispiel gefragt, ob Corinna eine Freundin namens Sabine hatte, da hat er doch irgendetwas darauf geantwortet. Hat er nicht ›ja‹ gesagt?«

Karl sah Onno nur an. Er hatte recht, da war was gewesen. »Wo ist Helga denn? Frag sie doch.«

»Sie ist nicht da, sie trifft sich mit einer ehemaligen Nachbarin.« Onno sah wieder ins Notizbuch. »Wie heißt denn eigentlich der Mann von Corinna? Was ist mit dem denn passiert? Haben wir das gar nicht gefragt?«

»Nein.« Karl wischte den Teller mit einem Stück Weißbrot aus. »Da hat der alte Mann dann schon geweint und wollte nicht mehr reden. Aber das kriegen wir auch anders raus.«

»Und wie?«

Es war die Skepsis in Onnos Stimme, die Karl ein kleines bisschen ärgerte. »Onno. Wenn du irgendjemandem vertrauen kannst, der sagt, dass er etwas herausbekommt, dann ja wohl mir.« Er wischte seinen Mund umständlich mit einer Serviette ab und schob seinen leeren Teller von sich. »Aber ich nehme es dir nicht übel, weil diese Suppe wirklich fabelhaft war. Du hast Glück gehabt. Ich habe natürlich nicht nur dieses Gedächtnisprotokoll zu Papier gebracht, ich habe auch in der Nachbetrachtung des Gesprächs ein wenig recherchiert. Da die junge Frau damals einfach verschwunden ist, muss es ja eine Vermisstenanzeige gegeben haben. Also wird auch eine Polizeiakte vorliegen. Vielleicht keine richtige Akte, aber die Anzeige.«

»Wieso keine richtige Akte?«

Karl lächelte ihn geduldig an. Er liebte es, anderen seinen Job zu erklären. »Weil man nicht unbedingt ermittelt, wenn ein erwachsener Mensch plötzlich verschwindet. Es sei denn, es gibt Hinweise, dass dieser Mensch in eine Gefahrensituation geraten ist oder ein Verbrechen vorliegt. Hans Hellmann hat aber gesagt, dass Corinna Tiedemann einfach verschwunden ist. Von heute auf morgen. Aber sie ist erwachsen, und es gab keine Hinweise auf einen Unfall oder sogar ein Verbrechen. Und in solchen Fällen wird nicht unbedingt ermittelt. Jeder Mensch kann seinen Aufenthaltsort selbst bestimmen, ohne irgendjemanden zu informieren. Sie kann ja auch mit einem Liebhaber durchgebrannt sein, oder sie wollte einfach ihre Mutter nicht mehr sehen. Das weiß man ja nicht.«

»Und dann sucht man einen vermissten Menschen einfach nicht?« Onno war fassungslos. »Das ist doch nicht in Ordnung.«

»Na ja«, wiegelte Karl ab. »Wenn jemand einfach beschließt, wegzugehen, dann muss man ihn auch lassen.«

»Aber sie ist für tot erklärt worden.«

»Ja«, Karl nickte. »Es gibt ja auch ein Verschollenheitsgesetz. Und das besagt, dass ein Verschollener in der Regel zehn Jahre nach seinem Verschwinden für tot erklärt werden kann. Das beantragen entweder die Staatsanwaltschaft oder die Angehörigen. Und dann gibt es einen gerichtlichen Beschluss. Darin wird die Todeszeitfeststellung fixiert, die durch die Todesvermutung begründet ist. Davor muss man aber ein Aufgebot bekanntgeben, und dann geht alles seinen Gang. Das war jetzt stark vereinfacht erklärt.«

»Aha«, Onno hatte offensichtlich nur die Hälfte verstanden, es war ihm aber auch egal. »Und wie willst du jetzt an deine Informationen kommen?«

»Es gab in dieser Familie ja nicht nur eine Verschollene, sondern auch ein Unfallopfer. Gregor, der Sohn, ist ja bei einem Verkehrsunfall mit Fahrerflucht ums Leben gekommen.« Karl tippte auf das Notizbuch, das Onno vor sich auf den Tisch gelegt hatte. »Und da muss es eine Akte geben. Das wird in die Zuständigkeit der Lübecker Kripo gefallen sein. Und da war mein alter Freund Hermann

Kramer jahrzehntelang der Chef. Ich habe schon versucht, ihn anzurufen, aber er ist auf einer Beerdigung und kommt erst Samstag zurück. Hat sein Sohn gesagt. Aber dann ruft er zurück. Und Hermanns Gedächtnis ist genauso gut wie meins. Dem fällt bestimmt noch was ein.«

Onno hob ratlos die Schultern. »Das sind doch alles Geschichten, die schon vor Jahren passiert sind. Wir suchen aber nach einer Sabine Schäfer, die nur ein paar Briefe von dieser Corinna hatte. Wo ist denn da der Zusammenhang?«

»Den zu finden, mein Lieber«, sagte Karl und schlug sich aufs Herz. »Genau dafür sind wir da.«

»Papa?« Marens Stimme drang vom Flur in die Küche, Karl legte den Zeigefinger auf die Lippen und sah Onno warnend an. »Bist du in der Küche?«

»Ja, Kind, hier.«

Sie stand schon in der Tür, lächelte ihren Vater und Karl an und sagte: »Ich hatte so einen blöden Tag, habt ihr ein Bier für mich?«

»Natürlich.« Onno war schon aufgesprungen und auf dem Weg zum Kühlschrank. »Setz dich, Karl, willst du auch noch eines?«

»Na gut, wegen der Geselligkeit«, Karl tätschelte Maren die Hand. »Alles klar mit dir?«

»Es geht so«, Maren nickte zum Dank, als ihr Vater ihr die Bierflasche reichte, und hebelte den Kronkorken auf. »Und ihr? Macht ihr einen Männerabend?«

»Ja.« Onno setzte sich wieder und sah seine Tochter an. »Habt ihr schon mal eine Vermisstenmeldung nicht verfolgt, weil es keine eindeutigen Hinweise auf ein Gewaltverbrechen gab? Weil ihr dachtet, dass die vermisste Person nur so aus Jux und Tollerei abgehauen ist?«

»Was?« Verblüfft sah Maren von einem zum anderen. »Ist was mit Helga?«

»Nein.« Onno ignorierte Karls Blicke. »Ich habe neulich nur mal gelesen, dass die Polizei nicht bei allen Vermisstenmeldungen auf die Suche geht.«

»Na ja, wenn es sich nicht gerade um ein Kind, einen Jugendlichen oder um eine verwirrte Person handelt, wartet man erst mal ab. Es sei denn, es sieht nach einer Gefahrenlage aus. Wieso? Was habt ihr vor?«

»Gar nichts«, griff Karl jetzt ein. »Es ging um einen Zeitungsbericht, den wir gerade diskutiert haben. Und bei euch? Alles gut im Revier? Was macht der Tote vom Roten Kliff? Ein großer Fall ist das ja wohl nicht, sonst wäre ja jemand aus Flensburg hier. Anna zum Beispiel.«

Maren sah ihn nachdenklich an. Sie überlegte, ob sie etwas sagen sollte, dann entschloss sie sich tatsächlich dazu. »Anna war kurz hier. Aber sie ist schon wieder weg. Weil die Staatsanwaltschaft zu der Überzeugung gekommen ist, dass es sich um einen Unfall mit Todesfolge handelt und nicht um Mord.«

»Na bitte«, Karl schenkte Bier nach, »dann ist das ja geklärt.«

»Ich weiß es nicht«, mit einem lauernden Blick beobachtete Maren Karls Reaktion. Sie war enttäuscht, er fragte überhaupt nicht nach, sondern griff stattdessen nach einem Notizbuch, das auf dem Tisch lag, und schob es in einen Stoffbeutel, der an seinem Stuhl hing. »Ich glaube nicht an einen Unfall.«

Karl sah sie nur kurz an, dann streckte er sich und sagte: »Ich werde mich dann gleich mal auf den Weg machen. Muss noch einiges erledigen.«

»Seit wann hat dein Interesse an unseren Fällen denn

so abgenommen?« Immer noch verwundert starrte sie ihn an. »Sonst springst du doch sofort darauf an.«

»Auf einen Unfall?« Karl schüttelte den Kopf. »Ich habe irgendwo gehört, dass der Mann nicht ganz nüchtern gewesen sein soll. Im Suff vom Kliff gerutscht, das kann passieren. Warum soll ich darauf anspringen?«

»Weil du es sonst immer machst«, antwortete Maren. »Weil du immer eine Theorie hast. Oder ein Gefühl. Von mir aus könntest du es an dieser Stelle ruhig haben.«

»Mein liebes Kind«, Karl stand jetzt tatsächlich auf und lächelte auf sie hinab. »Ich habe keine Gefühle. Außerdem bin in Pension, daran erinnerst du mich doch sonst immer so gern. Sprich doch mal mit deinem Superchef Runge, vielleicht hat der ein Gefühl. Ihr wolltet, dass ich mich aus solchen Sachen raushalte, und bitte, ich halte mich raus. Schönen Abend, und Onno: danke für die Suppe. War sagenhaft. Wir telefonieren, tschüss ihr beiden.«

Maren starrte ihm mit offenem Mund nach. Irgendwas war hier nicht in Ordnung, ganz und gar nicht in Ordnung. Langsam drehte sie sich zu ihrem Vater. »Papa, willst du mit mir über etwas reden?«

»Nein.« Auch Onno stand auf, um Karls Teller und Glas wegzuräumen. »Das wird sich schon alles klären. Weißt du, wir haben im Moment so viel mit dieser Chorreise zu tun. Und jetzt wollte ich mir gern Nachrichten ansehen. War noch was?«

Maren schüttelte nach einem Moment resigniert den Kopf und setzte die Bierflasche an die Lippen. Was war das nur für ein blöder Tag.

Donnerstag, der 26. Mai,
frühmorgens, vor der Dämmerung

Ihr war heiß. Unerträglich heiß. Sie hatte viel zu viel an, der dicke Daunenmantel machte sie unbeweglich, die Stiefel waren viel zu schwer, die Mütze war ihr über die Augen gerutscht, sie konnte kaum etwas sehen. Aber sie lief. Immer schneller. Sie musste den Fahrer auf dem Moped einholen, sie musste ihm etwas sagen. Er fuhr sehr langsam, sie würde es schaffen, er würde sie gleich sehen, dann anhalten, dann könnte sie ihm alles erzählen. Und dann würde alles gut werden. Jetzt hatte sie ihn erreicht, sie tippte ihm auf die Schulter, er drehte sich zu ihr um, aber es war das falsche Gesicht. Sie war dem Falschen gefolgt. Sie hatte sich vertan. Ihr Herzschlag tat so weh, sie blieb stehen, erst traurig, dann enttäuscht, dann kamen die Tränen. Und dann, endlich, der Zorn. Da war er, der Zorn. Ganz tief von innen stieg er in ihr hoch, erst rot, dann weiß, dann spürte sie ihn bis in die Fingerspitzen, überall war er jetzt, dieser unbändige Zorn. Sie riss die Knöpfe der Daunenjacke auf, gab dem Mopedfahrer einen harten Stoß, er taumelte, fing sich wieder, dann fuhr er weg. Sie war stehen geblieben. »Hau ab!«, schrie sie ihm nach. »Hau endlich ab!«

Von ihrem Schrei war sie wach geworden. Sie starrte in den dunklen Raum, versuchte sich zu orientieren, sah aber nichts. Ihr war immer noch heiß. Sie knipste die Lampe an und befreite sich mühsam aus der Bettdecke, die sich eng um sie gewickelt hatte. Ihr T-Shirt war ganz durchgeschwitzt, ihre Haare feucht, schwer atmend setzte sie sich auf die Bettkante und tastete mit der Hand nach der Wasserflasche. Während sie mit geschlossenen Augen trank, beruhigte sich ihr Puls, aber eine Sache blieb. Es war der Zorn: erst unkontrolliert rot, dann kalt und weiß. Sie spürte ihn genauso stark wie im Traum. Doch jetzt war er ganz real. Seit Jahren ließen diese Albträume sie in einem Tränenmeer erwachen. Wenigstens lösten die Tränen dann die Angst, Panik und Verzweiflung ab, die sich in den Träumen Bahn brachen. Wie lange schon. Wie viele Jahre. Bis heute. Bis jetzt. Aber jetzt war sie zornig. Nur noch zornig. Keine Angst, keine Panik, nur dieser ruhige weiße, kalte Zorn.

Sie stand langsam auf, ging zum Spiegel und schaute hinein. Sie sah aus wie immer. Nur ihr Blick hatte sich verändert. Plötzlich sahen ihr Augen entgegen, die Ruhe ausstrahlten. Ja, ganz ruhig war ihr Blick jetzt, fast so, als wenn sie etwas verstanden hätte. Ganz klar konnte sie in den Spiegel schauen. Angstfrei. Sie lächelte. Nicht, dass das Lächeln schon in ihren Augen angekommen wäre, aber sie lächelte überlegen. Es war anders als sonst. Ab heute war es anders. Sie konnte beginnen.

Als sie aus der Dusche kam, warf sie einen Blick auf die Uhr. Es war gleich fünf, und es wurde schon hell. Sie löschte das Licht im Schlafzimmer und ging in die kleine Küche. Ganz hinten im Schrank, neben einem Plastikbeutel, lag das Päckchen. Sie nahm es mit und setzte sich im Schneidersitz auf den Boden im Wohnzimmer, öffnete es und legte den Inhalt vor sich auf den dunklen Teppich. Ihr Blick ging von einem Gegenstand zum nächsten, sie atmete tief ein und aus, ihre Hände ruhten auf den Knien.

Nach einer gefühlten Ewigkeit hob sie das schwarze Kästchen hoch und klappte es auf. Sie nahm den Ohrring zwischen Daumen und Zeigefinger und hielt ihn gegen das Licht. Die grünen Steine funkelten, sie bewegte das Schmuckstück wie ein Pendel und sah zu, wie das Licht die grüne Farbe veränderte. Vorsichtig legte sie ihn wieder zurück und verschloss den Deckel. Sie setzte sich bequemer hin und strich sich eine Haarsträhne aus dem Gesicht. Mit der Hand fuhr sie über das braune Papier, in das der nächste Gegenstand eingepackt war. Sie wickelte ihn aus, nahm das Buch in die Hand, strich mit dem Daumen über den Einband. Überlegte einen Moment, dann schlug sie es auf. Entschlossen. Jetzt war der richtige Moment.

Viel später schlug sie das Buch wieder zu. Ihr war übel, sie wusste nicht, ob vor Hunger oder Zorn. Aber sie wusste jetzt, was sie zu tun hatte. Nach all den Jahren war sie sich ganz sicher. Es war vielleicht zu spät, aber es war notwendig. Es musste endlich vorbei sein. Sie musste dem Ganzen ein Ende machen.

Vor dem Haus hielt ein Auto. Ungerührt lauschte sie. Sie hörte Türen klappen, es musste jemand ausgestiegen sein. Undeutliche Stimmen, Männerstimmen, dann stieg doch eine Spur von Panik in ihr auf, sie rutschte auf dem Boden ein Stück näher zur Tür. Die Jalousien waren überall runtergelassen, keiner konnte hier reinsehen. Sie zwang sich, ruhig weiter zu atmen. Wer immer das war, er oder sie hatte hier nichts verloren, es musste ein Versehen sein. Langsam fing sie an zu zählen, bei siebenundachtzig klappten wieder die Autotüren, der Motor wurde gestartet, das Auto fuhr weg. Sie atmete erleichtert aus. Ächzend erhob sie sich, sie hatte keine Ahnung, wie lange sie hier auf dem Boden gesessen hatte, ihre Muskeln waren steif. Ihr Mund war trocken, ihr Magen knurrte. Aber bevor sie etwas aß oder trank, musste sie noch etwas anderes tun. Ihre Knie knackten, als sie sich auf den Boden hockte, ihre Hand zitterte, als sie den dritten Gegenstand berührte. Schließlich öffnete sie die Plastiktüte und sah hinein. Sie zog den Inhalt vorsichtig heraus und betrachtete ihn. Es war grauer, als sie es in Erinnerung hatte, das Muster war unter den Flecken kaum zu sehen, aber sie hätte es überall und jederzeit wiedererkannt. Das Tuch war in Folie gewickelt, seit damals, sie hatte es nie wieder angefasst, sie hätte es nicht geschafft. Wenn man genau hinsah, konnte man einzelne Rosen erkennen, man musste aber sehr genau hinsehen. Sie konnte sich noch gut an die Originalfarben erinnern. Das Bild hatte sich so in ihre Erinnerung gefressen, dass sie es nie wieder loswerden würde. Und sie hoffte sehr, dass es anderen auch so ginge. Im Moment war sie sogar davon überzeugt. Und bald würde sie es wissen. Die Zeiten, in denen sie keine Spuren hinterlassen hatte, waren endgültig vorbei.

Donnerstag, der 26. Mai,
schönste Morgensonne, schon 18 Grad

Maren parkte ihren Wagen auf dem großen Parkplatz am Strömwai in Kampen, auf dem jetzt nur wenige Autos standen. Sie stieg aus, schob ihren Autoschlüssel in die Tasche ihrer Trainingsjacke und dehnte sich, bevor sie langsam lostrabte. Normalerweise joggte sie immer vor ihrer Haustür los, aber heute Morgen war ihr die geniale Idee gekommen, ihre Strecke doch nach Kampen zu verlegen. Man sollte schließlich auch mal spontan sein.

An der Ampel trippelte sie ein bisschen auf der Stelle, als es grün wurde, lief sie mit gleichmäßigen Schritten in den Wattweg und bog nach wenigen Metern in den Hoogenkampweg ein. Hier war es tatsächlich noch menschenleer. In wenigen Wochen wären hier alle Grünstreifen zugeparkt, alle Häuser bewohnt und vermietet, vorm Bäcker würde wieder eine Schlange bis zum Parkplatz stehen, und als Jogger musste man aufpassen, dass man nicht von ungeübten E-Bikern über den Haufen gefahren wurde. Das nannte sich dann Saison.

Jetzt war es noch ruhig und friedlich, Maren fand ihr Tempo und lief mitten auf der Straße, vorbei an den gepflegten Grundstücken, auf denen die Rhododendrenbüsche vor den Reetdach-Villen in allen Farben leuchteten. Maren liebte den Mai auf Sylt, das Licht, die Farben der Rhododendren und des Strandginsters, den beginnenden Sommer und die zunehmend gute Laune um sie herum. Wobei die ihre dieses Jahr anscheinend flachfiel. Maren verlangsamte, weil sie Seitenstiche bekam. Sie atmete falsch, was kein Wunder war, bei den Gedanken, die ihr gerade im Kopf rumgingen. Gestern Abend hatte sie noch mal mit Anna telefoniert und heute Morgen mit Runge gesprochen. Dabei rausgekommen war nichts, gar nichts. Alexander van der Heyde war an einem Halswirbelbruch gestorben. Das war die Todesursache gewesen. Der Gerichtsmediziner hatte nicht eine einzige Verletzung an der Leiche gefunden, die nicht durch den Sturz zu erklären wäre. Es gab keine Spuren von Fremdeinwirkung an der Kleidung, es gab keine Zeugen, es gab keine Hinweise, aber es gab eine Alkoholkonzentration im Blut, die sehr dafür sprach, dass van der Heyde zum Zeitpunkt seines Todes sturzbesoffen gewesen sein musste, also war es ein tragischer Unfall. Da konnte Maren Argument für Argument abklopfen, sie kam hier nicht weiter. Aber irgendwas passte doch nicht. Es ging ihr einfach nicht in den Kopf, dass ein Mann wie Alexander van der Heyde seine Frau anlügt, allein nach Sylt fährt, dann aber von niemandem gesehen wird und plötzlich tot am Strand liegt. Wenn er eine Affäre gehabt hätte, wo war dann die Geliebte gewesen? Hatte er irgendwelche illegalen Geschäfte hier gemacht? Aber auch dann hätte er irgendwo übernachten müssen. Vermutlich wollte er keine Spuren hinterlassen, weder mit einer Geliebten noch bei irgendwelchen geheimnisvollen Machenschaften, aber er musste doch irgendwo gewesen sein!

An der nächsten Kreuzung blieb Maren stehen und machte ein paar Dehnübungen, um besser denken zu können. Sie hatten alle Hotels und Pensionen überprüft, vergeblich. Natürlich gab es auch Vermieter, die nicht jeden Gast anmeldeten, um die Kurbeiträge zu sparen, aber Maren glaubte nicht daran, dass ein Mann wie van der Heyde in einer kleinen Privatpension übernachten würde. Falls sie selbst aus irgendeinem Grunde heimlich nach Hamburg müsste und dabei keine Spuren hinterlassen wollte, wo würde sie dann unterkommen? Richtig, bei ihrer Freundin Rike. Und wenn Rike selbst gar nicht da wäre, würde es auch niemand merken. Maren fand es nach wie vor ärgerlich, dass Anna nicht selbst mit Kai Kruse gesprochen hatte. Er war ein alter Freund von Alexander. Und er hatte hier ein Haus, das die meiste Zeit leer stand. Da konnte Anna ihr tausendmal erzählen, dass es keinen konkreten Anlass gegeben hatte: Sie hätten die Spurensicherung durchs Haus schicken müssen. Sofort hatte sie wieder Annas Stimme im Ohr. »Maren, es gab absolut keinen Hinweis auf Fremdverschulden, besonders nicht an der Leiche selbst. Wir können doch nicht einfach ein Haus durchsuchen, nur weil der Besitzer mit dem Toten befreundet ist. Da folgt mir kein Staatsanwalt.«

Maren stieß sich von der Straßenlaterne ab und lief langsam weiter. Es war zu ärgerlich. Sie brauchte jemanden, mit dem sie reden konnte. Sie hatte versucht, mit Robert darüber zu sprechen, aber er hatte sich genauso hinter der Staatsanwaltschaft versteckt wie Anna. Es käme schließlich nicht darauf an, ob ihr irgendetwas komisch vorkäme, hatte er gemeint. Es gäbe eine Beweislage, und die wäre eindeutig: der Tote ist Opfer eines Unfalls geworden. Also gäbe es auch keine Gründe, in diesem Fall weiter zu ermitteln. Selbst Karl wollte nicht mit ihr darüber reden. Sie war doch nicht verrückt oder naiv. Irgendetwas war hier nicht in Ordnung, das sagte ihr das Gefühl. Wo war Karl denn jetzt mit seinem Instinkt? Sie fühlte sich im Moment von aller Welt und von der Gerechtigkeit verlassen und bekam, trotz des Laufens, sofort wieder schlechte Laune.

Die Straße traf auf eine Querstraße, an der sie endete. Maren sah auf das Straßenschild: Grönning. Die Hausnummer hatte sie im Kopf, sie würde sich jetzt mal ganz privat und völlig zufällig das Ferienhaus von Kai Kruse ansehen. Wenn sie schon in der Gegend war. Kurz vor dem Haus verlangsamte sie und ging weiter. Vor einem Friesenwall, der von einer weißen Pforte unterbrochen war, blieb sie schließlich stehen, legte ihre Hand auf die Pforte und begann mit Dehnübungen. Man konnte gar nicht genug davon machen.

Das Haus war weiß und wie alle anderen mit Reet gedeckt. Es hatte ein zur Straße abfallendes Grundstück, der Rasen und die Blumenbeete sahen aus wie in einem Sylt-Kalender, die Terrasse konnte man nur ahnen, aber nicht einsehen, auch die Fenster waren hinter dichten Hecken und Bäumen verborgen. Es war groß, größer, als Maren gedacht hatte, und niemand würde von der Straße aus sagen können, ob es im Moment bewohnt war oder nicht. Ein idealer Ort, um seine Ruhe zu haben. Oder um nicht gesehen zu werden.

Sie beugte sich ein Stück nach vorn und drückte vorsichtig gegen die Gartenpforte. Sie war offen. Maren stieß sie noch ein Stück weiter auf und blieb unschlüssig stehen. Sie könnte sich ja kurz umsehen. Andererseits wäre es ganz blöd, wenn sie dabei erwischt würde. Ihr Chef war ein Choleriker und würde es nicht besonders witzig finden, wenn eine seiner Beamtinnen wegen Hausfriedensbruch angezeigt würde. Und Maren hatte keine Ahnung, wie locker Kai Kruse mit weiblicher Neugier aufgrund komischer Gefühle umgehen würde. Bevor sie jedoch zurücktreten konnte, um die Pforte wieder zu schließen, brach hinter ihr ein Heidenlärm los. Und um es noch schlimmer zu machen, verspürte sie auch noch einen scharfen Schmerz in der Ferse. »Aua!«, sie brüllte los und sprang genauso zurück wie der fette Dackel vor ihr, der sein hysterisches Bellen nur unterbrochen hatte, um sie in den Fuß zu beißen. »Hau ab, du blödes Vieh!«

»Hella, aus, komm zu Frauchen, aus, Hella, bei Fuß, aus, komm hierher, sitz!«

Es waren eindeutig zu viele Kommandos für einen fetten Dackel, der Hella hieß. Kein Wunder, dass er nicht aufhörte zu bellen, erst als die herbei eilende Frau ihn am Halsband griff, wurde aus dem hysterischen Bellen ein hysterisches Fiepen.

»Hat sie Sie gebissen?« Mit dem sich windenden Hund am Halsband sah die Frau Maren an. »Sie hat wohl gedacht, dass Sie unbefugterweise das Grundstück betreten wollen. Und da passt sie auf.«

»Aha.« Mit schmerzverzerrtem Gesicht rieb Maren sich die Ferse, diese dicke Mist-Töle hatte sie richtig erwischt. »Gehört das Grundstück dem Hund?«

»Nein«, die Frau schüttelte den Kopf. »Ihr gehört das Nachbargrundstück.« Sie streckte plötzlich die Hand aus. »Hansen, Eva Hansen. Ich bin die Nachbarin. Was wollten Sie denn jetzt hier?«

»Nichts«, Marens Antwort kam energisch, dabei behielt sie den Hund im Auge. »Ich bin hier langgejoggt und wollte ein paar Dehnübungen machen, da kam Ihr Hund und hat mich gebissen.«

»Hat sie Sie doch gebissen?« Entsetzt bückte sich Frau Hansen, um Marens Ferse zu begutachten. »Soll ich Sie zum Arzt bringen? Aber Sie machen doch keine Anzeige … also, ich meine …«

»Es ist schon gut.« Langsam humpelte Maren ein paar

Schritte. Es war tatsächlich die Nachbarin. Und mit Glück war das auch die Nachbarin mit dem Schlüssel. »Aber wenn Sie ein Glas Wasser hätten ... Mir ist ein wenig schwindelig.«

Minuten später saß Maren in Eva Hansens Wohnzimmer, den dicken Dackel, der sich schlagartig beruhigt hatte, zu ihren Füßen, vor sich ein Glas Wasser und neben sich Frau Hansen, die fachmännisch ihre Ferse begutachtete. »Das ist nur oberflächlich«, meinte sie erleichtert. »Ich mache da Jod drauf und ein Pflaster drüber, und alles ist wie neu.«

»Das müssen Sie nicht.« Maren hatte den Anflug eines schlechten Gewissens, weil es eigentlich gar nicht mehr wehtat.

»Doch, doch«, geschickt verpflasterte Eva Hansen die Stelle. »Sind Sie gegen Tetanus geimpft?«

»Ja«, Maren nickte. »Alles gut. Danke, ich glaube, das reicht schon.«

Eva Hansen legte das Verbandszeug zurück in den Kasten und sah Maren verlegen an. »Hella ist ein ganz lieber Hund, sie macht eigentlich nichts. Sie wird nur komisch, wenn Fremde aufs Grundstück wollen. Hütehund, eben.«

Marens Augen ruhten auf dem dicken Dackel. Hütehund? Na ja. Sie riss ihren Blick los und sah Frau Hansen an. »Und das da drüben ist auch Hellas Grundstück?«

»Nein, nein, das ist mein Nachbar.« Eva Hansen hatte Wasser nachgeschenkt. »Aber ich habe den Schlüssel für das Haus, weil Herr Kruse nur ab und zu hier ist. Ich sehe da nach dem Rechten und kümmere mich ein wenig um alles. Und dabei nehme ich Hella natürlich immer mit. Es ist ja auch gut, wenn sie sich für alles verantwortlich fühlt.«

»Natürlich.« Maren lächelte erst Frau Hansen, dann den Dackel an, der jetzt wie eine Wurst auf dem Boden lag und leise schnarchte. »Ist das auch ein Zweitwohnungsbesitzer?«

»Ja«, Eva Hansen nickte. »Aber ich habe da Glück. Das ist ein ganz Netter. Leise, sauber, höflich. Er ist Apotheker, kommt gar nicht so oft. Aber das Haus ist toll eingerichtet, ganz geschmackvoll, der hat ordentlich Geld. Aber keine Frau. Verstehe ich gar nicht, so ein gut aussehender Mann. Aber er findet wohl nicht die Richtige.« So wie sie das sagte, hatte Maren das Gefühl, dass sie sich durchaus Chancen ausrechnete. Wahrscheinlich war der Dackel der Hinderungsgrund, vielleicht sollte Maren ihr das sagen. Dazu kam sie gar nicht, denn Frau Hansen redete schon weiter. »Er ist vielleicht so Mitte vierzig, sportlich, geht auch immer surfen, sehr charmant. Aber er arbeitet auch viel. Leider.«

Sie war locker zehn Jahre älter, dachte Maren, dann schoss der Gedanke hinterher, dass zwischen ihr und Robert derselbe Altersunterschied bestand. Sofort schob Maren den Gedanken weg. Als wenn es darauf ankäme. Sie hatte wenigstens keinen fetten Dackel.

»Ja, eine gute Nachbarschaft ist wichtig«, sagte sie im Plauderton. »Gerade, wenn man nicht immer hier ist. Ich wohne mit meinem Vater in Braderup, wir haben auch in der Nachbarschaft eine Familie, die nur ab und zu kommt. Da haben wir auch immer einen Blick aufs Haus.«

»Sie wohnen mit Ihrem Vater zusammen«, Eva Hansen lächelte. »Wie nett. Ja, den Blick aufs Haus, den habe ich. Da kann Herr Kruse sich drauf verlassen. Ich stelle ihm ja auch die Heizung an, wenn er kommen will, und kaufe schon mal ein bisschen was ein. Dafür bringt er mir dann immer Blumen mit. Das lässt er sich nicht nehmen.«

»Schön,« Maren nickte. »Helfen Sie ihm auch im Haus? So ein großes Haus für einen Alleinstehenden ist ja auch eine Menge Arbeit.«

»Das möchte er nicht.« Eva Hansen schenkte Maren schon wieder Wasser nach, anscheinend bekam sie nicht viel Besuch und wollte ihren deshalb in die Länge ziehen. »Ich habe ihm das schon mehrfach angeboten. Aber er will das allein machen, sagt er immer. Er macht wohl gern sauber. Und wenn die Fenster dran sind, bestellt er ein Reinigungsunternehmen, das ist aber nicht so oft.«

»Das überlege ich mir auch manchmal«, Maren konzentrierte sich darauf, ihren Plauderton beizubehalten. »Ich hasse ja Fensterputzen. Haben Sie da eine gute Adresse? Vielleicht die, die auch bei Ihrem Nachbarn sauber machen?«

Eva Hansen zuckte die Achseln. »Ach, er hat immer unterschiedliche. Er ruft die Firmen an und die, die einen Termin freihat, die kommt. Aber ich kann ihn gern mal fragen, wer die Besten sind.« Sie bückte sich, um die dicke Hella zu streicheln, die kurz mit dem Ohr zuckte und ein schnorchelndes Geräusch von sich gab. »Hier war ja ordentlich was los auf der Insel«, sagte sie plötzlich und sah Maren an. »Mich hat die Polizei angerufen. Das war vielleicht eine Aufregung.«

»Wirklich?« Interessiert beugte Maren sich nach vorn. »Was ist denn passiert?«

»Die Polizei hat einen toten Mann gefunden. Das stand auch in der Zeitung. Das hatte ich aber gar nicht gelesen, weil ich in der Reha war. Bandscheibenvorfall, ich bin operiert worden und war danach in der Reha. Drei Wochen. Und ich bin erst vorgestern zurückgekommen. Und dann hatte ich die Polizei auf dem Anrufbeantworter. Ich war vielleicht erschrocken.«

»Und was wollten die von Ihnen?« Maren versuchte, mitfühlend auszusehen.

»Das war wirklich eigenartig. Dieser tote Mann war anscheinend ein Bekannter von Herrn Kruse, und sie wollten wissen, ob er hier im Haus gewohnt hat. Also wirklich. Als wenn Herr Kruse mit so was zu tun hat.«

»Das hat die Polizei Ihnen erzählt? Also, dass der tote Mann ein Bekannter von Herrn Kruse war?«

»Nein, nicht die Polizei.« Eva bückte sich schon wieder zum dicken Hund. Maren war versucht, sie zu schütteln, damit sie endlich weitersprach. Sie brauchte es nicht, Eva Hansen wollte reden.

»Ich habe natürlich sofort Kai Kruse angerufen und ihm erzählt, dass die Polizei wissen wollte, ob ich jemandem den Schlüssel gegeben habe. Ich war ja gar nicht hier, aber auch wenn ich es gewesen wäre, ich hätte niemals jemanden ins Haus gelassen. Ich habe doch die Verantwortung. Ich habe Herrn Kruse gefragt, ob ich schnell mal rübergehen soll, um nach dem Rechten zu sehen, aber er hat gemeint, das bräuchte ich nicht, es sei alles in Ordnung. Er wüsste auch Bescheid, dieser Tote sei ein ganz entfernter Bekannter von ihm gewesen, den er lange nicht gesehen habe. Aber die Polizei müsse ja jeder Spur nachgehen. Jedenfalls habe er niemandem den Schlüssel gegeben, und er selbst war auch nicht da, ich solle mir mal keine Sorgen machen.«

»Und?« Maren sah sie forschend an. »Machen Sie sich Sorgen?«

Eva Hansen schüttelte den Kopf. »Nein. Solange Herr Kruse sich keine macht.«

»Hm.« Maren tat so, als würde sie etwas überlegen, dann sagte sie: »Also, ganz ehrlich, wenn ich an Ihrer Stelle gewesen wäre, dann hätte ich nach dem Rechten gesehen. Man hat doch ein komisches Gefühl, oder nicht?«

Langsam nickte Eva Hansen. Dann sagte sie in vertraulichem Ton: »Natürlich. Ich hätte ja die ganze Nacht nicht geschlafen. Ich bin gleich nach dem Anruf rübergegangen. Ich habe mir mal Pfefferspray gekauft, das habe ich eingesteckt und dann bin ich rüber.«

»Und?« Maren vergaß fast zu atmen.

Eva Hansen sah sie mit großen Augen an. »Es war alles in Ordnung. Also, es war sogar sehr in Ordnung. Alles war geputzt und aufgeräumt. Herr Kruse muss in meiner Abwesenheit die Reinigungsfirma beauftragt haben. Das fand ich komisch, weil ich die normalerweise immer reinlasse. Vielleicht wollte er mich wegen meiner Bandscheibe schonen.«

»Aber ich denke, er war gar nicht da? Wie ist denn die Reinigungsfirma reingekommen?«

»Das weiß ich auch nicht.« Nachdenklich wischte Eva Hansen einen imaginären Krümel von der Tischplatte. »Vielleicht war er doch da. Ich habe ja gar nichts mitbekommen. Na ja.« Sie sah plötzlich hoch. »Was macht Ihre Ferse? Tut's noch weh?«

Das war dann jetzt wohl das Ende dieses privaten Verhörs. Maren schüttelte den Kopf und stand langsam auf, um ein paar Schritte zu gehen. »Nein, danke, alles in Ordnung. Ja, dann will ich mich mal wieder auf den Weg machen. Danke für die Erste Hilfe und fürs Wasser.«

»Gern«, auch Eva Hansen hatte sich erhoben. »Und nichts für ungut, wie gesagt, normalerweise ist Hella eine ganz Liebe.«

»Sicher.« Maren lächelte und ging zur Tür. »Also, auf Wiedersehen.«

Als sie langsam den Gartenweg zur Straße ging, versuchte sie, noch einen Blick auf das Nachbarhaus zu werfen. Man konnte es tatsächlich nicht einsehen. Sie drehte sich um und sah Eva Hansen am Fenster stehen. Maren hob die Hand und winkte, bevor sie sich auf den Weg machte. An der Kreuzung blieb sie stehen und sah zurück. Warum hatte Kai Kruse gerade jetzt eine professionelle Reinigungsfirma durch sein Haus geschickt? War das Zufall? Maren war ganz und gar nicht davon überzeugt.

Donnerstag, der 26. Mai,
Apotheke in Dedensen

Kann ich denn auch zwei davon nehmen?« Die Kundin tippte auf die Packung. »Eine hilft bei mir nie. Ich habe solche Kopfschmerzen, ich werde ganz irre.«

»Sie sollten sich schon an die Anweisungen halten, Frau Geller, Sie nehmen doch schon so viele Tabletten. Wenn Ihnen dieses Medikament nicht hilft, sollten Sie noch mal zum Arzt gehen. Ich kann nur davon abraten, die Dosis eigenmächtig zu verändern.«

»Ist Herr Kruse nicht da?« Die Kundin wurde langsam ungehalten. »Ich möchte den noch mal fragen, der kennt sich damit ja viel besser aus.«

Die junge Frau im weißen Kittel unterdrückte ein Augenrollen, auch weil ihr Chef in diesem Moment zur Tür reinkam.

»Guten Morgen, Silvie, guten Morgen, Frau Geller, na, alles klar?«

»Nein.« Frau Geller schoss sofort nach vorn und hielt Kai Kruse am Ärmel fest. »Herr Kruse, können Sie mir mal sagen, ob ich von diesen Tabletten nicht auch zwei nehmen kann?«

Er blieb neben ihr stehen und warf einen kurzen Blick auf die Packung, die sie ihm hinhielt. »Was haben wir denn da? Ach ja. Nein, meine Liebe, da reicht eine Tablette.« Er legte ihr den Arm um die Schulter und gab ihr die Tabletten zurück. »Eine, danach viel Wasser trinken und dann schöne Gedanken haben. So klappt das.«

»Schöne Gedanken«, Frau Geller sah ihn an. »Was sollen das denn für welche sein?«

Kai Kruse zwinkerte ihr zu. »Was weiß ich? Eine Frau wie Sie wird doch genügend Phantasie haben. Also, schönen Tag noch.«

Er verschwand hinter dem Tresen durch die Tür in sein Büro, während Frau Geller ihm schmachtend hinterhersah und sich dann an die immer noch perplexe Silvie wandte. »Sehen Sie, er erklärt das wenigstens. Sie sind immer so kurz angebunden. Wiedersehen.«

Silvie sah ihr kopfschüttelnd nach. Dann stieß sie sich vom Tresen ab und ging in Kais Büro. »Möchtest du einen Kaffee?«

Vertieft in die Zeitung schüttelte er den Kopf. »Nein danke, im Moment nicht. War was Besonderes?«

»Tanja van der Heyde hat zweimal angerufen. Du sollst sie zurückrufen, sie ist zu Hause.«

Kai hob den Kopf und sah Silvie an. Sie war hübsch, relativ klug und witzig, es wurde Zeit, dass er mal ein Wochenende mit ihr verbrachte. Er hatte lange keinen Sex mehr gehabt, vielleicht würde ihn das entspannen.

»Hast du am Wochenende was vor?«

Sie sah ihn an. »Ja. Ich fahre nach München. Meine Schwester heiratet. Warum?«

»Nur so.« Er wandte seine Aufmerksamkeit wieder der Post zu. »Vielleicht ein anderes Mal.«

»Was wolltest du denn?« Silvie trat einen Schritt näher. »Sag doch.«

Er lehnte sich zurück und verschränkte die Hände hinter dem Kopf. »Das ist doch jetzt egal, du bist ja sowieso nicht da.« Er grinste sie an. »Ich glaube, ich hätte jetzt doch gern einen Kaffee.«

»Okay.« Sichtlich enttäuscht ging Silvie, um den Kaffee zu holen. Er sah ihr nach. Vielleicht war es ganz gut so. Sie war eine sehr gute Mitarbeiterin, und nach so einer Affäre gab es ohnehin immer Stress. Und es war auch zu einfach. Sie war seit einem Jahr bei ihm angestellt und vermutlich auch schon genauso lange in ihn verliebt. Er sollte der Schwester danken und einen Strauß Blumen zur Hochzeit schicken.

Die Klingel der Ladentür ging, er hörte schnelle Schritte und dann den Ruf: »Hallo, guten Tag.«

»Ich komme sofort.« Silvie brachte ihm trotzdem erst den Kaffee, bevor sie in die Apotheke zurückging. Er hörte sie leise reden, dann kam sie wieder zu ihm rein. »Hier ist noch deine Post. Es ist viel heute.«

Kai rollte mit dem Stuhl ein Stück zurück, damit sie den Poststapel auf seinen Schreibtisch legen konnte. »Danke.« Er nahm den ersten Umschlag in die Hand und sah hoch. Silvie stand immer noch neben ihm.

»Ist noch was?«

»Nein.« Sie wurde rot und ging zur Tür.

»Machst du bitte zu?«

Sie schloss sie heftiger als nötig. Kai grinste nur und wandte sich der Post zu. Der dritte Umschlag, den er in die Hand nahm, sah merkwürdig aus. Es gab keinen Absender, seine Adresse war in Blockschrift geschrieben. Er drehte ihn hin und her, griff dann nach einem Brieföffner und schlitzte ihn auf. Im Umschlag befanden sich ein Foto und ein handgeschriebener Zettel. Verständnislos starrte er auf das Bild. Es zeigte irgendeinen grauen Lappen, er konnte nichts, aber auch gar nichts damit anfangen. Auf dem Zettel stand nur ein Satz, sehr ordentlich in Druckbuchstaben. Er las ihn, dann stand er auf und ging zum Fenster. Im Stehen hielt er das Foto wieder hoch, kniff die Augen zusammen, hielt es sich näher ans Gesicht. Und plötzlich war alles wieder da. Er wusste auf einmal wieder, um was es sich hier handelte. Schweratmend ließ er sich auf den Stuhl fallen, schloss kurz die Augen und rieb sich über die Stirn. Dann griff er zum Telefon, tippte die Nummer und wartete, den Blick unverwandt auf das Foto gerichtet.

»Praxis Dr. Novak, mein Name ist Decker, was kann ich für Sie tun?«

»Kruse, ich muss Dr. Novak sprechen.«

»Oh, das ist schlecht, Dr. Novak hat gerade einen Patienten. Kann er Sie zurückrufen?«

»Nein, kann er nicht, es ist dringend, holen Sie ihn da mal raus.«

»Aber ich kann ... ach, Moment, da ist er.« Sie hielt anscheinend die Hand vor den Hörer, er konnte sie nur undeutlich hören. »... ziemlich forsch, tut mir leid ...«

»Ja, Novak.«

»Hast du deine Post schon durchgesehen?«

»Kai. Ich ... nein, was denn?«

»Hör zu.« Kai schob das Foto zur Seite und nahm den Zettel in die Hand. »Ich habe gerade einen sehr seltsamen Brief bekommen, und ich denke, dass du heute ähnliche Post im Kasten haben wirst. Es sieht aus ...«

»Warte mal«, Dirk unterbrach ihn. »Hier kommt gerade der Postbote rein.« Seine Stimme wurde undeutlicher. »Guten Morgen ... danke, ja ... auch so.«

Dann war die Stimme wieder deutlich. »So, warte, ich muss schnell den Stapel durchsehen. Was meinst du denn?«

»Adresse in Druckschrift, handgeschrieben, kein Absender. Geh in dein Büro und mach es auf. Und ruf mich gleich wieder an.« Kai legte auf, schob den Zettel und das Foto zurück in den Umschlag und legte ihn in die Schreibtischschublade, die er sofort wieder verschloss. Während er auf den Rückruf wartete, vergrub er sein Gesicht in den Händen.

Kai wartete an der Tür, bis Dirk aus seinem Wagen gestiegen war und zu ihm kam. Er war blass und sah Kai wütend an. »Was für eine Scheiße«, sagte er leise und ging an ihm vorbei ins Haus. »Sie lebt also tatsächlich noch. Und sie hat uns gefunden. Und sie hat damals doch was mitgekriegt.«

Er ließ sich aufs Sofa fallen und griff sofort zu dem gefüllten Glas, das Kai ihm hingestellt hatte. »Prost«, sagte er und stürzte es in einem Zug runter.

Kai setzte sich in den Sessel und schlug die Beine übereinander. »Wir müssen ruhig bleiben«, meinte er. »Ich kann mir überhaupt nicht erklären, wie sie daran gekommen ist. Aber das heißt alles noch nichts. Es ist lästig, das ist richtig, aber was will sie schon? Sie kann nichts beweisen, es ist doch viel zu lange her. Ich glaube, sie braucht Geld und will uns erpressen. Wer weiß, wo sie all die Jahre gesteckt hat. Sie muss ja von irgendwas gelebt haben. Vielleicht ist jetzt was passiert und sie braucht eine neue Quelle. Aber nicht mit mir, das sage ich dir. Ich bin doch nicht bescheuert.«

»Wo hast du den Brief?« Dirk sah ihn mit rot geäderten Augen an. »Hast du ihn entsorgt?«

Kai klopfte auf die Innentasche seines Jacketts und zog den Umschlag raus. Dirk streckte die Hand danach aus. »Ich will nur mal sehen, ob der Zettel der gleiche ist«, sagte er und öffnete den Umschlag. Er zog den Zettel raus und betrachtete ihn mit versteinerter Miene. »Ja«, sagte er und warf ihn auf den Tisch. »Derselbe Wortlaut. Was machen wir jetzt?«

»Wir fahren Samstag nach Sylt«, antwortete Kai. »Und wenn wir die ganze Insel durchkämmen, wir werden irgendeine Spur von ihr finden. Ich lasse nicht zu, dass so eine Jugenddummheit uns heute das Leben durcheinanderbringt. Das lasse ich nicht zu, und schon gar nicht von einer solchen Person. Was glaubt die eigentlich, wer sie ist?«

Fasziniert sah Dirk zu, wie Kai den Zettel in seiner Faust zusammenknüllte. Seine Knöchel waren weiß, seine Augen eisblau.

Donnerstag, der 26. Mai,
Abendsonne

Maren stellte den Föhn aus und beugte sich näher an den Spiegel. Schon wieder neue graue Haare, nächstes Jahr würde sie vierzig, langsam musste sie überlegen, ob sie in Würde grau werden oder die Taktung ihrer Friseurbesuche erhöhen wollte. Sie trat wieder zurück und wickelte das Kabel um den Föhn. Sie würde das wohl von ihrem Beziehungsstatus abhängig machen. Mit dem zehn Jahre jüngeren Robert würde es eher der Friseur werden, ohne ihn das würdevolle Ergrauen. Was ihr eigentlich lieber wäre. Sie schüttelte den Kopf und fragte sich, wie dämlich sie eigentlich noch werden könnte. Schlechte Laune machte sie blöd im Kopf. Und heute war einfach nicht ihr Tag.

Sie ging ins Schlafzimmer, um sich anzuziehen. Eigentlich war es unsinnig gewesen, noch mal zu duschen, sie hatte das am Morgen schon gemacht. Aber sie war zum Essen eingeladen. Roastbeef mit Bratkartoffeln. Bei Onno und Helga. Und sie hatte gedacht, dass die Dusche ihre schlechten Gedanken wegwusch. Hatte nur nicht geklappt. Sie hatte keine Lust, ihre Laune war wirklich zu schlecht, aus lauter Frust hatte sie den ganzen Tag irgendwelche Süßigkeiten in sich hineingestopft und jetzt natürlich überhaupt keinen Hunger.

Maren holte einmal tief Luft und feuerte die getragenen Jeans wütend in den Wäschekorb. Wie konnte Anna sich nur mit diesem Ermittlungsergebnis zufrieden geben? Sie hatte doch sonst einen so guten Instinkt. Maren glaubte nach wie vor nicht an einen Unfall. Und jetzt saß sie hier untätig herum, gerade jetzt, wo doch jeder Trottel wusste, dass die Beweise und Indizien unmittelbar nach der Tat gefunden werden mussten. Und sie konnte nichts tun. Es war zum Verrücktwerden.

Maren feuerte auch die Socken in den Korb, dann ließ sie sich auf die Bettkante sinken. Erst der ungeklärte Fall, dann noch der Anruf von Robert, der wieder mal mit Streit geendet hatte. Sie würde sich ihre Probleme selbst machen, hatte er gesagt. Natürlich. Sie hatte ja sonst auch keine. Das kannte sie nicht. Nie. Toller Job, tolle Beziehung, tolles Leben. Vor lauter schlechter Laune kamen ihr die Tränen, sie putzte sich wütend die Nase, warf das Taschentuch auf den Boden und nahm das nächste. Und plötzlich hatte sie das Gesicht von Tanja van der Heyde vor sich, die das Gleiche gemacht hatte. Als sie endlich begriffen hatte, dass ihr Mann tot war. Und die Tränen wie Sturzbäche kamen. Tanja van der Heyde hatte Probleme. Jede Menge. Es war nicht nur der Verlust ihres Ehemannes, dazu kam, dass es keine nachvollziehbaren Gründe gab. Solange sie nicht erfahren würde, was sich an diesem Wochenende im Leben ihres Mannes abgespielt hatte, würde sie auch seinen Tod nicht begreifen können. Und Maren selbst saß hier auf ihrem Bett herum und war zur Untätigkeit verdammt. Es war so idiotisch. Abrupt sprang sie auf und schnappte sich aus dem Schrank wahllos ein paar Klamotten: schwarze Hose, grüner Pulli, jetzt noch schnell die Augen schminken, rübergehen. Sie würde einfach versuchen, mit Onno und Helga über diesen Fall zu reden. Schließlich hatten die beiden sich kennengelernt, weil Onno unter Karls Führung in einer

Einbruchsserie ermittelt hatte. Sie hielten sich doch für die Supernasen, was lag also näher, als Onno und Helga so viele Informationen zu geben, dass sie aufgeschreckt waren und Karl informierten. Und wenn jemand hartnäckig genug war, um herauszufinden, was genau an einem verhängnisvollen Wochenende auf Sylt passiert war, dann war das Karl.

»Hast du geweint?« Erschrocken betrachtete Helga Maren, als sie in die Küche kam. »Ist was passiert?« Sie berührte Maren leicht am Arm.

»Heuschnupfen«, antwortete Maren leichthin. »Birken, glaube ich. Kann ich noch was helfen?«

Nach einem skeptischen Blick nickte Helga. »Wir essen im Wohnzimmer, habe ich mir überlegt. Den Tisch habe ich schon gedeckt, wenn du noch Gläser hinstellen würdest? Möchtest du Wein oder Bier?«

»Ich trinke erst mal Wasser.« Schlechte Laune und Alkohol vertrugen sich bei ihr nicht. Sie öffnete die Schranktüren, um Gläser herauszuholen. »Welche für euch? Wein oder Bier?«

»Bier.« Onno kam gerade rein, warf einen liebevollen Blick auf Helga, dann einen ähnlichen auf Maren und lächelte. »Alles klar?« Er kam seiner Tochter näher und runzelte die Stirn. »Was ist mit deinen Augen passiert?«

»Heuschnupfen«, antwortete Maren.

»Birken«, ergänzte Helga. Onno schüttelte den Kopf. »Das ist ja was ganz Neues. Wo hast du das denn her?«

»Keine Ahnung.« Maren stand immer noch vor dem Schrank. »Helga, was trinkst du?«

»Auch Wasser.« Sie bückte sich und öffnete die Backofentür, um eine große Pfanne rauszunehmen. »Dann können wir essen. Es ist alles fertig.«

Der Wohnzimmertisch war mit Geschirr und Servietten gedeckt, die Maren noch nie gesehen hatte. Die weißen Teller hatten ein blaues Blumenmuster, die Kerzen und Servietten passten dazu. Das hier war wohl Helgas Service, schließlich war sie mit mehreren Umzugskartons eingezogen. Auch die Tischdecke hatte Maren noch nie gesehen.

»Das ist aber hübsches Geschirr«, sagte sie. »Gefällt mir.«

Helga sah sie erfreut an und lächelte fast ein bisschen erleichtert. »Fangt an«, forderte sie sie auf. »Die Bratkartoffeln werden kalt.«

Onno griff nach dem Löffel und füllte sich auf. Etwas skeptisch musterte er seinen Teller und sah dann Maren an. »Ich habe ihr angeboten zu helfen, aber ich durfte nicht.« Er sortierte mit seiner Gabel einige Zwiebeln aus und legte sie Maren auf den Teller. Erschrocken sah Helga ihn an. »Sag bloß, du magst keine Zwiebeln in Bratkartoffeln.«

»Nicht zu stark angebratene«, beantwortete Maren die Frage und sah sie an. »Die mochte ich aber immer. Die kommen weg, keine Angst.«

»Ich lasse die immer etwas anbrennen«, Helga sah ihn fragend an. »Ich finde, das schmeckt besser.«

»Das ist auch so«, Maren füllte sich jetzt auch auf und probierte die Bratkartoffeln. Sie schmeckten genauso wie bei Marens Mutter. Angebrannte Zwiebeln und Schinken statt Speck. Ihr stiegen vor sentimentaler Rührung fast die Tränen in die Augen. Sie sah Helga an, die ihren Blick nicht bemerkte und lächelte.

Die ersten Minuten aßen sie schweigend, dann hob Onno den Kopf und sagte anerkennend: »Das Fleisch ist sehr gut. Nahezu perfekt. Die Bratkartoffeln mache ich immer etwas kerniger, mehr Speck und so, aber die schmecken auch gut. Nichts zu meckern.«

»Danke.« Helga lächelte ihn an. »Und das vom Kochclub-König. Maren, möchtest du noch Fleisch?«

Sie schüttelte den Kopf und nahm sich statt Fleisch noch mehr Bratkartoffeln. Helga sah ihr zu und meinte: »Ich esse nicht gern gebratenen Speck. Aber wenn ihr das so gewohnt seid, kann ich das ja mal probieren.«

»Nein.« Maren hatte lauter protestiert, als sie es beabsichtigt hatte, und dabei auch noch ein Stück Zwiebel auf die Tischdecke gespuckt. Sofort wischte sie es mit ihrer Serviette weg und sah Helga endlich in die Augen. »Deine Bratkartoffeln schmecken genauso wie bei meiner Mutter.« Jetzt stiegen ihr doch die Tränen in die Augen. »Ich habe sie nur seit Jahren so nicht mehr gegessen.«

»Stimmt«, Onno nickte. »Greta hat die auch so gemacht. Kann man ja.« Er konzentrierte sich auf seinen Teller, deshalb entging ihm der Blickwechsel der beiden Frauen. Helga nickte Maren leicht zu und lächelte. Und Maren lächelte zurück.

Ob es an den Bratkartoffeln oder an der Ruhe in diesem Zimmer lag, langsam begann sie sich zu entspannen und merkte, dass ihre vorhin so schlechte Laune nach und nach verschwand. Nach dem Essen räumte sie zusammen mit Onno ab, Helga folgte ihnen mit den Resten und fragte: »Trinkst du jetzt ein Glas Rotwein mit mir?«

Maren nickte, jetzt ging es. Helga drückte beiläufig ihre Hand und lächelte. »Laune besser?«, fragte sie.

»Hat man das gemerkt?« Maren sah sie erschrocken an. Helga nickte leicht. »Ich dachte, wenn du darüber reden willst, dann machst du das schon.«

Maren holte Weingläser aus dem Schrank und dachte wieder einmal, was für ein Glück doch ihr Vater gehabt hatte, Helga zu finden. Und Maren selbst eigentlich auch. Sie kam im Flur an dem gerahmten Bild ihrer Mutter vorbei und blieb kurz stehen. Für einen Moment hatte sie das Gefühl, Greta dachte dasselbe. Sie hatte kurz gelächelt.

Im Wohnzimmer stellte Maren die Gläser auf den Tisch und sah Onno beim Öffnen der Flasche zu. Sie spürte Helgas Blick auf sich und sah hoch. »Ja?«

»Nichts«, beeilte sich Helga zu sagen. »Geht es dir gut?«

Maren horchte in sich hinein. »Besser als vorhin«, antwortete sie. »Ich hatte vorhin so schlechte Laune, es war ein richtig bescheuerter Tag. Jetzt wird es langsam besser.«

»Fein.« Helga nahm das Glas, das Onno ihr reichte, und hob es in Marens Richtung. »Zum Wohl. Und darauf, dass du immer noch gern hierherkommst, auch wenn ich jetzt hier wohne. Und dass es nicht zu schwer für dich ist.«

Maren sah sie unsicher an. »Wie soll ich das denn verstehen: ›schwer‹?«

»Na ja, du warst ja gewohnt, dass dein Vater hier allein war, also nach dem Tod deiner Mutter. Und jetzt ist die Situation ja neu, auch für dich. Ich möchte halt nicht, dass sich dadurch das Verhältnis zwischen dir und Onno ändert.«

»Das tut es doch auch nicht«, widersprach Maren sofort. Onno war ihr gegenüber genauso wie immer, nur dass Helga jetzt oft dabei war. Daran musste Maren sich tatsächlich noch gewöhnen, aber war das denn schlimm? »Da müsst ihr euch keine Sorgen machen«, sagte sie schließlich. Und meinte es auch so.

»Mache ich auch nicht.« Onno griff zur Weinflasche und schenkte Helga nach. »Das läuft sich schon zurecht.«

»Oder auch nicht.« In Helgas Stimmung lag Wehmut. Maren horchte auf.

»Was meinst du damit?«

»Ach, nichts Besonderes.« Helga stand plötzlich auf und ging zur Tür. »Ich hole noch ein bisschen Wasser.« Die Tür klappte hinter ihr zu, fragend sah Maren ihren Vater an: »Was ist denn los?«

»Das ist wirklich Kinderkram.« Onno sah kurz zur Tür, dann senkte er seine Stimme. »Helgas Tochter hat Streit angefangen. Und jetzt macht ihr Bruder auch mit. Sie haben ganz sauer reagiert, weil Helga das Haus umbauen will und hier eingezogen ist. Sie wollen den Kontakt zu ihrer Mutter abbrechen, weil sie in ihrem Alter, so hat die Tochter das ausgedrückt, noch mal so eine peinliche Aktion macht. Sie finden das anstößig. Jetzt haben sie ihren Besuch zu Helgas Geburtstag abgesagt, weil sie keine Lust haben, in einer Ferienwohnung zu wohnen. Dabei hat Helga gesagt, dass sie das alles bezahlt. Sie ist ganz unglücklich, und die Kinder legen mittlerweile sofort auf, wenn sie anruft.«

»Wie alt sind die denn? Sind die bescheuert?« Maren war fassungslos. Irgendwann sollten sie sich alle einmal kennenlernen, das hatte sich Helga vor einiger Zeit gewünscht. Aber sie hatten das irgendwie aus dem Blick verloren und Maren hatte vergessen, danach zu fragen. Sie hatte es einfach vergessen. Sie wusste nur, dass die Tochter in Köln wohnte und Helgas Sohn in Frankfurt.

Onno zuckte mit den Achseln. »Die müssen so in deinem Alter sein, plus/minus ein, zwei Jahre. Die Tochter hat Kinder, das ist für Helga am schlimmsten, dass sie im Moment auch nichts von ihren Enkeln hört.«

»Das wusste ich alles gar nicht.« Maren bekam ein schlechtes Gewissen. Sie hätte Helga oder Onno nach der geplanten Familienzusammenkunft fragen sollen. »Wie ...«, begann sie und machte sofort den Mund wieder zu, als Helga zurückkehrte. Sie stellte die Wasserflasche auf den Tisch und sah fragend von einem zum anderen. »Ist was?«

»Nein.« Onno sah erst seine Tochter und dann Helga an. »Oder doch. Ich habe Maren gerade von dem Ärger mit deinen Kindern erzählt.«

Helga wich Marens Blick aus und setzte sich. »Du musst sie damit nicht belasten«, sagte sie und wandte sich dann erst an Maren. »Ich verstehe das ja alles. Es ist egal, wie alt man ist, wenn einer der Eltern stirbt, ist es trotzdem eine gefühlsmäßige Katastrophe. Als Hein vor sieben Jahren gestorben ist, war meine Tochter über ein Jahr regelrecht krank vor Kummer, und als deine Mutter gestorben ist, war es für dich ja auch so ein großer Verlust. Ich kenne das natürlich, auch ich hatte Eltern und war mal Tochter.« Sie trank Wasser und sprach dann weiter. »Aber die Kinder vergessen vor lauter Trauer, dass wir ja den Partner verloren haben. Das war das ganze Leben. Und wenn man dann später das Glück hat, noch einmal jemanden zu finden, mit dem man zusammen den Rest noch gehen kann, ist das so etwas Besonderes. Wir vergessen doch niemanden dabei.«

Maren legte ihre Hand auf Helgas. »Es tut mir so leid«, sagte sie leise. »Ich hätte mich ja längst darum kümmern können.«

»Ach, Maren«, winkte Helga ab. »Ich finde es ganz schwierig, über so etwas zu reden. Ich möchte ja nicht, dass du schlecht über meine Kinder denkst. Und ich habe auch die ganze Zeit gedacht, dass sie sich wieder beruhigen. Dass das nur die erste Reaktion war, die man ja nicht immer im Griff hat. Aber das hat sich jetzt so hochgeschaukelt, dass ich im Moment gar nicht weiß, wie ich das wieder in Ordnung bringen könnte.« Sie hatte plötzlich Tränen in den Augen und tat Maren unendlich leid. Auch, dass sie Helga den Wunsch, nicht schlecht über ihre Kinder zu denken, nicht erfüllen konnte. Dann dürften die sich eben nicht so idiotisch benehmen. Sie überlegte einen Moment und sagte: »Hilft es vielleicht, wenn ich mal mit deiner Tochter rede? Vielleicht ist es für mich leichter, ich bin ja in derselben Situation wie sie. Und werde damit fertig.«

»Nein.« Das klang für Helgas Verhältnisse richtig energisch. »Ich möchte dich auf keinen Fall damit belasten, und ich möchte auch nicht, dass es eine unangenehme Situation zwischen euch gibt. Vergiss bitte einfach, was du gehört hast. Es ist mein Problem, und ich kriege das schon hin.«

Maren sah sie nachdenklich an. Es hatte vermutlich keinen Sinn, dass sie hier ihre Überredungskünste walten ließ; wenn Helga etwas nicht wollte, dann wollte sie es nicht. Maren musste sich etwas überlegen.

Onno räusperte sich. »Wir müssen das ja nicht heute Abend lösen, aber ich denke schon, dass dieses Thema noch mal bearbeitet werden muss. Ich möchte nämlich nicht, dass du darunter leidest, Helga. Das lasse ich einfach nicht zu.«

Gerührt, dass ihr Vater so was sagen konnte, schossen Maren sofort Tränen in die Augen. Auch Helga sah ihn liebevoll an. Und in diesem Augenblick schlich sich ein böser Gedanke in Marens Kopf. Dieses Gefühl, das Onno und Helga füreinander empfanden und das sie ausstrahlten, dieses Gefühl gab es zwischen ihr und Robert nicht. Und genau dieses Gefühl wollte Maren so gern haben.

Onno drückte sanft Helgas Hand. »Ich glaube, ich hole uns mal einen Schnaps. Ich …«

»'n Abend.« Karls Stimme dröhnte plötzlich aus dem Flur. »Ist hier keiner?« Der Satz war noch nicht ausgesprochen, als er schon im Türrahmen auftauchte. »Der Schlüssel steckte von außen. Gibt es was zu feiern? Oder warum sitzt ihr im Wohnzimmer und trinkt Wein?«

»Karl, bitte«, Maren schüttelte resigniert den Kopf. Er hatte so ein Talent für Auftritte im falschen Moment, das war sagenhaft.

»Was denn?« Er setzte sich und betrachtete Maren und Helga genauer. »Ist jemand gestorben? Was macht ihr denn für Gesichter?«

»Das war privat«, antwortete Maren und sah Helga an. »Frauensachen. Und was willst du hier?«

»Auch privat.« Karl drehte die Weinflasche zu sich und studierte das Etikett mit Kennerblick. »Männersachen. Kann ich auch ein Glas von diesem edlen Tropfen haben?«

Onno stand auf und ging ein Glas holen, während Karl sich umsah. »Ich habe ja schon ewige Zeiten nicht mehr hier im Wohnzimmer gesessen, immer nur in der Küche. Und, Maren, was gibt es Neues?«

Normalerweise hasste sie diesen Satz von ihm. Aber heute kam er ihr so was von gelegen, das konnte Karl sich gar nicht vorstellen.

»Eine ganze Menge«, schoss es deshalb sofort aus ihr heraus. »Ein ungeklärter Fall, dessen Akte aber geschlossen wird, eine Flensburger Kripobeamtin, die du gut kennst, die sich aber nicht mehr auf ihr Bauchgefühl verlässt, ein Mann, der einfach verschwindet und dann hier tot gefunden wird, und das Ganze wird einfach als Unfall abgehakt. Das ist das Neue.«

Überraschend unbeteiligt sah Karl sie an. »Das weiß ich

doch alles schon. Gibt es denn wenigstens neue Hinweise? Mein letzter Stand war, dass der Mann durch den Sturz vom Kliff gestorben ist und kein Fremdverschulden festgestellt werden konnte.«

»Karl.« Maren war total irritiert, dass Karl nicht sofort ansprang. »Selbst dein Nachfolger Runge hat mich zurückgepfiffen. Ein erfolgreicher Geschäftsmann, glücklich verheiratet, sagt seiner Frau, dass er beruflich nach Hamburg muss, meldet sich ein paar Tage nicht und wird dann tot auf Sylt gefunden. Es gibt keinerlei Hinweise darauf, wo er in diesen Tagen gewohnt hat, es gibt keine Zeugen, die ihn hier gesehen haben, niemand weiß, was er auf der Insel wollte. Dazu kommt, dass er nach eigener Aussage einen Freund hat mit Haus in Kampen, der aber ausgesagt hat, dass er den Toten weder gesehen noch ihm einen Schlüssel gegeben hat, und der selbst zu besagtem Zeitpunkt gar nicht auf der Insel war. Seiner Nachbarin hat er jedoch erzählt, dass dieser enge Freund nur ein entfernter Bekannter ist. Und: er hat aus unerfindlichem Grund eine Reinigungsfirma durchs Haus gejagt. Warum bitte sollte er das tun, wenn doch angeblich niemand im Haus war?«

»Vielleicht weil es schmutzig war?« Karl zuckte die Achseln. »Es klingt dünn, das merkst du selbst, oder?«

Maren stöhnte laut auf. Es war doch nicht zu fassen. Selbst Karl ließ sie hängen. Sie versuchte es noch einmal. »Karl, du redest doch immer von Instinkt. Ich kann das gut verstehen, weil ich auch glaube, dass ich den habe. Und mein Instinkt sagt mir, dass hier irgendetwas nicht stimmt. Dieser Kai Kruse, also der Freund – oder Bekannte – des Toten, hat seiner Nachbarin andere Sachen erzählt als der Polizei. Da stimmt was nicht, aber die Ermittlungen sind ja abgeschlossen, ich kann da nichts mehr machen. Und das macht mich wahnsinnig.«

»Das Gefühl kenne ich.« Karl nickte. »Das geht mir seit meiner Pensionierung so. Aber das lässt sich nun mal nicht ändern.«

»Maren, du darfst jetzt aber nicht auf eigene Faust ermitteln.« Onno klang richtig besorgt. »Da bekommst du nur Ärger.«

»Ich weiß.« Maren stützte ihr Kinn in die Hand. »Deshalb habe ich ja auch eher gedacht, dass ihr euch mal umhören könntet. So rein privat.«

»Meine liebe Maren.« Karl sah sie perplex an. »Genau das hast du uns die ganze Zeit verboten. Ich will unsere Dispute jetzt nicht an dieser Stelle wiederholen, aber ich habe sie alle noch im Ohr. Wenn ein Fall spannend ist, soll ich mich raushalten, und bei so einem blöden Unfall soll ich dir helfen? Nein, nein, so läuft das nicht.«

»Ich glaube nicht, dass es ein Unfall war«, widersprach Maren. Langsam wurde sie ungeduldig. Sonst ließ Karl sich doch auch nicht so lange bitten.

»Ich schon«, entgegnete er. »Deshalb interessieren mich auch die näheren Umstände nicht. Ich habe andere Dinge vor, die wirklich wichtiger sind.«

»Was denn? Chorproben?« Maren merkte selbst, wie pampig sie gerade klang. Aber er war ihre letzte Hoffnung gewesen. »Oder dauernd hier einfallen?«

An den Gesichtern von Onno und Karl merkte Maren sofort, dass sie überzogen hatte. »Entschuldige«, sagte sie. »Ich bin einfach so genervt. Ich wollte dich nicht anpampen.«

»Geschenkt.« Karl gab sich großmütig. »Jetzt siehst du mal, wie das ist, man hat die Bekämpfung des Bösen im Blut, und eine unfähige Umgebung lässt einen nicht machen. Das ist hartes Brot, da muss man durch. Aber, wie gesagt, ich kann dir in dieser Sache nicht helfen, ich glaube auch nach wie vor, dass es hier nichts mehr zu ermitteln gibt. Im Suff und im Dunkeln abgerutscht. Das ist Pech, aber das passiert.«

Maren wollte gerade etwas Harsches entgegnen, als Helga sich mit beruhigender Stimme einmischte. »Wie heißt denn überhaupt der bedauernswerte Mann, der ums Leben gekommen ist? Der Name ist in der Zeitung ja immer abgekürzt gewesen.«

»Er heißt ... er hieß Alexander van der Heyde, zweiundvierzig Jahre alt. Hat einen Supermarkt in einem kleinen Ort in Schleswig-Holstein. Und eine Frau namens Tanja, die gerade durchdreht, weil sie sich nicht erklären kann, warum ihr Mann hier ums Leben gekommen ist.«

Helga nickte mitleidig. »Das ist kein Alter, in dem man stirbt. Die arme Frau. Schrecklich. Hast du zufällig ein Foto von ihm? Ich könnte mich in Kampen umhören, der Sohn einer Freundin kontrolliert da den Strandübergang am Kliff, er hat ein gutes Gedächtnis für Gesichter. Ich weiß natürlich nicht, ob dir das nützt.«

»Alles besser als nichts.« Maren sprang sofort auf. »Da hätte ich auch selbst drauf kommen können, ich war vorhin sogar da. Ich habe das Foto aus der Akte fotografiert. Ich mache dir drüben einen Ausdruck.«

Sie verschwand. Karl wartete, bis er die Haustür hörte, dann wandte er sich an Helga. »Dein großes Herz ehrt dich ja, aber wir haben überhaupt keine Zeit, uns um einen Unfall zu kümmern. Ich brauche alle verfügbaren Mitglieder unserer SOKO, es gibt Neuigkeiten.«

»Wirklich?« Helga sah ihn mit großen Augen an. Karl nickte. »Mein Freund Hermann hat mich gerade angerufen. Sein Sohn hat ihm von meinem Anruf erzählt, und beim Stichwort Tiedemann und Altmannshausen gingen bei Hermann alle Alarmglocken an. Er ist ja auf einer Beerdigung, aber er musste heute Morgen seinen Sohn anrufen, um ihm zu sagen, dass eine der Katzen irgendeine Pille kriegen muss. Und da hat er von meinem Anruf gehört. Und sich umgehend bei mir gemeldet. Er meldet sich morgen mal in Ruhe von zu Hause, hat er gesagt.«

Die Haustür klappte, und Karl legte den Finger auf die Lippen. »Meinetwegen tu so, als würdest du helfen, aber morgen kannst du nicht. Da bekommen wir weitere Neuigkeiten.«

Helga nickte und sah Maren entgegen, die das Zimmer betrat und sofort drei Ausdrucke auf den Tisch legte. »Das ist er, das Bild ist erst ein paar Monate alt.«

Sie setzte sich und wartete gespannt auf eine Reaktion. Helga, Onno und Karl betrachteten ihre Ausdrucke, der Erste, der seinen wieder auf den Tisch legte, war Karl. »Noch nie gesehen.«

»Karl.« Stirnrunzelnd schüttelte Maren den Kopf. »Das habe ich jetzt auch nicht erwartet. Aber du kennst doch Gott und die Welt auf der Insel. Kannst du dich nicht wenigstens mal umhören, ob irgendjemand ihn gesehen hat?«

»Ja, ja.« Karl faltete das Blatt auf DIN-A6-Größe und schob es in seine Jackentasche. »Sobald ich dafür Zeit habe.«

Helga hatte das Foto am längsten betrachtet. »Er sieht ja sympathisch aus«, meinte sie. »Wir sehen, was wir tun können. Ich zeige das Bild auf jeden Fall dem Sohn meiner Freundin.«

»Du solltest dich trotzdem nicht da reinsteigern.« Onno sah seine Tochter besorgt an. »Nicht, dass du enttäuscht bist, wenn wir auch nichts rauskriegen.«

»Nein.« Maren gähnte plötzlich und stand langsam auf. »Bin ich nicht. Aber acht Augen sehen mehr als zwei. Und ich habe das Gefühl, ich muss weitermachen. Aber erst morgen, jetzt gehe ich ins Bett.«

Sie kam um den Tisch herum und küsste Helga flüchtig auf die Wange. »Danke für die Bratkartoffeln. Und für alles andere auch.«

Als sie ihre eigene Haustür aufschloss, hatte sie das gute Gefühl, dass sie jetzt auch mal etwas für Helga tun konnte. Die Telefonnummer ihrer Tochter hatte sie an der Pinnwand gesehen. Der Rest würde sich ergeben.

Freitag, der 27. Mai,
leichter Nieselregen bei 20 Grad

Du brauchst neue Scheibenwischer.« Heinz folgte den quietschenden Wischern mit seinen Blicken. »Die verschmieren die ganze Scheibe.«

Walter stellte sie aus. »Die gehen noch«, sagte er, ohne seinen Schwager anzusehen. »Das liegt an diesem blöden Fisselregen. Wenn es richtig regnen würde, dann würden die auch richtig wischen.«

»Und wie lange wollen wir hier noch warten?« Heinz konnte nicht mehr sitzen, er rutschte auf dem Beifahrersitz ein Stück nach vorn und stützte sich auf der Konsole ab. »Wir stehen schon ewig vorm Haus. Wann passiert denn mal was?«

»Gleich.« Walter starrte unverwandt auf den Eingang des Hauses, vor dem sie Position bezogen hatten. »Sie sind da drin, sie werden irgendwann fertig sein.«

»Wer? Und womit?« Heinz hatte einen quengelnden Ton. Walter fing an, sich über seinen Schwager zu ärgern. Zumal der auch noch weiter meckerte. »Wir warten hier auf was auch immer, du erzählst nichts und ich verplempere meine Zeit. Ich gehe gleich.«

»Ja bitte, dann steig doch aus.« Walter streckte sich plötzlich über Heinz, griff an ihm vorbei und öffnete die Beifahrertür. »Geh zum Bus und fahr nach Hause. Ich mache das hier allein. Na los.«

»Sag mal.« Sofort zog Heinz die Tür wieder zu »Es regnet!«

Walter starrte seinen Schwager wütend an, holte Luft, um etwas zu sagen, wurde aber von einem ankommenden Porsche abgelenkt. Die blonde Frau am Steuer fuhr auf die Auffahrt vor dem Haus und stellte den Motor aus. Dann stieg sie aus, blieb einen Moment vor einem weißen Kastenwagen auf der Auffahrt stehen und ging dann zur Tür.

Walter drehte sich nach hinten und nahm seine Kamera von der Rückbank. »Das ist ja ganz wunderbar«, sagte er leise. Er fotografierte den Porsche, das Haus und zuletzt seinen Schwager von der Seite.

»Damit du mal siehst, was du für ein Gesicht ziehst, wenn dir was nicht passt.« Er hob die Hand, als Heinz antworten wollte, weil sich die Haustür in diesem Moment öffnete. Sofort hielt er die Kamera wieder ans Auge und machte Bilder von den beiden Reinigungskräften, die mit ihren Arbeitsutensilien beladen das Haus verließen, und von der blonden Frau, die ihnen mit verschränkten Armen nachsah.

»Beweismittel«, teilte er Heinz mit. »Und jetzt kannst du anfangen, laut zu zählen, wenn du bei hundert bist, gehe ich klingeln.«

»Ich zähle doch nicht laut.« Heinz schüttelte den Kopf. »Bin doch nicht blöde. Ich möchte wissen, was genau du hier willst. Du hast gesagt, wir fahren in die Sauna. Und du müsstest hier nur schnell was nachsehen. Also was?«

»Kannst du nicht abwarten?« Walter schickte ihm einen genervten Blick. »Ich habe in den letzten Tagen einiges vorbereitet, aber du hattest ja nie Zeit. Und jetzt soll ich dir alles in zwei Sekunden erzählen?«

»In hundert«, war die Antwort. »So lange sollte ich zählen. Also?«

Nach einem kleinen Moment drehte Walter sich um und nahm einen großen Briefumschlag von der Rückbank, aus dem er einen zusammengefalteten Plan zog. Er faltete ihn auseinander und hielt ihn seinem Schwager hin. »Also ganz kurze Fassung. Ich habe mir diesen Arbeitsplan mitgenommen. Bei Wolf Bertram in dem Flur vor den Toiletten war so ein Regal mit vielen Fächern, in jedem Fach lag so einer drin. Einen habe ich mitgenommen.«

Heinz starrte auf den mit mehreren Farben eng beschriebenen Plan und hob entgeistert den Kopf. »Das ist Diebstahl.«

»Jetzt sei nicht kleinlich.« Walter nahm ihm das Blatt wieder ab. »Jedenfalls sind hier alle Objekte aufgeführt, die Bertram betreut. Die eingeteilten Mitarbeiter sind mit verschiedenen Farben markiert, bei einigen steht der ganze Name, bei anderen nur der Vorname, aber die blauen, hörst du, die blauen, das sind alles Abkürzungen. Und jetzt kommt meine Vermutung: die blauen sind Schwarzarbeiter. Ohne Namensnennung. Und die habe ich jetzt mal beobachtet.«

»Ja, und?« Heinz war zwar erschrocken über die Skrupellosigkeit seines Schwagers, konnte sich der Faszination der Verbrechensbekämpfung aber nicht entziehen. »Hast du schon was gefunden?«

»Nein.« Walter schob den Plan zurück in den Umschlag und legte ihn wieder auf die Rückbank. »Immer wenn ich zu einem der Objekte kam, war die Putzmannschaft schon weg. Sie arbeiten nie so lange, wie Bertram denkt. Die putzen anscheinend in einer halben Stunde ein ganzes Haus, ich möchte nicht wissen, wie das hinterher aussieht.

Porentief sauber ist sicher was anderes. Aber das ist ein anderes Kapitel.«

»Und warum hast du die Putzleute gerade eben nicht angesprochen?« Heinz verstand Walters Plan anscheinend immer noch nicht. »Willst du die eigentlich fragen, ob die schwarzarbeiten? Das geben die doch niemals zu.«

»Nein, natürlich nicht.« Walter rückte seine Jacke gerade. »Jetzt habe ich auch eine andere, eine viel bessere Idee. Willst du mit, oder willst du im Auto sitzen bleiben?«

»Ich will natürlich mit.« Sofort hatte Heinz seine Hand am Türgriff. Walter sah ihn warnend an. »Das Gespräch überlässt du aber bitte mir. Ich habe mich vorbereitet.«

Die blonde Frau, die ihnen die Tür öffnete, war älter, als sie aus der Entfernung ausgesehen hatte. Und nicht besonders gut gelaunt. »Ja?«

»Müller.« Walter streckte ihr sofort die Hand entgegen, die sie ignorierte. »Walter Müller, guten Tag, das ist mein Schwager.« Er schob die Hand lässig in die Hosentasche und lächelte sie an. »Entschuldigen Sie den Überfall, aber ich habe eine Frage, die Sie mir vielleicht beantworten können. Es geht um die Reinigungsfirma Wolf Bertram. Sie haben, wie ich mitbekommen habe, Erfahrungen mit denen?«

»Das fehlt mir heute noch«, war ihre schnippische Antwort. »Sind Sie von der Gewerbeaufsicht? Oder was wollen Sie?«

»Um Himmels willen«, Walter hob gespielt empört die Hände. »Nein, nein, ich habe hier im Ort zwei Häuser gekauft und muss mich um eine Verwaltungs- und Reinigungsfirma kümmern. Und ich habe gesehen, dass Sie die Firma Bertram beschäftigt haben. Also, es ist eine rein private Frage, aber wenn es ungelegen kommt …« Er trat einen Schritt zurück.

Ihr ablehnender Gesichtsausdruck war nun einem neugierigen gewichen. »Ach so, ich dachte schon …«, sie öffnete die Tür etwas weiter. »Kommen Sie rein. Man muss sich ja nicht zwischen Tür und Angel unterhalten.«

Sie ging vor und bot ihnen im Wohnzimmer an einem langen Esstisch Platz an. »Bitte«, sagte sie und sah sich um. »Falls Sie Interesse an einem weiteren Objekt haben, dieses hier steht auch zum Verkauf.«

»Wirklich?« Walter gab sich sofort interessiert. »Haben Sie etwas noch Schöneres gefunden?«

»Nein.« Die Frau beugte sich nach vorn, griff nach einer Schachtel Zigaretten und zündete sich eine an. Walter und Heinz husteten, was sie nicht davon abhielt, genüsslich weiter zu rauchen. »Mein Mann zieht es vor, seine letzten Jahre mit einer jüngeren Ausgabe von mir zu verbringen«, sagte sie lakonisch. »Und ich habe keine Lust, diesem dummen Mädchen hier das Haus zu überlassen. Also will ich ausbezahlt werden. Und da mein Ex nicht flüssig ist, muss es verkauft werden. Eins Komma sieben Millionen, dann gehört es Ihnen.«

»Ich denke mal darüber nach«, antwortete Walter sofort und sah sich beflissen um, während Heinz weiter hustete. »Was mich aber wieder zu meinem Vorhaben bringt, einer Firma meine Vermietungen und Instandhaltungen zu übergeben. Wie sind denn Ihre Erfahrungen mit Wolf Bertram?«

»Mein Mann hat das organisiert«, sie hob die Schultern. »Er war nicht oft hier, deshalb war ihm egal, wer sich um alles kümmert. Ich kann diesen Bertram nicht leiden, er ist ein Prolet, na ja, mein Mann hat einen Hang zu solchen Leuten. Ich habe keine Lust, das Reinigungspersonal zu treffen, ich hasse es sogar. Auch heute wieder. Ich habe eine Mail geschrieben, in der genau stand, dass ich heute anreise. Ich habe keine Ahnung, warum die so kurz vor knapp hier putzen, dass man ankommt und als Erstes die Wischeimer und den Staubsauger sieht. Da hat man doch schon keine Lust mehr, reinzukommen. Ich will die Tür aufschließen und mich entspannen, ich habe keine Lust, fremde Leute in meinem Haus zu treffen.«

»Ach, und es sind immer andere Leute, die hier saubermachen?« Walter schob den Aschenbecher näher zu ihr, die Asche drohte auf den Tisch zu fallen.

»Jetzt ja«, sie blies den Rauch in Richtung der Männer, was bei Heinz den nächsten Hustenreiz auslöste. Sie schien das gar nicht zu bemerken. »Leider. Es gab eine Frau, die bei Bertram gearbeitet hat, die sehr gut war. Frau Schäfer. Ich habe irgendwann darauf bestanden, dass nur sie hierherkommt. Das hat auch geklappt. Die letzten zwei Jahre. Sie war perfekt. Unsichtbar. Sie hatte einen Schlüssel, war gründlich, zuverlässig, ich habe sie allerdings selten gesehen. Aber jetzt ist sie weg. Sie hat mir eine SMS geschrieben, dass sie aufhört und den Schlüssel bei Bertram abgegeben hat.«

»Ach wie schade. Warum hat sie denn aufgehört?« Walter musste lauter reden, um Heinz' Husten zu übertönen. »War sie denn fest bei Bertram angestellt?«

Die Frau sah ihn forschend an. »Keine Ahnung. Wieso interessiert Sie das?«

Walter zuckte mit den Achseln. »Wenn Sie so gut war, dann hätte man sie ja vielleicht überreden können, auf eigene Rechnung oder gar ohne Rechnung weiter zu arbeiten.«

Sie schüttelte den Kopf. »Ich habe ja kaum mit ihr geredet. Und ihr Handy ist anscheinend ein Firmenhandy gewesen, wenn man sie da anruft, kommt nur eine Ansage, dass diese Nummer nicht bekannt ist. Aber mir ist es jetzt egal, das Haus wird sowieso verkauft. Ich packe jetzt schon mal Sachen ein.«

»Wäre diese Frau vielleicht was für meine Häuser?«

»Ich sagte doch gerade, ich habe weder eine Telefonnummer noch eine Adresse von ihr. Ich kann Ihnen ein Foto geben, das habe ich mal zufällig gemacht.« Sie stand auf und ging zu einer Kommode, auf der ein Stapel Papiere lag. Das oberste Blatt gab sie Walter. »Hier, eigentlich wollte ich den Garten vom Schlafzimmer aus fotografieren, um ihn einer Gartenbauarchitektin zu zeigen. Bevor ich von den Eskapaden meines Mannes wusste, hatte ich vor, den Garten neu anlegen zu lassen. Das ist ja jetzt hinfällig. Und dabei habe ich zufällig Frau Schäfer fotografiert.«

Das ausgedruckte Bild zeigte eine junge Frau, die gerade einen Müllbeutel in die Tonne warf. Sie war hübsch, in Jeans und Pulli, die Haare zu einem Pferdeschwanz gebunden und sehr gut zu erkennen.

»Aha.« Walter sah hoch. »Sympathische Person. Wie, sagten Sie, war der Name? Schröder?«

»Schäfer. Sabine Schäfer.« Die Frau lehnte sich an den Tisch. »Aber ich habe keine Ahnung, wo sie wohnt und wie man sie erreichen kann. Kann ich sonst noch was für Sie tun?«

»Nein.« Walter erhob sich sofort. »Das heißt, kann ich das Foto behalten?«

Erstaunt sah sie ihn an. »Von mir aus. Sie können ja Bertram fragen, ob er weiß, wo sie jetzt ist.«

»Vielen Dank.« Walter streckte wieder die Hand aus, diesmal ergriff sie sie. »Falls ich mich entscheide, Ihr Haus zu kaufen, melde ich mich wieder. Einen schönen Tag noch. Kommst du, Heinz?«

Sein Taschentuch vor den Mund gedrückt, immer noch hustend, mit tränenden Augen stand Heinz auf und folgte Walter schwankend. In der Tür sah die Frau ihn an. »Mit diesem bösen Husten sollten Sie wirklich mal zu einem Arzt. Wiedersehen.«

Samstag, der 28. Mai,
frühmorgens, klarer Himmel, frische 24 Grad

Hast du alles? Kleidung, Getränke, Proviant, Zeitungen, Handy, Ladekabel, Medikamente?«

Gerda sah ihren Mann an, als sei er nicht bei Trost. »Ich überquere nicht den Himalaya, ich besuche unseren Sohn in Kiel. Ist was mit dir?«

»Was soll sein?« Karl breitete seine Arme aus. »Ich bin nur fürsorglich.«

»Medikamente.« Gerda schüttelte den Kopf, während sie den Reißverschluss der Tasche zuzog. »Manchmal frage ich mich, was die Zellen in deinem Gehirn so treiben.« Sie ging mit der Tasche durch den Flur zu Karl, der auf dem Stuhl neben der Garderobe saß. Sie blieb vor ihm stehen und sah ihn an. Er sah zurück. »Ja?«

»Du sitzt auf meinem Tuch.«

»Oh.« Sofort sprang er auf, griff nach dem platt gesessenen Tuch und schüttelte es auf. »Bitte, angewärmt. Hast du jetzt alles?«

»Ja, doch.« Sie sah auf die Uhr, nahm dann ihre Jacke vom Haken und das Tuch, das ihr Mann ihr reichte, stellte sich auf die Zehenspitzen und küsste ihn auf den Mund. »Mach keinen Unsinn, Karl Sönnigsen, ich rufe an, wenn ich angekommen bin.«

»Jawoll.« Er nahm ihr die Tasche aus der Hand und begleitete sie bis zum Auto. »In einer halben Stunde fährt der Autozug, du musst auf die Tube drücken.«

»Ich fahre zehn Minuten zur Verladung.« Gerda öffnete die Autotür und stieg ein. »Bis Dienstag, wir telefonieren.«

Hupend fuhr sie von der Einfahrt, Karl winkte, bis die Rücklichter hinter der Kurve verschwunden waren. Er atmete tief durch. Es war doch wirklich eine gute Fügung, dass Gerda ausgerechnet an diesem Wochenende Julius besuchte. Nicht, dass er sie nicht gernhatte, aber sie war manchmal ein bisschen streng, wenn er sich um Dinge kümmerte, die ihn, ihrer Meinung nach, nichts angingen. Und es wäre nicht schön gewesen, wenn sie ihm nachher beim Telefonat mit Hermann im Nacken gesessen hätte. Bis er ihr erklärt hätte, um was es hier ging, wäre der Fall schon lange gelöst.

So aber machte er noch entspannt eine Runde durch den Garten und bereitete sich auf das Gespräch mit seinem alten Kumpel vor.

Gegen halb neun klingelte das Telefon. Sofort hob Karl ab. »Ja, bitte?«

»Karl? Hier ist Hermann.«

»Das habe ich mir schon gedacht. Guten Morgen, wie geht es dir? Ach, das habe ich schon fast vergessen, ich muss wohl kondolieren, ihr habt ja eine Beerdigung hinter euch. Das tut mir leid. Dein Bruder?«

»Nein, nein.« Hermanns Stimme klang nicht sehr traurig. »Meinem Bruder geht es sehr gut. Mein Schwager ist gestorben, das war der geschiedene Mann meiner Schwester, ein blöder Kerl. Aber man muss ja hin wegen der Kinder und so, also meine Frau fand das zumindest. Jetzt haben wir es hinter uns und das Essen war sehr gut. Muss man sagen. Da hat meine Nichte ordentlich Geld ausgegeben. Na ja, die erbt jetzt auch genug. Und bei euch? Alles gesund und munter?«

»Aber sicher. Gerda ist zu Julius gefahren, der hat eine neue Wohnung, weil er sich von seiner Freundin getrennt hat, und da meint seine Mutter, sie muss ihm beim Umzug helfen. Du kennst Gerda ja. Sie meint immer noch, der Junge ist zwölf und kann noch keine Betten beziehen.«

»Ja, ja.« Hermann machte eine kleine Pause, im Hintergrund hörte Karl Papier rascheln. »Sollen wir mal zum Thema kommen?«

Gespannt setzte Karl sich hin und klappte das bereitgelegte Notizbuch auf. »Sehr gern. Schieß los.«

»Altmannshausen.« Hermann begann zögernd. »Erzähl du doch erst mal, wie du darauf gekommen bist. Also, dass es da einen Fall gab.«

»Tja, Hermann, das ist eine seltsame Geschichte.« Karl überlegte, wie er die Ereignisse am besten sortieren könnte. »Ich fange mal von vorn an. Mein Freund Onno, den müsstest du eigentlich noch kennen, der hat eine neue Lebensgefährtin, Helga. Seine Frau Greta ist ja vor vier Jahren gestorben. Helgas verstorbener Mann wiederum war ein ehemaliger Arbeitskollege von Onno. Und Helga wiederum hat eine Bekannte, Wilma. Und die hat eine Kellerwohnung, die sie unangemeldet, also illegal vermietet. Und ihre Mieterin heißt Sabine Schäfer. Und weil die Welt und diese Insel so klein ist, hat diese Sabine Schäfer schwarz bei zwei Bekannten von uns, nämlich Inge und Charlotte, geputzt.«

Hermann räusperte sich. »Karl, das ist jetzt sehr ausführlich, ich mache mir dabei Notizen. Kannst du ein bisschen zügiger zum Punkt kommen?«

»Ähm, ja.« Karl konzentrierte sich neu, Hermann hatte ihn ganz rausgebracht. »Also anders herum: Eine junge Frau namens Sabine Schäfer ist seit etwa zwei Wochen spurlos verschwunden. Sie war als Mieterin nicht gemeldet, sie hat bei meinen Bekannten schwarzgearbeitet, deshalb wollten weder ihre Vermieterin noch meine Bekannten zur Polizei gehen und haben mich mit der Suche beauftragt. Wir haben uns schon im letzten Jahr als Ermittlergruppe bei einer schwierigen Einbruchsserie bewährt.«

Obwohl Karl eine lange Pause machte, fragte Hermann nicht nach. Mit einem Anflug von Enttäuschung fuhr Karl trotzdem fort: »Der einzige Ansatzpunkt war nun ihre gemietete Kellerwohnung. Das ist vielleicht ein Loch, das kannst du dir gar nicht vorstellen. Nur nebenbei. Ich habe bei der Durchsuchung eine Metallkassette gefunden. Das war der einzige Gegenstand, der in irgendeiner Form Rückschlüsse auf die verschwundene Frau zuließ, ansonsten fand sich gar nichts Privates in den Räumen. Das war schon sehr eigenartig.«

»Was war denn in der Kassette?«

»Da komme ich gleich dazu.« Karl fragte sich, ob Hermann immer schon so ungeduldig gewesen war oder ob es sich um eine Alterserscheinung handelte. Immerhin war Hermann fünf Jahre älter als er, da konnte man sich schon mal verändern. Etwas sanfter fuhr er fort: »Es waren Briefe in dieser Kassette. Briefe und verschiedene Zeitungsartikel. Das Seltsame ist, dass keiner dieser Briefe an Sabine Schäfer gerichtet war, auch die Artikel hatten nichts mit ihr zu tun. Die Adressatin dieser Briefe war eine Corinna Tiedemann und auch die ausgeschnittenen Zeitungsberichte hatten nur mit einer Gärtnerei Tiedemann zu tun. Und die ist eben in Altmannshausen.«

»Und dann?« Hermanns Stimme klang heiser. Karl fühlte eine kleine Genugtuung, dass Hermann durch die Art seiner Berichterstattung vor lauter Spannung schon krächzte.

»Ja, und dann …«, Karl kostete es aus. »Dann haben wir uns ein Schleswig-Holstein-Ticket gekauft und sind als Gruppe nach Altmannshausen gefahren.«

»Nach Altmannshausen? Zur Gärtnerei Tiedemann?«

Hermann konnte es anscheinend kaum glauben. Karl setzte sich bequemer hin. »Natürlich, Hermann, ich gehe jeder Spur nach.«

»Und? Habt ihr dort jemanden angetroffen?«

»Selbstverständlich.« Karl zog sein Gesprächsprotokoll näher und setzte seine Brille auf. »Es wirkt zwar alles sehr runtergekommen, die Gärtnerei ist auch viel kleiner, als wir dachten, aber es gibt noch einen Laden und ein kleines Gewächshaus. Allerdings ist die junge Verkäuferin nur eine Aushilfe und konnte keine unserer Fragen beantworten.«

»Und sonst? Wer war sonst noch dort?«

Etwas unwirsch sagte Karl: »Hermann, ich komme da noch hin. Aber wenn du mich dauernd unterbrichst, verliere ich mein Konzept.«

»Dann mach weiter.«

»Ja.« Karl war wirklich überrascht, das musste das Alter sein, so ungeduldig wie Hermann gerade war. »Wir haben einen alten Mann kennengelernt, der immer noch da arbeitet und das auch schon sein Leben lang macht. Der heißt, wo steht das hier? Moment … ach da, Hans Hellmann. Ärgerlich war nur, dass auch er den Namen Sabine Schäfer noch nie gehört hat. Allerdings hat er uns von der Inhaberfamilie erzählt. Auch tragisch, Firma pleite, beide Kinder tot, Mann weg. Das erklärt wohl auch, dass die Frau Tiedemann so schlecht gelaunt war.«

»Was?« Hermanns Frage kam so plötzlich und laut, dass Karl den Hörer ein Stück vom Ohr hielt. »Die war da? Gundula Tiedemann?«

»Ja.« Karl suchte mit Hilfe seines Zeigefingers den Vornamen in seinen Aufzeichnungen. »Die kam kurz vorbei. Unangenehme Person. Kennst du die?«

»Allerdings.« Hermann wirkte plötzlich ganz aufgeregt. »Die kenne ich. Und weiter?«

»Nichts weiter.« Karl schob seine Notizen zur Seite. »Jetzt kommst du ins Spiel. Unsere verschwundene Sabine Schäfer muss irgendeine Beziehung zu Corinna Tiedemann gehabt haben, sonst hätte sie ja wohl nicht diese ganzen Sachen aufgehoben. Aber keiner in Altmannshausen hat den Namen schon mal gehört. Das kann ja nicht sein. Diese Corinna ist dann wohl irgendwann verschwunden und wurde später für tot erklärt. Und der Sohn ist doch bei einem Verkehrsunfall mit Fahrerflucht gestorben. Da muss es doch eine Untersuchung gegeben haben. Habt ihr die nicht geführt? Die Kripo Lübeck war doch damals dafür zuständig.«

Am anderen Ende war Stille. Nur Hermanns Atem war zu hören. Karl wartete. Es kam nichts.

»Hermann? Bist du noch dran?«

Immer noch Schweigen. Dann hörte Karl einen langen Atemzug und schließlich die Antwort: »Ja, Karl, ich war damals zuständig. Und es ist der Fall, der mich wie kein anderer in meiner Laufbahn beschäftigt hat. Eigentlich weit über den Beruf hinaus. Wir haben ihn nicht geklärt, nie, hörst du, und ich habe ihn auch nie vergessen. Und jetzt erzählst du mir so was. Jetzt kommt gerade alles wieder hoch.«

»Ach! Dann erzähl doch mal. Schön geordnet, ich schreibe mit.«

»Nein, nicht am Telefon.« Hermanns Stimme klang jetzt entschlossen. »Ich komme gleich zu dir. Karl, das ist wirklich wichtig! Geht das?«

»Natürlich.«

»Gut. Ich lasse den Wagen in Niebüll stehen und komme mit dem Zug. Kannst du mich am Bahnhof abholen? Ich rufe dich an, wenn ich die Ankunftszeit weiß.«

»Selbstverständlich. Aber kannst du nicht schon mal eine Andeutung machen? Ob das überhaupt mit unserem Fall was zu tun hat? Du musst dir ja nicht die Mühe machen, nur weil der Ort des Geschehens derselbe ist. Um was genau ging es denn damals?«

Hermann atmete tief aus. »Karl, das war eine sehr komplexe Geschichte. Das kann man nicht alles in zehn Minuten am Telefon erzählen. Ich habe auch noch Unterlagen, unerlaubterweise übrigens, die bringe ich mit. Weißt du, ich hatte damals die ganze Zeit ein komisches Gefühl, was die Ereignisse anging. Nenne es Instinkt. Aber ich habe nie Beweise gefunden. Und genau dieses Gefühl, das habe ich gerade wieder. Ich weiß nicht, ob du das kennst.«

»Oh ja«, antwortete Karl. »Das kenne ich sehr gut. Vielleicht hat dein Fall mit unserem gar nichts zu tun, aber es kann nicht schaden, dass wir mal zusammen überlegen, wo das Geheimnis von Altmannshausen liegt. Das kriegen wir raus. Bis später.«

Samstag, der 28. Mai,
morgens, mittlerweile 16 Grad und Sonne

Maren sah auf die Uhr, während sie in die Pedale trat. Knappe zehn Minuten hatte sie gebraucht. Zehn Minuten von der Stelle am Kliff, von wo aus Alexander van der Heyde abgestürzt war, bis zur Adresse seines Freundes Kai Kruse. Mit dem Fahrrad. Zu Fuß brauchte man vielleicht doppelt so lange, mit dem Auto noch nicht mal die Hälfte der Zeit. Es lag praktisch um die Ecke. Aber wozu machte sie sich Gedanken? Alexander van der Heyde hatte ja gar nicht bei Kruse gewohnt, da waren sich alle so sicher. Sie ließ das Fahrrad langsam ausrollen und hielt schließlich an, einen Fuß auf dem Bordstein, den anderen auf die Pedale gestützt. Und zufällig stand sie genau vor dem Haus von Eva Hansen. Und genauso zufällig hatte sie gerade jetzt eine Idee. Kurz entschlossen schob sie ihr Rad durch die Gartenpforte, stellte es an der Wand ab und stieg die drei Stufen zur Haustür hoch. Das wütende Hundegebell setzte zeitgleich mit dem Klingeln ein.

»Schätzelchen, ruhig, alles gut, aus!« Eva Hansen riss die Tür auf und verstellte dem Dackel, der wie aufgezogen auf und ab sprang, mit einem Bein den Weg nach draußen. »Sitz, Hella, mach Platz, aus.«

Angestrengt sah sie hoch und nickte mühsam. »Ach, hallo. Ist doch etwas mit Ihrem Fuß?«

»Nein, nein.« Maren lächelte beruhigend. »Das ist

alles gut, war ja nur ein Kratzer und der Schreck. Ich bin noch mal gekommen, weil ich mein Tuch vermisse. So ein blaues Baumwolltuch, das habe ich beim Joggen immer um den Hals. Kann es sein, dass ich es hier liegen gelassen habe?«

Das hysterische Kläffen dieser hysterischen Dackeldame ging direkt in die Nervenbahnen. Nicht nur Maren wurde nervös, auch Eva Hansen konnte es anscheinend nicht ertragen. »Kommen Sie einen Moment rein, Hella regt sich immer so auf, wenn jemand an der Tür steht.«

Sie ließ Maren rein und deutete auf das Wohnzimmer. Die Terrassentür stand weit offen. »Gehen Sie durch auf die Terrasse, da beruhigt sie sich gleich.«

In gebückter Haltung, weil sie Hella am Halsband daran hinderte, wieder zuzubeißen, folgte Eva Hansen Maren. »Setzen Sie sich bitte. So, Hella, such das Bällchen.«

Von der Terrassentür aus kickte sie einen Tennisball auf den Rasen, dem Hella langsam, aber immer noch bellend, folgte. Erschöpft ließ Eva Hansen sich in einen Gartenstuhl fallen. »Die macht mich im Moment fertig«, sagte sie. »Kommen Dackel auch in die Wechseljahre? Anders kann ich mir ihr Verhalten nicht erklären. Früher hat sie sich nie so aufgeregt, wenn mal Besuch kam. Das wird immer schlimmer. So, noch mal, was vermissen Sie?«

»Ein blaues Tuch«, antwortete Maren, während sie die deutlich übergewichtige Hündin beobachtete, die den Tennisball im Maul hatte und damit unter den Büschen verschwand. Mit Apportieren hatte das nicht viel zu tun. Maren wandte sich wieder an Eva Hansen. »Aus Baumwolle. Wobei ich mir nicht sicher bin, ob ich es hier vergessen oder auf dem Weg verloren habe.«

»Hier ist es nicht«, antwortete Eva Hansen. »Das hätte

ich gefunden. Tut mir leid. Möchten Sie einen Kaffee? Ich habe gerade frischen gemacht.«

Das lief ja gut, dachte Maren, machte aber erst mal einen unentschlossenen Eindruck. »Ich möchte Sie keinesfalls stören. Sie haben an einem Samstagnachmittag bestimmt was anderes zu tun.«

»Ich muss bloß bügeln.« Sie stand auf, um den Kaffee zu holen. »Den Rest habe ich erledigt.«

Kurz darauf kam sie mit zwei gefüllten Bechern zurück und ließ ihre Blicke über den Rasen schweifen. »Jetzt gibt sie Ruhe. So ein Hund ist manchmal schlimmer als ein Kind.«

Maren tat so, als würde sie den dicken Dackel mit den Augen suchen, versuchte aber, einen Blick aufs Nachbargrundstück zu bekommen. Zwischen den Zweigen der hohen Hecke konnte man höchstens hier und da kleine Ausschnitte sehen, es wäre gelogen, wenn man behaupten würde, dass Eva Hansen ihren Nachbarn beobachten könnte.

»Hella liegt jetzt da unter der Hecke«, sagte Eva Hansen und zeigte auf eine Stelle kurz vor der Grundstücksgrenze. »Da hat sie alles im Blick und wird nicht entdeckt.«

»Wie praktisch.« Maren griff zu ihrem Becher und hob ihn an die Lippen.

»Ja, Hund müsste man sein.« Eva Hansen blickte sehnsüchtig zur Hecke. »Aber es war lustig, wir haben doch gerade vor zwei Tagen über meinen Nachbarn gesprochen, und dann rief er am nächsten Tag prompt wieder an.«

Maren hätte sich fast verschluckt. Sie stellte den heißen Becher vorsichtig ab und lächelte ihr Gegenüber an. »Ja, wirklich lustig. Und? Hat er Sie wenigstens zum Essen eingeladen? Auf diesen Schreck mit der Polizei?«

»Ach, nein.« An ihrem verlegenen Gesichtsausdruck erkannte Maren, dass sie sich genau das gewünscht hatte. »Er hat angerufen, um mir zu sagen, dass er mit einem Freund kommt. Das macht er manchmal, dann lüfte ich einmal durch, stelle im Winter die Heizung an und kaufe schon mal ein bisschen ein. Das ist mir ein Vergnügen.«

»Hm.« Maren nickte ganz verständnisvoll. »Wenn er auch so nett ist.«

Eva Hansen sah sie an, dann meinte sie in einem vertraulichen Ton: »Er ist ungefähr zehn Jahre jünger als ich. Sieht aber etwas älter aus.«

»Das kenne ich.« Maren lächelte schon wieder und war sich plötzlich für nichts zu schade. Aber wenn's der Sache diente ... »Mein Freund ist auch zehn Jahre jünger. Ich habe das am Anfang nicht gedacht, er wirkt auch älter. Aber es funktioniert.«

»Wirklich?« Die Reaktion klang so begeistert, dass Maren sich fast schlecht fühlte. Egal. »Ja, es funktioniert.«

»Das ist ...«, sie neigte ihren Kopf plötzlich zur Seite, lauschte, dann sah sie Maren an. »Oh, ich glaube, er ist gerade auf die Auffahrt gefahren. Ich erkenne das Auto.«

Sie griff sich mit beiden Händen in die Haare und wuschelte einmal die blonden Locken durch, bevor sie verhalten lächelte. »Noch einen Kaffee?«

»Nein, danke«, lehnte Maren ab. »Ich glaube, ich muss los. Danke, trotzdem.«

»Ich bringe Sie raus.« Eva Hansen war ungeduldig aufgestanden, was ganz in Marens Sinn war. Auch sie wollte Kruse sehen, es war die perfekte Gelegenheit. Sie hatte Mühe, Eva zu folgen, die es anscheinend kaum erwarten konnte, Kai Kruse abzufangen, bevor er mit seinem Kumpel im Haus verschwunden war.

Sie hatten Glück. Der Wagen stand mit offenen Türen

auf der Auffahrt, gerade war ein Mann mit einer Tasche auf dem Weg zur Haustür, als ein zweiter ihm auf dem Weg zurück zum Wagen entgegenkam. Er sah Eva Hansen am Zaun und hob sofort die Hand. »Eva. Schön, dich zu sehen! Und danke fürs Einkaufen.«

Eva Hansen wurde tatsächlich rot, was Maren einen Moment von Kai Kruse ablenkte. Er war aber schon mit wenigen Schritten bei ihnen, umarmte seine Nachbarin überschwänglich und hielt sie dann ein Stück von sich. »Was siehst du gut aus? Und? Was macht die Bandscheibe? Hast du noch Beschwerden?«

Während Eva sofort losplapperte, erst von der OP und dann von den Reha-Maßnahmen erzählte, musterte Maren Kai Kruse unauffällig. Er sah gut aus, er sah sogar sehr gut aus. Bratt Pitt auf Sylt, das war das Erste, woran sie dachte. Aber er wusste das auch, er hatte dieses gewinnende Lächeln, mit dem er Eva Hansen offenbar zuhörte, gleichzeitig taxierte er zwischendurch Maren. Und das so auffällig, dass es sogar Eva merkte. Bevor sie etwas sagen konnte, mischte sich Maren selbst ein. »Entschuldigung, ich stehe hier so rum und höre zu, ich will doch los. Hallo und auf Wiedersehen.« Sie lächelte ihn an und hatte ihn richtig eingeschätzt.

»Ich wollte Sie nicht vertreiben.« Er streckte seine Hand aus und sah sie offen an. »Kai Kruse, ich bin der Nachbar und ohne Eva aufgeschmissen, weil sie sich immer um mich kümmert.«

»Maren Thiele, ich bin vorgestern von Hella gebissen worden, so haben wir uns kennengelernt.«

»Es war aber nur ein Kratzer«, warf Eva Hansen schnell ein, ob aus Schutz für den dicken Dackel oder um klarzumachen, dass sie mit ihrer Bandscheibe doch viel schlimmer dran war, blieb offen. »Und jetzt war Frau

Thiele nur da, weil sie dachte, sie hätte hier etwas vergessen. Sie wollte gerade los.«

Wenn Frauen Rivalinnen witterten, war jede Verbindlichkeit sofort dahin. Kai Kruse bekam das gar nicht mit. »Sind Sie Urlauberin?«

»Nein, ich lebe hier.« Maren war drauf und dran, ihm einmal kurz, aber direkt in die Augen zu blicken, doch just in dem Moment tauchte sein Freund in der Tür auf. »Kai, wie lange brauchst du noch?«

»Ich komme.« Kai sah sie mit leichtem Bedauern an. »Sie hören, ich werde vermutlich beim Kaffeekochen gebraucht. Also, schönen Tag noch, Eva, bis bald.«

Er drehte sich um und ging, Maren ballte die Faust hinter ihrem Rücken. Das reichte nicht, das reichte ganz und gar nicht. Unter dem lauernden Blick von Eva Hansen beugte Maren sich ein Stück zur Seite, um sich die Autonummer zu merken. Als Eva sich räusperte, sagte sie leichthin: »Ist das sein Auto? So einen wollte ich auch immer.«

»Ja«, sagte Eva nur schmallippig. »Es ist seiner. Also, dann ein schönes Wochenende.«

Sie drehte sich um und ging in ihr Haus. Sofort war wieder das nervige Hundegebell zu hören. Sie tat Maren leid. Nicht nur der fette Hund, sondern auch noch unglücklich verliebt. Und dann noch in einen Mann, der bei aller Attraktivität nicht richtig sympathisch war. Er hätte Maren in Evas Beisein nicht so angucken sollen. Das machte man nicht. Auch nicht, wenn man aussah wie Brad Pitt.

»Sag mal«, fing Dirk sofort an, als Kai wieder reinkam. »Hast du nichts anderes zu tun, als die nächstbesten Weiber anzugraben?«

Kai ging auf ihn zu, bis er sehr nah vor ihm stand. Seine Hand legte sich auf Dirks Schulter, er beugte sein Gesicht nach vorn, bis sich ihre Nasen fast berührten. »Denk nach«, sagte er mit leiser Stimme. »Es ist meine Nachbarin, ich will nicht, dass sie anfängt, sich über irgendetwas zu wundern, also tue ich so, als wäre alles wie immer. Alex hat schon die Nerven verloren, fang du jetzt nicht auch noch an.«

Er stieß ihn so plötzlich weg, dass Dirk taumelte. Kai ging zur Küchenzeile und drehte sich auf dem Weg dahin um. »Und erzähl mir nie wieder, was ich zu tun und zu lassen habe.«

Dirk sah ihn an. Er wollte etwas sagen, überlegte es sich aber anders und ging stattdessen nach oben. Es gab Tage, an denen er Kai Kruse nicht ertragen konnte. Heute war so ein Tag. Aber es blieb ihm nichts anderes übrig, als das auszuhalten. Sie waren aneinander gebunden. Ob er das wollte oder nicht. Oben angekommen überzog er das Bett und ließ sich anschließend auf die Bettkante fallen. Er beugte sich nach vorn und stützte seine Stirn auf die Hand. Er hatte rasende Kopfschmerzen, ihm war übel, jedem Patienten hätte er gesagt, dass das psychosomatisch sei, er solle seine Probleme lösen, dann würden auch die körperlichen Beschwerden aufhören. Aber sein Problem war kaum lösbar, im Gegenteil, es wurde immer größer.

Kurz bevor Kai ihn heute Mittag zu Hause abgeholt hatte, war die Post gekommen. Wieder ein ganz normaler Briefumschlag. Der Inhalt war aber genauso bedrohlich. Wieder ein Foto, diesmal der Ausschnitt eines weiblichen Profils. Nur ein Ohr, der Haaransatz, die Andeutung einer Wange. Es ging um den Ohrring in der Mitte des Fotos. Ein auffälliges Schmuckstück, Silber, mit grünen Steinen besetzt, mindestens vier Zentimeter lang. Und wieder derselbe handschriftliche Satz wie beim ersten Foto: *Unvergessen. Juli 2000, ich weiß es, Corinna.*

Er stöhnte so laut, dass er selbst erschrak, und stand auf. Sie mussten reden, sie durften nicht die Nerven verlieren. Er öffnete seine Reisetasche, zog eine Tablettenschachtel raus und ging entschlossen nach unten. Er jedenfalls würde sich nicht jagen lassen, er nicht.

Kai hatte sich umgezogen, das Hemd mit einem T-Shirt getauscht und saß mit einem Kaffee vor sich am Küchentresen. Nach einem kurzen Blick auf Dirk wandte er sich wieder seinem Smartphone zu. »Hast du dich beruhigt?«

Dirk ging um den Tresen zur Spüle, füllte ein Glas mit Wasser, drückte zwei Tabletten aus der Folie, spülte sie runter und setzte sich Kai gegenüber. »Kopfschmerzen«, sagte er und sah Kai an. »Und auf den Magen schlägt mir die ganze Geschichte auch.«

Kai legte das Smartphone zur Seite und verschränkte die Arme vor der Brust. »Wieso hat die damals überhaupt was mitbekommen?«

»Alexander muss gequatscht haben.« Dirk rieb sich über die Stirn. »Er hat nicht dichtgehalten. Dieser Idiot. Und jetzt können wir ihn noch nicht mal fragen.«

»Das glaube ich nicht.« Kai starrte auf einen imaginären Punkt an der Wand. »Der hat das niemandem erzählt. Und schon gar nicht ihr. Er hat doch überhaupt nicht mit ihr gesprochen. Er hat doch immer gesagt, sie ist verrückt.«

»Aber woher weiß sie das dann?« Dirk hatte mit der flachen Hand auf den Tresen geschlagen. Seine Stimme war ziemlich laut. »Und vor allen Dingen: woher hat sie die Sachen? Ist sie deshalb damals abgehauen? Oder hat Alexander ...?«

»Wir haben nicht aufgepasst«, antwortete Kai tonlos. »Sie müssen im Auto gewesen sein. Wir haben alle nicht aufgepasst.«

»Wir waren besoffen und zugekifft.« Dirk sah Kai wütend an. »Wir konnten nichts dafür. Aber wieso taucht *sie* plötzlich wieder auf?«

»Das werden wir rausfinden.« Kai stand langsam auf. »Das müssen wir rausfinden. Wir fahren noch mal zu diesem Bertram. Sie hat mit ihm gesprochen, das haben wir doch gesehen, und jetzt müssen wir mal ein bisschen ernsthafter mit ihm reden.«

Samstag, der 28. Mai,
späte Nachmittagssonne

Ans Fenster gelehnt sah sie hinaus und betrachtete zwei Spatzen, die mit einer unbändigen Freude abwechselnd in die gefüllte Regentonne flatterten. Sie sah ihnen eine Zeitlang zu, dann stieß sie sich lächelnd ab und ging wieder zum Tisch, wo ihre nächste Aufgabe wartete. Sie hatte lange nachgedacht, welches der nächste Schritt wäre, sie war im Kopf alle Möglichkeiten durchgegangen, hatte die meisten sofort verworfen, andere hin und her bewegt, sich dann letztlich für diese entschieden. Es gab ihr ein gutes Gefühl, ein richtiges Gefühl. Seltsam, dass sie wieder auf ihr Gefühl hören konnte. Oder wollte. Aber sie war auch müde. Manchmal war sie sogar entsetzlich müde. Vielleicht war sie auch zu müde, um weiterhin so rational und kontrolliert zu sein. Es war anstrengender, als auf den Bauch zu hören. Nach all der Zeit war ihr das jetzt klar geworden. Ihre Reise musste hier und jetzt zu Ende gehen. Sie hatte nicht viel verlangt, sie wollte Ruhe und Frieden, das hatte sie gehabt. Aber jetzt reichte es mit diesem Leben, jetzt wollte sie das alles nicht mehr länger mitmachen. Sie musste noch ein paar Dinge aufräumen, das hatte sie sich vorgenommen. Vielleicht hätte sie das schon viel früher machen sollen, aber sie war dazu einfach nicht in der Lage gewesen. Noch nicht. Sie hatte immer gewusst, dass sie das eines Tages schaffen könnte, aber sie hatte lange auf den Moment warten müssen, an dem sie gemerkt hatte, dass es jetzt so weit war. Und es war gar nicht so schwierig, wie sie all die Jahre befürchtet hatte. Die Schritte ergaben sich, einer nach dem anderen, sie musste nur ihrem Gefühl folgen.

Sie strich mit der Hand zärtlich über den Einband des Buches. Sie hatte es nie aus der Hand gegeben, ihr ganzes Leben hatte sie dieses Buch bewacht und geschützt. Jetzt würde es bald jemand anderes in der Hand halten. Sie hoffte, dass sie die richtige Person dafür ausgesucht hatte. Sie sah das Gesicht vor sich. Sie nickte. Und nahm dann einen großen braunen Umschlag, den sie entschlossen adressierte. Nun würde alles seinen Gang gehen. Erleichtert lehnte sie sich zurück und schloss die Augen.

Samstag, der 28. Mai,
frühe Nachmittagssonne

»Hereinspaziert!« Karl hatte die Haustür aufgeschlossen und ließ Hermann den Vortritt. »Hier hat sich nichts verändert, bis auf den neuen Fernsehsessel, du kennst dich wohl noch aus.«

»Ja.« Hermann lächelte und stellte seine braune Aktentasche auf den Stuhl neben der Garderobe. »In unserem Alter ist man ja froh über Dinge, die sich nicht verändern. Ich wasche mir schnell die Hände, ja? Und dann sehe ich mir den Inhalt dieser Kassette an.«

»Bitte.« Karl wies auf die Tür neben ihm. »Die Kassette steht auf dem Tisch. Fang an, dann bringe ich eben deine Tasche ins Gästezimmer. Und rufe die anderen an.«

Als Karl ins Wohnzimmer zurückkam, saß Hermann bereits in die Briefe und Zeitungsausschnitte vertieft am Tisch. Karl setzte sich ihm gegenüber und wartete gespannt auf eine Reaktion. Nach einer gefühlten Ewigkeit hob Hermann den Kopf und nickte. »Ja. So, wie ich es mir gedacht habe. Wann kommen denn deine Freunde?«

Wie aufs Stichwort klingelte es in diesem Moment an der Tür, Inge und Charlotte waren eingetroffen. »Du kannst gleich auflassen.« Inge deutete hinter sich. »Onno parkt gerade.«

Hermann war sitzen geblieben, während Karl die anderen empfing und zufrieden auf die braune Aktentasche zeigte. »Er hat die ganze Nacht in den alten Akten gelesen«, sagte er leise. »Und er hat gesagt, es wird spannend.«

Wenig später hatten sich alle um den großen Esstisch versammelt. Karl und Hermann an den Stirnseiten, Onno und Helga an der linken, Charlotte und Inge an der rechten Seite. Vor ihnen auf dem Tisch lagen mehrere Aktenordner, Karls Notizen und der Inhalt der grünen Kassette. Fünf Augenpaare sahen gespannt auf Hermann. Er nickte langsam und verschränkte seine Hände vor sich auf dem Tisch.

»Ja, da sind Sie alle in eine merkwürdige Sache geraten.« Er blickte sie nacheinander an. »Karl hat mir euren Fall schon ausführlich dargelegt. Und dabei gingen bei mir sämtliche Alarmglocken an! Und tatsächlich kann es sein, dass ein uralter Fall, an dem ich damals fast verzweifelt bin und den ich bis heute nie aufklären konnte, etwas mit Ihrer Suche nach dieser Frau zu tun hat. Es kann aber auch sein, dass es sich hier um irgendwelche mysteriösen Zufälle handelt, die verwirrend, aber nicht erklärbar sind. Also, fangen wir mal an. Sie haben Hinweise auf Corinna Tiedemann und die Gärtnerei Tiedemann in Altmannshausen gefunden. Diese Gärtnerei war früher ein sehr erfolgreiches Familienunternehmen in der dritten oder vierten Generation. Ich kenne die sogar noch privat, man fuhr tatsächlich auch weit aus dem Umland dorthin. Auch in der letzten Generation hatte man eigentlich alles für eine gute Zukunft getan. Reinhard Tiedemann hatte die Firma von den Eltern übernommen, seine Frau Gundula war Floristin, es kamen zwei Kinder, ein Junge, ein Mädchen, die von klein auf schon in der Gärtnerei mithalfen, alles verlief in guten Bahnen. Und dann schlug das Schicksal zu ... Karl, kann ich vielleicht etwas zu trinken haben?«

Sofort kam Bewegung in die Gruppe, alle hatten bislang gebannt zugehört. Karl sprang auf. »Natürlich, was soll es sein?«

»Einfach Wasser«, antwortete Hermann, worauf Charlotte ergänzte: »Und bring schon mal den Eierlikör für später mit, ich glaube, es läuft darauf hinaus.«

Sobald die Gläser verteilt waren, fuhr Hermann vor seinem konzentrierten Publikum fort: »Im Herbst 1996 ist Gregor Tiedemann, der Sohn der Familie, mit seinem Motorroller tödlich verunglückt. Er war erst einundzwanzig. Es gab den Tatverdacht der Fahrerflucht, deswegen haben wir in diesem Fall ermittelt. Aufgrund von Zeugen wurde der Fahrer eines Kleinlasters ermittelt. Er hat ausgesagt, dass er den Unfall überhaupt nicht bemerkt hatte. Es war dunkel gewesen, es hatte geregnet, er hatte den Roller tatsächlich nur gestreift, weil er ihn auch überhaupt nicht gesehen hatte. Diese Aussage war insofern glaubwürdig, weil das Licht am Roller defekt war. Das konnte zumindest einwandfrei bewiesen werden.«

»Das ist ja grausam.« Inge schüttelte mitleidig den Kopf. »Mit einundzwanzig.«

»Das ist auch gefährlich mit diesen Mopeds. Man sieht die im Dunklen sowieso schlecht«, sagte Karl. »Und dann noch ohne Licht.«

Hermann sah nachdenklich in die Runde. »Gundula Tiedemann, die Mutter, ist damals völlig zusammengebrochen, als man ihr die schlimme Nachricht übermittelt hat. Was man ja verstehen kann. Was mir aber ans Herz gegangen ist, das war ein Satz, den sie anschließend bei der Befragung gesagt hat. Warum Gott ihr nicht die Tochter genommen hätte statt des Sohnes.«

»Meine Güte.« Inge war entsetzt. »Das war doch die schreckliche Frau in der Gärtnerei, oder? Die war mir ja gleich unsympathisch. So was habe ich im Gefühl.«

Hermann nickte. »Corinna Tiedemann hat mir leidgetan, sie war so ein stilles, ernstes Mädchen, gerade mal achtzehn, und sie war verzweifelt über den Verlust ihres Bruders. Ich habe selten so ein trauriges Mädchen erlebt. Vielleicht habe ich deshalb diese Familie in der darauffolgenden Zeit nie ganz aus den Augen verloren.«

»Wieso?« Karl beugte sich nach vorn. »Was hast du gemacht?«

Mit einem verlegenen Lächeln antwortete Hermann: »Ach, Altmannshausen ist ja nicht so weit von Lübeck entfernt. Ich bin am Wochenende ab und zu in die Gärtnerei gefahren und habe mich da umgesehen. Meine Frau fand das unmöglich, aber ich wollte Corinna Tiedemanns Weg noch ein bisschen begleiten.«

»Kann ich verstehen«, bemerkte Helga. »Und wie ging es weiter?«

»Ja, das war komisch«, sagte Hermann. »Die Leute klatschen und tratschen ja auch viel. Auf irgendeiner Weihnachtsausstellung der Gärtnerei habe ich gehört, dass der Vater, also Reinhard Tiedemann, ausgezogen war. Er hatte auf alles verzichtet, ist einfach gegangen. Es wurde gemunkelt, dass er Depressionen und ein Alkoholproblem hatte. Plötzlich war er weg. Und seine Frau führte den Betrieb einfach weiter, ohne je wieder ein Wort über ihren Mann zu verlieren. Und bekam Hilfe von dem wohl besten Freund ihres Sohnes, ein gewisser Alex Mommsen. Der stand ihr bei. Es gab viele Gerüchte.«

»Also, die Leute haben aber auch eine schmutzige Phantasie«, empörte sich Inge. »So alt wie ihr Sohn. Und auch noch der beste Freund. Also wirklich. Das denkt man doch nicht.«

»Darum ging es bei den Gerüchten gar nicht.« Freundlich sah Hermann sie an. »Aber es wurde erzählt, dass sich der Mommsen die Firma unter den Nagel reißen wollte. Dabei hatte er von Gartenbau nicht viel Ahnung. Eine ganze Zeit später habe ich dann gehört, dass er Corinna geheiratet hat. Die hat ja immer in der Gärtnerei gearbeitet, trotz des schlechten Verhältnisses zu ihrer Mutter. Das war übrigens stadtbekannt. Aber deshalb haben alle gedacht, dass die beiden zusammen, also Corinna und ihr Mann, die Gärtnerei schon weiterführen können.«

»Du hast aber eine Menge von denen mitgekriegt.« Bewundernd blickte Karl ihn an. »Wie hast du das denn gemacht?«

»Die richtigen Informanten«, winkte Hermann ab. »Ehrlich gesagt war mein Sohn mit einem Mädchen aus Altmannshausen zusammen. Sie war, genau wie ihre Mutter, eine furchtbare Klatschtante. Ich fand es damals praktisch, mein Sohn furchtbar. Er hat sich dann leider auch von ihr getrennt, danach war ich eine Zeitlang von den Informationen abgeschnitten.«

Onno wirkte etwas erschöpft. Er sah sich zaghaft um, dann sagte er: »Das sind ja viele Informationen, und es ist ja auch alles ganz interessant. Ich frage mich aber trotzdem, was das alles mit Sabine Schäfer zu tun hat. Taucht die denn gleich noch auf?«

Nachdenklich betrachtete Hermann ihn. »Ich weiß es nicht. Ich habe nur das Gefühl, ihr solltet die ganze Geschichte hören. Es ist nur ein Gefühl, wie gesagt, aber es sind so komische Zufälle.«

»So.« Charlotte brachte jetzt ein bisschen Pragmatismus in die Runde. »Eierlikörzeit. Und dann weiter.«

In einem Moment friedlichsten Einvernehmens tranken

sie ihren Eierlikör. Etwas entspannter schob Onno das leere Glas zur Seite und nickte.

»Gut. Ich höre.«

Hermann musste sich einen Augenblick sammeln, bevor er weitersprechen konnte. »Danach habe ich eine Zeitlang nichts mehr von der Familie gehört. Ich wollte immer mal wieder in die Gärtnerei fahren, aber man weiß ja, wie das ist. Beruflich hatte ich viel zu tun, dann die Familie, bevor man sich's versieht, ist wieder ein Jahr rum und man hat nichts von den Dingen erledigt, die man sich vorgenommen hatte.« Er machte eine Pause und wischte gedankenverloren das Glas mit dem Zeigefinger aus. Karl sah ihm dabei zu.

»Du kannst auch noch einen Eierlikör haben.«

Hermann hob die Hand. »Nein, nein, erst die Arbeit und dann den zweiten. Wo war ich? Ach ja, ich habe nichts mehr von ihnen gehört. Im folgenden Frühjahr wollte meine Frau die Rosenbeete neu machen, da habe ich mir vorgenommen, in die Gärtnerei Tiedemann zu fahren, auch um mal zu hören, wie es Corinna ging. Aber damals kam mir ein Fall dazwischen, der uns alle sehr erschüttert hat. Ein junges Mädchen wurde an der Ostsee vergewaltigt und danach einfach an einer entlegenen Straße aus dem Auto geworfen. Als ein zufällig vorbeikommender Autofahrer sie endlich entdeckt hat, war es zu spät. Sie ist auf dem Weg in die Klinik verstorben. Schädelfraktur und daraus folgende Blutungen. Hätte man sie früher gefunden, hätte man sie retten können. Darüber ging der Sommer dahin, und ich war immer noch nicht in der Gärtnerei gewesen. Und dann hörte ich erst wieder von Corinna, als es schon zu spät war.«

Helga hatte sich immer weiter vorgebeugt, man sah ihr die Spannung an. »Warum zu spät?«

»Sie wurde als vermisst gemeldet.« Hermann zog eine der Akten näher zu sich. »Das war im Oktober 2000. Und nicht etwa ihr Mann oder ihre Mutter sind zur Polizei gegangen, sondern ein angestellter Gärtner. Hellmann.«

»Hans Hellmann.« Inge nickte. »Der alte traurige Mann. Und was ist dann passiert?«

»Ich habe die Meldung nur bekommen, weil die Vergewaltigung mit Todesfolge immer noch nicht aufgeklärt war. Deshalb waren die Kollegen bei Vermisstenanzeigen damals gleich alarmiert. Man muss ja in solchen Fällen von einem Wiederholungstäter ausgehen. Wir haben dann mit dem Ehemann und der Mutter gesprochen. Der Ehemann war zwar besorgt, hatte damals aber auch gesagt, dass seine Frau psychische Probleme gehabt hätte. Sie soll mit ihm gestritten und gedroht haben, ihn zu verlassen. Die Gründe dafür hätte er angeblich nicht verstanden. Der Mutter war das Verschwinden von Corinna anscheinend total gleichgültig. Wir haben uns im Dorf umgehört, aber keiner konnte sich das Verschwinden von Corinna Tiedemann, oder besser, Corinna Mommsen, wie sie nach ihrer Heirat hieß, erklären. Sie war einfach weg und ist auch nie mehr aufgetaucht. Weder sie noch eine Leiche – es gab einfach überhaupt keine Spuren.«

Karl hatte sich die ganze Zeit über Notizen gemacht, jetzt sah er hoch. »Ist sie vielleicht zu ihrem Vater gegangen?«

»Nein.« Hermann schüttelte den Kopf. »Das haben wir natürlich überprüft. Reinhard Tiedemann war zu der Zeit seit einem halben Jahr in einer psychiatrischen Klinik und hatte drei Suizidversuche hinter sich. Er war hochgradig depressiv und nicht vernehmungsfähig.« Er machte eine Pause, bevor er mit gequältem Gesicht hochsah. »Ich habe jahrelang an diesem Fall gelitten und ihn immer wieder aufgerollt. Irgendwann hatte ich eine richtige Ehekrise deshalb. Ich musste meiner Frau versprechen, diese Familie, oder besser das, was von ihr übrig war, ein für alle Mal zu vergessen. Und das habe ich auch geschafft. Bis du, Karl, mich jetzt angerufen hast.«

Karl nickte, lehnte sich zurück und faltete die Hände vor dem Bauch. »Dann lösen wir diesen Fall jetzt eben gemeinsam. Aber zurück zum Ausgangsthema: Was hat das alles mit Sabine Schäfer zu tun? Taucht dieser Name in den Akten überhaupt nicht auf?«

»Ja«, ergänzte Charlotte. »Sie müssen doch auch die Freundinnen von Corinna Tiedemann befragt haben. Das hätte ich jedenfalls gleich gemacht, wenn meine Tochter verschwunden wäre. Ich hätte erst mal alle Freundinnen angerufen.«

»Corinna hatte keine Freundinnen«, sagte Hermann. »Zumindest nicht in der Form, wie andere Mädchen das in dem Alter haben. Es gab die Tochter des Hausarztes, Veronika, die ihr ja auch die Briefe geschrieben hat, aber mit ihr gab es überhaupt keinen Kontakt mehr. Zum Zeitpunkt ihres Verschwindens hatte Veronika schon seit Jahren nichts mehr von ihr gehört. Aber es hat tatsächlich eine Sabine gegeben.«

Diese Information schlug ein wie eine Bombe. Hermann betrachtete unschlüssig die geschockten Gesichter und wiegelte sofort ab. »Es kann nicht eure Sabine sein, sie war älter. Sabine Gruber war Ärztin in Altmannshausen, sie hat die Nachfolge von dem Hausarzt der Tiedemanns übernommen. Und sie war mit dem Pastor der Gemeinde verheiratet. Die beiden sind aber später weggezogen, er hatte eine neue Pastorenstelle und sie ist mitgegangen. Hans Hellmann hat mir damals erzählt, dass Corinna öfters bei ihnen war. Das waren die einzigen Freunde, die sie hatte.«

»Und die konnten sich auch nicht erklären, was mit Corinna passiert ist?«, fragte Charlotte.

»Nein«, antwortete Hermann. »Sie haben sich wirklich Sorgen um sie gemacht, aber auch von ihrer Seite gab es keine konkreten Hinweise. So stand es jedenfalls im Gesprächsprotokoll. Ich hatte sie damals nicht selbst befragt.«

Inge war skeptisch. »Was hat denn der Ehemann gesagt? Sie hätte psychische Probleme gehabt und wollte ihn verlassen? Das hätte doch ein Pastor, der mit ihr befreundet gewesen ist, mitbekommen. Oder nicht?«

»Unser Pastor auf jeden Fall«, meinte Helga. »Aber auch Hans Hellmann hätte davon etwas mitbekommen. Soll ich euch was sagen? Ich glaube, der Ehemann hat gelogen. Der hat ihr was angetan. Oder die Mutter.«

Hermann hob die Schultern. »Theoretisch kann man solche Fälle immer schnell klären – praktisch braucht man Beweise. Und für die Untersuchung eines Mordfalls zumindest eine Leiche. Die haben wir aber nie gefunden. Deshalb konnten wir auch nichts weiter unternehmen. Und da Corinna seit sieben Jahren offiziell für tot erklärt ist, gilt der Fall eben als abgeschlossen.«

»Hm.« Karl hatte kleine Häuser an den Rand seines Notizblocks gekritzelt. »Und diese Vergewaltigung mit Todesfolge? Kann es da einen Zusammenhang gegeben haben?«

»Du meinst: ein Serienmörder?« Inge liebte Fernsehkrimis. »Das wurde doch untersucht, oder? Hat der Täter vielleicht noch andere Frauen umgebracht? Also auch Corinna? Und ihre Leiche in die Ostsee geworfen? Oder in irgendein Moor?«

»Inge, bitte.« Charlotte ging das zu weit. »Du siehst hier keinen Krimi. Das ist echt.«

Hermann blieb konzentriert. »Auch in diesem Fall gab es keine Festnahme. Wir haben sogar mit Hilfe einer Fernsehsendung nach Zeugen gesucht. Da lief ein richtiger Filmbeitrag, und tatsächlich meinten etliche Zuschauer, etwas gesehen zu haben, aber alle Spuren liefen ins Leere. Zwischen Altmannshausen und dem Ort der Vergewaltigung liegen knapp hundert Kilometer, es war also nicht gerade in unmittelbarer Nähe.«

Auf Karls Blatt war eine kleine Wohnsiedlung entstanden. Unentwegt kritzelte er weiter, das half ihm beim Denken. »Wo aber ist der Zusammenhang zwischen Sabine Schäfer und Corinna Tiedemann?«

»Mommsen«, korrigierte Hermann. »Sie war nur eine geborene Tiedemann. Der Fall heißt Corinna Mommsen.«

Karls Bleistift schwebte über einem Dach. Plötzlich sah er hoch und Hermann an. »Was ist denn aus dem Herrn Mommsen geworden? Von dem gab es doch in der Gärtnerei keine Spur. Und der Hellmann hat auch nichts gesagt.«

»Mommsen.« Hermann wiederholte den Namen in einem zynischen Ton. »Erst hat er die Gärtnerei an die Wand gefahren, dann hat er sich mit seiner Schwiegermutter zerstritten, es ging wohl um Geld, dann hat er der Polizei gegenüber den besorgten Ehemann gespielt, und ein paar Monate später hat er seine Sachen gepackt und ist ausgezogen. Ich habe ihm nie über den Weg getraut, aber was sollte ich machen? Es gab keine Ermittlungen mehr, ich musste ihn in Ruhe lassen.«

»Und was macht er heute?« Karl wirkte ungeduldig. »Hast du das nicht mehr verfolgt?«

»Nein.« Hermann betrachtete konzentriert die kleinen

Häuser auf Karls Blatt. »Er ist weggezogen. Ich kann ihn ja schlecht ohne Grund observieren lassen.«

»Ohne Grund?« Verständnislos starrte Karl ihn an. »Ich könnte dir hundert Gründe nennen. In der Regel entpuppt sich so eine Geschichte als Beziehungstat, das haben wir doch in unseren Laufbahnen zur Genüge erlebt. Und du lässt den Ehemann einfach ziehen?«

»Was heißt einfach?«, fragte Hermann. »Es gab keine Leiche, es gab keine Hinweise, sie kann ja auch einfach die Liebe ihres Lebens getroffen haben und weggegangen sein. Sie war erwachsen!«

»Und dann sucht die Polizei nicht automatisch«, ergänzte Onno, der das erst vor kurzem gelernt hatte. »Nur bei Gefahr im Verzug. Eine Fahndung wird ja nur fortgesetzt, wenn die Polizei von einer Straftat ausgeht.«

Hermann nickte, während Onno entschuldigend zu Karl sah. »Hast du mir doch neulich erst erklärt.«

»Ja, schon«, räumte Karl ein. »Aber in diesem Fall ...« Er dachte einen Moment nach, dann griff er wieder zum Bleistift und zeichnete das nächste Haus. »Wie ist Sabine Schäfer an diese Kassette gekommen?«

Die Miene des Bleistifts brach ab. Karl hob entschlossen den Kopf. »Wir müssen den Pastor finden.«

Samstag, der 28. Mai,
zur selben Zeit

Na, endlich«, Heinz stand schon ungeduldig vor der offenen Garage, den Autoschlüssel in der Hand, und sah Walter entgegen, der gerade auf seinem Fahrrad in die Auffahrt bog. »Du kannst das Rad unters Dach stellen, nur falls es regnet. Du hast aber lange für den Weg gebraucht.«

»Wieso hetzt du denn so?« Walter sah ihn an, während er abstieg und das Rad weiterschob. »Ich habe unterwegs noch jemanden getroffen, das war sehr interessant.«

»Das kannst du mir auf der Fahrt erzählen. Ich will vor Charlotte zurückkommen, ich habe aus Versehen gesagt, dass ich zu Hause bleibe und nichts vorhabe. Sie würde sich wundern, wenn ich nicht da bin, und ich wüsste nicht, was ich auf einen Zettel schreiben könnte.«

»Schreib doch irgendetwas.« Walter lehnte sein Rad an die Hauswand. »Du musstest los. Denk dir was aus.«

»Nein.« Heinz schüttelte während des Einsteigens energisch den Kopf. »Ich lüge nicht. Das ist unmoralisch.«

Perplex hielt Walter die Tür fest: »Du denkst mit über siebzig noch über Moral nach? Ich bitte dich.«

»Mach die Tür bitte zu, ich starte jetzt den Motor.«

Konzentriert fuhr Heinz rückwärts aus der Garage, hielt an, stieg aus, schloss das Garagentor und stieg wieder ein. Sein Schwager schüttelte den Kopf, ohne etwas zu sagen.

Nach fünf Minuten Fahrt hielt er es dann doch nicht

mehr aus. »Du hast mich noch nicht gefragt, wo wir genau hinfahren. Und warum.«

Heinz hielt an der Kreuzung und sah über Walter hinweg. »Ist da frei?«

»Ja. Also, ich sage es dir. Wir werden Herrn Bertram einen zweiten Besuch abstatten. Ich habe mir überlegt, dass wir gezielt nach der Frau fragen werden, die bei der Porschefahrerin geputzt hat. Und von der wir wunderbarerweise das Foto haben. Ich habe mir eine kleine Geschichte dazu ausgedacht, und wie das Schicksal so spielt, ist mir auf dem Weg zu dir etwas Lustiges passiert, das das auch noch unterstreicht.« Er lächelte zufrieden vor sich hin und bemerkte nicht den etwas genervten Blick seines Schwagers.

»Sag mal, Walter, merkst du eigentlich, wie furchtbar umständlich du das alles immer erzählst?«

»Hä?« Das zufriedene Lächeln verschwand. »Was hast du denn jetzt?«

Heinz atmete tief aus. »Es ist immer dasselbe. Du hast irgendetwas vor und machst dir vorher Gedanken, aber du erzählst es nie normal. Stattdessen schwadronierst du rum, machst wilde Andeutungen, grinst zwischendurch, sagst nur ›Wart's ab‹, und ich habe immer Angst, dass wir gleich in eine furchtbare Situation geraten. Das machen meine Nerven nicht mit. Ich habe Bluthochdruck.«

Walter sah ihn verständnislos an. »Ich verstehe nicht, was heute mit dir los ist. Anscheinend bist du mit dem ganz falschen Fuß aufgestanden. Ich mache das alles nur aus Rücksichtnahme auf dich. Heinz, ich kenne dich jetzt über vierzig Jahre, du hast wirklich hervorragende Charaktereigenschaften, was dir aber fehlt und was du vermutlich auch nicht mehr erlangst, sind Nerven aus Stahl. Die aber, mit Verlaub, habe ich. Und wenn es wie hier um eine wirklich prekäre Situation geht, die Fingerspitzengefühl und Nerven erfordert, kann ich mir einfach nicht leisten, meine Vorgehensart vorher mit dir zu diskutieren. Es geht um Instinkt und Spontanität, das kann man nicht im Vorfeld detailliert planen. Aber wenn dir das zu viel ist, bitte, dann kannst du ja an der nächsten Ecke aussteigen und Kaffee trinken gehen.«

»Du sitzt in meinem Auto«, stellte Heinz fest. »Ich kann nicht an der nächsten Ecke aussteigen.« Er beruhigte sich langsam. Das tat er immer, wenn sein Gegenüber sich aufregte. Es war wohl seine Sehnsucht nach Gleichgewicht. »Ich wollte es ja nur mal sagen. Weil es mich verärgert hat. Außerdem bist du der Mann meiner Schwester, deswegen trage ich für dich eine Art Verantwortung. Um Inges willen.«

Er setzte den Blinker und fuhr in die Straße, in der Wolf Bertrams Büro lag. »Jetzt ist es sowieso zu spät, mich in Kenntnis zu setzen, wir sind gleich da. Aber beim nächsten Mal will ich vorher wissen, was du vorhast. Ich hatte heute Morgen Hundertfünfundfünfzig.«

»Hundertfünfundfünfzig was?«

»Blutdruck.« Langsam lenkte Heinz den Wagen in eine Parklücke in Sichtweite des Büros und stellte den Motor ab. Dann sah er seinen Schwager an. »Wenn du allerdings lieber einen Alleingang machen möchtest, dann warte ich hier.«

»Nein.« Ein Anflug von schlechtem Gewissen überfiel Walter. Er schätzte seinen Schwager sehr, allein der Gedanke, dass Heinz sich noch nie in seinem Leben mit Steuersündern beschäftigt hatte, war der Grund gewesen, ihn nicht detailliert in seine Nachforschungen über den Schwarzarbeitsmarkt der Insel einzubinden. Walter traute Amateuren nicht richtig viel zu. Das war einfach eine

Berufskrankheit. Aber hier ging es um die Familie. Deshalb zog er eine Klarsichtfolie aus der Tasche und wedelte damit vor Heinz' Gesicht. »Also«, begann er, während Heinz die Folie betrachtete. Walter hatte das Bild, das er von der Porschefahrerin bekommen hatte, kopiert und in eine passend geschnittene Plastikhülle gesteckt, die mit viel Klebeband verschlossen war. »Folgendes: ich werde versuchen, herauszufinden, wo diese Dame wohnt, damit wir sie selbst befragen können. Ich glaube nämlich, dass die nebenbei schwarzarbeitet. Und diese Vermutung hat vorhin auf dem Weg zu dir auch noch Futter bekommen.«

»Wieso?« Heinz sah immer noch auf das Foto. »Hast du das eigentlich mit deinem Drucker kopiert? Das ist ja gestochen scharf.«

»Ja.« Walter nickte zufrieden. »Du musst aber Fotopapier nehmen. Es zahlt sich eben aus, wenn man Geld für Technik in die Hand nimmt.«

»Ich will auch diesen Drucker haben.« Heinz war schwer beeindruckt. »Wirklich toll.« Er zog den Schlüssel ab und wollte aussteigen, als ihm einfiel, worüber sie gerade gesprochen hatten. »Was war mit Futter?«

»Wie? Ach so.« Walter schob das Bild wieder in die Jackentasche. »Das war ein großer Zufall. Ich bin bei uns die Straße runtergefahren und wollte noch was in den Briefkasten werfen. Dabei habe ich aus Versehen das Foto mit aus der Tasche gezogen und fallen gelassen. Und neben mir stand plötzlich diese dicke Frau, ich vergesse immer ihren Namen, die sind zugezogen, haben das Haus von Eckhardts gekauft, weißt du, das weiße, gleich vorn.«

»Die heißen Schölermann.«

»Wie auch immer«, winkte Walter ab. »Jedenfalls war sie schneller und hat sich nach dem Foto gebückt und es mir gereicht. Natürlich erst, nachdem sie es neugierig studiert hat. Und weißt du, was sie gesagt hat?«

»Walter! Was hat sie gesagt?«

»Ja, ja, also sie hat gesagt, das wäre ja eine hübsche Frau, das hätte sie schon jedes Mal gedacht, wenn sie ihr hier in der Straße entgegengekommen wäre.«

»Was?« Heinz war überrascht. »In eurer Straße?«

»Ja.« Walter nickte. »Ich habe doch gesagt, das Schicksal unterstützt meine Theorie. Frau ... wie heißt die noch mal?«

»Schölermann.«

»Genau, die wusste, dass Frau Schröder ...«

»Schäfer.« Heinz war jedes Mal überrascht, wie unfähig sein Schwager war, sich einfache Namen zu merken. In dieser Beziehung fehlte Walter jeglicher Ehrgeiz.

»Frau Schäfer, ist doch egal, die muss bei uns in der Straße regelmäßig arbeiten. So. Und jetzt denk nach. Wir haben keine Büros, keine Geschäfte, nichts, nur Privathaushalte. Und was soll sie da also arbeiten? Richtig. Saubermachen. Und jetzt wette ich mal, dass niemand in meiner Nachbarschaft eine festangestellte Haushälterin hat. Das wüsste ich.«

Heinz hatte gespannt zugehört. »Dann frag doch einfach die Nachbarn. Ob die Frau Schäfer beschäftigen. Das ist doch das Naheliegende.«

»Unsinn.« Walter schüttelte entschieden den Kopf. »Zum Ersten würden sie mir das gar nicht erzählen, die wissen alle, dass ich beim Finanzamt war. Und zum Zweiten will ich keine Einzeltäter, sondern das organisierte Verbrechen. Und weil Frau Schrö... Schäfer auch bei Bertram gearbeitet hat, bin ich da ganz dicht dran. Der ist nicht koscher, das habe ich im Gefühl.«

Walters Gefühle waren Heinz in diesem Moment zu

viel. Er öffnete die Autotür. »Lass uns jetzt da reingehen und frag den Bertram, was du willst. Aber mach es bitte nicht peinlich. Arbeiten die überhaupt samstags?«

»Wenn nicht, dann habe ich die Adresse der Privatwohnung von Bertram.« Auch Walter öffnete seine Tür. »Das ist nur ein paar Häuser weiter. Können wir zu Fuß hin, falls wir ihn hier nicht antreffen. Aber wenn du aufmerksamer wärst, hättest du gesehen, dass sein Auto da vorn steht.«

Kurze Zeit später standen sie vor dem Büroeingang, Walter warf einen Blick ins nebenliegende Fenster. »Die arbeiten samstags«, sagte er leise. »Da sitzt auch leider wieder dieser Giftzahn, diese Frau ...?«

»Roth.« Sofort ergänzte Heinz den Satz. »Das wird immer katastrophaler mit deinem Namensgedächtnis.«

Statt zu antworten, drückte Walter die Tür auf. Frau Roth sah beim Geräusch der Tür freundlich hoch, bevor ihre Miene sich verfinsterte. »Sie schon wieder?«, fragte sie überrascht. »Was gibt's denn noch?«

»Wir möchten uns entschuldigen.« Walter lächelte sie strahlend an, während Heinz ihn irritiert ansah. Mit diesem Gesprächsbeginn hatte er nicht gerechnet. Frau Roth offenbar auch nicht, ihr Gesicht war ein einziges Fragezeichen. Walter fuhr fort. »Wir haben uns beim letzten Mal etwas missverständlich ausgedrückt, das konnte man ganz schnell falsch verstehen. Ich bin unser Gespräch noch mal in Gedanken durchgegangen, ich habe kaum geschlafen deswegen und bin zu dem Schluss gekommen, dass ich sehr gern ein weiteres Mal mit Ihrem Chef sprechen möchte, um das Ganze richtigzustellen.«

Wenigstens sprach er jetzt in der ersten Person, was Heinz beruhigte, insgeheim war er aber sicher, dass Walter hier gegen die Wand lief. Das würde so nichts werden. Frau Roth sah das anscheinend ähnlich. Etwas schnippisch sagte sie: »Mein Chef ist außer Haus, und außerdem hat er mir von Ihrem Gespräch erzählt. Ich glaube kaum, dass er Interesse hat, es fortzusetzen. Geschweige denn, einen Auftrag zu übernehmen. Ich wünsche Ihnen ein schönes Wochenende.« Sie zog eine Schublade auf und wandte ihren Blick ab. Heinz wollte gerade erleichtert das Büro verlassen, als eine Seitentür aufging und Wolf Bertram den Raum plötzlich betrat. Als er die Männer sah, runzelte er die Stirn und blickte fragend zu Frau Roth. Sie schüttelte den Kopf. »Die Herren wollten gerade gehen.«

»Nein.« Sofort trat Walter einen Schritt auf ihn zu. »Die Herren wollen sich entschuldigen. Es ist wichtig für uns. Geben Sie mir zehn Minuten.«

Mit undurchschaubarem Gesichtsausdruck sah Wolf Bertram erst die Männer, dann seine Kollegin an. Nach einem kleinen Moment seufzte er. »Ja, gut. Weil schon fast Wochenende ist. Also?«

»Ach, ich würde schon gern unter vier, ähm, sechs Augen, also nur wir beide und Sie …?«

»Ich gehe sowieso.« Frau Roth war aufgestanden. »Lassen Sie sich durch mich nicht stören.« Sie nahm ihre Jacke von der Garderobe und nickte Wolf Bertram kurz zu. »Schönes Wochenende, bis Montag.«

»Ja, danke gleichfalls, tschüss.« Er sah ihr nach, bis sie die Tür hinter sich ins Schloss fallen ließ, dann sah er demonstrativ auf die Uhr. »Zehn Minuten, nicht länger. Schießen Sie los.«

»Ja, wie soll ich anfangen?« Walter ließ sich Zeit, was bei Heinz schon wieder den Blutdruck steigen ließ. Er hasste unangenehme Situationen, vor allen Dingen solche, bei denen er eigentlich nicht wusste, um was es ging. Diese war so eine. Wolf Bertram starrte Walter an, der sah sich in aller Ruhe um, bis Wolf Bertram sagte: »Sie haben noch neun Minuten.«

»Also, es ist so.« Walter ging langsam um den Schreibtisch von Frau Roth und setzte sich auf ihren Stuhl. Heinz schluckte und blieb stehen. Walter strich mit der Hand über eine Schreibtischunterlage, auf der zahlreiche Notizen standen, es sah aus, als würde er sie lesen. Irritiert beobachtete Wolf Bertram ihn dabei. Heinz sah von einem zum anderen und hielt es nicht mehr aus. »Wir suchen jemanden«, platzte es aus ihm heraus. »Eine junge Frau, die für Sie gearbeitet hat und von der wir auch ein Foto haben. Walter, zeig das Foto doch mal.«

Walters wütenden Blick ignorierend baute Heinz sich vor seinem Schwager auf und streckte seine Hand aus. »Das Foto, gib mir das doch mal bitte, sonst sind die übrigen neun Minuten auch gleich rum.«

»Es sind nur noch acht.« Wolf Bertram wirkte langsam belustigt, er schob die Hände in die Hosentasche und wippte leicht auf den Fußspitzen. »Vielleicht kriegen Sie einen Bonus, wenn Sie endlich mal erzählen, was Sie eigentlich von mir wollen.«

Walter bemerkte den Wandel in der Stimme, ignorierte Heinz' Hand und stand langsam auf. »Es geht um Folgendes, ich habe mir die ganze Zeit überlegt, wie ich das am besten erzählen soll, aber ich mache es einfach mal so, wie es mir gerade einfällt.« Er ging um Heinz herum, der nachrechnete und auf sieben verbleibende Minuten kam. Er war gespannt, wie Walter das in der kurzen Zeit hinbekommen wollte. Sicherheitshalber ging er schon mal in Richtung Ausgang und blieb dort stehen.

Walter stand mittlerweile vor Wolf Bertram und gab sich bescheiden. »Ich habe Sie beim letzten Mal angeschwindelt, ich habe leider nicht mehrere Häuser, sondern nur eines. Und um es kurz zu machen, meine Frau hat nicht mehr so richtig die Kraft, den Haushalt selbst zu machen, und deshalb habe ich mir überlegt, dass ich unter Umständen das Ganze, wie sagt man, outsource.«

Heinz hatte schon den Mund geöffnet, um seine Schwester vor solchen Unverschämtheiten in Schutz zu nehmen, als Walter ihm einen warnenden Blick zuwarf. Wolf Bertram hatte den Blickwechsel beobachtet, seine Mundwinkel zuckten.

»Aha«, sagte er und grinste jetzt doch. »Und das heißt was?«

»Ich brauche Hilfe.« Walter merkte selbst, dass er zu theatralisch klang, und nahm sich zurück. »Also, meine Frau könnte eine Hilfe gut gebrauchen. Aber, um ehrlich zu sein, ich kann mir mit meiner Rente nicht leisten, eine Haushaltshilfe einzustellen. Wissen Sie, da hat man sein Leben lang gearbeitet, und dann machen diese Politiker ...«

Ein schwerer Hustenreiz von Heinz unterbrach ihn. Er sah irritiert rüber, sein Schwager zeigte ihm einen Vogel. Walter dachte einen Moment nach, bevor er weitersprach. »Jedenfalls habe ich einen Tipp von einer ... ehemaligen Nachbarin bekommen, die hatte eine ganze Zeitlang eine sehr gute Kraft von Ihnen, die jetzt aber nicht mehr kommt. Und sie war so von ihr begeistert, dass sie uns sogar ein Foto der jungen Dame mitgegeben hat. Sie hat gesagt, dass die vielleicht auch für kleines Geld ...«

Die belustigte Miene war einer angespannten gewichen. »Fangen Sie jetzt schon wieder an, Schwarzarbeiter bei mir zu suchen? Das ist doch nicht Ihr Ernst. Das habe ich Ihnen doch schon beim letzten Mal erklärt, was genau haben Sie denn daran nicht verstanden?«

»Aber ich habe doch nur …«

Wolf Bertram war näher gekommen und sah ihn genervt an. »Die zehn Minuten sind um«, sagte er knapp. »Einen schönen Tag noch.«

»Sie heißt Susanne Schröder.« Walter machte noch einen letzten Versuch. »Und hier ist das Foto.« Er fummelte es aus seiner Jackentasche und wedelte damit vor Bertrams Gesicht herum. Ohne einen Blick darauf zu verschwenden, griff Bertram nach seinem Arm und schob ihn in Richtung Ausgang, wo Heinz immer noch stand und mit mulmigem Gesicht die Entwicklung des Gesprächs verfolgt hatte. »Das reicht jetzt.« Wolf Bertram hatte seine Stimme erhoben, er war sichtlich genervt. »Ich kann diesen Schwachsinn …«

»Sabine Schäfer«, rief Heinz schnell dazwischen. »Die junge Frau heißt Sabine Schäfer, nicht Susanne Schröder, mein Schwager kann sich einfach keine Namen merken.«

Sofort ließ Wolf Bertram Walter los und sah Heinz bestürzt an. »Was?«

»Wir suchen Sabine Schäfer«, wiederholte Heinz ruhiger, dem jetzt Walters Gesprächstaktik egal war. Er wollte hier keinen Ärger. »Kennen Sie sie?«

»Was ist das für ein Foto?« Bertram griff nach Walters Hand, der riss sich aber los.

»Fassen Sie mich nicht an. Was fällt Ihnen ein?«

»Ich will das Foto sehen.« Bertram ging wutschnaubend auf Walter los. »Wer zur Hölle sind Sie eigentlich? Was wollen Sie?«, brüllte er ihn an.

Heinz spürte seinen Blutdruck in ungekannte Höhen schnellen, während Walter stehen blieb und die erhobene Faust schüttelte. »Das kriegen Sie nicht. Da müssen Sie mir erst was über die Frau erzählen.«

»Geben Sie mir dieses Foto!« Bertram packte Walter an der Jacke.

Jetzt reichte es Heinz. Der hörte sich plötzlich brüllen: »Finger weg von meinem Schwager, ich hole die Polizei.«

Bertram ließ kurz von Walter ab, Heinz stieß die Tür auf und lief, seinen Schwager im Schlepptau, raus, der wütende Wolf Bertram folgte ihnen dicht auf den Fersen. Sie kamen nur ein paar Meter weit, als sie von zwei Männern gestoppt wurden, die gerade aus ihrem Wagen gestiegen waren und langsam auf das Büro zugingen.

»Hoppla!« Einer von beiden wich ihnen gerade noch aus, den anderen erwischte Heinz mit dem Ellenbogen. »Hey!«

Und dann passierte etwas Seltsames. Beide Männer bauten sich vor Wolf Bertram auf, einer hielt ihn an der Schulter fest, der andere blieb dicht vor ihm stehen. Erleichtert hörte Heinz einen der beiden sagen: »Sie lassen die alten Männer in Ruhe, wir müssen mit Ihnen reden.«

Samstag, der 28. Mai,
bei Karl, etwa zur selben Zeit

»Ja, guten Abend, mein Name ist Helga Simon.« Während Helga mit ihrer freundlichen Stimme das Gespräch einleitete, hörten Onno, Karl, Charlotte, Inge und Hermann bei einem Gläschen Eierlikör zu.

»Entschuldigen Sie die Störung, ich weiß auch gar nicht, ob ich die richtige Nummer gewählt habe, aber ich würde gern wissen, ob Sie Anfang 2000 als Pastor in der Gemeinde Altmannshausen tätig waren.«

Alle warteten gespannt und beobachteten Helga, die im nächsten Moment bedauernd nickte. »Ah ja, dann vielen Dank und entschuldigen Sie nochmals. Dann muss ich weitersuchen ... Nein, nein, nichts Schlimmes, ich organisiere lediglich ein Ehemaligentreffen, danke und ein schönes Wochenende.«

Sie legte auf und strich die nächste Telefonnummer auf ihrer Liste durch. »Dieser Pastor Gruber war in der Zeit auf Fehmarn. Jetzt haben wir nur noch zwei.«

Karl trommelte mit den Fingern auf dem Tisch. »Dann müssen wir hoffen, dass es einer der beiden ist. Kannst du noch, Helga, oder soll mal jemand anderes telefonieren?«

»Das schaff ich schon noch.« Sie griff wieder zum Hörer und tippte die nächste Nummer ein. Hermann hatte nur den Nachnamen des Pastors von damals gewusst, also hatten Helga und Charlotte sich an Onnos Computer gesetzt und alle Pastoren namens Gruber gegoogelt, die in

Frage kamen. Acht Grubers hatte sie schon abtelefoniert, ohne Ergebnis. Wenn diese Idee nicht zum Erfolg führen würde, dann müssten sie im Kirchenbüro von Altmannshausen anrufen. Da würden sie aber erst am Montag jemanden erreichen. Und sie waren jetzt alle ungeduldig.

»Guten Abend, mein Name ist Helga Simon, entschuldigen Sie die Störung, aber ich bin auf der Suche nach einem Pastor Gruber, der im Jahr 2000 in der Gemeinde Altmannshausen in Schleswig-Holstein tätig war.« Als sie die Antwort hörte, hob sie die Augenbrauen. »Warum ich das wissen möchte? Weil ich den zuständigen Pastor dieser Gemeinde in der Zeit suche. Ich muss mit ihm etwas besprechen. Sind Sie das?«

Sie hob den Daumen, während sie zuhörte und nickte. »Matthias Gruber, ach ja. Und bis wann waren Sie da?«

Sie nickte wieder. »Und würden Sie mir dann noch sagen, wie Ihre Frau heißt? Sabine? Ja, dann sind Sie tatsächlich der Richtige.«

Sie lächelte erleichtert in die Runde, bis sie sah, dass Hermann hektisch auf das Telefon zeigte und wild gestikulierte. »Ach, Herr Gruber, stört es Sie, wenn ich den Lautsprecher anstelle? Wir sind hier nämlich zu sechst mit einer Geschichte beschäftigt, bei der Sie uns vielleicht helfen können.« Sie nickte wieder, nahm das Telefon vom Ohr, drückte eine Taste und legte es dann auf den Tisch. »Hören Sie mich jetzt?«

Die tiefe Stimme am anderen Ende antwortete: »Ja, ich kann Sie gut hören. Da bin ich ja gespannt. Um was geht es denn?«

»Wir …«

»Es geht um …«

»Guten Tag, hier spricht …«

»Kennen Sie …«

»Hallo, wir …«

Die wirklich pastorale Stimme unterbrach den Tumult. »Wenn Sie alle gleichzeitig reden, kann ich leider niemanden verstehen.«

Hermann hob die Hand und räusperte sich. »Hallo, Herr Gruber, hier spricht Hermann Kramer. Es ist lange her, ich weiß nicht, ob Sie sich noch an mich erinnern. Ich war der Leiter des Kommissariats, das die Anfangsermittlungen im Fall der verschwundenen Corinna Mommsen gemacht hat.«

»Oh.« Gruber machte eine Pause, bevor er weitersprach. »Corinna. Ja. Ich kann mich gut an Sie erinnern, ich kann mich an alles von damals erinnern. Was ist passiert? Haben Sie etwas Neues gefunden? Etwa Corinnas …«

Er beendete seinen Satz nicht, trotzdem wusste jeder, was er meinte.

»Ich bin schon seit ein paar Jahren in Pension, Herr Gruber. Mir ist dieser Fall aber nie aus dem Kopf gegangen. Und ich bin jetzt auf Sylt, bei meinem alten Kollegen Karl Sönnigsen. Er hat mich wegen einer ganz anderen Sache angerufen, und dabei bin ich wieder über unsere alte Geschichte gestolpert. Ich übergebe mal an ihn. Karl, du bist dran.«

»Wie? Ach so, wir haben ja den Lautsprecher.« Er beugte sich vor und rief: »Guten Tag, Herr Gruber, hier spricht Sönnigsen, Karl Sönnigsen.«

Onno tippte ihn am Arm und flüsterte: »Du musst da nicht so reinbrüllen, das ist ein ganz modernes, neues Telefon.«

»Ja, gut.« Karl hatte seine Stimme gesenkt. »Hallo, Herr Gruber. Das war ja Glück, dass wir Sie gefunden haben. Also, ich fange gleich mal an. Wir, das sind mein

Freund Onno, meine Bekannten Charlotte und Inge und Helga Simon, mit der haben Sie gerade schon gesprochen, bearbeiten gerade den Fall einer verschwundenen jungen Frau.«

»Ach, Sie sind auch bei der Kripo?« Pastor Gruber versuchte, die verschiedenen Teilnehmer dieser Telefonkonferenz zu sortieren. »Und die anderen sind Ihre Kollegen?«

»Ja, nein.« Karl zögerte etwas. »Also, die anderen haben mit Polizeiarbeit rein gar nichts zu tun. Und ich bin eigentlich auch pensioniert. Aber mein Nachfolger ist nicht so richtig …«

Onno tippte ihn auf den Arm und flüsterte: »Komm auf den Punkt, das gehört nicht hierher.«

Karl wiegte den Kopf. »Sagen wir mal so: Aus gefühlter Verantwortung kümmere ich mich noch um den einen oder anderen Vorgang auf dieser Insel. Im letzten Jahr waren wir hier in dieser Konstellation sehr erfolgreich bei einer eigenen Ermittlung. Wir haben …«

Onno tippte wieder, diesmal stärker. »Karl!«

Karl schüttelte ihn ab. »Wir haben der Polizei geholfen. Wie auch immer, das würde zu weit führen. Wir, also ich, bin gebeten worden, Erkundigungen über die Mieterin einer Bekannten zu machen. Wilma kann keine Vermisstenanzeige machen, weil die junge Frau nicht bei ihr gemeldet ist. Sie darf die Wohnung eigentlich nicht vermieten. Bei diesen Erkundigungen haben wir kaum was gefunden, bis auf eine Metallkassette, in der die Mieterin anscheinend wichtige Erinnerungen aufbewahrt hat. Und fast alle diese Erinnerungen haben etwas mit dieser Corinna Tiedemann zu tun. Deshalb sind wir zu dem Schluss gekommen, dass es sich bei Corinna um eine enge Freundin handeln könnte, die von unserer Vermissten vielleicht etwas weiß, und sind in diese Gärtnerei gefahren. Und dabei haben wir vom Tod Corinnas und ihres Bruders gehört. Und deswegen habe ich Hermann Kramer angerufen.«

Pastor Gruber hatte eine raue Stimme, als er endlich sprach. »Corinna ist für tot erklärt worden«, sagte er. »Nach Ablauf der gesetzlichen Frist. Aber damals hat ihr Mann ja sogar die Gerüchte gestreut, dass sie psychisch instabil sei und ihn verlassen hätte. Ich glaube nach wie vor nicht, dass sie einfach gegangen ist, ich glaube, es ist damals etwas Schreckliches passiert.«

»Warum?« Charlotte hatte sich vorgebeugt und gefragt. »Mein Name ist Charlotte Schmidt, guten Tag.«

»Ja, guten Tag.« In Grubers Stimme lag eine Spur von Trauer. »Ich glaube nicht, dass sie selbst gegangen ist, weil sie ... resigniert hatte. Das ist vielleicht das richtige Wort. Sie hat den Tod ihres Bruders nie überwunden, Corinnas Mutter hat sie gehasst, das habe ich in der Form auch selten erlebt: eine Mutter, die sagt, Gott habe ihr das falsche Kind genommen, deshalb käme sie auch nie mehr in die Kirche. Corinnas Ehe war eine einzige Katastrophe, ihr Mann war ein Choleriker, er hatte Affären, und den Betrieb, an dem Corinna sehr hing, hat er in Grund und Boden gewirtschaftet. Aber das Schlimmste war, dass er sie misshandelt hat. Meine Frau hat damals die Nachfolge des Hausarztes der Tiedemanns übernommen. Corinna kam ständig mit Verletzungen in die Praxis, angeblich lauter Unfälle im Haus oder in der Gärtnerei. Meine Frau hat ihr nicht geglaubt, auch weil sie an den alten Unterlagen gesehen hatte, dass das schon länger so ging. Aber Corinna hat jedes Gespräch darüber abgelehnt, sowohl mit meiner Frau als auch mit mir. Wir beide haben sie sehr gemocht und immer wieder versucht, mit ihr zu sprechen. Ich habe mir lange Zeit große Vorwürfe gemacht, ob ich damals etwas hätte ändern können. Als ich ihr einmal vorgeschlagen hatte, an einen anderen Ort zu ziehen, um ihren Frieden zu finden, war sie völlig entsetzt: Sie sei hier geboren und ihr Bruder sei schließlich hier beerdigt, sie würde diesen Ort niemals verlassen. Auch deshalb glaube ich, dass damals etwas Schlimmes passiert ist, sie wäre nie freiwillig gegangen.«

Er schwieg eine ganze Weile, und es dauerte, bis zuerst Helga das Gespräch wieder aufnehmen konnte. »Sagen Sie, Pastor Gruber, die junge Frau, die wir suchen, heißt Sabine Schäfer. Sagt Ihnen der Name was?«

»Sabine Schäfer?« Überrascht fragte er nach. »Das ist der Mädchenname meiner Frau. Wir haben im Jahr 2000 geheiratet, seitdem heißt sie Gruber. Das ist ja ein seltsamer Zufall.«

Charlotte sah Helga und Inge lange an. Dann Karl, Onno und Hermann. Ganz langsam entstand der Gedanke in ihrem Kopf. Charlotte schluckte. Dann fragte sie: »Pastor Gruber, hat Ihre Frau zufällig am 26. Oktober Geburtstag?«

Er schnappte nach Luft. »Ja. Warum?«

Auch die Männer und Helga sahen Charlotte fragend an. »Inge und ich haben Sabine Schäfer einmal in ein Café eingeladen, da habe ich sie nach ihrem Geburtstag gefragt. Sie hat dieses Datum genannt. Wann hatte Corinna Tiedemann, oder besser: Mommsen, Geburtstag?«

Hermann sah auf die Akte. »Am 6. Februar 1977.«

Ihnen allen stockte der Atem. Helga sprach es schließlich aus: »Kann es …«, sie räusperte sich. »Kann es sein, dass sie es ist? Dass sie sich einen Namen und einen Geburtstag geliehen hat? Dass … dass Sabine Schäfer und Corinna Mommsen ein und dieselbe Person ist?«

Charlotte rieb sich die Stirn. »Ach was! Niemand kann siebzehn Jahre untertauchen.«

»Entschuldigung«, die Stimme von Pastor Gruber klang jetzt etwas brüchig, »das muss ich erstmal verarbeiten. Das ist ja entsetzlich. Aber ich muss gleich zu einer Konfirmanden-Freizeit. Und ich brauche einen kleinen Moment, um das sacken zu lassen. Würden Sie mich bitte auf dem Laufenden halten? Meine Nummer haben Sie ja.«

»Natürlich«, Karl brüllte wieder ins Telefon. »Das machen wir. Und danke!«

Minutenlang herrschte Stille. Jeder hing seinen Gedanken nach. Bis Charlotte schließlich mit Tränen in der Stimme sagte: »Hat jemand ein Taschentuch?«

Helga sprang sofort auf, ging zu Charlotte, legte ihr die Hand auf die Schulter und reichte ihr eine Packung Tempo.

»Es ist ja alles noch viel schlimmer, als ich dachte.« Charlotte hatte sich geräuschvoll die Nase geputzt und sah mit feuchten Augen in die Runde. »Die arme Sabine. Wir hätten mit ihr reden müssen. Vielleicht hätten wir ihr helfen können.«

»Es ist bislang ja nur eine Theorie«, warf Hermann ein. »Es kann sein, dass sie stimmt, wir haben dafür aber bislang keine Beweise. Ich werde meine alten Kollegen anrufen und mit ihnen sprechen. In der gemieteten Wohnung muss es ja DNA-Spuren von Corinna Mommsen geben, wenn es sich um ein und dieselbe Person handelt. Aber wir müssen vorsichtig sein, im Moment ist das nur eine Spekulation.«

»Aber jetzt sind beide weg.« Charlotte schlug verzweifelt auf den Tisch. »Sabine ist immer noch verschwunden, wir haben keine Spuren, vielleicht ist sie auch schon tot.«

»Charlotte«, Karl beugte sich zu ihr, »du musst Ruhe bewahren. Emotionen haben in Ermittlungen nichts verloren. Wir brauchen einen kühlen Kopf und einen scharfen Verstand.«

»Toll.« Inge sah ihn schmallippig an. »Das beruhigt Charlotte wirklich ungemein. Sag lieber, was wir jetzt tun können.«

Statt zu antworten, gab Karl die Frage weiter. »Hermann?«

Der zuckte mit den Achseln. »Im Moment können wir gar nichts tun. Aber ich werde die Kollegen über unsere Vermutung in Kenntnis setzen. Obwohl wir keine konkreten Hinweise haben. Es sind alles nur Spekulationen.«

»Gut.« Helga setzte der unentschlossenen Stimmung ein Ende. »Dann beenden wir unsere Sitzung an diesem Punkt. Wir fahren jetzt alle nach Hause, im Moment kommen wir hier sowieso nicht weiter. Und wenn jemand eine neue Idee hat, dann telefonieren wir uns zusammen.«

»Du hast recht.« Inge stand auf. »Komm, Charlotte, wir fahren. Es ist gleich halb vier, Walter fragt sich bestimmt schon, wo ich bleibe.«

Karl stapelte die Eierlikörgläser zum Turm und nickte. »Und Hermann und ich machen einen kleinen Spaziergang am Strand. An der frischen Luft kommen die besten Ideen, vielleicht rufen wir euch heute Abend schon an. Hermann übernachtet ja hier. Und denkt daran: Wir sind die Guten.«

Onno und Helga fuhren als Erste vom Hof. Helga drehte sich noch mal um und winkte Inge und Charlotte zu. »Die arme Charlotte«, sagte sie mitleidig und setzte sich bequemer hin. »Das alles nimmt sie ganz schön mit.«

»Ja«, Onno nickte. »Sie ist einfach zu sensibel für derartige Geschichten. Sie hat übrigens nächsten Donnerstag Geburtstag.«

»Ich weiß.« Helga lächelte. »Ich habe auch schon ein

Geschenk für sie. Muss ich nachher noch auspacken, der Paketbote hat es heute Morgen gebracht, als du im Garten warst.«

»Aha. Und was ist es?«

»Sie wird Augen machen.« Zufrieden legte Helga Onno die Hand auf sein Bein. »Sie fand doch die blauen Töpfe in der Gärtnerei so schön. Und ihr habt euch geweigert, sie zu schleppen. Ich habe letzte Woche da angerufen und sie bestellt. Zwei Stück. Und heute sind sie angekommen. Vielleicht lenkt das Charlotte ein bisschen ab.«

»Sehr gut.« Onno lächelte sie an. »Du bist wirklich wunderbar.«

Sie erwiderte das Lächeln. »Lass uns doch noch ein Stück am Strand spazieren gehen. Ich muss meine Gedanken ein bisschen sortieren.«

Onno nickte und drückte ihre Hand.

Samstag, der 28. Mai,
im Büro von Wolf Bertram,
zur selben Zeit

Dr. Dirk Novak lehnte am Türrahmen des Büros. Er war angewidert von dem, was er sah, schaffte es aber nicht, sich auch nur einen Zentimeter zu bewegen, um etwas zu tun. Er fühlte sich wie ein Gaffer bei einem Unfall, mit einer eigenartigen Faszination beobachtete er die Szene, obwohl er wusste, dass er helfen musste. Er konnte nicht. Nicht reden, nicht handeln. Minutenlang. Stattdessen sah er zu, wie Kai, über Bertram gebeugt, immer wieder ausholte und ihn ins Gesicht und auf den Brustkorb schlug. Erst, als Wolf Bertrams Augenbraue platzte, der Mann laut aufschrie und das Blut langsam die Schläfe runterlief, erwachte Dirk aus dieser Starre und drückte sich vom Türrahmen ab. »Hör auf«, sagte er leise, dann lauter: »Kai, hör auf!«

Mit wenigen Schritten war er bei ihnen und ging endlich dazwischen. »Es reicht!« Er schob Kai zur Seite und blieb vor Bertram stehen. Das Blut aus Nase und Augenbraue war überall, Dirk beugte sich zu ihm runter und wurde sofort von Kai weggestoßen. »Fang jetzt nicht an, ihn zu verarzten.« Wütend griff Kai nach der Armlehne des Bürostuhls, in dem Wolf Bertram kauerte, und riss den Stuhl zu sich. »Wir sind noch nicht fertig. Also, denk nach: wo ist sie?«

Wieder und wieder schlug er zu, traf abwechselnd beide

Wangen, Bertram hob noch nicht mal mehr die Hände, um sich zu wehren. Dirk spürte, dass Kai völlig außer Kontrolle war, noch mal und noch mal holte er aus, bis Dirk plötzlich neben ihn sprang und seine Hand festhielt. Kai versuchte, sich loszureißen, doch Dirk war um Längen stärker als Kai.

»Ich habe gesagt, es reicht«, zischte Dirk und stieß Kai weg. »Wie willst du was aus ihm rausbekommen, wenn du ihn halb totschlägst. Idiot.«

Es lief nicht gut, es lief ganz und gar nicht gut. Und das nur, weil Kai Kruse sich wieder mal nicht im Griff hatte.

Sie hatten den verdutzten Wolf Bertram vorhin zurück in sein Büro geleitet, ein sanfter Druck am Arm hatte da noch gereicht. Kai hatte sich alle höflichen Einleitungen gespart. Er hatte die Handybilder von Corinna vergrößert. Es gab drei Fotos, auf denen sie klar zu erkennen war, außerdem zwei, auf denen sie an Wolf Bertrams Auto stand und mit ihm sprach, auf einem der beiden sah man sogar in der Vergrößerung seine Hand auf ihrem Rücken. Entschlossen hatte Kai die Vergrößerungen vor Wolf Bertram auf den Tisch geblättert und von ihm wissen wollen, wo Corinna war. Bertram hatte eigenartig reagiert, zunächst war er arrogant, dann pampig, er habe keine Ahnung, wer die Frau sei, den Namen Corinna Mommsen würde er gerade zum ersten Mal hören, er habe keine Ahnung, was sie von ihm wollten. Als er ihnen den Rücken zugedreht hatte, um die Bürotür zu öffnen, hatte Kai das erste Mal zugeschlagen.

Jetzt hockte Wolf Bertram mit blutigem Gesicht und geschwollener Lippe in einem Bürosessel, während Kai, blass vor Wut, am Fenster stand und sich eine Zigarette anzündete, an der er gierig zog. Die Asche ließ er in die Erde einer Zimmerpflanze fallen. Mit einem kurzen Blick auf ihn hockte Dirk sich vor Wolf Bertram und besah sich die Verletzungen. Es sah schlimmer aus, als es war. Dirk erhob sich und lehnte sich an den Schreibtisch, den Blick unverwandt auf Bertram gerichtet.

»Sie sollten uns jetzt besser sagen, was Sie wissen. Mein Freund ist gerade nicht besonders entspannt.«

»Ich ... ah«, das Sprechen fiel Bertram schwer, er verzog das Gesicht vor Schmerzen. »Sie ... die Frau, die Sie suchen, heißt nicht Corinna, sie heißt Sabine. Ich habe keine Ahnung, wo sie ist. Ich habe sie seit über zwei Wochen nicht gesehen. Sie geht nicht ans Handy. Und war seitdem auch nicht in ihrer Wohnung. Sie ist spurlos verschwunden!«

Dirk beugte sich über ihn. »Wo *könnte* sie denn sein? Sie haben doch jede Menge Wohnungen, die Sie verwalten. Denken Sie doch mal nach.« Er sprach mit seiner sanftesten Hausarztstimme auf ihn ein, es nützte nichts.

»Ich weiß es nicht, das habe ich doch schon gesagt.« Wolf Bertram zuckte zusammen, als Kai wütend die Zigarette in der Blumenerde ausdrückte und mit einem Satz bei ihm war.

»Ich habe langsam die Schnauze voll.« Jedes Wort begleitete er mit einer Ohrfeige: »Wo ... kann ... sie ... sein?« Bertram hob wimmernd und kraftlos die Hand. Das Wort, das er flüsterte, war nicht zu verstehen.

»Was?« Dirk drückte Kais Hand herunter und beugte sich zu Bertram. »Noch mal: Wo. Ist. Sie?«

»Mellhörn.« Er war kaum zu verstehen. »Das Haus von Elisabeth Fischer, Karte, Schublade.« Er lehnte sich stöhnend zurück.

Sofort riss Kai die erste Schublade auf und durchwühlte sie. »Hier ist keine Karte.« Er schüttelte Bertram am Arm. »Welche Schublade?«

»Die dritte … unten.«

Kai zog sie auf und nahm einen Ortsplan von List heraus, auf dem die Häuser, die Bertram in dem Ort betreute, gekennzeichnet waren. Er fand sofort, was er suchte: Elisabeth Fischer, die Hausnummer stand daneben. Eine Weile sah er die Karte an. Dann warf er sie zurück in die Schublade, schob sie wieder zu, drehte sich um und lächelte. »Na bitte«, sagte er entspannt. »Geht doch.«

Sein Blick verharrte auf Wolf Bertram. Der öffnete plötzlich die Augen und sah ihn an. Kai trat einen Schritt zurück. »Dirk, fass mit an«, sagte er ruhig. »Wir bringen ihn in den Keller. Ich habe keinen Bock, dass der die Polizei ruft, bevor wir sie gefunden haben.«

Zögernd stellte Dirk sich neben ihn. »Muss das sein? Kann er nicht hier …?«

»Sei kein Idiot. Du rechts, ich links.«

Sie schleppten den stöhnenden Bertram die Treppe hinunter in den Keller. Neben einem Kopierer und mehreren Kisten Wasser war eine Tür, in deren Schloss ein Schlüssel steckte. Kai öffnete sie und begutachtete den Raum. Es war warm, neben der Heizungstherme stand ein Regal mit Putzmitteln und anderem Haushalts- und Bürokram. Er schob Bertram zu einer Kiste und gab ihm einen kleinen Stoß. Dirk blieb an der Tür stehen und sah zu. »Du kannst ihn doch nicht hier …«

»Doch, kann ich.« Kai sah sich um und griff nach einer Rolle Paketband im Regal. Er umwickelte damit Bertrams Knöchel und stieß auf keinerlei Gegenwehr. Danach zog er zwei Wasserflaschen aus einer Kiste und stellte sie neben Bertram auf den Boden. »Ich bin ja kein Unmensch. Hier ist was zu trinken, und zum Pinkeln stehen da genug Putzeimer. Hüpf halt hin. Schönen Tag noch.«

Er schob Dirk zur Seite, zog die Tür zu und schloss

zweimal ab. Den Schlüssel ließ er einfach stecken. Dann sah er Dirk an. »Was ist? Du guckst so komisch.«

»Du bist krank!« Dirk starrte ihn an, als sähe er ihn zum ersten Mal. »Kai, du bist echt krank. Was sollte das alles? Du hast ihn krankenhausreif geschlagen. Ich bin Arzt, ich kann ihn hier nicht so lassen, du bist ja komplett irre.«

»Was erlaubst du dir eigentlich?« Kais Gesicht war wutverzerrt. »Ist dir eigentlich klar, um was es hier geht? Du bist Arzt, ja, aber wenn wir Corinna nicht finden und sie zur Polizei geht, dann *warst* du die längste Zeit Arzt. Ich habe keinen Bock, hörst du, überhaupt keinen Bock, mir mein Leben von so einer Schlampe ruinieren zu lassen. Nach so vielen Jahren springt die plötzlich aus der Kiste. Nein, mein Lieber, nicht mit mir, das kannst du gepflegt vergessen, ich will mein Leben behalten.«

Je wütender Kai wurde, desto ruhiger wurde Dirk. Plötzlich konnte er wieder denken, plötzlich sah er alles klar. »Kai. Was hast du mit Alexander gemacht? Was ist in der Nacht passiert? Hat er die Nerven verloren? Hast du ihn …?« Er trat einen Schritt näher, sein Gesicht war jetzt dicht an Kais, er drückte Kai an die Wand. »Ich bin in der Nacht wach geworden. Mir ging es grauenhaft. Aber das kann nicht nur der Alkohol gewesen sein. Du hast uns was in die Getränke gemischt. Wir waren viel zu besoffen, für das, was wir getrunken haben. Aber ich bin trotzdem aufgewacht. Immer noch total benebelt. Im Flur war Licht. Und ich habe euch gehört. Du hast ihn angebrüllt. War er auch aufgewacht? Was hast du mit ihm gemacht? Kai, hast du ihn umgebracht? Du hast ihn umgebracht! Du hast deinen ältesten Kumpel umgebracht. Wegen dieser Scheiße von damals!«

Kai bebte am ganzen Körper. Dann nahm er seine ganze

Kraft zusammen und stieß Dirk von sich, der überrascht nach hinten taumelte. Kai sprang auf ihn zu und drückte ihm die Faust vor die Brust. »Halt die Fresse, Novak! Du hängst genauso mit drin wie ich. Und deshalb fahren wir jetzt zu Corinna. Ich lasse mich nicht erpressen, schon gar nicht wegen dieser alten Geschichte. Ich nicht! Und du kannst das auch nicht wollen. Also denk nach, um was es hier geht. Du bist genauso am Arsch wie ich. Wir bringen das zu Ende. Alexander kann nichts mehr sagen, und jetzt kümmern wir uns um seine Frau.«

Samstag, der 28. Mai,
früher Abend

Thiele.« Maren klemmte sich den Hörer unters Kinn, um weiter ihre Fußnägel lackieren zu können. Sie musste ein leichtes Gähnen unterdrücken, dabei war es noch früh am Abend.

»Hallo Maren, hier ist Anna.«

Der Pinsel schwebte zwischen Lackfläschchen und Zeh. »Anna? Wo bist du denn? Das ist so laut bei dir im Hintergrund.«

»Ich habe was übersehen. Was machst du gerade?«

Maren stellte ihren Fuß vom Stuhl auf den Boden. »Ich sitze in meiner Küche und lackiere mir die Fußnägel. Warum?«

»Dann schraub die Flasche zu und komm zum Bahnhof. Ich sitze schon im Zug und bin in einer knappen halben Stunde da. Ich muss dir was erzählen. Im Fall van der Heyde.«

Maren versenkte den Nagellackpinsel im Fläschchen. »Bin schon auf dem Weg!«

Zwanzig Minuten später stand Maren mit sieben lackierten Fußnägeln in Turnschuhen auf dem Bahnsteig und sah dem einlaufenden Zug entgegen. Die Türen gingen auf, in der Mitte des Bahnsteigs sah sie Anna aussteigen. Als Maren sich langsam in Bewegung setzte, merkte sie an dem klebrigen Gefühl im Schuh, dass der Lack noch nicht trocken gewesen war, die schönen Fußnägel waren dahin. Da musste sie noch mal ran.

Sie erreichte Anna, die sie herzlich umarmte. »Hallo Maren, es tut mir leid, dass ich dich so überfalle, aber es ist wichtig. Ich würde dir das gern in Ruhe erklären. Wo gehen wir hin?«

»Lass uns doch gleich hierbleiben«, Maren deutete auf das Bistro im Bahnhof. »Ich bin viel zu neugierig. Was hast du denn übersehen?«

Sie suchten sich einen Tisch in der Ecke, in der es etwas ruhiger war. »Ich brauche jetzt dringend einen Kaffee«, sagte Anna. »Bin dermaßen müde, und das könnte ein langer Abend werden.«

Sie schwiegen, bis die Getränke kamen. Maren war sehr gespannt, wartete aber ab, denn Anna wirkte sehr nachdenklich. Erst als der Kellner außer Hörweite war, begann Anna. »Mir sind deine Zweifel nicht aus dem Kopf gegangen. Du hast ja recht gehabt, es ist eigenartig, dass van der Heyde hier von niemandem gesehen wurde, dass keiner eine Ahnung hatte, dass er überhaupt auf Sylt war, dass weder seine besten Freunde noch seine Frau irgendeinen Anhaltspunkt geben konnten, dass er sozusagen bis zu seinem Auffinden unsichtbar war. Trotzdem hat, wie gesagt, die Staatsanwaltschaft entschieden, dass es keine Hinweise auf Fremdverschulden gibt, und deswegen die Ermittlungsakte geschlossen. Aber mir ging das Ganze nicht aus dem Kopf. Du hattest dich ja auf diesen Freund mit dem Haus eingeschossen, der aber gar nicht da war. So, und weil mich das so umgetrieben hat, bin ich gestern mal nach Neustadt gefahren und habe den Hafenmeister besucht.«

Maren setzte sich gerade hin. Das konnte ja interessant werden. »Und?«

Anna sah sie bedeutungsvoll an. »Der Hafenmeister hatte dem Kollegen, der ihn befragt hat, sehr überzeugend gesagt, dass Kruse und Novak an dem besagten Wochenende segeln waren. Er musste gar nicht überlegen. Er war sich ganz sicher. Aber gestern, als ich gefragt habe, ob er mir das Boot von Novaks Bruder zeigen könnte, weil ich nicht weiß, welches es ist, wurde er ein bisschen nervös. Er hat sogar gefragt, warum ich es mir denn ansehen müsse. Das fand ich eigenartig. Aber das war noch nicht alles. Der gesamte Yachthafen wird ja per Video überwacht. Das Schild habe ich sofort gesehen, die Kameras auch. Davon hat der Kollege, der den Hafenmeister befragt hatte, leider nichts erzählt. Also habe ich ihn nach den Aufzeichnungen am besagten Wochenende gefragt, und da kam er ziemlich ins Stottern. Er wüsste nicht, ob er mir die einfach zeigen könnte, was ich denn darauf sehen wolle und, und, und. Na ja, da bin ich dann ein bisschen deutlicher geworden. Ich habe ihm vorgeschlagen, direkt mit mir nach Flensburg zu fahren und da noch mal die Aussage zu machen. Alternativ stünde immer noch das Angebot, mir einfach die Aufnahmen zu zeigen. Auf Flensburg hatte er offenbar keine Lust.« Anna lachte kurz und machte eine kleine Pause.

Maren rutschte auf ihrem Stuhl noch ein Stück nach vorn. »Jetzt mach es nicht so spannend.«

»Die Aufzeichnungen werden vier Wochen lang gespeichert«, sagte Anna langsam. »Die des besagten Wochenendes waren also noch da. Ich habe mir alles angesehen und mir von ihm das Boot zeigen lassen. Es gibt lückenlose Aufzeichnungen von Freitagmittag bis Sonntagabend. Das Boot hat sich nicht einmal bewegt. Es lag die ganze Zeit am Steg. Niemand ist damit gesegelt. Zumindest nicht an dem Wochenende.«

Triumphierend schlug Maren mit der flachen Hand auf den Tisch. »Na bitte«, sagte sie laut. »Ich hatte die ganze Zeit so ein blödes Gefühl.« Sie überlegte einen Moment, dann sah sie Anna an. »Wieso verschafft sich Kai Kruse ein Alibi, wenn er nichts mit dem Ausflug seines Kumpels auf die Insel zu tun gehabt hat? Und warum hat der Hafenmeister das für ihn gemacht?«

»Mich interessiert vor allem die erste Frage.« Anna dachte laut nach. »Das macht doch nur Sinn, wenn er an diesem Wochenende tatsächlich hier auf Sylt war. Und keiner das wissen soll.« Sie schüttelte den Kopf. »Ich ärgere mich so, dass wir die Spurensicherung nicht doch ins Haus geschickt haben. So ein Scheiß. Jetzt ist es zu spät.«

»Stimmt.« Maren sah sie an. »Weil in der Woche danach nämlich gleich ein Reinigungstrupp durchgegangen ist. Das Haus wurde gründlich geputzt. Was ich schon seltsam fand, da er ja angeblich gar nicht da war.«

»Woher ...?«

»Also, pass auf«, sagte Maren. »Die Nachbarin Eva Hansen war über das Aufschlagen der Putzkolonne irritiert, weil sie sie sonst immer ins Haus lässt. Aber dieses Mal war sie noch in der Reha, deshalb hat sie sich auch gewundert, dass Kruse überhaupt eine Putzfirma bestellt hatte. Wo er doch gar nicht da war. Und sie konnte sich auch nicht erklären, wie die überhaupt reingekommen sind. Weil Kruse ja angeblich auch nicht da war. Und er gibt niemandem sonst den Schlüssel.«

»Woher weißt du das denn alles?«, fragte Anna erstaunt.

Maren gab dem Kellner ein Zeichen, dass sie bezahlen wollten. »Ich war zufällig in der Nähe joggen und habe zufällig die Nachbarin kennengelernt. Und Frau Hansen spricht sehr gern über ihren Nachbarn. So, und jetzt trink aus, wir müssen los.«

»Wohin?«

»Nach Kampen.« Maren zog schon mal ihr Portemonnaie aus der Tasche. »Kai Kruse ist nämlich hier. Zusammen mit einem Freund, ich nehme an, Dirk Novak.«

»Wie bitte!?« Anna sah sie überrascht an. »Das ist ... das ist ja hervorragend! Dann statten wir den Herren doch gleich mal einen Überraschungsbesuch ab.«

Auf dem Weg nach Kampen sah Maren Anna von der Seite an. Annas und ihre eigene Müdigkeit schienen wie weggeblasen, Anna saß hoch konzentriert auf dem Beifahrersitz und drehte an ihrem Ring am Mittelfinger. »Ich ärgere mich so über diesen bräsigen Kollegen«, sagte sie plötzlich. »Über seine lasche Befragung des Hafenmeisters. Und ich ärgere mich am meisten über mich selbst, dass ich nicht auf mein Gefühl gehört habe. Und auf deine Einwände. Wir haben so viel Zeit verplempert.«

»Das ist jetzt auch nicht mehr zu ändern.« Maren reduzierte die Geschwindigkeit, als sie das Ortsschild erreichte. »Und vielleicht ist der Zeitpunkt gar nicht mal so schlecht. Wenn dieser Kai Kruse irgendetwas mit der Geschichte zu tun hat, fühlt er sich jetzt vermutlich sicher. Sonst wäre er nicht hier. Und deshalb ist es gut möglich, dass er Fehler macht. Und er rechnet natürlich nicht mit uns. Ist doch gar nicht so schlecht.«

Sie bogen rechts ab und folgten der Straße bis zur nächsten Querstraße, wo sie langsam an den Hauseinfahrten vorbeifuhren und schließlich parkten. Anna beugte sich nach vorn. »Ist es hier?«

Maren zeigte nach rechts. »Das Haus mit den beiden

Kübeln vor der Tür. Das dritte. Ich wollte nur nicht direkt davor parken. Aber sein Auto fehlt.«

Die Hand schon am Griff in der Beifahrertür entschied Anna: »Wir sehen uns das mal an.«

Sie stieg aus, wartete auf Maren und ging dann mit langen Schritten auf das Haus zu. Die Gartenpforte stand offen, Anna ging zielstrebig auf die Haustür zu. »Wir klingeln.« Maren nickte und warf einen Blick auf das Nachbarhaus. Sie konnte nur hoffen, dass Eva Hansen mitsamt ihrem dicken Dackel an einem Samstagabend irgendetwas vorhatte und nicht da war. Und dass Anna wusste, was sie die beiden Männer fragen wollte.

Doch Marens Sorgen waren unbegründet. Weder Kai Kruse noch seine Nachbarin waren zu Hause. Unschlüssig drehte Anna sich zu Maren um. »Es ist mir egal«, sagte sie leise, bevor sie sich umdrehte und in den Garten ging. Maren folgte ihr. Sie umrundeten das Haus, bis sie auf der Terrasse standen und ins Haus sehen konnten. »Die sind noch nicht weg.« Anna trat ans Fenster und starrte hinein. »Da liegen noch Klamotten rum und die Spülmaschine läuft, siehst du? Die Anzeige leuchtet. Zumindest kommen die noch mal wieder.«

Maren stand dicht neben ihr und stellte sich auf die Zehenspitzen. »Und das kleine Fenster im Erker ist nur gekippt. Wollen wir warten?«

»Ja.« Anna nickte. »Wir setzen uns ins Auto. Irgendwann werden sie zurückkommen.«

Eine Stunde später gähnte Maren und rieb sich über die Augen. »Wir hätten was zu trinken mitnehmen sollen. Und Hunger habe ich auch langsam.«

»Observationen sind nur im Fernsehen spannend«, antwortete Anna und drückte auf den Knopf, um das Fenster einen Spalt zu öffnen. »Wenn wir Pech haben, kommen die erst morgen früh wieder.«

»Schläfst du eigentlich in einem Bereitschaftszimmer im Revier?« Maren sah Anna an. »Oder hast du ein Hotel gebucht?«

»Weder noch. Ins Revier kann ich nicht, weil ich nicht offiziell hier bin, und ein Hotelzimmer habe ich nicht gebucht.« Anna drehte sich zu ihr. »Ich hatte gehofft, du bietest mir noch mal dein Sofa an. Oder ist das schlecht? Dann versuche ich noch, ein Zimmer zu bekommen.«

»Nein, nein, das ist schon okay.« Maren dachte einen Moment nach. »Mein Vater und Helga haben sich heute Nachmittag schon mit Karl getroffen, dann kreuzt er vermutlich nicht mehr bei uns auf. Wobei das egal wäre, er interessiert sich sowieso nicht für den Fall.«

»Was?« Anna war verblüfft. »Was ist denn mit ihm los?«

»Keine Ahnung. Ich habe sogar schon versucht, ihn mit ins Boot zu holen, weil ich so sauer war, dass die Akte geschlossen wurde. Und man kann gegen ihn sagen, was man will, aber er hat seinen Instinkt. Er hat abgewunken, es sei doch nur ein Unfall und er Pensionär. Ich finde das auch eigenartig.«

»Hm«, Anna schüttelte den Kopf. »Das klingt nicht nach Karl. Aber wer weiß, vielleicht hat er sich mittlerweile einfach an die Tatsache gewöhnt, dass er im Ruhestand ist, und sich in seinem neuen Leben eingerichtet. Das ist doch gut.«

»Allein, mir fehlt der Glaube«, sagte Maren leise. »Aber wie auch immer. Zumindest hat sich das Eifersuchtsdrama zwischen ihm und meinem Vater inzwischen beruhigt. Karl hat anfangs dermaßen gegen Helga geschossen, das war wirklich nicht mehr feierlich. Inzwischen scheint er sich aber ganz gut arrangiert zu haben – was vor allem Helgas diplomatischem Geschick zuzuschreiben ist.«

»Und du?«, Anna sah sie neugierig an. »Du hattest doch auch Probleme mit der neuen Situation. Immer noch?«

»Nein.« Maren starrte wieder auf das Haus. Nichts regte sich. »Jetzt nicht mehr«, sagte sie langsam. »Und weißt du, warum? Weil die Tochter von Helga noch kindischer war als ich.«

»Wie meinst du das?«

»Es ist unsäglich. Ich war neulich bei meinem Vater richtig offiziell zum Essen eingeladen. Helga hat gekocht, sie ist jetzt mit all ihren Sachen da und will ihr Haus umbauen. Und dabei kamen wir irgendwie auf ihre Kinder zu sprechen. Ich kenne die nicht, und Helga war dem Thema mal wieder ausgewichen, aber mein Vater hat mir dann erzählt, dass ihre Tochter sich wahnsinnig aufgeregt hat, weil ihre Mutter sich in ihrem Alter noch mal verliebt hat. Jetzt will sie mitsamt ihren Kindern überhaupt nicht mehr kommen, obwohl Helga in ein paar Wochen Geburtstag hat und eine Ferienwohnung mit allem Schnickschnack für alle organisiert hat. Und den Bruder hat sie auch gleich in diesem Sinne aufgehetzt. Der macht wohl immer, was seine Schwester sagt, es gab also richtige Dramen. Stell dir mal vor: die sind doch alle längst erwachsen und haben eigene Kinder. Helga leidet total, vor allem auch, weil sie die Enkelkinder so vermisst.«

»Wie alt sind die denn alle?«

Maren zuckte mit den Achseln. »Die Tochter und der Sohn sind so in meinem Alter, die Tochter ist, glaube ich, zweiundvierzig, der Sohn etwa zwei Jahre jünger. Erwachsen halt. Oder eben auch nicht.«

»Was für eine Egozentrik«, meinte Anna und ließ die Fensterscheibe wieder hochfahren. »Anstatt sich zu freuen, dass ihre Mutter nicht vereinsamt, weil sie allein in dem großen Haus hockt und traurig an die alten Zeiten denkt.«

»Und genau das habe ich ihr auch gesagt.« Zufrieden richtete Maren ihren Blick wieder auf Kai Kruses Haus. »Irgendwann habe ich dann die Telefonnummer an der Pinnwand gesehen und die Tochter einfach mal angerufen. Franziska. Erst war sie ein bisschen spröde, aber dann haben wir fast zwei Stunden telefoniert.«

»Und du hast ihr eine Familienzusammenführung vorgeschlagen?«

»So ungefähr.« Maren rutschte ein Stück nach vorn. »Los, runter! Da kommt jemand.«

Anna reagierte sofort und flüsterte Maren zu: »Wer ist es denn?«

»Eva Hansen.« Marens Stimme klang gepresst, weil ihre Stirn fast auf den Knien lag. »Wenn sie uns sieht, kommt sie sofort an und will wissen, was wir hier machen. Bleib unten.«

Mühsam atmete Anna aus und hoffte, dass die Nachbarin schnell in ihrem Haus verschwinden würde. Diese Stellung war alles andere als komfortabel.

Samstag, der 28. Mai,
zur selben Zeit,
ein Haus inmitten einer Dünenlandschaft

Prüfend warf sie einen Blick in den Spiegel. Blond stand ihr, das hätte sie nie gedacht. Sie strich sich die Ponysträhnen ins Gesicht und knetete die Locken mit den Händen durch. Es sah toll aus. Und ganz anders. Kein Mensch würde sehen, dass es sich um eine Perücke handelte. Sie lächelte zufrieden, nahm die blaue Steppjacke vom Stuhl und zog sie an. Es war die meistgetragene Jacke auf dieser Insel, vermutete sie zumindest, das angesagte Modell dieses Frühjahrs. Das waren die Worte der Verkäuferin gewesen, die sie für eine Touristin gehalten hatte. Es half, wenn man ein Talent für Dialekte hatte. Sie nahm die Sonnenbrille vom Regal, setzte sie auf, schlang sich noch ein blaues Seidentuch um den Hals und sah abschließend in den Spiegel. Perfekt. Niemand würde sie so erkennen. So wie sie jetzt sahen sehr viele weibliche Urlauberinnen aus. Absoluter Durchschnitt. Sie schob sich den Riemen ihrer Tasche über die Schulter und tastete mit der Hand über den Inhalt. Alles da. Es ging los.

Der Bus kam pünktlich, kaum, dass sie fünf Minuten an der Haltestelle gewartet hatte. Sie stieg ein, bezahlte ihren Fahrschein und setzte sich in die letzte Reihe, die Tasche mit dem wertvollen Inhalt stellte sie auf den Schoß und legte ihre Hände darum. Ihr Puls war beschleunigt, trotzdem empfand sie eine innere Ruhe, jetzt war sie sicher, dass diese Entscheidung die richtige war. Der Bus war nicht sehr voll, ein paar junge Leute, die, wie sie dem Gespräch entnahm, auf dem Weg in die Jugendherberge waren, ein paar ältere Frauen, die hier Ferien machten und zum Lister Hafen wollten, auch Einheimische, die vom Einkaufen zurückkehrten. Sie beobachtete die Frauen, sie wirkten sehr eingespielt, als würden sie regelmäßig zusammen verreisen, alberten herum, als wären sie Teenager. Ein Anflug von Neid legte sich um sie. Sie selbst hatte so etwas nie erlebt, obwohl sie es sich so gewünscht hätte. Die Leichtigkeit, unbeschwerte Zeiten mit Freundinnen verbringen, ohne aufpassen zu müssen, was man gerade sagte oder dachte. Sie atmete tief aus, und plötzlich erfasste sie ein überwältigendes Gefühl von Einsamkeit. Gleichzeitig schüttelte sie den Kopf: War sie nicht immer schon einsam gewesen? Hatte sie sich nicht längst daran gewöhnt und sich verboten, darüber nachzudenken? Es hatte doch für sie nie eine Alternative gegeben.

Kurz bevor der Bus die Haltestelle erreichte, stand sie auf und ging zur Tür. Vorbei an den Freundinnen, von denen eine hochsah und sie anlächelte. Sie trugen die gleiche Jacke und ähnliche Jeans. Als der Bus hielt, umklammerte sie ihre Tasche und drehte sich noch mal zu ihnen um. Ihr textiler Zwilling war schon wieder ins Gespräch vertieft. Sie stieg aus. Sie musste sich jetzt auf das konzentrieren, was für sie alles ändern würde.

Sie wartete, bis der Bus abgefahren war, dann überquerte sie die Straße und lief ihrem Ziel entgegen. Sie hatte alle Möglichkeiten bedacht. Wenn niemand zu Hause war, würde sie das Päckchen einfach in den Briefkasten werfen. Falls der Schlitz zu klein war, käme es vor die Haustür. Sollte jemand da sein und sie beobachten, gäbe es die Möglichkeit, ein paar Minuten in der Gegend herumzuspazieren, bis niemand mehr zu sehen war, um es dann erneut zu versuchen. Erkennen würde man sie nicht, da war sie zuversichtlich. Sie hoffte nur, dass sie das Päckchen schnell loswürde, das hier war nur ein Teil der Aufgabe, die sie heute zu erledigen hatte.

Sie verlangsamte ihre Schritte, als sie das Haus erblickte. Die Garage war geschlossen, genauso wie die Haustür, im Garten war niemand zu sehen, das Einzige, was anders als sonst war, war das Fahrrad, das an der Garagenwand lehnte. Sie zögerte einen Moment, bevor sie weiterging und am Friesenzaun stehen blieb. Vorsichtig drückte sie die Pforte auf, lauschte, ohne die Haustür aus dem Blick zu lassen, ging dann schnell auf die Tür zu, klappte den Briefkastendeckel auf. Der Schlitz war zu klein. Sie zog mit einer Hand das Päckchen aus der Tasche, verharrte kurz, strich mit dem Daumen über das braune Packpapier, bückte sich, stellte es vor die Tür und ging. Ohne sich noch ein einziges Mal umzudrehen.

Wieder an der Haltestelle sah sie nach wenigen Minuten den Bus, der sie zurückbringen würde, um die Ecke kommen. Teil eins ihrer Aufgabe war erfüllt, Teil zwei sollte folgen. Während sie den Fahrschein löste, lächelte sie. Der Busfahrer ließ das Kleingeld in das Fach fallen und sah sie an. »Ein schöner Tag, oder?«

Sie nickte. »Ich glaube schon.«

Als sie am Westerländer ZOB ausstieg, hatte sich der Himmel rot verfärbt. Sie legte den Kopf in den Nacken und sah nach oben. Es war nicht nur ein Rot, es waren viel mehr Farben, Orange, Hellrot, Dunkelrot, Grau, Gelb, der Himmel schien zu explodieren. Ihr Vater hatte immer gesagt: »Abendrot, schön Wetter droht.« Sie hatte damals darüber gelacht und bei diesen Farben später stets an ihren Vater gedacht. Und vor ein paar Jahren hatte sie gelesen, dass dieses Farbenspiel lediglich das Ergebnis von Reflexion und Streuung der Lichtwellen war. Eine blöde Erklärung für so etwas Schönes. Aber heute war es vielleicht die richtige Begleitung. Reflexion und Streuung. Es war ein guter Tag. Noch nicht schön, aber zumindest schon mal gut.

Sie brauchte keine fünf Minuten für den Weg zum Polizeirevier, es lag gegenüber dem Bahnhof. Um diese Zeit waren jede Menge Menschen unterwegs, sie kamen ihr entgegen, sie musste dem einen oder anderen ausweichen, niemand nahm von ihr Notiz. Es war leicht, viel leichter, als sie es sich vorgestellt hatte. Schließlich hatte sie das rote Backsteingebäude erreicht. Sie stieg die Treppe hinauf, bis sie am Briefkasten stand. Dort zog sie das flache Päckchen aus der Tasche, wog es ein letztes Mal in der Hand und schob es dann in den Kasten. Sie atmete aus und schloss kurz die Augen. Jetzt würden die Dinge ihren Lauf nehmen. Jetzt müsste sie nur noch warten. Es war vorbei. Und langsam spürte sie, wie die Last all der vergangenen Jahre langsam von ihren Schultern fiel.

Sie wandte sich um und ging zurück. Mit diesem leichten Gefühl. Unter diesem grandiosen Himmel. Es war fast vorbei. Es würde sich jetzt endlich ändern. Jetzt begann ihr Leben. Und dieses Mal würde sie alles besser machen. Einen kleinen Moment dachte sie nach, dann änderte sie die Richtung und ging statt zum Bus zum Taxistand. Es wurde Zeit, sich das Leben schöner zu machen.

Sie nannte dem Taxifahrer die Adresse, er nickte und startete den Wagen, bevor er das Radio lauter stellte. Sie erkannte das Lied sofort, lehnte sich an die Kopfstütze und dachte an einen Tanz auf einer Hochzeit, die vor langer Zeit in einem anderen Leben stattgefunden hatte. Mit einem Mann, von dem sie immer noch ab und zu träumte. Der viel für sie getan hatte, ohne es zu wissen. Und durch den sie wiederum wusste, wie es sich anfühlte, verliebt zu sein. Auch wenn das bittersüß und ohne Perspektive gewesen war. Aber damals hatte sie sich das letzte Mal lebendig gefühlt. Und schwebend.

Die Verkehrsnachrichten lösten das Stück ab, das sie in ihre Wolke versetzt hatte. Ein Stau vor Bad Oldesloe. Ihr Lächeln wurde bitter, der Taxifahrer bog in die Zielstraße ein und hielt vor dem Haus.

»Zweiundzwanzig Euro«, sagte er undeutlich, ohne sie im Rückspiegel anzusehen. »Quittung?«

»Nein, danke.« Sie kramte fünfundzwanzig Euro aus ihrer Geldbörse und schob sie ihm über die Armlehne. »Schönen Abend.«

Sie stieg aus, ging langsam die paar Schritte zur Haustür und sah dem Taxi nach, während sie in der Tasche nach ihrem Schlüssel suchte. Als die Rücklichter hinter der Kurve verschwanden, hatte sie auch den Schlüssel ertastet. Sie wandte sich zur Haustür und schob den Schlüssel ins Schloss. Bevor sie ihn umdrehen konnte, legte sich plötzlich eine Hand auf ihre Schulter. »Da bist du ja endlich, meine Süße, willst du uns nicht reinbitten?«

Wie in Zeitlupe drehte sie sich um. Sie hatte vergessen, wie ihr Körper auf Grauen reagierte. Ihr wurde schlagartig übel und eiskalt, alles um sie herum war verschwommen, jemand griff nach ihrem Arm, der Schmerz ließ sie aufstöhnen. Sie hörte, dass die Haustür aufgeschlossen wurde, spürte die Hand auf ihrem Mund, dann wurde sie brutal in den Flur gestoßen. Das Letzte, was sie vor ihrem Sturz dachte, war: »Warum heute?«

Samstag, der 28. Mai,
in einem Auto, vor einem Haus in Kampen,
zur gleichen Zeit

Sie ist weg.« Vorsichtig bewegte Maren sich nach oben. »Du kannst hochkommen.«

Anna setzte sich aufrecht und sah Maren kopfschüttelnd an. »Meine Güte, du tust so, als hätten wir uns in akuter Gefahr befunden. Wir hätten auch noch mal mit ihr reden können, vielleicht wäre ihr ja doch noch was eingefallen.«

»Nein.« Marens Antwort kam entschieden. »Sie ist in ihren Nachbarn verknallt, das habe ich gleich gemerkt, sie würde niemals gegen ihn bei der Polizei aussagen. Da bin ich sicher.« Sie überlegte einen Moment. »Sie hat ihn so angehimmelt, das tat mir fast schon leid. So eine aussichtslose Liebe.«

»Wieso aussichtslos?«

»Na ja.« Maren zuckte die Achseln. »Er sieht aus wie Brad Pitt und versprüht seinen Charme dermaßen professionell, der fängt doch nichts mit einer Nachbarin mit dickem Dackel an.«

»Hast du ihn denn gesehen?« Anna sah sie überrascht an. »Das hast du gar nicht erzählt.«

»Doch. Sonst wüsste ich ja nicht, dass er hier ist. Ich hatte Glück, er kam gerade mit seinem Kumpel an, als ich das zweite Mal bei Eva Hansen war. Es war nur ein sehr kurzes Zusammentreffen. Es hat aber gereicht, um mir die Autonummer zu merken.«

Maren beugte sich über Anna und öffnete das Handschuhfach. Sie tastete eine Weile darin herum, bevor sie einen Zettel herauszog. »Hier«, sagte sie und reichte ihn rüber. »Natürlich ein Porsche. Das habt ihr dann wahrscheinlich auch nicht überprüft, oder?«

Anna schüttelte den Kopf. »Verdammt«, sagte sie leise. »Wie die Amateure.«

Sie zog ihr Handy aus der Tasche und tippte eine Nummer ein. Nach wenigen Sekunden sagte sie: »Sören? Hallo, hier ist Anna. Pass auf, nimm dir bitte noch mal die Aufzeichnungen vom Hafen in Neustadt vor und such da mal einen Porsche. Und ruf mich an, wenn du ihn findest oder noch besser: wenn du ihn nicht findest. Und dann möchte ich, dass du die Autonummer von Dr. Dirk Nowak herausfindest. Und seinen Wagen auch auf dem Film suchst. Der Porsche von Kai Kruse hat folgendes Kennzeichen …«

Während sie es dem Kollegen diktierte, starrte Maren auf Kai Kruses Haus. Es rührte sich weiterhin nichts. Gar nichts.

Anna hatte das Gespräch beendet. Sie steckte das Handy zurück in ihre Tasche. »Ich glaube, der Wagen taucht auf keinem einzigen Film auf. Was aber auch nichts heißt, er könnte ja auch mit einem anderen Wagen nach Neustadt gefahren sein. Ich habe aber einiges anderes über Kai Kruse herausgefunden. Ein angenehmer Mensch ist er nicht.«

»Wieso?« Maren hielt ihren Blick aufs Haus gerichtet. »Was hast du gefunden? Und wie?«

»Die sozialen Netzwerke.« Annas Stimme war sarkastisch. »Selbst Leute wie Kruse sind unvorsichtig. Sören, weißt du, das ist mein Lieblingskollege in Flensburg, knackt und hackt dir jede Information, die es im Netz gibt. Der ist richtig gut. Er war mir noch einen Gefallen schuldig und hat sich mit Kruse und Novak im Netz beschäftigt. Kruse ist ein unglaublicher Angeber und postet gern. Er taucht an allen hippen Orten auf, kennt Gott und die Welt und eine ganze Reihe von wichtigen Leuten. Seine weiblichen, ständig wechselnden Begleitungen sehen eigentlich alle gleich aus, es gibt jede Menge Fotos von ihm, man bekommt aber kaum etwas Privates raus. Seltsamer Vogel. Dirk Novak ist da deutlich weniger umtriebig, er ist wohl geschieden, seine Praxis hat gute Bewertungen, er hat mehrere Tennisturniere gewonnen, das war es auch schon. Es ist eigentlich seltsam, dass die so befreundet sind.«

»Das ist es bei Karl und Onno auch«, bemerkte Maren. »Mit den Jahren gewöhnt man sich eben an den anderen. Und wird weniger kritisch.« Sie gähnte. »Das kann hier noch Stunden dauern. Und ich wette, sobald wir abbrechen, kommen sie fünf Minuten später zurück.«

»Wir brechen aber nicht ab«, Annas Stimme klang entschlossen. »Ich bleibe hier sitzen, bis ich Kruse sehe. Je länger ich über die beiden nachdenke, desto stärker wird mein Gefühl, dass diese besten Freunde wesentlich mehr wissen, als sie uns gesagt haben. Und das will ich von ihnen hören. Heute noch.«

Sie sah aus dem Fenster, dann wieder zu Maren. »Wie geht es dir eigentlich?«

Statt zu antworten, warf Maren ihr einen kurzen Seitenblick zu, bevor sie sich wieder auf die Hauseinfahrt konzentrierte. Nach einem Moment sagte sie: »Ich habe ein Versetzungsgesuch geschrieben. Ich will nach Kiel. Ich hatte schon ein Personalgespräch, und es sieht so aus, als würde es klappen.«

»Zur Kripo?«

Maren nickte.

»Hat das was mit Robert zu tun?«

Maren schüttelte den Kopf. »Er findet es nicht gut. Weil ich durch die Weiterbildung dann noch weniger Zeit habe. Aber das kann ich auch nicht ändern. Genauso wenig wie mich. Das müsste ich aber, damit Robert zufrieden ist. Er hätte gern alles ein bisschen enger und ernster und planbarer, aber damit nimmt er mir immer mehr Luft. Ich muss mein Leben ändern, sonst ersticke ich. Es fühlt sich zu vieles falsch an.«

»Was sagt Onno denn dazu?«

»Er weiß es noch nicht.« Maren rieb sich über die Stirn. »Ich warte auf eine passende Gelegenheit. Weißt du, ich bin zurück nach Sylt gekommen, weil ich dachte, dass mein Vater nach dem Tod meiner Mutter nicht allein zurechtkommt. Ich habe ja nicht geahnt, dass er in der Zwischenzeit zum perfekten Hausmann, Hobbysegler, Doppelkopfspieler, Chorsänger und Kochclub-König mutiert ist. Der Mann kann alles allein, der kann sich auch allein beschäftigen und jetzt, wo er auch noch Helga gefunden hat, muss ich mir auch keine Sorgen mehr um seine Seele machen. Er ist glücklich, er braucht mich nicht. Ich will nur nicht, dass er denkt, ich würde wegen Helga gehen. Deshalb will ich auch noch diese Familienzusammenkunft hinkriegen. Sonst macht er sich die falschen Gedanken.«

»Und du gehst wirklich nicht wegen Helga?«

»Anna, bitte.« Energisch schüttelte Maren den Kopf. »Sie ist wirklich süß. An ihr liegt es nicht, es geht hier um mich. Mein Leben ist mir hier zu langweilig. Und der Job auch. Ich muss jetzt etwas ändern, ich bin ja auch keine fünfundzwanzig mehr. Jetzt ist die letzte Gelegenheit.«

»Gut.« Anna nickte. »Sehr gut. Ich glaube, das machst

du richtig. Umso mehr, als ich auch nach Kiel gehe. Zum ersten Oktober. Als neue Chefin.«

»Nein!« Maren fuhr herum. »Ist das dein Ernst?«

»Ja.« Anna grinste. »Auch wenn es klingt wie ein Witz. Aber es stimmt.«

»Ich fasse es nicht.« Maren sah sie mit großen Augen an. »Das nehme ich dann mal als Zeichen, dass meine Entscheidung die richtige war.«

Anna nickte. »Aber so was von.«

Samstag, der 28. Mai,
zeitgleich nur einen Ort weiter

»Ach Gott.« Charlotte beugte sich nach vorn. »Das ist doch Walters Fahrrad! Ist dein Mann noch bei uns?«

»Muss er dann ja wohl.« Inge fuhr langsam auf die Auffahrt und hielt an. »Es sei denn, Heinz hat ihn so abgefüllt, dass er nicht mehr Rad fahren konnte.«

»Sehr komisch.« Nervös schnallte Charlotte sich ab und legte die Hand auf den Türgriff. »Komm mal mit rein, mit den beiden kann ich es nach diesem Nachmittag nicht mehr aufnehmen. Heinz wird sofort merken, dass ich ein Problem habe. Dafür hat er Antennen.«

»Na gut.« Inge stellte den Motor aus, überlegte einen Moment und sah dann ihre Schwägerin an. »Vielleicht sollten wir doch mit ihnen sprechen. Ich habe keine Lust mehr auf dieses Flunkern, von wegen Chorausflug und so. Wir sind da in etwas reingeraten, was wir alleine gar nicht hinkriegen. Es ist alles so schrecklich, und wir wissen überhaupt nicht, wie es ausgeht. Da kann man lieber das Risiko eingehen, dass Walter sich aufregt, weil wir Schwarzarbeit unterstützt haben.«

»Wir haben sie nicht unterstützt, wir haben sie verursacht«, erinnerte sie Charlotte mutlos. »Und das mit einem Ehemann und Schwager, der Finanzbeamter ist. Er wird ausflippen.«

»Dann soll er das tun.« Inge löste entschlossen den Gurt. »Die ganze Geschichte ist so viel schlimmer, da fällt ein Brüllanfall von Walter gar nicht ins Gewicht. Komm, wir gehen rein und sagen es ihnen. Ich kann das nicht mehr die ganze Zeit mit mir rumschleppen. Es sind doch schließlich unsere Männer und nicht unsere Feinde.«

Sie stiegen aus, Inge schloss den Wagen ab, dann nickte sie Charlotte aufmunternd zu, ging zur Tür und klingelte. Charlotte folgte ihr sehr langsam und blieb hinter ihr stehen.

»Hast du deinen Schlüssel verloren?« Heinz riss die Haustür auf und sah beide erstaunt an. »Ach, Inge, du bist auch da, ist was passiert?«

»Ja.« Inge ging an ihm vorbei ins Haus. »Es ist etwas passiert, wir müssen mit euch reden. Walter ist ja auch noch da.«

»Was ist mit mir?« Walter hatte die Stimmen gehört und kam aus dem Wohnzimmer. »Ich bin mit dem Fahrrad da, Inge, du musst mich nicht mitnehmen, ich will auch gleich los.«

»Du fährst jetzt nicht los.« Inge legte ihrem Mann die Hand auf die Brust und schob ihn zurück ins Zimmer. »Wir bleiben noch, Charlotte und ich müssen euch was erzählen.«

»Ist was mit dem Auto?« Walter sah erst sie, dann Charlotte an, seine Augen weiteten sich. »Das ist nicht schlimm, wenn nur keinem etwas passiert ist. Das lässt sich alles reparieren. Es ist euch doch nichts passiert?«

»Dem Auto ist nichts passiert.« Charlotte hatte ihre Jacke an die Garderobe gehängt und stand jetzt neben Inge. »Uns auch nicht. Jemand anderem.«

»Den Kindern?« Erschrocken trat Heinz auf sie zu. »Ist was mit den Kindern?«

»Nein.« Charlotte schüttelte den Kopf. »Jetzt kommt mit ins Wohnzimmer. Du kannst mal die Flasche Williams

Birne mitbringen, die du letztes Jahr bei der Tombola gewonnen hast. Die steht in der Küche auf dem Schrank.«

»Den Schnaps?« Fassungslos sah Heinz sie an. »So schlimm?«

Charlotte nickte.

Sie ließ sich sehr viel Zeit, die Gläser aus dem Schrank zu nehmen und auf den Tisch zu stellen. Walter und Inge setzten sich, er erwartungsvoll, sie den Blick auf den Tisch gerichtet. Als Heinz die Flasche brachte, nahm Charlotte sie ihm aus der Hand. Sie stand immer noch am Tisch und musterte das Etikett eine gefühlte Ewigkeit, bis Walter aufstand, ihr die Flasche aus der Hand nahm und sie auf den Tisch stellte. »So, jetzt kannst du den Namen der Brennerei auswendig, setz dich mal hin. So schlimm kann das, was ihr erzählen wolltet, ja auch nicht sein.«

»Schlimmer.« Inge hob den Kopf und sah Walter an. »Versprich mir, dass du nicht gleich losbrüllst.«

»Ich brülle nie«, antwortete er empört. »Was denkst du eigentlich von mir? Also, was ist passiert?«

Inge und Charlotte wechselten einen Blick. Charlotte nickte, dann sagte Inge: »Wir haben seit einem Jahr eine Haushaltshilfe.«

Walter sah sie verständnislos an. »Was?«

»Eine Putzfrau«, erklärte Charlotte. »Sie kommt eine Woche zu mir, die andere Woche zu Inge. Sie putzt Fenster, macht die Böden, all die Arbeiten, zu denen wir keine Lust mehr hatten.«

Heinz und Walter konnten diese Information zunächst gar nicht verarbeiten. Nach einem kleinen Moment fing Heinz sich. »Das ist doch Quatsch. Wir hätten die doch gesehen. Die ist doch nicht unsichtbar.«

»Sie kam immer mittwochs«, Charlotte sprach leise. »Wenn ihr in der Sauna wart. Und …«

»Und wir haben sie schwarz bezahlt«, fügte Inge mit einem Blick auf Walter schnell hinzu. »Das wollte sie so.«

»Ihr habt ...«, Walter schnappte nach Luft, Inge legte ihm die Hand auf den Arm.

»Du hast gesagt, du schreist nicht. Dann lass es auch.«

Sein Gesicht lief rot an, Inge hoffte nur, er kippte nicht um.

»Das ist aber nur der Anfang der Geschichte«, sprang Charlotte ein. »Der eigentliche Punkt ist: Die Frau ist spurlos verschwunden! Seit zwei Wochen. Niemand weiß, wo sie sich aufhält. Und jetzt kommt das Allerschlimmste: Sie ist vermutlich auch noch eine ganz andere Person, als wir dachten. Das können wir aber nicht beweisen. Und jetzt ist Hermann dazugekommen, der sich ...«

»Hermann?« Heinz versuchte, seiner Frau zu folgen, während Walter immer noch mit seiner Atmung kämpfte. »Wer ist denn jetzt Hermann?«

»Ein alter Kollege von Karl«, erklärte Inge, immer noch mit besorgtem Blick auf Walter. »Wir haben nämlich in Sabines Wohnung eine Kassette entdeckt, in der es Hinweise auf eine Familie in Holstein gab. Aber außer dieser Kassette haben wir überhaupt keine persönlichen Dinge gefunden, dabei hat Karl auch noch einen echten Fehler bei der Durchsuchung gemacht, er hat nicht im Gefrierfach nachgesehen, jedenfalls sind wir dann zu dieser Familie in Holstein gefahren, und da gab es neue Hinweise auf einen tödlichen Unfall und eine verschwundene Person. Und deshalb hat Karl Hermann angerufen, und der ist gekommen. Er hat damals den Fall ...«

»Gib mir mal den Schnaps.« Walter hielt seiner Frau das Glas entgegen. »Ich verstehe kein Wort. Was für eine Kassette? Was hat Karl mit dem Gefrierfach gemacht?

Und welche Familie in Holstein? Und wieso Todesfall? Das ist ja ein einziges Tohuwabohu.«

»Inge hat das nicht so gut erzählt.« Charlotte schob ihm die Flasche zu. »Es handelt sich um einen alten, sehr komplizierten Kriminalfall, auf den wir da gestoßen sind, und nur weil wir in Sabine Schäfers Wohnung waren. Wilma, also ihre Vermieterin, hat uns reingelassen, also nicht, dass ihr denkt, wir wären da eingebrochen, weil Wilma nämlich selbst Dreck am …«

»Schäfer?« Heinz und Walter wiederholten den Namen im Chor. Sie sahen sich an, dann breitete sich ein triumphierendes Lächeln über Walters Gesicht aus. Er beugte sich nach vorn und fragte: »Eure Putzfrau heißt Sabine Schäfer?«

Inge und Charlotte nickten unsicher. Walter sah wieder Heinz an, dann zurück zu den Frauen. »Und wie seid ihr auf sie gekommen?«

»Durch Eva Geschke«, antwortete Inge. »Die ehemalige Leiterin der Bücherei. Die ist von der Insel gezogen, nachdem bei ihr letztes Jahr eingebrochen wurde. Und die hat uns Sabine Schäfer empfohlen. Hat aber auch gesagt, dass sie nur ohne Lohnsteuerkarte arbeitet. Was sollten wir denn da machen?«

»Hm.« Walter überlegte. »Sagt euch der Name Wolf Bertram was?«

Die Frauen schüttelten den Kopf.

»Das ist eine Firma, die sich um Ferienwohnungen kümmert«, versuchte Heinz, ihnen zu helfen. »Vermieten und reinigen und so.«

»Nein.« Inge sah Charlotte zögernd an. »Das heißt, als wir uns mit Sabine im Café getroffen haben, um ihr zu sagen, dass sie erst mal nicht mehr kommen soll, da hat sie doch irgendwas gesagt, von wegen, das wäre nicht so schlimm, weil sie hauptsächlich in der Ferienwohnungsbetreuung tätig sei. Aber diesen Namen hat sie nicht genannt.«

Walter lächelte, stand auf und verließ das Zimmer, während Heinz fragte: »Aber wenn ihr gesagt habt, dass sie nicht mehr kommen soll, woher wisst ihr denn, dass sie weg ist?«

»Wegen Wilma«, antwortete Charlotte und sah am Gesicht ihres Mannes, dass ihn diese Antwort nicht weiterbrachte. »Wilma Konrad ist eine Bekannte von Helga und …«

»Ist das eure Sabine Schäfer?«

Bevor Charlotte in die Details gehen konnte, war Walter wieder zurück und legte mit großer Geste ein Foto auf den Tisch. Inge zuckte zusammen, nahm es in die Hand, starrte drauf, zeigte es Charlotte und begann vor Aufregung zu zittern. »Ja, also nein, das ist ja nicht möglich, das ist sie, Walter, woher hast du das? Sieh doch mal, Charlotte, das ist Sabine, wer hat denn das Foto gemacht?« Sie fuhr sich durch die Haare. »Das gibt es nicht, von wann ist das Foto, woher hast du das …«

»Inge, trink mal.« Heinz reichte ihr ein volles Glas, sie nahm es, ohne hinzusehen, und kippte es ganz gegen ihre Gewohnheit auf einmal hinunter. Sofort fing sie an zu husten. »Oh Gott, was ist das denn?«

Charlotte hatte währenddessen das Foto betrachtet. »Das ist noch nicht so lange her«, sagte sie langsam. »Das ist sie. Sie ist so eine Nette. Und ich habe solche Angst, dass ihr was passiert ist.« Sie hob den Blick, und Heinz sah erschrocken, dass sie Tränen in den Augen hatte. »Was wollt ihr denn von ihr? Woher habt ihr das Foto? Und was habt ihr damit vor?«

Beruhigend nahm Heinz ihre Hand zwischen seine. »Es

wird alles gut, Charlotte. Wir wollen ihr gar nichts Böses, du musst nicht traurig sein.«

»Na ja«, mischte sich Walter jetzt energisch ein. Im Gegensatz zu Heinz' sanftem Tonfall wirkte das jetzt wie ein Poltern. »Wir wollen an ihn ran, an Wolf Bertram, der hat eure Sabine nämlich an unsere Informantin vermittelt. Und ich bin davon überzeugt, dass der sich mit Schwarzarbeit eine goldene Nase verdient. Und dafür könnte eure Sabine eine wunderbare Kronzeugin sein. Die nehme ich mir vorher zur Brust, dann wird sie schon aussagen. Auch, um nicht selbst angezeigt zu werden. Denn sie begeht ja auch Steuerhinterziehung.«

»Walter!« Inge stieß ihren Mann kräftig mit dem Ellenbogen in die Seite. »Du bist so ein Klotz. Wir sind hier krank vor Sorge, und du willst dir Sabine zur Brust nehmen. Wegen deiner blöden Steuerbetrüger. Dazu musst du sie aber erst mal finden, sie ist nämlich weg, falls du das immer noch nicht verstanden hast. Und es ist mir total egal, ob sie eine Anzeige kriegt oder nicht, ich will nur, dass sie wieder auftaucht. Und ohne dass ihr etwas Schlimmes passiert ist. Kannst du das begreifen?«

»Ingelein.« Walter war jetzt ganz blass geworden. »So war das doch gar nicht gemeint. Sie taucht bestimmt bald wieder auf. Positiv denken, dann klappt das schon.«

Inge schüttelte nur resigniert den Kopf, bevor sie ihre Schwägerin ansah. Charlotte saß immer noch mit verzweifeltem Blick neben Heinz, der sie ganz betroffen ansah. Er hasste traurige Menschen in seiner Nähe, vor allen Dingen, wenn es sich um seine Frau handelte.

»Ja, was machen wir denn jetzt?«, fragte er Walter, der ihn ratlos ansah und die Schultern hob. »Vielleicht möchte jemand eine Tasse Kaffee? Oder Tee?«

Alle schüttelten den Kopf. Charlotte stützte das Kinn

auf die Faust und betrachtete das Foto. »Was ist bloß mit dir passiert?« Ihre Stimme war ganz rau. Sie war einfach zu sensibel für solche Geschichten.

Plötzlich sprang Heinz auf. »Oh, Charlotte, ich habe doch noch was für dich. Ein Päckchen. Es stand vorhin vor der Haustür. Hast du was bestellt?«

Sie sah ihn über die Schulter an. »Nein.«

»Dann ist es vielleicht schon ein Geburtstagsgeschenk. Es ist ja nicht mehr so lange hin.« Er ging mit federnden Schritten in den Flur und kam kurz darauf mit einem kleinen Päckchen zurück, das er vorsichtig vor ihr ablegte. »Mach ruhig schon auf. Das lenkt dich vielleicht ab.«

Unentschlossen nahm Charlotte das Päckchen in die Hand und betrachtete es. Mit einem Stirnrunzeln hob sie den Kopf und sagte: »Hier fehlen sowohl Absender als auch Briefmarken. Das ist nicht mit der Post gekommen, das hat jemand gebracht. Komisch.« Sie drehte es in alle Richtungen, bis sie eine kleingeschriebene Zeile entdeckte: »Bitte sofort öffnen.«

Achselzuckend drehte sie sich zur Kommode hinter ihr und nahm eine Schere aus der Schublade. Sie trennte das Klebeband durch und entfaltete das Packpapier. Ein kleineres Päckchen kam zum Vorschein, dieses Mal bestand die Verpackung aus einer durchsichtigen Plastiktüte, in der sich ein noch mal eingewickelter Gegenstand befand. Auf der Tüte klebte eine Karte. Charlotte zog sie vorsichtig ab und überflog sie.

Man braucht nur eine Insel.
Allein im weiten Meer.
Man braucht nur einen Menschen,
den aber braucht man sehr.
Mascha Kaléko

Liebe Charlotte Schmidt, die Insel habe ich gefunden, vielleicht jetzt auch den Menschen, der mir ein Stück auf meinem Weg hilft. Ich überlasse Ihnen mein Tagebuch, weil ich diesen Weg nicht allein gehen kann. Ich danke Ihnen,
Ihre Sabine Schäfer

Charlotte war sehr blass geworden, als sie hochsah. »Von Sabine«, flüsterte sie und zog den Gegenstand aus der Tüte. Sie wickelte ihn aus und hielt schließlich ein abgegriffenes Buch in der Hand, um das ein Lederband geschlungen war. Inge hatte den Atem angehalten, auch Walter und Heinz sahen gebannt zu, wie Charlotte das Band löste und das Buch aufschlug. Es waren viele eng beschriebene Seiten. Charlotte blätterte und blätterte bis zur letzten Eintragung. Ihre Lippen bewegten sich stumm.

Inge hielt es nicht mehr aus. »Du musst es laut vorlesen. Was steht denn da?«

»*Corinnas Tagebuch*. Das ist ja nicht zu fassen.« Charlotte schüttelte fassungslos den Kopf. »Wir müssen sofort zurück zu Karl und Hermann. Das müssen sie sich ansehen.«

»Sag doch erst mal, um was es geht.« Walter streckte die Hand nach dem Buch aus, Inge schlug ihm leicht auf die Finger. »Das ist unser Fall. Charlotte? Sag doch!«

Langsam legte Charlotte das Lederband wieder um das Buch. »Sabine ist Corinna. Sie ist ein und dieselbe Person. Das hier ist der Beweis. Und alles andere besprechen wir bei Karl. Lasst uns fahren.«

Samstag, der 28. Mai,
zur gleichen Zeit bei Onno und Helga

Das war schön.« Helga trat kräftig auf die Fußmatte, um den Sand unter ihren Schuhen nicht mit ins Haus zu schleppen. »Es gibt doch nichts Besseres gegen schlechte Gedanken als einen Strandspaziergang. Ich weiß gar nicht, was Menschen mit Kummer machen, wenn sie nicht am Meer wohnen.«

»Die gehen in die Berge«, antwortete Onno und stapfte ebenfalls den Sand aus den Profilsohlen. »Oder in den Wald. Es gibt bestimmt überall schöne Plätze, die den Kopf aufräumen.«

»Ich bin trotzdem sehr froh, auf einer Insel zu wohnen.« Helga betrat den Flur und zog die Schuhe aus. »Dazu noch mit dir.« Sie sah hoch und lächelte ihn an, und wie immer freute Onno sich über ihre Grübchen. Er küsste sie auf die Stirn und ging an ihr vorbei in die Küche. »Ich mache uns mal einen Tee, ja?«

»Gern.« Sie folgte ihm auf Strümpfen. »Marens Auto steht ja gar nicht da. Ich dachte, sie hätte frei.«

»Hat sie auch.« Onno hielt den Wasserkocher unter den Hahn. »Dann macht sie hoffentlich etwas Schönes. Sie ist nur noch im Dienst oder zu Hause, das ist doch nicht gut. Seit ihre Freundin Rike weggezogen ist, mache ich mir ein bisschen Sorgen, dass sie hier vereinsamt. Sie ist doch zu jung, um jedes freie Wochenende auf ihrem Sofa zu sitzen.«

»Was ist denn mit ihrem Freund?« Helga schob sich auf

die Eckbank und sah Onno beim Teekochen zu. Er stand mit dem Rücken zu ihr und hob nur die Schultern. »Wenn du mich fragst, dann war das nur eine kleine Sommerliebe, die nicht für alle Jahreszeiten reicht. Er klammert so, das hängt vielleicht damit zusammen, dass er zehn Jahre jünger ist. Da will man noch unbedingt ein Nest bauen. Und sie ist im Kopf ganz woanders. Ich kann dir auch nicht sagen, wo genau das ist, aber irgendetwas geht in ihr vor, das merke ich.«

»Hast du sie gefragt?«

Onno drehte sich zu ihr um und lächelte. »Nein, das werde ich auch nicht tun. Sie wird es mir sagen, wenn sie alles zu Ende gedacht hat. In laufende Denkprozesse gibt mein Kind keinen Einblick.«

Als das Telefon klingelte, war er mit wenigen Schritten im Flur und nahm ab. »Thiele.«

Sein Gesichtsausdruck war überrascht, er hörte kurz zu, dann sagte er freundlich: »Sie ist da, ich bringe ihr das Telefon, kleinen Moment.« Mit der Hand auf dem Gerät kam er langsam auf Helga zu. »Für dich, ich bringe dir gleich den Tee ins Wohnzimmer.«

Fragend sah sie ihn an, bevor sie das Telefon entgegennahm. »Ja? Simon?« Sie zuckte ein bisschen zusammen, dann röteten sich ihre Wangen, sie stand langsam auf und ging mit dem Telefon ins Wohnzimmer. »Franziska, Kind, das ist ja eine Überraschung!«

Onno folgte und schloss hinter ihr leise die Tür. Mutter-Tochter-Gespräche waren privat, und bei diesem hier wollte er erst recht nicht stören. Leise pfeifend begann er, den Tee aufzubrühen.

Eine Stunde später kam Helga, die leere Teetasse vor sich, in die Küche und ließ sich mit einem erleichterten

Seufzer neben Onno auf die Küchenbank sinken. Er sah sie forschend an und war beruhigt, als er die Grübchen entdeckte. »Und?«

Sie blinzelte, als müsse sie eine Träne verhindern, dann riss sie sich sichtbar zusammen und legte ihre Hand auf seine. »Alles gut. Maren hat sie angerufen.«

»Wirklich?« In Onnos Stimme schwang eine Spur Stolz. »Und?«

»Ich weiß nicht so genau, was Maren ihr alles erzählt hat, darüber wollte Franziska nicht reden. Aber es hat zumindest dazu geführt, dass meine Tochter sich bei mir entschuldigt hat. Danach haben wir beide ein bisschen geheult, aber ich glaube, das Schlimmste haben wir hinter uns. Sie hat gesagt, dass sie jetzt noch mit Tobias redet und dann zu meinem Geburtstag kommen will. Wenn mir das noch recht ist.«

»Und?«

»Ja, natürlich.« Jetzt schossen Helga doch ein paar Freudentränen in die Augen. »Onno, ich bin so froh, ich konnte das kaum ertragen, dass meine Kinder so auf dich, oder vielmehr auf uns, reagiert haben. Das hätte ich nie von ihnen gedacht. Und nun sieht es tatsächlich so aus, als würde alles gut.«

»Siehst du, es rüttelt sich irgendwie immer alles zurecht.«

Helga lächelte glücklich und wischte sich über die Augen. »Ja. Onno, ich hatte tatsächlich die Hoffnung noch immer nicht aufgegeben, dass die Kinder sich besinnen. Sie sind doch jedes Jahr zu meinem Geburtstag gekommen. Ich bin so erleichtert. Und ich freue mich so sehr, sie alle wiederzusehen, das kann ich gar nicht beschreiben.« Sie seufzte beseelt, dann sah sie hoch und stand plötzlich auf. »Apropos Geburtstag, ich wollte doch das Paket für

Charlotte öffnen, steht das noch im Flur?« Sie sah sich suchend um, bis Onno auf eine Ecke in der Küche zeigte. »Ach, da!«

Mit einem kleinen Messer bewaffnet, schlitzte sie den Karton auf und holte erst mal jede Menge Holzwolle heraus. Dann hob sie vorsichtig einen in Zeitung gewickelten und fest verschnürten Topf hoch. »Meine Güte«, meinte sie und trug ihn zum Tisch. »Wie haben die den nur eingepackt?« Vorsichtig stellte sie ihn hin und begann, die einzelnen Zeitungsschichten abzuwickeln.

Onno sah ihr schmunzelnd zu und nahm ihr die Zeitungsseiten ab, die er anschließend zusammenlegte. »Wie wollen wir denn deinen Geburtstag feiern?« Er legte wieder eine Seite auf den Tisch und strich sie glatt. »Sollen wir das hier im Garten machen, oder möchtest du in ein Lokal?«

»Ach, eigentlich lieber im Garten.« Helga hatte den blauen Topf ausgepackt und betrachtete ihn zufrieden. »Wenn dir das nicht zu viel Arbeit ist. Ist der nicht hübsch?« Sie stellte den Topf zur Seite und holte den zweiten aus dem Karton.

»Schön.« Onno nickte. »Und nein, es ist mir nicht zu viel. Ich koche ja gern für so viele Leute. Soll ich mal auspacken, dann kannst du das Verpackungsmaterial glatt machen?«

»Gerne.« Helga sah ihn erleichtert an. »Der Karton ist so dermaßen verklebt, ich kriege den gar nicht auf. Wieso muss ich denn das Papier so ordentlich falten?«

»Damit die Tonne nicht gleich voll ist.« Er lächelte verlegen. »Ich bin da komisch.« Er schob ihr das erste Knäuel zu, sie fing an, die Zeitungen glatt zu streichen, während Onno weiter redete. »Wir können ja neben deinen Kindern und Enkeln auch Charlotte und Inge mit ihren Männern und Karl und Gerda einladen. Maren ist ja sowieso dabei, dann lernen sich doch alle mal kennen. Oder was meinst du?«

Er knibbelte dabei konzentriert den Anfang eines Klebestreifens los, deshalb bekam er erst gar nicht mit, dass Helga nicht antwortete. »Oder findest du das übertrieben? Möchtest du lieber allein mit den Kindern ... was ist?« Als er den Blick wieder hob, sah er, wie Helga mit offenem Mund auf einen Zeitungsausschnitt starrte. Ganz langsam hob sie den Kopf und schob Onno die Seite hin. »Onno! Sieh dir das mal an! Das glaube ich jetzt nicht.« Er setzte sich auf den Stuhl und überflog die Seite. Erst als ihr Finger auf die Stelle tippte, las er, was sie so aus der Fassung gebracht hatte.

Durch einen tragischen Unfall auf Sylt
haben wir am 14. Mai
meinen geliebten Ehemann
und unseren Schwiegersohn

Alexander van der Heyde,
geb. Mommsen

* 3. Mai 1975

verloren.

Wir sind sehr traurig

Tanja van der Heyde
Margarete und Werner van der Heyde

»Ja.« Onno kratzte sich am Kopf. »Traurig. Und noch so jung. Das ist doch der Tote vom Kliff, nicht wahr?«

»Onno.« Helga war aufgesprungen. »Du musst es genau lesen. Der Mann hat den Namen seiner Frau angenommen. Er hieß früher Mommsen. Verstehst du jetzt? Der Tote vom Kliff ist der Exmann von Corinna Tiedemann. Alex Mommsen! Von dem uns Hermann und der Pastor erzählt haben. Der Choleriker, der sie misshandelt haben soll. Und der die Firma ruiniert hat. Und der noch nicht mal das Verschwinden seiner Frau angezeigt hat, das musste ja Hans Hellmann machen.« Sie legte die Hand auf den Mund und schüttelte den Kopf. »Und weißt du, was das Schlimmste ist? Wenn es tatsächlich stimmt, dass Sabine und Corinna ein und dieselbe Person sind, dann ist dieser Alex eben auch Sabines Exmann. Und der Zeitpunkt des tragischen Unfalls fällt genau mit Sabines Verschwinden zusammen. Das ist vielleicht ein seltsamer Zufall. Wenn sie mal nur nicht ... Meine Güte, wir müssen sofort Karl anrufen! Und wahrscheinlich jetzt auch die Polizei.«

Samstag, der 28. Mai,
kurz darauf, zurück bei Karl

Ruhe!« Karls sonore Stimme brüllte den aufgeregten Lärm im Flur nieder. Er stand zwischen Charlotte, Inge, Heinz und Walter, die alle zugleich auf ihn einredeten. Er verstand nur Wortfetzen wie »schwarzgearbeitet ...«, »die arme Corinna ...«, »Misshandlung ...«, »ich bring ihn vor den Kadi«, »und die Mutter erst ...«, »Hans hat das ...«, »das ist doch der Beweis«, »... Steuerhinterziehung ist kein Kavaliersdelikt«.

»Ruhe jetzt!«

In die plötzliche Stille drang ein Klingeln und dann Hermanns leise Stimme: »Telefon.«

»Alle ins Wohnzimmer«, befahl Karl. Er nahm das Telefon und bellte ein knappes »Ja« hinein, ohne den geordneten Marsch ins Wohnzimmer aus den Augen zu lassen. »Ach, Helga. Kann ich dich gleich zurückrufen? Hier ist gerade der Teufel los. Was?«

Er hörte konzentriert zu, seine Augen wurden immer größer, bis er schließlich ungläubig nickte. »Das ist ja ein Ding! Mann, Mann. Gute Arbeit, Helga, wirklich gute Arbeit. Ich würde mal sagen, ihr setzt euch sofort ins Auto und kommt her. Das müssen wir in der Runde besprechen. Und da ist es natürlich ein großes Glück, dass wir mit Hermann und mir ausgesuchte Fachleute am Start haben. Bis gleich.«

Er legte das Telefon auf die Station, verharrte einen

Moment, hob dann entschlossen den Kopf und ging zur Wohnzimmertür, wo er stehen blieb und sich bedeutungsvoll räusperte. »Wir haben neue Ermittlungsergebnisse. Ich will mal sagen, bahnbrechende Ermittlungsergebnisse. Wir …«

»Das sage ich doch die ganze Zeit«, unterbrach ihn Charlotte. »Ich weiß gar nicht, warum du mich nicht ausreden lässt.« Sie stockte und sah ihn fragend an. »Aber du weißt es doch noch gar nicht.«

Jetzt war Karl irritiert. »Was?«

»Wir haben das Tagebuch.« Inge hatte vor lauter Aufregung eine sehr hohe Stimme. »Corinnas Tagebuch. Also, das heißt, es ist Sabines Tagebuch. Wobei … also Corinnas Tagebuch, bevor sie Sabine wurde. Es ist der Beweis, dass Sabine Corinna ist.«

»Corinna Tiedemanns Tagebuch?«, fragte Hermann alarmiert und ging sofort auf Charlotte zu, die ihre Tasche öffnete. Sie zog das Buch, das sie wieder verpackt und in die Plastiktüte zurückgeschoben hatte, heraus und hielt ihm das Päckchen entgegen. »Es lag heute so eingepackt bei uns vor der Tür. Das Päckchen und auch die inliegende Karte waren an mich adressiert.« Sie blickte sich um und fügte hinzu: »Es hat sicherlich einen Grund, dass sie es mir anvertraut hat. Ihr werdet Augen machen, wenn ihr erfahrt, was da drinsteht.«

»Also bitte«, mischte sich Walter jetzt doch ein. Er war schon die ganze Zeit von einem Fuß auf den anderen getreten, jetzt war seine Geduld am Ende. »Ich weiß ja noch nicht, um was genau es hier geht, aber wir, also Heinz und ich, sind da einer Sache auf der Spur, bei der durchaus ein Zusammenhang zu eurem Problem hergestellt werden könnte.«

Erwartungsvoll blickte er in die Runde und wartete

auf stürmische Nachfragen, die zu seinem Bedauern nicht kamen. Stattdessen beugte Onno sich zu Charlotte, um das Päckchen genauer zu begutachten. »Diese Packpapier- und Plastikfetzen, die im Gefrierfach gelegen haben, die sahen genauso aus wie diese Verpackung. Könnte das Buch da versteckt gewesen sein? Karl? Sieh doch mal!«

Auch Karl trat näher, warf einen Blick darauf und zuckte die Achseln. »Könnte sein«, meinte er bloß. »Ich bin kein Labor.« Die Wahrheit war, dass er überhaupt keine Lust hatte, in Gegenwart von Hermann auf diesen eklatanten Fehler in seiner Ermittlung hingewiesen zu werden. Nicht jetzt. Deshalb erwiderte er dankbar Walters ungeduldigen Blick und meinte: »Ach, Hermann, ihr kennt euch ja noch nicht, Walter Müller und Heinz Schmidt, die Ehemänner von Inge und Charlotte, sie gehören allerdings nicht zu unserem, äh, Kreis. Sie beschäftigen sich mit ganz anderen Dingen als wir. Und das ist Hermann, ein ehemaliger Kollege der Kripo Lübeck, ein ganz harter Spürhund.«

»Ja, angenehm«, entgegnete Walter kurz. »Wenn wir dann mal zu unserem Thema kommen könnten …«

Die Türklingel kündigte Helgas und Onnos Ankunft an, sofort sprang Karl auf, um ihnen zu öffnen.

»Dieses Tagebuch ist unser Thema«, rief Charlotte ihm hinterher. »Hör mir doch mal zu!« Hermann war der Einzige, der ihr zuhörte, er wirkte fast erschüttert, als er sich neben Charlotte setzte und auf das Tagebuch sah. »Haben Sie mal reingeschaut?«

Charlotte nickte und sah ihn an. »Es ist entsetzlich«, sagte sie leise. »Aber ich möchte warten, bis die anderen auch da sind, sonst muss ich alles doppelt erzählen.«

Hermann nickte und zuckte zusammen, als Karl mit Helga und Onno im Schlepptau wieder zurückkam und eine zusammengefaltete Zeitungsseite auf den Tisch knallte. »Das ist nun wirklich ein Hammer.« In seiner Stimme lagen sowohl Aufregung als auch eine große Zufriedenheit. »Es ist wie so oft im Leben, alles hat einen Zusammenhang. Und wer hat ihn gefunden?« Er tippte auf sich, überlegte einen Moment, bevor er eine Geste in die Runde machte. »Die SOKO.«

Schweigend nahm Helga die Zeitungsseite wieder an sich, strich sie glatt und legte ihre Hand darauf.

Hermann registrierte die verständnislosen Blicke von Heinz und Walter, Helgas Aufregung, den stolzen Gesichtsausdruck von Onno und Charlottes und Inges fassungslose Gesichter. Er räusperte sich. »Ich schlage mal vor«, begann er, »wir setzen uns jetzt alle hin und sortieren die Neuigkeiten. Ich habe gerade den Eindruck, als würden alle aneinander vorbeireden, oder besser, -schreien.«

»Richtig«, Karl deutete mit dem Zeigefinger auf ihn. »Da merkt man doch den Profi. Also bitte, nehmt Platz, wir gehen das jetzt konzentriert durch, ich moderiere, Charlotte schreibt wie immer Protokoll, ich …«

»Nein«, Charlotte schüttelte heftig den Kopf. »Ich schreibe nichts, ich bin viel zu aufgeregt. Das kann jemand anders machen.«

»Protokoll?« Heinz sah seine Frau entgeistert an. »Du schreibst Protokolle? Warum?«

»Das erklärt sie dir später«, kürzte Karl das Gespräch ab. »Du hast doch auch eine lesbare Schrift, Heinz, mach du das mal. Hier ist ein Block und ein Stift, schreib einfach die wichtigsten Dinge mit, die wir hier gleich berichten, dann bleibt das Ganze wenigstens in der Familie.«

Heinz legte den Block gerade und fragte: »Was genau sind denn die wichtigsten Dinge?«

»Das merkst du dann schon.« Karl nickte ihm zu. »Wobei deine Frau da auch nicht immer hundertprozentig sicher ist. Sonst kürze ich's eben. Also. Wir machen es der Reihe nach. Walter, da du das erste Mal hier bist und nicht unmittelbar in den Fall involviert, fang du mal an.«

Walter war sich nicht ganz sicher, ob man ihn hier gerade angemessen genug würdigte, und sah Heinz fragend an. Der hatte gerade den Namen Walter geschrieben und einen Doppelpunkt gemacht und sagte nur: »Los. Ich bin fertig.«

»Nun gut.« Walter griff nach seiner Brieftasche und zog etwas hervor, das er kurz in der Hand behielt und dann auf den Tisch legte. »Ich beginne mit einem Paukenschlag«, begann er und kostete jedes Wort aus. »Während ihr anscheinend schon Tage damit verbracht habt, eine bestimmte Person zu suchen, gab es tatsächlich jemanden in eurem Umfeld, der sogar ein Foto von ihr hatte. Seht es euch an.«

Karl warf einen kurzen Blick darauf, zuckte mit den Achseln und gab es weiter. Auch Onno und Helga blieben ruhig und warteten ab. Inge gab das Foto an Charlotte weiter, die reichte es an Hermann. Der betrachtete es lange und konzentriert, nickte und rieb sich über die Stirn. »Das könnte sie sein«, sagte er leise. »Wobei es natürlich lange her ist und sie sich auch verändert hat. Aber es ist eine große Ähnlichkeit vorhanden.«

»Ähnlichkeit? Mit wem denn?« Karl hatte noch immer keine Ahnung, wer die Frau auf dem Foto war. Heinz hob irritiert den Kopf. »Das ist Sabine Schäfer«, sagte er. »Ich denke, ihr sucht sie.«

»Das ist Sabine Schäfer?« Sofort riss Karl Hermann das Foto aus der Hand und betrachtete es erneut. »Wirkt ja sympathisch.«

»Kann ich weitermachen?« Walter fühlte sich abgehängt und wartete die Antwort gar nicht erst ab. »Ich beginne am Anfang, weil Heinz und ich uns mit einer Sache beschäftigt haben, die uns alle angeht. Man muss sich mal überlegen, welche Millionensummen uns durch dieses angebliche Kavaliersdelikt Steuerhinterziehung in jedem Jahr vorenthalten werden. Geld, das dringend für Schulen, Straßen, Kindergärten …«

»Walter, bitte.« Inge schlug auf den Tisch. »Wir haben gerade ein ganz anderes Thema. Komm mal zum Punkt.«

»Ja, bitte.« Heinz sah ihn vorwurfsvoll an. »Ich bekomme schon lahme Finger.«

Walter atmete tief durch. »Eure Ungeduld wird euch noch umbringen.«

»Das brauchst du nicht mitzuschreiben.« Charlotte beugte sich zu ihrem Mann. »Nur die Sachen, die was mit Sabine Schäfer zu tun haben. Weil es nämlich grade nur um sie geht.«

»Gut.« Heinz nickte und strich den letzten Satz durch.

»Nicht nur.« Karl sah sie seltsam an, nachdem er einen Blick mit Helga gewechselt hatte. »Es geht hier nicht mehr nur um Sabine Schäfer. Wartet ab.« Er fand es sehr wichtig, die Dramaturgie einer solchen Sitzung sinnvoll aufzubauen. Die Leute sollten schließlich konzentriert zuhören. Deshalb wollte er auch nicht, dass der größte Kracher, und das war zweifelsohne Helgas Entdeckung, gleich am Anfang rausgehauen wurde.

»Kann ich fortfahren?« Walter hatte Karl die ganze Zeit beobachtet und auf ein Zeichen gewartet. Aus seinen Gedanken gerissen, wandte Karl sich jetzt zu ihm und sagte: »Natürlich. Fass es bitte kompakt und sinnvoll zusammen. Auch für den Protokollanten.«

»Der kommt schon mit.« Walter sah Heinz an. »Nicht wahr? Zurück zum Thema. Karl, du hast mich ja auf die Tatsache hingewiesen, dass die Insel Sylt ein gewaltiges Problem mit Schwarzarbeit hat. Ich war mir nach unserem Gespräch nicht hundertprozentig sicher, ob der ansässige Zoll mit einem Thema diesen Ausmaßes fertig würde. Für die Nichteingeweihten am Tisch ...«, sein Blick wanderte von Hermann zu Helga, »ich habe jahrelange Erfahrung bei der Steuerfahndung und empfinde es nahezu als meine Pflicht ...«

»Walter.« Verzweifelt hob Heinz den Kopf. »Kannst du das bitte überspringen? Und vielleicht gleich zu Wolf Bertram kommen? Und zum Foto?«

Inge atmete erleichtert auf und nickte. Walter hob die Hände. »Gut, wenn ihr meint, dass euch Teilinformationen weiterbringen, dann mache ich es so. Ich hoffe nur, dass euch die Dimension dieser Geschichte trotzdem klar wird. Wie mache ich es kurz? Also: Ich bin davon überzeugt, dass die meisten schwarzen Schafe in der Tourismusbranche zu finden sind. Deshalb habe ich verschiedene Firmen, die sich unter anderem mit Vermietungen und Instandhaltung von Ferienimmobilien befassen, unter die Lupe genommen. Und jetzt soll ich ja sehr abkürzen, also die Firma Bertram ist mir dabei ins Auge gesprungen. Euch entgeht jetzt einiges, aber das wolltet ihr so. Heinz, schreib die Adresse trotzdem ins Protokoll. Jedenfalls habe ich herausgefunden, dass einige Mitarbeiter zwar für Bertram arbeiten, aber in der Firma nicht geführt werden. Ein Beispiel dafür ist diese Sabine ...«

»Schäfer«, ergänzte Heinz und schrieb weiter.

»Sag ich doch, Sabine Schäfer. Das Foto habe ich von einer Dame bekommen, bei der Frau Schäfer im Auftrag von Bertram gearbeitet hatte, obwohl er bestreitet, sie zu kennen oder ihren Namen schon mal gehört zu haben. Eindeutige Situation denke ich. Und dann habe ich auch noch von Frau ... na, die Dicke, die das Haus von Dings ... Heinz?«

»Schölermann.«

»Ja, genau, die Frau Schölermann, der ich ... ich mache es kurz, der ich das Foto gezeigt habe, die hat mir gesagt, dass Sabine ... ähm, dass die regelmäßig bei uns in der Straße ...« In diesem Moment fiel bei ihm der Groschen, er sah Charlotte und Inge an und brachte den Satz zögernd zu Ende. »... war. Aber das wisst ihr ja schon. Sie war ja bei ... ist ja egal.« Er schluckte.

Eine kurze Pause entstand, in der alle Augenpaare auf Walter gerichtet waren. Hermann war der Erste, der weitersprach. »Gut, dann fasse ich jetzt zusammen: Sie haben herausgefunden, dass Sabine Schäfer hier arbeitet und das vermutlich ohne Lohnsteuerkarte. Und Sie haben ein Foto von ihr.«

»Genau.« Walter und Heinz nickten. Walter wirkte nicht mehr ganz so selbstsicher wie am Anfang. Das sah auch Karl.

»Das Foto ist neu«, meinte er gönnerhaft. »Aber den Rest wussten wir schon. Kommen wir zum Nächsten. Oder besser zur Nächsten. Charlotte. Dein Einsatz.«

Walter hob schnell die Hand. »Aber es gibt noch eine Beobachtung.«

Karl schüttelte den Kopf. »Jetzt geht es der Reihe nach. Charlotte, bitte.«

»Nein.« Sie hob abwehrend die Hand. »Ich möchte erst wissen, was Helga und Onno haben, weil ich für meine Sache länger brauche.«

»Charlotte, ich habe einen Faden«, widersprach Karl. »Fang ...«

»Nein.« Hilfesuchend sah sie Hermann an. »Ich glaube, es ist besser so. Sagen Sie mal was.«

Mit einem entschuldigenden Blick zu Karl nickte Hermann. »Das sehe ich auch so. Karl, dieses Tagebuch könnte gleich unsere ganze Konzentration erfordern.«

Karl stöhnte, dann gab er sich geschlagen. Er hatte keine Lust, mit Hermann in dieser Runde zu diskutieren. »Helga. Dein Moment. Haltet euch fest.«

Sie wirkte sehr konzentriert, faltete langsam die Seite auseinander, stand auf und hielt das Blatt so, dass alle es sehen konnten. Sekundenlang war es still im Raum. Man hätte eine Stecknadel fallen hören können. Inge fand als Erste die Worte wieder: »Mommsen. Corinnas Mann ist tot.«

»Das ist doch der Tote vom Roten Kliff!«, Karl überschlug sich fast. »Da ist ja der Zusammenhang! Eine Frau, die im Verborgenen hier lebt, die niemand richtig kennt, von der keiner etwas Privates weiß, diese Frau verschwindet, kurz bevor ein Mann zu Tode kommt, bei dem die Polizei Tage braucht, um herauszufinden, um wen es sich überhaupt handelt. Und wenn unsere Spekulationen richtig sind und unsere verschwundene Frau tatsächlich nur unter falschem Namen hier gelebt hat, aber in Wirklichkeit Corinna Mommsen heißt, dann ist sie es, die mit dem Toten verheiratet war. Und allen Grund hätte, ihn umzubringen. Hermann, was sagst du dazu?«

Hermann war fassungslos und sagte nichts. Dafür zog Charlotte entschlossen das Buch aus der Verpackung, löste das Lederband und fing an zu blättern. »Ich glaube, wir haben gerade eine Serie beim Puzzlespiel. Plötzlich passen ganz viele Teile. Hört mal zu.«

Sie begann vorzulesen.

Mein Tagebuch

25. Juli 2000

Nachsatz: Meine Mutter hat fuchsteufelswild hier an die Tür getrommelt. Ob ich gesehen hätte, wie das Auto aussieht, total verdreckt, sie hätte gerade reingesehen, ihr wären die Tränen gekommen, Papas schöner Mercedes, und mein Mann hätte ihn jetzt so eingesaut. Ich hätte eine Stunde Zeit, meinem Mann zu sagen, er solle den Wagen reinigen, danach könne er sich sowieso einen eigenen kaufen, sie will den Mercedes wieder für sich. Es war ein einziges Geschrei, ich habe sie irgendwann aus der Tür geschoben und ihr gesagt, ich würde mich kümmern. Ich habe kurz bei meinem Mann ins Schlafzimmer geschaut, er hatte eine halbleere Flasche Wodka neben sich am Bett und schlief. Wenigstens hat er nicht mehr geschrien, da war ich ganz froh. Ich habe mir dann den Staubsauger geschnappt und einen Eimer Wasser und bin in die Garage. Und da wurde mir ganz schlecht, weil meine Mutter dieses Mal nicht übertrieben hatte. Der Wagen war völlig verdreckt. Die Fenster waren von innen verschmiert und es stank. Und zwar ganz grauenvoll. Als wenn jemand nicht rechtzeitig zur Toilette gekommen wäre, um es mal vorsichtig auszudrücken. Oder um es deutlich zu sagen, irgendjemand hatte die Sitze vollgekotzt. Es war widerlich. Ich habe mit Gummischürze und Handschuhen wie eine Irre geschrubbt, habe ganz viel Desinfektionsmittel reingesprüht, irgendwann ging es. Aber dieser Dreck. Ich habe keine Ahnung, was die in dem Wagen gemacht haben, aber überall war Matsch und Sand, auf den Hintersitzen waren lauter Flecken, ich habe drei Stunden gebraucht, um es wieder in Ordnung zu bringen. Da sind auch nicht nur die Männer mit gefahren, unter dem Vordersitz lag ein Tuch, ein ganz hübsches, das war bestimmt nicht billig. Es hat so ein apartes Muster, kleine rote Rosen, das hat mir gefallen. Und dann habe ich auch noch so einen großen Ohrring gefunden. Der steckte zwischen den Sitzen. Grüne Steine, auch schön, den habe ich noch nie gesehen. Ich habe beides erst mal in meinen kleinen Schrank gelegt, ich bin gespannt, wann mich mal jemand danach fragt. So, und jetzt gehe ich ins Bett, für heute habe ich genug geschafft.

Als Hermann ein Geräusch machte, hörte Charlotte auf zu lesen und hob den Kopf. Hermann war kreidebleich geworden, er stand auf, ging zu einem Sessel, auf dem seine Aktentasche stand, zog eine Mappe vor, blätterte darin und legte sie dann aufgeschlagen in die Mitte des Tisches. Fünf Köpfe beugten sich darüber, dann kamen sie wieder hoch und sahen sich an.

»Ich rufe jetzt Maren auf ihrem Handy an«, sagte Onno ruhig und erhob sich. »Das wird mir zu groß.«

»Warte, warte, warte.« Karl hob die Hand und dachte mit geschlossenen Augen nach. »Nicht unüberlegt handeln. Alexander Mommsen. Sabine Schäfer. Aber wo ist sie? Sie muss irgendwo sein …«

Walter räusperte sich. »Wenn es einer wissen könnte, dann ist das Wolf Bertram. Der verwaltet jede Menge Wohnungen, und einige von denen stehen gerade leer. Im Büro hingen Listen. In einer dieser Wohnungen könnte sie vielleicht sein.«

»Was?« Karl starrte ihn an. »Warum sagst du das nicht gleich?«

»Ich war ja nicht mehr dran. Und sollte mich kurz fassen.«

»Walter. Echt.« Inge schüttelte den Kopf. »Redest stundenlang über Steuern und vergisst das Wesentliche.«

Onno sah von einem zum anderen. »Was machen wir denn jetzt? Walter, was ist mit diesem Bertram? Kann der was wissen?«

Walter zuckte, immer noch mit bösem Blick auf Inge, mit den Schultern. Stattdessen antwortete Heinz. »Der weiß bestimmt etwas, wir waren ja vorhin mit dem Foto bei ihm, da wurde er richtig aggressiv. Und wenn nicht diese beiden Männer mit ihrem Porsche gekommen wären und ihn ins Haus geleitet hätten, wäre der bestimmt hinter uns her gelaufen.«

Tonlos fragte Hermann: »Hatte der Porsche ein OD-Kennzeichen?«

»Ja.« Heinz nickte. »Ich habe mir das ganze Kennzeichen gemerkt. Ist so ein Hobby von mir.«

Hermann und Karl sahen sich lange an. Dann sagte Hermann zu Onno: »Rufen Sie Ihre Tochter an.«

Karl wartete, bis Onno sein Handy aus der Tasche zog und damit in den Flur ging. Er blieb noch einen Moment still sitzen, dann holte er tief Luft, warf einen kurzen Blick auf das Protokoll und griff nach seinem Telefon Er tippte eine Nummer, atmete noch mal tief aus, bis sich jemand meldete.

»Sönnigsen. Es geht um den Todesfall am Kliff. Und um eine Vermisste, die vermutlich in Gefahr ist. Polizeihauptkommissar Runge, ich brauche Ihre Hilfe.«

Samstag, der 28. Mai,
in Marens Auto, unveränderter Standort

So langsam reicht es«, sagte Maren und sah auf die Uhr. »Das waren jetzt fast zwei Stunden.«

Anna sah angestrengt aus dem Fenster. »Das ist das Elend an echter Polizeiarbeit. Im Fernsehen hätten sie den Fall schon vor einer halben Stunde gelöst. Da kämen jetzt die Nachrichten.«

»Ich denke noch immer darüber nach, warum Alexander van der Heyde niemandem gesagt hat, dass er hierhergefahren ist.« Maren rieb gedankenverloren einen Fleck an der Scheibe weg. »Selbst wenn er eine Affäre hätte, erzählt man so etwas nicht seinem besten Kumpel?«

»Männer nicht«, Anna schüttelte den Kopf. »Ich hatte vier Jahre eine Affäre. Mit einem verheirateten Kollegen. Meinen Freundinnen habe ich es erzählt, von seinen Freunden wusste es niemand.«

»Was?« Erstaunt sah Maren sie an. »Du? Das hätte ich nicht gedacht. Und dann?«

»Dann habe ich das Angebot aus Kiel angenommen«, Anna lächelte bitter. »Das kann ich ein anderes Mal erzählen, lass uns jetzt noch ein bisschen durchhalten.«

»Aber du ...«, begann Maren, stockte aber, als sie Annas abweisendes Gesicht sah. »Nicht jetzt, Maren, ich habe überhaupt keine Lust, darüber zu reden. Ich kam nur drauf, weil du überlegt hast, dass van der Heyde seinen Kumpels von einer Affäre erzählt haben könnte. Ich glaube das nicht. Und was auch gegen ein kleines Liebeswochenende auf Sylt spricht, ist die Tatsache, dass sich die mögliche Geliebte nicht gemeldet hat. Selbst wenn das alles geheim und verboten wäre, stell dir doch vor, du bist mit deinem Freund ein paar Tage auf einer Insel, um es dir schön zu machen, und dann verschwindet der. Und taucht nicht wieder auf. Da fährst du doch nicht einfach nach Hause und machst normal weiter. Das kann ich mir nicht vorstellen.«

»Na, egal.« Maren rieb sich die Augen. »Irgendwann werden Kruse und Novak zurückkommen, vielleicht finden wir dann was raus.« Sie drückte die Hand auf den Magen, um das plötzlich deutlich zu hörende Grummeln zu stoppen. »Sorry, ich habe so einen Hunger.«

»Ein Polizeianwärter hat mir mal vor Jahren bei einer Observation vorgeschlagen, den Pizzadienst zu rufen.« Anna grinste bei der Erinnerung daran. »So schlecht war die Idee eigentlich gar nicht.«

»Apropos Pizzadienst.« Maren hangelte sich über den Sitz, um nach ihrer Jacke zu greifen, die auf der Rückbank lag. »Ich glaube, ich habe mein Handy die ganze Zeit leise gestellt. Ich bin vorhin so schnell los, da habe ich es gar nicht wieder laut gemacht.« Sie tastete in den Taschen der Jacke nach dem Handy, bis sie es endlich fand und rauszog. »Tja«, sagte sie nach einem Blick aufs Display. »Es war leise. Und sechs Anrufe in Abwesenheit. Fünfmal mein Vater, einmal Runge, was ist da denn los?«

Sofort drückte sie auf die Taste und wartete das Freizeichen ab, während sie Anna ansah. »Papa? Ich bin's, ich hatte den Klingelton aus, was ist denn …?«

»Ja. Maren, Gott sei Dank.« Onno holte erleichtert Luft, während Anna ihr einen fragenden Blick zuwarf. »Es geht um euren Toten vom Kliff und um eine Frau, die wir gerade suchen, und es scheint da einen Zusammenhang zu geben.«

Maren drückte auf die Freisprechtaste. »Was meinst du mit unserem Toten am Kliff?«

»Ihr habt doch diesen toten Mann gefunden. Und jetzt hat Helga rausgefunden, dass der früher Mommsen hieß. Und das ändert alles.«

»Wie? Helga hat das rausgefunden?« Maren schüttelte den Kopf. »Wir wissen, dass der früher Mommsen hieß, das steht ja auch in unseren Unterlagen. Aber warte mal, ich verstehe kein Wort, was habt ihr denn damit zu tun? Und wen sucht Helga?«

»Nicht nur Helga sucht, eigentlich suchen Inge und Charlotte, aber Karl und Hermann helfen, ich natürlich auch, und jetzt sind auch noch Walter und Heinz hier, und Charlotte hat Post bekommen, ach, das ist alles ein Riesendurcheinander, das kann ich dir nicht alles am Telefon erzählen. Du müsstest mal eben zu Karl kommen.«

Maren sah Anna mit gerunzelter Stirn an, bevor sie antwortete: »Ich kann jetzt nicht mal eben zu Karl kommen, ich bin im Dienst. Können wir das nicht morgen besprechen?«

»Nein.« Onno widersprach energisch. »Heute noch. Das ist ganz wichtig. Sabine Schäfer ist vermutlich in Gefahr. Das ist die verschwundene Frau. Weil die wahrscheinlich in Wirklichkeit Corinna Mommsen heißt, aber eigentlich schon tot ist und Hermann uns die Akte gezeigt hat. Das ist eine ganz schlimme Geschichte. Karl hat gerade Runge angerufen und den um Hilfe gebeten.«

»Was?« Anna und Maren platzten gleichzeitig mit der Frage raus. »Was hat Karl?«

»Wer ist denn da bei dir?«

»Ich sitze neben Anna. Karl hat Runge angerufen?«

Plötzlich war aus dem Hintergrund eine andere Stimme zu hören. »Du musst das anders erzählen. Maren? Maren, hörst du mich?«

»Ja, aber wer ...?«

»Hier ist Walter. Walter Müller. Hör mal, du musst zu Wolf Bertram fahren, der ist der Schlüssel.«

Fast schon verzweifelt schüttelte Maren den Kopf, während Anna gespannt zuhörte. »Walter, ich verstehe nur Bahnhof. Wer ist Wolf Bertram, und was hat der mit dem Toten zu tun? Und was will Karl von Runge?«

Eine weibliche Stimme rief dazwischen: »Maren, hier ist Charlotte. Wolf Bertram könnte wissen, wo Sabine ist. Diese Ferienwohnungsfirma, die ist zwischen dem Sylt-Shuttle und der Kirche, in Westerland, da müsst ihr hin.«

Angestrengt versuchte Maren, sich einen Reim auf dieses Chaos zu machen, sie verstand überhaupt nichts. »Kann ich Karl mal sprechen?«

Stattdessen setzte sich nun eine ruhige Stimme durch. »Hier ist Heinz. Die Polizei sollte wirklich zuerst zu Bertram fahren. Er hat uns vorhin bedroht, er hätte uns fast verfolgt, das macht man nur, wenn man Dreck am Stecken hat. Und wenn die beiden Männer in ihrem Porsche nicht gekommen wären, hätte uns Bertram womöglich verprügelt. Das Kennzeichen des Porsches habe ich mir gemerkt, falls ihr die ausfindig machen wollt. Es lautet: OD ...«

Anna und Maren sahen sich wie elektrisiert an. Dann nickte Maren und startete den Motor. »Danke, Heinz, das war der einzig brauchbare Hinweis. Wir sind unterwegs und melden uns.«

»Die nächste links.« Anna hob den Blick vom Handy, mit dem sie die Adresse von Wolf Bertram gegoogelt hatte.

»Und dann gleich wieder rechts, da, da ist es, ich sehe das Schild.«

Maren verlangsamte das Tempo und folgte Annas Anweisungen. Das Haus, vor dem sie hielten, war unbeleuchtet, außer einem Jeep mit Firmenaufdruck stand kein anderes Auto auf dem Hof. Maren parkte daneben und sah sich um. »Kein Porsche«, sagte sie bedauernd. »Es wäre auch zu einfach gewesen. Und jetzt?«

»Jetzt steigen wir aus, klingeln und fragen, was die Männer von Wolf Bertram wollten.« Anna hatte den Gurt gelöst und bereits die Tür geöffnet, als ein weiterer Wagen auf den Hof schoss. Anna sah Maren irritiert an. »Das ist doch dein Vater.« Sie stieg aus und ging auf den Wagen zu.

»Anna«, Onno hatte die Fensterscheibe heruntergekurbelt und sah ihr ernst entgegen,»ich glaube, das ist hier eine größere Geschichte.«

»Wir sind zu viert«, kam eine Stimme aus dem Auto. Maren stand inzwischen neben Anna und beugte sich runter. »Hallo Walter. Heinz, Karl. Könnt ihr mir mal erklären, was das hier jetzt wird?«

»Wir knöpfen uns jetzt Wolf Bertram vor.« Heinz schob seinen Kopf nach vorn. »Mit polizeilicher Unterstützung ist es einfacher. Steigt doch mal aus, wir kriegen hier hinten gar nichts mit.«

»Wollen wir nicht lieber auf Runge warten?«, wandte Onno ein. »Karl hat ihn doch informiert.«

»Ja, und ihr seht es doch.« Karls Stimme klang gereizt. »Wo ist er, wenn man ihn braucht? Ich habe ihm die Situation geschildert, und er hat wieder mal den Ernst der Lage unterschätzt. Anna, hast du deine Waffe dabei? Dann gehen wir da jetzt rein.«

»Ihr bleibt im Auto sitzen.« Anna straffte ihren Rücken und gab Maren ein Zeichen. »Ich rede erst mal mit diesem Bertram.« Sie ging ein paar Schritte in Richtung der Eingangstür, bevor sie sich noch mal umdrehte. »Sitzen bleiben.«

Dann stand sie vor der Haustür und klingelte. Einmal, zweimal, lange. Es passierte nichts. Anna trat einen Schritt zurück und sah sich um. Niemand öffnete, auch diese Aktion schien ergebnislos zu bleiben. Achselzuckend drehte sie sich um und ging zurück zu den Autos. »Keiner da«, meinte sie. »Wir fahren morgen früh noch mal her, vielleicht erwischen wir ihn dann.«

»Nein.« Karl stieg jetzt aus. »Ihr könnt mir sagen, was ihr wollt, aber hier ist was faul. Ich habe ein ganz seltsames Gefühl.«

Auch die hinteren Türen öffneten sich, Walter und Heinz stiegen gleichzeitig aus, dann folgte langsam auch Onno. Plötzlich sahen sich Anna und Maren umringt von vier Männern, die alle gleichermaßen entschlossen das Haus musterten.

»Ich gehe mal rum«, Heinz setzte sich in Bewegung. »Vielleicht kann man irgendwo reingucken.«

»Heinz.« Maren folgte ihm sofort. »Was willst du denn ...«

Er blieb stehen und hob die Hand. »Denk daran, ich habe dir den einzigen wichtigen Hinweis gegeben. Ich glaube, wir haben hier mehr Überblick als ihr. Komm, Walter, das Büro von ihm ging nach hinten raus und er hatte da keine Gardinen.«

Er marschierte weiter, Walter und Karl folgten, nach kurzer Überlegung schloss sich auch Anna an. »Maren, ihr wartet hier vorn. Falls Runge gleich kommt.«

»Ja, ja, falls«, brummte Karl, der Mühe hatte, dem energischen Schritt von Heinz zu folgen.

»Großer Gott.« Heinz war vor einem bodentiefen

Fenster stehen geblieben und beugte sich dichter an die Scheibe. »Seht euch das mal an.«

Das am Nachmittag noch so aufgeräumte Büro sah aus wie nach einem Einbruch. Die Schreibtischschubladen standen offen, ein Stuhl lag auf der Seite, Papiere und Akten waren auf dem Boden verstreut, die Schreibtischlampe war umgestürzt, die Bürotür stand weit offen und gab den Blick auf den Flur frei, in dem Licht brannte. Anna schob Heinz ein Stück zur Seite und spähte genauer durchs Fenster. »Was sind denn das für Flecken an der Wand und auf dem Sessel?«, fragte sie leise.

Karl beugte sich vor. »Könnte Blut sein. Hier hat ein Kampf stattgefunden. Und im Flur brennt Licht. Das Opfer könnte noch drin sein. Das heißt, Gefahr im Verzug, wir gehen da rein.«

»Wir nicht.« Anna zog ihr Handy aus der Tasche. »Ich rufe selbst Verstärkung.«

Noch bevor sie die Nummer eintippen konnte, hörten sie die Ankunft von mehreren Autos. Eilig liefen sie nach vorn, gerade rechtzeitig, um Peter Runge mit sechs Polizisten aussteigen zu sehen.

Runge ging langsam zum Haus und blieb überrascht stehen, als er Anna mit den Männern im Schlepptau auf ihn zukommen sah. »Was ...«, begann er, als Karl ihm schon ins Wort fiel.

»Na endlich. Gefahr im Verzug. Wir müssen da rein.«

Runge sah Anna fragend an, die nickte und antwortete: »Aufbrechen. Es hat offenbar ein Gewaltverbrechen im Haus gegeben, es macht niemand auf, es ist nicht auszuschließen, dass das Opfer noch im Haus ist.«

Innerhalb von wenigen Sekunden war die Tür geöffnet, vier Polizisten, Anna und Maren, alle die Hand an der Waffe, betraten das Haus. Nach wenigen Augenblicken trafen sie sich wieder im Flur. »Nichts.« Anna sah sich um, die anderen schüttelten den Kopf. »Hier ist niemand mehr.«

Ungehalten sah sie zur Tür, durch die sich Karl und Walter gerade gleichzeitig schoben. »Ihr könnt hier nicht einfach reinkommen, Karl, bitte, das muss ich dir doch nicht sagen.«

»Anna, fang jetzt nicht wieder diese Diskussion an. Dafür ist keine Zeit.« Karl sah sie verärgert an. »Es gibt hier ein Lager im Keller, hat mir Walter gerade gesagt, da vorn, die Tür. Man kann von draußen ein bisschen Licht durch eine Kellerluke sehen.«

Anna und Maren marschierten sofort los, Runge und ein weiterer Kollege folgten, nach wenigen Metern kamen sie zu der schmalen Tür, hinter der die Treppe nach unten führte. Das Licht war tatsächlich an, Anna deutete mit Blick zu Runge vor sich auf den Boden. Er nickte und machte auch Maren darauf aufmerksam. Überall Blutflecken. Es gab nur eine Tür in dem Kellergang, in der von außen ein Schlüssel steckte. Als sie davorstanden, zückten Maren und Runge die Waffen, Anna sah sie kurz an, dann drückte sie die Klinke runter und stieß die Tür auf.

Der Mann kauerte leichenblass und mit blutbeflecktem Hemd am Boden, das Gesicht voller Platzwunden, die Beine mit Paketband fest verschnürt. Mit letzter Kraft hob er den Arm. »Endlich!« Dann kippte sein Kopf zur Seite.

Mein Tagebuch

9. Oktober 2000

Ich habe alles vorbereitet. Ich habe alles genau geplant, vorbereitet und bin jetzt damit fertig. Ich hoffe, ich habe nichts übersehen und vergessen. Ich gehe gleich. Aber bevor ich gehe, setze ich mich an den Tisch, an dem ich früher mit Gregor gefrühstückt habe. Ich trinke noch einen Kaffee und schreibe ein letztes Mal in dieses Tagebuch. Danach werde ich hier nie wieder sitzen und ich werde nie wieder etwas in dieses Buch schreiben. Weil es nichts mehr geben wird, das es wiedergutmacht. Ich habe mir noch mal alle Eintragungen durchgelesen. Es waren nicht immer schöne Sachen, die passiert sind. Aber einige waren schön. Der Blumenmarkt, Hans, der Pastor, zu dem ich jetzt Matthias sage, der Osterbasar und natürlich die Erinnerungen an Gregor und eigentlich auch die an Sabine. Sabine Schäfer, die jetzt Sabine Gruber heißt, weil sie mit dem freundlichsten und attraktivsten Mann, den ich kenne, verheiratet ist. Es gab ein paar schöne Dinge, aber es gab zu viel schlimme. Aber das Allerschlimmste ist jetzt passiert. Und deshalb schreibe ich es auf, damit dieses Buch abgeschlossen ist. Danach möchte ich es nie wieder aufschlagen. Zumindest sehr lange nicht. Wenn überhaupt. Jetzt bringe ich es hinter mich.

Ich habe letzte Woche etwas erfahren. Das ist vielleicht nicht richtig ausgedrückt, weil ich schon geahnt habe, dass etwas passiert ist. Aber dass so etwas Schlimmes passiert ist, das hätte ich mir nie vorstellen können. Es passieren jeden Tag schlimme Dinge, sinnlose Dinge in der Welt. Auch Gregors Unfall war so sinnlos und so schlimm. Aber dann gibt es auch noch grausame Sachen. Böse Sachen. Und ich dachte immer, dass die nur in anderen Leben passieren, aber doch nicht in meinem. Ich habe mich geirrt. Weil jetzt so etwas Grausames in mein Leben gekommen ist, dass ich das nicht mehr aushalten kann.

Ich habe letzte Woche ferngesehen. Mein Mann war nicht da, er war mit seinen Freunden weg. Er sagt mir nicht mehr, wo er hingeht und wann er wiederkommt. Schon lange nicht mehr. Ich weiß nur, dass er mit seinen Freunden unterwegs war, weil sie ihn abgeholt haben. Und hupend vom Hof gefahren sind. Es gab nichts Schönes im Fernsehen, aber weil ich so viel bügeln musste, habe ich einfach irgendetwas angesehen. Es lief dann Aktenzeichen XY, eigentlich sehe ich das nicht gern, aber, wie gesagt, es war auch nichts Besseres in den anderen Programmen. Ich höre eigentlich mehr zu, als ich hinsehe, weil ich mich ja aufs Bügeln konzentriere. Deshalb hörte ich also zu, als der Moderator von einem ungeklärten Kriminalfall aus dem Sommer erzählte. Es ging um eine junge Frau, gerade mal neunzehn Jahre alt, die mit einer Freundin Campingurlaub an der Ostsee machte. Sie kam aus Süddeutschland, hatte gerade ihr Abitur bestanden, und die beiden wollten das feiern. An dieser Stelle musste ich das Wasser im Bügeleisen nachfüllen und sah kurz hoch. Im Fernsehen wurde gerade ein Foto der jungen Frau gezeigt. Sie war schön, mit langen roten Locken und einem strahlenden Lächeln. Sie hieß Marlene, ich dachte noch, dass der Name gut zu ihr passte. An einem Samstagabend waren sie in einer großen Diskothek, nah am Strand. Marlene hat die ganze Nacht getanzt, die beiden jungen Frauen haben auch getrunken, und dann war Marlene plötzlich weg. Ihre Freundin hat erst gedacht, sie wäre vielleicht mit einem kleinen Flirt an den Strand gegangen, es war eine laue Sommernacht. Aber sie war auch morgens noch nicht da, und die Freundin ging zum Platzwart, der die Polizei benachrichtigte. Kurz darauf wurde die Leiche gefunden. Auf einer selten befahrenen Straße, unweit des Campingplatzes hat man sie einfach weggeworfen. Wie eine Puppe. Man hat sie vergewaltigt und schwer misshandelt. Das Schlimmste war, dass sie gestorben ist, während sie da auf der Straße lag. Man hätte sie nur früher finden müssen, dann hätte sie es vielleicht geschafft. Aber es kam einfach niemand vorher vorbei, und dann war sie tot. Ich war ganz erschüttert, weil ich ja das Foto gesehen hatte und noch dachte, dass man doch so eine hübsche junge Frau nicht einfach wegwerfen kann. Deshalb habe ich das Bügeleisen zur Seite gestellt und den Bericht zu Ende geschaut. Der Moderator der Sendung hat mich direkt und sehr ernst angesehen. Und dann hat er gemeint, dass die Polizei Zeugen suche und auf Hinweise aus der Bevölkerung angewiesen sei, weil keiner weiß, wie Marlene auf diese abgelegene Straße gekommen ist. Vielleicht habe jemand zwei Gegenstände gesehen, die nach Aussage der Freundin Marlene gehört haben und die sich nicht mehr an der Leiche oder in deren Umgebung befunden haben. Dann wurde ein anderes Foto von Marlene eingeblendet. Man konnte ihr Gesicht dieses Mal nur von der Seite sehen, aber darum ging es auch nicht. Es ging um das Tuch, das sie trug, ein sehr schönes Tuch, hell mit kleinen roten Rosen. Dieses Tuch hätte sie an diesem besagten Abend getragen, es sei aber verschwunden. Dasselbe galt für einen ihrer Ohrringe. Man hätte nur noch einen an ihr gefunden, der zweite würde fehlen. Dann kam das Foto. Ein großer Ohrring mit grünen Steinen. Als der Moderator dann noch sagte, dass man sich bei der Polizei melden sollte, wenn man einen dieser Gegenstände gesehen hätte, knickten mir die Knie weg. Es rauschte plötzlich so in meinen Ohren, dass ich den Rest gar nicht mehr verstehen konnte. Und dann hatte ich nur noch diese furchtbare Angst. Ich weiß, wo diese Gegenstände sind. Und ich weiß, wer die Männer waren, die die schöne Marlene wie eine Puppe auf die Straße geworfen haben. Die Männer heißen Alexander, Kai und Dirk. Es sind Mörder. Sie werden auch mich wegwerfen. Ich muss fort.

Samstag, der 28. Mai,
ein Ferienhaus, am Abend

Sie ließ die Augen geschlossen und atmete in den Schmerz. Sie hatte nicht einmal gestöhnt oder geschrien, sie hatte einfach nur in den Schmerz geatmet. Als Kai ihr den Arm brutal verdreht hatte, als er sie ins Haus gestoßen und gegen das Treppengeländer gedrückt und auch als er sie geschüttelt hatte, sie hatte keinen Laut von sich gegeben. Sie war viel zu perplex. Und viel zu wütend. Wie sie dagestanden hatten, breitbeinig, Kai mit diesem arroganten Gesicht, Dirk, einen Meter hinter ihm, sie waren wie aus dem Nichts aufgetaucht, sie hatte sie nicht gehört, sie hatte nicht aufgepasst. Sie war zu sicher gewesen, dass alles bald ein Ende haben würde. Sie war nicht ausgeflippt oder in Tränen ausgebrochen, sie hatte nichts von dem getan, womit sie gerechnet hätten. Ihr erster Gedanke war gewesen, die Polizei anzurufen, aber es war zu spät, Kai und Dirk waren schon mit ihr im Haus und ließen sie nicht aus den Augen. Kai war dann total ausgerastet. Er hatte nach ihr gegriffen, mit diesem Klammergriff, den sie von Alexander kannte. Es war derselbe Schmerz. Aber auch anders. Ganz anders als früher. Sie hatte nichts mehr zu verlieren, es ging doch schon alles seinen Gang. Aber das wusste Kai nicht, deshalb konnte er nicht aufhören, sie zu stoßen, zu schütteln und anzuschreien. Sie verstand ihn kaum, er brüllte auf sie ein, sein Gesicht war wutverzerrt, ihre eigene Wut stieg langsam hoch, nahm Besitz von ihrem ganzen Körper, die weiße Wut, die mit jedem Schütteln, mit jeder Beschimpfung gleißender wurde. Sie wartete ab, bis er einen kleinen Moment locker ließ, dann riss sie ihr Knie hoch und rammte es ihm in den Unterleib. Er taumelte, nur kurz, dann schoss er mit ausgestreckten Armen auf sie zu, seine Hände legten sich um ihren Hals, es tat weh, sie bekam keine Luft, in ihren Ohren ein explodierendes Rauschen, ein schlechter Film, sie riss die Augen auf, sah plötzlich Dirks Bewegung, spürte erleichtert, dass die Hände sich lösten, das Luftholen tat weh, sie hustete, ihr wurde schwindelig, dann kauerte sie am Boden, schnappte nach Luft und lehnte sich kraftlos mit dem Rücken an die Wand. Ihre Augen fielen zu.

Sie wusste nicht, wie lange sie in dieser Stellung auf dem Boden gehockt hatte. Es dauerte lange, bis sie wieder atmen konnte, bis das Brennen nachließ und das Zittern aufhörte. Als sie die Augen öffnete, sah sie Kai auf einem Sessel liegen, zusammengekrümmt und mit blutender Nase. Dirk kam auf sie zu, er wich ihrem Blick aus und beugte sich zu ihr runter. Er riss ihr den Seidenschal vom Hals. Sie sah ihn an. Ohne sich zu bewegen. Er schob ihre Arme hinter den Rücken und band ihre Hände mit ihrem Schal zusammen. Dann richtete er sich wieder auf, ging zu Kai und blieb vor ihm stehen.

»Du bist so ein Idiot«, sagte er leise. Er zog ein Taschentuch aus der Hosentasche und warf es ihm hin. Dann setzte er sich auf den anderen Sessel und starrte erst zu Kai, dann zu ihr. Sie erwiderte seinen Blick. Schweigend.

Stöhnend versuchte Kai, sich aufzurichten, und presste das Taschentuch unter seine Nase. »Du Klugscheißer. Dann frag du sie doch, was sie will. Die blöde Gans redet ja nicht.«

»Wie soll sie reden, wenn du auf sie einschlägst.« Dirk rieb sich den Nacken. Der Kopfschmerz bahnte sich schon wieder seinen Weg. Er war müde, ausgelaugt, er konnte das alles nicht mehr ertragen. In was für einen Albtraum waren sie da eigentlich geraten. Damals, vor siebzehn Jahren. Dirk hob den Kopf und starrte Kai an, als würde er ihn zum ersten Mal sehen. Kai war früher der Coole gewesen, Alexander und Dirk hatten ihn dafür bewundert. Kai machte die Ansagen, Kai riss die besten Frauen auf, Kai hatte die verrücktesten Ideen, Kai traute sich alles zu, Kai machte aus ihrem Leben eine Party. So war es immer gewesen. Deswegen waren sie mit ihm befreundet. Kai Kruse. Die Lichtgestalt. Einer, dem alles zu gelingen schien. Der alles schaffte und bekam, was er nur wollte. Er wusste, wo es langging. Wo man hinmusste. Was man tat. Bis zu diesem Tag im Sommer, über den sie siebzehn Jahre lang kein Wort mehr verloren hatten. Als wenn gar nichts passiert wäre. Aber es war passiert. Und die Bilder waren in Dirks Erinnerung eingebrannt. Es gab Zeiten, in denen er nicht daran dachte. Aber es gab Nächte, in denen die Bilder in einer Endlosschleife durch seine Träume liefen. Eine Diskothek, flimmernde Lichter, wummernde Musik, Lachen, Alkohol, Mädchen in kurzen Röcken, eine Sommernacht, drei junge Männer, die den Beginn ihrer großen Karriere feierten, zwei von ihnen hatten die Uni gerade abgeschlossen, die Erwartungen der Väter erfüllt, jetzt waren sie auf der Überholspur, jetzt waren sie die Sieger, die Welt wartete nur auf sie. Dann stand es plötzlich da, das schöne Mädchen mit den roten Haaren, jung, selbstbewusst, mit diesem niedlichen süddeutschen Dialekt. Sie hatte ihre Freundin verloren und war an ihrem Tisch gestrandet. Nach dem ersten Drink himmelte sie Kai an, der seinen Kumpels ein Zeichen gab, dass er hier der Chef im Ring war. Er fing an zu flirten, in seiner charmanten Art, sie machte mit. Zwei, drei Runden später wollte sie sich verabschieden, um die Freundin zu suchen. Kai hielt sie zurück.

Dirk schloss die Augen. Kais Hände auf zarter Haut, die mit Sommersprossen gesprenkelt war, ihr Lächeln, aber schon etwas distanzierter, Kai, der seinen ganzen Charme spielen ließ, ihr hilfesuchender Blick in seine und Alex' Richtung, weil Kai ihr immer näher kam. Sie hatte den letzten Drink schon stehen gelassen, im Gegensatz zu Kai, der einen nach dem anderen in sich reinschüttete. Der Einzige, der einigermaßen nüchtern war, war Alexander, mit dessen Firmenwagen sie unterwegs waren, er hatte Angst vor seiner Schwiegermutter. Alex beugte sich zu Kai und flüsterte ihm etwas zu, was Dirk nicht verstehen konnte. Kai stieß Alex nur leicht vor die Brust und hob spöttisch die Augenbrauen. Auch seine Antwort war bei der lauten Musik nicht zu hören, anscheinend war es etwas Unfreundliches. Alex trat mit beleidigtem Gesichtsausdruck ein Stück zurück. Er selbst trank weiter, obwohl er schon betrunken war, er beobachtete die Szene wie in einem Film, den abseitsstehenden Alex, den offensiv flirtenden Kai, die jetzt genervte junge Frau. Kai redete immer weiter auf sie ein, änderte aber seine Strategie. Sie nickte, erst zurückhaltend, dann erleichtert. Dirk verstand nichts von dem, was Kai ihr ins Ohr sagte, irgendwann gab Kai ihm und auch Alex das Zeichen zum Aufbruch. Als sie nach draußen kamen, traf ihn die frische Luft wie eine Keule, er schwankte, weil sich in seinem Kopf alles drehte, er kam ins Taumeln, stürzte fast, konnte sich noch im letzten Moment an einem Zaun festhalten. Die junge Frau kicherte über ihn, Kai hatte seinen Arm locker um ihre Schulter gelegt, führte sie zum Auto. Er selbst, Dirk, konnte kaum laufen, Alex stützte ihn, schnallte ihn auf dem Vordersitz an, obwohl er nach hinten wollte, aber da saßen Kai und die junge Frau. Er konnte keinem Gespräch mehr folgen, ihm war schlecht, mit geschlossenen Augen hing er im Sitz und hoffte, dass er sich nicht übergeben musste.

Kai quälte sich stöhnend aus dem Sessel, Dirk sah ihn an. »Was willst du?«

Ohne zu antworten, ging Kai durch den Raum und blieb vor ihr stehen. »Corinna Tiedemann. Von den Toten auferstanden. Dabei habe ich dich immer für ein bisschen blöde gehalten. Was willst du von uns? Geld? Oder willst du uns fertigmachen aus Rache für dein verkorkstes Leben? Warum sollten wir uns überhaupt auf deinen Scheiß einlassen? Also, jetzt sag was.«

Sie sah ihn an. Und schwieg. Sie hörte plötzlich einen Hubschrauber, hatte für einen kurzen Moment die Hoffnung, dass sie doch noch hier rauskäme. Dann war das Geräusch wieder weg.

Kai hatte es auch gehört und irritiert gelauscht. Als wieder Ruhe einkehrte, grinste er spöttisch und sah auf sie herab. »Komm schon. Was soll das Ganze?« Er ging langsam in die Hocke und starrte ihr in die Augen. »Wir können dich auch einfach übers Kliff werfen. Du bist ja schon tot. Dich sucht doch niemand.«

»Hör auf.« Dirk hatte sich auch erhoben. »Ich gehe. Ich kann es nicht mehr ertragen. Was bringt das denn noch? Ich will fahren.«

In Sekundenschnelle war Kai wieder hochgekommen und stand vor ihm. Jetzt wieder ganz ruhig, ganz beherrscht, aber blass vor Wut. »Du hast so ein Phlegma, das glaube ich einfach nicht. Begreifst du nicht, was hier abgeht? Lass dir von ihr sagen, wo sie dieses Scheißtuch und den dämlichen Ohrring hat, dann können wir fahren. Und sorg dafür, dass sie die Schnauze hält. Dann kannst du ihr von mir aus auch noch ein Pflaster auf die Stirn kleben. Du … du Hausarzt.«

Er wandte sich abrupt um und verließ das Zimmer. Dirk sah ihm nach. Als er im Badezimmer Wasser rauschen hörte, drehte er sich wieder zu ihr. Sie blickte ihn unverwandt an. Plötzlich sagte sie etwas. Ihre Stimme war leise und rau, Dirk trat einen Schritt näher. »Was?«

Sie räusperte sich und schluckte. Sie sah aus, als hätte sie Schmerzen. »Was ist mit Alexander? Warum ist er nicht bei euch?«

Dirk starrte sie an. Alexander. Der hatte nie mehr über diese Nacht geredet, genau wie die anderen. Aber Alex war der Einzige gewesen, der nüchtern geblieben war. Zumindest bis zu dem Ereignis. Er hatte sich erst danach betrunken. Bei Kai. Nachdem er mit halsbrecherischer Geschwindigkeit durch die Nacht zurückgerast war.

In seiner vom Alkohol vernebelten Erinnerung sah Dirk ihn wieder neben sich im Auto sitzen. Die Hände um das Lenkrad geklammert, die Augen starr nach vorn gerichtet. Widerstrebend hatte Alex trotzdem immer wieder in den Rückspiegel gesehen, fasziniert, angeekelt, panisch, aber er hatte kein Wort gesagt. Die junge Frau trat immer wieder gegen Dirks Rückenlehne, er hörte unterdrückte Laute, Stöhnen, ein dumpfes Wimmern. Mühsam hatte er sich irgendwann umgewandt und in seinem zugedröhnten Kopf endlich begriffen, was sich auf der Rückbank gerade abspielte. Als er sich endlich übergeben konnte, machte Alex eine Vollbremsung und fing an zu schreien.

»Warum seid ihr nicht zusammen hier?« Corinna sprach leise, aber mit fester Stimme. »Ihr habt doch sonst immer alles zusammen gemacht.«

»Er ist tot.« Dirk sah sie zögernd an. »Ein Unfall.«

Sie nickte. Ohne auch nur eine Gefühlsregung zu zeigen.

Dirk hockte sich vor sie. »Was willst du von uns?«

Sie sah ihn lange an. »Ich will …«

»Soll ich euch vielleicht noch etwas zu trinken servieren?« Kais sarkastische Frage unterbrach sie. Er war an der Tür stehen geblieben und hatte sie betrachtet. »Damit euer Plausch noch gemütlicher wird? Steh auf, Dirk, wenn sie nicht reden will, dann soll sie es lassen. Wir gehen.«

Dirk verharrte einen Moment, dann drehte er sich um. »Und dann?«

Langsam schlenderte Kai auf sie zu. »Und dann? Dann verlassen wir diese schöne Insel und müssen morgen in der Zeitung lesen, dass ein hübsches Ferienhaus in List abgebrannt ist. Reetdach brennt ja wie Zunder. Und da niemand zweimal stirbt, gibt es ein großes Rätselraten, was die Brandleiche betrifft. Da hat die Polizei dann mal richtig was zu tun.«

Er sah spöttisch auf Corinna runter. »Das hättest du besser planen sollen, meine Süße. Du hast uns unterschätzt. Man legt sich nicht mit den Besten an. Mach es gut.«

»Kai.« Dirk hielt seinen Arm fest, er schüttelte ihn ab und ging an ihm vorbei zur Tür.

»Ich hole jetzt den Kanister aus dem Auto. Und dann ziehen wir das hier durch. Ich habe keinen Bock mehr auf dieses Theater.«

Samstag, der 28. Mai,
im Auto

Kannst du nicht ein bisschen schneller fahren?« Walter klopfte von hinten auf die Kopfstütze. »Die schütteln uns gleich ab. Und dann ist schon alles vorbei, wenn wir ankommen.«

»Hier ist siebzig.« Inge warf ihm einen Blick im Rückspiegel zu. »Ich riskiere keine Anzeige.«

»Die Polizei macht doch gerade was anderes …« Auch Charlotte ging es zu langsam. »… wenn ich dich daran erinnern darf.«

»Nicht alle«, entgegnete Inge. »Runge hat irgendwas von drei Einheiten ins Telefon gerufen. Da sind noch Polizisten übrig.«

»Da, bitte.« Der anklagende Ruf von Heinz kam prompt. »Karl überholt uns. Jetzt ist der früher da. Weil du hier so trödelst. Mann, Mann, ich denke, du hast schon mal ermittelt.«

Karls Auto schob sich an ihr vorbei. Er sah auf die Straße, die hinten sitzende Helga winkte ihnen zu.

»Inge, bitte.« Walter schlug wieder auf die Kopfstütze. »Jetzt gib Gummi, ich zahle auch das Bußgeld.«

»Ihr seid Zeugen.« Inge sah erst Charlotte an und anschließend in den Rückspiegel. »Walter zahlt. Also, dann haltet euch fest.«

Sie drückte aufs Gaspedal und jagte los, nach kurzer Zeit hatte sie zu Karl aufgeschlossen und setzte den Blinker, um ihn zu überholen. Charlotte hielt sich am Griff fest und kniff die Augen zusammen. »Das ist jetzt vielleicht ein bisschen übertrieben, Inge.« Ihr Einwand kam zu spät, Inge hatte sich bereits an die Spitze gesetzt und nur noch die blinkenden Blaulichter der Einsatzwagen vor sich. Hinter ihr drückte Karl auf die Hupe. Inge lächelte.

Die Straße lag nun schnurgerade vor ihnen, sie hatten einen freien Blick bis zur Abzweigung in das Wohngebiet, das ihr Ziel war. Einer der Einsatzwagen blieb an der Einmündung der Straße stehen und wartete, die anderen bogen ein und verschwanden aus ihrem Blickfeld. Nur das Blaulicht des stehen gebliebenen Polizeiwagens blinkte in der Abendstimmung. Inge bremste leicht ab, um ihre Geschwindigkeit zu drosseln. »Wo genau muss ich jetzt eigentlich hin? Soll ich da einfach reinfahren?«

»Keine Ahnung«, antwortete Charlotte und beugte sich nach vorn. »Ich kann auch nicht erkennen, wo die anderen hingefahren sind. Was machen wir jetzt?«

Hinter ihr drehte Walter sich um. »Karl fährt dir gleich drauf. Mach mal den Warnblinker an.«

Karl hupte, wurde aber auch langsamer. Jetzt hatte Inge die Abzweigung fast erreicht und fuhr auf den Seitenstreifen. »Ich frag mal Karl, wo wir jetzt hinmüssen.« Karl hielt hinter ihr. Bevor Inge aussteigen konnte, war er schon aus seinem Auto gesprungen, stand jetzt neben ihr und riss Inges Autotür auf. »Karl, wo soll …«

»Ich habe es geahnt.« Karl war sauer. »Du fährst wie eine Irre, Inge Müller, das sollte dich den Führerschein kosten. Und uns alle das Leben. So ein riskantes Überholmanöver. Und was hast du davon gehabt? Nichts, weil du jetzt doch auf mich warten musst.«

Er knallte die Tür mit Schwung zu und stapfte zu seinem Wagen zurück.

»Das mit dem Überholen war auch übertrieben.« Charlotte sprach als Erste. »Hab ich doch gleich gesagt.«

»Es ging einfach mit mir durch«, unbekümmert startete Inge den Motor und folgte Karl. »Der kann nur nicht leiden, wenn Frauen besser Auto fahren als er. Der regt sich schon wieder ab.«

Sie hielt genügend Abstand hinter Karl, der langsam am Polizeiwagen vorbeifuhr und die erste Möglichkeit zum Parken nutzte. Inge stellte sich direkt dahinter und stieg aus. »Sind wir denn hier richtig?«

Karl nickte. »Den Rest machen wir zu Fuß. Inge, das ist hier ein Einsatz, wir sind kein Kaffeebesuch. Jetzt kommt. Und Ruhe bitte.«

Er ging neben Hermann voraus, Inge, Charlotte, Walter, Heinz, Onno und Helga folgten ihm paarweise. Am Ende der Straße sahen sie die Einsatzwagen, davor Marens Auto. Kurz bevor sie am Ort des Geschehens eintrafen, kam Peter Runge auf sie zugeeilt. »Was wollen Sie denn hier?« Kurzatmig war er vor Karl stehen geblieben. »Wer hat Sie überhaupt durchgelassen?«

»Schröder.« Karl zeigte hinter sich. »Der hat mich wohl erkannt. Und bevor Sie sich aufregen, darf ich daran erinnern, dass ich Sie angerufen habe. Ich halte hier alle Fäden in der Hand.«

Runge starrte ihn an und schüttelte den Kopf. »Sie wissen, dass Zivilisten bei einem Einsatz nichts zu suchen haben.«

»Natürlich.« Karl lächelte. »Wir gucken nur zu. Wir machen nichts.«

Anna und Maren stellen sich neben die Haustür, die anderen Polizisten verteilten sich auf Annas Zeichen hin auf dem Grundstück. Anna holte tief Luft und lauschte.

Nichts rührte sich. Sie sah Maren an und deutete zur Seite, Maren nickte und ging langsam am Haus entlang. Sie kam zurück und schüttelte den Kopf.

»Alle Fenster geschlossen«, sagte sie leise. »Und jetzt?«

Sie hatten das Haus sofort gefunden, Kai Kruses Porsche stand unübersehbar in der Einfahrt. Die Motorhaube war kalt, sie mussten schon länger hier sein. Hier in diesem Haus, zusammen mit Sabine Schäfer, die für die beiden sehr bedrohlich sein musste. Dass die beiden Männer keine Skrupel hatten, war an Wolf Bertrams Verletzungen zu sehen. Bevor der Rettungswagen ihn ins Krankenhaus brachte, hatte er geflüstert, dass die Männer Sabine umbringen würden.

»Wir müssen noch warten«, antwortete Anna. »Die …«

Ein Geräusch am Himmel unterbrach die angespannte Stille. Es kam immer näher, das Knattern wurde lauter, die Blätter der Bäume rauschten, ein Scheinwerfer durchbrach die Dämmerung und tauchte das Wohnviertel in gleißendes Licht.

Sofort drehte Anna sich um, sah nach oben und dann zu Maren. »Da sind sie. Ich hoffe, der Hubschrauber dreht hier keine Dauerschleife. Sonst misslingt uns die Überraschung.«

Als hätte er es gehört, drehte der Hubschrauber ab und setzte auf der Straße zur Landung an.

Karl hatte die Ankunft der Sondereinheit zufrieden verfolgt. »PHK Runge«, sagte er anerkennend. »Hätten Sie gedacht, dass wir in diesem Leben noch mal so gut zusammenarbeiten? Ich nehme meine Kritik an Ihrer Arbeitsweise vorerst zurück. Der Hubschrauber ist ja wirklich ganz großes Besteck.«

Runges Handy vibrierte, er hob es ans Ohr. »Ja. Mach

ich.« Er steckte das Handy wieder weg. »Aber jetzt müssen Sie hier weg. Auf der Stelle, bitte.«

»Ihr habt es gehört.« Karl drehte sich zu den anderen, die alle noch hinter ihm standen. Etwas leiser fuhr er fort: »Ihr könnt doch aufs Nachbargrundstück gehen. Da oben, das Haus hat früher Asmus gehört, von da könnt ihr gut sehen. Vielleicht ein bisschen weit weg, aber so seid ihr wenigstens aus der Schusslinie. Hermann und ich unterstützen Anna und Maren.«

Inge, Charlotte, Helga und Onno setzten sich sofort in Bewegung, Heinz und Walter blieben noch unschlüssig stehen. »Können wir nicht auch …«

»Nein.« Karl sah sie entschlossen an. »Zivilisten haben bei einem Einsatz nichts zu suchen. Passt lieber auf die Frauen auf. Charlotte und Inge sind manchmal zu emotional.«

Sie zogen ab, Karl und Hermann machten sich auf den Weg zu Anna.

An die Rückwand des Carports gelehnt, presste Anna ihre Lippen aufeinander. »Es geht gleich los. Ich hoffe nur nicht, dass die was mitbekommen haben.«

Maren spähte um die Ecke. »Es bewegt sich nichts im Haus. Und Fluglärm auf Sylt ist ja nichts Besonderes.«

»Wo bleiben die denn?« Anna spähte um die Ecke. »Wir müssen jetzt rein. Ich habe ein blödes Gefühl.«

»Da sind wir schon.« Ohne ein Geräusch gemacht zu haben, stand Karl plötzlich neben ihr, auch Hermann tauchte aus dem Schatten auf.

»Karl, verdammt, das geht jetzt nicht!« Anna fuhr herum und sah ihn fassungslos an. »Ich denke, die Kollegen haben unten alles abgesperrt!«

»Anna, die kennen mich doch. Wo ist denn der

Einsatzleiter vom SEK? Die sind doch da. Ihr müsst da rein.«

»Ruhe jetzt«, zischte Anna ihn an. »Wir reden später.«

Nur eine Sekunde später stand ein hochgewachsener Mann vor ihr. Verblüfft sah Anna ihn an. »Carsten? Bist du der Einsatzleiter?«

Er nickte. »Geiselnahme, Opfer weiblich. Die Einsatzkräfte sind postiert. Hallo, Anna. Wieso sind hier noch Zivilpersonen?«

»Ganz dünnes Eis, Carsten.« Anna warf Karl und Hermann einen bösen Blick zu. »Ehemalige Kollegen, ignoriere sie einfach.«

»Geh doch mal ein Stück zur Seite, Heinz, ich kann gar nichts sehen.« Charlotte tippte ihrem Mann auf die Schulter. »Oder setz dich neben Walter, wir sagen schon Bescheid, wenn es spannend wird.«

Walter hatte sich auf eine Bank unter einem Baum gesetzt. Die anderen standen vor ihm, dicht am Friesenwall, der das Grundstück begrenzte und von wo aus sie einen freien Blick auf die Geschehnisse vor ihnen hatten. Nur Heinz stand im Weg. Er drehte sich um und trottete langsam zu seinem Schwager. »Man sieht doch kaum was«, murrte er. »Ist alles viel zu weit entfernt. Eine blöde Stelle zum Zuschauen. Da sind doch die ganzen Bäume dazwischen. Und ob die paar Polizisten, die da unten im Garten stehen, gleich das große Feuerwerk hinkriegen, das bezweifele ich.«

»Du bist hier nicht im Kino.« Onno hatte ein Fernglas in der Hand und beobachtete mit besorgter Miene ausschließlich Maren, die an der Wand des Carports neben Anna stand. In solchen Momenten bereute er, dass er sich damals mit der Berufswahl seiner Tochter einverstanden erklärt hatte. Sie hätte doch auch Steuerberaterin, Bankkauffrau oder Buchhändlerin werden können. Er hatte es damals nicht zu Ende gedacht.

»Kann ich mal das Fernglas haben?« Inge streckte die Hand aus. »Passiert da was?«

Er reichte ihr das Glas. »Aber nur kurz. Ich möchte gern Maren im Blick behalten.« Helga ahnte seine Gedanken, er spürte einen sanften Druck an seinem Arm und legte seine Hand auf ihre.

Inge starrte durch das Fernglas. »Warum machen die denn nichts? Sabine ist da drin. Die müssen doch was machen.« Sie nahm das Fernglas runter und reichte es zurück, bevor sie in ihrer Handtasche kramte und einen silbernen Flachmann rauszog. »Ich bin so aufgeregt. Möchte jemand?«

»Was ist das?«, fragte Walter skeptisch. »Seit wann hast du Flachmänner in der Handtasche? Inge? Muss ich was wissen?«

»Das ist nur Eierlikör.« Inge sah ihn freundlich an. »Das hat uns immer beim Ermitteln geholfen, es ist sozusagen eine Tradition.«

Walter schüttelte den Kopf. »Unmöglich. Als wenn jetzt der richtige Moment für Likör wäre.«

Weil niemand wollte, schob Inge den Flachmann wieder zurück in die Tasche.

»Was ist denn mit dir los?«, fragte Charlotte Walter. »Wieso ziehst du denn so eine Flappe?«

»Walter ist sauer, weil der Krankenwagen so schnell kam«, erklärte Heinz mit einem mitleidigen Blick auf seinen Schwager. »Er wollte doch Wolf Bertram in die Zange nehmen.«

»Walter«, Helga schnappte nach Luft. »Der Mann war schwer verletzt.«

»Und genau deshalb hätte er nicht mehr die Kraft zum Abstreiten gehabt.«

»Walter, du bist ein brutaler Klotz.« Inge tippte Onno an. »Kann ich noch mal das Fernglas haben?«

Onno überließ es ihr, kurz darauf bemerkte er plötzlich eine Bewegung. »Inge, da läuft jemand. Kannst du erkennen, wer das ist?«

Sie suchte die Stelle, an der etwas passierte. Dann sagte sie aufgeregt: »Da kommen Männer mit komischen Helmen, ganz in Schwarz. Die verteilen sich hinterm Haus, zwei sind bei Maren und Anna. Die reden miteinander.« Sie machte eine Pause, in der die anderen sie gebannt beobachteten.

»Weiter«, drängte Charlotte. »Jetzt sag doch.«

»Was ist mit Maren?« Onno rückte näher an Inge. »Lass mich mal sehen. Ich kann das ohne Glas nicht erkennen, sie steht zu weit weg.«

Mit einer Hand wehrte Inge ihn ab. »Maren steht neben so einem bewaffneten Mann. Alles gut. Ach Gott, da stehen auch Karl und Hermann. Du brauchst dir keine Sorgen zu machen, die haben das im Griff. Und sie bleiben da stehen. Aber jetzt rennen drei Polizisten gebückt durch den Garten. Bis hinters Haus. Die sehen durch die Fenster. Das ist ja wie im Film. Und ...« Sie umklammerte das Fernglas fester. »Die anderen ziehen sich zurück. Die gehen jetzt alle hinters Haus. Warum das denn?«

»Ja, warum?« Onno schüttelte sie ungeduldig am Arm, das schwere Fernglas stieß an Inges Nase. »Aua, Onno, pass doch auf!«

Er nutzte die Gelegenheit, sich das Fernglas wieder zu schnappen, und hob es sofort hoch.

»Und? Sag schon.« Helga, Charlotte, Inge, Heinz und

dann auch Walter hatten sich eng um ihn versammelt. Sie konnten zwar die Polizisten als Schatten im Garten erkennen, für Details war aber die Entfernung zu groß und die Dämmerung zu weit fortgeschritten.

Onno war vor Aufregung schon heiser und musste sich erst ein paarmal räuspern.

»Onno.« Charlotte stampfte vor lauter Ungeduld mit dem Fuß auf. »Da geht ein Licht an, an der Haustür. Kommt da jemand raus? Wer ist das? Was ist da los?«

»Es kommt gleich jemand raus«, Carsten hielt die Hand am Ohr und beugte sich zu Anna. »Der Kollege kann den Flur einsehen. Wir warten noch.«

Mit angehaltenem Atem beobachteten Anna und Maren, wie die Haustür aufging und ein Mann auftauchte. Maren flüsterte: »Kai Kruse.« Anna nickte und warf einen kurzen Blick zu Karl und Hermann. Auch sie standen regungslos neben ihnen.

Kruse verharrte kurz an der Tür, sah erst nach oben, dann zur Seite. Wäre er zur Gartenpforte gegangen, hätte er die Einsatzwagen gesehen. Anna presste die Lippen zusammen. Kruse sah sich noch mal um, dann stieg er die beiden Stufen hinab und ging zu seinem Wagen. Das zweimalige Blinken zeigte an, dass der Wagen geöffnet wurde, er stieg aber nicht ein, sondern griff nach hinten und hob einen Kanister aus dem Kofferraum. Er schloss den Wagen wieder ab und wandte sich zurück zum Haus.

Anna nickte, der Einsatzleiter hob ein Funkgerät: »Zugriff jetzt.«

Onno kam kaum mit der Berichterstattung nach, so schnell überschlugen sich die Ereignisse. »Jetzt bricht Hektik aus.

Zwei Polizisten haben den Mann überwältigt. Er schlägt und tritt um sich, aber die sind ja zu zweit. Jetzt hat er Handschellen um und wird weggebracht. Anna und Maren sind ins Haus gerannt, Karl und Hermann auch, die bringt aber ein anderer Polizist gerade wieder raus. Die stehen da jetzt rum, gehen aber zum Fenster und gucken rein. Sehen wohl nichts. Karl gestikuliert, ach, da kommt Runge. Sie stehen nebeneinander. Jetzt kommen wieder zwei Polizisten raus, die haben einen anderen Mann in ihrer Mitte. Ohne Handschellen. Den bringen die auch weg. Runge telefoniert.«

Ein Martinshorn war plötzlich zu hören, mit Blaulicht fuhr der Rettungswagen an ihnen vorbei. Ohne zu zögern, griffen Inge und Charlotte nach ihren Taschen und eilten los. Walter sah ihnen irritiert nach. »Hallo? Wo wollt ihr denn …«

Helgas sanfte Stimme unterbrach ihn. »Sie machen sich seit Wochen Sorgen um Sabine Schäfer. Sie müssen wissen, was mit ihr los ist. Lass sie. Wir erfahren es früh genug.« Mit Genugtuung ruhte ihr Blick auf dem Nachbargrundstück, das plötzlich taghell erleuchtet war. Sie hatten es geschafft.

Viel später gähnte Heinz laut und unverhohlen und bekam sofort von Charlotte einen bösen Blick zugeworfen. »Heinz. Wir sind hier im Krankenhaus«, zischte sie leise. »Wenn du müde bist, fahr nach Hause.«

Schuldbewusst hielt er sich die Hand vor den Mund. »Ich will aber auch wissen, wie es ausgeht.« Er beugte sich vor und sah an seiner Frau vorbei zu Walter, der an ihrer rechten Seite saß. »Bist du auch so müde?«

»Heinz, bitte.« Er lehnte sich wieder zurück.

Sie saßen alle nebeneinander in der Wartezone des

Krankenhauses. Heinz, Charlotte, Walter und Inge. Nachdem Sabine Schäfer mit dem Rettungswagen und in Begleitung von Maren in die Klinik gebracht wurde, war es für Inge und Charlotte unmöglich gewesen, einfach nach Hause zu fahren. Sabine brauchte jetzt Hilfe, deshalb hatten sie sich hier eingerichtet und wollten nicht eher nach Hause fahren, bevor sie wussten, wie es Sabine ging. Aber es dauerte und dauerte.

»Damit es klar ist«, bemerkte Inge plötzlich. »Ich bin zutiefst davon überzeugt, dass Sabine nichts mit dem Tod von diesem furchtbaren Mann zu tun hat. Auch wenn ich finde, dass sie Grund genug gehabt hätte, ihn vom Kliff zu stoßen.«

»Das hat sie aber nicht getan«, Charlotte sah sie mit festem Blick an. »Da bin ich mir sicher. Ganz sicher.«

Wie zur Bekräftigung nickten beide, bevor Inge sagte: »Aber dieses Warten ist ja zermürbend.«

»Wir hätten sagen sollen, dass wir die Eltern sind«, meinte Walter. »Dann hätten sie uns Auskunft gegeben. Und jetzt müssen wir hier rumsitzen, bis wir zufällig was mitkriegen. Was meint ihr, wie lange denn noch?«

Inge seufzte. »Woher soll ich das denn wissen? Ich bin doch kein Arzt. Wir wissen ja noch nicht mal, was sie hat.«

»Onno wollte Maren Bescheid sagen, dass wir hier sind.« Charlotte sah auf die Uhr. »Die ist ja mitgefahren. Ich hoffe, er hat das auch gemacht.«

Sie schwiegen eine Weile, dann stand Walter auf und ging ein paar Schritte auf und ab. »Und ich habe euch richtig verstanden? Sie hat siebzehn Jahre unter einem falschen Namen gelebt und ist vor sieben Jahren für tot erklärt worden?«

Inge nickte. »Es ist so eine furchtbare Geschichte.«

»Hm.« Auch Heinz wirkte betroffen. »Das muss eine ganz schreckliche Familie gewesen sein. Ich habe mich vorhin noch kurz mit Hermann unterhalten. Allein schon die Mutter ...«

»Ja.« Charlotte nickte traurig. »Schlimm. Oh, da kommt Maren. Na endlich!«

Sie stand sofort auf und ging Maren entgegen. Die stutzte, als sie die Gruppe entdeckte, und kam langsam auf sie zu. »Ihr seid ja immer noch hier. Wisst ihr, wie spät das ist?«

»Ist doch egal.« Charlotte griff nach ihrem Arm. »Wie geht es ihr? Weißt du schon was?«

Auch Inge war aufgesprungen. »Wo ist sie denn jetzt? Können wir sie kurz sehen?«

Resigniert ließ Maren die Schultern sinken und setzte sich auf den Stuhl neben Heinz. Inge, Charlotte und Walter blieben vor ihr stehen und sahen sie besorgt an. »Also«, begann Maren, »die Verletzungen sind nicht so schlimm, wie sie aussahen, Prellungen und Hämatome, die Platzwunde an der Augenbraue musste genäht werden, aber es geht ihr ganz gut. Sie will nur auf keinen Fall im Krankenhaus bleiben, sondern entlässt sich gerade auf eigenen Wunsch. Sie will nach Hause.«

»Nach Hause?«, fragte Inge entsetzt. »In dieses Kellerloch? In ihrem Zustand? Im Leben nicht, nein, nein, da habe ich eine bessere Idee. Wo ist sie denn jetzt?«

Maren deutete den Gang hinunter. »Sie kommt da gleich raus.« Tatsächlich öffnete sich in diesem Moment eine Tür, und Sabine kam langsam den Gang entlang. Als sie Charlotte und Inge erkannte, blieb sie kurz stehen, dann kam sie ihnen entgegen.

»Sabine.« Inge umfing sie mit ausgebreiteten Armen. »Gott sei Dank. Wir waren so in Sorge.«

Sabine gelang ein Lächeln, während Charlotte ihr vorsichtig über die Schulter strich. »Ich habe schon von Frau Thiele gehört, was Sie alles unternommen haben«, sagte sie leise. »Ich danke Ihnen.«

»Ich bitte Sie!« Charlotte ignorierte Marens Aufbruchszeichen. »Jetzt erholen Sie sich erst mal ein bisschen von all diesen schrecklichen Dingen. Und sobald Sie wieder bei Kräften sind, reden wir in aller Ruhe. Es ist eine furchtbare Vorstellung, dass Sie mit so vielen Problemen all die Jahre über ganz alleine waren. Hätten Sie doch bloß mal mit uns gesprochen!«

»Maren, was ist denn?« Inge sah Maren ungeduldig an. »Du kannst ruhig los, wir brauchen noch ein bisschen. Sabine, wir möchten Ihnen etwas vorschlagen: Kommen Sie mit zu uns. Sie sollten in Ihrem Zustand nicht in diesem düsteren Keller schlafen müssen, den Wilma Konrad als Wohnung bezeichnet. Lassen Sie sich doch bitte erst mal ein bisschen von uns aufpäppeln.«

»Ja, aber ...« Unsicher sah Sabine zu Maren. Die hob nur die Schultern. »Was sagt denn Ihr Mann ...« Ihr Blick ging von Walter zu Heinz und wieder zurück, bis Walter sich auf die Brust tippte und mit sonorer Stimme sagte: »Ich bin der richtige Mann. Und ich finde das gut, kommen Sie mal mit zu uns, Inge hilft ja immer gern, und wir müssen uns ja auch noch ein bisschen besser kennenlernen.« Er lächelte sie so freundlich an, dass sie nickte.

»Ja, dann ...« Sabine wandte sich noch ein letztes Mal an Maren. »Wenn das für Sie so in Ordnung ist?«

Maren nickte. »Selbstverständlich. Ich weiß ja, wo ich Sie erreiche. Sie müssten nur morgen früh bitte ins Revier kommen. Wegen des Protokolls, der Anzeige und all diesen Dingen. Um zehn?«

»Um zwölf«, antwortete Inge und hakte Sabine ein. »Weißt du eigentlich, wie spät es ist?«

Maren sah der Truppe, die Sabine Schäfer zum Ausgang eskortierte, kopfschüttelnd nach.

Vier Wochen später

»Du musst gleich rechts rein.« Hermann zeigte nach vorn.

»Ich weiß.« Philipp Kramer sah kurz in den Rückspiegel, dann wieder nach vorn. Sein Vater nickte auf dem Beifahrersitz. »Erinnerst du dich doch noch an die Gärtnerei? Ich habe dich früher ein paarmal mit hierhergenommen. Gutes Gedächtnis, mein Sohn.«

»Ich erinnere mich nicht, ich habe ein Navi. Das zeigt mir alles an.«

»Ach ja.« Hermann drehte sich nach den anderen Mitfahrern um. »Ich dachte schon, mein Sohn sei hochbegabt. Dabei ist es doch nur die Technik.«

»Lass mal.« Karl schlug Philipp von hinten herzhaft auf die Schulter. »Den hast du gut hinbekommen, diesen kleinen Gefallen würde uns nicht jeder tun.«

Philipp verkniff sich einen Kommentar. Sein Vater hatte ihn vor zwei Tagen angerufen und gefragt, ob er ihm »einen kleinen Gefallen« tun könnte. Es würde auch nicht lange dauern, er müsste ihn nur mal ganz kurz zu einem wichtigen Termin bringen. Philipp hatte während des Telefonats noch eine E-Mail beantwortet und deshalb nicht nachgefragt, ansonsten hätte er sicherlich nicht sofort zugesagt. Wobei es auch weniger um ihn als um sein Auto ging. Er hatte einen Siebensitzer. Und so hatte er seinen Vater gut gelaunt abgeholt, nicht ahnend, dass die Fahrt erst nach Neumünster führte, um am Bahnhof Freunde seines Vaters einzuladen, die anschließend nach Altmannshausen chauffiert werden sollten. Damit war der halbe Tag erledigt.

»Und ihr seid beim ersten Mal diese ganze Strecke mit öffentlichen Verkehrsmitteln gefahren?« In Hermanns Stimme schwang Bewunderung mit. »Da seid ihr ja ewig unterwegs gewesen.«

»Stimmt.« Charlotte sah aus dem Fenster. »Und dann auch noch zweimal umsteigen. So wie jetzt ist das natürlich viel angenehmer. Danke, Hermann, das war wirklich eine gute Idee.«

»Oh, bitte!« Philipp lächelte sie im Rückspiegel an. »Das macht mein Vater doch gern. Was wollt ihr hier eigentlich? Ich dachte, diese Gärtnerei wäre pleite.«

»Ist sie auch«, antwortete Hermann. »Zumindest die ursprüngliche Gärtnerei. Aber es gibt hier diesen alten Gärtner, Hans Hellmann, der macht noch ein bisschen was. Und den wollen wir besuchen.«

»Und warum?«

»Ach, mein Sohn, wir sind gleich da, das erzählen wir dir auf der Rückfahrt.«

Inge beugte sich nach vorn. »Über was redet ihr eigentlich da vorn? Wir kriegen ganz hinten gar nichts mit.«

»Nichts, Inge«, antwortete Karl, der sich zu ihr gedreht hatte. »Du kannst Onno mal wecken, wir sind gleich da.«

An Hermann gewandt meinte er: »Sobald du Onno irgendwo hinsetzt, wo es weich und warm ist und er nichts zu tun hat, schläft er ein. Schlimm. Ich weiß gar nicht, wie Helga das aushält.«

»Wo ist sie überhaupt? Geht es ihr gut?«

Charlotte lächelte. »Sehr gut. Ihre Tochter ist mit den Enkelkindern gerade auf der Insel. Sie bleiben bis zu ihrem Geburtstag, sind aber gestern erst angekommen. Deshalb wollte Helga auch nicht mit. Denkt dran, dass wir noch eine schöne Rose für sie mitnehmen. Die liebt sie doch so. Wo wir schon mal hier sind. Da sind wir ja, stopp! Du kannst gleich da vorn anhalten.«

»Danke«, Philipp fuhr auf den Parkplatz und stellte den Motor ab. »Soll ich eigentlich mit reinkommen? Ich kenne den doch gar nicht.«

Sein Vater stieg schon aus. »Warte hier. Wir Alten gehen vor. Ich sage dir dann Bescheid.«

»Was heißt hier ›wir Alten‹?«, Inge sah ihn böse an. »Ich glaube, es hackt.«

Ohne auf die Männer zu warten, betrat sie zusammen mit Charlotte den Blumenladen, in dem es noch genauso schön war, wie sie es vom letzten Mal in Erinnerung hatte. »Da sind wir wieder.«

»Hallo!« Die junge Frau hinter dem Tresen sah hoch und strahlte. Sie legte einen angefangenen Strauß vorsichtig hin, wischte sich die Hände an ihrer Schürze ab und kam mit ausgestreckter Hand auf sie zu. »Der Sylter Chor! Haben wir nicht gestern telefoniert?« Sie schüttelte Charlotte die Hand.

»Nein, das war meine Schwägerin«, antwortete Charlotte. »Ich habe die Töpfe geschenkt bekommen. Die sind so schön. Frau …«

»Sagen Sie einfach Svenja.« Sie wandte sich Inge zu. »Frau Müller, ich habe Hans nichts erzählt, ich habe nur Kuchen gekauft und schon mal Kaffee gekocht. Er wird sich so über den Besuch freuen. Was haben Sie denn für eine Überraschung für ihn? Ich bin ja so neugierig.«

»Geduld, Geduld.« Karl und Hermann standen hinter ihnen. »Ist er denn in seinem Haus, oder wo sollen wir hin?«

»Ich sag ihm schnell Bescheid.« Svenja schlängelte sich an den Männern vorbei und rannte fast Onno über den Haufen. Der hatte sich vor dem Laden über einen Topf mit Rosen gebeugt, um zu testen, ob sie dufteten. »Die riechen aber ... oh, guten Tag!«

»Hallo, Sie gehören ja auch dazu, nicht wahr?« Anscheinend war ihr etwas eingefallen, sie blieb stehen und sagte: »Ich weiß ja nicht, um was genau es sich handelt, aber nach Ihrem letzten Besuch war Hans so traurig und wollte überhaupt nicht reden. Ich habe mir richtig Sorgen gemacht. Es ist doch nichts Schlimmes, was Sie ihm erzählen wollen, oder?«

»Aber nein!« Onno lächelte sie an. »Ganz im Gegenteil.«

»Gut.« Erleichtert nickte sie. »Dann sag ich ihm, dass der Besuch da ist.«

Nur wenige Minuten später kam Hans langsam über den Hof auf sie zu. Er kniff die Augen gegen die Sonne zusammen, bis er Charlotte erkannte und ein kleines Lächeln über sein Gesicht zog. »Ach, wie nett. Der Chor von der Insel. Wie geht es Ihnen denn?«

»Sehr gut, vielen Dank. Und Ihnen? Sie sehen ein bisschen müde aus.«

»Ach ja, man wird nicht jünger. Und Ihre Freunde sind auch wieder alle dabei?« Er ging reihum, gab erst Karl, dann Onno, Charlotte, Inge und zum Schluss Hermann die Hand. Er sah ihn unsicher an, Hermann schwieg und hielt die Hand länger als notwendig, bis Hans Hellmann die Stirn runzelte, seine Hand löste und einen Schritt zurücktrat. »Sie waren beim letzten Mal nicht dabei. Aber wir kennen uns.«

Es war keine Frage, sondern eine Feststellung. Hermann nickte. »Ja, wir kennen uns. Es ist lange her.«

Hans Hellmann musterte ihn nachdenklich. Dann schüttelte er langsam den Kopf. »Es tut mir leid, ich kann …«

»Kramer«, half Hermann nach. »Hermann Kramer. Aus Lübeck.«

»Oh.« Hans Hellmann trat noch einen Schritt zurück. Er wurde kreidebleich, seine Hände zitterten, er schwankte etwas. »Der Kommissar. Wollen Sie mir etwas … mitteilen? Etwas … Schlimmes?«

»Aber nein, um Himmels willen!« Charlotte stützte ihn. »Es ist nichts Schlimmes, Herr Hellmann. Wir wollen Ihnen eine große Freude machen. Hermann ist ein Freund von Karl, er ist sehr nett. Kommen Sie, setzen Sie sich mal auf die Bank.«

Sie half ihm und sah Hermann dabei warnend an. »So, und jetzt einmal tief durchatmen, und dann trinken wir schön Kaffee.«

Als Karl und Onno merkten, dass sie automatisch mitatmeten, sahen sie sich ertappt an. »Wie auch immer«, ergriff Karl das Wort. »Wir wollten Sie auf keinen Fall erschrecken. Geht es wieder?«

»Ja, ja.« Hans Hellmann war das Bemühen um ihn sichtlich unangenehm. »Ich habe nur … egal. Ich bin leider gar nicht auf Besuch vorbereitet. Hätte ich …«

»Kaffee ist fertig!« Svenja kam in diesem Moment gut gelaunt zurück. »Tisch ist gedeckt, Kuchen aufgeschnitten, guten Appetit.«

»Ach?« Erstaunt sah Hans Hellmann in die Runde. »Das ist ja …«

»Gut vorbereitet«, ergänzte Inge. »Wir haben unseren Besuch bei Ihrer reizenden Angestellten angekündigt. Möchten Sie sich bei mir einhaken?«

Kurz darauf saßen sie alle wieder in dem kleinen Zimmer. Es war genauso eng und warm wie beim letzten Mal, Inge musste wieder mit dem Bein von Karl kämpfen. Sie sah ihn an, er zog sein Bein zurück und Inge stand auf, um den Kaffee aus der bereitstehenden Thermoskanne einzuschenken. Schweigend beobachteten die anderen sie, erst als sie sich wieder setzte, sagte Hans leise: »Danke. Ich komme so schlecht hoch, wenn ich einmal sitze. Sind Sie so nett und verteilen auch den Kuchen?«

»Aber gern.« Inge blieb stehen, erst, als alle versorgt waren, setzte sie sich wieder hin und sah Hermann und Karl auffordernd an. Karl stopfte sich sofort den Kuchen in den Mund, während Hermann gedankenverloren in seiner Tasse rührte. Nach einer gefühlten Ewigkeit legte Charlotte ihre Hand auf seine. »Ist gut«, sagte sie leise, Hermann nahm verlegen den Löffel hoch.

»Kann ich mal die Milch haben?«, fragte Onno und sah die anderen forschend an. »Und sollen wir dann mal anfangen, Herrn Hellmann zu erzählen, warum wir hier sind?«

»Sicher.« Karl spuckte ein paar Kuchenkrümel auf den Teller, bevor er runterschlucken und sein Taschentuch aus der Hose ziehen konnte. »Entschuldigung, ist aber auch ein bisschen trocken, der Kuchen.« Er spülte mit Kaffee nach, dann sah er in die Runde und richtete seinen Blick schließlich auf Hans Hellmann. »Dann wollen wir es mal nicht so spannend machen, lieber Herr Hellmann.«

Inge räusperte sich, was Karl ignorierte. »Ich denke, es ist gut, wenn ich diese Erklärungen übernehme, damit alles seine Ordnung behält. Wenn Sie einen Wunsch frei hätten, lieber Hans, was würden Sie sich dann wünschen?«

Hans Hellmann sah ihn irritiert an. »Ich weiß nicht. Gesundheit?«

»Und sonst? Na? Fällt Ihnen noch etwas anderes ein?«

Hans Hellmann wirkte ratlos. »Eigentlich … keine Ahnung, ich habe ja alles.«

Onno schüttelte den Kopf, Charlotte rollte mit den Augen, was Karl durchaus bemerkte. »Also gut, dann fangen wir anders an. Dann geht es eben nur mit Fakten.«

Er zog einen Zettel aus der Tasche und warf einen kurzen Blick darauf, bevor er ihn wieder wegsteckte. Inge wurde langsam warm.

»Karl, jetzt fang doch endlich an. Sonst sag ich es.«

»Nein, Inge.« Karl hob die Hand. »Das muss vernünftig erzählt werden. Es muss ja einen logischen Zusammenhang geben. Also: Mitte Mai wurde auf Sylt die Leiche eines Mannes entdeckt. Er hatte keine Papiere bei sich, also hat die Polizei erst nach einigen Tagen herausgefunden, um wen es sich bei dem Toten handelt. Es war ein gewisser Alexander van der Heyde. Aus Dedensen. Sagt Ihnen das was?«

Hans Hellmann nickte. »Dedensen liegt hier in der Nähe. Ich war da mal beim Arzt, als meiner im Urlaub war. Aber das ist über zwanzig Jahre her. Da komme ich sonst nie hin. Der Name des Mannes sagt mir nichts.«

»Dachte ich mir«, fuhr Karl fort. »Alexander van der Heyde hat in Dedensen einen großen Supermarkt, also mehr so einen Feinkostladen, sehr schick und teuer. Seine Frau heißt Tanja van der Heyde. Die hieß aber immer schon so, und Alexander hat den Namen erst nach der Hochzeit angenommen. Vorher hieß er Mommsen.«

»Was?« Erschrocken sah Hans Hellmann hoch. »Alexander Mommsen? Der hat einen Laden? Er war doch pleite! Seine Schwiegermutter hatte ihm Geld geliehen, das hat er auch nicht zurückzahlen können. Wie ist der denn an ein neues Geschäft gekommen?«

»Er hat die Lebensversicherung seiner toten Frau kassiert. Deshalb musste er sie ja für tot erklären lassen, das konnte er vor sieben Jahren, da war Corinna nämlich seit zehn Jahren verschwunden. Dann hat er wieder geheiratet, mit der Versicherungssumme den Laden bezahlt und ist damit sehr erfolgreich geworden.«

Ungläubig schüttelte Hans den Kopf. Nach einem kleinen Moment fragte er: »Und jetzt ist er tot?«

»Jeder kriegt, was er verdient«, bemerkte Inge, die den tadelnden Blick von Onno spürte. »Ist doch wahr.«

»Richtig traurig macht mich das nicht«, sagte Hans leise. »Eigentlich ist es mir egal. Ich habe so viele Jahre nichts von ihm gehört, er war für mich genauso gestorben wie Corinna und Gregor. Nur noch schlimmer. Er war so böse. Es ist alles lange her.«

»Ja, und jetzt kommen wir zum eigentlichen Thema.« Karl kostete jedes Wort aus. »Während die Polizei auf der Suche nach der Identität des Toten war, haben wir, also wir, bis auf Hermann, der kam erst später dazu, eine lebende Frau gesucht. Sabine Schäfer. Darüber haben wir ja schon bei unserem ersten Treffen gesprochen.«

Hans Hellmann musste sich sehr konzentrieren, um Karls Ausführungen zu folgen. Onno registrierte das: »Karl, nimm doch bitte mal die kurze Version. Unsere Ermittlungen kannst du überspringen.«

»Ja? Schade.« Karl sammelte sich. »Wir haben verschiedene Hinweise, Befragungen, Beobachtungen gesammelt und so ausgewertet, dass die Lösung dieser ganzen Geheimnisse plötzlich glasklar vor uns lag. Sabine Schäfer hatte sich den Namen, unter dem sie siebzehn Jahre lang im Verborgenen gelebt hat, von jemandem geliehen. In Wirklichkeit heißt sie …«

»Du bist also Corinna Tiedemann?« Neugierig drehte Philipp Kramer sich zu der Frau um, die hinter ihm im Auto saß. »Das ist ja ein Hammer!«

Er hatte sie einfach gefragt, was sie hier eigentlich machten, und zum ersten Mal nach all den Jahren fing sie an, über sich zu reden. Eine unfassbare Geschichte, Philipp glaubte, seinen Ohren nicht zu trauen. Als Corinna geendet hatte, trafen sich ihre Blicke. Corinna hatte sehr blaue Augen. Philipp merkte selbst, dass er sie ein paar Momente zu lange ansah. Wie hübsch sie war. Das hatte er unter dem Eindruck der lärmenden Rentner um sie herum erst gar nicht bemerkt. Sehr hübsch sogar.

»Mein Vater ist über deinem Fall fast verrückt geworden«, sagte Philipp. »Dein Verschwinden hat ihn nie in Ruhe gelassen. Meine Mutter und ich waren fast schon eifersüchtig. Und du bist damals einfach abgehauen? Warum?«

Sie sah ihn an. »Das ist eine lange Geschichte. Es ging damals nicht anders. Es musste sein.«

»Aber du hast in Kauf genommen, dass deswegen andere Menschen trauern und verzweifeln.«

Sie lächelte bitter. »Getrauert hat nur ein einziger Mensch. Das tat mir leid, über all die Jahre übrigens. Aber ich hatte meine Gründe. Und vielleicht kann ich jetzt etwas wiedergutmachen.«

»Aber wie hast du das alles überstanden? Das war ja ein Leben in der Illegalität? Ohne Geld, ohne Ausweis, ohne gemeldet zu sein?«

Sie zuckte mit den Achseln. »Ich hatte Geld gespart, die

ganzen Jahre, das hatte ich bar bei mir. Am Anfang habe ich bei einer Freundin in Süddeutschland gewohnt, ihr Vater war früher mein Hausarzt. Ich habe ihr von meinen Eheschwierigkeiten erzählt, sie hat mich aufgenommen. Sie hatte von der Suche nach mir gar nichts mitbekommen. Und dann bin ich immer auf Inseln gewesen, das war so eine Sehnsucht. Erst Rügen, dann Fehmarn, dann Amrum, zum Schluss Sylt. Es gibt jede Menge Wohngemeinschaften oder Kellerwohnungen, die nicht offiziell vermietet werden dürfen, da fragt dich keiner, ob du angemeldet bist, solange du bar bezahlst. Gearbeitet habe ich immer schwarz, in der Gastronomie und bei Reinigungsfirmen findet man meistens was. Irgendwie ging es immer.«

Philipp starrte sie fasziniert an. »Und wenn du krank geworden wärst? Du hattest doch keine Versicherung.«

»Ich hatte Glück.« Sie beugte sich plötzlich vor und legte ihm die Hand auf die Schulter. »Ich merke gerade, dass es reicht. Versteh mich nicht falsch, es ist nett, dass du hierhergefahren bist, und du hast natürlich auch ein Recht zu fragen, aber im Moment kann ich über all das noch nicht so lange sprechen. Ich bin sehr froh, dass es vorbei ist, es kommt jetzt noch eine Menge auf mich zu, aber es ist alles besser als dieses Leben vorher. Ich habe es da rausgeschafft, und wenn du mich in ein paar Monaten fragst, kann ich dir vielleicht auch mehr erklären. Später, ja?«

»Du musst dich nicht rechtfertigen. Erzähl es mir einfach, wenn du glaubst, dass der richtige Zeitpunkt dafür gekommen ist.« Philipps Handy klingelte, er zog es aus der Tasche. »Vorausgesetzt, du möchtest ... du möchtest mit mir in Kontakt bleiben. Ich würde mich darüber jedenfalls sehr freuen.«

Er tippte aufs Handy. »Ja, Papa? Okay.« Dann steckte er es gleich wieder in die Tasche.

»Du sollst jetzt reingehen.«

Sie rutschte nach vorn und zog die Tür auf. »Also dann …«

Philipp ließ die Scheibe runter und lächelte sie an. »›Also dann‹ wie: ›Ja, wir bleiben in Kontakt und ich rufe dich an‹?«

»Vielleicht.« Sie lächelte zurück, blieb einen Moment vor dem Auto stehen und sah in den Himmel. Dann atmete sie tief durch, richtete sich auf und ging langsam über den Hof, von dem sie gedacht hatte, sie würde ihn nie wieder betreten.

Und dann sah sie die blaue Haustür, die für sie so oft der einzige Lichtblick an diesem Ort gewesen war, der Zugang zu jemandem, dem sie vorbehaltlos vertraut und bei dem sie sich immer geborgen gefühlt hatte. Ihre Schritte wurden schneller, und noch bevor sie die blaue Tür erreicht hatte, wurde sie schon von innen geöffnet. Sie erkannte ihn sofort, auch wenn sich in seinem Gesicht soeben ein ganzes Spektrum an Gefühlen gleichzeitig entlud. Hans Hellman sah ihr entgegen: fassungslos, freudig, erschrocken, alles zusammen. Ja, er war alt geworden, aber er hatte noch immer diese wachen, lebendigen Augen und das freundliche Gesicht, über das jetzt die ersten Tränen liefen. Er stand da wie angewachsen, sie rannte die letzten Meter, blieb vor ihm stehen, schwer atmend, und sah ihn unter einem Tränenschleier an. Hans hob seine Hand und legte sie vorsichtig an ihre Wange, sie fühlte die Schwielen und die raue Haut, legte ihren Kopf schräg und ihre Hand über seine. Dann schloss sie die Augen. Seine Stimme war leise und warm und ein bisschen brüchig. »Corinna. Meine Corinna. Was für ein Glück.«

Drei Wochen später,
sommerliche 25 Grad

Hoch soll sie leben, hoch soll sie leben, dreimal hoch.« Die Tür schlug hinter Inge und Charlotte zu. Sie ließen die Topfrosen, die sie in den Armen hielten, sinken und sahen über die Blüten hinweg.

»Oh.« Inge stutzte. »Das Geburtstagskind ist ja gar nicht hier und wir singen uns einen Wolf. Hallo Maren!«

Maren saß in Onnos Küche am Tisch und pulte Krabben. Sie hatte ihnen zugehört und ihre Arbeit einen Moment unterbrochen, aber jetzt fischte sie die nächste Krabbe aus der Tüte und deutete auf die junge Frau, die ihr gegenübersaß. »Das ist Franziska, Helgas Tochter. Und das sind Inge und Charlotte, Chorschwestern von meinem Vater und inzwischen auch von deiner Mutter. Und die Rosentöpfe könnt ihr vor die Terrassentür stellen. Da stehen auch schon zwei von Onno und einer von Franziska.«

Franziska hatte eine frappierende Ähnlichkeit mit Helga, sie drehte sich zu ihnen um und lächelte freundlich.

»Ach, das freut mich.« Sofort war Inge neben ihr und streckte die Hand aus. »Sie können ja auch nicht verleugnen, aus welchem Stall Sie kommen. So eine Ähnlichkeit. Wir wollten auch gar nicht stören, wir wissen, dass die Feier erst heute Abend ist, aber wir wollten diese großen Pflanzen loswerden, weil wir nachher mit dem Fahrrad kommen.«

»Helga kommt gleich, sie holt nur noch Dill aus dem Garten.« Maren stand auf und bot Inge und Charlotte Plätze an. »Und mein Vater baut draußen alles für die Feier heute Abend auf. Wollt ihr was trinken?«

»Im Moment nicht.« Charlotte betrachtete den kümmerlichen Krabbenhaufen, der in der Schüssel lag. »Da habt ihr ja noch was zu tun. Das reicht ja nicht für so viele Leute.«

»Stimmt«, Maren betrachtete die Ausbeute, »wir müssen wohl noch welche holen.«

Franziska sprang sofort auf. »Ich kann das schnell machen. Bin gleich wieder da.«

Sie nickte ihnen zu, griff nach einem Autoschlüssel am Haken und verschwand. Maren sah ihr nach und ließ sich seufzend auf den freien Stuhl neben Inge sinken. »Die Wahrheit ist«, sagte sie, »dass Franziska keine Krabben pulen kann. Sie bricht die durch und bekommt nur die Hälfte raus. Ich verstehe das gar nicht, ich habe ihr das zigmal gezeigt. Aber sonst ist sie ganz nett.«

»Aber es ist doch schön, dass sie sich mit ihrer Mutter versöhnt hat«, meinte Charlotte. »Und dass sie jetzt gekommen ist. Wo sind denn ihre Kinder?«

»Mit ihrem Onkel Tobias am Strand. Damit sie uns hier aus den Füßen sind. Die sind wirklich ganz süß. Und Onno lässt sich jetzt schon von ihnen einwickeln. Also alles entspannt und locker.«

»Fein«, Inge nickte. Dann beugte sie sich vor und legte Maren die Hand aufs Knie. »Sag mal, Maren, habt ihr schon was Neues im Fall Corinna gehört? Wie es so weitergeht?«

Maren zuckte die Achseln. »Ich weiß, ehrlich gesagt, nicht, was noch alles auf sie zukommt. Sie hat gegen alle möglichen Dinge verstoßen: Anmeldepflicht, Steuerpflicht, sie könnte auch noch eine Anzeige wegen Steuerhinterziehung bekommen.«

»Dafür muss ein Finanzamt klagen«, sagte Inge. »Das hat mir Walter gesagt. Und der telefoniert schon seit Tagen mit diversen Kollegen, um diesen Fall zu besprechen. Wenn es irgendeine Möglichkeit gibt, sie rauszuhauen, wird er das versuchen.«

Maren sah sie merkwürdig an. »Da bin ich gespannt.« Sie schob die Schale mit den Krabben ein Stück zur Seite. »Es wäre ihr zu wünschen. Sie hat schon genug durchgemacht. Aber das ist sicher ein komplizierter Fall für die Justiz.«

»Ja.« Charlotte sah sie nachdenklich an. »Dann hoffen wir mal, dass das Leben – und die Justiz – gerecht sind.«

Inge stützte ihr Kinn auf. »Jetzt mal ehrlich, Maren. Wenn wir da nicht so gut vorgearbeitet hätten, dann wäre der Fall doch nie aufgeklärt worden, oder?«

Maren schüttelte verzweifelt den Kopf. »Inge, bitte. Es ist wirklich besser, nicht gerade mit mir über eure Vorliebe für schräge Freizeitgestaltung zu reden. Ihr habt euch nicht in Polizeiarbeit einzumischen, egal was Karl oder jemand anders euch erzählt. Punkt. Da gibt es überhaupt keine Diskussionen. Ihr dürft es einfach nicht.«

»Schon klar.« Charlotte sah sie freundlich an. »Wir machen das ja auch nicht jeden Tag. Nur, wenn es sich ergibt.«

»Ihr …«

»Oh, wie schön, die ersten Geburtstagsgäste!« Helga betrat mit einem Strauß Dill in der Hand die Küche und ließ sich sofort von Inge und Charlotte umarmen. »Danke, danke. Und noch mehr schöne Rosen. Herrlich. Möchtet ihr was trinken? Ein Gläschen Eierlikör vielleicht?«

Maren stand auf und küsste Helga auf die Wange. »Ich schaue mal nach Onno. Vielleicht braucht er Hilfe.«

Die drei Frauen sahen ihr nach, dann holte Helga den Eierlikör aus dem Kühlschrank und schenkte ein. »Zum Wohl«, sagte sie. »Auf den glücklichen Ausgang unserer Suche, auf die SOKO, aufs Leben und darauf, dass wir einfach die Guten sind.«

»Richtig.« Karl schob sich mit einer großen Rose in die Küche und stellte den Topf vorsichtig auf dem Boden ab. »Herzlichen Glückwunsch der erfolgreichen Ermittlungstruppe und dem Geburtstagskind.« Er sah auf die Gläser. »Ich wollte ja nur das Geschenk bringen, aber einen kleinen Eierlikör könnte ich schon mal trinken. Nur zum Anstoßen.«

Als er das Glas hob, betrachtete er die drei mit einem zufriedenen Blick. »Meine Damen, ihr habt einen erstklassigen Job gemacht. Ihr werdet von Mal zu Mal besser.«

»Das finden wir auch.« Charlotte wischte mit dem Finger den Rest aus ihrem Glas. »Ein schöner Tag. Überall Rosen, morgens Eierlikör, kein Streit und ein Lob von Karl Sönnigsen höchstpersönlich. Das Leben ist doch schön.«

»Karl ist auch gerade gekommen.« Maren stand neben ihrem Vater und betrachtete den Pavillon, den er im Garten aufgebaut hatte. »Die Küche ist voll. Das sieht hier doch gut aus. Jetzt kommen noch die Bänke rein, dann ist es fertig.«

Onno nickte und sah in den Himmel. »Ja. Wir haben Glück mit dem Wetter, regnen wird es heute nicht. Das wird ein schönes Gartenfest!«

Franziskas Auto fuhr auf den Hof. Sie stieg aus, hob demonstrativ einen Beutel Krabben hoch und winkte.

Maren und Onno winkten zurück. Dann sahen sie sich an. Onno sprach zuerst. »Noch mehr Menschen in der Küche. Wollen wir schnell mal zum Hafen fahren? Wir sagen, wir müssen was holen?«

»Ja. Ich melde uns ab. Und Inge und Charlotte können Krabben pulen.«

Sie fuhren nur wenige Kilometer, dann sahen sie von der Straße aus schon das glitzernde Wasser, das den kleinen Hafen von Munkmarsch umschloss.

»Ich freue mich jedes Mal, wenn ich das sehe«, sagte Onno und nickte. »Der schönste Hafen der Welt.«

»Nur, weil dein Boot hier liegt.« Maren bog in die scharfe Linkskurve und fuhr langsam zu den Parkplätzen des Seglervereins. »Wir waren dieses Jahr übrigens noch nicht einmal zusammen segeln.«

»Weil du nie Zeit hattest.« Onno deutete nach vorn. »Da ist einer frei.«

Sie stiegen aus und gingen langsam zum Steg. Maren blieb stehen und sah sich um. Das Wetter war schön, die Sicht ganz klar. Links konnte man die weiße Fähre erkennen, die – gerade aus Dänemark kommend – den Hafen von List anfuhr. Rechts sah sie das Ende der Insel, vor ihr lag der Horizont.

»Ich bin zu selten hier«, stellte sie fest und folgte Onno, der auf sie gewartet hatte. »Dabei ist es so schön.«

»Sag ich doch.« Vor Onnos Boot hielten sie an. »Raus können wir heute sowieso nicht, es ist Ebbe, aber ich habe noch Getränke an Bord. Möchtest du?«

»Alkoholfrei«, antwortete Maren und kletterte über die Reling der »Greta«. »Wir müssen heute Abend noch genug feiern.«

Sie saßen eine Zeitlang Seite an Seite auf dem schaukelnden Boot, schweigend, jeder ein Glas in der Hand, hielten die Gesichter mit geschlossenen Augen in die Sonne und lauschten dem Möwengeschrei, den leisen Wellen, die ans Boot schlugen, den fernen Stimmen auf den anderen Booten. Onnos Stimme unterbrach die Idylle. »Man vergisst hier, dass es im Leben auch böse Dinge gibt, oder?«

Maren öffnete die Augen und sah ihren Vater an. »Stimmt. Und welche bösen Dinge meinst du genau? Karl in deiner Küche?«

»Nein.« Onno schüttelte den Kopf. »Ich muss so oft an die arme Corinna Tiedemann denken. So ein schlimmes Leben. Andere zerbrechen daran.«

»Sie nicht«, antwortete Maren entschieden. »Sie schafft das. Sie ist auf dem richtigen Weg.«

»Weißt du denn, was sie jetzt machen will?«

Maren beobachtete eine Möwe, die auf der Reling saß. »Na ja, man wird sehen, wie die Gerichte in ihrem Fall entscheiden. Sie will auf jeden Fall auf der Insel bleiben. Ich habe sie letzte Woche gesehen, sie ist wild entschlossen, endlich ein schönes Leben zu beginnen – wenn man sie lässt. Aber wie gesagt: sie muss noch einiges hinter sich bringen, vor allem den Prozess gegen Kruse und Novak.«

»Meinst du, die müssen ins Gefängnis?«

Maren hob die Schultern. »Das entscheidet das Gericht.«

»Körperverletzung, Hausfriedensbruch, Nötigung bei Bertram und der Mord von damals ...«, Onno schüttelte den Kopf. »Die müssen doch verurteilt werden.«

»Ob es damals Mord war, entscheidet der Richter.« Maren sah ihren Vater an. »Es kann auch als Vergewaltigung mit Todesfolge definiert werden, dann ist es unter Umständen sogar verjährt.«

»Das wäre aber nicht gerecht.« Onno klatschte in die

Hände und vertrieb damit die Möwe auf der Reling. »Die hört zu. Und bekommt mit, dass du mit mir über einen Fall sprichst.«

Maren nickte. »Du lernst dazu. Aber egal, wie der Prozess ausgeht, das schöne und erfolgreiche Leben der beiden Männer ist vorbei.«

»Das ist ja auch das Mindeste.« Onno beobachtete den Abflug der Möwe, bevor er seine Tochter ansah. »Was ist mit deinem Leben? Erfolgreich wird es hoffentlich in Kiel, was ist mit dem Schönen?«

»Wie meinst du das?«

Er legte den Arm um ihre Schultern und zog sie an sich. »Ich bin dein Vater. Ich möchte, dass du es schön hast. Was ist mit dir und Robert?«

Maren streckte ihre Beine aus. »Wir haben lange geredet. Und beschlossen, dass wir uns eine Zeitlang nicht sehen. Weißt du, Papa, wenn ich an dich und Helga denke, dann merke ich den Unterschied: Dieses Gefühl, dass man wirklich zusammengehört, so wie ihr, das habe ich mit Robert einfach nicht. Dieses ganz große Glücksgefühl und diese Selbstverständlichkeit – das stellt sich bei uns nicht ein. Aber ich möchte das so gern.«

»Dann ist es noch nicht der Richtige.« Onno nahm ihre Hand. »Mach keine halben Sachen. Dafür ist das Leben zu kurz.«

»Und wann kommt der Richtige?«

»Das merkst du dann schon.« Onno lächelte. »Ich Glückspilz habe es zweimal erlebt. Erst mit deiner Mutter und jetzt mit Helga. Es ist ganz anders, aber ein genauso großes Glück. Und weil du meine Tochter bist, wirst du das auch finden. Da bin ich mir sicher.« Er beugte sich zu ihr und küsste sie auf die Schläfe. »Karl sagt immer: ›Wir sind die Guten.‹ Und manchmal muss man mit dem Leben

Geduld haben. Und dran glauben, dass irgendwann etwas Schönes passiert. Nur dann passiert es auch.«

Maren lächelte ihn an. »Und du? Bist du richtig glücklich?«

Onno nickte ernsthaft. »Aber ja. Sieh dich doch um. Das Meer, der Himmel, die Sonne, eine kluge Tochter, ein gelöster Fall und die ganze Küche voller Freunde. Wenn das kein Glück ist!«

Danke

Joachim Jessen für die Geduld, Bianca Dombrowa für den Schliff, Markus Roost und Dieter Brumshagen für das wieder mal grandiose Cover, dem dtv für die Zuneigung und natürlich meiner Familie, weil es sie gibt.